长篇藏地小说

牧狼人

上部

黎正光 ◎ 著

成都时代出版社
CHENGDU TIMES PRESS

第一章　大雪之夜，不幸惨剧从天而降　/ 001

第二章　被复仇之火点燃的杀狼之战　/ 014

第三章　阴谋：头人妄图将猎狼人变为杀人机器　/ 027

第四章　神异天葬师，让猎狼人惊诧的几个理由　/ 039

第五章　剑客盗马人，孤身勇战凶残群匪　/ 054

第六章　同美女老板密谋，渴望骗得期权房产　/ 069

第七章　夺银大战，猎狼人双枪逞威　/ 085

第八章　疯狂计划出笼，剑客勇斗铁棒喇嘛　/ 102

第九章　惨遭不幸的猎狼人和草原剑客　/ 120

目录 CONTENTS

第十章　剑客教堂遭暗杀，土匪劫狱遇意外 / 138

第十一章　土匪劫狱成功，猎狼人再接新密令 / 154

第十二章　猎狼人酒馆救难，老板娘情欲高涨 / 171

第十三章　骷髅谷，孤胆剑客血战群狼 / 188

第十四章　为狼冢，结拜兄弟险些割袍断义 / 205

第十五章　血色枪声，响在藏历新年之夜 / 223

第十六章　威逼利诱，终于拿下马帮控股权 / 243

第十七章　古城中的商业阴谋与夺宝之战 / 259

第十八章　袍哥劫杀抢货，猎狼人神枪震胆 / 275

内容简介

这是一个颠覆传统英雄概念，发生在中国西部康巴藏地的另类英雄传奇故事，也是一部捍卫人间道义赞美侠义英雄的颂歌。

清末，奴隶娃子扎西给头人放牧的羊群被狼群逼走，为救羊群，扎西在暴风雪之夜追撵狼群时，扎西女人卓玛和女儿却被土匪抢走。当扎西回来找不到女人和女儿时，误以为她们也被大狼所害。从此，向狼复仇的扎西走向杀狼之路。不久，疯狂杀狼的扎西成为著名猎狼人。

为铲除凶狼的竞争对手，扎西被自己部族曲巴头人洗脑，在作为杀人机器去执行暗杀任务时，他巧遇流浪藏地的汉人盗马贼王成汉。由于崇拜王成汉剑客般的生活方式和机敏头脑，扎西同草原剑客结拜为异族兄弟。从此，二人在若拉草原演绎了一个个充满侠气的传奇英雄故事。

一次，扎西追杀狼王无意闯入雪山冰洞时，发现了来自外星球的神秘石碟。因抚摸石碟接收到强大神秘信息后，扎西的视觉、听觉发生了神异变化。因这变化，杀狼英雄扎西更加无比神勇，同狼王进行多次你死我活的较量。

为寻压寨夫人，匪首黄大郎将旺堆之女曲珍抢上老鹰崖。几年后，卓玛从匪巢逃出，向扎西哭诉了真实遭遇，她投冰谷自杀后，为自己冤杀无数大狼万分悔恨的扎西，带着强烈的赎罪心理，收养了两只狼崽。扎西因喂养狼崽学会狼语和狼的诸多习性。一年后，长大的狼崽却先后裹挟回一些大狼。由于扎西收编狼群挤压了乌岗狼王生存空间，迫使乌岗狼王逃离草原。很快，扎西就成为狼军团新首领。从此，人们便视过去的猎狼人为牧狼人。其间，王剑客通过到京津两地考察，了解到维新变法运动，又通过谭嗣同的被杀，开始倾向社会变革。

具有侠肝义胆的王剑客几次深入匪巢，终于将曲珍美女救出。草原大部族为争草场，再次爆发大规模打冤家战争。为避免自己部族覆灭，曲巴头人用尽各种办法，迫使教堂美女丹珠找到牧狼人扎西，恳求扎西带回狼军团拯救自己部族。曲珍为向土匪复仇，不仅学会打枪，还跟扎西学会牧狼，成为女侠的曲珍爱上了救命恩人王剑客。惨烈战斗仍在继续扩大。在大活佛和刘县令及约翰牧师多方调停下，牧狼人扎西几次险被暗杀，在同王剑客九死一生联手下，最后终于用狼军团灭了顽匪平息了部族战争，为草原赢来牧人渴望的和平。

全书围绕扎西这一充满血性的传奇英雄展开故事，涉及人物有草原剑客、土司、部族头人、大活佛、传教士、丹珠美女、天葬师、马帮首领、麻风病人以及土匪、军火商与狼王等。书中人物性格极为鲜明，故事跌宕起伏，悬念不断扣人心弦。同时，我们能从一个个推进和反转故事与人物命运中，看到对人性中的善与恶、阴谋与贪婪、信仰与奉献、侠义与豪情、狼性与人性的诸多揭示和刻画。阅读此书能给人不忍释卷的痛快之感。

第一章

大雪之夜，不幸惨剧从天而降

寒风呼啸，雪花狂舞。

天地间黑沉沉一片，若拉草原仿佛酒后醉汉，被漫天飞舞的雪片击打得东倒西歪。蚀骨寒气随四处乱窜的风雪，钻进天空与大地每处缝隙，威逼着草原上一切生灵。

远处，卡巴拉大雪山垂着凝重的头颅。几声凄厉狼嚎后，伫立在雪山上浑身裹着乌黑发亮毛皮的乌岗狼王，竖起它残缺而机警双耳，磨动足有三寸长的巨大獠牙，用犀利的双眼眺望着山下雪原。尔后，它一个纵身跳下山岩，率狼队朝若拉草原扑去。

暴风雪中，黑色牛毛帐篷好似大海里的乌篷船，在汹涌的雪浪中颠簸摇晃。帐篷内，脸庞黑红的彪形壮汉扎西左手抓着皮囊喝酒，洁白坚硬的牙齿不断撕扯着羊腿。简易土灶旁，扎西的女人卓玛，搂着六岁女儿梅朵在烧奶茶，漂亮的卓玛不时给火塘添加干牛粪。旺旺的牛粪火温暖着帐篷每个角落，映照着宛若青铜雕塑的牧羊人扎西……

在这风雪之夜，土匪二头领泽木刺率领几名小匪，挥鞭打马朝牛毛帐篷方向奔来。

帐篷外，群狼开始啃咬羊圈。受到惊吓的羊群挤着一团，哀鸣般叫声被呼啸雪风掩盖。见群狼动作迟缓，焦躁的乌岗狼王退后数步，猛地朝前跃起越过栅栏，冲进羊圈的狼王立即咬断拴门的牦牛绳，然后又回头扑向领头羊。几声惨叫后，喉管咕咕冒血的头羊倒地抽搐。两头大狼上前用利牙撕开羊肚，血腥味顿时随风飘散开来。被恐怖吓晕的羊群，随即被狼群撵出羊圈。

拴在帐篷前的枣红马，见羊群被狼群撵走，立刻扬蹄昂首发出几声嘶鸣。警觉的扎西侧耳听了听枣红马嘶鸣，蓦地，他抓起叉枪冲出帐篷。

扎西匆匆奔到羊圈后大惊，除头羊尸体外，羊圈内不剩一只羊。他慌忙查看雪地杂乱蹄印后，气得咬牙大骂："狼杂种们，我饶不了你们！"转眼间，扎西跨上马背，沿雪地蹄印追去。

黑藏獒猛地蹿上，冲在枣红马前面。

卓玛从帐篷探头朝扎西高声叮嘱："扎西，要注意大狼哪！"

乌岗狼王似乎发觉有人追撵，立即命令狼群分为几支小队，分别赶着羊群朝不同方向逃去。远处，狂奔中的泽木刺发现从帐篷内射出的火光，顿时大喜，对身后喽啰说："弟兄们，快跟上，今晚不愁吃喝啦。"

就在窈窕的卓玛捣弄牛粪火时，梅朵钻出帐篷朝羊圈跑去："阿爸，阿爸。"霎时，一蒙面汉子从马背弯腰抓起小梅朵。小梅朵在惊吓中顿时大声哭喊。蒙面汉子故意原地绕两圈后奔逃。听见哭喊的卓玛惊慌抓起藏刀冲出帐篷，朝传来梅朵哭喊声方向撵去。这时，从帐篷后打马奔出的高大汉子泽木刺追上卓玛，一把将她提上马背。很快，泽木刺奔驰的马后扬起一阵雪烟。

大雪飞舞，黑暗之翼渐渐吞没了卓玛的呼喊……

雪花似银蝶在夜空飞舞。

卡钦部族寨落外，蒙面的黄大郎将手一举，众匪便勒住马缰停下。下马后，身板壮实的黄大郎命土匪们将马拴在树干上，然后悄悄朝寨内摸去。借着呼啸的风雪掩护，黄大郎一伙偷偷来到一藏式碉楼大院外。一小匪指着大门对黄大郎说："大哥，这院就是曲巴头人的。"

黄大郎点点头："三寸丁，你没给老子弄错吧？"

三寸丁："大哥，我拿脑袋担保，绝对没错。"

黄大郎立即挥手示意，另一汉子忙蹲下，三寸丁跳上汉子肩头，汉子很快把三寸丁送上高高墙头。身形瘦小的三寸丁趴在墙上朝院内观察片刻，然后从怀中掏出一坨肉朝院内雪地丢去。稍后，不见响动的三寸丁回头低声禀告："大哥，没狗。"来了精神的黄大郎立刻命令："给我开门！"

转眼间，跳进院内的三寸丁就悄悄打开了院门。

进入院内，土匪们便四处散开，按事前分工各自占据攻守位置。提着英式短枪的黄大郎，率两匪迅速朝楼道摸去。刚上楼道，一条猛犬突然冲出，汪汪大叫朝黄大郎扑来。情急之下，黄大郎扣动扳机，一枪朝扑来的猛犬射去。火光中，猛犬仍亡命扑上去狠狠咬住黄大郎的枪管。

院内立刻响起护院家丁呼喊："不好喽，土匪进院啦！"黄大郎见势不妙，立即拔出短剑直捅猛犬双眼。一家丁举枪想射黄大郎，被眼尖的三寸丁一枪撂翻。曲巴在房内盯着院内高喊："给我打啊！打死这帮土匪！"很快，又有家丁从房内冲出，用火枪朝黄大郎一伙射击。

两眼血肉模糊的猛犬滚下楼道，疼得在院中雪地乱窜，但它仍凭着对主人的忠诚，嗅着陌生气味朝黄大郎一伙疯狂扑咬。随即，院落外又接连响起一阵狗叫声，黄大郎一伙且战且退，企图朝院外突围。

受伤猛犬似乎明白黄大郎一伙意图，立即蹿至大门口，回头张着血口狂叫。机敏的三寸丁发现睁不开眼的猛犬根本看不清物体，于是抽出背上大刀朝猛犬劈去。咣的一声，猛犬头皮被削掉一大块耷拉下来，黄大郎顺势一脚将猛犬踢翻在地，率先冲出院落。

喊叫声中，密集枪声再次响起，众多家丁冲出院落朝黄大郎一伙撵来。很快，又有两名小匪中弹倒下。危急时刻，接应的同伙赶到，压住家丁火力后，黄大郎趁机朝寨外撤去。

枪声渐渐稀落，穿着厚厚皮袍的曲巴头人来到院中。身躯稍胖眼有凶光的曲巴看着雪地里几具尸体，再扭头盯着趴在院门边的猛犬，对身旁波绒吩咐："给我把医生叫来，一定要救活雪狮。"波绒应声后急忙朝院外走去。这时，雪狮挣扎着，一步一步朝主人曲巴爬来。

曲巴见雪狮爬行困难，忙上前察看雪狮伤情。借雪地反光，曲巴揭开翻扣的头皮才发现，雪狮双眼球已垂挂鼻子两边，两眼眶还依然在不断涌血。曲巴猛地抱过浑身颤抖的雪狮，两行热泪潸然而下。

随即，曲巴拔出英式短枪朝夜空射去，很快，夜空便响起曲巴的怒吼声："雪狮啊，我曲巴不为你报此血仇，誓不为人！"

风雪中,泽木刺一伙同黄大郎数人,按约定在魔鬼寨下会合。泽木刺下马指了指马背上的卓玛,得意地对黄大郎说:"大哥您看,我给您弄回个压寨夫人。"劫寨失了手的黄大郎正有些郁闷,上前用马鞭挑起卓玛的脸看了看,然后回头将手一挥:"走,弟兄们,回山寨喝几坛酒压压惊再说。"

大雪飘飞,狂风呼啸中,黄大郎一伙打马朝远处老鹰岩奔去……

三天后黎明,若拉草原四处被大雪覆盖,大有千山鸟飞绝之感。寒风吹过,东方天际在万籁俱寂之时,透出一丝光亮。静穆时刻,一阵嗡嗡的诵经声从贡钦法轮寺传出。数盏酥油灯静静燃着,像是默祷着新的一天到来。高高法椅上,慈目善眉身体发福的喜喇大活佛,正率身着红色袈裟的众僧在念《大悲咒》。

当寒冷的曦光之翼降临草原和庙宇时,喜喇活佛双手合十声音低沉地对众僧说:"弟子们,几天几夜大暴雪已向我们昭示,若拉草原大雪灾降临了。佛祖告诫我们,在普度众生时,一切向佛之人应有大慈悲心。面对大雪灾,我们寺庙要向那些受灾牧人和草原生灵施救,包括魔鬼寨的麻风病人。"

转经筒摇动,法鼓声中,众僧在大活佛安排下缓缓走出经堂。寺庙仓库保管室前,干练的智空管家和铁捧喇嘛嘉央措忙碌着,向即将救灾的僧人分发物品。没有喧哗,法轮寺大门外,喜喇大活佛不断向将踏上救灾之路的僧人叮嘱和祈愿……

老鹰岩洞中大殿,众匪围着卓玛大肆浪笑。黄大郎上前,摸着卓玛的脸说:"你已饿了几天,脸蛋还如此漂亮,我看,你还真是上天给老子送来的压寨夫人嘛……"话音未落,卓玛一巴掌打在黄大郎脸上。

倒退两步的黄大郎,立即拔出短剑对着卓玛胸口。

"好你个倔强娘们,你若敬酒不吃老子就成全你!"说完,黄大郎举剑直刺卓玛。泽木刺慌了,一个箭步上前,抓住黄大郎手臂说:"大哥,这藏族女人气性大,再过几天她就老实了。现在,您何必在此动怒。"随即，泽木刺又低声说，"大哥啊，我们弄个漂亮女人不容易，放心吧，我一定把她调教好再送给您。"

黄大郎盯着泽木刺沉思片刻，转身对秃子吩咐："你把这女人给我关进小屋，没我允许，谁也不准同她接近！"见秃子将卓玛推进山洞深处，黄大郎快步走向大殿上的熊皮大椅，他摇晃着脑袋不断自语道，"老子要宣布，要宣布一个新的发财计划……"

打箭麓县衙室内，微胖的县令刘青禾与清瘦的张师爷围着藏式小火炉喝着酥油茶。

刘县令问："张师爷，我听说这几天若拉草原雪灾严重，果真如此么？"

张师爷答："回县令大人，我今上午刚接到萨嘎部族贡布头人消息，说大雪灾使若拉草原人畜冻死不少。"

刘县令叹了口气，说："唉，自我上任这些年来，不是这样灾就是那样灾，真叫人头痛呀。"

张师爷眉毛一挑，嘴角透出一丝笑意说："祸兮福所倚，福兮祸所伏。这大雪灾对头人和牧民是灾，但对我们县衙而言，或许并非是不幸之事。"

刘县令有些不解："张师爷，此话怎讲？"

尔后，张师爷回头看看窗外，将手附在刘青禾耳边一阵低语。说完后，两人相互会心一笑，各自端起热腾腾酥油茶一饮而尽……

雪后初晴，被大雪覆盖的草原四处闪着刺眼雪光。

牵着枣红马，扎西拖着疲惫身躯朝已被大雪压塌的牛毛帐篷走来。最先跑拢的黑獒用两只前腿猛刨一阵后，回头对惊慌走来的扎西大叫。扎西愣了片刻，四处张望一阵后，焦急呼喊卓玛和梅朵名字，开始疯狂清除压在帐篷上的厚厚积雪。黑獒也呜呜叫着，不断从雪下叼出被压物品。

半个时辰后，扎西盯着被清理出的物品，嘴角不断抽动，眼中噙满了泪水。他扑通一声跪地，挥动双臂仰天一声大喊："卓玛，你在哪儿啊！"

清脆的钟声响过。县城边，教堂顶高高的塔尖直刺天空。

教堂内，房间小窗格上的各种彩色玻璃，在阳光照射下闪烁着五颜六色之光。具有典型欧式风格的教堂，在藏地不仅显得异类，也呈现出别样的庄严肃穆之感。教堂上空，伴随阵阵管风琴声，传来赞美诗《颂主恩光歌》歌声："圣子耶稣道成肉身，成全救赎，妙受深恩。世界明光驱散黑暗，跟随他行，生命丰盛……"

教堂布道台上，皮肤白皙鼻梁高挺胸挂十字架的约翰牧师，用半生不熟的中文对十几位教友说："耶稣最虔诚的信徒们，现在若拉草原发生了大雪灾，四处弥漫着死亡阴影。我作为上帝最忠实的仆人，要告诉你们的是，上帝不允许我们对雪灾袖手旁观，他要我们设法去救助灾民，去献出我们爱心！"

牧师充满激情的讲演后，众教友似乎更明白了救助同胞的意义。最后，众人跟着个子瘦高的约翰牧师齐声说道："愿耶和华的圣灵护佑灾民，愿草原上的生灵早日获得我主荣光，阿门。"

此刻，寒风吹过茫茫雪原，远处雪山宛若银色金字塔默立蓝色天空下。扎西仍发疯般在雪原呼喊寻找卓玛和梅朵。空旷的雪野不时传来扎西嘶哑的呼喊声。

雪野中，三两只寒鸦不时被扎西的呼喊声惊起。低声哀叫的黑獒东嗅嗅西闻闻，一直奔窜在扎西身边不远处。突然，黑獒好似发现什么，便使劲用前爪刨着雪层。不一会儿，黑獒就叼出一只小毡靴来。扎西抓过小毡靴一阵翻看辨认，他声嘶力竭地呼唤着梅朵名字朝厚实的雪层刨去。片刻工夫，扎西便从雪层下抓出两根凝有血迹的人骨来。

扎西紧紧抓着腿骨和小毡靴，噙满泪水的双眼再次环顾茫茫雪野，撕心裂肺地迸出一句："我的小梅朵啊！"尔后，悲痛欲绝的扎西倒在雪地，昏死了过去。

温暖的藏式客厅内，雍容富态的曲巴头人斜躺在厚厚卡垫上，一面饮酒一面吃着手抓羊肉。推门而进的波绒管家低声向曲巴禀告。

他说道："头人老爷，遵您盼咐，我已安排人将三名被土匪打死的家丁送往天葬台，明早，他们忠于您的灵魂就将升天。"

"嗯,很好,我曲巴从不亏待忠于我的人。别忘了,三位家丁的家里你都各送五两银子去。"

"头人老爷,您真是天底下最好的大善人。"

"管家,雪狮医治得咋样了?"

"回老爷,雪狮绝食已整整三天,快不行了。"

曲巴非常诧异:"什么,雪狮绝食?"

"是的,老爷,它双目失明,大概——大概它也明白活着就是受罪的理吧。"

曲巴想了想,说:"唉,既如此,你就补它一枪,让雪狮少受点罪。今晚,你派人把雪狮也给我送往天葬台,让寺院经师专门念经超度雪狮忠勇的灵魂。"

"好的老爷,我一定让尼玛天葬师先安排雪狮升天。"

"管家,还有别的事吗?"

"禀老爷,听说奴隶娃子扎西家的牛羊,在雪灾中一头也没剩,他女人和女儿也丧生饿狼之口。"

曲巴蓦地站起,走到窗边回头说:"他扎西家咋的,雪灾跟我无关,我的牛羊损失多少赔多少,他女人和女儿被狼吃掉算他倒霉!"

"老爷,听说扎西正发疯似的在草原寻找失散的牛羊。"

曲巴咬牙回道:"哼,土匪劫寨给我造成不小损失,连雪狮的命都搭进去了。我的牛羊就是银子。若扎西赔不出我损失的牛羊,老子就剥他的皮抽他的筋!"

叮叮当当的马铃声响起。这铃声好似献给若拉草原的复苏曲,慰藉着异常冷寂的雪原。清瘦干练戴着皮帽的肖志雄,率一队马帮,正行进在通往打箭麓道上。

几只瘦弱寒鸦站在教堂内大树上,兴奋地盯着树下忙碌的神职人员,不时发出几声凄凉叫声。尼卡娅嬷嬷微笑着抬头看看讨食的寒鸦,忙从屋内抓出一把青稞撒在树下。很快,几只寒鸦飞落下地,匆匆啄食起青稞来。

一辆马车终于驶进教堂院内,约翰牧师忙叫众人往马车上装载救灾物资。曾是教堂杂役现为牧师助手的藏族美女丹珠，立即将几件旧藏袍放到马车上。尼卡嬷嬷等人，先后将糌粑、酥油和砖茶等物，也匆匆搬上马车。最后，约翰牧师抱出一床新棉被刚要装车，却被匆匆走来的丹珠挡住。

"尊敬的约翰牧师，这可是您刚做好的新棉被。"

"丹珠，我不是还有过去那床旧的吗，仍然可用嘛。"

"牧师，您受冻感冒一直没好，还是把新棉被留下，用旧棉被救灾也是可以的。"

约翰摇摇头说："上帝要我们用最真挚的爱心，献给那些在大雪灾受冻的牧人，这正是体现我们基督徒仁爱之心的最好时刻。"说完，约翰毫不迟疑将新棉被放上了马车。

待救灾物品装载完毕，牧师检查后高兴地打了个响指："OK，马上出发去县衙。"

闹哄哄的酒馆内，靠窗的王成汉在独自饮酒。或许是不想让别人看清他右脸上那道深深疤痕，他总是将头上那顶黑色宽边呢帽压得很低。不大的酒馆内，四处弥漫着浓郁的酥油味。身穿藏袍的汉子不时进出着，有的在同老板娘调笑，有的在条桌边喝得满面红光，有的喝得两眼发直舌头发硬，有的甚至已醉倒在地。王成汉似乎对身边一切都不感兴趣，两眼总是警惕地观察四周，要不就是静静盯着窗外路过的行人。在老板娘玉香眼中，刀疤脸王成汉永远像流亡藏地的汉人逃犯。

高大汉子王成汉出生于成都，小时上过四年私塾，喜欢李白的饮酒诗，还跟邻居刘拳师学过几年功夫和剑术，十五岁那年被舅舅带到雅安讨生活。由于他头脑灵活手脚勤快，被舅舅跑马帮的朋友肖志雄看上。五年间，王成汉跟着肖志雄从雅安到打箭炉，然后又去理塘、巴塘，过金沙江走通麦，穿越林芝翻米拉山到拉萨。几年下来，王成汉不仅熟悉了贩盐和砖茶等生意，还长成了魁梧汉子。长年的马帮生活中，他坚持闲暇时练拳和剑术，熟悉藏地生活的同时也学会了藏话，最终成为肖志雄不可或缺的得力助手。

天有不测风云。没料想几年前肖志雄的马帮，在翻越折多山时被土匪所劫。蒙面土匪为杀人灭口，不仅抢走所有马匹和物品，还企图杀死所有马帮人员。所幸的是，有武功的王成汉救出了肖志雄，其余人员全部被杀喂了狼和野狗。为复仇，十天后王成汉身背两把大刀整整寻了一月，也没寻到土匪踪影。为躲债，肖志雄逃回四川洪雅老家，无脸回成都的王成汉却从此过上盗马为生的日子。他脸上疤痕，就是两年前盗马失手，同一群藏族汉子拼斗时留下的。从此，江湖上就有人戏称他为"刀疤脸"。

这时，化了装的黄大郎几人，掀开厚厚门帘走进酒馆。秃子装扮成乞丐，拿着破土碗蹲在门外放哨。

突然，酒馆外传来一阵喧闹声。王成汉定睛望去，只见一马夫赶着堆满各式物品的马车，行进在满是雪尘的土道上。头戴蜜蜡与绿松石头饰、穿着崭新藏服的丹珠，手扶车上物品和尼卡娅嬷嬷走在马车两旁。高大白净的约翰牧师尾随在马车之后。

很快，街两旁指指点点议论纷纷的人们，就开始围观跟着马车而行。在十九世纪末中国西南十分封闭的藏地，能见到长相和穿着十分独特的洋人，那可是新奇之事。盯着漂亮丹珠的王成汉眼睛一亮，惊叹道："乖乖，真没想到，藏地仙女般的大美女，竟出在洋教堂里！"随即，眼睛放光的刀疤脸立马钻出酒馆。

街道上吆喝声、赞叹声、议论声和口哨声不时响起。黄大郎对泽木刺使个眼色，会意的泽木刺和三寸丁忙朝外走去。街道旁的藏式土楼露台上，央宗和女儿曲珍也好奇注视着缓缓行进的马车。微笑的央宗指着约翰说："曲珍快看，那高大的洋人就是我们教堂的约翰牧师，他常跟我们讲解圣经哩。"听到此，一旁手持佛珠的旺堆土司，恨恨地盯着他姿色不错的女人阿佳央宗。

看着众多围观人群的丹珠，此刻像过藏历年般高兴。丹珠是农奴后代，两岁时，父亲因在风雪夜中放牧丢了头人三匹马，被头人贡布派人捆在木桩上打残。为复仇，她父亲挣脱铁链当夜放火烧了头人马厩，逃跑后被抓回又遭点了天灯。不久，母亲神经错乱被头人强行送进魔鬼寨。成为孤女的丹珠，被好心人说通铁匠泽翁收养了她。在苦水中长大的丹珠，九岁时被送到刚修建好的洋教堂做了杂役。那时,小丹珠就像朵还未开放就快枯萎的格桑花。

丹珠天资聪颖记忆力好,常在教堂窗外偷听约翰牧师讲解《圣经》。几年下来,丹珠不仅会跟着唱诗班唱数首赞美诗,还能用不太标准的英语背诵些《圣经》章节。了解丹珠情况后的约翰大惊。上哪去寻找这么聪明伶俐的翻译!丹珠就是教堂对外最好的代言人!就在丹珠十四岁那年,已长得亭亭玉立的她正式成为约翰牧师的工作助手。

王成汉混在人群中尾随马车,偷偷欣赏着丹珠的美貌。

泽木刺故意借点燃叶子烟机会,不断偷窥旺堆土司家地形。矮小的三寸丁,用炭枝在小羊皮上迅速描画地形图。这次黄大郎亲自带人离开老鹰岩匪巢,就是为实施他新的发财计划。昨夜,黄大郎就私下对泽木刺说,此次发财计划若能成功,他就要在老鹰岩扯起大旗招兵买马。泽木刺没想到大头领黄大郎有如此振兴谋划,竟兴奋得喝了大半宿酒,大赞黄头领才是若拉草原真正的主人。

县衙门外,刘县令和张师爷率一队兵丁,已候在那里。天气异常寒冷,刘县令不断用嘴朝两手哈着热气。人群中,王成汉突然发现一胖胖的藏族青年尾随丹珠身后,不仅伸手去拉扯丹珠衣服,嘴里时不时还发出嬉笑声。

人哪,真是世上最奇怪的生物。王成汉在被丹珠美貌震惊后,就立即产生了对丹珠的好感。对王成汉来说,这来得异常突然的好感,仅是对美的欣赏与崇敬,还无半点淫邪之念。此时的他,一旦看见有人像流氓泼皮似的骚扰丹珠,顿时就来了气。其实,王成汉也不明白,这个稍胖的巴登青年所为,也是对丹珠的喜欢,只是他俩呈现的喜欢方式不同罢了。

不久,约翰牧师的马车就来到县衙前。

腰挎大刀的县衙兵丁,个个威风凛凛立在大门两边。穿着七品官服的刘县令和戴着瓜皮帽的张师爷,用微笑迎接约翰牧师一行。待约翰向刘县令鞠躬问好后,刘县令指着满车物资高兴地说:"尊敬的约翰牧师,你们教堂送来的赈灾物资不少嘛。"

约翰客气着说:"哪里哪里,不多不多,这是我们上帝仆人应该做的。"

刘县令打趣道:"约翰牧师,我是该感激您呢,还是该感谢你们大发慈悲的上帝呢?"

"尊敬的县令刘,我是秉承上帝旨意而来,您当然应该感谢上帝才对。"

"嗯,不错不错,你们上帝就像我们及时雨宋公明一样,该救助时就出手。好,很好嘛。"

一番对话后,刘县令立即命人搬卸物资。张师爷一面清点物品一面用毛笔记下数字。趁众人围观之际,王成汉用手指弹出一石子朝紧贴丹珠的巴登打去。"哎哟",巴登一声叫唤,忙用手捂住冒血的额头。扫视乱哄哄人群,气极的巴登突然拔出藏刀跳上马车,指着人群吼叫:"谁敢打我,有种的站出来,别玩阴的!"众人见巴登一副凶相,大家知道他是旺堆土司大公子,便纷纷退去。

丹珠惊讶地看看马车上的巴登,忙抓过车上最后一床毛毯,便躲在牧师身边。有些气恼的刘县令,见巴登如此给他在牧师面前丢脸,回头将手一招,几个兵丁挥着大刀就朝巴登扑来。巴登见势不妙立即跳下马车。奔逃时,额头流血的巴登吐出长舌朝刘县令扮个怪相。见此情景,约翰哈哈大笑,伸出拇指对刘县令说:"你们藏族人还真有幽默天赋。"

临别,牧师从身上掏出两锭大银递给刘县令。

约翰说道:"县令刘,这是我们教堂两个月的经费开支,我也一并捐出,供你们赈灾用。"

刘青禾一面推辞一面说:"约翰牧师,这咋好哩咋好哩。"

"县令刘,我们永远是朋友,教堂永远是藏族民众的避难所。当年,若不是您说服朝廷同意,我们就不可能在打箭炉建起第一座教堂来。我们教会为感恩,支援这点钱财也是应该的。"

刘县令笑了笑不再推辞,忙命张师爷拿出账簿,并大声叮嘱:"张师爷,你别忘了,今年是光绪二十一年。"张师爷很快在账簿记下数目和年月日,然后呈给刘县令过目。刘县令接过账簿时,张师爷低声对刘青禾说:"看来,这洋教堂果真是个有油水的好地方。"

当长着鹅蛋脸型的老板娘玉香将一大盘血肠端上桌时,黄大郎一把抓住玉香的手。害怕的玉香忙怯声说:"各位大——大哥大爷们,玉香若有招待不周之处,请你们见谅哈。"

不开腔的黄大郎冷笑两声,然后用另只手将一锭大银放在玉香手中,说:"十天后,你把二十坛好酒给我亲自送到老鹰岩来。"

玉香睁着惊诧大眼说:"大——大哥,我从没去过老鹰岩,我——我找不到呀。"

黄大郎说:"瓜婆娘,路在嘴上,你一问便知。到时,除你外你最多再带两名伙计送酒。听明白了吗?"

玉香不解:"为啥呀,多点人手送酒不是更方便吗?"

黄大郎咬牙说:"人多我生疑,没人谁来搬酒?给我记住,若不按我说的办,老子一把火将你酒馆烧个精光,看你还做啥生意。"

玉香吓得不断点头:"是是,大哥,我一定照您说的办。"

酒足饭饱后,黄大郎一伙很快离开了酒馆……

雪野上,神情茫然异常疲惫的扎西,牵着枣红马仍在四处搜寻。扎西身后,厚厚的积雪仿佛被犁出一道深深沟痕。无力的黑獒跟随扎西身后,累得吐出长舌呼呼直喘粗气。

被大雪覆盖的雪山上,神气而威严的乌岗狼王站立山岩上,静静俯视茫茫雪野。皮毛黑得发亮的狼王四周,分散站着数头大狼。呜呜风声中,狼王仰脖两声嚎叫后,两只大狼立即蹿往一棵大树下,很快,两头大狼从树洞里拖出一只大羊尸体。拖完羊后,两只大狼摇着尾巴退往一旁。

群狼静静注视狼王,不再发出声响。

这时,只见乌岗狼王跃下山岩,朝大羊尸体走来。群狼仍一动不动,看着狼王张着大嘴朝羊肚咬去。片刻工夫,狼王那尖利牙齿就扯出羊肝和羊心独自享用起来。这就是等级森严的狼群生存法则:强者为王!

空中,一只秃鹰盘旋着,似乎锁定了地上猎物。

此刻,只见乌岗狼王将头一昂,率先朝天空发出一声狼嚎。随即,众狼立马朝天空发出气吞雪山的狼嚎声。雪尘纷纷坠落树枝,声浪如剑直刺天穹。盘旋的秃鹰猛然将翅一振,朝更高的天空飞去。骄傲的狼王侧目一望,秃鹰的影子已消失得不见踪影。

狼王抖抖身上雪尘,很是自豪地独自又走上山岗。待狼王站定回身时,它再次发出嚎叫,众狼听后,立即朝死羊扑去。寒风吹过,好似将群狼咀嚼声撕扯声送往更辽远的茫茫雪野……

嘴唇干裂的扎西,突然发现一只野兔从前方跳过。这时,两天未进食的扎西,才强烈感到饥饿魔爪在撕扯他空荡荡的胃。灰色野兔跳过之处,扎西发现了雪地上的血迹。他明白,这是只受伤的兔子。

野兔跳来跳去,停在离扎西不远的地方。扎西下意识舔了舔干裂的嘴唇,看着蹲在雪地上一动不动盯着自己的野兔,悄悄丢下马缰又取下叉枪,猫着腰慢慢朝野兔接近。就在扎西跃起扑向野兔时,野兔突然一蹦,迅速朝一雪洞钻去。大喜的扎西忙指挥黑獒守住其他地方,他知道,野兔的洞不会只有一个出口。

扎西迅速脱下藏袍拴在腰间,挽起衣袖朝雪洞掏去。摸索一阵后,扎西猛地从雪洞拖出一条红色方格围巾。大惊的扎西认出,这是他买给卓玛的围巾。扎西立即抽出藏刀猛刨雪洞,一面刨一面哭喊:"卓玛,卓玛你在哪儿……"

狂刨好一阵后,扎西面对啥也没有的雪洞,气得挥着藏刀又乱砍一通,然后坐在雪地上放声大哭:"卓玛、梅朵,是我扎西对不住你们哪,我没想到,你母女俩咋会被恶狼祸害了,呜呜呜……"

寒风吹过,暮色中,雪花又开始飘落。

蓦地,扎西从雪地站起,挥着手中藏刀高声吼叫:"狼崽子们,我要向你们复仇,我要复仇啊……"

第二章

被复仇之火点燃的杀狼之战

红日冉冉升起，凝有寒意的阳光，静静照着若拉草原和卡巴拉大雪山。

突然，魔鬼寨传出一阵打斗声和撕心裂肺的哭喊声。山崖中段凹处一间简易土屋内，两个手脚溃烂的女麻风病人，正从被扑倒在地的诺巴手中，抢夺一只活山鼠。脸色饥黄的诺巴死死捏着吱吱直叫的山鼠捂在胸前，任随两女人捶打撕咬就是死活不松手。大雪灾中，数天断食使本就与人间断了直接往来的魔鬼寨，又平添几分死亡的气息。

听到哭喊后，头发蓬乱的索朗丹增，拖着流着脓血的双腿，爬进诺巴房间。高大的索朗丹增厉声喊道："哎呀哎呀，你们干啥，都给我住手！"

趁两女人松手回看丹增时，诺巴立即将山鼠塞进嘴中。转眼间，诺巴嘴里还没咽气的山鼠就被她吞咽下肚。两女人一看诺巴吞掉了山鼠，气得又用双手撕打诺巴，尔后，哇哇绝望地大哭起来。

踏着厚厚积雪，壮实的铁棒喇嘛嘉央措和两名僧人，奉喜喇活佛之命背着糌粑、酥油和奶渣等食物，艰难地朝魔鬼寨走来。阳光下，鲜红色袈裟像团希望之火，慢慢飘向雪山下的魔鬼寨。

魔鬼寨存在已有上百年历史。它地处十分偏僻的大雪山下，位于若拉草原东北角。一百多年前，有人在卡钦部族发现了麻风病人。被视为不治之症的麻风病，在那时足以令人谈虎色变。头人或牧人不忍心杀死自己患了病的亲人，又不敢让病人留在部族再传染其他人，于是，想了个两全其美的办法，在雪山下一处山崖凹处，为病人搭建起几间能避风雨的土屋，每月按时为病人送些食物，让他们在与世隔绝中自生自灭，也算了了麻风病人家属心愿。出于对麻风病的无知和恐惧，久而久之，若拉草原便留存下一个残酷规矩：进了魔鬼寨的人，不能再回到正常人群生活，谁要是发现违规者，轻则处死病人，重则殃及全家和族人。

魔鬼寨地名原叫野狼谷。由于麻风病人增多后，出于对此处恐惧，不知何时，就逐渐被人改称为魔鬼寨了。后来，头人为惩罚罪不至死的下人或精神有点问题的人，也常借机把人强行送往魔鬼寨。丹珠的亲生母亲诺巴，就是被萨嘎部族头人贡布送进魔鬼寨的女人。

三年前，丹珠听人说自己母亲还活在魔鬼寨，便多次央求收养她的泽翁铁匠，一同去看望自己母亲。谁料想，当丹珠和泽翁站在山下呼喊求见诺巴时，泪流满面的诺巴又惊又喜又怕。害怕连累丹珠的诺巴，竟用石块划破自己的脸，破相后的诺巴面朝山下，变着声调回道："诺巴五年前就死啦，我是诺巴的患难姐妹，我替她谢谢你们。"说完，诺巴回到土屋整整哭了两天两夜。魔鬼寨的人都说，要不是索朗丹增看护和劝导，诺巴不知死过多少回了。

嘉央措三人终于来到魔鬼寨下。在雪地放好食物后，嘉央措便双手合在嘴边，朝山上高声喊叫起来。

几间破败的土屋内，麻风病人们听见山下传来熟悉的声音，顿时有的欢喜得在地上打滚，有的双手拍地，有的兴奋得相互抱着啃咬对方，还有的激动得立马晕倒在地……"有食物喽，有食物喽。"索朗丹增一面喊，一面疯了般爬到岩坎边，然后不停朝山下挥手高声回应。丹增的黄色藏獒跳过山石，汪汪叫着，欢蹦着沿羊肠山道朝嘉央措三人蹿去……

趴在马背上的扎西，刚来到桑尼家帐篷前，就昏沉沉跌下马来。黑獒忙钻进帐篷，扯着桑尼围裙直往外拉。桑尼认得黑獒，立即叫上强巴钻出帐篷。

貌美的桑尼见扎西仰躺在地不省人事，忙俯身喊叫："扎西姐夫，你醒醒，你醒醒啊。"不由桑尼吩咐，忠厚的强巴立即将扎西抱进帐篷。稍后，脸庞黑红嘴唇干裂的扎西慢慢醒来。扎西无力指着灶上茶壶说："我——我要奶——奶茶……"明白意图的桑尼，忙将奶茶倒进木碗，扶过扎西的头慢慢将奶茶灌进扎西嘴里。强巴忙从布袋倒出最后一碗青稞面，然后抓些奶渣和酥油，就在木碗中拌和起来。

扎西吞咽下糌粑又喝了三碗酥油茶后，精神很快恢复许多。桑尼神情忧虑地问道："扎西姐夫，这大雪灾中，你把我姐和小梅朵弄到哪去啦？"

随即，强巴也说："扎西，我去过你家帐篷好几回，我见帐篷被大雪压塌，你们该不会是去了法轮寺，在那躲避风雪吧？"

扎西摇摇头，神情忧伤地说："实在不敢隐瞒二位，卓玛和小梅朵被恶狼祸害了。"

桑尼大惊，愤然质问："什么，我姐和梅朵被狼吃了？那你这个大男人干啥去了？"

心情沉重眼含泪水的扎西，只好将一周前发生的惨剧告诉了桑尼和强巴。桑尼抹泪又问："姐夫，照这样说来，你给曲巴头人放牧的一百多只羊，现一只也没啦？"

扎西无可奈何地点点头："嗯。"

满面愁容的强巴压低声音说："这几天，部族中一直流传着扎西遭遇不幸的消息，我原以为有人故意嚼舌头，没想到，这一切不幸都是真的。"见扎西低头不语，桑尼提醒扎西："听说，曲巴头人已派出家丁，在四处找你哩。"

强巴说："他曲巴头人找人是假，要扎西赔他一百多只羊才是真。"

桑尼有些急了："姐夫咋办？我们这些做奴隶的，就是五条人命也抵不上头人家一百多只大羊啊！"

很快，三人都意识到问题的严重性。帐篷内，弥漫着沉闷而焦急的气氛。平时做事麻利心直口快的桑尼，这时也没了主意，起身在帐篷内来回走个不停。稍后，桑尼蹲下劝扎西说："姐夫，我看你还是快逃吧，或是到魔鬼寨避难去。唯有如此，曲巴头人才无法治罪于你。"

扎西盯着桑尼，反问道："逃，我往哪逃？若拉草原就是我家，我哪也不去。"

桑尼说："那你拿啥赔头人的羊？"

烦躁起来的扎西猛地站起，对桑尼吼道："我拿自己命去赔，总可以吧！"

强巴见扎西无法控制情绪，忙劝道："扎西，桑尼说这些都是为你好。

我们再想想，看还有没有更好的办法。"

扎西看看二人，坚决地说："不用再想啥法，此生我不杀尽恶狼，没为卓玛和梅朵报仇之前，其他啥也不做。"说完，扎西便朝帐篷外走去。刚跨出帐篷，扎西又回头说："至于如何赔曲巴头人的羊，我自有办法解决。"

夜，寒月朗照大地。

两匹高大壮硕的马，被拴在离法轮寺不远的废弃土房里。离土房不远的大石后，刀疤脸偷偷观察四周，不断留意通往县城的土道。不久，一个黑影在土道上出现。刀疤脸见着越来越近的马帮头肖志雄，悄然笑了。

这是刀疤脸定的规矩，若同肖志雄做买卖，他只单线交易。不为别的，混江湖的刀疤脸要顾及脸面，他不想马帮里的人知道他已成盗马贼。

走到土房门外，身穿棉袍的肖志雄见四下无人，立刻警惕地从腰间抽出短刀紧握手中。当肖志雄刚跨进门，一把剑就抵在肖志雄腰上。不待肖志雄回头，刹那间，刀疤脸侧身一脚将肖志雄短刀踢到空中，然后一跃而起，又将短刀抓在自己手里。肖志雄回身一个扫堂腿，想将袭击他的人扫翻。结果，却被刀疤脸顺势一掌劈翻在地。转眼间，刀疤脸迅速又将倒地的肖志雄拉起。

被戏弄的肖志雄有些来气，给刀疤脸胸口就是一拳："狗日的刀疤脸，你连师父都敢戏耍，不想要命啦？"

刀疤脸嘿嘿一笑，拱手道："师父在上，请受徒儿一拜。"说完，刀疤脸抱拳单腿朝肖志雄跪下。肖志雄忙拉起刀疤脸，说："老子没时间跟你闲扯，马呢？"

刀疤脸二话不说，推开一道破木门，指着藏在屋内的两匹马说："您要的货在这。"

肖志雄："给我牵出去瞧瞧。"

很快，刀疤脸牵着两匹马来到土屋外。月华如银，跟远近的积雪共同辉映出些许光亮来。肖志雄围着马转了两圈，扳开马口仔细瞧了瞧，然后又摸马头又拍马身，最后满意地对刀疤脸说："不错，是好马。"

刀疤脸嬉笑道："师父，不是好马我能卖给您吗？"

肖志雄问:"开价呗,要多少?"

刀疤脸回道:"开啥价嘛,您是内行,随便给个数就成。"

肖志雄想了想,有些无奈地说:"本来冬天跑马帮就犯忌,这次翻二郎山不幸遭遇大风雪,滚了两匹驮马到山谷。唉,损失太大,老子还得赔货。"

在生意面前,刀疤脸从不含糊,一听肖志雄话里暗藏玄机,有些不愉快,警觉地问道:"肖老大,您该不会没带银子来吧?"此刻,刀疤脸不称肖志雄师父,俨然摆出一副要做正经买卖的架势。

"看你说的,我咋能空手就牵走你的马呢?"说完,肖志雄从怀中掏出十两银子。刀疤脸并未接银,一脸严肃地说:"肖老大,您跑马帮可干的是正经营生,货里若夹带点鸦片,每趟跑下来,赚的银子也不少吧。别人不知,难道我这跑马帮出身的人,也成了外行?"

"银子是少了点,余下的算我欠你的,下次来打箭炉时,给你带来,行不?"

"肖老大,我可过的是刀口舔血的日子,这么好的两匹马,若放在马市上,怎么也得卖七八十两银子吧。"

"那是那是,今天你就看在师徒份上,我下次补上如何?"

"若您真只有十两银子,那就只能牵走一匹马。"

这时,远处旷野响起几声狼嚎。肖志雄犹豫片刻,又从怀中掏出十两银子,一并塞在刀疤脸手上,说:"刀疤脸,这回你体谅下师父难处,下回一定再给你补上十两,行了吧?"说完,肖志雄就跃上马背。

刀疤脸无奈点点头,说:"行,请您一路保重,下次记着定要给我带来。"

话音刚落,肖志雄两腿一夹,牵着另一匹马就朝县城跑去。马蹄声渐远,刀疤脸掂了掂手中银子,吹着口哨朝教堂方向走去。

圣诞节快到了,为庆祝节日也为吸引更多藏族民众加入教会,约翰牧师正在教堂的礼拜大厅,指挥二十多名教友练唱颇有气氛的《圣主来到歌》赞美诗。为凑人数,央宗今晚将女儿曲珍也带来加入到唱诗班。由于丹珠嗓音颇具藏地高亢嘹亮的特色,约翰今晚特让她试着担任领唱。没想到，丹珠的领唱效果不错，得到台下审看节目的尼卡娅嬷嬷夸赞。

《圣诞夜歌》歌声不断在夜空回响。尼卡娅嬷嬷凝望约翰牧师高大的背影，眼中渐渐浮现出十年前的情景。约翰出生在英国伦敦一牧师家庭，从小受父亲影响甚大，神学院毕业后就开始从事牧师工作。此人信仰极为坚定，是耶稣勇敢的追求者和基督教捍卫人。鸦片战争几十年后，为传教，他随英国一批传教士来到中国。在成都时，当他得知世界屋脊的藏地还听不到上帝福音时，便孤身一人化装潜往四川康巴藏地。在雅安他雇了一名翻译兼向导的藏地通，竟数次化险为夷冒死到达目的地。刚到藏地就病倒的他被喜喇活佛用藏药救治。正是约翰为信仰的献身精神感动了喜喇活佛，在活佛支持下他才得以在藏地立足。

后来，当成都基督教会得知失踪半年的约翰，竟孤身深入康巴藏地成功传教时，教会全体人员均被他冒死传教行为感动。他的事迹很快传遍英国和欧洲，一些报刊还连续登载他的传奇经历。在成都教会全力支持和打箭炉县令同意下，他终于如愿在康巴藏地修建起第一座教堂。正是受他行为感召，尼卡娅嬷嬷和另几名神职人员，才赶来同他一道在此传教。几天前，当牧师把赈灾物资送到县衙后，又有七八名藏族男女加入了教会。现在，约翰已成为若拉草原最受尊敬的外国传教士。

夜色中，被教堂歌声吸引，胖乎乎的巴登一直徘徊在教堂的院墙外。自遇到丹珠后，巴登几天来吃不香睡不好，丹珠的身影一直在他脑中晃动，单相思之苦开始折磨正值青春期的巴登。

月色诱人，歌声更迷人。巴登找来一架木梯，颤巍巍地爬上教堂高高院墙。丹珠领唱的声音再次传来。透过蜡烛映照的彩色玻璃，巴登只能看见隐约人影。尽管如此，趴在墙头的巴登，依然有着无限满足感。

闪烁寒星，宛若宝石镶嵌在深黛色的夜空。循着教堂传出的歌声，踏着月光的刀疤脸也朝教堂走来。很快，机警的刀疤脸就发现趴在墙头的人影。盗马人擅长夜间活动，似乎他的视力，比常人更具对黑夜的穿透力。

闪到大树后观察的刀疤脸，很快认出趴在墙头的胖家伙，那就是几天前骚扰教堂美女之人。眼珠一转，刀疤脸顿时有了恶作剧的主意。此时，巴登仍趴在墙头，双腿晃悠闭眼听着教堂传出的歌声。刀疤脸蹑脚蹑手走到墙下，悄悄搬走木梯又朝树后躲去。

不久，排演结束的基督徒纷纷走出教堂。约翰牧师和丹珠来到大门口，挥手送别教友们。墙上的巴登双脚一伸，满以为踩着木梯就可下地，谁知，双脚踏空的巴登一个跟斗从墙上摔下。"咚"的一声，肥胖身子重重砸在地上，疼得巴登趴在地上咧嘴叫唤。

躲在大树后的刀疤脸见此情景，忙捂嘴坏笑。稍后，刀疤脸昂头吹着口哨，优哉游哉朝酒馆方向走去。

老鹰岩洞中厨房内，戴着脚镣的卓玛一面抹泪，一面在奶桶中一上一下打着酥油。三天前深夜，被绑住手脚的卓玛终被黄大郎强奸。完事后，黄大郎对卓玛撂下一句话："若你想活，就给老子听话点。"卓玛寻死觅活，企图撞墙而死。秃子和泽木刺整整守着劝了一宿。泽木刺向卓玛保证，一年后一定放卓玛出去与家人团聚。卓玛要求先见见自己女儿梅朵，秃子拍着胸口说这事简单，全包在他身上（其实，风雪中抢走梅朵，引诱卓玛出来的正是秃子。当时梅朵一直在马上哭闹抓扯，还狠狠咬了秃子一口。一气之下，秃子给了梅朵一刀就顺势扔在雪地里。不幸的是，小梅朵的哭喊声引来两头大狼。小梅朵就这样丧生狼口）。

万般无奈下，渴望同丈夫和女儿团聚的卓玛，信了泽木刺和秃子信誓旦旦的保证，答应当一年厨妇作为放她出去的条件。黄大郎怕卓玛逃走，下令秃子和三寸丁给卓玛戴上脚镣。第二天晚饭时，当黄大郎一伙吃着香喷喷烤牛排，喝着异常鲜美羊肉汤时，黄大郎大赞卓玛厨艺是若拉草原第一号。

雪花飘飘，刺骨寒风沿山谷呜呜吹出。

在沙沙作响的飞雪落地声中，两头大狼沿山谷悄悄朝谷口走来。刚到谷口，走在前的大狼竖起耳朵，用鼻猛嗅空中气味。它似乎感觉到异样，便不安地四处张望。

除落雪和风声，好像天地间没啥新动向。于是，两头大狼又慢慢朝前走去。忽然间，扎西从潜伏的雪堆站起，举起叉枪就撂翻一头大狼。另一头大狼立马朝山坡逃去，企图甩掉扎西。两眼发红的扎西猛追大狼不放。

大狼见扎西死死朝它追来，开始蹿跳着朝雪坡高处奔去。扎西很快明白大狼意图，他要逼得大狼毫无退路，便朝雪坡靠崖处斜着爬去。

大狼终于逃上崖顶，回头见扎西又举起叉枪。大狼不傻，立即一跃朝崖下跳去，它企图跳进雪窝再躲过索命子弹。这时，扎西叉枪响了。扎西用提前量将坠落空中的大狼击中。扎西见大狼栽进雪窝，立即纵身也朝崖下跳去。

受伤大狼顽强站起，想挣扎爬出雪窝。扑来的扎西举起藏刀，直刺大狼脖子，接着又猛捅大狼肚子。很快，满身是血的大狼就不再动弹。喘着粗气的扎西，用刀割下只狼耳塞进怀中，便向谷口走去。

来到谷口，扎西寻着倒毙雪地的另一只死狼，也割下只狼耳塞进怀里。随后，扎西沿山边朝一洞口走去。山洞中，枣红马正悠闲吃着草料。黑獒蹲在洞口见扎西走来，忙摇着尾巴迎接主人。

篝火燃起，扎西忙烤吃食物。吃完食物的扎西偎着火光，从怀中掏出狼耳数了起来。反复数过狼耳的扎西，脸上终于有了些许笑意。

"看呀，我扎西终于杀死六头大狼了。"

午后，丹珠抱着一包食物和洗干净的衣物，匆匆朝铁匠铺走去。正在铁砧上打刀的泽翁见丹珠进屋，放下铁锤就给丹珠倒奶茶。丹珠忙放下手中物品，拉着泽翁的手。

"阿爸，我自己来，您歇会儿吧。"

泽翁笑着回道："丹珠呀，阿爸不累，阿爸见你回来就高兴。"

丹珠打开牛皮纸包，说："阿爸，这是我们教堂今天发的一点牛肉，我拿回给您烧个菜，咋样？"

泽翁呵呵笑了："扎西德勒，你们洋教堂真好，还分给你牛肉哪。"

"阿爸，我们牧师特叮嘱我，一定要我亲自给您老人家炖好牛肉汤，才能返回教堂。"

"哎呀，你们洋牧师真是个好人，回去后记住代我向他问个好。"

丹珠笑道："好呀，阿爸，我一定把您的问候带给约翰牧师。"

说完，丹珠将铜盆放到火炉上，开始烧水洗切牛肉。泽翁走到铁砧旁，吩咐小学徒尕娃拉起风箱，他又叮叮当当打起藏刀来。

泽翁原是卡钦部族农奴后代，年轻时因护送老曲巴头人儿子去打箭炉读书，路上遭狼群攻击，他舍命救下老曲巴儿子（就是现在的曲巴头人）。为报救命之恩，小曲巴求父亲解除了泽翁的农奴身份，并要泽翁去跟汉人铁匠陆铁锤学打制刀剑手艺。

有了自由身的泽翁，每年仍要买点礼物回部族看望老曲巴和小曲巴。五年后，当学到手艺的泽翁回部族向曲巴头人报到时，已长大的小曲巴被憨厚忠诚的泽翁深深打动。未经父亲同意，小曲巴带着家丁又将泽翁送回铁匠铺，并拿出二十两银子买下铺子，要陆铁锤同泽翁一道生活。直到这时，泽翁才真正相信自己不再是农奴了。万分感激的泽翁流泪跪谢曲巴，直至额头磕出血来。

从此，铁匠铺就成了泽翁唯一的人生世界。十年后，刻苦学艺的他就成为远近闻名的泽翁铁匠。他一直未婚，并为病故的师父陆铁锤送了终。后经好心人介绍，在他四十二岁时，收养了孤女丹珠。从此他细心抚养小丹珠。贫穷而又相依为命的岁月，使泽翁和丹珠的父女感情日渐深厚，令众多知情人羡慕不已。

待丹珠刚把牛肉汤烧开，头戴宽边黑呢毡帽的刀疤脸便走进了铁匠铺。凝视刀疤脸，泽翁诧异地问道："这位大哥，你找谁呀？"

刀疤脸从身上掏出二十两银子，啪的一声放在桌上。

"泽翁铁匠，我要订制一把藏刀。"

泽翁看看刀疤脸腰间挂的长剑，不解地问："大兄弟，你不是有剑吗，还要藏刀做啥？"

刀疤脸唰地从腰间抽出寒光闪闪的长剑，用指尖弹了下寒气逼人的剑锋，有些遗憾地说："泽翁铁匠，我这剑虽锋利无比，但它重量太轻，只能用来护身吓人，却无法对付猛兽和野牦牛的攻击。我想要把你们藏地最好又有一定重量的藏刀，这样的话，我这剑客行走藏地，不是心里更踏实些吗。"说完，刀疤脸唰地将剑插回剑鞘，然后打个响指，有些得意地笑了。

坐在炉前的丹珠，好奇地看着行为有些奇怪的刀疤脸。

泽翁拿起桌上银子，塞回刀疤脸手里。

"大兄弟，即便我给你打制一把好藏刀，也要不了这么多银子呀。"

刀疤脸立即将银子又放回桌上，拱手说："尊敬的泽翁铁匠，谁不知您是打箭炉的制刀大师，我这点银子不算啥，若是您给我打制的藏刀令我满意的话，我会再添酬金谢您。"

泽翁摇摇头："大兄弟，你实在给的太多，我泽翁收了心里会不安的。"

刀疤脸微笑着偷偷看看丹珠，意味深长地对泽翁说："尊敬的制刀大师，往后，我孝敬您老人家的日子还长着哪……"说完，刀疤脸将帽檐拉低，迅速朝门外走去。

没料想，刀疤脸刚出门就同巴登撞个满怀。

巴登手拿镶着宝石已摔坏的刀鞘，来求泽翁帮他修理，没想到，一到铁匠铺居然撞上突然走出的刀疤脸。虽出于嫉恨，刀疤脸暗算了两次巴登，但巴登并不知眼前这人就是捉弄过他的人。

巴登见撞他的是个汉人，就趾高气扬喝道："喂，你他妈没长眼睛哪，本少爷来此，你也不知避让，太没规矩。"

刀疤脸一听，顿时火了，质问道："谁没长眼睛？你小子嘴放干净点，别满嘴喷粪！"

"喷你妈的屁粪！"巴登将袖子一挽，一副仗势欺人做派就拿将出来。随即，巴登挥拳朝刀疤脸打来。

刀疤脸侧身一闪，飞起一脚朝巴登胸部踢去。毫无防备的巴登一声大叫，便被踢得仰躺在地。并不怕事的巴登从腰间抽出藏刀，一刀朝刀疤脸踏在他胸口的腿砍去。刀疤脸立马伸手抓住巴登挥刀的手腕，使劲一扭，只听一声大叫，巴登痛得脸色刷白，手中藏刀顺势落地。

丹珠躲在屋内早已看清一切。小尕娃躲在风箱后大气不敢出。匆忙跑出的泽翁立马拉开刀疤脸："好汉住手，你俩都是我的顾客，不要打架嘛。"说完，泽翁推开刀疤脸，忙扶起巴登。

"哎呀，巴登大少爷，你没伤着身子骨吧？"

站起的巴登并不搭理泽翁，却狠狠盯着刀疤脸。此时的巴登终于明白，他眼前这个并不起眼的汉人，绝非等闲之辈。君子报仇十年不晚。想到此，巴登将手一拱，对刀疤脸说："大哥好身手，我巴登总有同你再较量的时候。"

刀疤脸轻蔑地将眉毛一挑，回道："好呀，巴登大少爷，我一定奉陪到你下战书那天。"

踩着冬日阳光的暖意，桑尼背着几张捆在一起的兽皮，叩响曲巴大院紫铜门环。得到家丁禀报的波绒管家，来到门口问桑尼。

"你是谁？找曲巴老爷干啥？"

"管家大人，我是扎西女人卓玛的亲妹妹，我叫桑尼。我是来替我姐夫扎西求见曲巴老爷的。"

波绒有些吃惊："你替扎西求见老爷，为啥扎西不来？"

桑尼解释道："扎西在草原和雪山杀狼，他要替我姐和侄女报仇，所以，没时间亲自前来赔罪。"

波绒问："扎西想求老爷开恩，不杀他，对吧？"

桑尼摇摇头说："不是不是的。"

波绒有些不耐烦起来："那为啥？"

漂亮的桑尼有些羞涩回道："扎西交代过，要我亲自跟曲巴头人讲才行。"

波绒认真打量桑尼一番，想了想说："好吧，你在此候着，我这就去禀告曲巴老爷。"

客厅内，待波绒禀告完毕，曲巴放下鼻烟壶，起身将窗帘拉开一道缝，仔细看了看脸蛋漂亮身段窈窕的桑尼。沉思片刻，曲巴便问波绒。

"管家，我之前似乎没见过这年轻女人。"

"回老爷，这桑尼父母死得早，之前她一直跟着扎西家在草原放牧。去年春，强巴结婚就是娶的桑尼。老爷您不是还送了一袋奶渣表示祝贺嘛。"

曲巴点了点头："我想起来了，是有这事。当时我听说扎西为这婚礼，还跳了一整夜锅庄，对吧？"

"是是，老爷记性真好。"

曲巴叹道:"真没想到,强巴这蠢笨的奴隶娃子,居然娶了个如此漂亮女人。"

揣摩一番后,有些领会曲巴意图的波绒,上前一步低声问曲巴:"老爷,是否让我去把桑尼叫上来,您亲自问问?"

曲巴正正色,平静回道:"管家,自己部族的奴隶求见,我曲巴似乎没理由拒绝嘛。"

波绒把桑尼领到曲巴面前,桑尼放下兽皮,忙跪下对曲巴叩头说:"尊敬的头人老爷,奴隶桑尼打扰您了。"

斜靠在软卡垫上的曲巴,挥挥手说:"起来说话,起来吧。"

桑尼头也不敢抬,仍跪在地上说:"头人老爷,我桑尼跪着就行,不敢站着跟您讲话。"

曲巴点点头:"也行,扎西有啥话要你捎来?"

桑尼跪着将几张兽皮展开,对曲巴说:"老爷,这有三张狐皮和两张狼皮,这是扎西让我送给老爷的。"

波绒盯着兽皮,顿时火了:"桑尼,难道这几张兽皮就能抵我家老爷一百多头大羊?"

桑尼忙说:"哎呀,管家大人,不是这样的。"

波绒又问:"不是这样,那送兽皮啥意思?"

曲巴见波绒自作主张插话,忙挥了挥手:"管家别急,让桑尼把话说完。"

"哦呀,谢头人老爷开恩。扎西说,他家损失老爷一百多头大羊,他就是用三条命也不够赔偿。扎西还说,他每年分六次向老爷进贡上等兽皮,待他把若拉草原的狼杀光后,就亲自前来听候老爷处置。"

曲巴有些惊讶,忙问:"桑尼,扎西为啥要杀光若拉草原的狼?"

桑尼解释道:"老爷,扎西要为我姐和小梅朵报仇。"

曲巴蓦地站起,挥手说:"真是岂有此理!弱肉强食,这是天理。他扎西凭啥要杀光草原狼?狼若被他杀光,谁去处理那些因瘟疫病死的牦牛、大羊和众多旱獭?若没了狼,若拉草原就会变成腐臭的坟场,你知道吗?"

第二章:被复仇之火点燃的杀狼之战

受到惊吓的桑尼忙回道:"老爷,扎西和我没您想的周全,我今后一定向扎西转达您的道理。"

曲巴接着说:"你见着扎西给他讲,就说我曲巴头人说的,让他杀十来头大狼出出恶气就行了,别成天想着再去杀狼。"

桑尼跪在地上不断叩头:"老爷说得在理,说得在理。"

"你去告诉扎西,大狼也要生存嘛,它们不会吃草,只会吃肉,所以,谁撞在狼口上就算谁倒霉,知道吗?!"

待桑尼再次点头称是后,曲巴又对桑尼说:"你回吧,如何处置扎西,待我想好后再做决定。但你可转告扎西,这次,我曲巴头人决不会要他小命。"

桑尼刚走下楼道,曲巴再次从窗口凝视桑尼的背影。随后,曲巴招呼过波绒,在管家耳旁一阵低语。波绒听完曲巴之言,忙朝曲巴竖起拇指。

波绒赞叹道:"蒂姆,头人老爷不愧是若拉草原一代雄主,您这可是一箭三雕之计啊。"

第三章

阴谋：头人妄图将猎狼人变为杀人机器

由于疯狂杀狼，扎西已成猎狼人的消息，在若拉草原渐渐传开。有同类经常突遭猎杀，处于恐惧中的狼群，竟在乌岗狼王的带领下，开始在草原或大雪山中东躲西藏。发誓为卓玛和小梅朵复仇的扎西，早将自己生死抛到九霄云外。杀狼，已成扎西活着的唯一目的。

黎明，蜷缩在早已熄灭的篝火旁，扎西在洞中被冻醒。他看看偎在身旁的黑獒，理了理厚实的藏袍，又将眼合上。突然，洞外雪野传来几声狼嚎。已对狼嚎极度敏感的扎西，顿时睡意全无。他起身抓起叉枪，就朝洞外走去。

刚出洞口，一张大网就从扎西头顶落下。曲巴的一群家丁凶猛扑上，很快将扎西五花大绑捆个结实，推搡着他，朝卡钦寨落押去。

得到禀报的曲巴，命令波绒将扎西关进土牢，用皮鞭狠狠抽打。家丁头目郎嘎受波绒指使，用蘸过水的牛皮鞭，朝绑在柱上的扎西挥去。啪啪声中，被剥光上衣的扎西，胸膛和胳膊很快布满众多血印。

老谋深算的曲巴，岂能忘二十天前发生的枪战。天下人都知道，土匪喜欢的是钱财和女人。可那帮偷袭他的人却并未抢他马匹、牛羊和女人，而是直冲他防备森严的曲巴大院而来。这偷袭在曲巴看来，就是来索要他项上人头的！

曲巴自认为，数年来他和老鹰岩土匪是井水不犯河水，并没结下非要人命的梁子。这世上最恨他的，就是竞争对手萨嘎部族的贡布头人。卡钦部族和萨嘎部族，均属若拉草原两支最大最有实力的部族。两部族历史悠久，以草原中心地带的梭磨河为界，各自占据属于自己的草场繁衍生息。一百多年前，随两部族人口增添，便开始了争夺草场打冤家的部族战争。

虽然惨烈的部族战争各有胜负，但却断断续续从未停息。

　　自那夜偷袭事件后，曲巴立即做了两件隐秘之事：一是验证被打死的人中，有无萨嘎部族的人；二是派出自己家丁化装成牧人，去打探贡布头人动向。令曲巴头人懊恼的是，面对被打死的家伙，除刀枪和破皮袍外，他竟无法分辨出这些人的来历和身份，甚至有两人还分不清是汉人还是藏人。打探消息的家丁回来禀报时，也没带回任何关于贡布是否是幕后主使的信息。

　　虽没确定偷袭事件的幕后真凶，复仇心切的曲巴头人，岂肯束手待毙善罢甘休。他派出家丁抓捕猎狼人扎西终于如愿。曲巴原本仍想用杀鸡儆猴方式警示别的奴隶，自昨天见到桑尼后，他就有了新主意。被管家奉承为一箭三雕的，其中之一就是改变对扎西的处置，施计让扎西成为他的杀人工具。

　　任随凶残的朗嘎如何挥舞皮鞭，快将舌头咬断的扎西就是不吭一声。扎西越是这样，作为家丁头目的朗嘎就越来气。人性的特征之一便是：征服者喜欢看到被征服者的求饶和彻底投降。

　　早站在大牢外的曲巴见时机成熟，快步走进土牢，一把夺过朗嘎手中皮鞭，挥鞭朝朗嘎抽去。被吓懵的朗嘎立即跪地不断朝曲巴磕头："老爷，奴才犯有何罪，求您开恩明示。"

　　曲巴对跪地朗嘎厉声喝问："嗯，谁让你鞭打扎西的，给我老实说，谁让你鞭打的？快滚！"随即，曲巴上前，用白嫩手指摸着扎西身上累累伤痕，不断摇头说，"哎呀，我来晚了来晚了，看那些奴才把你打成啥样了。"说完，曲巴竟从怀中掏出白绸巾替扎西擦起血迹来。

　　见曲巴头人如此对自己，奴隶娃子扎西哇的一声，竟感动得放声大哭。在奴隶制时代的藏地，农奴就像头人手中一根草一只鼠，头人掌握着对任何奴隶的生杀大权。扎西原以为损失一百多头大羊，被曲巴头人处死是极正常的事。不知是计的扎西，看到曲巴头人如此对待自己，竟被感动得一塌糊涂。

　　曲巴忙命人给扎西松绑，然后交代家丁要好好款待扎西三日，并特意安排扎西去柴房住下疗伤，说三天后再来亲自探望。扎西踉跄跪下谢过曲巴后，便被家丁往外扶去。

午后，波绒带着两名提着青稞面和奶渣的家丁，来到桑尼家帐篷。帐篷内，波绒看着十分简陋的摆设，命家丁拿出礼物，然后说："桑尼，这是曲巴老爷送给你家的。"

桑尼和强巴忙跪谢波绒管家，尔后，桑尼起身给波绒递上奶茶。波绒眉头一皱，说："放下吧，我不渴。"桑尼顿时明白，波绒有嫌弃之意，忙知趣地将奶茶又放回土灶上。

波绒直接以命令口气对桑尼和强巴说："听着，曲巴老爷吩咐，强巴明早上路，磕等身长头去拉萨大昭寺和甘丹寺替老爷还愿，这袋青稞面就是给强巴路上吃的。"

憨厚的强巴忙问："波绒管家，我替曲巴老爷还啥愿呀？到了大昭寺和甘丹寺，我该如何向佛祖禀告，该求菩萨保佑曲巴老爷啥呢？"

波绒想了想，从怀中摸出一锭银子回道："强巴，你需在甘丹寺和青海的塔尔寺，替曲巴老爷点燃几百盏酥油灯，好好拜佛供灯，替老爷还愿。其他没啥，你就对佛祖说，曲巴老爷在佛祖保佑下，身体健康，牛羊成群，部族兴旺就行了。"

老实的强巴忙点头应道："哦呀，管家大人，强巴记在心了。"

波绒提醒说："强巴，你一定要在明早太阳出来前上路，这是头人老爷特别交代过的。"

强巴忙又跪下，向波绒叩头说："扎西德勒，强巴一定按曲巴老爷交代的做，明早一定准时上路。请管家大人转告老爷，就说我强巴感谢他对我的恩赐，能替他去拉萨大昭寺还愿，是我莫大荣幸。"在那年月，任何奴隶都明白，能磕头去替头人还愿，那简直就是人生幸运之事。为奖励有些能活着回来的奴隶，个别头人为此还解除了他们奴隶身份。

波绒见强巴信心满满地应承下来，有些高兴又对桑尼说："桑尼，老爷说了，强巴走后，你就到曲巴头人家去做家奴。"

虽说是奴隶出生，但在草原放牧自由惯了的桑尼，还是对家奴感到陌生，便问："波绒管家，家奴是干啥的？"

波绒解释道："家奴种类较多，但曲巴老爷主要让你去打扫他卧室和客厅,负责他的饮食起居。"虽说桑尼平常爽直乐观,但还是敏感地猜到曲巴老爷的险恶用心。原来,借替老爷还愿支走强巴的用意,就是想让她去曲巴身边。想到这,桑尼找理由对波绒推辞说:"波绒管家,桑尼从未干过伺候人的事,你还是让老爷另找别人去吧。"

波绒却说:"曲巴老爷说了,眼下你就是最合适人选。桑尼,我奉劝你千万别再推辞这份好差事,否则……"

桑尼急了:"管家大人,这事我无论如何也要同扎西商量才行。求您宽限几天,行吗?"

波绒胸有成竹地说:"好吧,我估计扎西三天后会来你家,我也相信,扎西一定会赞成你去老爷家,担负起不愁吃穿的家奴之职。"

这时,帐篷外传来了一阵马蹄声。

波绒管家三人刚钻出帐篷,就看见身穿官服的刘青禾县令,在一群县衙兵丁护卫下,慢慢朝桑尼家帐篷方向走来。纳闷的波绒,忙同家丁迅速离开桑尼家。

三天后黄昏,曲巴家女奴,给躺在柴房疗伤的扎西,端来一大盘煮熟的牛羊肉和一坛烈酒。正待扎西狂吃猛喝快扫荡完盘中食物时,曲巴推门而进。

扎西正想起身,曲巴一把将扎西肩头摁住,说:"扎西不必拘礼,你是有伤之人,今天,给老爷叩头就免了。"尽管扎西没再磕头,仍双手合十不断说:"谢曲巴老爷恩赐,谢谢老爷。"

突然,曲巴抽出英式短枪,指着扎西额头,厉声问:"奴隶娃子扎西,你是不是我的罪奴?"

酒被吓醒一半的扎西,猛地跪下,低声回道:"头人老爷,我扎西是您的罪奴,是罪奴。"

"你既知是罪奴,对我曲巴头人的任何处置和要求,可愿接受?"

扎西忙磕头说:"罪奴扎西,甘愿接受头人老爷任何处置和要求,决不反悔。"通过几天好吃好喝款待,加之曲巴颇有心机的设计表演,单纯的奴隶娃子扎西,已被曲巴彻底洗脑蒙骗。

曲巴猛地将枪口一抬,仰头大笑:"哈哈哈,扎西,你真不愧是我曲巴的好奴隶。"

听完曲巴这句话，扎西顿时懵了，他根本无法弄清曲巴真实意图。到底是杀还是不杀他？头脑简单的扎西，只好睁着发红双眼，愣愣地望着曲巴。

见扎西跪地不再说话，曲巴收起短枪说："扎西，起来坐着说话。"待扎西坐定，曲巴又认真问道，"扎西，你想不想解除自己农奴身份？"

扎西有点惶恐，说："头人老爷，过去扎西从没想过，自从丢了您家一百多头大羊，我——我连做梦都不敢想了。"

"给我听着，扎西，若我交给你一件差事，要是你能完成，我立马就解除你农奴身份，另外再送你一百头大羊和一顶帐篷，你可愿意？"

扎西忙又叩头说："头人老爷，求您别再戏弄奴隶娃子了。"

曲巴拉起扎西，认真说道："若此事是真的呢？"

扎西见曲巴头人如此严肃认真对他说话，才感到这事不是说着玩的。自他记事起，从未听说过损失了头人家牛羊的奴隶，还会受到头人款待。在奴隶娃子扎西看来，没被抽筋剥皮，就是天大幸运了。

想到此，扎西茫然问道："头人老爷，您想让扎西做啥事？只要我能办到，就是您不解除我奴隶身份，我也心甘情愿去完成。"

曲巴见时机成熟，慢慢将嘴凑到扎西耳边，好一阵交代。扎西听完大惊失色，忙说："老——老爷，这事我扎西不——不敢做啊。"

曲巴将枪塞在扎西手中，态度异常坚决地说："人，不能食言。你刚才已表态愿替我做一切事。何况这事不是为我曲巴一人做的，而是为我们整个卡钦部族做的，你把枪给我收下。听着，这枪作用只有两种：一是用它自杀；二是你将他除掉。我的话到此为止，你自己做出选择！"说完，曲巴就离开了柴房。

转眼间，波绒就进了柴房。波绒跟扎西交代，强巴前两天就磕头去拉萨替头人还愿了，他要扎西今晚去见桑尼。临别时，波绒吊诡地说，祝扎西和桑尼开始转大运。

扎西起身穿好藏袍，又将短枪塞进怀中，神情忧郁地离开柴房。惨白的月色中，扎西踏着积雪，摇摇晃晃朝桑尼帐篷走去。

帐篷内，一盏酥油灯燃着微弱火苗。桑尼面朝一尊半尺高铜制佛像，闭眼跪在地面羊皮上，双手合十不断念着六字真言。寒风吹过，黑色牛毛帐篷不断抖动，好似暗夜挣扎飞行的受伤老鸦。

跌跌撞撞钻进帐篷的扎西，一头栽在羊皮上号啕大哭。大惊的桑尼忙问："姐夫，你咋啦？"不答话的扎西哭着哭着，开始用双拳猛捶地上羊皮。桑尼有些火了，一把扳过扎西泪流满面的脸，哭着问："扎西，你有啥事就说出来，憋在心里我也难受啊。"

扎西仍捶着羊皮，哭道："我——我扎西不会杀人哪……"

听着扎西异常突兀的话，桑尼十分惊诧，忙问："扎西，杀什么人？谁要你杀人？"

扎西突然坐起，神经质地摇头说："桑尼，你——你别问，这是曲巴老爷的秘密，这是惊天秘密哪……"说完，扎西将桑尼抱在胸前，像孩童般又哭起来。

听扎西说是曲巴头人的秘密，而且跟杀人有关，桑尼反而冷静下来。她清楚，扎西已失去卓玛和梅朵，强巴又磕长头去了拉萨，现在，世上她只剩扎西姐夫这唯一亲人了。部族中磕长头去拉萨还愿求菩萨保佑的人，大都会死在朝圣路上。强巴外出将有近两年日子，定是生死难料，她不愿再失去扎西了。想到此，桑尼开始用另种方式劝慰扎西。

"扎西哥，若是曲巴头人交代的秘密，你不告诉我也罢。你知道吗，波绒管家要我去头人家做家奴，负责曲巴老爷的饮食起居。"

扎西大惊："你——你要去头人家做家奴？"

桑尼无可奈何点点头："是呀，这是波绒管家安排的。"

扎西又问："桑尼，是不是强巴去拉萨朝圣，替曲巴老爷还愿了？"

桑尼点头后，扎西似乎明白些什么。一时还理不清头绪的扎西想了想，异常忧郁说："唉，我们这些做奴隶的，咋命那么苦啊？"

沉默一阵后，桑尼说："扎西哥，前两天，路过此地的刘县令听说我往后孤身一人，他想要我去县衙做杂役。你同意吗？"

扎西将桑尼搂得更紧，流泪说："我——我扎西希望你哪也别去啊……"

酥油灯渐渐熄灭。相互抱着的扎西和桑尼，慢慢朝地上羊皮倒去……

经过两天忙碌，在旺堆土司监督下，老王头终于彻底完成对"春凤茶庄"的交接工作。巴登接任掌柜一职后，便着手茶庄的重新装修和招聘新伙计。吃过欢送饭后，老王头就踏上回雅安之路，而旺堆借故说这几天太累，他要去美人谷游玩几天，也离开了打箭麓。

新上任的巴登安排完装修事宜，就亲自在县城贴出几张招聘告示，然后开始接待前来应聘的人。巴登从小在土司父亲呵护下长大，养成骄纵刁蛮习性。十五岁时，他喝酒后带领一帮小兄弟，同来县城玩的贡布头人儿子打架，用藏刀捅死两名贡布家丁。被彻底激怒的贡布头人，亲率上百家丁包围他家院落。危急时刻，在刘县令和喜喇大活佛调停下，旺堆终以赔偿十匹好马二百两银子了结此事。事后，旺堆将巴登捆着鞭打教训，不料挣脱绳索的巴登竟夺过马鞭朝父亲抽去。气极的旺堆开枪朝巴登腿上打去。从此，有些惧怕的巴登才开始收敛放任行为。

如愿以偿开始掌握茶庄经营权的巴登，自有他不为人知的野心和秘密。十二岁时，巴登因学汉文去成都住过两年。稍长大些后，见过些世面的巴登，从未将土财主似的父亲放在眼里。他一再在家里说，只要他接手茶庄，不出三年，他家茶庄就将成为茶马古道最大的茶庄货栈。当初旺堆以为儿子吹牛，就没当回事，后来见巴登常谈出些新颖的经营思路，最后才下决心，让年满十八岁的巴登接替老王头，担任茶庄掌柜一职。年事渐高的旺堆目的非常简单，他要试试巴登，到底是不是做生意的料，今后能否继承他辛苦创下的家业。

上任后，巴登除留下稍满意的小秋哥，其余伙计全被他解雇。他重新招聘新人的标准只有一个：高大壮实，绝对服从指挥。显然，蓄意向刀疤脸复仇的巴登，在招聘中已隐含了他未来需要打手的计划。三天后，巴登带忙了一天的新伙计们去"醉一春"酒馆时，玉香看着如此年轻就担任茶庄掌柜的巴登，着实吃惊不小。

招待晚餐快结束时，巴登突然想起中午阿妈出门时留下的话，欢迎茶庄新掌柜晚上到洋教堂过圣诞节。于是，酒足饭饱的巴登，就领着几名新伙计朝教堂走去。

与往日不同的是，教堂门外高挂起两盏马灯，门两旁立着用竹竿和树枝绑扎而成缀有各色小纸花的圣诞树。教堂内礼拜堂台上，穿着清一色白色服装的唱诗班，每人手捧一本赞美诗，在庄严唱着圣歌赞美诗。柔美的管风琴琴声中，领唱的丹珠格外引人注目。礼拜堂内四周，到处燃着蜡烛和酥油灯。

　　前两排座位上，坐着刘县令、张师爷和喜喇大活佛等人。为消除鸦片战争和甲午战争后，藏族民众对外国人的排斥仇恨心理，也为体现人类博爱精神，教会还特邀请一些当地名流、头人和土司参加。这些参加者并不信仰基督教和上帝，大都碍于刘县令和大活佛面子前来，其中还有部分人抱着看热闹的稀奇心态来到教堂。他们也想见识见识，洋人的圣诞节到底是个啥玩意儿。

　　当歌声一停歇，亭亭玉立的丹珠走到台前，用藏语向台下简单介绍圣诞节来历和耶稣诞生故事。最后，丹珠高兴地将手一招，说："大家睁大眼睛看看吧，我们圣诞老人来向大家分发圣诞礼物啦。"

　　很快，头戴小红帽，贴着白胡子的约翰牧师，背着大布袋就从台侧朝台前走来。约翰一面走一面挥手对众人说："打箭麓的朋友们，大家圣诞快乐，圣诞快乐。"

　　看着约翰异常奇妙的新颖打扮，台下的人纷纷指着议论笑个不停。接着，约翰牧师挥手说："朋友们，兄弟姐妹们，上帝叫我从遥远的西方，给你们带圣诞礼物来啦。"说完，约翰就从布袋中抓出大把糖果，朝台下撒去。顿时，教堂内的每寸空间，就被欢乐气氛塞满。

　　围观人群里，刀疤脸早就看见巴登几人。

　　伙计们见巴登并不上前抢糖果，只好静静站在巴登身旁。这时，从前面人群挤来的阿佳央宗，将手中糖果塞在巴登手中，说："巴登，喜欢我们圣诞节吗？"为不影响母亲的快乐情绪，巴登剥开一颗糖往嘴里一丢，笑着回道："阿妈真好，把这么甜的糖果送给我的新伙计。若是你们洋教堂，天天像这样就好了。"

　　央宗笑道："儿子，圣诞节可不是随便能过的，一年只有一次，就像我们藏历新年一样。"

　　待阿佳央宗回到即将领取圣餐的位置，巴登将糖果分给新伙计们，转身就率几人悄悄离开他并不感兴趣的洋教堂。

冬季的若拉草原辽阔而静谧。
好几天不见猎狼人出现，胆大心细的乌岗狼王，率狼群朝山谷跑去。刚到雪窝前，狼王立即派出放哨大狼朝两边山坡爬去。尔后，狼王就指使几头大狼开始扒拉厚厚积雪。
原来，暴风雪之夜，有一部分大羊被狼群驱赶进山谷。天亮后，乌岗狼王选定一处山崖下的低洼之地（被夏季洪水冲击形成），命几头大狼爬上山崖朝下推掀积雪。轰然倾下的积雪便将羊群全部掩埋。随着大雪不断飞落，被埋在雪窝里的羊群就成了狼群藏得较为隐秘的食物。不久，被扒拉出的死羊，就被狼群按等级开始分享。

坐在酒馆喝酒的刀疤脸，心里一直在盘算，下一个盗马目标该选何处。教堂里的两匹老马显然没卖相，不在考虑范围。法轮寺虽离县城较近，但自从丢失过马后，他几次踩点时发现，现在寺内僧人防范较严，而且已派有武功的铁棒喇嘛护卫。卡钦部族虽说离县城不很远，可最近他已三次去盗过那里好马。他从来认为干这行要事不过三，不到来年夏天，绝不能再去卡钦部落顺货。
按事前约定，刀疤脸十天后才能去取泽翁打制的藏刀。眼下已身无分文的他，若今天再不确定下手对象，他那"千金散尽还复来"的日子就难以为继。思来想去，敢于铤而走险的刀疤脸最终决定，今天直赴萨嘎部族，找贡布头人要点银子花花。

客厅内，波绒低声问曲巴说："老爷，今日已是第三天了，咋还没丁点扎西的消息？"
曲巴喝了口酥油茶，不慌不忙回道："你慌啥，我料定他扎西不会自杀，他若要除掉贡布，也定有个艰难过程。你想想，他在那么短时间就能杀死多头大狼，这样机敏勇敢之人，若拉草原咋能找出第二个？万一他不幸失手，让贡布处死他，嗯，也不会脏了我的手嘛。"
"老爷，若是扎西干掉贡布呢？"

"若他干掉贡布，我不仅要兑现承诺，我还将对他委以重任。"

波绒异常吃惊，但仍装着若无其事地问："若扎西干成此事，老爷将委以他啥重任呀？"

曲巴盯了波绒一眼，说："管家，你似乎问多了点吧。"

波绒暗惊自己失言，忙点头哈腰说："是是是，老爷，我好奇心太重，我多嘴，求老爷宽恕。"

曲巴停了停，又问："管家，你不是很有把握吗，咋桑尼还没来做我家奴？"

"回老爷，我今上午又去了趟桑尼家，依然没见人影。听她邻居说，桑尼好像去了县城。"

曲巴不解："她去县城干吗？"

"喔，老爷，我忘了禀告您，那天我从桑尼家出来时，正好看见刘县令也去了她家，但却不知县令因何而去。"

曲巴有点惊讶："蒂姆，难道县令大人也对桑尼有了兴趣？莫非，他想换换口味啦……"

确如曲巴头人所料，扎西没有自杀。

那天夜里，酒意全消后的扎西，将曲巴的秘密要求和承诺，全盘向桑尼说出。经俩人反复商量，扎西要桑尼去县上，投靠曾与他父亲有过交情的泽翁铁匠。为解除扎西奴隶身份，桑尼反而赞同扎西去刺杀贡布头人。但扎西坚持说他没想过今生要杀任何人，虽说卡钦部族和萨嘎部族有冤家世仇，但这不关他奴隶娃子的事，何况，贡布头人每年还有供养法轮寺善举。

直到清晨分别，桑尼也没说服扎西。

去县城后，桑尼多方打听找到了泽翁铁匠。泽翁听说桑尼是扎西家亲戚，就热情接待了桑尼。后在丹珠帮助下，桑尼便进了教堂做起杂役。扎西同桑尼分手后，就独自牵着枣红马，在若拉草原心事重重地游荡。

高大剽悍的扎西是典型的康巴汉子。他家世代为卡钦部族农奴，父亲却是若拉草原著名的骑手和歌王。为复仇性情刚烈的父亲被处死后，他十岁时就开始替曲巴头人放羊。在苦难岁月中长大的他，不仅练得好骑术，还练就了一手好枪法。他十八岁时同农奴后代卓玛结婚，婚后第二年就有了小梅朵。没想到，大雪灾中，他不仅失去深爱自己的女人卓玛，还失去了活泼可爱的小梅朵。他不愿自杀的原因绝非怕死，而是仍想杀狼替卓玛和女儿报仇。

扎西虽高大威猛，但思想单纯性情直率的他，做事喜欢简单直接。没想到，曲巴头人的秘密指令，却让这剽悍汉子冥思苦想几天也无法做出决定。今天，晃悠几天的他下意识朝若拉草原南方走去，那里正是萨嘎部族寨落所在地。当黄昏降临草原，他竟鬼使神差来到萨嘎部族寨落外。直到这时，他才下了先探探贡布头人情况的决心。

吃过食物的扎西，选了一僻静处躲藏起来。

半夜时分，扎西掏出枪悄悄朝寨落里摸去。在扎西观念里，头人的碉楼总是最气派最漂亮的。他不是萨嘎部族之人，不敢去向陌生人打听贡布头人院落情况。就这样，扎西躲躲藏藏摸进了寨落。

刚摸进寨落不久，令扎西万万没料到的是，在他东躲西藏时，无意发现一个黑影朝他跟来。趴在地上不敢动弹的扎西，发现那蒙面人没片刻停留，越过躲在不远的他蹑脚蹑手朝寨落中心摸去。扎西顿时懵了：莫非，曲巴头人还另派有人刺杀贡布？若是这样，他作为协助人，同样也算立了功嘛。想到此，心中暗喜的扎西便朝蒙面人跟去。

蒙面的刀疤脸东躲西闪，不久便绕过贡布偌大的院落，朝离大院后门不远的马厩摸去。刚到马厩外，一头大狗就朝刀疤脸扑来。极有经验的刀疤脸立即趴在地上，朝大狗扔去一坨肉。大狗扑住肉三两下就吞咽下肚。仅片刻工夫，大狗就倒地口吐白沫不断抽搐。躲在不远将一切看在眼里的扎西，惊得睁大双眼。

很快，刀疤脸翻进马厩打开大门，不一会儿，就牵出三匹高大健壮的马来。马蹄声似乎惊动了马厩旁土屋中的护卫家丁，立即有人提枪冲出高喊："不好啦，有人偷马喽。"随即，一阵枪声响起，众多家丁朝刀疤脸逃跑方向撵来。

躲藏的扎西一下慌了，因为他的藏身处正是蒙面人逃跑的必经之路。

追撵而来的家丁一定会认为他也是盗马贼同伙（他之前听说过盗马贼，今夜算是头一回亲眼领教了盗马人的厉害）。迅速逃离此地才是唯一上策。想到此，扎西飞身跃上最后一匹马的马背上，随蒙面的刀疤脸逃去。

紧张的刀疤脸，见身穿藏袍的汉子并无捉拿他之意，握在手中的剑就没回身向扎西挥去。

这时，打马追来的喊叫声从身后传来，一些子弹从头上呼啸飞过。不想死的扎西，忙掏枪回击。转眼间，追在前的两名家丁就被扎西撂翻。蒙面的刀疤脸惊喜大叫："阿绕，朋友，好枪法！"忘了是在逃命的扎西，顿时感到十分得意。

跑了一阵，刀疤脸又侧身问扎西："朋友，你姓啥？"

扎西见蒙面的盗马人骑术非常了得，又夸赞他枪法，便随口回道："我叫猎狼人。"

趁追撵家丁慌乱之际，扎西和蒙面的刀疤脸，迅速消失在茫茫草原……

第四章

神异天葬师，让猎狼人惊诧的几个理由

寒风中，纷纷扬扬的雪花又开始飘落。远山，再次被灰暗云层笼罩。望不到尽头的崎岖山道上，脸庞黑红嘴唇干裂的强巴，腰拴褐色牛皮绳，头发像枯草在寒风中抖动，他神情庄严地一起一伏磕着等身长头，在山道缓缓爬行。强巴身后铺满积雪的山路，被他身躯划出一道深深的雪痕。

山岩后，黄大郎的单筒望远镜中，逐渐浮现出强巴磕长头的身影。稍后，放下望远镜的黄大郎对身边小匪们叹道："唉，狗日的，今天运气实在太差，等了好半天，老子才遇上个磕长头的倒霉鬼。"

眼尖的三寸丁看见远处强巴，抬头说："大哥，今天我们不能白守，让我去搜搜他身上，或许还能搜出点碎银来。"说完，三寸丁就从腰间拔出短刀。

黄大郎瞪了三寸丁一眼，说："三寸丁，老子给你们说过多少回，别在鸡脚杆上刮油。你看看，那磕头的穷小子，他像有银子的人吗？即便两天守不到货，老子也决不会对这样的穷鬼下手。"

三寸丁嘟囔道："大哥，这大冬天的，有钱人谁还会在大雪天赶路呀？"

黄大郎拍了拍三寸丁脑袋，说："正因为这样，老子才主动出击，要抓旺堆那只肥兔子嘛。"

三寸丁一听，乐了："是呀，大哥说得对，鸡脚杆上无油，还是肥兔子油水多，好吃。"

黄大郎原是四川雅安一地痞，因躲赌债逃往康巴藏地。后伙同几名流亡逃犯，在折多山抢劫肖志雄马帮得手，便在老鹰岩拉起了杆子。两年前，他为招兵买马，又潜回雅安寻找昔日"烂兄烂弟"。没想到，有天黄

大郎刚出茶馆，就遇到大群人在围观卖艺的一老一少。当卖艺老汉同两只猴子翻完一连串跟头后，就举起木牌镖靶。这时，只见一个子较矮的青年，在场中几个空翻后，唰唰唰，立即甩出几支飞镖扎中靶心。围观人群立马喝彩叫好。随即，两只猴子就开始端着铜锣向人要钱。

几个楞头青地痞，见铜锣中碎银和铜钱渐渐增多，便一哄而上，趁机将铜锣中银子和铜钱抢走。老汉和矮青年为护卖艺所得，立即拦住地痞们讨要。抓扯中，被激怒的地痞头子，一刀朝紧抓他不放的老汉捅去，当即老汉后腰冒血倒地身亡。矮青年哭着向他父亲扑去时，又被另一地痞踢翻在地。这时，只见疯了似的矮青年，立马从身后拔出飞镖朝地痞头子扎去。额头中镖的地痞头仰面倒下不断抽搐。围观人群见势不妙立即四散而去。另几名地痞见矮个青年又在取镖，很快慌忙逃走。

不久，巡逻兵丁将矮青年团团围住。拒捕的矮青年左冲右突，挥动手中大刀居然又放翻两名兵丁。最后，矮青年终因寡不敌众被捉拿捆绑。

将一切看在眼里的黄大郎，被矮青年反抗精神和精湛飞镖之技惊呆。当晚，黄大郎用二十两银子买通狱卒，救出矮青年朝藏地奔去。已失去唯一亲人的矮青年，怀着报恩之心，毅然加入黄大郎队伍。黄大郎见他人矮，就给他取了个三寸丁之名。后来，经过数次大小抢劫拼斗后，三寸丁就成了匪首黄大郎铁杆亲信和得力助手。

强巴认真磕长头的身影刚刚消失，泽木刺和秃子骑快马就赶到，泽木刺下马向黄大郎禀报。

"大哥，不好啦，旺堆土司不见了。"

黄大郎大惊："啥，肥兔子跑了？"

泽木刺接着说："我和秃子守了一天一夜，连旺堆影子也没见着。"

黄大郎沉思片刻，自语道："妈的，难道我们计划已暴露？"泽木刺口气异常肯定地说："大哥，我们山寨弟兄，只有我和秃子去了县城，不可能走漏半点风声。"

黄大郎疑惑不解："这就他妈奇怪了，旺堆咋会没了人影？"

泽木刺接着汇报："大哥，肥土司虽不见了，但我们探听到，旺堆的儿子巴登，现已成为春风茶庄掌柜，他正忙着装修货栈哩。"转忧为喜的黄大郎将龅牙一咬，说："日他娘的，天无绝人之路，旺堆跑了，我们就绑他大公子，然后向肥土司索要赎金。"

秃子疑虑问道："大哥，若肥土司不管巴登死活，不拿钱赎人，咋办？"

黄大郎一声冷笑："哼，若他不拿赎金，老子就撕票！"

自从贡布头人的马被盗后，气极的贡布已在打箭麓县城，布下十多名化装家丁。他发誓，要抓到两名打死他家丁的盗马贼。在他看来，这有短枪的盗马贼，来头一定不小。若不是土匪派出，就一定跟头人或土司有瓜葛，因为一般小贼，根本不敢偷他贡布头人的马匹。他知道，他马的屁股上打有烙印，只要盗马贼敢在县城出手，一定会被他的人捉住。若县里一直不见他的马出现，他就立即着手用各种手段调查头人或土司，或是派人监视老鹰岩土匪。在贡布看来，只要他想办的事，就一定能办到。

以往，贡布头人也丢过马，但从未有盗马贼敢开枪打死他的人。当晚，又气又惊再也无法入睡的他，立即做了诸多安排。清晨，刚吃过早点，贡布在一帮家丁护卫下，骑马直奔打箭麓县衙。

精明胆大的贡布确非等闲之辈。他十九岁那年通过世袭方式，成为若拉草原最年轻头人。青春气盛的他，血液中奔流着游牧人剽悍勇武的基因。贡布从不喜欢墨守成规，血气方刚的他居然用武力扩张的方式，多次向周边弱小部族发动吞并之战。通过十多年巧取豪夺，他居然使萨嘎部族地盘扩大两倍，最终成为敢同卡钦部族一争高下的大部族。他骨子里的贪婪和蛮横凶残，使年长他十岁的曲巴头人也畏惧三分。贡布的出现，改变了若拉草原生存格局。曲巴常对此感叹，若贡布出生在成吉思汗或格萨尔王时代，他一定会成为大有作为的将军。

直闯县衙的贡布，在送过三根金条后，就直接向刘县令讲了发生在他部族的盗马杀人事件。最后，贡布提出三点要求：一、要县衙贴出告示，通告抓捕盗马杀人凶犯；二、县衙派出兵丁，立即封锁进出县城主要通道，严查带短枪之人（那年月，一般人无法拥有英式短枪）；三、要县衙兵丁带上他的人，一同搜查县城中的一切可疑点，包括头人、土司的马厩。

贿赂的好处就在于，被贿赂的有权者，能让有求于他的人，享受到常人无法得到的公权力。收到金条的刘县令，当即答应了贡布并不过分的要求，只是说在实施第二、三条时，贡布家丁需换上县衙兵丁服装，以免引起误会，不必惹得头人和土司不满。贡布见刘县令建议不碍什么，也就不再坚持想显示实力的强硬要求。

很快，抓盗马杀人犯的告示，就张贴在打箭麓城中。县衙兵丁随之也将县城两头道路拦断，开始盘查过往行人和客商。紧张气氛随之在县城中弥漫开来。贡布看着刘县令安排实施后，才较为满意地离开县城。

仅几天工夫，桑尼便熟悉了教堂的杂役工作。每天晚上，丹珠还要向桑尼介绍教堂情况。几天下来，桑尼就对洋教堂有了初步了解。将一切看在眼里的尼卡娅嬷嬷，非常高兴地向约翰牧师做了汇报。牧师听完后，交给尼卡娅一个任务，要她尽早发展桑尼成为新教徒。尼卡娅要牧师放心，说只要有丹珠协助，一定能圆满完成任务。昨夜，晚祷之后，丹珠又对桑尼讲起关于耶稣的传奇故事。

那夜，扎西逃过贡布家丁追杀，到寨外找到自己的马后，就同蒙面人刀疤脸分了手。没想到，此刻在草原游荡的扎西，猛然间感觉心里空落落的，好似自己遗失了什么。

作为奴隶娃子的扎西，从前过的是给头人放羊的苦日子。每天日出日落重复着一样的事情，单调刻板的生活几乎使他灵魂麻木。现在，只要他想着蒙面人盗马、奔逃，自己开枪放翻两名贡布家丁，心里就涌起莫名的激动。他第一次强烈感到从未有过的冒险与刺激，同杀狼完全不一样。谁也没料到，正是盗马人刀疤脸的出现，从此将影响扎西一生。

两天后，在雪野寻不着狼踪的扎西，慢慢朝介于老鹰岩和魔鬼寨之间的天葬台方向走去，因为，他看见了袅袅升起的桑烟。他知道，有人又将被尼玛天葬师送往天国。快整整两年了，牧羊人扎西都没见着尼玛大叔了，今天想去看看他。想到此，扎西挥鞭打马，径直朝天葬台奔去。

高高天葬台，位于巍峨的卡巴拉神山下不远。

此时，远处的秃鹰们见着桑烟，纷纷展翅朝天葬台飞来。在独眼尼玛悠远的呼喊声中，秃鹰们在空中，也同样用叫声回应尼玛的呼喊。很快，就有秃鹰飞至天葬台。望着像自己孩子似的秃鹰们，尼玛乐得呵呵直笑。今天，尼玛要送上天的，正是两名被扎西用枪打死的贡布家丁。若是正常死亡，遗体一般都要在家放置三至五天才会出殡。由于家丁被枪打死，贡布下令要尽早处理遭凶之尸。

两具尸体处理完后，尼玛开始检查周围还有无剩下的尸骨残渣。在藏族民众心中，只有彻底升天的生命，才能抵达天国。若有秃鹰没吃尽遗体骨肉，都将是对死者的不尊不敬。要一丝不苟地检查，因为对尼玛来说，还曾有过血的惨痛教训。

作为农奴的尼玛，出生于天葬师世家。五岁时他母亲病逝，十六岁时，父亲在天葬台被饥饿狼群所害。从此他接替父业，开始了天葬工作。没想到，在他接手天葬的第三天，就碰上给贡布头人父亲做天葬。为送老头人升天，一群喇嘛在天葬台整整念了三天经。守在一旁的尼玛也三天三夜不敢合眼，还要负责给念经喇嘛们烧酥油茶。三天后，昏沉沉的尼玛好不容易将老头人送上了天。没想到，年轻的贡布在天葬台送他父亲归天时，竟发现地上还残留有一小块骨头。勃然大怒的贡布，一枪朝尼玛脸上打去。侥幸的是命虽保住，但他一只眼睛却被打瞎。从此，尼玛便成了独眼天葬师。

自那之后，原本性情开朗的尼玛，就开始变得沉默寡言起来。又正是他的独眼，使他渐渐成为异常自卑和自闭之人。他常常是做完天葬后，就躲进天葬台下的石屋，不再同人说话；要么就爬上卡巴拉神山某处雪峰，静听天风和流云对话。时间一长，削瘦的他开始变得极为敏感。视力逐渐下降后，他的听力和嗅觉却有了神奇变化。他的生命正好应了那句"上帝给你关上一扇门，却又为你打开一扇窗"的老话。

尼玛二十五岁时经好心牧人介绍，娶了农奴女儿桑姆为妻。没想到，婚后不到一年的桑姆，竟患上麻风病被送进魔鬼寨。从此，单身一人的尼玛，更加孤独地生活在石屋中。每当月圆时，他会将积攒下的食物送往魔鬼寨。他打发闲暇时光的最好方式，就是开始观察起天葬台和远处神山的物候变化。一两年后，他试着借用煨桑烟的方式，同秃鹰们联系，然后又用呼喊声训练秃鹰来天葬台觅食交流。三十年过去，尼玛现在居然能准确判断风雪、冰雹和雪灾的降临时间。更称奇的是，尼玛竟同乌岗狼王成为可以相互信任的朋友。

就在尼玛将贡布家丁遗体送往天国不久，他就接受了死者家属酬谢的一坨酥油和半盆糌粑。刚回到石屋后，突然听见山下传来一阵马蹄声，纳闷的尼玛担心，是不是萨嘎部族的人又遗忘了什么，忙钻出石屋再侧耳辨听。尼玛笑了，他听出这是扎西的马蹄声。尼玛忙转身进屋，捅开牛粪火开始烧茶准备迎客。

钻进石屋的扎西同尼玛寒暄后，尼玛突然问道："扎西，你又杀狼啦？"

扎西忙回道："尼玛大叔，我整整有十天都未杀过狼哩。"

尼玛又问："你没杀狼，咋身上有股火药味？"

扎西愣了，过去他听人说过尼玛大叔听力好鼻子灵，但他绝没想到，他怀中短枪是两天前夜里开的火，难道，枪管中残留的火药味尼玛也能嗅出？出于对尼玛神异嗅觉的好奇，扎西故意说："尼玛大叔，我猎枪真的是好久没闻过狼的血腥味啦。"

尼玛递给扎西一碗酥油茶，然后摇摇头。

"扎西，这火药味可不是你那杆长猎枪的，而是另支枪的。莫非，你又添了新武器？"

扎西彻底傻眼也彻底服了。从外形上一般人根本不可能看出他厚皮袍里藏有短枪，更不可能嗅出什么火药味来。他知道，他再不实说点啥，往后要再想喝尼玛大叔的酥油茶，就难了。于是，开始有了心眼的扎西说："蒂姆，尼玛大叔，您果真是草原奇人，我身上确有开过火的短枪，那可是曲巴头人让我试用的，我可没用它杀过狼。"

"扎西呀，草原上已有不少传闻说你已变成猎狼人，我想问问，为啥你要对狼下如此狠手？"

"因为，狼祸害了我女人和女儿。"

一阵沉默后，尼玛又低声说："扎西，草原上的一切生命都需要食物，狼群也不例外。秃鹰可以吃腐肉，也可吃那些升天的人的尸骨，但狼群却喜欢吃活食。谁要是撞上草原之王，那只能算他倒霉呗。"

扎西有些吃惊："尼玛大叔，咋曲巴头人也曾说，狼是草原上的强者？"

"扎西，尊重强者是人世间的简单道理。若你不明白这道理，往后，你还要吃大亏哩。"

自县城贴出抓捕告示和进行严格搜查后，不傻的刀疤脸很快换了装束去酒馆打探情况。玉香见着穿皮袍戴藏族民众长耳翻皮帽的刀疤脸，便笑起来。

玉香说："哎哟，我的刀疤脸帅哥，你换了装怕我认出你，向你讨要赊欠我的酒钱呀？"

刀疤脸将嘴凑在玉香耳边，压低声音说："玉香老板娘，我劝你今天最好别提换装之事，老子的呢帽被风吹跑啦。"

玉香马上严肃起来，一面抹桌一面说："刀疤脸，你没见今天县城有点异样么？"

"我有眼，也不傻，知道县衙兵丁在抓人。"

玉香立马又神气起来，说："你，知道在抓谁吗？"

刀疤脸故意往一边扯，说："这年头犯事的多，我咋知道他们抓谁。"

玉香又故作神秘说："我知道，但又不全知道。"

刀疤脸将头一扬："玉香老板娘，啥意思？"

玉香忙压低声回道："县衙抓的逃犯听说跟贡布头人有关。以往盗马人是单身，不知咋的，听说这次却出了一双。行情看涨呀，莫非这年头，盗马的行当也开始兴盛起来。"

刀疤脸看看窗外，又回头问："老板娘，你今天中午去县衙送吃的，还听到些啥？"

玉香一听，脸上顿时流露出不高兴神色，说："刀疤脸，看来你对老娘行踪挺关心嘛，又跟踪啦？"

刀疤脸为镇住玉香，也为再套点消息，忙装出不经意的口吻说："哎呀，老板娘，我早上在县衙后院啥也没看见，就看见有个长得像你的妖精，从那里偷偷钻出来，但我决不会乱讲，你就放心好啦。"

玉香一惊，她同刘县令勾搭之事终被刀疤脸发现。但只要没被在床上捉到奸，见过世面的玉香并不怕啥。于是，她便随意转着弯辩解道："喂，刀疤脸，这县城里，长得像我的女人起码不止三个，你别乱说哈，说错了可不是闹着玩的。"

刀疤脸一把抓着玉香的手，低声威胁说："老子决不会乱说，但你得随时给我通报县衙那边消息。"

玉香不说破，装着不知情说："那盗马贼也是，偷马就偷马呗，为啥还要去打死贡布两个家丁。盗马贼也不想想，那贡布大头人是好惹的吗。"

这时，有伙计来向玉香禀告，说二十坛好酒已装上马车，另外，也将三十斤卤牛肉和三十斤血肠准备好了。玉香吩咐伙计一并装车，并说一个时辰后出发送货。

好奇的刀疤脸忙问："玉香，你们把酒肉往哪送？"

玉香叹了口气："唉，还不是那些强盗要的，还非得要老娘亲自送去。哼，狗日的些，真是折磨人。"

刀疤脸一惊："啊，你们要去老鹰岩？"

玉香点点头："是呀，有啥法，我们女流之辈做生意混江湖，难哪。"

刀疤脸深思片刻，将嘴附在玉香耳边一阵嘀咕。玉香听后大惊："这——这咋行？我不干！"

刀疤脸仰脖将碗中酒一口吞下，然后抓起桌上长剑说："你不干也得干，事成后，我分一半银子给你，咋样？"

玉香紧张思索后，装着无奈说："唉，看来，要收回你所欠酒钱，只好如此喽……"

老鹰岩山洞。跛脚小匪惊慌向黄大郎禀告说："大头领，今早上我下岗时发现，生病的罗二毛断了气。"

黄大郎不耐烦地说："罗二毛死了就算逑了，有啥大惊小怪的。"跛脚小匪忙补充着："大——大头领，我感觉二毛兄死得有点蹊跷。"黄大郎一怔："哦，啥蹊跷？说来听听。"

跛脚小匪接着说："罗二毛死后，我在他太阳穴发现个流血小孔。"黄大郎愣了愣："在你看来是弹孔还是刀洞？"跛脚小匪摇摇头："都不是。那孔洞比黄豆还小，我看有点像被啥东西咬出的。"黄大郎大惊："这么说来，我老鹰崖上还隐藏有喝人血的怪兽？"

跛脚小匪又说："大头领，不知您忘没，去年死了的黑三哥，他头顶也有个流血的小孔洞，对不？"

"嗯，我想起来了，是有这回事。只不过当时谁也没在意，也没弄清黑三哥真正死因。你给老子别乱说，以免人心浮动。往后你仔细观察观察，如发现异常情况立即禀报我。"

"好的，大头领。"说完，跛脚小匪就朝大殿后走去。

泽木剌刚带着几名喽啰离开老鹰岩，黄大郎就派人将卓玛叫到大殿。

黄大郎把数面彩色风马旗在大桌上铺开，然后对卓玛吩咐说："卓玛，你今夜就把这些花绸布连成一块，给我做成一面大旗，老子有大用。"

卓玛认真看着风马旗，说："大当家，我既无针又无线，你叫我如何做大旗？"

黄大郎从桌下抓出个竹篮，扔在桌上说："这里面针线都有，我两天前就叫人给你准备好了，要不是今天才凑齐这些彩色绸布，老子也不会等到现在。"

卓玛神情忧虑，抚摸着风马旗说："大当家，这不是彩色绸布，这是我们藏族百姓心中的神物，上面还印有许多经文和六字真言。"

"老子不管上面印的啥真言假言，你只管照我说的做就行。"

无奈的卓玛哭丧着脸说："大当家，谁要是毁了这些神物，会遭报应的。"

黄大郎仰头哈哈大笑，走到卓玛身边，搂着卓玛的腰说："老子枪林弹雨都过来了，还怕啥报应不报应。你别管那么多，我说咋做就咋做！"

眼中含泪的卓玛，突然朝桌上风马旗跪下，磕头说："求菩萨恕罪，我卓玛是迫于无奈，才用针线伤害你们的。我今生若出去，定要去法轮寺多点几盏酥油灯，再求佛祖宽恕我罪过。"

黄大郎不耐烦起来，拍着桌子对卓玛吼叫："瓜婆娘，你还啰唆啥，还不快给老子拿去做！"卓玛只好起身收拾起大堆风马旗，然后端起装有针线的竹篮，抹泪朝大殿深处走去。

在刀疤脸跨进酒馆的同时，街的另一头，泽木剌几人钻进刚装修完的春风茶庄。这时，巴登正指挥伙计在木架和货柜中摆放货物样品。泽木剌抓起一块砖茶在手中掂了掂，然后朝巴登问道："掌柜的，你的货不会缺斤少两吧？"

"看你这客人说的，我们做的是正经买卖，从不缺斤少两。你可去打听打听，在这茶马古道上，我春风茶庄的信誉，就是藏地最好的品牌。老板，你尽可放心进货。"

泽木剌笑着点了点头："掌柜说得在理，做生意若没了信誉，这买卖就莫法做下去啦。"

在泽木剌同巴登对话故意分散店内伙计注意力时，几名匪徒已各自寻到即将控制对象。这时，只听门外传来三寸丁高声叫卖声："雪鸡雪鸡，谁要我刚从草原捉到的雪鸡哟……"

泽木剌一听放哨的三寸丁发出动手信号，立即掏枪对着巴登说："巴登掌柜，今天我们宴请你单刀赴会，咋样？"随即，几名小匪也分别用刀对着店中伙计。

没想到，并不惊慌的巴登，朝泽木剌问道："大哥，你们为啥请我？若需要砖茶好说，要多少我都奉送。"说完，巴登还掏出十两银子放到泽木剌面前。在巴登看来，眼前这些穷疯了的汉子，无非想勒索点钱财而已。

泽木剌见巴登并未开窍，抬起枪口指着巴登脑袋："土司大少爷，你这点银子是想打发叫花子吧。走，少啰唆。"说完一把抓住巴登手臂，企图将巴登扭过身去。尔后，泽木剌调头对秃子喊道："快过来，给我绑了。"

正当几个伙计垂头丧气看着巴登即将被绑时，没想到，巴登侧身飞起一脚，将泽木剌手中短枪踢飞，然后冲伙计们高喊："伙计们别怕，给我打！"伙计们一听，如同打了鸡血般跳将起来，抓起店内家什就同泽木剌一伙对打开来。很快，秃子额头就被木凳砸出了血。泽木剌也同巴登扭打在地，不断翻来滚去相互用拳击打对方。

突然，被小秋哥追打至门边的秃子，急得朝门外高喊："三寸丁，快、快来啊。"

守在马车上的三寸丁，慌忙一个空翻跃下马车，蹿进店内。

定睛一看的三寸丁大惊，立马拔镖朝小秋哥甩去。唰的一声，飞镖正中小秋哥面门，小秋哥大叫一声，便捂着血脸蜷在地上。随即，三寸丁飞身跃上柜台，一镖又朝刚挣扎爬起的巴登屁股飞去。被扎中的巴登用手一摸，见满掌是血，立刻趴地向伙计们喊叫：" 大家别打了，我们撞到了高人，自认倒霉。" 很快，几个受伤伙计像泄了气的皮球，惶恐盯着挺立柜台的三寸丁。

泽木剌用手抹了抹嘴角鲜血，指着趴地的巴登命令秃子：" 快，给我绑了他！" 秃子从腰间取下准备好的绳索，骑在巴登身上很快就绑了个结结实实。随后，秃子抓着巴登衣领将他提来站起，转眼间，秃子用绳又将巴登双脚捆住。

泽木剌看了看痛得捂脸呻吟的小秋哥，用枪指着几名伙计说：" 都给我听着，我们要的是你们掌柜，跟你们无关。谁要再敢反抗，老子就送他上西天！" 说完，泽木剌用枪一指，一小匪立马拿出个黑色大布袋，从巴登头上罩下一拉，就将巴登捆成个黑色大粽子。

见绑架搞定，三寸丁敏捷空翻跃下柜台，蹿至门外探头望望，回头对泽木剌说：" 二哥，可以装车。" 转眼间，秃子扛起巴登丢在车上，另几名小匪端着几箱砖茶和两袋食盐，也麻利装上马车。秃子见伪装物品已将巴登遮挡严实，便朝门内的泽木剌点了点头。

泽木剌从身上掏出封信，放在柜台对几名伙计说：" 给老子听着，我们走后半个时辰，你们就将此信给巴登家送去。我现在已认得你们几个，要是不按我说的办，老子往后照样收拾你们！"

当泽木剌跳上马车，三寸丁立刻扬鞭朝马背挥去。很快，泽木剌的马车就钻进路边小巷。不久，又从小巷另头钻出的马车，朝老鹰岩一路狂奔……

半个时辰未到，一手捂脸一手抓信的小秋哥，跌跌撞撞朝旺堆土司家跑去。急促的敲门声将阿佳央宗催出院门。见着满脸是血的小秋哥，央宗惊得睁大双眼，语无伦次地问道：" 咋——咋的？你的血……我家巴登少爷呢？"

小秋哥把信递给央宗，说："巴登掌柜遭绑架了，这是绑匪留下的信。"看完信后，差点昏倒的央宗，扶着门框哭起来："哎哟，这下可好，这些绑匪要我家拿赎金换人，这可咋办哟……"说完，央宗就哭着朝院内走去。

小秋哥急了："央宗太太，您看，现在该咋办？巴登掌柜还等着我们去救哪。"回过神的央宗忙说："快——快去找旺堆老爷。哎哟，老爷去了哪我还不知道呢。咋办哟，呜呜呜……"

"太太放心，我知道老爷去了啥地方，我这就去找老爷回来。"

央宗忙指着院内的马说："快——快骑马去找老爷，一定让他火速回来救巴登哪……"

小秋哥急忙将马牵出，飞身跃上马背，一路打马朝美人谷奔去……

洞中大殿，泽木刺取下罩着巴登的黑布袋，激动地对走来的黄大郎说："大哥，您看，我把谁给您带回啦！"

手脚被绑的巴登仍在挣扎。由于绳索勒得较紧，扭动中的巴登一下又瘫坐在地。黄大郎围着地上的巴登转了一圈，对三寸丁说："给他松绑，在我老鹰岩，难道还怕他飞了不成！"

三寸丁三下五除二，立即用刀将巴登身上绳索割断。接着，三寸丁得意地说："大哥，这家伙妄图反抗，他的肥屁股吃了我一镖。"

黄大郎盯着挣扎站起的巴登，说："嗯，吃镖不会要命，若是吃老子枪子，那准得要了你小命。"

秃子见巴登不答话，上前一脚就朝巴登腿弯处踢去："狗日的，跪下，我大哥跟你说话哩，你哑巴啦？"扑通跪下的巴登仍低头不语，两手不断揉着被捆得有些麻木的臂膀。

见此情景，泽木泽上前一巴掌朝巴登脸上打去，厉声喝问："巴登，你那土司阿爸去哪啦？"

被土匪一番殴打恐吓后，从未经历过如此场面的巴登，此刻心中纵有万般仇恨之火在燃烧，也不得不收敛平时骄横模样，老实回答泽木刺："大哥，我阿爸他去美人谷了。"

泽木刺又问："多久回来？"

巴登答："不——不知道。"

奸诈的黄大郎拉过泽木刺，口气稍缓和地向巴登问道："巴登大少爷，平常在家，你阿爸阿妈对你咋样？喜欢你吗？"

弄不清意图的巴登愣愣回道："还——还不错，我阿爸希望我能继承家业，前些日子还让我……让我接手了茶庄掌柜之职。"黄大郎抑制住内心兴奋，又问道："也就是说，你阿爸阿妈对你非常寄予厚望咯？"

巴登点点头："嗯，是——是这样。"黄大郎立马将手一拍，仰头大笑说："哈哈哈，这么说来，我'雪山雄鹰'大队十天后就可宣告成立。老天助我，老天助我啊……"

笑声刚落，一小匪进洞禀告："大当家，送酒的马车到了。"

黄大郎问："他们来有多少人？"

"一个女的，两个男的，其中有个男的还牵有三匹马。"

黄大郎一惊，转眼又笑了："哈哈，还有这等意外好事，这简直就是给老子锦上添花嘛。"

大殿众匪立马高兴地议论起来。黄大郎转身对秃子命令："快，你把巴登大少爷给我请到后面石屋去，记着，别伤着他。"

待巴登离去，黄大郎立即对泽木刺说："甭管送酒的来几个，先给我搜完身再卸货，千万别大意。"随即，泽木刺率几名小匪，匆匆朝洞外走去。

此时，深藏洞内的双头紫色大蝙蝠，却扑棱棱朝洞外飞去。

原来，刀疤脸见县城搜查极严，身无分文的他，知道一时要出手盗来的马已无可能。他已换了两处藏马地点。面对越来越紧的风声，马要吃料偶尔还要嘶鸣，已给马戴上笼头的刀疤脸仍是提心吊胆。今天，当得知玉香要去老鹰岩送酒时，敢于铤而走险的刀疤脸，突然冒出大胆念头：将马卖给土匪！

面对巨大利益诱惑，玉香终于答应了刀疤脸要求。迫于土匪头子只能去两名伙计的条件，玉香说服刀疤脸扮成她伙计，按约定地点同她会合。当一切按计划进行后，刀疤脸就牵上三匹马，跟随年轻的玉香老板娘来到老鹰岩山下。

搜完身又卸完酒后，刀疤脸同另名伙计，各拿着卤牛肉与血肠，随泽木刺和玉香来到洞中大殿。

见面后，一脸爽笑的黄大郎匆匆上前，抱住玉香就在她额头来个响吻："哈哈，玉香老板娘果然是仗义之人，不仅按约送来好酒，另外还送我三匹好马和牛肉与血肠。够意思，够意思哪！"

不待玉香答话，黄大郎将手一挥说："小的们，给我上酒，老子今天要好好款待'醉一春'的老板娘！"转眼间，长条大桌就摆满丰盛酒菜。坐上首位的黄大郎，即刻招呼小匪们倒酒。突然，黄大郎盯着粗糙大土碗说："玉香老板娘是贵客，咋能用这等大土碗喝酒呢。给我把那套精美的酒器拿出来，我要用它好好招待美女老板。"

几盆炭火熊熊燃着，大殿内欢笑声不断。刀疤脸却盯着精美酒器惊得睁大双眼。这不就是几年前，在折多山被蒙面土匪抢走的马帮之物吗？他清楚记得装货时，肖志雄特意叮嘱过的话，"这是拉萨头人要的货，比黄金还贵重。你一路千万要小心伺候，若有半点差错，就是搭上你我身家性命也赔它不起"。今天，无意间碰到杀我马帮兄弟劫走货物的仇人，这真是冤家路窄啊。想到此，刀疤脸便抬头朝黄大郎盯去。几杯酒后，喝得脸红的玉香低声对黄大郎说："大当家，您有些误会，卤牛肉和血肠是我送给你们的，但那三匹马却是这位兄弟的，所以，我没资格也没送马的权利。"

有些惊讶的黄大郎向刀疤脸问道："兄弟，这么说来，你不是老板娘的伙计？"刀疤脸点了点头，算作回答。黄大郎有些纳闷："兄弟，那你带着马来我老鹰岩啥意思，想入伙？"刀疤脸摇摇头，微笑回道："大当家，我想跟您做次买卖，如何？"

黄大郎仰脖将酒倒进嘴里，然后抓起牛肉慢慢嚼着问道："莫非，你想把三匹马卖我？"

刀疤脸点点头，说："我正是此意。"黄大郎又笑了："哈哈，兄弟，听说最近县衙查得紧，贡布头人丢了三匹好马，今天，你又正想卖给我三匹马，这该不会是巧合吧？"

玉香一听，立马有点紧张看着身边的刀疤脸。此刻，她不想刀疤脸暴露盗马贼的身份，招来新的麻烦。

众匪有的开始放下酒碗，有的认真打量起刀疤脸来。并不慌张的刀疤脸镇静回道："大头领，至于草原富豪贡布头人丢了多少马，这跟我没关系。我只想谈我们之间的买卖。"

黄大郎沉吟片刻，点了点头："对对，兄弟说得在理，贡布头人是草原有钱人家，他丢几匹马就如九牛一毛，不算啥。我听说盗马贼还用枪打死他两名家丁，这就奇了怪了，今天你身上除一把剑外，也没别的武器嘛。难道，你是替别人来销赃的？"

刀疤脸慢慢站起，将手一拱，说："大头领，你我都是江湖中人，也应该懂江湖规矩。若要货，就别刨根问底怀疑货的来路。若你不要，那我就牵马走人。"随即，刀疤脸就朝洞外走去。

"站住！"黄大郎大声厉喝，两名土匪立即用枪将刀疤脸拦住。

见势不对的玉香，立即起身走到黄大郎身边说："大头领，您不要马就算了。生意不成仁义在，有话好说，您别对人凶神恶煞的嘛。"

黄大郎用手将玉香一推，高声说："这事你甭管。他销赃居然销到老子头上了。他也不打听打听，这若拉草原只有老鹰岩进的货，哪有老鹰岩随便出的物。他人走可以，但马得给我留下！"

群匪立即附和黄大郎，把马留下的喊叫声，即刻在大殿震荡开来。

无奈的刀疤脸只好回身走到桌边。在他假装去端酒杯的刹那间，刀疤脸闪电般抽出腰间长剑，随即一个箭步上前，将剑横上黄大郎颈上说："都给老子听着，谁要再敢上前一步，我就叫你们大头领人头落地！"

"大哥……"众匪一阵惊呼，慌忙朝刀疤脸跪下。

第五章

剑客盗马人，孤身勇战凶残群匪

就在众匪央求刀疤脸时，刀疤脸用剑挟持黄大郎，一步步朝洞口移去。移动中，不甘心就范的黄大郎，偷偷用手做了个上的手势。会意的泽木刺和三寸丁等人，便慢慢朝黄大郎跟来。此时，泽木刺已将短枪悄悄取出握在手中。

刀疤脸见泽木刺等匪慢慢围来，立即厉声喝道："都给我退下，再跟来老子就动手了！"说完，剑口就朝黄大郎颈上压了压，即刻，一道血印就在黄大郎脖子出现。

黄大郎慌了，他真怕逼急的刀疤脸一剑将他人头砍下，便开始说起软话："兄弟，你我无冤无仇，何必如此。你牵马走人就是，牵马走人就是。"

这时，突然端菜从洞内走出的卓玛，见此情景吓得一声大叫，随即手中大盘咣的一声砸在地上。霎时，三寸丁借机立即一个滚翻，悄悄躲在洞口暗处。黄大郎趁刀疤脸抬头看卓玛时，立马用倒肘使劲朝刀疤脸胸口击去，然后左手一拳又朝刀疤脸头部打来。转眼间，泽木刺扣响了扳机。

遭突然袭击的刀疤脸就地一滚，躲过了泽木刺子弹，即刻，他猛虎扑食般跃起，一下把黄大郎扑翻在地，然后又将剑架在黄大郎脖子上。众匪又一下慌了，纷纷放下手中刀枪，求刀疤脸放过他们大头领。

短时突发的惊险场面，使玉香看得目瞪口呆，等玉香回过神来，她才意识到眼前发生的一切，均跟她有关。闪过念头的玉香突然跑上前朝刀疤脸跪下，然后声泪俱下地哭着说："兄弟啊，你——你千万别做出过急事来，要是大头领有个好歹，他——他们这伙强人，能放过我这可怜的女人么。看在我多次赊酒给你的份上，你——你就别伤害大头领吧……"说完，玉香不断给刀疤脸磕头。

趁刀疤脸分神之际，泽木刺将头一甩，众匪立即上前将刀疤脸围住。刀疤脸见此情况，仍用剑压住睡在地上的黄大郎脖子，似乎没一点惧怕之意。

见双方互不相让，清醒过来的玉香灵机一动，又哭着对黄大郎说："大头领，这——这刀疤脸现有不少同伙，而且还有好枪，若他死在老鹰岩，他同伙也不会放过我的。求求您，让您弟兄们也千万别乱来，不然，我——我就没法活了……"说完，玉香就伤心大哭。

大殿内空气，顿时仿佛凝固了一般。

玉香一番话，双方都听得清清楚楚，而且从某种角度讲，还真有些道理。刀疤脸明白，若杀了黄大郎，他定逃不出老鹰岩就必死无疑。黄大郎也知道，若再硬逼刀疤脸，他就完全可能成剑下之鬼。

见双方仍不退让也不开腔，玉香又爬起去拉刀疤脸。机敏的刀疤脸顺水推舟说："玉香大姐，不是我愿杀人，是他们把我逼成这样的。"

玉香听后，立刻对黄大郎说："大当家，还不快叫您手下退后，那么多刀枪凶巴巴围着我兄弟，谁敢放您呀。"

黄大郎想了片刻，只好命令众匪："你们全都给我退下！"

群匪只好慢慢开始后退。但泽木刺却一动不动盯着刀疤脸，好似在紧张思考什么。众匪见二当家不动，立刻停止后退，有两名小匪又往前走了两步。

见此情景，黄大郎愣了片刻，猛然睁大双眼瞪着泽木刺，仿佛他已明白二当家的险恶用心。谁也没料到，这时躲在暗处的三寸丁一个空翻，端枪落在泽木刺面前，然后用枪指着泽木刺说："二哥，你为何不退后，难道你想害死我大哥？"

回过神的泽木刺忙摆手说："没——没有的事，我在想，如何才能救大哥脱身哪。"说完，泽木刺慌忙往后退了几步。众匪见二当家后退，也纷纷又往后撤。

这时，三寸丁回过身，将枪往地上一扔，拱手对刀疤脸说："兄弟，现在可放我大哥了吧？"刀疤脸盯着三寸丁，但剑口仍横压黄大郎颈上。

这时，玉香陪着笑脸对刀疤脸说："大兄弟，你看人家都退让了，你就按江湖规矩，也该得理饶人吧。"

刀疤脸依然不敢放松警惕。他知匪首黄大郎是亡命之徒，不然，他的马帮兄弟就不会全死在黄大郎手上。狡猾的刀疤脸对泽木剌喝道："二头领，你带头把手中武器放到酒桌上去，然后人员统统给我站到这边来。"说完，刀疤脸用嘴努了努大殿另一侧。

泽木剌见三寸丁依然盯着他，只好率先将短枪放在酒桌上。随后，泽木剌命令众匪也将刀枪放桌上去。见众人放了武器，三寸丁最后才捡起枪搁在桌上。很快，三寸丁带头朝刀疤脸指定地点走去。

刀疤脸见众匪手中已无武器，才迅速将黄大郎从地上提起，但仍将剑架在黄大郎脖子上朝洞口退去。

洞外远处，蓦地传来几声狼嚎声。

这时，只见玉香抬头，朝洞顶长长吐了口气。

就在刀疤脸和黄大郎身子刚出洞口，三寸丁立马从背上拔出飞镖，闪到洞口张望。其余众匪，又纷纷从桌上抓回各自刀枪。

洞外，刀疤脸见四处无人，便放下手中长剑，用左手推着黄大郎朝山下走去。个子矮小的三寸丁借夜色掩护，忽闪之间，几下就蹿到前面山石后躲藏起来。

走了一段山道，见后面无人撵来，满以为就此脱险的刀疤脸，仗着自己有些武功，就把长剑插回剑鞘。在山道转弯时，突然跃出的三寸丁猛地朝刀疤脸扑来，随即一声大喊："大哥，快跑！"

在刀疤脸侧身躲闪时，三寸丁的两支飞镖，已分别扎在刀疤脸两只手腕上。刀疤脸顿时一声大叫，差点栽下悬崖。

趁刀疤脸分神之机，黄大郎和三寸丁借熟悉地形，转眼间就不知藏往何处。此时，只见从洞中冲出的群匪，举着火把喊叫着沿山道追来。

刀疤脸迅速拔出两支飞镖，气得回头大骂："狗日的土匪，你给老子尽玩阴的！"话音刚落，刀疤脸肩头又中一镖。这时，只听唰的一声又响起，已有防备的刀疤脸侧身一闪用剑鞘将飞镖拨下山涧。

山谷中四处回响着群匪呐喊声。刀疤脸看着越来越近的火把，气得将牙一咬，猛地朝山下蹿去……

天刚亮,十分惊慌的旺堆冲进大院,便高声喊叫央宗。

客厅内,一夜未合眼的曲珍,还陪在央宗身边安慰阿妈。听见旺堆喊叫声,曲珍忙跑出客厅回道:"阿爸,我阿妈在屋里。"

匆忙进屋的旺堆从央宗手中抓过信,反复看两遍后不禁仰头长叹:"天哪,我哪去找这一万两银子赎人啊……"

央宗抹泪哭道:"老爷,您得想法救救儿子呀。"

这时,额头缠着纱布的小秋哥在门外说:"老爷,您若暂没别的事,我就先回茶庄歇息,有事再叫我就是。"

待旺堆挥手让小秋哥离去后,他急得在屋内走来转去,仍不知如何是好。突然,央宗抬头说:"老爷,若实在想不出好办法救巴登,我看,咱们还是先报官府吧,或许,同你有些交情的刘县令,他有办法救人。"

旺堆拍着手中信纸说:"你难道不清楚,这些土匪讲得明明白白两个条件?一是五天后拿钱赎人,二是不许报官府。你想想,若我们违背其中任何一条,土匪都可能将巴登撕票。"

两眼哭得红肿的央宗无奈地说:"那咋办,难道就让巴登死在那帮土匪手上?"

曲珍突然朝旺堆跪下,含泪说:"阿爸,无论咋样,您——您都要设法救回我的巴登哥。"

旺堆见女儿曲珍也异常伤心,忙回道:"女儿快起,你看,阿爸我不正想法么。"

寒风刮过雪原,不时拉起阵阵雪烟。

拜望尼玛大叔后,在雪原游荡几天仍寻不着狼迹的扎西,决定还是先回部族,向曲巴老爷回个话才行,何况,老爷让他刺杀贡布头人的短枪,还在他怀里揣着哩。

自那夜跟盗马人分手后,扎西脑海时常浮现盗马人的潇洒身影。那轻松毒死藏獒的手段,那翻越马厩高墙的敏捷动作,那骑马狂奔的矫健身姿,都难以磨灭刻在扎西心中。那样的生命,才叫活得精彩!扎西不断想,我这奴隶娃子虽不能像盗马人那样活着,但我绝不会再做过去那种老实憨傻的奴隶了。早已想好如何应对曲巴的扎西,终于叩响曲巴大院紫铜门环。

开门家丁见是扎西，忙上楼禀报。很快，回到院门的家丁就让扎西到后院柴房候着，说曲巴老爷很快就到。

扎西刚进柴房不久，曲巴和波绒就走了进来。

扎西忙朝曲巴跪下，掏出怀中短枪说："曲巴老爷，让您失望了，我没能打死贡布头人，只打死他两名护院家丁。"说完，扎西就把枪举过头顶，以示归还。

曲巴有些惊讶，忙问："扎西，原来前几天萨嘎部族被打死的两名家丁，就是你干掉的？"

"是的，老爷。"扎西平静回道。

曲巴有些兴奋，忙把扎西扶来坐起，又问："扎西，你给我说说，你是如何打死贡布家丁的？"

"那夜，我摸进萨嘎部族寨落后，好不容易寻到贡布院落，我想翻进院落寻找时机，再把贡布干掉。没想到，在翻院落高墙时，被护院藏獒发现。很快，撵出的家丁就朝我追来。"

波绒忙插话问："扎西，难道那些护院家丁就没朝你开枪？"

"开了。但我的马跑得快，子弹没打着我。"

"后来呢？"曲巴仍想了解全过程。

扎西接着说："老爷，我没想到，当时很快就有一群骑马家丁追来，无法，我看他们是想活捉我，而且越追越近，我就用您给我的这把短枪，回身打死两名家丁，趁他们慌乱时，我就逃走了。"

曲巴搓了搓手，高兴叹道："蒂姆，扎西，你真不愧是我卡钦部族的好奴隶！"

扎西拍了拍手中短枪，赞道："曲巴老爷，您这短枪真好使，比我的老式叉枪方便多了。"说完，扎西就把短枪又递向曲巴。

曲巴把枪往扎西身前一推，说："嗯，扎西，你把这枪留着，若有机会，仍要设法除掉贡布，否则，我卡钦部族就永无宁日。"

扎西想了想，将短枪往怀中一插，回道："好的老爷，我一定争取寻到下手机会，不除掉想吞并我部族的贡布头人，也同样难消我扎西心头之恨。"

曲巴听后，满意地点了点头。波绒好似想起什么，又问扎西："扎西，前些日子县上流传的是，说有两名盗马贼打死的贡布家丁，这又是咋回事？"

曲巴也问："对呀，扎西，听说县衙还贴出告示，要抓两名杀人的盗马贼呢。"

扎西心中暗惊，他没想到，那月黑风高之夜的枪声，居然还惊动了整座县城，而在草原寻狼报仇的他，却啥也不知。若要抓捕两名杀人的盗马贼，显然他也是其中之一。为证实自己说话的可信度，以便早点离开曲巴老爷家，扎西又起身给曲巴跪下说："曲巴老爷，被打死的两名贡布家丁，确实是我扎西干的，若县衙追查下来，老爷把我交出便是，我决不连累老爷和自己部族。"

曲巴一听，心中十分快活。世上哪有如此傻的奴隶？若不是扎西亲自干的，奴隶娃子扎西咋可能自愿领死？扎西既然敢杀贡布家丁，今后除掉贡布也不是没有可能。我要的就是扎西敢于杀人的胆量。至于县衙贴出抓杀人的盗马贼，在曲巴看来对他更为有利，他不会被怀疑成幕后指使人了，因为，卡钦部族从未出过盗马贼。想到此，曲巴忙扶起扎西说："扎西，我相信你就是我部族最勇敢的牧羊人。走，去我客厅喝酒，今夜我要款待你这好奴隶。"

起身的扎西忙说："谢谢老爷心意，我扎西刚回寨落，还有些事要办，就不打扰您了。"说完，扎西就朝门外走去。

曲巴立即对波绒吩咐："快，给扎西送条羊腿和两瓶烈酒去，快去。"领命的管家到厨房取过物品，立即朝扎西撵去。

怀中揣着已属于自己的短枪，又拿着曲巴头人送的酒肉，完全出乎自己意料的扎西，高兴地挥鞭打马，又朝茫茫雪原奔去……

天葬台下石屋里，手摇转经筒的尼玛，突然听见山那边青格错冰湖隐约传来一种不常有的声音。尼玛忙放下转经筒，又侧耳听了听，起身将藏刀插在腰间，出门朝不是太高的雪山爬去。

此时，乌岗狼王率领狼群，正在青格错圣湖（夏时被人视为圣湖，冬天有人称它为冰湖）旁的森林里，追撵几头壮硕的野牦牛。由于积雪较深,腿短的牦牛们正吃力地在雪中蹿动,不时用头上犄角去回击靠近的大狼。每当双眼发红的野牦牛用角顶来时,大狼们就纵跳着后退。就这样,在反反复复你追我逃,你顶我退的纠缠中,野牦牛不知不觉被狼群围堵到冰湖边。

树上积雪不时被东冲西突的牦牛们撞落。雪尘飞溅中,狼群锲而不舍围追扑咬野牦牛。累得野牦牛们口吐白沫直喘粗气,就这样被不断轮番攻击的狼群威逼折腾。

狼是群居性动物,性情凶猛且狡猾。单只孤狼绝不会主动挑战体型庞大性情暴躁的野牦牛。但狼识时务顾大局,具有非常强的团队意识。只要狼王确定了攻击对象,为生存而战的狼群,就会不顾死活向锁定目标扑去。无论遭遇啥样结果,狼群在狼王没下令撤退前,决不会停止攻击。有时,为捕获一头落单野牦牛,狼群往往要跟踪追击好几天,才能将累得精疲力尽的牦牛变成腹中之食。

刚翻过雪山山坳,眼力欠佳的尼玛看到,一头野牦牛刚被狼群将它与同伴分隔开来。乌岗狼王指挥几头大狼组成扇形包围圈,凶猛地朝落单牦牛攻击。另几头野牦牛趁狼群围攻落单同伴,忙抓紧时机朝密林逃去。毛色黑得发亮的狼王一声低嗥,其余大狼立即撤回,都向落单野牦牛围来。

在群狼死缠烂打进攻下,野牦牛只好朝冰湖退去。乌岗狼王见时机成熟,率众狼即刻更加凶猛地追咬野牦牛。开始招架不住的野牦牛,便扭头朝宽阔湖面逃去。谁知,没跑多远,体格硕大的野牦牛立即滑倒在坚硬的冰面上。就在野牦牛身躯还在冰面因惯性滑行时,乌岗狼王飞速扑上,一下就死死咬住野牦牛喉咙。霎时,众狼扑上,有的咬嘴有的扯尾,还有的死死咬住脑袋和四腿。不久,同湖冰冻在一起的野牦牛,就渐渐失去了挣扎的力气。

寒风中,看着冰湖上发生的惊心动魄一幕,尼玛摇摇头说:"哎呀,狼王大大的狡猾,野牦牛大大的笨。太笨了嘛,你牦牛咋能甩着硬蹄,往滑溜的冰面跑呢,这不正中狼王圈套了么。唉,惹不起的草原之王哦……"说完,尼玛望望灰暗天空,又朝原路慢慢返了回去。

躲过土匪追杀的刀疤脸，自逃出老鹰岩后，带着几处镖伤，跌跌撞撞奔逃一个多时辰，才靠在山岩边喘歇起来。此刻，无限悲凉之感突然袭向刀疤脸心头。一个盗马为生的汉子，不仅盗获的三匹好马没换到一文银子，而且还差点把命都赔在老鹰岩。越想越气的刀疤脸，竟一拳朝身边山石砸去。"哎哟"，受伤的他忙缩回拳头，这才意识到自己伤势不轻。淡淡月辉下，依然能看见两只手腕还在流血。好在自己穿着皮袍，肩头的伤口只有半寸来深。缓过气的刀疤脸从内衣割下布条，将左肩伤口缠住又将皮袍穿上。

寒月被乌云慢慢遮住，草原又渐渐刮起大风。

刀疤脸望望夜空，他知道今夜又将飘雪。在他踉跄前行时，终于发现个山洞，便一头钻了进去。极有荒野生存经验的刀疤脸，从身上摸出火镰敲打一阵，很快就将洞中散落的杂草和枯枝点燃。

刀疤脸借着火光查看洞后，又从身上掏出个精致小皮囊，从皮囊中倒出止血药，慢慢将药粉分别洒在两只手腕伤口上。待一切收拾妥当，刀疤脸笑着自语道："哈哈，狗日的土匪些，你刀疤脸爷爷是拜过关公的，老子死不了！"随后，倦意袭来，疲惫的刀疤脸偎着篝火，渐渐沉入梦乡……

清晨，寒风吹过雪原，雪花又开始漫天飞舞。

驮着喝了酒的扎西，枣红马整整在雪原走了半夜。此时，走不动的枣红马打了两个响鼻，终于停住。困倦的扎西睁开眼望了片刻，跃下马背，牵马朝山岩边的山洞走去。

还未走拢山洞，跑在前的黑獒就朝山洞大叫起来。扎西立马警惕地从肩上取下叉枪紧握手中。在扎西意识里，估计洞里藏有大狼，若是这样，大狼钻出就可一枪击毙。

偎在早已熄灭的篝火堆边，冷得蜷成一团的刀疤脸，被黑獒狂叫声惊醒。刀疤脸腾地站起，将剑握在手中，机警地观察洞外。

举枪的扎西见大狼久久没钻出，便慢慢端枪朝洞口走来。

紧贴洞壁的刀疤脸，见有人端枪朝洞口走来，立即下意识蹲下身来，想尽量减小被枪弹击中的可能。

黑獒仍对着洞口汪汪大叫。感到纳闷的扎西已判断出，洞内没有大狼，若有大狼，黑獒早就扑将进去。莫非是牧人病在洞中，还是洞内藏有土匪？想到此，高大的扎西便弯腰朝洞内看去。

躲在洞中的刀疤脸一眼认出，弯腰朝洞内望来的，正是那晚打死贡布家丁的猎狼人。惊喜的刀疤脸忙朝扎西喊了声："猎狼人，是我！"随即，刀疤脸匆匆走出洞口。

扎西仍用叉枪对着刀疤脸，辨认一阵说："别动，我不认识你，你咋知我是猎狼人？"刀疤脸猛然回过神来，那晚自己用黑布蒙面，戴的是宽边黑呢帽，穿的是青布棉袍，现在穿的是藏袍戴的是翻皮帽，装束相差如此之大，眼前他认不出我也是常理。突然，刀疤脸举起长剑呼呼挥动几下，问道："猎狼人，你难道忘了，那晚我俩一同奔逃的事啦？"

扎西猛然回过神，指着刀疤脸说："啊绕，你原来是盗马兄弟哪，今天你穿的跟那晚不一样，若没长剑在你手上，我还真不敢认你。"说完，俩人快步上前，紧紧拥抱在一起。

两天过去，旺堆找遍所有可能借钱的亲戚和朋友，纵是费尽千般口舌万种哀求，仅仅才借到几百两银子。现在，加上他自己积攒的三千多两，总共才勉强凑够四千两，离土匪开出的一万两赎金，还相差整整六千两。快被逼疯的旺堆土司，第一次尝到求人借钱的难处，也第一次深刻领会到银子的毒性与力量！

哭过两天后，开始冷静下来的央宗对旺堆说："老爷，俗话常说官匪一家，这么些年也不见县衙派出兵丁剿匪。我建议您去问问刘县令，他们县衙中肯定有人跟老鹰岩土匪有勾连，求他派人给土匪说说情，争取减少些赎金也是有可能的。"

正一筹莫展的旺堆听后，猛地将脑门一拍："对呀，土匪要的是银子，又不是巴登，即便减少赎金，他们也完全是有可能答应的。好的，太太，我现在就去县衙找刘县令帮忙，求他找人去老鹰岩说情，让土匪减少赎金。"

央宗忙退下手腕玉镯递给旺堆，说："老爷，您总不能空手去求县令吧，这玉镯是结婚时您送的，我知道是好货，至少也值二百两银子吧。带上它，准管用。"旺堆并未接玉镯，却摇头说："狗日的刘县令，这些年他没少得我好处，哪次遇上年节我没送他大礼。难道我家有难去求他帮忙，他还能向我索礼不成？"

央宗听后，非常生气地说："老爷，您也是见过世面的人，您难道忘了欲壑难填的古话？更何况他是一县之主的县令。我问您，到底是手镯重要，还是巴登的命重要？"

被点醒的旺堆面对平常不爱在他面前言语的妻子，竟然产生些许愧意。心情异常难受的旺堆，默默接过央宗递给的玉镯，匆匆朝外走去。

县衙内，在火炉边同玉香喝着酥油茶聊天的刘青禾，听说旺堆土司求见，便立即来到客厅。寒暄后，旺堆就把玉镯递给刘县令。接过玉镯的刘青禾仔细把玩后，又出门对着天空再次瞧了一阵，然后将玉镯还给旺堆，笑着说："旺堆土司，这镯子确是件好货，它肯定是用上等和田玉做的，玉石质地不错，竟没一点杂质。嗯，这是你最近新收的？"

老奸巨猾的刘青禾心里明白，这大冬天的，旺堆土司来县衙决不是让他赏玩一只玉镯的。他料定土财主旺堆定有啥难事求他，所以，欲擒故纵的他又把玉镯还给了旺堆。

心里异常着急的旺堆，又将玉镯塞在刘青禾手上，说："刘县令，这玉镯确是件好货，但这好货现已属于您了，如何，应该喜欢吧？"

刘青禾笑了笑，淡淡说："古话讲，君子无功不受禄。我又没帮你茶庄做成一笔生意，也没为你创造过半文利润，土司大人，我没接受你玉镯的理由嘛。"说完，刘青禾又想把玉镯还给旺堆。

早已稳不住的旺堆突然呜呜哭起来，含泪说："县——县令大人，我今天有一难事求您，无论如何您得帮我，不然，我——我没法活下去了……"

早已胜算在握的刘青禾，拍了拍旺堆肩头，口气温和地问道："旺堆土司，你我算是好些年的老朋友了，有啥事尽管说，只要能帮的，我自当效力，自当效力嘛。"说完，刘青禾就将玉镯揣进怀中。

旺堆见县令收了玉镯，心里宽慰许多的他，便将巴登被绑架，土匪要赎金之事一一说出。刘青禾听后，故意装出惊诧状说："旺堆土司，这人命关天的大事，你咋不早点来报？别人的事我可以不管，但你的难事我是非管不可的。谁叫我是这方父母官呢。"

"县令大人，我拿银子赎人可以，但土匪也敲得太他妈狠了。我哪有一万两现银啊。"说完，擦过泪的旺堆，从怀中拿出土匪勒索信递给刘青禾。

刘青禾仔细看过信后，便慢慢坐回椅子思考起来。

旺堆见刘青禾沉默不语，又着急问道："刘县令，您有无办法帮我救出巴登？"

就在旺堆问他之际，一种运作方案已在刘青禾脑中迅速诞生。为从土财主身上索取到更多银子，刘青禾故意恐吓旺堆说："旺堆，这土匪信中说了，你若报官，他们就要撕票。今天你来我这，也算是禀告县衙了，为巴登大少爷性命着想，我建议你别对外声张此事。"

旺堆忙点头回道："是是，县令大人，我一定按您吩咐做。"

刘青禾又道："旺堆土司，你的意思是想让土匪减少赎金，对吧？"

"是是，最好让土匪减少一半，我现在只凑够四千两银子，剩下一千两我打张欠条，三个月后一定补齐。"

刘青禾见已将旺堆手中现钱底数摸清，心中有数的他又说："旺堆土司，我立即托人找关系去帮您办这件棘手之事，不过，你是知道的，这仍需要打点，对吧？"

旺堆忙从怀中掏出一锭银子递给刘青禾，哭丧着脸说："县令大人，我身上只有这点现银了，望您体谅体谅我眼下难处。事成后，我一定设法对您再另行酬谢。"

刘青禾接过银子："旺堆土司，您就暂请回吧，明下午再来我这听候消息。"

"县令大人，您可千万要抓紧，此事已整整过了两天，只剩三天了，您一定要设法帮我救出巴登哪。"

其实，刘青禾要实施诈取旺堆银子的计划，眼前的玉香正是不二人选。几年前成为寡妇的玉香，便守着失踪前夫留下的酒馆，当起了掌柜。

由于人们叫惯了她老板娘，所以这称呼就一直沿用至今。女人一旦没了男人管束，胆子就渐渐大了。再说玉香虽无倾城之貌，但长相绝不是那种令人讨厌的。由于有地痞无赖经常在酒馆肇事或赖账，几次报案后，玉香就同刘县令有了暗中往来。玉香渴望权利保护，县令想惬意采点野花，二人自然就搞到一起。

县城不大，人们很快知道玉香后台的保护伞是谁。此后，在酒馆闹事的地痞就渐渐没了。昨天从老鹰岩赶回的玉香，把给土匪送酒的事给刘青禾说了。刘青禾见玉香赚了银子又没被土匪咋样，就没当一回事。何况，他刘青禾交往的女人又不止玉香一人。女人虽有不少，但敢上老鹰岩同土匪打交道的女人，却只有玉香。刘青禾认真想过，要说服土匪减少赎金，还非得让善于周旋的玉香出面才行，正好她又刚从老鹰岩返回。此事决不能让县衙其他人知道，他要独自操控玉香了结"人质与赎金"事件，这样才便于神不知鬼不觉的利益最大化，甚至独吞旺堆永远无法弄明白的欠款约定。想到此，心情极好的刘青禾就慢慢回到内屋。

靠近玉香后，刘青禾摸着玉香脸蛋说："老板娘宝贝，又有好事送上门啦。"

"县令大人，啥好事让您这么开心呀，说出来，也让我分享分享您的好福气。"

"玉香，这好事不是我一人的，而是我俩共同的。"

玉香心里一震，装着若无其事地说："县令大人，您莫不是哄我开心吧，天底下哪有我跟您连在一起的好事呀？"

刘青禾将脸伸向玉香，说："来，亲我一口，我就把共同发财的好消息告诉你，咋样？"

玉香虽不相信天上掉馅饼的好事，但碍于刘青禾对她酒馆的暗中保护与支持，她还是响响亮亮地亲了刘青禾一口。

满意的刘青禾坐下后，把玉香抱到自己腿上，将他的计划全盘向玉香说出。玉香听后大惊，有些不满地说："刘县令，我昨天刚从老鹰岩送酒回来，您又要我重返匪窝老鹰岩，我不去。"

"你为啥不去？知道吗，这次若获利可顶你酒馆半年利润。"

"前两天我在老鹰岩时，土匪内讧，还差点殃及我性命。"玉香不敢说她让刀疤脸上老鹰岩的事，只好拐弯找借口。

刘青禾见玉香对他计划有抵触，有些不悦地说："你是女流之辈，又不是老鹰岩的人，土匪内讧关你屁事。"玉香见刘青禾不高兴，立马在刘青禾怀里娇嗔地说："不嘛，我玉香最讨厌匪首黄大郎，我担心那家伙又要逼我同他过夜。"

刘青禾笑了："玉香老板娘，你又不是黄花大闺女，睡就睡一觉呗。是银子重要还是讨厌值钱？天下没有跟银子过不去的人嘛。快准备，我让县衙兵丁用快马送你去老鹰岩，千万别误了正事。"

玉香起身用手绢擦了擦嘴说："哼，我玉香一万个相信，指不定您又收了不少好处费吧？"

刘青禾拍拍玉香屁股，提醒道："玉香，你一定要在明天午时前赶回县衙。若此事照我方案谈成，赚的银子我俩对半分，这比啥好处费都诱人。"

"当然，我玉香是绝对相信县令大人的，不然，您就是天底下最坏的负心人。"说完，玉香又在刘青禾脸上亲了一口，然后兴冲冲朝门外走去。

扎西和刀疤脸意外相逢，高兴得在山洞聊了两天两夜。酒喝完了羊腿吃光，他们全然不知也不在乎。刀疤脸没想到，那一夜盗马相遇的猎狼人，原是个性情爽直的农奴牧羊人。扎西也没料到，眼前这个骑术高明剑术高超的盗马人，原是个脸有刀疤的汉人。

闲聊中，刀疤脸自由自在游侠似的盗马生活方式，以及专盗富人之马和杀富济贫的人生理念，均深深影响着从未学过文化的扎西。而偶然助刀疤脸逃过命的扎西，敢于杀狼为妻女报仇，还要刺杀贡布头人的举动，也极大震撼了刀疤脸。二人惺惺相惜，大有相见恨晚之感！

二十三岁的刀疤脸，向扎西讲述了短暂而丰富的人生经历，详细介绍了自己学拳术、剑术和跑马帮的生活故事。每当刀疤脸讲到一些惊险的盗马情节时，扎西总是摇头说："偷盗的不好，我们，今后偷盗的不要。"最后，当刀疤脸告诉扎西他的马帮被黄大郎一伙全杀害时，扎西不仅抹了眼泪，还坚决表示愿帮刀疤脸复仇。

二十五岁的扎西，也对刀疤脸讲了他家的悲惨遭遇，以及漂亮妻子卓玛和可爱女儿梅朵。每当给刀疤脸讲述精彩的杀狼故事时,听得刀疤脸不断喝彩竖起拇指。扎西介绍完神奇的天葬师尼玛后,突然问刀疤脸说:"汉人兄弟,你说了这么多世间不平事,照你这么说来,我除了恨大狼外,还该恨我们曲巴头人?"

刀疤脸点头回道:"扎西兄,你不光要恨曲巴头人,你还该恨贡布头人和藏地所有的土司与头人。"

扎西异常困惑,说:"汉人兄弟,这些头人与土司,他们跟我无冤无仇,我凭啥要恨他们?"

刀疤脸:"扎西兄,你想想看,在若拉草原,为啥只有曲巴和贡布头人有钱有势,而千千万万的牧人却是一贫如洗的奴隶?老子打心眼就从未服过气,他们有钱人凭啥霸占那么多牛羊、草场和女人,而你一年四季下苦力卖命,不仅没一只羊一头牛,连像样的食物和帐篷也没有。奴隶们稍有过失,轻则鞭打,重则抽筋剥皮。我恨的就是世间不公平!"

"兄弟,那你专盗头人和土司的马,就是为报复有钱人?"

刀疤脸点点头:"也算是吧。"

歇了一阵,扎西从怀中掏出英式短枪,高兴地对刀疤脸说:"兄弟,曲巴这支好枪被我骗到手了。"

刀疤脸愣了片刻,转眼就笑了:"扎西兄,你这如此爽直汉子,也学会了骗?"

扎西不好意思笑了笑,说:"兄弟,这还得感谢你的启发哩。若没你那晚剑客般精彩出现,我扎西现仍是个憨直的傻奴隶。你想想,我若照实跟曲巴头人说那晚情况,他能把这么好的枪留给我吗?"随后,扎西就把如何受刀疤脸影响,回部族又是如何向曲巴谎称刺杀贡布失败,最后又咋样打死贡布家丁的过程,统统说给了刀疤脸听。

没想到,刀疤脸听后却拱手说:"扎西兄,我看呀,你们曲巴老爷并不比你聪明嘛。这么好的短枪竟被你如此轻松弄到手,我刀疤脸佩服!"

扎西晃了晃短枪,说:"兄弟,这真是把好枪。"

刀疤脸:"当然啦,扎西兄,你知道这把短枪,在雅安或拉萨黑市,要卖多少钱吗?"

见扎西摇头说不知,刀疤脸又说:"这样的好枪少说也值二百两银子。

唉，老子就缺把这样的短枪，藏在身上简直可让对手防不胜防，不然，那晚我就不会吃老鹰岩土匪大亏了。"

扎西听后，立马将短枪抛给刀疤脸，说："兄弟，你喜欢我就送给你，反正我有叉枪和藏刀，也不耽误杀狼。"

刀疤脸认真看了看手中短枪，又抛还给扎西，自信地说："扎西兄，谢谢你美意。既然我纵横藏地盗过无数次马，难道弄支短枪，还能难住我江湖剑客刀疤脸？"

中午时分，扎西和刀疤脸拜过天地结为了异族兄弟，俩人分手前约定，每次月圆时，就去稍安全的魔鬼寨下骷髅谷相聚……

第六章

同美女老板密谋，渴望骗得期权房产

扭着腰肢的玉香这么快就重返老鹰岩，着实让放哨小匪大吃一惊。当黄大郎得到小匪禀告，他得意地对泽木刺和三寸丁说："你们看，那瓜婆娘准是探听到刀疤脸消息，到老子这领赏钱来了。"原来，昨天玉香下山时，黄大郎就对她许诺，若是禀告刀疤脸行踪，每次可得十两银子。若是由她禀报又击毙了刀疤脸，就可得赏银五十两。现在，那个在他脖子留下剑痕的刀疤脸，已成黄大郎最大心头之恨。

玉香刚走进洞中大殿，众匪就哄笑着喊叫："蒂姆，来领赏银喽，领赏银喽……"黄大郎和泽木刺看着起哄小匪们，更是乐得眉开眼笑。很快，明白小匪们起哄原因的玉香，板着脸对小匪们说："闹什么闹，老娘今天不是来领你们赏银的，而是来给你们报丧的！"说完，她便恨恨地盯着黄大郎。

胆子不小的玉香这一招真管用，她刚一说完，大殿即刻安静下来。玉香在路上，就想好几种对付匪首黄大郎的办法。既然老天赐给她赚取大利机会，决不愿错失良机的玉香，自有她不同于刘县令的思路与手段。若按刘县令传统手段去说服黄大郎，她料定黄大郎难以买账。要是黄大郎一气之下将巴登撕票，她岂不是竹篮打水一场空吗？不行，得按老娘的方式同这帮山贼斗智斗勇。哄闹的群匪哪知道，想好进退方案后，玉香才走进大殿的。

愣了片刻的黄大郎，慢慢走下熊皮大椅来到玉香身边，惊诧地问："玉香老板娘，你昨天刚走，今天就来给老子报啥子丧呀？你云里雾里一句话，莫非想用威胁手段，来我这敲诈点啥吧？"

玉香故意看看殿内众匪，然后上前低声问道："大当家，你们是不是绑了旺堆土司的巴登大少爷？"

黄大郎心中暗惊，眼珠一转问："你咋知此事？"

玉香装得十分着急地说："你知道吗，旺堆现无力拿出一万两银子，只好将此事禀报县衙。刘县令不敢得罪颇有影响的旺堆土司，很快要将绑架案禀报州府。刘县令说，只要州府一旦接到禀告，定将派大军来剿平老鹰岩。"

黄大郎一听，气得两腮颤抖，咬牙说："狗日的土财主，他还真敢去官府报案！"

玉香又说："大头领，刘县令还说，旺堆土司已做好为巴登收尸的准备，报案已属死马当活马医的无奈之举。"

"那狗日的旺堆土司，他就真不怕老子撕票？！"

"大头领，旺堆不怕撕票，可刘县令却怕你撕票，所以才派我作为全权代表，来协调处理此事嘛。"

黄大郎咧着龅牙苦笑一下，有些诧异问："啥，你作为县衙的全权代表？"

玉香听后，双手往腰一按，质问道："大当家，我玉香是不配，还是不像？"

黄大郎摸着下巴几根胡须，点了点头："嗯，像，但又不全像？"

玉香一听，忙按早已准备好的思路说："大当家，您想想看，如此机密之事，难道是常人能知道的吗？"

黄大郎当然不知玉香同刘县令是地下情人关系，疑惑地问道："老子就搞不懂，县衙里那么多狗官，为啥要派你这女流之辈来这掺和。"

玉香笑了，讽刺说："大当家，你也是操江湖的舵爷，难道就不明白，我玉香来不比县衙里的人来，要更合适些吗？"

黄大郎又一愣，忙问："此话怎讲？"

玉香见泽木刺也靠近了黄大郎，便对二人说："二位头领听着，若是县衙来人，就是官府同土匪谈判。这事若传出去，刘县令怕是当不了几天父母官吧。要是谈判失败，巴登少爷被撕票，你们想想看，大军一旦压境，往后还有老鹰岩的英雄传奇故事了吗？"

"玉香老板娘，照这么说来，你有帮我老鹰岩之意？"

玉香见时机成熟，高声对众匪说："大头领，这次买酒您让我玉香赚了银子，那盗马的刀疤脸逃跑了，您也没追究我责任。对您这仗义之人，我若不帮你们，那是天理不容啊！"

黄大郎与泽木剌相互点点头，算是对玉香之言认同。

突然，手持飞镖的三寸丁蹿到玉香面前，挥着镖说："玉香老板娘，你若敢编瞎话糊弄我大哥的话，老子用镖一定打爆你脑袋！"

玉香看了看跟她肩头一般高的三寸丁，笑着说："矮兄弟，你飞镖厉害，还是剿匪的千军万马厉害？你别把老娘的好心当成驴肝肺。时间太紧，我没工夫跟你闲扯。"

黄大郎再次同泽木剌交换眼色后，便靠近玉香问道："玉香，你的意思……"

玉香自豪地扫视众匪后，推了黄大郎一把："走，到您卧室说去。"

扎西同刀疤脸分手后，挥鞭打马就朝县城狂奔。

一路上，尽管风雪扑面，但扎西不仅没感到寒冷，反而还因激动浑身有些燥热。他做梦都没想到，他结拜的异族兄弟刀疤脸，虽是盗马人，但却不像传说中的坏人强盗，甚至他在这个汉人身上看到了古代剑客的身影。这兄弟虽以盗马为生，但决不盗穷苦牧人的马，而是只盗头人、土司和富人的马。扎西记得，刀疤脸兄弟还拍着胸口说过，他至少帮助过不下二十名磕长头去拉萨朝圣的藏族同胞。在布达拉宫广场，他曾为一名被马车撞伤的乞丐讨公道，竟挥剑同七八名土司家丁大战半个时辰。

不知咋的，扎西就信刀疤脸兄弟的话。这种信任，是扎西的直觉。越同结拜的汉人兄弟在一块，扎西就越有不想分开的感觉。因为，扎西从刀疤脸身上发现了非常迷人的东西：对自由生活的向往。在山洞里，扎西数次想过，今生要是再不给曲巴头人放羊就好了。汉人兄弟还背了些唐朝诗人李白所创作的跟酒有关的诗歌，自己虽不懂诗，但看到汉人兄弟那高兴的陶醉样，扎西就坚决相信，汉人兄弟喜欢的一定是好东西。

如果说，曲巴设计用蒙骗方式给扎西洗脑的话，那么，刀疤脸的坦率真诚和愤世嫉俗之言，无疑唤醒了扎西对道理和友情的渴望。两天两夜长谈后，扎西已不是过去的扎西了。他想把这份心中最大的快乐和喜悦，向人倾诉，与人分享！于是，他第一个想到的就是唯一亲人——桑尼。

两个时辰后，扎西看着越来越近的县城，竟高兴得挥动双臂高呼："桑尼，我来啦……"

自县衙贴出抓杀人犯盗马贼告示后，贡布管家札曲去了好几次县衙。刘青禾用好酒好肉款待一番后，总用同一句话告诉札曲："本衙正全力搜捕逃犯，请贡布头人别急，总有抓到罪犯的那天。"无奈之下，贡布怕再花冤枉银子，就把大部分家丁撤回部族，留了几个眼线在县城。眼线们见县衙兵丁又是设卡盘查，又是四处搜捕都没发现盗马贼影子，自然也就不抱什么希望。他们开始在酒馆或赌桌上打发日子，要不就去县城窑子逛逛，日子似乎比在部族里逍遥许多。

在洞内长谈中，刀疤脸已明显感觉到，比他大两岁的扎西，已逐渐对他在心理上产生了依赖感。关于这一点，扎西本人并不清楚，但机敏过人有些文化的刀疤脸能感觉到。从眼下县衙同贡布联手抓捕的情况看，他认为不宜同扎西长时间待在一块。结拜为兄弟和分开行动，均是有主见的刀疤脸提出。爽直的扎西佩服汉人兄弟，就一切依了他。刀疤脸明白，此时正值寒冬，他两腕和肩头的伤还未痊愈，得寻一处避风寒又有食物的地方躲藏起来。同扎西分手后，想好去处的刀疤脸在雪地站立片刻，然后踩着扎西枣红马蹄印，也朝县城方向走去。

当满身雪尘的扎西走进铁匠铺，眼角布满皱纹的泽翁放下铁锤愣看了好一阵，才低声问道："扎西德勒，你——你该不会是扎西吧？"

扎西快步上前，抓住泽翁的手说："扎西德勒，泽翁大叔，我是扎西。"

泽翁笑了："哦呀，整整十年了，那时你来我铁匠铺时，才这么高哩。"说完，泽翁用手朝自己耳朵下方比画一下。随后，泽翁又问道："扎西，你是来找桑尼的吧？"

扎西点点头，高兴回道："是呀，我正是来看桑尼的。"

泽翁随即对拉风箱的尕娃说："尕娃，你快去洋教堂，告诉丹珠和桑尼，就说扎西来啦，我们今晚一块吃饭。"机灵的小尕娃听后，笑着钻出铁匠铺，一溜烟朝洋教堂跑去。

扎西同泽翁聊天时，突然发现木桌上方墙上，挂有一把刀身锃亮刀把镶有宝石的藏刀。扎西取下藏刀翻来覆去看过后，叹道："蒂姆，这真是一把少有的好刀。"

"扎西，这刀是一个汉人订制的，他还花了大银哩。"

扎西愣了片刻，问道："泽翁大叔，您可记得那汉人模样？"

"记得记得，他那模样世人见了准忘不了。"

扎西笑了："泽翁大叔，您就快说他模样吧，看跟我心中想的是不是同一个汉子。"

泽翁笑着比画说："那汉子个高，戴顶宽边黑呢帽……"

"右边脸上还有一道伤疤。"扎西不待泽翁说完，忙补上一句。

泽翁惊了："扎西，你俩认识？"

扎西将手中藏刀舞得呼呼作响，然后得意地对泽翁说："泽翁大叔，实话告诉您吧，我和他不仅认识，而且还是结拜兄弟哩。"

泽翁竖起拇指说："扎西，那汉子可是仗义疏财之人。在我铁匠铺打制一把好藏刀，我收费从未超过八两银子。你看，他一出手就给我二十两大银。我退他吧，他不要。他还说，若今后对刀满意的话，还要酬谢我。"

"我兄弟果然是仗义疏财的好人。"扎西正说着，丹珠和桑尼快步走进了铁匠铺。

桑尼一见扎西，就扑在扎西胸膛呜呜哭起来。

扎西异常纳闷，忙问桑尼："桑尼，我好好的，你哭啥？"

桑尼抬起泪眼，用手摸着扎西黑红脸庞说："看你活着，我心里高兴，眼泪就忍不住下来了。"

扎西拍拍桑尼肩头，笑道："桑尼，我现在不光活着，还活得比过去快活多了。"

桑尼有些惊讶，忙问："扎西哥，你居然快活？曲巴头人的大羊咋赔？"

扎西说："你知道吗，赔曲巴老爷的羊已不重要了。我现在已不是过去的扎西啦。"

桑尼一听，惊异地悄悄问道："咋的，你把贡布头人除掉啦？"

扎西摇摇头说："没有。但我结拜了个汉人兄弟，他可厉害了。"

桑尼不解："结拜个汉人兄弟，你就快活？你该不会脑子出了问题吧。"

"我脑子比过去任何时候都正常。桑尼，你听我说，这人不仅剑术、骑术厉害，而且还是个有文化的仗义之人。他脑子特别好使。"

"他虽厉害，但他又不能替你赔曲巴头人的羊，更不会帮你除掉贡布头人，有啥值得你高兴的？"

说话间，丹珠却一直盯着高大魁梧的扎西。

"桑尼呀，这些都不重要，重要的是他已帮我找到对付曲巴和贡布头人的好办法，唤醒我曾经绝望麻木的心。"

吃惊的桑尼盯着扎西，说："扎西哥，此人真有这么厉害？"

"他厉不厉害，你今后见着就知道了。"

"既是你结拜兄弟，我当然要见见此人。"

这时，丹珠忙将烧好的酥油茶分端给众人。扎西接过木碗时竟愣住了，他这才仔细看清丹珠面容。他做梦也没想到，十年前见过的小姑娘，现在已出落成世间稀有的绝色美女。待众人喝酥油茶时，丹珠才向扎西问道："扎西大哥，听说你现在已变成猎狼人了？"

"蒂姆，咋我杀狼为妻女报仇之事，连县城里的人都知道了。"

"桑尼姐来教堂做杂役后，已将你家不幸遭遇给我讲了。你真厉害，居然敢独自去杀大狼。"

扎西得意起来："这有啥，我才杀了十来头大狼，今后，我要杀尽若拉草原所有恶狼，才解我心头之恨。"

"扎西大哥，我已将你杀狼的事跟我们牧师讲了，他说若有机会，定要见见你这勇敢的猎狼人。"

这时，泽翁吩咐小尕娃上街去买点好吃的，说是要招待扎西。

扎西见泽翁在柜中翻找银子，忙从怀中掏出十两银子说："泽翁大叔，今天我请客。"说完，就将银子递给桑尼。

桑尼更是惊得睁大双眼，忙问："扎西，你哪来这么多银子？我们再穷，你也千万别做不正经事啊。"

扎西笑道:"桑尼放心,这银子是曲巴老爷赏我的。这是我长这么大,头一回有这么多钱。我在草原还高兴了好些天哩。"

桑尼拿起银子,认真翻看一阵,低声说:"是呀,这也是我头一回见着的大银,曲巴老爷真是好人。"

"曲巴哪是好人。他是想收买我替他除掉贡布,否则,他三辈子都不会给我银子。"

泽翁一听,有些不高兴说:"扎西,你不能昧着良心说话。曲巴老爷帮我解除奴隶身份,又送这么多银子给你,你咋能说曲巴老爷不是好人呢?"

扎西见泽翁对他有些不满,便催促桑尼说:"你去买些好吃的,给我带瓶茅台烧春回来,青稞酒太没劲。去吧,用剩下银子给你和丹珠买点漂亮头饰。"

高兴的丹珠表示要跟桑尼一道上街。扎西对走到门口的丹珠和桑尼说:"今天我们喝酒时,我再给大家讲讲,曲巴和贡布头人,是不是好人的道理。"

当夜,就在扎西一面喝酒,一面给丹珠几人讲述,他从刀疤脸那接受的全部观点时,刀疤脸悄悄在"醉一春"酒馆,拿着一大包他新赊欠的酒肉,朝他选定的好去处匆匆走去。

据史料记载,打箭麓这地方,宋代之前曾是一处狭长山谷,元代开始逐步形成村落,明朝茶马互市就已渐渐兴盛,到清代时,这地方已成为川藏路上商贸重镇。在康巴藏地颇有影响的藏传佛教寺庙法轮寺,就修建于明代中期。

几百年间,法轮寺不知有多少僧人在此走完他们人生之路。逐渐扩大的法轮寺后面坡地,一片偌大的白色塔林中,就安葬着不少高僧灵骨、舍利或肉身。寺中曾有位大德高僧在康巴藏地影响太大,被视为该寺历史贡献最大的至尊法王。出于对该法王的特殊尊敬,法轮寺众僧就在寺内大殿后又新建一座大殿,并在殿中为圆寂法王修建一座白色灵塔,将他舍利敬放于灵塔内以示供奉。平常该殿紧闭,只有寺内有重大活动时才打开,供当今大活佛和堪布、喇嘛们礼佛祭拜,一般僧众概不能随便出入该殿。

身有镖伤的刀疤脸，既要疗伤，还要躲避搜捕，要在大冬天无人知晓的躲藏一段时日，他选择的正是这座内有白色灵塔的大殿。

大殿灵塔前，不仅昼夜燃有数盏酥油灯，殿内塔旁高大木柜中，还放有多年来敬献给法王的哈达。由于该殿没啥贵重物品，所以大殿木门平常从不上锁，只将门扣带上而已。早已探明一切的刀疤脸悄然钻进大殿，迅速从木柜中抓出大堆哈达，然后飞身跳上灵塔后方不引人注意的凹陷空间。尔后他将哈达当作柔软绸布，将那稍高的空间布置成暖暖和和的藏身之窝，就钻了进去。歇息一阵，他从怀中掏出牛肉，拧开酒壶盖，说了句"壶中别有日月天"，就开始惬意享用起来……

第二天午时，玉香在县衙兵丁护卫下，匆匆赶回县衙。一直翘首以待的刘青禾，见玉香满带喜悦之情走进县衙，立即领着玉香进了内室。

玉香一碗酥油茶还没喝完，刘青禾就急不可耐地问道："事情到底谈得咋样？你咋稳起不说话呢？"

玉香放下碗，擦擦嘴叹道："哎，狗日的黄大郎，昨晚，我一直劝说到半夜，他只答应减两成，非要八千两不可。"

刘青禾大惊："玉香，我不是跟你说了么，第一步必须砍他对半，眼下，旺堆土司拿不出那么多钱。唉，若是这样，你我还赚啥银子嘛。"

玉香又自己倒了碗酥油茶，一面喝一面盯着刘青禾又不开腔了。

刘青禾摇头叹道："唉，女人心软，看来你玉香确实不是土匪头子对手。要是黄大郎牛起三根筋，只想多索要银子，到头来大家只能是竹篮打水一场空。"

玉香起身，走到刘青禾面前，用双手拍着刘青禾的胖脸说："我的县令大人，在你心中，我玉香就真是吃素的女人？"

"玉香呀，你跟黄大郎只谈到八千两，难道还不算吃素的女人？"

玉香心里暗笑，却装着平静地说："刘县令，您也不想想，我玉香承蒙您信任重托，难道我老鹰岩之行，就如此败兴而回？"

刘青禾一惊："莫非，八千两不是最终商定数目？"

玉香得意地将嘴一撇，说："当然不是。"

刘青禾一听，立马将玉香搂在胸前问："那你快点说说最后情况。"

"哼，那狗日的黄大郎，他不答应我减半的条件，老娘就死活不准他碰我身子。唉，一直折腾到下半夜，他实在是憋得难受，才同意减到六千两。"

"唉，减到六千两我们也赚不到银子呀？"

"我话还没说完哩，您着啥急。他满以为减到六千两赎金，我就会同意跟他上床。哼，老娘算定黄大郎这骚货，不同我颠鸾倒凤一番，他是决不会善罢甘休的，所以……"

刘青禾笑了："所以，你就稳起，让他那裤裆里的硬东西，一直憋得难受。"

玉香用食指戳了戳刘青禾额头，说："是呀，黄大郎就是把老娘按在床上，我也没依了他。哼，直到鸡叫，实在熬不住的黄大郎，才跪在床上答应了我减半的要求。直到那时，我才让他解了老娘的裤腰带。"

刘青禾听完，高兴地在玉香额头上来了一个响吻，然后说："不错不错，我刘青禾没把你玉香看错，你真不愧是我县的女中之杰嘛。"

"刘县令，若是旺堆土司交五千两赎金，我能分多少呀？"

"玉香，你忘啦，我不是说过，赎金减半只是第一步么。在这阶段，我俩不仅没一文银子可赚，而且巴登大公子仍有性命之忧。"

玉香眉头一紧说："我就搞不懂，到底要到哪一步，我俩才有银子可赚？"

"还要走完第二步，那就是再逼土匪降到四千两，因为，旺堆土司眼下手里只有四千两银子。总不能让你我给土司凑一千两吧。"

玉香蓦地将刘青禾推开说："刘县令，我已用尽一切招数，才逼黄大郎将赎金减到一半，若再想减一千两下来，那凶顽的土匪头子是决不可能答应的。"

"玉香，你信么，我断定黄大郎会答应。"

"那你给我个黄大郎会答应的理由。"

刘青禾用手势比画着说："玉香，你看，一面是撕票杀死巴登，一面是白花花四千两银子。你仔细想想看，若是你，你会做何选择？"

玉香认真想了想，说："是呀，是我肯定会要四千两银子。何况，土匪杀了巴登大少爷，不是还有被你们剿灭的风险么？"

刘青禾笑了："玉香聪明。只有这样，我俩才有期权银子可赚。"

玉香一愣："啥期权银子？"

刘青禾吻了吻玉香脸蛋，说："至于啥期权，等一会你在客厅隔壁听我同旺堆土司谈话，就自然清楚了。"随后，刘青禾安排玉香马上进县衙厨房午餐。

老鹰岩石屋内，蜷在草堆里的巴登，再次听见门外传来念颂六字真言的声音。三天来，每天早、中、晚三次，都会准时响起这已渐熟悉的藏语声。巴登凝思一阵，起身走到窗口，向屋外站岗汉子用藏语问道："兄弟，你是本地人？"

钦嘎热答道："巴登大少爷，我是若拉草原人。"

巴登亲切地问："兄弟，你姓啥，是草原哪个部族的？"

钦嘎热又答："我叫钦嘎热，是萨嘎部族的。"

巴登装作一惊，又问："嘎热兄弟，你是萨嘎部族的，咋来这汉人堆里的老鹰岩？"

钦嘎热不好意思低头说："巴登大少爷，我在雪灾中弄丢了贡布头人的羊，我在雪原四处寻找时，来到老鹰岩山下，一放哨兄弟听说我的不幸遭遇后，就劝我入了黄首领的队伍。"

巴登一听，心中暗喜，又亲切地说："兄弟，那这么说来，你入伙也没多少日子嘛。"

"是的，大少爷，我来这还不到一月哩。"

"你们这支队伍中，有多少我们藏族兄弟？"

"大少爷，准数我还不太清楚，大约有五六人吧。"

"兄弟，你们二头领好像也是我们藏族人吧？"

"是的是的，我们二头领对我们这些本族兄弟挺关照的。"

巴登想了想，试探性问道："嘎热兄弟，你知道大头领他们绑我来这，到底为啥，我可从没招惹过他们？"

钦嘎热扭头看看四周无人，低声说："大少爷，我听说绑你来这，是想逼你土司阿爸拿银子来赎你。"

大惊的巴登这时才弄清，绑架他的真正原因。胆大骄横的巴登，猛然间心中掠过一计，便绕着弯子问道："嘎热兄弟，你家里还有些啥人呀？"

"大少爷，我家就只有我阿妈一人了，她在贡布头人的牧场做挤奶工呢。"

"兄弟，你来这你阿妈知道吗？"

钦嘎热摇摇头说："我阿妈不知道，她以为我还在草原寻找丢失的羊群。"

"兄弟，你想不想同你阿妈团聚？"

钦嘎热点头回道："想，但我不敢回去，回去只有死路一条。"

巴登略一沉思，认真说："嘎热兄弟，你我都是藏族人，我才如此关心你。我想问你一句，若你又能同你阿妈团聚，又能不受贡布头人惩罚，你愿意吗？"

钦嘎热后退一步，不断摇头说："天下绝没这种好事。贡布头人可凶了，对待过失的奴隶从不手软。"

巴登已从嘎热目光中，准确判断出他的单纯和幼稚，于是，便进一步想突破这奴隶娃子心理防线，继续说道："兄弟，你知道吗，我阿爸同贡布头人有些交情，若他出面求情，贡布头人会给我阿爸面子的。"

钦嘎热直摇头说："不会不会，大少爷，你不知贡布头人有多厉害，他从未宽恕过一个丢失了牛羊的奴隶娃子，何况，我弄丢他六十多头大羊，他不会原谅我的。"

巴登见时机成熟，便异常爽直地说："兄弟，这有啥，我赔他贡布七十头大羊，他总不会再治罪于你吧？！"

钦嘎热十分诧异，盯着巴登说："大少爷，你我非亲非故，为啥你要帮我赔贡布头人的羊？"

"兄弟，我不光要帮你赔羊，我还要用银子，让贡布头人解除你和你阿妈的奴隶身份，然后将你二人接到县城去居住。"

钦嘎热有些感动，但依然摇头说："我不相信，这是你大少爷拿我嘎热寻开心哩。"

巴登又十分认真地说："嘎热兄弟，这一切都是真的，但条件却是你要帮我逃出去，你能办到吗？"

钦嘎热愣了片刻，沮丧地说："不行，我帮你逃出去，我会被大头领处死。"

"兄弟，你跟我一块逃走。从今往后，你就在我春风茶庄做伙计，我每月给你五两银子工钱。你可愿意？"

钦嘎热仍似信非信："真的？大少爷。"

巴登扑通跪下，双手合十说："我向菩萨起誓，我巴登若有半句不实之言，愿遭天打雷劈，并被菩萨打入十八层地狱，永世不得轮回。"

钦嘎热听后，眼中渐渐噙满泪水。在藏地，只要有人敢双手合十向菩萨发誓，那么，这发誓之人就必定兑现自己承诺，决不敢也不会用谎言欺骗心中至上神灵——菩萨。

钦嘎热快步上前，抓着窗上铁条对巴登说："大少爷，快快请起，若是这样，我钦嘎热就是舍命，也要帮你逃出老鹰岩。"

午时刚过不久，旺堆匆匆来到县衙。

在县衙客厅足足喝了两碗酥油茶，旺堆仍不见刘县令人影，有些着急起来。其实，老谋深算的刘青禾，同玉香在隔壁房间正搂抱一块亲热哩。见让旺堆土司等得差不多了，刘青禾悄悄对玉香说："玉香，你在这仔细听着，看我是咋在肥土司身上赚银子的。"说完，刘青禾就背着双手走出房门。

旺堆终于见到刘青禾匆匆走进客厅，忙起身问道："刘县令，事情办得咋样？"

刘青禾摇摇头，叹气说："唉，跟土匪谈判，简直就是雪夜抓狼，太他妈艰难了。"

旺堆有些吃惊："刘县令，那帮山贼敢不买您的账？"

刘青禾叹道："唉，那帮土匪何止不买我的账，还差点把竹杠敲到我头上。"

旺堆愣了："县令大人，有您亲自主持公道，难道土匪敢不减少赎金？"

"是呀，那帮强人仗着自己手中搞了几件新式快枪，根本没把我和县衙兵丁放在眼里。匪首黄大郎还扬言，只要他高兴，随时都可踏平打箭麓县衙，干掉我手持大刀长矛的县衙兵丁。"

旺堆哭丧着脸说："刘县令，照您这么说来，要救我儿巴登，就没啥指望了？"

刘青禾立马说："你是我好友，不救巴登大少爷咋成？我就是赔上性命也得帮你赎回巴登啊。"

"县令大人，那您……"

刘青禾喝了口酥油茶，不慌不忙回道："旺堆土司，你知道吗？土匪们除喜欢钱财外，还喜欢些啥？"

急得开始冒汗的旺堆疑惑地说："大概，他们——他们还喜欢酒肉和女人吧……"

刘青禾点点头说："你说得对，但又不全对。那帮山贼胃口大得很哪，说什么要想减少赎金，那就得补偿酒肉、马匹、女人、酥油、糌粑、砖茶和上等兽皮等物品。"

旺堆叹口气说："唉，其实这些东西都不难弄到，只要有银子，我三天内都能全搞齐。"

"是呀，每样东西都不难搞到，但你知道数额是多少吗？说出来我怕再吓着你。"

旺堆失望地问道："这么说来，土匪开出的赎人条件，仍没法接受？"

刘青禾见时机成熟，开始编织美丽谎言说："唉，困难总没办法多嘛。我就派人给他们二当家送东西打通关节，让那二头领去做匪首黄大郎工作。唉，你送我的玉手镯，还有我多年积攒下来的五根金条也全搭进去了。现在，通过我派去的能人软磨死劝，匪首大头领终于把赎金降了下来。"

旺堆忙紧张地问道："土匪答应降多少？"

刘青禾伸手将拇指和小指翘起说："这个数，他们不会再少了。"

"六千两啊？县令大人，我不是跟您说过，我东借西凑总共手中现银子只有四千两哪。这——这就是逼我上吊也无法解决啊。"

隔壁的玉香一听六千两银子，将嘴一撇说："狗日的刘县令，心比土匪还黑。别人是大群人要钱，你一个人就想要那么多，简直就是吃人不吐骨头的狗官。"

刘青禾看着一筹莫展的旺堆土司，心里不断盘算，逼土司答应土匪条件是否已到最佳火候。刘青禾清楚，昨天开始实施的解救人质计划，每一步都得按他谋划进行，否则，他火中取栗的获利愿望就将化为泡影。他不愿失去任何获利机会，更不愿把煮熟的鸭子给弄飞了。我是谁，老子就是这方疆域的父母官！想到这，刘青禾故意装出深思熟虑说："旺堆土司，为救出巴登大少爷，我有一建议，不知你愿意接受否？"

"县——县令大人，您有啥好建议？只要能救出我家巴登，我都愿采纳。"

刘青禾欲擒故纵地说："旺堆土司，我想问问你，你认为是家产重要还是巴登少爷性命重要？"

"那还用说，任何家产都没我巴登性命重要。"

"哦呀，老友有如此见识，也算明智之人。既如此，我就建议你先付土匪四千两赎金，余下两千就打张欠条给他们，三个月内再付清，行吗？"

旺堆想了片刻，无奈地说："县令大人，三月内再凑两千两银子，眼下确实有太大困难啊。"

"哎呀，我的旺堆土司，你不是在雅安还有两处房产，在县城也有一个茶庄和三处房产嘛。只要巴登一回来，我想，你父子俩一定有办法弄到银子的，到那时，还何愁还不了土匪两千两银子？"

旺堆听完刘青禾建议，两眼发直地不断喃喃自语："房产，我的家业不都在房产上么，这下可全完了……"

隔壁玉香听完建议大惊，叹道："太可怕了，这些当官的，咋把有钱人的家底摸得这么清楚？难道，老娘存有多少银子，这狗日的刘县令也知道？"

刘青禾见旺堆愣在一旁，便安慰说："旺堆土司，俗话说，留得青山在，不怕没柴烧。你家大少爷是聪明人，往后定是生意上一把好手，要不了多长时间，他一定会把损失银子，全部给你赚回来。"

似乎被点醒的旺堆突然起身说："好，刘县令，就冲您这一席话，我旺堆认栽，那就赞同您的好建议，先把巴登赎回再说。"

当旺堆回去准备银子和欠条后，刘青禾快步回到玉香身边。玉香对刘青禾拱手说："县令大人，您真不愧是足智多谋之人。这既满足了土匪条件，还让肥土司服服帖帖拿出银子打上欠条，您这招实在是高。"

"玉香，你是听着的，本人办事凭的是良心，也不对你隐瞒什么。事成后所赚银子我俩对分。但现在你还得重返老鹰岩，必须实施我的第二步计划，否则，你我仍拿不到一两银子。"

"我知道，再逼黄大郎降一千两银子，因为，旺堆土司只有四千两现银，对吧？"

刘青禾点点头："对，你是聪明人。我也深信你有法说服黄大郎。"

"县令大人，后天午时就要拿钱赎人，我这几天已累得快吐血了，这么紧时间，我是无论如何也没力气赶回禀报消息的。"

"玉香，你不用再急着赶回报信，我将县衙养的信鸽捉一只你带上，若土匪那边同意我方案，你就在信鸽腿上绑个纸条放回就行。记住，后天你就随巴登，在约定地点与县衙兵丁和旺堆土司见面。其间，你可监督黄大郎必须遵守双方约定，收到赎金就得给老子放人！"

玉香点头说："好，我立马出发，为分这一千两期权银子，再苦再累也值！"

红日高照，晴空万里。

黄大郎站立老鹰岩山头，眺望山下茫茫雪原。随后，黄大郎对三寸丁盼咐："快去，给我把巴登押出来，下山去换四千两银子。"得到命令的三寸丁，立即朝洞内跑去。

自昨夜软磨硬泡，陈述诸多理由和利害得失，终于再次说服黄大郎将赎金降至四千两后，玉香清晨就把绑有纸条的信鸽放了回去。此刻，站在黄大郎身旁的玉香说："大头领，您看，今天红日高照，这正象征您这威武之人是红运当头哪。"

黄大郎拍了拍玉香屁股，笑道："哈哈，玉香老板娘说得对，我黄大郎如今正红运当头。今天拿到这四千两银子，老子明天就在老鹰岩升起'雪山雄鹰'大旗，开始招兵买马。嘿嘿。到那时，无论是县衙兵丁，还是贡布和曲巴的家丁，老子就都不怕啦！"

黄大郎话音刚落，惊慌的三寸丁从洞中奔出，大声向黄大郎禀报："大哥，不好了，巴登不见啦！"

黄大郎大惊："啥，巴登不见了？"

"大哥，石屋里没人，新入伙的钦嘎热也不见了。"

黄大郎立马从腰间拔出短枪一挥："弟兄们，快给我搜！"随即，群匪立即朝洞内扑去。

玉香傻眼了，不断摇头说："这——这咋可能呢？巴登又没长翅膀，咋能逃出防卫如此森严的老鹰岩……"

一番紧张搜索后，三寸丁终于发现，厨房后倒洗碗水的石槽上，绑有根绳索，而绳索却直直垂落布满崖冰的山谷。三寸丁探头看看深不可测的山谷，指着长绳对黄大郎说："大哥您看，巴登和钦嘎热，准是从这逃走的。"

气得直咬牙的黄大郎回头喝问群匪："谁让钦嘎热看守巴登的？"

泽木刺一下慌了，忙怯声回道："大哥，是我安排的。我原本想巴登是藏族人，我怕他听不懂汉话，就派钦嘎热去看守。没想到，定是巴登收买了钦嘎热，他俩才一块逃走的。"

黄大郎恨恨地说："哼，狗日的钦嘎热，若被老子捉住，定要将他碎尸万段！"

泽木刺说："大哥，我有失职之责，按山寨规矩，我甘愿受罚。"

"现在处罚有逑用，四千两银子才重要，他娘的，这——这不是在坏老子大事吗！"

三寸丁忙中生智："大哥别急，我有个建议，仍可拿到赎金。"

"啥建议，快说！"

三寸丁接着说："昨夜我查哨时，见巴登还睡在石屋里。这么说来，巴登是今天黎明时分逃走的。也就是说，没马的巴登午时前是绝对赶不回县城的。玉香老板娘不是已将信鸽放回了嘛。此时，载着赎金的马车，正赶往我们同旺堆土司约定的玛尼石城路上，只要我们……"

黄大郎立即挥手打断三寸丁的话，说："你是说，我们用偷梁换柱之法，仍可将四千两银子搞到手？"

"对呀，我们用黑布袋罩上个体形像巴登的人，他们哪知是不是巴登呀。只要银子到手，我们就撤。"

泽木刺忙插嘴说："对对对，三寸丁建议极妙，拿到银子后，我来断后，只要他们敢追，老子就开枪打死那帮家伙。"

"好，就这么办。走啊，弟兄们，下山给老子拿赎金去！"说完，黄大郎率众匪慌忙朝山下蹿去……

第七章

夺银大战，猎狼人双枪逞威

当夜，在丹珠和桑尼买回许多食物后，丹珠举着一瓶茅台烧春说："扎西哥，这烈酒下肚后，你要给我们多讲杀狼故事哈！"

扎西兴奋地抓过酒瓶说："我结拜的汉人兄弟，最喜欢烈酒了。往后，在有条件的情况下，我都要喝烈酒。"

桑尼插了一句："扎西，你还没回答丹珠哩。"

扎西笑道："我知道，丹珠的问题对我扎西而言，那是世上最简单之事。因为，我杀狼和没能成功杀狼的故事最多，今后，还会诞生更多的杀狼故事。"

丹珠也笑了："扎西哥，我从小就怕狼，能听你讲述精彩的杀狼故事，是我最最喜欢的事。你要是讲一晚，我会认真都听完。"

当晚，大家喝着酥油茶、青稞酒，吃着牛羊肉和糌粑，听扎西讲了许多杀狼故事和细节。每当讲到精彩和危险处，丹珠都忽闪着大眼，用钦佩的眼神看着扎西。

泽翁听着扎西的杀狼故事，一面喝着青稞酒，一面对扎西说："扎西，当年我也同狼群搏斗过，那时是为保护曲巴少爷，我真是用藏刀同群狼拼命啊。唉，当年我是被动杀狼，而你现在为妻女复仇，却是踏遍草原雪山，去主动出击寻狼报仇，那感觉真是不一样哦。"

扎西调侃泽翁说："泽翁大叔，是不是我的杀狼花样，要比您多些呀？"

泽翁摸着胡子笑道："你的杀狼手段更加凶狠，办法比我泽翁多了去啦。"

午夜刚过，丹珠就暗暗动了心思。她在想，若能说服扎西这样的猎狼人加入教会，那他的影响力可比央宗和桑尼大多了。要是成功发展扎西成为基督徒,约翰牧师不知有多高兴哩。想到此,丹珠起身说:"扎西哥,我和桑尼姐还要回教堂过夜,不然约翰牧师会担心的。"

扎西喝得满脸通红,摇头说:"哎呀,我还没跟你们讲,曲巴和贡布头人对我们不公的道理,你咋就要走了呢?"

丹珠说道:"扎西哥,这样吧,你明天来我们教堂看看,你也该了解了解桑尼姐的生活环境呀,到时,你再给我们讲头人不公的道理吧。"

扎西听后,起身说:"也好,我去认认地方,也顺便送你们回洋教堂。"随后,扎西和丹珠、桑尼离开铁匠铺,三人踏着凛冽的月色朝教堂走去。

黎明,万籁俱寂时,钦嘎热按巴登指使,又偷了杆英式长枪。巴登将钦嘎热足足准备了两天的绳索,拴在厨房后倒洗碗水的大石槽上,二人便先后紧抓绳索,顺着溜滑崖冰慢慢下到谷底。

俩人奔逃中,巴登问了钦嘎热两次,钦嘎热都说,他只知今天是用赎金换人的日子,但却不知用多少银子在何处换人。

被绑架到老鹰岩后,仇恨与愤怒之火,将巴登烧灼得像头烈焰中疯狂冲撞的雄狮。他知道阿爸阿妈会倾其所有,去满足土匪条件将他赎回。此刻,心急如焚的巴登,根本不希望家中银子被土匪勒索干净。奔逃中,曦光升起时,巴登发现一个冬季牧场,便率钦嘎热朝牧场跑去。

还未跑拢牧场,两头藏獒狂叫着就朝巴登二人扑来。无论钦嘎热怎样吓唬呵斥藏獒,两头藏獒不顾死活,仍要扑咬他和巴登。

巴登顿时火起,举枪便打死一头藏獒,另头藏獒却更加凶猛扑向巴登。钦嘎热见势不妙,也用枪放翻藏獒。这时牧场负责人龙尕手握藏刀,匆匆朝巴登二人跑来。

龙尕大喊:"哎呀,你俩为啥打死我们护场藏獒?"

巴登回答:"它要咬死我,难道我不该打死这不通人性的家伙!"

中年汉子龙尕顿时毛了,厉声喝问:"你是谁?你知道这是谁的冬季牧场吗?你知道你打死的是谁家护场藏獒吗?!"

近乎蛮横疯狂的巴登回道:"我不管是谁家藏獒,只要它胆敢扑咬我,老子就有权杀它!"

龙尕挥着手中藏刀说："你小子知道吗，这是曲巴头人的冬季牧场！"

巴登也不示弱，毅然回道："曲巴头人咋啦，难道他还敢把我吃了不成！"

龙尕一听，此人并不惧怕曲巴头人，立马有些懵了，随即放低声音问道："你——你们是干啥的？大清早来我牧场，想做啥？"

巴登答道："你给我听着，我来这不为别的，就为借两匹马急用，过两天给你们还回便是。"

龙尕心里一惊，莫非遇上盗马贼？难道，盗马人又玩出什么新花样，要用"借"的方式盗走马？想到此，龙尕一口回绝说："曲巴老爷有令，我们牧场的马没他同意，概不外借。"

巴登急了："大哥，我确有人命关天的大事急用，你就借我两匹马用用。改天，我再向曲巴头人说明情况，甚至，我还可补偿借用费。"说完，巴登就朝牧场马厩走去。

龙尕慌了，用藏刀拦着巴登说："我说过，曲巴头人有令，没他同意，我不能借马！"

巴登将牙一咬，一枪就朝龙尕举刀手臂打去。中枪后，龙尕手中的藏刀立马落地。巴登顺势一脚将龙尕踢翻在地，冲进马厩牵出两匹大马。随即，巴登和钦嘎热翻身跃上马背，径直朝县城奔去。

龙尕躺在地上，挥手向远去的巴登二人高喊："马，快还我们的马啊……"

旭日升起两丈高时，旺堆领着小秋哥和另三名春风茶庄伙计来到县衙外。赶车的不是别人，正是旺堆家最信任的小秋哥。尽管，小秋哥头上还缠有绷带。

昨天，为用现银赎回巴登，小秋哥在旺堆家准备将银两装箱时，总感觉把四千两现银装进一个箱子有些不妥，于是，就向主人提出建议，能否在马车木板下方做个暗箱，将银分散开来，以防路上出现不测。

旺堆不仅采纳了小秋哥建议，还进行了改良。土司连夜让小秋哥找木匠在马车底部做了暗箱，用氆氇和棉布将两千两银子藏在暗箱中。而车上大红木箱下半部用砖头和旧藏袍垫高，将一千两白花花银子，整齐摆在盒中放在木箱上部。只要一揭开木箱盖，一下给人四千两银子全在箱中的感觉。剩下一千两银子，去的五人每人身上各带二百两。待一切安排妥当后，旺堆一再夸赞小秋哥做事想得周全精细，毕竟，他们面对的将是穷凶极恶的土匪。

等了一会儿，刘青禾同县衙兵丁头目多吉一块走出。多吉身后，还跟了两名挎刀兵丁。旺堆认识多吉，旺堆看着多吉三人没穿兵丁服装，忙问刘青禾："刘县令，多吉三人咋没穿县衙服装？"

刘青禾解释道："我们这是派人护送你们去换人质，又不是去抓人。既然早就定下要低调处理此事，故不宜在县城显得太招摇。放心吧，一切都已谈妥，你将巴登换回便是。"

旺堆觉得刘县令的话也有道理，于是，心急的旺堆道别刘青禾后，就带着一群人，赶着马车朝离县城有近二十公里的玛尼石城奔去。

黄大郎一伙匆匆下山后，便来到小匪早已准备好的马群前。黄大郎扫视众匪后，指着秃子说："我看你个头跟巴登差不多，到石城后，你就装扮成巴登。"

秃子忙点头应道："好的，大头领。"

待群匪翻身上马后，黄大郎用马鞭指着群匪说："今天，情况有变，大家行动利索点。都给老子记住，我们的目标是弄回四千两银子，不到万一，尽量不要跟旺堆土司一伙纠缠。我料定，今天肥土司决不会一人来赎他的大公子。"

说完，黄大郎率兴奋的群匪打马朝玛尼石城奔去。

玛尼石城在老鹰岩偏西方向，位于打箭麓县城北边。黄大郎选择此地作为赎人地点，是做了精心考虑的。因为，石城距离县城和老鹰岩均有近二十公里路程。如果选择人质交换点离老鹰岩太近，旺堆和刘县令不一定同意，或许旺堆还不敢前来。若靠县城太近，黄大郎也怕被官府兵丁包围。万一被捉，他黄大郎只有秋后问斩的下场。正如黄大郎所料，刘青禾也赞同赎人地点选在玛尼石城。

玛尼石城已有近六百年历史。最先，这里由几处玛尼石堆组成。由于信仰藏传佛教的信众们，在多年朝拜神山圣湖中，每次总要带上一两块刻有经文的玛尼石，放置在朝圣必经之路的玛尼石堆上。年长日久，玛尼石堆就逐渐庞大了。有些玛尼石被高原大风或动物蹄子动过后，就有四处散落之感。明朝末年，一位法轮寺活佛提议将玛尼石整齐摆放，以示对佛祖敬畏之心。这提议不仅得到寺内众僧拥护，还得到藏地信众支持。两年中，经过众僧辛勤捡拾和堆码，一座较为整齐有序的玛尼石城雏形，已然形成。

几百年过去，石城中央已建起一座高大白塔，玛尼石墙延展最远处也有近两公里长，大多石墙高度也有三米多，而且还形成多处纵横交错的巷道。石城里，每一块石头上都刻有经文，每隔四五公尺，石墙上部均有一米见方的凹进空间，这空间放有白度母或绿度母的彩色石板画像。在稍远处眺望，玛尼石城仿佛就像佛国世界的艺术之城。夕阳下，褚红色石城上空每当有晚霞出现，整座城就像伫立在世界屋脊的神圣宫殿，辉煌且静静燃烧在深邃的天穹之下。

此刻，最感到恐惧和惊慌的，却是人质事件的调解者玉香。她深知，若是旺堆交出银子没见到巴登，再遭黄大郎算计的话，那么，作为监督执行人质交换的她，回去是无法向刘县令交差的。她也知，旺堆土司平时较为谦和，但此人一旦被激怒，也绝不是忍气吞声之辈，何况，巴登还是县城出了名的浑不吝。若是在交接人质中再弄出命案来，她不仅挣不了一文期权银子，还彻底被卷进这起秘密人质绑架案中。说不定，刘县令为保自己官位，可能还会将责任全栽在她身上。一想到此事要办砸，有可能三方（刘县令、土匪和旺堆）都饶不了她。十分后怕的玉香，立即叫上护送她来老鹰岩的两名县衙兵丁，也骑马慌慌张张朝玛尼石城撵去。

不到一个时辰，挥鞭打马的巴登就匆匆赶到家中。

碉楼客厅里，曲珍正坐在靠窗画架前发呆。冲进屋的巴登刚站定，曲珍"啊"的一声惊叫，激动万分。

巴登急切地问道："曲珍，阿爸阿妈呢？"

曲珍喏喏回答："阿——阿爸拿银子赎你去了，阿妈去了教堂。"

巴登又问:"阿爸去哪赎我,你知道地点吗?"

"不——不知道,阿爸不让阿妈告诉我。好像阿妈知道那地方。"巴登听完,立即扭头冲出房门。

很快,钦嘎热跟着巴登来到教堂。巴登翻下马背对嘎热说:"你在这等我。"说完,巴登就把马缰扔给钦嘎热。此刻的钦嘎热,既像巴登的伙计,更像巴登随意使唤的勤务兵。

这时,丹珠领着已见过约翰牧师的扎西,正在教堂后排座上听约翰讲经布道。背枪的巴登刚走到礼拜堂门口,就听到约翰牧师的声音传来:"在新约《圣经》里有句话,假使你有一颗像芥菜籽那么小的信仰,你想叫一座山移开,山就会移开。基督徒们,这就是耶稣说的不变的信仰。若是我们没有坚信上帝的信仰,我们生命就会永远在人生的荒原流浪……"十分着急的巴登不想再等下去,立即朝坐在前排的阿妈跑去。

央宗见站在她面前又背着枪的巴登大惊。猛然间,回过神的央宗抱住巴登放声大哭。约翰牧师和礼拜堂内所有人,被突然出现的背枪巴登和央宗悲恸的哭声震惊。因为,这里所有人并不知晓巴登遭绑架之事。若在平时,教堂内外的基督徒们,是绝不会在牧师布道时擅自惊扰会场的。

约翰忙走下台阶询问情况。当约翰、扎西和丹珠等人明白真相后,约翰让丹珠把央宗和巴登领出礼拜堂,他要继续讲解《圣经》。没想到,在一旁的扎西却不再愿听牧师布道,非要跟丹珠几人出来。

巴登一出来,就慌忙向央宗问道:"阿妈,曲珍说您知道阿爸去啥地方赎我了?"

"你阿爸一早就领着小秋哥几人,拿着四千两银子去玛尼石城赎你去了。"

"赎人地点确定是玛尼石城?"

央宗点头回道:"是呀,是那地方。"

听完,巴登扭头就朝教堂外走去。扎西猛地蹿上几步,拦着巴登说:"兄弟,我跟你去。"

巴登上下打量扎西后,说:"你跟我去?你知道我要去干啥吗?"

"你刚才对牧师讲话时,我就弄清你被土匪绑了票,土匪逼你阿爸拿银子赎人,对吧?你现在想从土匪手中夺回自家银子,是这样吧?"

巴登疑惑地说："你我非亲非故，我又不认识你，你为啥要帮我？你知道吗，此行是有极大危险的！"

扎西将头一昂，激动地说："笑话，我猎狼人扎西还怕危险？这若拉草原对我来说，就不存在危险一说。"

巴登愣了，扎西的回答完全出乎他预料。略一沉思，巴登说："猎狼人大哥，你开个价吧。事情了结时，你我不必为此事伤了和气。"

丹珠站在一旁，不知劝谁更合适。

扎西爽快回道："巴登兄弟，我帮你是因为我恨土匪强盗，也恨人间所有邪恶势力和天下的不公道！若为银子帮你，你就太小瞧我猎狼人啦。此行我分文不要！"

巴登眼含热泪，紧抱双拳说："扎西大哥，为你的侠肝义胆，请受巴登一拜。"说完，巴登单腿跪地向扎西施礼。

就在扎西拉巴登起来时，丹珠彻底被扎西慷慨之言感动。丹珠悄悄在胸前画着十字说："上帝保佑好人，阿门。"当扎西随巴登跑出大门时，央宗奔到门外对远去的扎西和巴登说："耶和华与你们同在，上帝会护佑你们平安归来！"

央宗返身还未走进礼拜堂，就听见约翰牧师激昂的声音："信仰上帝的基督徒们，你们不必为央宗母子二人的行为感到不满。急切的巴登虽然惊扰了大家聆听上帝之音，但我们从教友阿佳央宗痛苦的哭声中，听到了一位母亲最伟大之爱的心声。巴登青年遭遇不幸，这不幸正是由世间邪恶之念催生。我们每一位基督徒，都是上帝的追随者，同时，也是捍卫人间正义的战士，奉献博爱与真诚的精灵。我从这些天阿佳央宗承受无限不幸的生命中，深切感受到，正是上帝的伟大力量，赐予一位平凡母亲最神圣的意志。让她在雪域高原，宛若一朵圣洁雪莲静静开放。照亮央宗光辉而又充满人性生命的，就是来自《圣经》最神异的光芒！"

听到此，央宗被牧师充满诗意的声音，以及对她作为母亲之爱的深刻理解所感动，再次流下幸福的热泪……

此刻，通往玛尼石城两条道上，四支人马都在打马狂奔。

跑了不到半个时辰，巴登突然勒住马缰回头问钦嘎热说："钦嘎热，等会你就将面对黄大郎他们。你认真想想，是去还是不去？若为难不去，我也不怪你，那你就回县城去我家等我回来。"

钦嘎热思索片刻，犹豫回道："巴登大少爷，我去与不去，都由你决定，反正现在我已是你春风茶庄的伙计了，我得听掌柜的。"

扎西一听，一鞭打在钦嘎热马屁股上，笑道："蒂姆，三人行，热闹些。去吧，这年头，你不去练练胆，往后咋跟你掌柜混江湖做生意啊！"

钦嘎热见有扎西鼓励，高兴地对巴登说："好，巴登掌柜，无论生死，我今生都跟定你啦。"

有些感动的巴登，大声回道："今天，猎狼人扎西大哥做证，我向土匪讨回银子后，三日内，就亲自带银去萨嘎部族，向贡布头人赎你和你阿妈的奴隶身。然后请你阿妈到县城居住，我一定为她养老送终。"

扎西笑了："哦呀，我愿为此做证。我扎西相信，巴登小兄弟绝不会食言！"随即，三人打马又朝石城狂奔。无意间，扎西看到他右前方有只三尾红狐闪过。待好奇的扎西再回头时，那红狐已不知去向……

最先到达玛尼石城的，是黄大郎统领的土匪队伍。

抢占制高点后，骑在马上的黄大郎立刻掏出单筒望远镜，朝石城四周搜索一番。然后，黄大郎对泽木刺和三寸丁说："还好，肥土司的人还没到。听着，我们马上做好一切准备。"

三寸丁笑道："大哥，我咋感觉我们像在演戏呢？"

黄大郎呵斥道："日他娘的，人生就是演戏。但今天的戏，你们都不许给老子演砸！"

泽木刺附和着："大哥，您经验丰富，您说咋演我们都听您指挥。"

黄大郎向站在不远的秃子说："等会儿，你先钻进黑布袋，嘴里要塞上毛巾，但手不能捆住，还要带把短刀在身上。"即刻，众匪下坡朝石城走去。

很快钻进石城的三寸丁几人，就将秃子用黑布袋罩上。黄大郎转身对泽木刺说："你将秃子放在靠外的玛尼石墙后，只能露半个身子出去，然后你就躲在秃子身边，看我手势见机行事。"

随后，黄大郎又调遣三寸丁做好搬抢银子准备，并对所有匪徒说，只要旺堆一伙敢阻拦抢银，就给老子开枪。狡诈的黄大郎一切布置妥当后，又调两名小匪躲藏石城巷道暗处，并悄悄下达一道秘密指令：自己队伍中，无论谁敢私拿银子逃走，就给老子当场击毙！

当黄大郎再次举起单筒望远镜时，他发现从县城道上匆匆赶来的旺堆八人。有些纳闷的黄大郎自言自语道："狗日的肥土司，咋换个人质要来这么多人？"立马，黄大郎又拿起望远镜，对准旺堆一伙仔细瞧了起来。

"嗯，他们只有几把刀，根本没枪。老子二十多人队伍，难道还怕他肥土司不成？"黄大郎又低声自语两句。

小秋哥和多吉早就看见，玛尼石城有几名背枪土匪。

警惕性极高的旺堆忙让小秋哥勒住马缰，放慢速度前行。多吉却对旺堆说："土司大人，就几个土匪小贼，您怕啥哩？"

旺堆说："多吉队长，我放慢速度是寻找巴登，哪是怕啥土匪。我是不见兔子决不撒鹰的人。若不见巴登，我凭啥把银子往土匪嘴里送呀？"

多吉想想说："嗯，土司大人说得有理。那您就寻着巴登再撒鹰吧。"多吉是执行刘县令指示之人，他见旺堆格外小心护着车上银子，自己也不便多说什么。

焦急的玉香匆匆下山朝石城赶去，但她并没想好如何应对黄大郎为夺银设下的新骗局。为求自保不希望事态扩大的玉香，是成都近郊汉人出身，随罗金刚来藏地生活是不得已的事。她近十年的藏地生活，虽学会了骑马，但马技仅限会骑或骑着马慢跑而已。今天，心急的玉香担心去晚了误事。那张二千两银子欠条是无论如何不能让土匪知道的，她玉香要谎称作为中间人代为保管，欺瞒对象只能是旺堆土司！唉，老娘若去晚了一切就完了。想到此，玉香便催兵丁打马快跑，自己紧抓马颈长鬃毛跟在兵丁马后，一路时常被狂奔的马，吓得要么尖叫，要么紧闭双眼骂骂咧咧。尽管如此，玉香三人的马经过近一个时辰奔驰折腾，也渐渐快到玛尼石城了。

朝石城出发最晚的是扎西、巴登和钦嘎热三人。但三人骑术高超，加之巴登夺回银子心切，就不顾死活用马镫击打马肚，催马狂奔！

　　已有心机的扎西一直冲在最前面。他一路同巴登很少对话。他去玛尼石城不全是为帮巴登夺银，其中潜藏有为他结拜的汉人兄弟报仇的想法。他没忘记，是匪首黄大郎一伙，伏击并杀害了刀疤脸的马帮兄弟，才逼刀疤脸走上盗马为生之路的。"今天，这既帮巴登夺银又替结拜兄弟复仇的一箭双雕之举，是我扎西一生的光荣与骄傲，我何乐而不为！"想到此，扎西又扬鞭朝枣红马抽去。

　　磨磨蹭蹭好一阵后，旺堆一伙的马车，终于来到石城下坡地。

　　相互无语僵持好一阵，手握短枪挺立在玛尼石墙上的黄大郎，率先打破沉默，对渐渐靠上前的旺堆说："旺堆土司好呀。"

　　旺堆盯着黄大郎，问道："我家巴登呢？"

　　黄大郎用枪朝脚下石墙后一指，说："巴登在这哪。"

　　为显示其真实性，黑布袋中的秃子忙扭动身子，塞上毛巾的嘴里还发出几声呜呜声。

　　这时，着急的旺堆移动双腿，想朝黑布袋走去。

　　"给我站住！"黄大郎厉声喝住旺堆，然后用枪指着旺堆说，"你想看人，是吧？在你没交赎金前，休想带走巴登！"

　　旺堆一愣，忙点头说："赎——赎金我全带来了，就在马车上大红木箱中。当家的，如若不信，你可派人先看看也行。"

　　"好！验货看人，交钱赎人，这是江湖规矩。我们都得按规矩办才行。"说完，黄大郎朝三寸丁示意。得到命令的三寸丁快步朝坡下马车跑去。

　　小秋哥一眼认出矮子三寸丁。知道此人身手厉害的小秋哥，忙打开木箱，指着摆放整齐的大银说："银子都在这。放心吧，我们是诚心拿钱赎人的。"

　　狡猾的三寸丁拿出一锭大银用牙咬了咬，然后又将沉重木箱提了提，回头对远处石墙上的黄大郎禀告："大哥，银子全在这哪，一点不假！"

　　黄大郎立即命令："好！银子和巴登都同时移动，然后在坡地中间地带拿钱换人！"

　　旺堆心里明白，大木箱中只有一千两银子，若土匪验银时知道上当咋办？他转眼一想，只要他领回巴登，再说明情况补上三千两银子，土匪们也不会将他咋样。想到此，旺堆回头对小秋哥吩咐："把车上银子抬过来。"因为，此时旺堆所处位置，正好接近中间地带。

　　黄大郎见旺堆的人从车上搬下木箱，也将头朝泽木剌一甩。心领神会的泽木剌押着被黑布袋罩着的秃子，也慢慢朝中间地带靠近。移动中，秃子不时扭动身子，嘴里同时发出呜呜声，装出极为难受样。泽木剌低声对秃子说："听着，把刀准备好，我一旦揭开黑布袋，你就见机动刀。"

　　扭动的秃子，在黑布袋中还呜呜应了两声。

　　面对勒索旺堆钱财的土匪，县衙兵丁头目多吉并未下马。在多吉看来，他们护送旺堆银子平安抵达玛尼石城，就算完成任务。从未剿过匪同土匪打过交道的多吉，此时很想看看旺堆是如何用银子赎回巴登的，更想看看大少爷巴登到底被土匪折磨成啥样了。即将满足好奇心的多吉，骑在马背上竟吹起口哨来。

　　小秋哥同伙计们，率先将木箱抬在旺堆身边。

　　三寸丁几人匆匆朝木箱走来，准备先搬走木箱。

　　旺堆慌忙拦住三寸丁几人，说："甭忙，先把黑布罩打开，我看看巴登再抬走不迟。"

　　正说着，远处奔来的玉香在马背上挥手高声喊叫："大家别急，等我玉香到了再赎人！"

　　玉香这一喊叫不打紧，黄大郎顿时慌了。他知道玉香一旦说出实情，他抢银子计划很可能彻底泡汤。于是，黄大郎朝天开了一枪，立即高声下令："小的们，给老子搬银子啊！"

　　泽木剌唰的一声，拉下罩在秃子身上的黑布袋，二人迅速用枪刀对着旺堆和小秋哥几人。

　　这时，只见三寸丁几人，抬起大红木箱，跌跌撞撞朝石城跑去。

　　傻眼的旺堆慌忙拔出藏刀，立刻朝三寸丁几人撵去。

泽木刺刚要举枪打旺堆，小秋哥飞起一脚将泽木刺手中短枪踢飞，几个伙计一下将秃子扑翻在地。小秋哥快步上前捡起短枪就朝泽木刺打去。

腿部中弹的泽木刺急忙两个翻滚，躲过又射来的子弹，然后一拐一瘸往石城内逃去。

玉香站在石墙下，捶胸顿足哭着说："哎呀，我的妈呀，我不是说，等我来后再赎人嘛，你们着啥子急嘛……"说完，玉香坐上石墙下呜呜哭起来。

这时，只见追撵的旺堆猛扑上前，抓住一小匪后腿使劲一拖，就将小匪压在自己身下。

黄大郎见三寸丁想返回救小匪，忙提醒他："三寸丁，银子要紧，你别管那么多！"

很快，小匪就同旺堆土司在坡地翻来滚去扭打在一起。

面对突然出现的险情，毫无心理准备的多吉三人顿时傻了眼。多吉既想帮旺堆抢回银子，又怕土匪快枪伤着自己。此时，如此荒唐的是，三名县衙兵丁面对抢银的土匪，竟不知如何是好。

这时，远处突然传来急骤的马蹄声！

黄大郎举起望远镜仔细一瞧，立马惊慌了："狗日的，这——这逃脱的巴登，不知从哪儿给老子冒了出来！"说完，黄大郎忙纵身跳下玛尼石墙，指挥三寸丁几人，拿出早已准备好的布袋，开始从箱中抓出银子往袋中丢去。

"阿爸，我来啦，千万别给土匪银子！"

巴登一面高声呼喊，一面开枪朝石城坡上冲来。

率先冲在前的扎西举起叉枪，一连撂翻两名小匪。黑獒也汪汪狂叫，直朝黄大郎一伙扑去。

旺堆见巴登挥枪从天而降，还搬来两名带枪汉子，立即来了精神。只见他一跃而起，挥着藏刀就朝小匪蛮尕砍去。只听小匪"啊"的一声惨叫，左臂顿时落地。旺堆上前使劲一脚朝小匪屁股踢去，小匪血溅一地，一连几个跟头朝坡下滚去……

旺堆用带血藏刀，指着黄大郎一伙消失方向，高声对巴登说："巴登，快！快去抢回我家银子！"

巴登顾不及同阿爸说话，打马举枪就朝石城内冲去。

见一连损失几名小喽啰，黄大郎焦急命令群匪："小的们别怕，他们人不多，给老子狠狠打啊！"随即，黄大郎率先朝冲在前的扎西开枪。

匪徒们见大头领沉着应战，有的也开始躲在石墙后还击。令黄大郎十分懊恼的是，他手下总共只有从拉萨买回的五支快枪，就被巴登和钦嘎热偷走两支，手下小匪使用的武器，除十来杆猎枪外，就是大刀和长矛。泽木刺的短枪还被旺堆的人夺去。

多吉三人见土匪败退进玛尼石城，才打马冲来将秃子和被砍掉左臂的蛮尕绑起。很快，护送玉香的两名兵丁，就同多吉几人汇合。

立功心切的钦嘎热，一面举枪还击，一面对顽抗土匪高喊："都给我听着，你们若还我掌柜银子，我们就饶你们不死！"嘎热话音刚落，黄大郎抬手就给钦嘎热两枪。钦嘎热将头一埋，躲过了黄大郎的子弹。

趁双方枪战时，玉香忙从石墙下爬起，悄悄蹲下坡地朝旺堆马车跑去。跑拢马车的玉香，跳进车厢躲起朝石城观望："哎，老娘也算对双方尽了心意。现在，你们就是牛打死马，马打死牛都跟老娘没关系咯。"

从没经过正规训练的土匪们，散落躲在偌大石城里，东一枪西一枪，相互之间又没法联络统一，根本无法组织起有效阻击。加之亡命的扎西和巴登不顾死活冲来时，还撂翻好几个兄弟，所以，土匪们心里早生畏惧。

扎西在来的路上，就在自己心中定下行动方案：远的土匪用叉枪射击，近的土匪用怀中短枪打，若遇身边土匪，他就用藏刀砍。要是遇上群匪朝他围攻，他就先收拾土匪头子。

骑马冲进石城后，扎西有些傻眼了，那只有两米来宽的石墙巷中，奔跑的枣红马调头十分困难。一闪而过的小匪们躲闪十分利索，当扎西骑马撵到时，匪影早已不知去向。现在，孤身冲进石城的扎西，竟无法分辨东南西北，更不知出口在何处。

好在高大魁梧的扎西胆气十足，又玩的是长短双枪加一把藏刀。从没领教过土匪利害的他，此时根本没把土匪放在眼里。而胆子不算大的钦嘎热却完全不一样。自骑马冲上坡地后,他就一直像卫兵一样跟随巴登马后。巴登有了会使快枪的钦嘎热警卫,自然就添了几分胆气。所以,东冲西杀的巴登敢于所向披靡,跟忠实的钦嘎热护卫不无关系。

玛尼石墙下,三寸丁拿完木箱上面银子后,将木盒取出顿时愣了,大木箱下部放的全是砖石和一件旧藏袍。三寸丁忙向正射击的黄大郎禀报:"大哥,我们上当了,这木箱里大约只有千把两银子,根本就没四千两。"

黄大郎头也不回说:"别嫌少,巴登逃了还弄到一千两,老子不算亏!"

三寸丁气得咬牙摇头说:"狗日的肥土司,居然敢算计我三寸丁爷爷,改天,老子还得收拾你!"

正说着,一拐一瘸的泽木刺蹿了过来。

突然,石城外响起"黄大郎,快投降"的阵阵呐喊声。原来,多吉见扎西、巴登几人勇猛异常,已将土匪打得落花流水。为不给县衙兵丁丢脸,又不愿冒参战风险的多吉,就想出用呐喊助威方式恐吓土匪。

泽木刺忙向黄大郎问道:"大哥,既然我们已拿到银子,下一步咋办?"

黄大郎侧目回道:"好,就按下山时你说的办,你带几个弟兄断后,我带银子先回老鹰岩等你归来。"

泽木刺哭丧着脸说:"大哥,我现已无武器,腿又受伤,咋——咋能断后啊?"

黄大郎立即命令身旁护卫小匪:"把你手中快枪给二头领,你用大刀护卫二头领就行。"黄大郎从没忘记刀疤脸那晚将剑横在他脖子时,泽木刺想逼刀疤脸对他下手之事。黄大郎心想,若你泽木刺成功断后回到老鹰岩,仍是老子的二头领;要是你被巴登一伙打死,那就借此除掉你这有野心的家伙,让三寸丁接替二头领位置。

想好的黄大郎从身上取下短剑递给泽木刺说:"保重吧,兄弟,我等你回来,升起我们老鹰岩的'雪山雄鹰'大旗。"说完,黄大郎一伙就朝石城外撤去。

冲进石城巷道的巴登,突然看见家中的红木大箱。惊异的巴登立即翻身下马扑向木箱。当巴登揭开箱盖，只见满箱砖石和旧藏袍，立刻急得大声吼叫："银子，我家的银子啊！"随即，气极的巴登举枪朝天扣动扳机。

真是冤家路窄！

当黄大郎一伙刚转过巷道拐角，就碰上迎面骑马奔来的扎西。转眼间，举枪的扎西就同黄大郎一伙相近咫尺。

沉着的黄大郎，令土匪们也用枪对着扎西。

右手端叉枪，左手举短枪的扎西，用双枪对着骑在马上的黄大郎。

无法避让的双方，既无法前进，也不敢后退。就这样剑拔弩张对峙着。

阵阵山风吹过玛尼石墙缝隙，发出惊心的呜呜声。

此刻，无心断后的泽木刺，带着三名小匪东躲西藏中，无意间转过巷道拐角时，从扎西身后，看见了黄大郎同扎西相持的场景。泽木刺忙将手往下一按，几名小匪顿时悄无声息趴在地上。泽木刺迅速举枪，企图从后将扎西击毙。

早已听见身后响动的扎西，此时头也不回，立马将叉枪搁在左肩朝后放了一枪。

砰的一声，枪声在巷内显得异常震耳。

中弹的泽木刺吓得哇哇乱叫，同小匪们很快逃得没了踪影。

黄大郎见此情景，不由倒吸口凉气。在他从匪近五年的生涯中，他还是头一遭见着如此神勇厉害之人。

扎西开枪后，三寸丁也愣了。自恃有些功夫的他，万万没想到，眼前这个好似铁塔的藏族汉子，竟有如此神奇枪法。我的飞镖之技同他枪法相比，那简直就是小巫嘛。

识时务的黄大郎，立即命令小匪们放下武器。

扎西见群匪不再用枪对着自己，也降低枪口，不再对着黄大郎。

阴险的黄大郎判断眼前这个藏族汉子，不过是枪法精准的粗人而已。于是，黄大郎双拳一抱，客气地对扎西说："这位好汉，我们跟你无冤无仇，你为何跟我们过意不去？"

扎西盯着黄大郎，厉声问道："你们谁是老大？"

黄大郎立马用手指着泽木刺逃跑的方向说："好汉，你刚才开枪打伤的那人，他就是我们老大。"

扎西问："你说的可是实话？"

黄大郎说："好汉，我说的可以不算数，要不，你问问这些弟兄们。"

土匪们立即附和黄大郎，都纷纷说刚才逃走的人，就是他们老大。

扎西又问黄大郎说："巴登一家与你们并无深仇大恨，为何你们要绑架巴登，勒索他家银子？"

黄大郎眼珠一转，计上心来，忙回道："好汉，你是不知情哪，我们老大说，曾卖给旺堆两个上好的元青花梅瓶。这两个古董梅瓶，若放在成都古玩市场，起码也值五千两银子。可旺堆土司只给了二十两定金，两年了，他至今拖着不给。唉，我们老大实在没法，才出此下策绑架巴登的。"

扎西有些诧异："你们绑架巴登，就是为讨要银子？"

黄大郎说："那当然啦。好汉，若你遇上欠钱不还之人，我想，你也会设法讨要的，对吧？"

扎西又问："那巴登家银子呢？"

黄大郎往身后一指，对扎西说："旺堆银子还在大木箱中。我们本想抬走，见好汉你来了，又打死我们好几个兄弟。大家有些害怕，就——就没敢拿走银子。"

"那好，你们带我去看看。若你们没动巴登家银子，我就暂不为难你们。"没想到爽直单纯的扎西，竟被狡猾的匪首骗得如此彻底。

就在扎西同群匪朝红木箱走去时，黄大郎趁机给三寸丁使了个眼色。心领神会的三寸丁装着拴鞋带，故意落在扎西马后。

巷道转弯时，三寸丁麻利攀上三米多高的石墙顶。颇有心机的三寸丁知道，大当家要他抓住时机，用飞镖偷袭眼前这个神勇的藏族汉子。只要他占据这退可逃进可攻的墙顶，即便失手，他三寸丁跃下钻入另条巷道，你就是有天大本事，也无法将他奈何！

很快，黄大郎领着扎西来到红木箱前。

黄大郎指着大红木箱对扎西说："好汉请看，巴登家的银子全在里面。"扎西盯着红木箱，又回头看看耷拉着脑袋的群匪。略一沉思的扎西，便跃下马朝木箱走去。

就在扎西快到红木箱时，黄大郎偷偷用两手做了个"散"的动作。群匪立即悄悄分散开来。

扎西揭开木箱，只见里面全是砖石压住的旧藏袍，不由火起抬头正想质问黄大郎。

这时，只见石墙上的三寸丁唰唰甩出两支飞镖，闪电般朝起身的扎西面门飞来。霎时，只听扎西一声大叫，整个身子就朝后仰倒下去……

第八章

疯狂计划出笼，剑客勇斗铁棒喇嘛

看着红木箱中的砖石和旧藏袍，气恼的扎西起身抬头，这时，只见两道快似闪电的黑影朝他飞来。扎西下意识仰身躲闪时，一支飞镖从他鼻尖唰地擦过，另支飞镖却削落他数根头发。站立不稳的扎西立刻仰面倒地。

黄大郎见扎西倒地，误以为三寸丁飞镖已扎中此人脑袋，便指挥群匪朝扎西扑来。率先扑上的两名小匪骑在扎西身上，就一顿乱拳朝扎西砸下。黄大郎冲上，咬牙一脚朝扎西头部踢来。

高大魁梧的汉子扎西，受到小匪们近乎侮辱的拳头击打，刚才骗他的家伙，又妄图用牛皮靴踢爆他脑袋。被彻底激怒的扎西一声怒吼，挥动双拳分别朝压在他身上的小匪打去，同时，他一跃而起又躲过黄大郎致命一脚。

被揍得晕头转向的两小匪，偏偏倒倒撞在玛尼石墙上，额头顿时鼓起大包。扎西顺势一把揪住黄大郎衣领，然后用头朝黄大郎脸撞去。此时，另几名小匪见大当家被扎西抓住，立即扑上有的缠腰有的抱腿有的吊扎西脖子，妄图迫使扎西放过黄大郎。

石墙上的三寸丁，见飞镖并没击中扎西，而跃起的扎西不仅伤了他两个弟兄，还用脑袋把大当家撞得鼻血长流。十分惊慌恼怒的三寸丁，又从背上拔出两支飞镖，再次寻机对扎西下手。

原以为一帮草寇聚在一起的土匪，是群不堪一击的家伙。尝到土匪骗术和飞镖厉害后，再加上土匪们死缠烂打的亡命勇气，这时的扎西，才真正第一次领教到土匪的匪性，和这帮人敢啸聚山林的胆气。

哼！我扎西连狼群都不怕，难道还怕你们这伙土匪不成？！想到这，扎西又发出一声震撼石城的怒吼，然后挥动拳头朝缠住他的小匪们打去。

击打中，快速转了两圈的扎西终于将围着他的小匪们打散。受伤的黄大郎跌跌撞撞慌忙朝远处逃去。黄大郎一面跑一面高喊："三寸丁为我报仇，给我放翻这头蛮牛啊！"

黄大郎喊声刚落，三寸丁飞镖又唰唰朝扎西飞来。

眼疾手快的扎西啪啪两枪，忙将飞镖击落在地。

三寸丁见状一下傻了眼，语无伦次指着扎西说："蛮——蛮牛，你——你咋可能打落我飞镖呢？"已遭两次暗算的扎西，知道墙上家伙厉害，气极的他咬牙挥枪对三寸丁说："矮鬼，我扎西立马送你下地狱！"说完，扎西对着三寸丁就扣响了扳机。

就在扎西开枪时，机敏的三寸丁一个后翻，跃下石墙朝呼哨声响起的方向跑去。

稍后，石城外传来旺堆急切呼喊巴登的声音。这时，四处寻找土匪的巴登和钦嘎热，不知怎么也转到扎西这条巷中。看见扎西愣在木箱边，巴登打马奔了过来。

巴登问："扎西兄，你愣在木箱边干啥？"

扎西用掌擦擦嘴角血迹，说："巴登兄弟，这帮土匪，还真他妈不是雪鸡哩。"

石城外再次传来旺堆的呼喊声。巴登说："扎西兄，我阿爸着急寻我，咱们先出去吧。"

扎西问："巴登兄弟，你不向土匪追讨银子啦？"

巴登指着石城外说："你听听这喊声，我阿爸快急疯了，我们先出去稳住我阿爸再做决定。"扎西点点头，尔后，三人朝石城外打马跑去。

散落躲藏在石城中的泽木剌和小匪们，在黄大郎时起时落的呼哨声中，开始向石城东面转移。

手握短枪的黄大郎，见一拐一瘸的泽木剌朝他跑来，便上前拉住泽木剌手说："老二，你伤势咋样？"

泽木剌蓦地向黄大郎跪下说："大哥，我没能干掉那高大汉子，让您受苦了。"

就在黄大郎拉泽木剌起身时，三寸丁也不知从何处蹿出。

脸色气得铁青的三寸丁，两手各举一支飞镖说："老子三寸丁爷爷这两把飞镖，一把是留给旺堆那肥土司的，一把是留给那蛮牛大个子的。我就不信，今生这两人不吃我手中飞镖，我三寸丁就誓不为人。"

黄大郎突然向身边一小匪问道："黑四，让你看守的银子呢？"

黑四忙在玛尼石墙下搬开一绘有度母像的石板，指着下面两个口袋说："大当家，全在这，一两不少。"

黄大郎盯了口袋两眼，将枪一挥："走，弟兄们，先回老鹰岩再说。"随即，众匪跃上马背，一路打马朝老鹰岩奔去。

多吉几人把玉香从马车上拖下，然后将捆着的秃子和被砍掉胳膊的蛮尕推上马车。不满的玉香对多吉恨了两眼，骂骂咧咧地走到旺堆身后。

呼喊中，旺堆见巴登和扎西三人从石城骑马冲出，竟高兴得欢蹦着像孩童般朝巴登迎去。

旺堆忙问："巴登，你们把土匪打跑啦？"

巴登自豪地说："阿爸，有我和猎狼人扎西兄在此，那帮山贼还能不逃吗？！"

旺堆围着巴登转了两圈，高兴地说："扎西德勒，佛祖保佑我家巴登。你们打死好几个土匪，我家巴登一根汗毛也没伤着。好，真是好嘞。"

巴登却有些丧气地说："阿爸，好啥呀，银子都被土匪抢走哪。"

旺堆笑道："嘿，你阿爸我略施小计，那些土匪抢走的只是少数，我的大银还在，依然还在哪！"小秋哥与几个茶庄伙计听后，也跟着旺堆笑起来。

"啥大银还在？阿爸，我咋越听越糊涂。"

小秋哥忙上前，将手附在巴登耳旁一阵低语。巴登听完顿时大喜，一拳朝小秋哥胸口打去："好哇，小秋哥，你和我阿爸，真成了神机妙算的孔明先生哩。"

这时，只见旺堆从怀中掏出两张纸，咬牙将纸撕得粉碎，然后朝空中抛去："土匪们，我旺堆的欠条是献给山神的，你们永远休想索要到我这两千两银子啊！"纷纷扬扬的纸屑很快随风飘散。飘散的纸屑似乎有些忧郁，就像此刻玉香望着飞舞纸屑的眼神……

空中纸屑还未落尽，巴登突然回身双拳一抱，单腿朝扎西跪下说："猎狼人扎西，我巴登钦佩你高超骑术和精准枪法，我想拜你为师，今后跟你学骑术和枪法。你可愿收我为徒？"

扎西忙拉巴登，说："哎呀，巴登大少爷，使不得使不得，哪有土司大公子跟奴隶娃子磕头的道理。起来！起来！"

巴登固执地说："扎西兄，你若不答应巴登请求，我巴登宁愿跪死在石城！"

惊诧的旺堆忙问巴登："你说啥，这高大汉子，就是县城里传说的猎狼人？"

巴登点点头："阿爸，正是他。今天若没他舍命相助，我们不全部交出银子，休想活着离开这。"

旺堆愣了。玉香和小秋哥等人，听说扎西就是最近传说的猎狼人，也愣愣地盯着扎西。今天扎西挥枪撵匪杀匪的情景众人已亲眼所见，所以，在场的人都惊异地盯着藏族汉子扎西。

旺堆突然也朝扎西跪下，求扎西说："猎狼英雄扎西，求你收下我家巴登为徒。有你指点帮助，我家巴登定会大有长进。"面对众人，不知如何是好的扎西，只好也朝旺堆父子跪下说："土司大人快快请起，我答应巴登兄弟请求便是。"

笑了的巴登，突然跳起挥动着双拳朝天高喊："扎西德勒，我巴登有师父啦，我有师父啦！"

起身的旺堆拉着扎西手说："猎狼英雄，请跟我们回县城住下吧，往后，春风茶庄就是你的家。"巴登也抓着扎西手说："猎狼人师父，我送一半茶庄股份给你，往后，你就是春风茶庄副掌柜。"其实，在旺堆父子心中，他们已将神勇的扎西视为自己保护人。

不语的扎西挣脱巴登父子之手，默默向枣红马走去。跃上马背的扎西拱手对巴登父子说："谢谢你们父子美意。我扎西还得去草原杀狼，为我死去的妻女报仇。你们请回吧，改日有空，我再到你家做客，定跟巴登切磋枪法和马技。"说完，扎西头也不回，打马朝若拉草原奔去……

高翔的雪鹰展翅朝卡巴拉雪山飞去。寒风渐起,黄昏之翼悄然飞落若拉草原。

飞雪好似漫天狂舞的玉兰花瓣,不经意间,又将雪域高原暮色掩尽。

法轮寺大殿内,法鼓声刚停,在酥油灯摇曳光影里,微胖的喜喇大活佛手持一串佛珠,慢慢坐上高大法椅。身穿红色袈裟的僧众双手合十念颂《佛说阿弥陀经》后,喜喇活佛清了清嗓子,开始讲解晚课内容。

白色灵塔后的暖窝里,被法鼓声惊醒的刀疤脸,还未拧开酒壶盖,就听见前面大殿传来活佛声音。

"弟子们,佛祖释迦牟尼曾说,无论你遇上谁,他都是你生命里该出现的人,都有原因,都有使命,他一定会教会你一些什么。

"今天上午,我县刘青禾县令来我寺敬香时,曾问我一个问题。他问我进入佛门第一大法是什么,我认为,刘县令虽不是佛门中人,但他提出的问题对我们依然有启示、有教益。今天,他就是我生命里该出现的人。"

刀疤脸听到这,立马笑了:"嘿嘿,我刀疤脸避难在您法轮寺,也有好些天了,难道,我不算您大活佛生命里该出现的人?"

这时,大活佛不紧不慢的声音再次传来:"或许,进入佛门第一大法每个人各有不同认识。但我认为,进入佛门第一大法就是皈依法。三宝皈依是三乘佛教的入门法、基础法,又是包罗万象一有俱有、一无俱无的根本法。

"我所说的三乘佛法,归纳成一句话,那就是'皈依三宝'。但这个皈依不是初入佛门者所理解的粗浅意义上的皈依,而是指佛法所包含的本源、道路、目标等在内的深层意义上的信念皈依。我们法轮寺前辈法王就曾说过,佛教从入教、发心到成佛的整个过程,都是皈依过程。"

刀疤脸听到这,嘟囔道:"呵呵,如此复杂的皈依说教,幸好我不是佛门弟子。我若成僧人,非得把我刀疤脸逼疯不可。哎,还是我崇拜的大诗人李太白说得好,'三杯通大道,一斗合自然'。我刀疤脸喜欢的还是这壶中的玉液琼浆啊。"说完,刀疤脸拧开酒壶盖,美滋滋举起酒壶,将壶中不多的酒朝嘴里倒去……

老鹰岩洞中,熊熊燃烧的火把,将大殿照得透亮。火把闪烁光的影投在洞顶，宛若巨大的双头蝙蝠在洞内飞行。

偌大长方桌上，摆满丰盛的酒肉和菜肴。

面色沉郁的黄大郎坐在首位，他面前的桌上码了大堆银锭。待众匪坐定后，黄大郎端着酒碗起身，心情沉重地说："这第一碗酒，是祭给我们今天在石城遇难弟兄的。"说完，黄大郎将碗中酒缓缓倒在地上。

稍后，黄大郎又将倒满酒的大碗端起说："弟兄们，请看这桌上一千两银子。这发展壮大我老鹰岩队伍的银子来之不易，这是大家用血和命换来的。所以，我这当头领的，也敬你们一碗。"随即，双眼湿润的黄大郎仰脖将碗中酒一饮而尽。

这时，被感动的众匪纷纷端起酒碗，要回敬黄大郎。手缠白色绷带吊着右臂的泽木剌，用左手端着酒碗说："大哥，我们兄弟跟随您打出这片天地，全靠您领导有方，在此，我代表大家也敬您一碗。"在泽木剌带领下，众匪也将碗中酒喝干。

待众匪坐下后，黄大郎端起第三碗酒说："这碗酒，是送给现在被关押在县衙大牢的秃子和蛮夯兄弟的。"说完，黄大郎又将碗中酒仰头喝干。黄大郎抹抹嘴说："请弟兄们放心，今夜，我就同二头领研究营救方案，老子一定要把秃子和蛮夯兄弟救回老鹰岩！"

众匪群情激奋，纷纷表示，定要将自己患难兄弟救出。

随后，卓玛和另两位女人，又端上几大盘热菜。等众匪兴高采烈吃喝一阵后，黄大郎蓦地站起，面色凝重地说："今夜，我在此宣布两件大事。"众匪忙放下酒碗和手中骨头，静听大头领发话。

黄大郎高声说："经过两年多拼杀考验，我决定，升任有功夫的三寸丁为我老鹰岩三头领，大家同意吗？"

"蒂姆，同意。""三寸丁厉害，早该提升为三头领啦……"待群匪一致赞同三寸丁升任三头领后，三寸丁端着酒碗朝黄大郎跪下说："承蒙大哥厚爱，我三寸丁生是大哥的人，死是大哥的鬼。在此，为感谢大哥对我的信任，我特敬大哥和众弟兄一碗。"说完，三寸丁将碗中酒咕咕喝尽。

黄大郎扫视众匪后，又说："我还要宣布第二件大事。今天，我们又损失几位好兄弟。那些死去的兄弟是死不瞑目啊，他们在阴间都盼望我老鹰岩队伍发展壮大。"说到此，黄大郎从怀中掏出一面大旗展开，上面赫然绣着"雪山雄鹰"四个大字。

停了片刻,黄大郎口气异常坚决地说:"明天,老子就把这面大旗在老鹰岩升起!"

"好啊!"众匪的呼叫声,顿时直冲洞顶!

蓦地,洞内双头紫色大蝙蝠惊叫着,朝殿外飞去……

呼啸寒风中,秃子躺在大牢草堆里,身子在饥寒交迫中瑟瑟抖动。被旺堆砍掉一条胳膊的蛮尕,经过简单包扎后,他靠墙斜躺在草堆上,牙齿紧紧咬住下唇,眼中噙满泪水却一声不吭。

县衙内室,刘青禾正安慰叹气的玉香。

"玉香,我们期权银子虽没到手,但你得想开点。钱财就像空中浮云,说来就来说去就去。我们又没损失啥,总比那些做了赔本买卖的划算。"

"我的县令大人,您待在县衙成天好吃好喝,当然体会不到去土匪窝的苦处。这几天我累死累活,往返老鹰岩好几趟。唉,当我见着旺堆土司把撕碎的欠条抛向空中时,您知道我心里有多难受吗……"说着说着,玉香竟抹起泪来。

刘青禾忙安慰道:"玉香别哭,对你的辛苦我会设法补偿的。"

玉香抬起泪眼,问道:"咋补偿?"

"从明天开始,我让手下在你酒馆订餐包席,我在县衙请客时,你多给我送些酒菜来。嘿嘿,你在暗中多虚报点价格,我想一年下来,这补偿定会不少吧。"

偎在刘青禾怀中的玉香笑了:"这还差不多。您知道吗,为去挣我俩共同的期权银子,我躲在玛尼石城墙下,那双方交战子弹像蝗虫在石城上空乱飞,好几次打在我头顶石头上的子弹还溅出火星。我冒那么大风险,有多半也是为了您呀。"

刘青禾吻了吻怀中玉香,说:"好了好了,我不是在设法弥补你精神损失嘛。今晚我还要审阅下面报来的雪灾情况,你也好几天没正经关照酒馆生意了,你就改天再来吧。"

玉香见刘青禾已表明不留她过夜的意思,便起身告辞出门。土石路上,玉香扭动着还没发福的苗条腰姿,朝自家酒馆走去。

巴登在"醉一春"招待完手下伙计(包括新人钦嘎热),刚离开,玉香就回到自己酒馆。巴登回到茶庄,安排钦嘎热先住下,说过两天再租房接他母亲来县城同住。钦嘎热再次表示感谢后,巴登领着小秋哥,朝自家碉楼院落走去。

为不惊扰阿妈和妹妹,巴登提议到他房间议事。

旺堆见儿子虽仅有五天分别,似乎比之前成熟许多。心中暗暗高兴的旺堆,点头同意了巴登提议。旺堆父子上楼时,机灵的小秋哥忙从炉上取下一壶滚热的酥油茶,也随之快步上楼进了巴登房间。

刚坐定,巴登就给父亲和小秋哥介绍了钦嘎热救他逃出老鹰岩的经过。最后,巴登说:"嘎热虽是贡布头人的农奴,但此人本性善良忠诚,尤其是今天跟土匪拼杀中,他的表现让我非常满意。"

旺堆问:"你想收留他当茶庄伙计?"

巴登点头回道:"阿爸,我想让他先在茶庄熟悉业务,今后我对嘎热另有安排。"

旺堆有些疑惑:"巴登,我赞同钦嘎热身上有忠诚善良的品质,但他对生意一窍不通,留在茶庄是否对其他伙计造成不好影响,甚至给人吃闲饭的感觉。"

"阿爸,您从前不是常教导我,人要有感恩之心吗?嘎热从某种意义上讲,是我的救命恩人。我家能保住三千两银子没遭土匪劫走,他也是立了大功的。从今天石城出生入死拼斗中看,钦嘎热对我给他发过誓的承诺深信不疑。所以,他才一直舍命护卫在我左右。对这样的大恩人,阿爸,您说我该如何待他?"

旺堆听完,愣愣盯着巴登看了好一阵,然后说:"巴登啊,几日不见,你真是长进了,阿爸替你高兴。对待恩人,你说咋办就咋办,我完全听你的,行了吧!"

巴登听后,高兴点头说:"好!阿爸有这态度,我后面要说的事就好办了。"随后,巴登把拿银赎嘎热母子农奴身,以及接嘎热阿妈来县城的计划,全部说给了旺堆和小秋哥听。

小秋哥听后，竖起拇指不断夸赞巴登，说巴登才是世上最懂感恩的年轻掌柜。旺堆只是用微笑，表示对巴登决定的赞同。巴登见钦嘎热问题得到阿爸和小秋哥认同，立刻将他在老鹰岩想好的茶庄发展计划和盘托出。

巴登看着旺堆说："阿爸，通过这次我被土匪绑架得出的血的教训，我有三条发展茶庄计划，想征求您同意。"

"你不妨直说，我在认真听哩。"

小秋哥忙递给巴登一碗酥油茶。巴登喝干碗中酥油茶，放下茶碗说："第一，我要买枪，武装春风茶庄每个伙计；第二，我要扩大业务，入股肖志雄马帮；第三，我要私运鸦片。这第二和第三条有些关联，若不入股马帮，要在马帮里私运鸦片就没话语权和决定权。若是这样发展，不出半年，我就能把损失的银子给您挣回来。"

旺堆听后，吃惊地盯着巴登，似乎在紧张思索什么。

受伤的小秋哥不断点头，表示对巴登计划支持。

巴登见旺堆一直不说话，有些急了："阿爸，难道您不赞同我的发展计划？"

旺堆突然起身，在房间来回走了几步，猛回身对巴登说："巴登，你做出阿爸想都不敢想的发展计划，你比阿爸更有出息。我不仅完全赞同你计划，我还要在藏历新年后，亲自去趟雅安。我要找老王头牵线搭桥，要他成都清兵大营里的朋友帮忙，争取尽快买回几杆新型的英式快枪。到那时，我们就不怕那些玩鸟枪的土匪了。"

"我的好阿爸！"巴登猛地抱住旺堆，激动得嘴唇颤动不已。

旺堆提醒说："巴登，你知道吗，若要马帮私运鸦片到我康巴藏地，这可需要最信得过的人去干哪。我们茶庄离不开小秋哥，其他伙计不仅是生意新手，连考察时间也不够，这可是一道难题啊！"

"阿爸，人手我已想好，这事就放手让钦嘎热去干，他也正好可回避土匪报复。"

"巴登，我看嘎热忠诚没问题，可他欠些精明啊！"

"锻炼出人才。阿爸，我相信嘎热只要经过一段时间锻炼，一定会成为我生意上的好帮手。您就放心吧，他会死心塌地跟我干的，因为，过两天我就将他阿妈接到县城来居住。"

旺堆一怔，很快笑了："巴登啊，你也学会深谋远虑啦……"

临近午夜，饿得难受的刀疤脸跳下灵塔，用剑头拨开门扣，闪身钻出大殿，悄悄打开院门，快步朝县城走去。

几个红色灯笼下，"醉一春"的酒幌仍在寒风中摇动。

刀疤脸揭下头上翻皮帽，拍拍上面雪花掀开棉布门帘钻进酒馆。这时，玉香正坐在收银台查看前几天账目。酒馆里还有两桌人在划拳喝酒，嬉闹声不断。

刀疤脸趴在收银台不声不响看着玉香算账，他怕这时招呼玉香影响她。玉香一面噼里啪啦拨动算盘珠子，一面嘴里念着银子数目，不时又在账簿上记下什么。

算完账的玉香刚一抬头，就发现趴在眼前的刀疤脸。玉香一愣，转眼就拍着账簿说："我说刀疤脸，你从来没赊欠过我酒馆这么多银子，这样下去，你非把我酒馆吃垮不可。"

刀疤脸嬉皮笑脸说："哟哟，玉香老板娘，我总共也就欠你酒馆不到二十两银子。甭说那么玄乎好不好，若欠这点银子酒馆就垮了，你把我名字倒起写。"

"哎哟，我说刀疤脸兄弟，你名字倒过来不就脸疤刀嘛，我看顺着倒着都差不多。给我老实说，今晚带银子来了吗？"

"嘿嘿，玉香老板娘，你是知道的，我的银子都亏在老鹰岩了。你看，我这些日子全在养伤哩。"说完，刀疤脸就把两只受伤手腕拿给玉香看。

玉香大惊，摸着伤口问道："就是我俩上山那晚，黄大郎他们干的？"

"那可不，除了土匪，谁还干这伤天害理的事。"

怜悯之心油然而生的玉香，叹口气说："唉，你也命苦。跑马帮时被土匪劫杀；去偷马，又遭县衙贴出告示要抓捕；去老鹰岩卖马不成，还反遭那帮恶匪追杀。算了，今晚我也不向你讨要银子了。"

"玉香，这就对了嘛。只要肖志雄马帮一来县城，我拿到银子后，就立马结清欠你的账，如何？"

玉香一愣，咋刀疤脸叫她名时第一次没加老板娘三字？莫非，单身的刀疤脸有那意思？想到这，玉香便说："欠我银子无所谓，我一百个相信你不是那种欠账不还的人。这么晚了，是不是想上我那过夜呀？"

回过神的刀疤脸反应过来，他原想套近乎没加老板娘三字，却引起玉香误会。面对比他大十岁还有几分姿色的玉香，他刀疤脸确实曾动过念头。但眼下县衙告示四处张贴，加之他伤口还未痊愈。犹豫片刻，刀疤脸低声回道："玉香姐，改日去你那吧。今晚，我再赊点东西行不？"

玉香盯着刀疤脸说："咋的，我床没那些窑姐的床暖和？还是我玉香配不上你这敢杀人的盗马贼？"

听玉香说完，不敢生气的刀疤脸再次笑着说："呵呵，玉香姐，你误会啦。我现是带伤的通缉犯，就是你我要上床，也得等这段风声紧的日子过去了，等我伤养好后再说，是吧？"

玉香笑了，用指头戳着刀疤脸额头说："那还差不多。快说，你想赊些啥？"

"十斤牛肉打成两包，五斤血肠，三个大饼，八斤糌粑，外加两斤酥花生和一壶白酒。"一口气说完的刀疤脸，立刻就把银质酒壶递给玉香。

接过酒壶的玉香笑道："兄弟，这么多东西，够你吃上七八天了吧？"

刀疤脸将嘴凑在玉香耳边，低声说："玉香姐，七八天后，我再来时，就可去你闺房过夜啦。"

玉香捏着刀疤脸鼻头拧了一下，说："哼，别把你玉香姐忘了就行。"

风雪中，背着酒壶抱着食物的刀疤脸，轻轻叩响铁匠铺。不久，屋内传来泽翁声音："谁深更半夜敲门，有事吗？"

刀疤脸忙回应着："泽翁师父，我来取我订制的藏刀，若您不便，那我就改日来吧。"

泽翁一听，知道是扎西的结拜兄弟来了，忙起身开门。

"大兄弟，外面风雪大，你进屋歇歇吧。"

"泽翁师父，谢谢您了，我有急事还要赶路，请您把藏刀给我，好吗？"

泽翁转身从墙上取下藏刀，然后递给门外的刀疤脸。

"大兄弟，你的刀打成好些天了，咋今夜才来取？"

"我外出办事，今天才赶回县城。现在，我不是急着来取了嘛。"说完，刀疤脸看过刀后，立马将一包牛肉塞在泽翁手中。

泽翁一愣："大兄弟，这是干吗？"

"泽翁师父，今天我银子刚花完，改天再给您补上酬谢费哈。"说完，刀疤脸转身快步离开了铁匠辅。凝望消失在风雪中的身影，泽翁点头叹道："蒂姆，这年头的年轻后生，够勤劳辛苦的……"

法轮寺内，巡夜的铁棒喇嘛嘉央措，刚转过大殿拐角，就被大门发出的碰撞声惊呆。嘉央措上前查看门栓后，纳闷地说："一个时辰前，我亲手关的大门，咋会被风吹开？"随即，嘉央措放下手中铁棒，又将大门关上。

这时，响起的沙沙脚步声，在大门外停住。好奇的嘉央措忙闪到门后躲藏起来。很快，门栓就被刀疤脸用剑拨开。大惊的嘉央措忙握紧手中铁棒，盯着大门。

刀疤脸轻轻推开大门探头张望后，将身子闪进门来，然后又回身将门关上。

一面喝酒一面大嚼牛肉的刀疤脸，想都没想就径直朝大殿走去。开门后，他又如法炮制跳上灵塔钻进暖窝。

惊诧的嘉央措快步上前，轻轻推开殿门，从门缝借着酥油灯光亮，四处搜寻潜入大殿之人。嘉央措现已明白，寺院大门准是此人打开的。而该殿供奉的是灵塔，没值钱东西可偷，他轻车熟路来此大殿，到底想干啥？

寻不着人影的嘉央措，突然闻到一股浓浓酒味。诧异的嘉央措捂鼻低声说："佛门禁地，岂容俗世小贼骚扰！"尔后，紧握铁棒的嘉央措就轻轻推门进入大殿。

灵塔后，躺在暖窝的刀疤脸一面喝酒一面自语："李太白当年是花间一壶酒，如今，我刀疤脸是殿中一壶酒，独酌无相亲哪。"

嘉央措终于听清灵塔后上方发出的声音。气得浑身颤抖的嘉央措厉声喝道："何方小贼，给我滚下来！"说完，嘉央措就用铁棒在地上咚咚咚，重重砸了几下。

嘉央措深夜的棒喝声，震得大殿嗡嗡作响。被突然惊吓的刀疤脸，蓦地握住刚取来的厚重藏刀，就跳将起来。

借着酥油灯光亮，嘉央措和刀疤脸都相互看清了对方。

嘉央措手举铁棒直指刀疤脸，喝问道："胆大小贼，你不光在我佛门禁地喝酒，坏我寺规，你——你还胆敢在我至尊法王灵塔上窝藏。快说，你该当何罪！！"

毫无惧意的刀疤脸，也用藏刀指着嘉央措说："风雪之夜，我在此借宿一晚，难道，普度众生的佛门，也要将有难之人，拒之门外？"

面对眼前这个铁塔般汉子的振振说辞，嘉央措一时不知如何回答是好。但嘉央措心里异常清楚，此人藏匿灵塔已不是两三天的事。前天，有人就向喜喇活佛禀告，说在寺内闻到酒味。由于没人证物证，寺内就没再追查下去。如今，人证物证俱在眼前，他嘉央措岂能放掉破坏寺规的家伙。

随即，嘉央措仍举着铁棒说："我佛门虽普度众生，但决不容你等小贼在此窝藏胡来。我不想听你那些巧言善辩之辞。你先给我下来，去老老实实听候大活佛处置便是。"

刀疤脸眼珠一转，计上心来，回道："那好！铁棒和尚，你给我退后一丈，我怕锋利藏刀伤着你。"

嘉央措冷笑说："哼哼，你这小贼倒会提些虚劲。实话告诉你，你就是再有三把藏刀在手，也休想伤着我嘉央措的铁骨真身！"

来气的刀疤脸，立马用刀指着嘉央措，咬牙说："好！你铁棒和尚竟敢在我面前口出狂言，今夜，老子就让你领教领教我的功夫。"说完，刀疤脸将刀一挥，便纵身跳下灵塔。

刀棒对峙中，刀疤脸和嘉央措相互盯着对方，开始慢慢移动脚步。

一个是法轮寺具有护法真功夫的铁棒喇嘛，一个自称是流落藏地的亡命剑客。开初，嘉央措只是想抓住藏匿寺内的小贼教训教训而已；刀疤脸虽被惊扰了酒兴，但也绝没想到非要同寺内僧人动刀拼命。既然事已至此，习武之人双方不服心理，便渐渐占了上风。映在墙上的酥油灯光影，在不断移动的身影中变幻。想好退路的刀疤脸一声喊叫，挥刀直扑嘉央措。

只见嘉央措侧身一闪，用铁棒朝刀疤脸扫来。刀疤脸将刀一竖，只听铛的一声，力震千钧的铁棒击在刀背上，立即溅出火星。

这一铁棒，直震得刀疤脸虎口生痛。这时的刀疤脸才意识到，眼前的铁棒喇嘛是个力气过人的和尚。随即，刀疤脸舞动藏刀，以眼花缭乱之势朝嘉央措挥去。慌忙后退的嘉央措，见眼前汉子不仅承受住他威猛铁棒，居然用颇有套路的刀法逼他快速闪躲后退。嘉央措心里叹道：此人绝非等闲小贼！

男人的斗狠一旦较上劲，就如相斗猛虎开始疯狂扑咬对方。这时，刀光棒影在大殿灵塔前飞来闪去，刀棒的撞击声伴随二人低沉的呼喝声，在大殿内此起彼伏。

铁棒喇嘛使用的是铁棒硬功，刀疤脸玩的是"金龙十八剑"剑法，而使用的却是比剑重几倍的藏刀，自然就没使剑更加顺手灵活。二十几个回合后，彼此对对方实力已有所了解。

嘉央措见一时擒不住小贼，有些恼怒地举着铁棒就朝刀疤脸头上砸来。早有防备的刀疤脸，忙双手横举藏刀招架劈空而下的铁棒。只听哐当一声，棒刀有力碰击中，刀疤脸顿感双臂被震得有些麻木。被彻底激怒的刀疤脸，抽刀横着就朝眼前和尚砍去。

只听哗的一声，后退的嘉央措袈裟被削掉一片。刀疤脸趁机飞起一腿，朝正抓扯破袈裟的和尚脑袋踢去。没散打搏击经验的嘉央措，哪会料到眼前汉子会来这一手。被踢中太阳穴的嘉央措，连着踉跄几步才用铁棒杵地站定。

被踢得眼冒金星的嘉央措，这时才感到他一人要擒住眼前汉子，是根本不可能的，便昂头扯起喉咙喊道："快来人哪，有贼人坏我法王灵塔！"

风雪之夜，嘉央措的喊声显得异常震耳欲聋。流亡藏地的刀疤脸清楚，若被寺内僧人捉住，仅是毁坏法王灵塔一罪，就可使他陷入万劫不复之地！

一阵大风吹来。霎时将殿内所有酥油灯吹灭，只听嘉央措一声大叫："法王，我嘉央措罪该万死。"说着，嘉央措朝灵塔跪下磕起头来。前殿方向，很快传来众僧喊叫声。见势不妙的刀疤脸不容多想，一个箭步冲出大殿，直朝大门外逃去。

第二天上午，风止雪停时，换了一身新装的钦嘎热，背着英式快枪，随掌柜巴登骑马朝萨嘎部族奔去。为报救命之恩，巴登没食言。一心想解除钦嘎热后顾之忧的巴登，带着一百多两银子和旺堆的亲笔信，信心满满去找贡布头人，商谈赎钦嘎热母子奴隶身的事宜。

一个多时辰后，来到萨嘎部族寨落外，钦嘎热给巴登介绍了贡布碉楼大概位置。临别，巴登要钦嘎热去寻点草料喂马，然后在原地等他。相互交代完后，背枪的巴登提个小包袱，就朝贡布院落走去。

札曲管家得到护院家丁禀告，便匆匆来到院门外。

札曲问："你是谁？找我老爷有啥事？"

巴登恭敬递上信说："尊敬的管家，我是县城旺堆土司的大少爷巴登，我有要事求见贡布头人。这是我阿爸写给贡布头人的信。"

札曲接过信，想了想说："你原是旺堆家大少爷。这样吧，你在此候着，我去禀报老爷，好吗？"见巴登点头后，札曲转身匆匆朝碉楼走去。

不一会儿，札曲出来就将巴登领上碉楼。

贡布偌大的藏式客厅，布置得异常气派整洁。

靠壁镶有铜制条纹的金丝楠木箱柜上，一台英式座钟有节奏的钟摆在左右摆动；座钟旁，一尊近一米高的玉石释迦牟尼像显得庄严神圣。靠玉石佛像两旁，还摆放有佛界的各式武神金刚铜制雕像。正面墙上是若拉草原全景壁画，绿色草原上成群的牛羊，仿佛随氤氲酥油茶芳香缓缓移动，远处的圣湖神山更显静谧壮美。猩红地毯上的各式装饰图案，呈现出藏地特有风格。

刚进客厅暗暗吃惊的巴登看见，在可俯瞰院落大门的窗下，竖立着两支新型的英式快枪。贡布常用的卡垫旁，左右各放有一把德式的毛瑟短枪。巴登在取放自己快枪时，心想，看来这贡布头人也是喜欢好枪的人。

巴登恭敬向贡布献过哈达后，忙从带来的包袱中，拿出个精美的鼻烟壶和一个玲珑剔透的水晶度母像。随后巴登指着物品，对一直看他又不语的贡布说:"尊敬的贡布头人,这是我阿爸送给您的礼物。"

贡布放下手中镂空金制十八子佛珠串,拿起水晶度母像认真品鉴后,才不动声色地问道:"你就是旺堆土司大少爷?"由于在政教合一的藏地,贡布曾数次参加刘县令和大活佛主持的会议或法会,所以,作为打箭麓重要的头面人物,贡布对旺堆有些熟悉,甚至他们还数次在一块喝过酥油茶。

巴登忙点头回道:"扎西德勒,贡布头人,我叫巴登。"长这么大,巴登面对眼前贡布,第一次尝到啥叫不言自威的特殊味道。

贡布喝了口酥油茶,轻声说:"你阿爸的信我看了,你回去后告诉他,我喜欢他送的水晶度母像。这是我们藏地十分罕见之物。"

巴登双手合十躬身说:"蒂姆,只要大头人喜欢就好,这就达到我阿爸送礼的愿望了。"

贡布又说:"巴登,你阿爸在信中除问好祝愿外,我看也没说啥事呀。我想,这大冬天的,你不会到我这来,只为讨碗酥油茶喝吧?"

巴登忙回道:"尊敬的贡布头人,巴登来这,确有一事相求。"

贡布用手指着茶炉,说:"自己倒吧。我辞退下人,就是估计你要说点什么,对吧?"

"贡布头人,这事对您来说,那就是件芝麻小事,可对我巴登来说,却是件兑现承诺的大事。我想,您一定会答应我的。"

"我还不知你要说啥事,你咋知道我一定会答应呢?啥事,直说吧,你最好甭给我绕弯子。"

巴登看着威严得近乎冷漠的贡布头人,突然跪下低头说:"贡布头人,我想替您部族的奴隶娃子钦嘎热母子赎身。"

贡布心中一愣,仍不动声色问道:"你为何要替他母子赎身?"

巴登说:"因为,钦嘎热救了我一命。"

贡布大惊:"啥,我的奴隶娃子,救过你命?因何事在啥地方救的?"有些疑惑的贡布怎么也难相信,他的奴隶能救土司少爷的命。他们一个是草原牧人,一个是县城养尊处优的少爷,这两人咋可能有接触机会?

巴登忙回道:"贡布头人,前两天钦嘎热在老鹰岩匪巢,真的救过我一命。"

贡布懵了，摇头说："钦嘎热是我老实的奴隶娃子，咋可能有贼胆上匪巢救你？起来，巴登少爷，我想你一定是弄错人了吧。"

巴登忙起身说："贡布头人，我知道，钦嘎热过去曾是您的奴隶，自他丢失您六十多头大羊被土匪骗进老鹰岩后，他的命运就发生了巨大变化，您知道吗？"

当巴登说出钦嘎热丢失六十多头大羊时，贡布信了巴登的话，因为，这雪灾中发生的悲剧，就是自己部族里，也只有少数人知道。而前些日子，管家札曲还禀告说，钦嘎热仍在雪原寻找丢失的羊群。

随后，巴登就把自己被绑架上老鹰岩，自己如何承诺说服刚进匪窝的钦嘎热帮他逃出匪巢，又在玛尼石城同土匪夺银大战之事讲了一遍。贡布听后，点头说："看来，我的奴隶娃子，还真救过你一命。"

巴登迅速从怀中掏出银子，放在茶几说："贡布头人，您想想看，我能对救命恩人不兑现自己承诺吗？"

贡布略一沉思，回道："年轻人，我十分欣赏你的感恩之心。世间，要是没感恩之心滋润，那定将是个冷酷无情的世界。"

巴登有些高兴，忙问道："尊敬的贡布头人，您同意我用银子赎钦嘎热母子啦？"

贡布话锋一转："年轻人，若我满足了你要求，那就是对我部族最大的犯罪。你知道吗？"

涉世不深的巴登听后，惊得睁大双眼，疑惑不解说："贡——贡布头人，佛祖说，我们要用仁慈之心善待天下人。咋——咋我来替钦嘎热赎身，就是对你部族犯罪呢？"

"年轻人，不是你对我部族犯罪，而是我对自己部族犯罪。你懂吗？"

巴登摇头说："不——不太懂，请贡布头人明示。"

"你刚才不是提到佛祖嘛，看来，你对佛教并不陌生。我问你，佛国里不光有极乐世界，还有六道轮回和十八层地狱，对吧？"

巴登张嘴应道："好像有轮回和地狱吧……"

阅历十分丰富的贡布，看巴登显露窘相，今天，便动了要教训教训巴登的念头。于是贡布冷静说："年轻大少爷，我俩换个角度谈你赎人的事吧。我问你，奴隶钦嘎热责任心不强，风雪夜中弄丢我六十多头大羊，该不该赔？"

巴登忙点头说："是呀，该赔。我替他赔，行吗？"

贡布压住心中不满，严厉说："一个奴隶娃子，竟敢不去寻找丢失的羊群，却上老鹰岩为匪。年轻人，你说对这样的人，我作为部族头人，该不该处罚他？"

巴登愣了，他之前从未从该角度考虑过此事。

贡布见巴登不语，便厉声问道："年轻少爷，若我今天答应你要求，你把钦嘎热母子领走，那我今后咋管理自己部族。难道你要让我看着自己部族的成百上千奴隶，都去向钦嘎热学习？都敢上山为匪？"

巴登忙摇手说："贡——贡布头人，我巴登绝无此意。之前，我没考虑周全，就贸然自作主张答应赎身一事。您看，能否寻一个既可惩罚钦嘎热，又能让我兑现承诺的办法。这样的话，不是更好吗？"

"年轻人，办法对我贡布来说，永远都会有的。这样吧，看在你阿爸旺堆土司面上，看你还存有可贵的感恩之心，我让钦嘎热磕长头去拉萨甘丹寺、哲蚌寺和色拉寺敬献灯供，在每座寺中替我点亮一百盏酥油灯。然后，让他再给我磕长头翻越唐古拉山，穿越上千里无人区和昆仑山，再爬过茫茫戈壁和察尔汗盐湖，到青海塔尔寺给我再点亮五百盏酥油灯，以示我这格鲁派弟子，对黄教创始人宗喀巴大师的虔尊之心。"

巴登彻底懵了，但心里仍明白，贡布这哪是让钦嘎热去替他灯供啊，分明是用另种方式将钦嘎热惩处致死。面对眼前这位心狠手辣大头人，经历过老鹰岩绑架和石城枪战的巴登，自有办法对付此事。于是，巴登又恭敬双手合十说："贡布头人，我立即就去找钦嘎热来向你领罪，让他及早踏上替您灯供的漫漫之路。"说完，巴登假装忘了茶几上银子，就想离去。

"站住！"贡布指着茶几上银子说，"年轻人，你还太嫩，不必在我贡布面前玩花样。我要的是奴隶娃子钦嘎热，并不稀罕你这点破碎银子！"

"这——贡布头人，我没玩花样呀。留下银子，跟钦嘎热无关，这只是我巴登一点心意。"说完，巴登趁贡布倒酥油茶之际，抓起快枪就朝楼下跑去。

异常生气的贡布将碗一摔，抓起快枪推开窗户，就朝巴登瞄去……

第九章

惨遭不幸的猎狼人和草原剑客

天空阴沉,寒风劲吹。

雪山下一条蜿蜒山道上,强巴匍匐在地,仍十分虔诚地磕着长头,一起一伏朝拉萨方向前行。蓬头垢面的强巴身上,那件旧藏袍比出发时又褴褛许多。

此时,两头大狼尾随强巴,也沿山道悄悄前行。

嘴念六字真言的强巴,仍神情专注目视前方,刚起来站定,随之又弯腿将双手朝路面伸去。强巴虽戴着护掌木板,但带血的双手足可证明,被信念支撑的生命,是何等执着坚定。

就在大狼准备袭击强巴时,山道后响起一阵马蹄声。

载着货物的马车上,坐有两名赶马车的藏族汉子。一汉子发现了跟踪强巴的大狼,忙举枪朝大狼射击。砰的一声,枪声震响山谷,转眼间大狼不知逃往何处。赶车汉子迅速掏出一个干面饼,扔给趴在地上的强巴,然后又吆喝着,扬鞭赶着马车朝前跑去。

起身的强巴捡起面饼笑了,朝远去的赶车人挥挥手以示感谢。转眼间,饥饿的强巴就咧开嘴,猛地啃起面饼来。十分不幸的是,由于枪声震动高山积雪,这时,高山松动的积雪以万马奔腾之势,朝山脚倾泻而下。在强巴刚一抬头时,雪浪瞬间将连呼喊都来不及发出的强巴吞没……

一面"雪山雄鹰"大旗,在老鹰岩上空呼啦啦飘飞。旗下,黄大郎举着右臂紧握拳头,带领近三十名土匪在庄严宣誓:"我老鹰岩兄弟对天发誓。"

群匪跟着念道："我老鹰岩兄弟对天发誓。"

"我们要有福同享，有难同当。"

"我们要有福同享，有难同当。"

"谁要是贪生怕死，向官府出卖我老鹰岩弟兄。"

"谁要是贪生怕死，向官府出卖我老鹰岩弟兄。"

"谁就是我雪山雄鹰叛徒，必将被乱枪打死！"

"谁就是我雪山雄鹰叛徒，必将被乱枪打死！"

宣完誓后，腰插短枪的黄大郎迈着大步，开始检阅自己的稀落队伍。

黄大郎身后，一边是高大的二头领泽木刺，一边是矮小的三头领三寸丁。

检阅完后，黄大郎又挥动手臂说："弟兄们，过完年后，我们老鹰岩就要招兵买马。我可自豪告诉大家，不出明年底，我雪山雄鹰大队，定有不少于二百数目人马。到那时，我老鹰岩就是真正威震康巴藏地的雪山雄鹰啦！"

黄昏，同黄大郎和泽木刺敲定营救方案的三寸丁，匆匆朝后山跑去。内急的三寸丁刚解开裤带，就隐约听见后山顶传来一阵忧郁歌声：

心中的祥云，飘过雪山，

梦中的歌声，飞过草原。

啊，我的梅朵我的扎西，

如今，你们身在何处，

我用生命的呼喊与思念，

日夜祈祷你们幸福平安……

稍后，提起裤子的三寸丁悄悄朝后山摸去。刚摸到一处山石后，探头望去的三寸丁就发现了站立崖顶的卓玛。寒风吹动卓玛零乱长发，又将她异常忧伤的歌声带往幽深山谷。很快，山谷中又回响起卓玛的歌声。

听了一阵，往回走的三寸丁摇着脑袋说："日他娘的，卓玛心中还有思念的女儿和男人，如今，老子三寸丁仍是孤家寡人一个。哎，改天，我也得找个女人来乐乐，或许，还能为我生个一儿半女。到那时，我三寸丁的香火就有人续啦……"

黎明。山洞中篝火堆旁，裹紧藏袍沉入梦乡的扎西，脑海中不时浮现出婚礼上的卓玛、赛马节放歌的卓玛，以及与他共同牧羊的卓玛。耳畔仿佛有梅朵的欢笑声，当扎西接过酥油茶时，抬头一看，递碗的却是桑尼。扎西一声大叫，立刻从梦中醒来。

洞口黑獒被扎西的叫声吓了一跳，忙回头低声应了两声。再无睡意的扎西伸个懒腰，刚准备再点篝火时，突然，站起的黑獒朝远处叫了两声，然后倏地蹿了出去。

扎西猛然意识到黑獒发现了情况，也随即抓起叉枪钻出洞口。从雪地反光中，扎西发现一群大狼朝山坡上跑去。数日不见狼影的扎西立马来了精神，跃上马背就朝狼群撵去。

天已渐渐放亮，空气中的寒意仍是那样肆无忌惮地刺骨。

被扎西追撵近一个时辰的狼群，在乌岗狼王带领下，离开山脊朝积雪较深的雪坡蹿去。累得口吐白沫的枣红马，在深深积雪中挣扎，再也挪不动腿。黑獒望着远处的狼群，狂叫几声又回头吐着长舌望着主人。

扎西这才明白，乌岗狼王之所以这么做，意在马与人要比狼沉重许多，若在积雪较深的雪坡前行，就有陷进雪中的危险。狡猾的乌岗狼王是想置扎西于死地。扎西见枣红马累得不行，只好翻下马背重新走回依稀可辨的山道。这时，狼王率狼群立即翻过山坡，朝更高的雪峰蹿去。

压抑怒火的扎西，岂肯放过狼群！

又追一阵后，扎西凝视狼群心中不禁大喜，乌岗狼王不是把狼群带往绝路嘛。雪峰尽头可是悬崖，悬崖下将是万丈深渊的冰湖啊。阴险的乌岗狼王，你今天非死在我扎西叉枪下不可。想到此，又来精神的扎西，跃上马背再次朝狼群追去。

乌岗狼王率狼群不紧不慢跑着，始终与扎西保持看得见却打不着的距离。旭日中，一只雪鹰展翅翱翔，似乎在等待雪峰上降临的惊喜。

悬崖已近。当扎西追至狼群不足百米时，欣喜的扎西将叉枪瞄向跑在前的乌岗狼王。就在扎西即将扣动扳机时，狼王回身一声嚎叫后，立刻纵身朝雪峰下跃去。接着，一头头大狼也跟着跃下悬崖。

扎西大惊，难道被他逼上绝路的狼王，会率狼族集体自杀？

迷惑不解的扎西忙跃下马背，握住叉枪冲到悬崖边往下一看，此刻，令扎西万万没想到的情景出现了，在狼王带领下，一头头大狼顺着陡峭雪坡上的积雪朝冰湖滑去。快到冰湖时，率先到达的狼王将身子朝湖边树下高高的积雪冲撞而去。只听嘭的一声，积雪飞溅中，狼王起身抖抖身上雪尘，抬头得意地仰望雪山上的扎西。

当扎西看到一头头大狼从雪堆中站起时，被狼戏耍的感觉猛然升起。十分恼怒的扎西仰天一声大吼："可恶的狼崽子们！"随即，扎西朝天扣响扳机。枪声中，受惊的雪鹰失望地朝草原飞去。

就在巴登从萨嘎部族返回途中，小秋哥按巴登指示，又为茶庄招聘了两名新伙计，尔后在离茶庄不远的后街，租下两间可供伙计们住宿的民房。巴登要求，所有伙计一律听他安排，无论白天晚上，必须随叫随到，但薪酬却比县城同行伙计多一倍。由于高薪诱惑，被招聘来的伙计也乐意接受巴登的条件。

回到县城的巴登首先面试新招聘的伙计，然后又去新租民房看了看，最后，巴登要小秋哥和钦嘎热搬到他家大院去住。将主仆关系分得清楚的小秋哥，十分不愿去巴登院里居住，并说出自己理由。

"巴登掌柜，我来茶庄已有五年，你家也信任我，但作为伙计，我真的不愿去你家院里居住。"

巴登不解："为啥不愿去？"

"巴登掌柜，这天下哪有主仆同住的道理？"

巴登解释道："小秋哥，我又不是让你住进碉楼。难道你不清楚，我家院中还有马厩、厨房和杂物间吗？"

小秋哥嘟囔道："即便如此，我——我也不愿去。"

巴登见小秋哥如此固执，严厉地说："小秋哥，若搬进我家院落是你留在茶庄的条件，你还愿去吗？"

小秋哥愣了片刻，忙喏喏回道："若这样的话，那我就只好听你的。"

巴登见小秋哥妥协了，便扭头问钦嘎热："你呢，愿去吗？"

钦嘎热将胸脯一挺，说："我一切听掌柜安排，你要我住哪就住哪。"

"好，就这么办，你俩跟我收拾房间去。"

原来，自巴登逃出老鹰岩后，就判定土匪还会来找他家麻烦。何况，在石城一战他和扎西又打死些土匪。巴登坚持要小秋哥和钦嘎热搬进他家院落去住，潜藏目的就是让这两人在夜晚担起他家警卫职责。他昨夜同阿爸商量后，旺堆也非常赞同巴登之意。

小秋哥在收拾出的杂物间住下后，钦嘎热坚持要去住马厩，理由是：同牛羊打交道多年，他闻着马粪味睡得香些。巴登见马厩同杂物间分别在院落两边，有策应作用，就同意了嘎热要求。

临别，巴登对小秋哥交代，要他明上午跟他去马市买马，钦嘎热去还曲巴牧场两匹马。这时，央宗和曲珍抱着一些被褥与衣物交给小秋哥，央宗要小秋哥协助嘎热把床铺好再睡。待巴登和央宗、曲珍走回碉楼后，小秋哥就麻利地帮嘎热弄起床铺来。

第二天下午，买了七匹马的巴登，让小秋哥一把大锁锁了茶庄大门，然后领着众伙计朝县城外走去。

巴登选了一处有些避风的洼地，然后取下身上快枪交给小秋哥。巴登让众伙计排成一排后，便开始大声说："伙计们，我春风茶庄给你们每人配一匹马，今后，我还要给大家配枪。我给你们配枪和买马的目的，就是往后要用枪杆子来武装全体茶庄伙计，其用意，就是为适应今后生意需要。"

众伙计立马来了精神，纷纷点头叫好。随即，巴登对钦嘎热说："从今天开始，茶庄每天下午安排出一个时辰，让伙计们轮流在这训练打枪。嘎热，你要给我担负起指导射击训练的工作。"

钦嘎热忙摇头说："巴登掌柜，我枪法还不如你，还是你来指导训练为好。"

"我事多，你不得推辞此事。"

钦嘎热见巴登态度坚决，只好点头将训练一事应承下来。其实，连小秋哥和旺堆都不清楚的是，巴登之所以要给每个伙计买马配枪，其目的就是今后贩运鸦片时，他要用武装押运方式，来保障货物的绝对安全。

昨天，在贡布客厅，巴登巧借理由留下银子后，生气的贡布举枪对着巴登脑袋时，真有一枪想崩了巴登的念头。阅人无数见多识广的贡布，之所以没扣响扳机，除旺堆土司跟他有些交情外，就是那尊水晶度母像起了很大作用。

能背诵《度母赞颂文》的贡布知道，跟汉传佛教中观世音菩萨一样，藏传佛教中度母具有消灾祛病庇护众生的作用。若他杀掉巴登这个为他送来度母像的年轻人，那佛祖定会惩罚他。在自负的贡布看来，巴登没胆量也没理由不让钦嘎热回来领罪，说不定过两天，奴隶娃子钦嘎热就回部族了。想到这，贡布才放下手中快枪。

离开贡布碉楼的巴登却不这么想。巴登清楚，眼下除师父扎西外，还有茶庄伙计和县衙多吉兵丁几人，都已知道是钦嘎热冒死将他从匪巢救出，何况，急需人手想扩大业务的他，正需要忠诚卫士般的钦嘎热相助。于是，在返回县城的路上，巴登就按自己思路，编织出一套美丽的谎言来。

巴登对钦嘎热说，他那尊水晶度母像和三百两银子起了巨大作用，贡布头人答应了巴登请求，同意将嘎热母子奴隶身份解除，还要求钦嘎热三年内不得返回自己部族，其原因是怕上过老鹰岩的钦嘎热，在部族中产生负面影响。

巴登还对钦嘎热说，你母亲暂不愿意离开部族，她表示愿再替贡布头人干三年活，来为你曾经丢失头人大羊赎罪，三年后，她再来县城同你一道生活。被再次感动的钦嘎热谢过巴登后，一再表示，他今生愿为巴登掌柜赴汤蹈火做任何事。巴登还安慰钦嘎热说，三年期间，自己会替嘎热去看望他阿妈。就这样，被蒙在鼓里还不断感谢巴登的钦嘎热，随掌柜巴登返回了县城。

雪崩发生时，大量积雪以万马奔腾之势朝山崖倾泻而下，来不及逃跑的强巴就地一滚，立即躲在路边凸起的山石下。雪崩结束后，强巴已被厚厚大雪压趴在地。尽管如此，强巴仍靠紧抓着的那个面饼活了下来。

当一切归于平静后，凸起的山石下，就自然留出个有空气的空间供强巴呼吸。强巴抽出腰上短刀开始刨雪。饿了，他就啃两口面饼；渴了，他就吞咽两把积雪。好在老羊皮做的藏袍还算厚实，没被冻僵的强巴用想活的信念，支撑他在三天两夜中，硬是用短刀刨出条求生的冰雪通道，然后从雪洞顽强爬出。

正午的阳光，照耀皑皑雪峰和漫长山道。整理完藏袍的强巴又捆好牛皮绳腰带，杂草般的头发被山风摇动时，脸庞黑红的强巴又匍匐在地，开始他一丝不苟的磕长头之路……

刀疤脸自那晚同铁棒喇嘛大战三十回合逃离法轮寺后，便去了他早选定的另一避难处——洋教堂。在打箭麓县城，除玉香可赊东西给刀疤脸外，还没任何人愿赊给行踪不定的刀疤脸食物或旅店住。现已身无分文的刀疤脸，似乎除选择教堂外，已别无更好办法。

当夜，刀疤脸翻进教堂后就直接去了厨房。他钻进厨房搜了些食物后，就用碗柜中搪瓷盅装了大半盅青稞酒（教堂无烈酒），蹿进礼拜堂。刀疤脸寻到讲台后一间通往教堂塔顶的梯道，然后慢慢爬了上去。

当掀开木盖板后，刀疤脸知道，他的避难所到了。跃上木板后，他便迅速将木盖板放下压实。这时，坐下的刀疤脸，才长长吐了口气说："狗日的铁棒喇嘛，硬是要把老子逼得换地方睡觉。"说完，刀疤脸就着奶渣下酒，不一会儿就将青稞酒喝得精光。啃过面饼后，吃饱喝足的刀疤脸裹着厚厚藏袍，就蜷在楼板上沉入梦乡。

第二天清晨，吃早餐要喝酥油茶的桑尼，怎么也找不到自己的搪瓷盅。桑尼将厨房少了奶渣、面饼以及她的搪瓷盅也不见了之事，很快反应给管事的尼卡娅嬷嬷。到厨房检查后的尼卡娅认为，奶渣和面饼有可能被山猫偷吃，而搪瓷盅或许被哪位杂役借走，一时忘了归还而已。尼卡娅嬷嬷从库房又领出个瓷盅交给桑尼，并一再叮嘱桑尼别再弄丢它。

自从上了乌岗狼王的当后，扎西着实郁闷了好几天。心有不甘的扎西最后决定，他要去雪山下的冰湖周围看看，难道，狼群在那建有自己巢穴？

没紧急情况时，扎西还是非常心疼枣红马的。那天从雪山下来时，牵马的扎西总是走在枣红马前面。一旦遇有危险雪坑，扎西就探路先过再让枣红马跟上。几年下来，扎西同枣红马已建立起非常默契的信任关系。这种关系，绝不是人与马的简单关系，而是生命之间的相互感应和理解。

当扎西在雪山上放过枪后，尼玛天葬师从遥远枪声中，已判断出扎西又开始猎杀大狼了。走出屋外的尼玛听了许久，没听到第二声枪响的他摇头说："哎呀，扎西又上当了。我的老朋友乌岗狼王，哪是那么好对付的。"说完，尼玛又摇起手中转经筒，闭目念起六字真言来。尼玛相信，打不着狼的扎西，会来他石屋讨酥油茶喝。

来到冰湖边的扎西，领着黑獒沿冰湖在林中搜寻整整大半天。他除发现被大雪掩盖的两头牦牛和一匹马的遗骨外，什么也没发现。最后，十分丧气的扎西竟坐在冰湖边，凝望从湖面升起的股股寒气。夕阳下，扎西发现了同冰湖冻在一起的野牦牛骸骨。

一轮快圆的明月从雪山升起，冷寂的月辉洒在冰湖四周，给扎西又平添几许孤寂感。来到冰湖上的扎西，领着黑獒围着野牦牛骸骨转了整整两圈，最后，感触颇深的扎西摇头说："这么雄壮的野牦牛都要被狼群算计，我那可怜的卓玛和梅朵，她们哪是大狼对手啊……"说完，扎西眼中又开始湿润起来。

夜里，扎西用刀砍了些冷杉和松柏枝丫，在湖边烧了堆篝火驱寒。就着取暖的篝火，扎西掏出怀中风干牛肉慢慢嚼吃。尔后，扎西又扔给守在一旁的黑獒一块肉干。就在扎西吃过肉干抱着黑獒入睡时，远处雪山上，乌岗狼王率狼群朝冰湖边望来。狼虽凶猛，但也是怕火动物。听着从火堆爆出的噼里啪啦声，无法判断有无危险的乌岗狼王，仰天几声嚎叫后，又率狼群消失在夜中。

清晨，当红日从皑皑雪峰跃出，醒来的扎西突然惊奇发现，被篝火烧过的雪地上，显露出许多刻有经文的玛尼石来。没文化的扎西认不得玛尼石上的经文，但他去过玛尼石城，知道刻有经文的玛尼石都是神物。昨夜，在梦中又遇见卓玛的扎西，此刻猛然灵机一动：用这些玛尼石给卓玛拼个头像该有多好。若这样，我的卓玛在天之灵，不就每天都有神物保佑了嘛。想到这，扎西便抱起玛尼石朝冰湖走去。

选择用石拼头像方式来怀念卓玛的扎西，在湖心选好位置后，就放下手中第一块玛尼石。随后，扎西不断往返湖岸和湖心，不久，一大堆大大小小的玛尼石，就堆放在冰面了。

想了好一阵的扎西，首先拼出卓玛眼睛和嘴巴，随后又拼出卓玛的鼻子和眉毛。之后就是耳朵、下巴和头发。当完整拼出卓玛头像后，扎西又从怀里掏出卓玛的红色方格围巾，慢慢放压在石像的颈部位置。

突然，扎西朝卓玛石像跪下，叩头说："卓玛，我扎西对不住你和梅朵啊……"随着一声撕心裂肺的哭喊声，晕过去的扎西一头朝湖面的头像栽去……

第二天午后，当刀疤脸从教堂塔顶阁楼醒来时，借着阳光照射的光线，才发现在他头顶上方，有块玻璃碎了个洞，阵阵冷风正从那洞灌进塔中。

伸个懒腰后，刀疤脸看看空空如也的大瓷盅，又将两颗剩奶渣丢进嘴里嚼吃起来。随后，刀疤脸起身从小格玻璃窗往外望去。由于教堂塔顶是县城最高建筑，他便将窗外景象尽收眼中。

有些高兴的刀疤脸往东望去。那里是被大雪覆盖的若拉大草原。草原北面是巍峨的卡巴拉大雪山，雪山下有青格措圣湖和天葬台，离天葬台不远就是魔鬼寨。草原东面是一望无际的察尔蔓原始森林。草原南边是贡布头人的萨嘎部族地盘。草原西北面有玛尼石城和老鹰岩，正西面是卡钦部族所在地。教堂正北，便是政教合一的茶马古道重镇打箭簏县城所在地。

眺望好一阵后，刀疤脸又坐回楼板，开始察看他两只手腕。见伤口开始结痂恢复，有些高兴的刀疤脸又拿起藏刀观赏起来。观赏片刻后的刀疤脸将藏刀举起，见落日余晖照在刀身，感叹道："好刀啊好刀，若昨夜你没到我手中，我这草原剑客，定要败在铁棒喇嘛手下。"

不久，阁楼下礼拜堂内，传来丹珠教桑尼唱赞美诗的歌声："上帝待我有洪恩，真是我慈爱父亲。体贴我软弱，安慰我伤心，昼夜保佑不离我的身……"刀疤脸分明能感觉到，楼下的两个女人，一个在认真学唱，一个在打着节拍耐心教唱。有些倦意的刀疤脸将身上藏袍紧了紧，靠墙闭眼叹道："唉，老子真是人生在世不称意，明朝散发弄扁舟呀，我得美美享受一觉再说。"很快，刀疤脸又晕乎乎进入梦乡。

走出石屋的尼玛，见门外地上有只死雪狐和两只雪鸡，高兴地笑了："蒂姆，乌岗狼王又给我送礼物来了，真是个重感情的好狼王。"把狼王送来的礼物拿回石屋后，尼玛想了想，带上两块风干牛肉，出门朝青格措圣湖方向走去。

三年前夏天，还未登上王位的乌岗大狼，在青格措湖边森林里，被猎人卡瓦多尼的兽夹夹住后腿。两天后，当尼玛去青格错湖畔森林采撷蘑菇时，无意间发现了被兽夹困住的乌岗大狼。充满仁心的尼玛不愿大狼被活活饿死，离开时，无法靠近大狼的尼玛，就把身上的风干牛肉留给了大狼。

两天后，当尼玛再次给大狼送食物时，尼玛发现，大狼根本就没动过他的牛肉。生气的尼玛很快明白，是大狼无法信任自己。于是，尼玛就在离大狼不远地方住了下来。随后，尼玛每天给大狼用木碗打水，然后当着大狼舔几口水后，再把木碗放在大狼面前。要不，他就在靠近大狼几米远的地方坐下，摇动手中转经筒念经。几天下来，大狼不仅开始喝木碗中的水，还慢慢嚼吞起他的牛肉干来。

十天后，完全信任了尼玛的乌岗大狼，才让走近的尼玛除掉后腿上的铁夹。离开时，尼玛还特意给它后腿上了消炎藏药，进行了认真包扎。没想到，两个月后，尼玛就收到乌岗大狼回报给他的第一只肥野兔。两年前，当乌岗大狼争夺拼斗成了狼王后，尼玛收到的礼物就多了起来。为感激乌岗狼王的馈赠，尼玛也偶尔给乌岗狼王送点它喜欢吃的风干牛肉。今天去冰湖，尼玛就有想见到乌岗狼王的强烈愿望。

刚翻过雪山垭口，尼玛看见有两只大鹰在冰湖上空盘旋。他判断，准是狼群在昨夜又围歼了啥动物。令匆匆赶到冰湖的尼玛大惊的是，扎西竟倒在冰面上。

尼玛忙搜寻一番冰湖四周，并未发现狼群攻击过扎西的迹象。于是，稍懂点医的尼玛就将扎西弄来仰躺冰面。尼玛刚伸手去试扎西鼻息，谁知，扎西就睁开了眼。恍惚中，见有人蹲在他身边的扎西猛地坐起，将叉枪紧抓手中。笑了的尼玛忙呼喊扎西,随即用手拍了拍扎西的脸。

清醒过来的扎西摇了摇脑袋,不好意思地说:"尼玛大叔,让您笑话了。"

尼玛问:"扎西,我想你昏倒冰湖,应是多日劳累又缺食物所致的吧?"

扎西起身回道:"尼玛大叔,实话告诉您吧,几天来,我仅吃了一把奶渣和一块风干牛肉哩。"

"扎西,就是铁打汉子,不吃食物也不行哪。走吧,到我石屋去喝几碗酥油茶就好啦。"

待扎西朝湖边走去时,尼玛认真看了看冰湖上的玛尼石人头像,点头说:"我看扎西不光缺食物,又在想他的卓玛啦。"

扎西回身看到,尼玛天葬师朝空中大鹰两声啸叫后,大鹰振翅朝天葬台方向飞去。

三天后,躲藏在教堂塔尖阁楼的刀疤脸,终于被不断吹进的寒风冻得发起了高烧。纵是如此,平时身体健壮的刀疤脸仍紧咬牙关,尽量不使偶尔发出的咳嗽声惊动教堂内的神职人员。

夜晚,当烛光照亮礼拜堂时,睡在阁楼上的刀疤脸,就听到约翰牧师那半生不熟的中国话:"若拉草原的基督徒们,耶稣告诫我们说,'一个人不可能同时骑两匹马,也不可能同时拉两把弓;一个仆人不可能同时服侍两个主人,否则他将会荣耀其中一个,而得罪另一个'。

"今夜,我将针对我们教会中的个别现象,提醒那些既想信仰上帝,又想留在佛祖身边的教友,你们有选择信仰的权利,但万不可两边都选。我知道,若拉草原是藏传佛教兴盛之地。从遍布神山圣水的玛尼石和风马旗来看,我就能强烈感受到,对佛祖释迦牟尼的信仰,在青藏高原具有何其巨大的力量!

"教友们,你们想想看,我约翰牧师为什么要从遥远西方,来这大清国的康巴藏地传授上帝福音?因为我相信上帝,相信世界上每个地方,都应有上帝旨意在指导我们生活,相信上帝所带来的福音,会惠及每一位追随他的人。同时,我也深信世界屋脊上空,会回荡耶稣将拯救全人类的伟大声音！"

第一次听约翰布道的刀疤脸，斜躺在楼板低声说："啥子上帝和耶稣哟，如果真有那么大本事，你先给我均均人间贫富再说。若能让世间的穷人和坏人减少一半，老子就信你的上帝。"

随后，约翰牧师坚定的声音再次传来："基督徒们，我们定要坚信《圣经》给我们的训诫，那就是'无论你做什么，你都要竭尽全力'！我们切不可动摇对上帝的信念。只有一生坚定追随我主耶稣信仰上帝，我们才能成为一名合格的基督徒。

"耶和华啊，愿您的旨意行在人间，如同行在天上一样，阿门。"

牧师话音刚落，教堂大门外突然传来急切的呼喊声："快来救火啊，快救火啊……"随即，教友们在牧师带领下，立刻奔出教堂……

石屋外，扎西刚把两只雪鸡毛褪尽，天空就渐渐暗了下来。石屋内，已烧好酥油茶的尼玛，把铁炉盖揭开，加好干牛粪后，便对屋外扎西说："扎西，我的牛粪火已烧旺啦，咋的，你还没整干净雪鸡毛？"

扎西望望夜空快圆的明月，忙回道："尼玛大叔，我一切都准备好了，就等您旺旺的牛粪火啦。"随即，扎西提着收拾干净的两只雪鸡走进石屋。

扎西将两只雪鸡放在铜盆中，然后开始撒香料、抹盐。很快，扎西和尼玛各用藏刀挑着剖成两半的雪鸡，就在牛粪火上烤起来。不一会儿，滋滋响声后，石屋就弥漫出喷香的烤鸡味。尼玛将大碗青稞酒递给扎西说："冬天吃烤雪鸡喝青稞酒，可是若拉草原流传下的美食习惯哩。"不久，二人便开始欢快地啃起雪鸡饮起青稞酒。

吃过食物后，来了精神的扎西知道尼玛身上有许多不为人知的传奇故事，就对尼玛说："尼玛大叔，今晚我不走了，您就给我讲点跟狼有关的故事吧。我现虽在替妻女报仇杀狼，可我感觉我对狼了解太少，有时还遭大狼算计。"

"扎西，若你想听跟狼有关的故事，那我心中多多的有。远的不说，就你我刚吃完的雪鸡，就是狼王送给我的礼物。"

扎西大惊，睁大眼睛问道："啥？尼玛大叔，雪鸡是狼王送您的礼物？我咋听来有点像远古的神话故事。"

尼玛笑了:"扎西,我知道你会吃惊,更不会相信。因为,在这若拉草原,还没有人能跟大狼成为朋友,但我却做到了。"

扎西摇头说:"这太不可思议了。尼玛大叔,您快把怎样跟狼王交上朋友的故事,说给我听听。"

"扎西,这故事讲给你听可以,但你得答应我一件事,行不?"

已有心眼的扎西想了想,机智回道:"尼玛大叔,若您的要求不为难,我当然会答应啦。"

尼玛即刻明白了扎西的心思,便笑着用手指着扎西说:"扎西呀,你跟你尼玛大叔也动心思啦?你不答应我也不为难你。但我跟狼王发生的真实故事,我仍要说给你听听,你听后自己去判断,大狼是不是重情重义的动物,并不像人们传说中的那样可怕。"

随后,尼玛对扎西讲了三年前在圣湖边森林,跟乌岗狼王偶然相遇的故事。听完尼玛的传奇故事,沉默良久的扎西对尼玛说:"尼玛大叔,您救了大狼,它对您报恩也是正常的。这跟我杀狼为妻女报仇是两码事。"

"嗯,这看来是互不相干的两件事,但核心问题却都跟狼有关。因为生存需要,在狼的眼中,这世上除了食物还是食物。所以,人在它们眼中跟牦牛、大羊、野驴和羚羊一样,都是可吃的食物。只要能吃到这些食物,它们都会不择手段去攻击去咬死这些能充饥的生命。扎西,你成天到晚只想去杀那些求食的大狼,这似乎有些不公平啊。"

扎西听完尼玛的话,心里有些不高兴起来。由于刚吃过尼玛的烧烤雪鸡,喝了醇美的青稞酒,不便发作的扎西克制住内心情绪,对尼玛说:"尼玛大叔,照您这样说,我今后就不该为妻女报仇杀狼啦?"

尼玛很快明白,要在短时间内说服杀心太重的扎西,放下复仇叉枪是根本不可能的。但尼玛有的是耐心,仍劝道:"扎西,我非常理解你要为妻女复仇的心情。但我们做任何事都该有个度。一旦复仇过度,就会给复仇者自身带来灾难。"

不服的扎西看了看尼玛,忙说:"只要能向大狼复仇,我扎西不惧怕任何灾难!"

"扎西,我想你在近两个月的复仇中,也杀死不少大狼了吧。今晚,我不得不提醒你,现在狼群是在躲避你凶狠的复仇子弹。一旦狼群决定向你反复仇时,你可要当心狼王对你的算计。因为,乌岗狼王跟你一样,既是重情重义的汉子,又是有仇必报的家伙。你们的共同点我都熟悉。狼性都在你们身上。"

扎西看着尼玛,闷声说道:"我扎西不怕狼王,真希望有一天,我能同它单独较量。"

教堂阁楼上,再次从昏沉状态中醒来的刀疤脸,望着窗外快圆的夜月,在心中算了算,今天已是腊月十三,再有两天就到跟扎西约定见面的日子。无论如何,也不能跟猎狼人错失第一次相约。想到这,刀疤脸就硬撑着坐了起来。

刀疤脸摸了摸自己额头和发烫的脸,自语道:"发烧算个屁,就这点区区感冒小病,还放不翻我刀疤脸。"随即,刀疤脸咬牙把楼板盖揭开,伸腿钻出阁楼朝楼梯踩去。此时,刀疤脸已打好主意,去厨房偷点吃的,然后回阁楼美美睡上一觉,明天病情定会减轻,然后再去求玉香借马。只要把马借到手,他就不会错失跟扎西兄的骷髅谷之约。

没想到,头重脚轻几天未进食的刀疤脸,刚把前脚踏到楼梯上,第二只脚还未跟上时,腿一软一个跟斗就沿楼梯摔了下去。这时,沉重身躯砸在楼板上的声音,在深夜显得格外刺耳惊心。

寝室内,被响声惊醒的桑尼立马坐了起来。前些日子,厨房一直在丢东西,难道,今晚有山猫或贼人又来厨房偷食物?不行,我得去看看。想到这,桑尼忙穿上藏袍抓着藏刀就悄悄摸了出去。

楼梯间,缓过劲的刀疤脸甩了甩脑袋,见教堂又恢复宁静,便挣扎爬起朝楼道下摸去。好不容易来到礼拜堂门口,刀疤脸探头看看空寂的教堂院落,然后快步朝不远的厨房蹿去。

扎西见厨房没上锁,想都没想就溜了进去。

正在厨房查看食物的桑尼,听见屋外脚步声后,立刻警惕地朝橱柜后躲去。

借着窗外隐隐月光,刀疤脸迅速找出糌粑、面饼和奶渣,然后装进案板上的铜盆里,端起铜盆匆匆朝屋外走去。

将这一切看在眼里的桑尼,吓得紧贴橱柜双腿不停颤抖。窃贼已出房门，回过神的桑尼忙跑到窗口往外一瞧。这时，只见高大汉子慌忙进入礼拜堂，随后就响起一阵轻微的楼梯声。

　　对窃贼进入教堂迷惑不解的桑尼，钻出厨房就朝丹珠卧室跑去。当丹珠明白情况后，二人又慌忙叫醒尼卡娅嬷嬷。十分着急的尼卡娅对丹珠二人说："现在咋办？牧师昨天去了卡钦部族，至今未回。教堂里现全是女人。唉，女人可没大力气对付高大窃贼呀。"随后，三人不断在胸前划着十字祈祷上帝保佑。

　　尼卡娅嬷嬷再次问过桑尼后，有些肯定地对丹珠说："看来，这窃贼住进阁楼已有些日子了，他一时半会儿是不会走的。这样吧，你和桑尼去给央宗教友说说，她儿子的茶庄伙计不都是男人嘛。你让央宗儿子带几个汉子来，把这窃贼捉住送到县衙去。"丹珠点头后，立即同桑尼走出教堂朝央宗家跑去。

　　急骤的敲门声将小秋哥和钦嘎热惊醒。二人穿好衣几乎同时来到大门。开门后，小秋哥认得教堂美女丹珠，便问："二位美女深夜光临土司院落，定有啥事吧？"

　　丹珠着急地说："这位大哥，请把我教会的央宗阿妈叫出来，我有紧急大事要跟她讲。"

　　小秋哥有些为难："美女，这么晚了，天气又如此寒冷，难道非要把我们女主人从被窝叫醒？"

　　丹珠更急了："大哥别耽误时间，若没重要大事，我是决不会惊扰央宗教友的。"

　　小秋哥想了想说："好，既如此，我就替你去叫醒我们女主人。"

　　小秋哥走后不久，很快央宗就跟着小秋哥来到院门口。

　　央宗诧异地问道："丹珠，听说你有急事找我？"

　　丹珠应了一声，就把央宗拉到一旁一阵低声嘀咕。央宗听后大惊："这么说来，窃贼还在礼拜堂的塔尖阁楼？"

　　丹珠点头回道："确实没错。"

　　"好，我这就叫巴登，让他带人去抓这个胆大窃贼。"说完，央宗就匆匆走回碉楼。很快，一面穿藏袍一面背枪的巴登，就来到院门。

巴登一见是丹珠深夜登门求他帮忙，高兴地说："扎西德勒，这么冷的天，是啥风把教堂美女给吹来啦？"

随即，赶到的央宗对巴登说："时间紧急，巴登，这不是耍贫嘴的时候，你快叫上茶庄伙计，随丹珠去教堂抓贼。"说完，央宗就走出院门。

巴登忙拉住央宗，说："阿妈，您就回屋歇着吧，难道抓个小贼，还能劳您大驾。"回头，巴登要小秋哥去后街叫上其他伙计，说在教堂大门口会合。领命的小秋哥应了一声，立马消失在院外。接着，背枪的巴登和钦嘎热，就随丹珠和桑尼朝教堂赶去。

清醒了一时半会儿的刀疤脸，端着装有食物的铜盆，跌跌撞撞爬回阁楼后，一头倒在地板上昏沉沉又睡了过去。直到钦嘎热用枪管捅响楼盖板时，发烧的刀疤脸才又醒来。

原来，很快在教堂大门集齐的茶庄伙计，在巴登率领冲入教堂后就包围了礼拜堂。当尼卡娅嬷嬷介绍完教堂塔楼结构后，为在丹珠面前露一手，端枪的巴登率先朝通往塔顶的楼道摸去。紧跟巴登后的钦嘎热，几次想替换巴登位置，都被巴登拒绝。

巴登一伙终于摸到有木盖板的楼顶后，在掀木盖板时受到上面重物阻压。其实，这重物就是刀疤脸的两条长腿搁在了盖板上。此时，钦嘎热才趁机替换了靠前的巴登。立功心切的钦嘎热，举着枪将楼盖板捅得咚咚直响。正是盖板被震响的声音，将发烧昏迷的刀疤脸惊醒。

苏醒过来的刀疤脸，听到第一句喊声就是："胆大窃贼，快滚出来！"很快明白被教堂神职人员发现了的刀疤脸，起身将大脚踩在盖板上，任随下面的巴登一伙如何喊叫，紧握藏刀的他，就是不睬！

僵持一阵后，恼怒的巴登拉开钦嘎热，上前对着楼盖板就是一枪。砰的一声，脚趾头被打掉一个的刀疤脸，下意识将腿缩回时，刹那间楼盖板就被巴登的枪管捅开。冲在前的巴登猛地蹿上塔楼，用枪对着刀疤脸脑袋。很快，众伙计先后钻进塔楼，用刀枪围着坐在楼板上狼狈的刀疤脸。

由于光线较暗，翻皮帽又遮着身穿藏袍的刀疤脸的脸，巴登不知眼前被打伤的人，就是他一直想报复的汉子。这时，巴登一脚朝刀疤脸踢去："快走，给我到楼下去！"说完，众人押着刀疤脸，一步步朝楼下走去。

被押的刀疤脸刚来到院内,巴登便命小秋哥几人立马将刀疤脸绑到大树下。这时的刀疤脸终于看清,原来抓他的正是他曾戏弄过的巴登大少爷。好汉不吃眼前亏。自知眼下已被擒的刀疤脸,便低头不语装着病样,不时还发出呻唤声。

丹珠和尼卡娅等人也围了上来,她们也想看看这混进教堂的贼人,到底是啥模样。为显示自己就是抓贼功臣,巴登上前,猛地用手抓住刀疤脸下巴往上一抬,厉声喝问:"胆大窃贼,你是多久……"巴登话音未完,却已看清被绑汉子脸上深深的疤痕。这时,只见巴登扬起手,一巴掌朝刀疤脸扇去。啪的一声,刀疤脸挨了一记响亮耳光不说,这巴掌还将他头上的翻皮帽打飞。

寒冷月晖下,嘴角流血的刀疤脸抬起头,怒目圆睁盯着巴登。终于盼来复仇机会的巴登,哪容刀疤脸这般盯着他。恨从心生的巴登不愿多想,飞起一腿又朝刀疤脸胸口踢去,然后,又啪啪两耳光打在刀疤脸脸上。

被激怒的刀疤脸企图挣脱绳索,冲着巴登大吼一声:"狗日的恶人,你敢放老子同你单挑吗?!"钦嘎热见被绑汉子还敢骂他掌柜,也上前狠狠抽了刀疤脸一个大嘴巴。

就在刀疤脸怒骂巴登时,听着声音有些熟悉的丹珠蓦地上前,仔细看了刀疤脸两眼,然后低声问道:"你就是铁匠铺的订刀之人?"

丹珠见刀疤脸并不搭理她,又继续问道:"你可是扎西大哥的结拜兄弟?"

疑惑的刀疤脸有些懵了,盯着丹珠回问:"美女,你可指的是猎狼人扎西?"

丹珠忙点头说:"我说的就是猎狼人扎西大哥。"

在一旁的巴登一把拉过丹珠说:"教堂美女,你别听信此贼花言巧语。这么个窝囊贼人,咋可能认识我师父猎狼人扎西!"

巴登话音一完,丹珠和刀疤脸都诧异地盯着巴登。如果说,刀疤脸跟丹珠的对话让巴登根本不信的话,那么,巴登之言使得丹珠和刀疤脸犹如隔空抓月,更是不可理喻。

心中已有数又想救刀疤脸的丹珠,回身对巴登问道:"巴登掌柜,你说猎狼人扎西是你师父，可有依据？"

巴登上前两步，指着丹珠说："咋的，教堂美女，是你求我巴登来教堂捉贼的，现在，你难道又要护着贼人？老实告诉你，十天前，在玛尼石城同土匪大战时，猎狼人扎西就成了我师父。不信的话，你可问问我身后这些伙计，他们，都可替我巴登做证。"

巴登话音一落，小秋哥一伙就纷纷嚷着替巴登掌柜做证。

丹珠掏出手帕替刀疤脸擦去嘴角血迹后，回身又对巴登说："巴登掌柜，想来今晚抓贼有些误会。"这时，一旁的尼卡娅嬷嬷忙说："丹珠，有啥误会的，我们教堂厨房不是丢了好些食物嘛。"

丹珠又说："尼卡娅嬷嬷，您想想看，我们教堂并没丢失别的东西，丢的仅是一些可供充饥的食物。这不正好说明，这汉子只是饿得需要食物而已。我想，任何一位有仁爱之心的基督徒，都应该帮助那些被饥饿折磨的生命。"

桑尼见尼卡娅嬷嬷不再言语，也上前仔细打量被绑在树上的刀疤脸。这时，巴登上前又想对刀疤脸动手，丹珠忙拦住巴登说："巴登掌柜，你知道你下狠手打的人是谁吗？"

巴登不屑回道："我打的，不就是偷东西的贼人吗？"

丹珠怒不可遏指着巴登说："今晚，我老实告诉你，若猎狼人扎西真是你师父的话，那么，你打的这人，他就是你师叔！"

"啊！"巴登一声大叫，忙倒退几步指着刀疤脸说："我——我巴登哪有这贼人师叔！"说完，巴登拔出腰间藏刀，挥刀就朝刀疤脸扑去……

第九章：惨遭不幸的猎狼人和草原剑客

第十章

剑客教堂遭暗杀，土匪劫狱遇意外

寒冷的黎明时分，正当巴登挥舞藏刀朝刀疤脸扑去时，谁也没料到，近乎疯了般的桑尼，猛地从巴登身后冲上，一下抱住巴登的腰往后一拖，将毫无防备的巴登拖倒在地。

这时，钦嘎热和小秋哥几乎同时蹿上，将桑尼从巴登身上抓起。小秋哥还顺手一巴掌朝桑尼打去。很快，鲜血就从桑尼嘴角流出。正待桑尼举着藏刀要砍小秋哥时，爬起的巴登飞起一脚，将桑尼手中藏刀踢飞，然后一拳朝桑尼头部打来。危急时刻，被绑树上的刀疤脸，伸脚朝巴登后腿踢去，巴登腿一弯就跪倒在地。

桑尼见势不妙，迅速朝丹珠身后躲去。尼卡娅嬷嬷见此突变情况，急得在院中哇哇乱叫。小秋哥将手一挥，伙计们立马将丹珠、桑尼和刀疤脸团团围住。

正当爬起的巴登朝桑尼扑来时，丹珠上前逼视巴登，指着桑尼说："巴登掌柜，你可知她是谁？"

恼怒的巴登挥手说："我巴登不想知道她是谁，我只知她是胆敢阻拦我抓贼的女人！"说完，怒气冲冲的巴登又想对桑尼动手。

丹珠火了，厉声喝问道："巴登，我再问你一句，猎狼人扎西是不是你师父？！"

"扎西是不是我师父，关你们屁事！今天，我要教训教训这个不知天高地厚的女人！"说完，嘴角流血的巴登又对桑尼抡起巴掌。

"给我住手！"正气凛然的丹珠指着巴登，咬牙提醒说，"你不想知道她是谁，对吧？现在，我就告诉你，"说着，丹珠从身后将桑尼推在巴登面前，指着桑尼说，"桑尼就是猎狼人扎西的妹妹，若你敢动她一根指头，看扎西回来咋收拾你！"

丹珠一说完，不光巴登惊呆，在场的每个伙计都惊呆了。他们知道猎狼人的厉害，也明白扎西在巴登心中神一般的分量。很快，不愿相信丹珠话的巴登，盯着桑尼问道："你——你真是扎西的妹妹？"

"你可以不信丹珠的话。但你只要去问卡钦部族每个牧人，他们都会真实告诉你，扎西女人卓玛的亲妹妹，就是我桑尼！"

就在巴登诧异后退时，丹珠上前再次指着桑尼对巴登说："巴登掌柜，面对你的无理和狠毒，我不得不再次提醒你，如果说被绑在树上的这位汉子是你师叔的话，那么，桑尼就是你名正言顺的师娘！"

巴登指着桑尼，竟一时惊得说不出话来。其余伙计，顿时也纷纷放下举着的武器。这时，钦嘎热靠近巴登，低声说："巴登掌柜，只要你发话，我就立马收拾这两个女人。"

丹珠见巴登不语，又对巴登说："巴登掌柜，师娘在此，难道你有不请安的道理？！"随即，会意的桑尼挺胸朝巴登面前跨了一步。

巴登惶惑看看刀疤脸又看看桑尼，突然一声大叫："我巴登没这样的师叔和师娘哪……"说完，巴登扭头朝教堂外跑去。

天亮不久，喝过酥油茶吃过糌粑的约翰牧师，告别曲巴头人后，骑马匆匆朝县城赶去。

原来，曲巴以想了解上帝和购买《圣经》为名，几次邀请约翰去卡钦部族一游。有些高兴的约翰牧师，以为曲巴头人有信仰基督倾向，于昨日在波绒管家迎接陪同下，独自去了不是太远的卡钦部族。

没想到，曲巴盛情招待后，约翰没听到询问有关基督教情况，曲巴头人却一再打听，英国恩菲尔德兵工厂生产枪支和价格问题。约翰这才明白，曲巴头人邀请他真正目的原跟枪有关。

尽管约翰心中有些不高兴，但仍给曲巴介绍了恩菲尔德兵工厂制造的李式步枪。约翰见曲巴对枪支有着浓厚兴趣，后来，又特为曲巴补充介绍了德国毛瑟兵工厂生产的毛瑟步枪和俄国军队使用的龙骑兵步枪。

快到午夜时，曲巴兴致颇高地对约翰提了个要求，希望约翰帮他购买一百支快枪，无论是李式步枪、毛瑟枪或龙骑兵枪都行。事成之后，曲巴可给洋教堂捐赠一年的酥油和五百斤青稞面粉，另外，再酬谢约翰三根金条。

有些惊异的约翰问曲巴，这些新式快枪都是军队用的，你部族在若拉草原又没遭遇战争，为啥要花巨资购买这些先进武器？曲巴告诉约翰，他平生最大爱好，就是收藏枪支，尤其喜欢收藏当今世界最先进的快枪。

秉性诚实的约翰告诉曲巴头人，他不认识兵工厂的人，也跟军队没任何联系，无法满足曲巴头人购枪要求。约翰还说，若曲巴头人愿出国考察基督教会，他愿通过成都教会帮忙，让曲巴头人踏上欧洲旅程。那时，头人就可直接到兵工厂购枪。

曲巴听后，摇头说："我这不会说洋话的康巴藏人，咋可能为买百十来杆枪，就背井离乡去那么远地方折腾。约翰牧师，虽你现在暂时无法替我买枪，我想，今后若有机会的话，你一定得告诉我，那时，我俩再商量也行。"

今早上，当约翰离开卡钦部族时，把随身携带的《圣经》赠给了曲巴。曲巴翻了翻英文《圣经》，幽默地对约翰说："看来我曲巴往后还得聘你这大牧师，当我的贴身翻译哩。"约翰也笑着回道："曲巴头人，只要您能成为信仰上帝的基督徒，我约翰牧师，愿终身成为您的免费翻译。"

巴登一伙灰溜溜离开教堂后，桑尼立马用藏刀砍断捆绑刀疤脸的绳索，然后要求丹珠同她一道，将刀疤脸扶到她房间歇息。桑尼还向尼卡娅嬷嬷表示，她要护理扎西的结拜兄弟，直到他伤好为止。

由于桑尼和丹珠在铁匠铺时，听扎西介绍和夸赞过他的结拜兄弟，自然朴实又心地善良的桑尼，作为扎西女人的妹妹，就认为她有责任和义务照顾刀疤脸。丹珠曾被扎西的侠肝义胆感动过，内心也有较深的英雄崇拜情结，见桑尼主动提出护理受伤的刀疤脸后，就对尼卡娅嬷嬷表示了她的赞同。

教会本是主张人间大爱的地方，尼卡娅见丹珠和桑尼坚持救助有伤的刀疤脸，也就暂时默认了桑尼举动。不过。尼卡娅仍悄悄对丹珠说："本着人道主义精神，我们教会的神职人员，都应尽救死扶伤义务。不过，这私拿过我教堂食物的汉子，是否该长时间留住我教堂，还是等约翰牧师回来定夺较妥。"

丹珠点头后，就同桑尼一道，扶着嘴角流血脚趾头被打掉一个的刀疤脸，慢慢朝桑尼房间走去。

　　腊月十五的午时，打马奔驰的扎西，终于赶到魔鬼寨下骷髅谷。扎西跃下马背，朝跟刀疤脸约定的山洞走去。进洞搜寻一番的扎西，并没发现刀疤脸踪影。扎西自我安慰说："看来，我兄弟要晚些才能到了。"

　　骷髅谷位于数丈高的魔鬼寨下。自从一百多年前魔鬼寨开始住进麻风病人后，经常病死或自杀的人无法火葬或天葬。为省事，往往是活着的人将死者遗体推下山谷了事。这些被推下的遗体不是被狼和野狗吃掉，就是被秃鹰啄食。年长日久，山谷就遍布许多被风雨刷白的遗骨。从此，骷髅谷名字就渐渐在若拉草原传开。

　　扎西选择在骷髅谷同刀疤脸见面，有其两个用意。一是骷髅谷安全，一般人是绝不会来这的。他的结拜兄弟是盗马人，扎西不得不考虑安全问题。二是扎西不愿结拜兄弟长期以盗马为生，他想帮刀疤脸干点可赚银子的正经营生，就是利用骷髅谷中头盖骨和小腿骨。

　　扎西曾听尼玛天葬师说过，各地寺院为做人头鼓和骨笛法器，经常要派懂乐器的僧人到骷髅谷挑拣人头骨和小腿骨。既如此，扎西就想帮结拜兄弟，干上这桩无投资风险的捡人骨差事，然后将选好的人头骨和小腿骨，拿到稍远些的寺院换点碎银度日。只是扎西这一想法，还没来得及告诉盗马兄弟。

　　既然结拜兄弟还没赶到，静下心等待的扎西就行走谷中，一点不急地挑选起人骨来。黑獒伴随扎西左右，不时警惕地朝四周观望。一个多时辰里，扎西是选了又挑，挑了又选，在他撩起的藏袍布兜里，已精挑细选了满满一兜人骨。

　　落日沉入地平线后，渐起的寒风仿佛带着对夜的渴望，在骷髅谷呜呜歌唱。不久，暮云四合，夕光之翼慢慢消失在夜里。之后，一轮圆圆寒月就从卡巴拉雪山升起，将如银月辉洒向若拉草原和魔鬼寨。

　　吃过食物后，手握叉枪的扎西，像卫兵一样站立在魔鬼寨下洞口。睁着大眼的扎西时刻留意着刀疤脸的出现。月色尚好，心中畜满友情之爱的扎西，信心满满地期待结拜兄弟到来。

第十章：剑客教堂遭暗杀，土匪劫狱遇意外

寒星点点，移动月影中，扎西头顶那高高的魔鬼寨中，偶尔传来的狗叫声，给冷寂的骷髅谷平添几分活的气息。

蓦地，骷髅谷外的雪原上，隐隐传来一阵凄婉的骨笛声。万分惊诧的扎西以为自己产生了幻觉，忙摇摇脑袋，然后又用手拍拍自己的脸。见一切正常，扎西自语道："天呀，难道死人的灵魂，也能吹奏骨笛？"

正当扎西有些疑惑时，雪原上出现了影影绰绰的骑马人身影。扎西忙向前跨了两步，再次盯着越来越近横吹骨笛的人影。当扎西从身形轮廓判断出吹笛人是谁后，才真正大吃一惊。

原来，骑着灰白老马横吹骨笛的，正是昨天才与他分手的尼玛天葬师。扎西知道尼玛有些本事，但从未听说尼玛会吹骨笛。即使尼玛会吹骨笛，在这深更半夜他独自来魔鬼寨干啥？难道，他能从我不太高兴的告别目光中，看出我要来此同他人相会？百思不解的扎西纳闷间，骑马的尼玛已慢慢来到魔鬼寨下。

尼玛骨笛声刚停，突然，魔鬼寨传来索朗丹增的声音："桑姆，你男人给你送食物来啦。"

过了一阵，桑姆对丹增回道："丹增，今天我双脚脓血流得厉害，你帮我去取食物吧。"很快，魔鬼寨就传出两声尖厉口哨声。

尼玛听见口哨声后，立即翻身下马，从马鞍后取下一个装有酥油和糌粑的羊皮口袋，然后放在下山小径尽头的石板上。很快，放好羊皮袋的尼玛又爬上马背，让马退后几丈距离。

不一会儿，索朗丹增和黄燹来到石板前。索朗丹增没马上取走食物，而是双手合十躬身对远处尼玛说："扎西德勒，好心的尼玛天葬师，我替桑姆和所有魔鬼寨病人，谢谢您多年的菩萨仁心。愿佛祖保佑您这好人长命百岁。"

马背上的尼玛望望夜空明月，忧伤地回道："愿天上明月为魔鬼寨带来些许光明。愿我的食物能为桑姆和你们减少饥饿折磨，我尼玛在这月明之夜，再次祈求佛祖，为魔鬼寨所有生命减少痛苦。"说完，尼玛头也不回，打马又朝夜的雪原走去。

当丹增提着食物朝魔鬼寨返回时，月夜里，又响起尼玛那忧郁凄婉的骨笛声……

伫立洞口的扎西终于明白，尼玛平时节省食物的目的，就是每月能将省出的食物给魔鬼寨送来。扎西也终于知道，尼玛的女人桑姆还活在人间。

随着尼玛的骨笛声渐渐消失月夜，扎西又开始惦记他结拜兄弟来。焦急盼望中，扎西竟开始生气埋怨起来："盗马人兄弟，你该不会忘了今夜之约吧？难道，你天黑才敢上路，现在迷路啦？唉，我的好兄弟哪……"

正当扎西等得心情烦躁时，突然，头顶魔鬼寨传来诺巴撕心裂肺的哭喊声："让我去死吧，我无法养活肚子里的生命哪。我——我诺巴的命咋这么苦啊。呜呜呜……"

月光透过墙缝，照在泪流满面的诺巴身上。守护在诺巴身旁的索朗丹增劝道："诺巴，你听我说，我丹增也是四十好几的汉子了，你有女儿丹珠，可我却无后人哪。你就咬牙生下我俩的孩子吧。你放心，我一定将他抚养成人，让他为我俩送终。"

诺巴又哭着说："丹增哪，二十年间，你多久见着有活的婴儿降生魔鬼寨？难道，我们受的苦遭的罪还不够吗？你还想让无辜生命再被世人责骂怨恨？！"说完，诺巴猛地从地上爬起，朝屋外山崖扑去。

"诺巴……"流泪的丹增慌忙朝诺巴追来。

崖下扎西忙放下叉枪，仰望头顶山崖，用双手做出要接住跳崖人的动作。

"让我去死吧，我不想再活在让我绝望的人世哪……"诺巴企图挣脱丹增紧抓她的大手，朝崖下跳去。

就在丹增紧抱诺巴不放时，桑姆和其他几个女人慢慢朝诺巴围来。流泪的人们，默默将诺巴朝屋内拽去。

这时，伸手想接住跳崖人的扎西，仍仰着头，睁着大眼望着魔鬼寨上面……

两天来，从教堂跑回家的巴登闷在碉楼里，一直为刀疤脸是他师叔的事耿耿于怀。巴登心里一直没想通，师娘的事我可以不管，毕竟桑尼是扎西女人的亲妹妹。可这跟他有仇的汉子刀疤脸，咋就变成他师父扎西的结拜兄弟了？

　　黄昏，当小秋哥和钦嘎热刚回院落，巴登下楼叫上二人去了他房间。机敏的小秋哥见巴登行为反常，忙低声问道："巴登掌柜，你一定有啥事要说，否则，你不会叫我们来你房间。"

　　"小秋哥，你知道吗，我们在教堂阁楼抓到的贼人，是曾跟我有仇的汉人。"

　　"哦，就是他们说是你师叔的那汉子？"

　　巴登摇摇头说："那汉子哪是我师叔，分明是教堂美女为救他，故意编的假话。"

　　钦嘎热插话说："巴登掌柜，既然你说那汉人跟你有仇，那还不简单，我替你报仇就是。"

　　巴登盯着钦嘎热，问道："报仇？你咋替我报仇？"

　　钦嘎热拍拍快枪说："放心，我今夜就去毙了他。"

　　巴登又问："你去杀他，你知道那贼人在哪吗？"

　　小秋哥见钦嘎热无法回答，便说："巴登掌柜，我明天去教堂探探情况，看那贼人是在教堂还是去了别处。我们即便要杀那汉人，也不能盲目行动。"

　　巴登高兴地拍拍小秋哥肩头，说："好！小秋哥不愧是我茶庄小诸葛。嘎热，你今后要向小秋哥学学，遇事得多动动脑子。"

　　小秋哥和钦嘎热离去后，令巴登暗喜的是，原来他并没下杀刀疤脸的决心。他见钦嘎热爽快直言可用枪干掉那汉人，巴登心里猛地一震：我要的就是钦嘎热敢献身的勇气！事已至此，能杀掉曾羞辱过自己的仇人，我巴登何乐而不为？！

　　两天来，倍感耻辱的刀疤脸躺在桑尼房间，一言不发盯着房顶，牙齿咬得嘎嘣直响。挨了几耳光，脚趾头被打掉一个不说，皮靴底还被子弹击穿。感冒发烧依然严重的刀疤脸，梦中时常出现被子弹击中的幻觉。要不就是一听到屋外响声，就神经质地跳下床来，用藏刀对着门外。

　　面对刀疤脸惨状，若没扎西在铁匠铺对他的夸赞，桑尼是绝对无法接受刀疤脸的。两天中，桑尼除耐着性子要听刀疤脸惊恐的喊叫声，还要替刀疤脸换药。好在丹珠说服了牧师，让教堂暂时收留了这个不幸的生病汉人。就这样，吃过约翰牧师配置的西药后，刀疤脸渐渐开始平静下来。

腊月十五之夜，躺在床上清醒过来的刀疤脸，凝望窗外月光，两眼噙满泪水。他知道，今夜同猎狼人扎西兄的相约，他无论如何是去不了了。唉，第一次兄弟相约就失信的他，此刻在万分难受中，竟痛苦叹道："唉，扎西兄，我对不住你哪。"这时，端着滚热酥油茶的桑尼推门而进。

桑尼点燃酥油灯后，刀疤脸不好意思让桑尼喂他，忙要过碗将酥油茶慢慢喝尽。桑尼见刀疤脸喝完酥油茶，忙用手在他额头试了试。试后，桑尼有些高兴起来："扎西德勒，你的烧开始退啦。"正说着，丹珠端着一小碗拌好的糌粑也来到房间。

丹珠看着躺在床上的刀疤脸，想了想问道："扎西的结拜兄弟，我们还不知你姓名，该咋称呼你呢？"

"美女，我姓王，从前是跑马帮的，我喜欢玩剑，你们就叫我王剑客吧。"

桑尼见刀疤脸情绪好了些，微笑问道："剑客大哥，我家扎西哥说你厉害，你真的厉害吗？"

刀疤脸苦笑道："二位美女，你们看我被打成这样，还丢了脚趾头，哪有厉害样嘛。"

桑尼说道："扎西哥不会骗人，我相信他说的一定是真话。"

丹珠也说道："剑客大哥，我知道，巴登他们一伙那么多人，又拿着刀枪对着你，你是虎落平阳被犬欺，好汉不吃眼前亏，才故意忍住没同他们拼命的，是吧？"

刀疤脸好似想起什么，突然向丹珠问道："美女，好像是你们去求巴登来抓我的，对吧？"

丹珠点头回道："是的。是桑尼发现教堂阁楼藏有外人，我们又不知是谁，所以才去求央宗阿妈找人来帮忙捉贼的。真没想到，是你躲在阁楼上。"

刀疤脸乐了："我像幽灵藏在教堂阁楼，又偷吃你们食物，细细想来，确实有点像青藏高原传说中的野人。"说完，丹珠和桑尼也跟着刀疤脸笑了。

桑尼又问:"剑客大哥,我刚刚进屋时,你为啥说对不起扎西大哥呀?"

回过神的刀疤脸,只好将他同扎西相约魔鬼寨之事讲出。最后,刀疤脸十分遗憾地说:"唉,没想到,我这受伤生病之人,就这样跟我结拜大哥失了约,往后,我咋有脸再见扎西大哥哟。"

桑尼忙劝慰说:"没关系的,剑客大哥,或许过几天扎西就会来教堂看我和丹珠哩,到时,我向他说明情况不就行了吗?"

丹珠也说:"是呀,我丹珠也可帮你做证。"

刀疤脸笑了:"好哇,到时有二位美女妹妹替我做证,我想,扎西兄一定会原谅我的。"

第二天黄昏,在小秋哥住的杂物间,巴登听取了小秋哥去教堂打探来的消息。小秋哥禀告巴登说,他以去教堂抓贼丢了东西为由,从教堂阁楼一直寻到院内及一些房间。东找西寻的小秋哥从毫无戒备的尼卡娅嘴中得知,刀疤脸还留在教堂内养伤,而且就住在厨房隔壁的桑尼屋内。

巴登听完小秋哥讲述后,并没开腔,而是扭头用眼征求钦嘎热看法。

明白巴登意图的钦嘎热当即表示,今夜子时过后,他就摸进教堂,将刀疤脸除掉。

巴登问了句:"嘎热,是否需要我再派个伙计跟你前往教堂。"

钦嘎热自信满满地回道:"不用,我一人杀掉那受伤贼人,一点没问题。巴登掌柜,你就等我的好消息呗。"

巴登听后,立即吩咐小秋哥去弄点酒菜,他今夜就在此等候钦嘎热行动佳音。

整整十天过去,望眼欲穿盼着刀疤脸来酒馆的玉香,此刻正闷闷不乐,独自坐在桌前喝闷酒。她一面喝一面不断自语:"狗日的,这些男人,没一个好东西。"

原来,自玛尼石城夺银大战后,刘青禾怕跟土匪商谈人质事件的玉香嘴不紧,说出后影响他的官位和仕途。所以,刘青禾就有意疏远了玉香。县衙张师爷去酒馆订了两次餐后,如今,也没了新动静。哑巴吃黄连有苦说不出的玉香，只好借酒浇愁在自家酒馆喝起闷酒。

当小秋哥走进酒馆买酒要卤牛肉和血肠时，玉香见是春风茶庄去过玛尼石城的伙计，就主动招呼小秋哥。

"来来来，小兄弟，我知道你是春风茶庄伙计，过来陪我喝两杯，我请客。"

小秋哥一惊，忙回道："哎哟，玉香老板娘好悠闲，独自饮酒还快乐无限，令我小秋哥佩服，大大的佩服啊。"

"小兄弟，我独自喝酒有啥佩服的？你那天在石城敢同土匪动刀枪，那才令我玉香佩服呢。来来来，坐下，喝两杯再走。"说着，玉香起身将小秋哥摁在桌边坐下。

很快，酒馆伙计就把两瓶茅台烧春和两包下酒菜送到小秋哥面前。

小秋哥问："伙计，一共多少银子？"

酒馆伙计说："不多，一两三钱。"

小秋哥付完银子就想离去。玉香摁住小秋哥肩头，有些不高兴地说："咋的，你也看不起我玉香，筷子都不动动就要走？"

小秋哥急了，忙回道："玉香老板娘，我掌柜家来了客人，他们还等我拿酒菜回去喝酒呢。"

"小秋哥，你编瞎话忽悠我是吧？你掌柜巴登是藏族人，他们喝的是青稞酒。你我都是汉人，你买两瓶白酒却说是巴登掌柜要喝，你这不是对我撒谎吗？"

"老板娘，我说的都是真的，我——我没必要对你撒谎嘛。"

玉香并不生气，反而笑了："来，坐下吧，跟我玉香说说，你买酒要同哪位相好喝呀？"此刻，欲火难耐的玉香，只顾按自己思路逼问小秋哥，一心想拖住帅气的小秋哥陪她喝酒取乐，打发寂寞时光。

本就不愿被纠缠的小秋哥，见玉香老板娘越扯越远，心里更不高兴。小秋哥抓住玉香同客人道别的机会，抓起桌上酒菜就一溜烟跑出酒馆。

喝得两颊发红的玉香，看看客人已走光的空荡荡酒馆，猛地端起酒杯说："漫漫长夜，就让这杯烈酒，陪伴老娘去梦里寻欢作乐！"说完，玉香仰脖一口喝下杯中烈酒。

子夜刚过，背着快枪的钦嘎热就翻墙进了教堂。

由于几天前来过教堂，借着月辉朗照的钦嘎热，绕过礼拜堂很快就寻到厨房位置。躲在角落的钦嘎热，悄悄取下快枪握在手中。他想，只要那脸有疤痕的汉子出来撒尿，就可一枪击毙汉子再撤离教堂。

屋内，由于上过消炎药的脚趾头仍很疼痛，有些难受的刀疤脸，便起身靠在床头用手揉摸脚背神经，以求减轻痛感。

这时，一只从厨房窗口跳出的山猫，对躲在不远处的钦嘎热叫了两声。钦嘎热下意识捡起小石子，朝盯着他的山猫打去。山猫躲过石子，倏地蹿上院墙，很快消失在夜中。

十分警觉的刀疤脸，听见了小石子滚动的声音。刀疤脸突然想起今天尼卡娅嬷嬷曾领着茶庄伙计，在院中寻找丢失的东西。莫非，被他戏弄过的年轻掌柜，还会再次寻机报复？想到这，刀疤脸悄悄下床，将藏刀紧握手中躲在门后。

冬夜寒冷，实在受不住酷寒煎熬的钦嘎热，终于想主动出击杀死那汉子替巴登报完仇就走。于是，端枪的钦嘎热偷偷摸摸朝刀疤脸房门摸来。

奴隶娃子出身的钦嘎热，被土匪骗上老鹰岩后，除跟着巴登在玛尼石城闹腾过一次，还未真正参加过一次像样战斗，根本就没土匪必备的诸多杀人越货经验。今夜是腊月十六，当他刚从窗下闪过时，月光已将他的剪影瞬间映现在窗上。

屋内的刀疤脸见果然有人来他房间，立马明白这是巴登派来暗害他的家伙，因为，他在打箭麓还没一个真正仇家。气得两腮颤抖的刀疤脸很快冷静下来。他没枪，决不能出去同有枪的人拼命，或许，他还没跨出房门就被射杀倒地。想到此，刀疤脸悄悄取下门栓。他要引狼入室。

仗着手中有枪的钦嘎热，想用速战速决的方式结束这次暗杀行动，便用枪管轻轻推开房门。心中窃喜的钦嘎热没想到，这么快就神不知鬼不觉地打开房门。头脑简单的钦嘎热，哪是久经沙场的刀疤脸对手，在他刚进门还没看清任何物体时，刀疤脸一脚将他手中快枪踢飞，一个左勾拳又将他打翻在地。

扑上的刀疤脸，将藏刀横在钦嘎热颈上，低声喝问："你们来有几人？"

突然遭遇险情的钦嘎热，吓得怯声回道："好——好汉，就——就我一人。"

刀疤脸又问："你来干啥？"

"掌——掌柜派我来看看你。"钦嘎热见刀疤脸并无杀他之意，开始麻起胆子撒谎。

"看我，看我做啥？"

"看你离开教堂没？"

刀疤脸有些纳闷："老子离不离开教堂，关你掌柜屁事！"

"我家掌柜说，若你离开教堂，他就可在教堂晚祷之后，来接他阿妈回家。若你没走，他就不来，以免引起误会。掌柜还说，你毕竟是他师叔。"如果说，作为奴隶娃子的钦嘎热没上老鹰岩之前，还是个忠厚老实之人的话，那么自从上了老鹰岩，又跟着巴登混了十几天后，眼下已变成编谎话的初级大师。钦嘎热的变化正应了古人老话：学好不易，学坏不难。

刀疤脸见问不出新东西，一脚踢在钦嘎热屁股上："给我滚，老子不喜欢你家掌柜打探我行踪。"

趁刀疤脸放松警惕，从地上爬起的钦嘎热一下将快枪抓过，回身举枪对着刀疤脸说："汉人兄弟，对不起了，我家掌柜不高兴你活在世上。"说完，钦嘎热咬牙扣动扳机。

只听啪的一声，子弹却未射出。哑火！反应过来的刀疤脸一步蹿上，一把将枪夺过，然后又将钦嘎热左手反扭背上，厉声说："你这狗日不受抬举的东西，老子并没想杀你，你却想加害于我。"随即，刀疤脸挥着藏刀就朝钦嘎热脖子砍去。

"救命哪！"钦嘎热一声大叫，刚要砍到脖子的藏刀，即刻停在钦嘎热后颈上。刀疤脸猛地反应过来，若在教堂杀了这家伙，为他争取在教堂疗伤的桑尼和丹珠，定会受到牵连。或许，找到借口的巴登父子，还会给教堂和心善的牧师制造更大麻烦。想到这，刀疤脸将刀收回，从地上提起钦嘎热朝门外推去："快滚，若让我再遇见你这丧门星，老子定杀不饶！"

侥幸逃过一死的钦嘎热从地上爬起，跌跌撞撞蹿出门后，翻墙就朝巴登家碉楼跑去。

望眼欲穿，在骷髅谷洞口足足等了两天的扎西，终于在腊月十七中午，黯然神伤地离开了骷髅谷。离开时，扎西将挑选出的人头骨和小腿骨包好，捆在了马鞍后。扎西自信地认为，他送给结拜兄弟的生财办法，定会给盗马兄弟带来惊喜。

一路上，不断搜寻狼踪的扎西，设想着刀疤脸兄弟没按约来骷髅谷的各种可能。最后，扎西得出两种结论，要么盗马兄弟已被官府捉拿，要么可能有伤的他，已病倒在某个不为人知的地方。

想着想着，逐渐产生担忧感的扎西认为，无论出现哪种可能，他的结拜兄弟都需要他的帮助。于是，开始着急的扎西挥鞭打马，加快速度朝县城奔去。

在扎西去骷髅谷赴约其间，闲得无聊的旺堆独自骑马去了趟卡钦部族，因为，他有了向人倾诉的强烈愿望。旺堆在同老友曲巴头人聊天时，炫耀地述说了他在玛尼石城大战土匪的光辉事迹，还谈到猎狼人扎西的英勇壮举，并高兴地告诉曲巴，英勇无比的扎西已成为他儿子的师父。

深藏不露的曲巴，对扎西成为巴登师父暗暗吃惊，但却平静地告诉旺堆，那勇敢的猎狼人扎西仅是他奴隶娃子而已。同时，曲巴还自豪地说，只要他有事需要，奴隶娃子扎西就会随叫随到，来他跟前报道。

听出话中有话的旺堆只好说，照这么说来，你我二人因巴登和扎西结缘，那关系就自然更上一层楼喽。旺堆万万没想到的是，闲聊中，曲巴告诉了他想买枪扩大家丁队伍一事。心中暗喜的旺堆，装着可帮曲巴的模样说："老朋友，购买好枪可是明智之举。作为具有偌大草场的头人，手中若没好武器，将来要想保住自己地盘，可就难喽。"

"老朋友，听说你在成都有些朋友？"

"我的曲巴头人，我何止在成都有朋友，我还有清兵营里的军官至交哩。"旺堆猛然想起，巴登曾提出购枪武装茶庄伙计的计划，灵机一动的旺堆突然冒出既然要购枪，何不试着做点军火生意的念头来。

"既然你旺堆土司有如此重要的关系，何不帮老朋友一把，通过军方渠道，替我买点新式快枪回来。"于是，曲巴装着挺在行的模样，对旺堆说了些外国枪支的名字和性能。

旺堆见曲巴购枪心切，便进一步试探说："曲巴老友，现在二郎山是冰天雪地，难以通行。等开春冰雪融化后，我再下雅安去趟成都，先去军方摸摸底再说，咋样？"

曲巴一听，立刻高兴地说："蒂姆，那敢情好，就劳驾土司老友啦。"

旺堆沉思片刻，抬头说："曲巴头人，我辛苦跑路帮忙没问题，但疏通购枪关节，冒险走私军火，你总不能让我再替你垫银子吧？"

"这我懂。旺堆土司，我想，这世上只要有银子开路，哪怕是进阎王殿出黄泉洞，也应该畅通无阻，对吧？"随即，二人会意地哈哈大笑起来。

待旺堆揣着二百两银子离开卡钦部族后，曲巴立即让波绒管家叫来家丁头目郎嘎，并命令郎嘎三天内必须找回猎狼人扎西。此时的曲巴头人，已萌生出新的念头，他要利用扎西是巴登师父的好时机，让扎西去执行他新的秘密使命。

纷纷扬扬的雪花，随黄昏的寒风四处飞舞。

悄然降临的暮色宛若一张大网，将蝴蝶般雪花网进无边夜色中。随着寒夜到来，稀落的爆竹声中，逐渐亮起的各式红色灯笼，为打箭麓县城增添了几分年节的气氛。

古城打箭麓虽地处康巴藏地，但毕竟是汉藏杂居之地，一些在此做生意开商铺的汉人，仍保留着汉人过春节的习俗。这些汉人免不了在大年三十之前，在门上贴上喜庆和迎新之类的春联，年三十之夜一家人围坐桌前，吃上一顿丰盛的年夜饭。吃过年饭（或年饭前），有的小孩就在自家门外点爆竹玩。此起彼伏的爆竹声，既有迎新之意，又有除掉过去一年秽气的想法。

县衙里，刘县令和张师爷均是汉人，刚过腊月十五。他们就翻越二郎山，回内地老家同家人团聚去了。临行前，刘青禾特跟值班的多吉交代，无论接到什么状纸，都得等他节后回来处理。

离开县衙前两天，刘县令还带着张师爷几人视察了牢房。看过十来个被关押的人犯后，刘青禾一再提醒多吉，在没了结这些人案件之前，每天仍要保证给他们吃上两顿饭，千万要保住打箭麓模范牢狱的名声。

　　暗中又收过旺堆土司贿赂的刘青禾，还特意检查了关押秃子和蛮尕的牢房。刘青禾心里清楚，这两名秋后待宰的土匪，无论如何得重点防范，若是出了意外是无法向旺堆交代的。听到多吉信誓旦旦的保证后，刘青禾才放心离开县衙牢狱。

　　黄昏前，骑快马赶到县城外的三寸丁和黑四，等到天黑后才偷偷摸摸进县城。

　　估摸年夜饭吃得差不多时，三寸丁带着黑四来到牢狱外。观察好一阵后，三寸丁见并无巡逻兵丁走过，低声对黑四说："狗日的些，年饭喝晕了，连巡逻都给老子忘了。好，还是大头领厉害，选定今夜劫牢，我们不成功都不行。"说完，三寸丁叫黑四做好放哨准备后，有轻功的三寸丁一跃而上，就翻上县衙大牢高墙。

　　牢房值班室内，两个狱卒正围在火炉边喝酒。三寸丁看见桌上两个空酒碗，顿时露出笑意。跳下高墙后，三寸丁忙朝后院几个关押人犯的房间摸去。由于牢内漆黑一片，三寸丁无法判断秃子和蛮尕被关在哪间房内。

　　土匪就是土匪，劫牢自有一套办法。只见三寸丁从身上掏出几个小石子，然后用指头分别朝不同房间弹去。弹完石子后，三寸丁学了两声猫叫，就开始趴在地上听动静。

　　很快，秃子就冲到牢房栅栏前，也回了两声猫叫。黑暗中，三寸丁立马蹿过去，抓住秃子的手低声说："秃子，今晚我们来劫牢，救你和蛮尕出去。"

　　"三寸丁，我终于盼到你们了，大头领呢？现在行动吗？"

　　"大哥派我来侦察下，看你们是不是还被关在县衙牢里。"

　　秃子异常着急："快动手呀，老子都快憋死在这了。"

　　"秃子别急，我马上出去向大哥禀告，放心，今夜你和蛮尕定将被解救出去。"说完，三寸丁迅速转过墙角，消失在夜中。

　　原来，黄大郎担心年关时，县衙会将在押人犯转移关押地点，所以，就先派三寸丁去侦察摸底。黄大郎下令，无论转移与否，子夜前，必须到醉一春酒馆后的作坊集合，然后再定解救方案。

当黄大郎听完三寸丁禀告后，大喜的他立即派泽木剌和三寸丁带三名弟兄，去牢房劫狱救人。随后，他带十名弟兄在狱外接应。最后，黄大郎得意地说："老子只要把秃子和蛮尕救出，明年开春，至少有五十名汉子，会来投奔我雪山雄鹰大队。"

年三十子夜刚过，县城渐渐静了下来。飘飞的雪花中，三寸丁和泽木剌几人，悄悄朝县衙牢狱潜去。按黄大郎的要求，劫狱的人全部换上一身黑衣，黑巾罩面。即使发生意外，人们也难判明他们的身份。

三寸丁跃上高墙后，见两个狱卒已喝趴在桌上，便立即跳下高墙偷偷打开大门，随即，泽木剌带着三名小匪冲进院内。正当三寸丁从醉酒狱卒身上取下一串钥匙之时，只见牢房暗处涌出多名拿刀兵丁。多吉举着大刀对泽木剌喝道："土匪贼人，看你往哪逃！"说完，多吉率兵丁，直朝泽木剌扑来……

第十一章

土匪劫狱成功，猎狼人再接新密令

　　黄大郎见泽木剌和三寸丁带着三名弟兄走后，便对围在他身边的小匪们说："弟兄们，今晚救回秃子和蛮尕后，回老鹰岩我好好为你们补回年夜饭。"群情激奋的土匪们，纷纷感激大头领心中装着他们。随后，胜券在握的黄大郎便率众匪悄悄朝县衙牢狱走去。

　　牢狱内，遭突然袭击的泽木剌和三寸丁大惊。泽木剌忙举枪朝多吉几人射击。蓦地，只见数支利箭从房梁上射出。臂膀中箭的泽木剌慌忙挥枪朝房梁打去。三寸丁就地一滚，躲在柱后一看，已有两名兄弟中箭倒下，另一名被箭射中的土匪，吓得趴在地上哇哇乱叫。

　　"狗日的，我们中计了！"三寸丁一面骂一面甩出飞镖放翻两名县衙兵丁。这时，只听泽木剌挥着短枪高喊："给我顶住，大头领马上就到。"随即，泽木剌掀翻木桌，藏在桌后躲避不断射来的暗箭。

　　黄大郎见牢狱方向传来枪声，顿感不妙的他，挥枪对小匪们说："弟兄们，快啊，我们接应去！"说完，黄大郎大步朝前冲去。

　　三寸丁趁泽木剌同多吉一伙对峙之机，立马顺柱攀上房梁。两名放箭兵丁见有人上来，立即搭箭朝三寸丁瞄来。手疾眼快的三寸丁没等兵丁利箭射出，甩出两镖就将两名兵丁放翻掉落地下。

　　多吉见兵丁摔下在他身旁大声喊叫，忙对屋内高喊："快，猎枪手，快给我打啊！"惊慌的喊叫声中，从暗处冲出的猎枪手，用猎枪朝躲在木桌后的泽木剌射击。

　　抬头的多吉终于发现在房梁上移动的三寸丁，忙从兵丁手中抓过猎枪，举枪朝三寸丁打去。敏捷的三寸丁朝不远的木柱一跃，在空中将飞镖向多吉甩去。只听多吉一声大叫，中镖的多吉手中猎枪立即落地。

　　这时，及时赶到的黄大郎，率众匪冲进牢狱大门，挥枪就朝县衙兵丁一阵猛打。多吉见土匪来势凶猛，忙下令兵丁朝房中转移。

牢中的秃子听见黄大郎声音，立马抓着栅栏高喊："大头领，我在这，我在这哪！"这时，泽木刺从桌后站起，一面开枪一面朝秃子声音响起方向冲去。冲到门前的泽木刺从身后取下早准备好的斧头，很快将铁锁砸开，救出秃子和蛮尕。

冲出牢房的秃子捡起地上大刀，挥手就朝躲在柱后狱卒砍去。鲜血飞溅中，秃子见一兵丁正朝屋内逃去，正想追杀时，此刻，只听梁上三寸丁说："秃子，看我的！"三寸丁手甩镖出，前脚刚跨进门的兵丁后背就被飞镖扎中。

黄大郎见已救出秃子和蛮尕，立即命令手下撤出牢房大院。

不久，从房中跑出的多吉，冲到牢房大门外望着消失在夜中的土匪，仰天叹道："我的天哪，咋这世上，还有这么凶的土匪啊……"

原来，就在年前刘县令视察县衙牢狱的当天晚上，张师爷为牢狱连打三卦，均为凶卦。顿感不好的张师爷，就把打卦结果告诉了刘青禾。对易经八卦深信不疑的刘县令，连夜同张师爷密谋，制定出一套防范劫狱方案。

第二天，刘青禾叫来兵丁头目多吉，将反劫狱方案交给多吉。多吉听后仍诉苦说："县令大人，我们兵丁只有大刀长矛，可土匪有快枪哪。您这方案好是好，若没快枪，我怕是防不住那些凶顽土匪的。"

刘县令安慰多吉说，我知道快枪好处，县衙不是已将替换武器报告呈交上去了嘛。我估计，来年夏天就能领到快枪了。尽管如此，刘青禾还是认为多吉的顾虑有道理，在同张师爷修订反劫狱方案中，才增加了猎枪手的安排。

当一切布置妥当后，刘青禾与张师爷才踏上过年的返乡之路。没想到，多吉不仅没抓到一名劫狱土匪，还活生生让被押的两名土匪从他眼皮下被劫走。自己受伤不说，县衙兵丁和狱卒连死带伤，整整殃及九人。越想越气的多吉将手中大刀朝门柱砍去："狗日的土匪，我多吉总有收拾你们的时候！"

刚跑拢酒馆后的作坊，翻下马背的黄大郎，看看身边的秃子，忙问道："秃子，蛮尕呢？刚才在牢房大门外我还见着的。"随即，众匪慌忙看看自己周围，都没发现断臂蛮尕。

黄大郎立即对泽木刺说："老二，你有伤，先带人马回老鹰岩，我和老三返回去找找。"说完，黄大郎叫上三寸丁和黑四，骑马又朝县衙牢狱方向奔去。

一路骑马奔跑的黄大郎三人，一面沿途搜寻一面低声喊叫蛮尕。直到冲到紧闭的牢房大门外，没见着蛮尕人影的黄大郎又向三寸丁问道："老三，先前我们救人时，你看见蛮尕跟上了吗？"

"大哥，是我亲自掩护蛮尕逃出牢房大门的。您放心吧，我看得千真万确，蛮尕和秃子是一块被我们救出的。"

黄大郎双眉一紧："日他娘的，为啥蛮尕又不见了？"

"谁知道这倒霉家伙咋跑的。唉，真是气死人！"

黑四插了一句："大头领，会不会蛮尕少了只臂膀，他不愿再回老鹰岩了？"

黄大郎略一沉思，说："狗日的，还真有这种可能。走，老子尽心了，现在我们回老鹰岩吃团年饭去！"随即，黄大郎三人打马朝老鹰岩奔去。

自刀疤脸逃过钦嘎热暗杀后，一喜一忧的刀疤脸当即决定，必须亲自跟约翰牧师谈谈。刀疤脸喜的是，他终于有了支快枪，这快枪可保障他今后躲藏起来更安全。忧的是，既然巴登敢派人来暗杀他，虽未得逞，但今后仍有暗杀他的可能。

放走钦嘎热第二天，刀疤脸求见约翰时，就提出两点要求：一是为不打扰教堂正常生活秩序，他这异教徒要重新搬回教堂阁楼住，只希望牧师派人把烂玻璃窗修好就行。二是要求牧师将他在教堂的伙食记账，今后他拿到银子便一并还清。但刀疤脸却未告诉牧师，巴登派人暗杀他的事。

约翰牧师见受伤的刀疤脸知书达礼说话有理，加之他又是猎狼人扎西结拜兄弟。牧师自有他长远考虑，就答应了刀疤脸请求。随后，牧师还派丹珠特意为刀疤脸送来一床垫褥和毛毯。待一切收拾完后，刀疤脸站在阁楼里，用枪对着楼盖板，恨恨说道："狗日的土司崽子，老子不怕你们再来暗杀我了。"

那晚刀疤脸放走钦嘎热后,跌跌撞撞跑回土司大院的钦嘎热,就连连叹气抹泪不止。在巴登一再追问下,钦嘎热将刺杀经过原原本本讲出后,就朝巴登跪下,请求巴登处罚没完成任务又丢了快枪的他。

小秋哥也惊了。原以为会打枪的钦嘎热,除掉有伤的汉人刀疤脸,是件易如反掌的事。没想到,从逃回的钦嘎热异常惶恐的表情看,小秋哥已感觉到,那汉人刀疤脸是个难对付的家伙。

惊诧好一阵后,巴登才对钦嘎热问道:"那家伙为啥没杀你?"

钦嘎热答道:"他原是想杀我的,不知咋的,放在我脖子上的刀却没砍下来。"

小秋哥说:"这么看来,那家伙真是个奇怪之人。"

巴登想了想,为稳住二人,故意镇静地说:"从那家伙不敢杀嘎热来看,估计他暂不会离开打箭炉,要么就是对我巴登是猎狼人徒弟有顾虑。看来,他还是怕我巴登的。"

小秋哥说:"巴登掌柜,那汉子现有枪了,我们不得不防。"

"防?咋防?我们在明处,他在暗处。我认为,最好的防就是再找机会除掉他。若不除掉这家伙,我一天也无法安宁。"

小秋哥担忧地说:"巴登掌柜,咋除掉他?嘎热不是刚失手吗?"

"不是现在就去。我想,他不杀嘎热,就说明他在等与我师父见面。今后,难道还怕寻不着杀他机会?"

小秋哥又问:"掌柜,要是猎狼人来县城不找你咋办?"

"小秋哥放心,猎狼人妹妹在教堂做事,我跟我阿妈说说,让她天天去教堂看看,要是猎狼人去了洋教堂,我阿妈就会告诉我。"

小秋哥点头说:"这办法好,还一点不惊动那家伙。"

钦嘎热望着巴登,欲言又止。

巴登却着急了:"嘎热,有话就直说。"

"巴——巴登掌柜,我现在没枪了,还训练伙计们吗?"

巴登想了想,将身边的枪递给钦嘎热,说:"打枪训练必须坚持,但丢枪之事不得对伙计们讲。放心,我会尽快搞到枪的。我们春风茶庄来年定会出现新气象。"

巴登见钦嘎热和小秋哥情绪稳定下来,才慢慢上碉楼朝自己房间走去。

黎明之前,数支熊熊燃烧的火把,将老鹰岩大殿照得透亮。

偌大的木制长桌上,摆满酒菜。靠黄大郎首席座位前,放着一个硕大煮熟的牛头,牛头上插有一把锋利的藏刀。长桌上空不远处,垂挂着一串爆竹。爆竹四周,几个红色灯笼透出节日的气氛。

黄大郎见众兄弟到齐后,将手一招,黑四立即将一支火把递给黄大郎。黄大郎接过火把就将高挂的爆竹点燃。爆竹声中,纷纷扬扬纸屑从大殿空中飘落。这时,只听三寸丁一声高吼:"弟兄们,过年咯!"随即,众匪也跟着喊叫起来:"过年咯!"

喊叫声中,黄大郎高兴地坐上首位。很快,群匪也朝长桌围坐过来。泽木剌和三寸丁分别坐在黄大郎两旁。泽木剌低声告诉挨坐身边的秃子:"秃子,现在三寸丁已荣升为三头领了。"秃子点头说:"好,三寸丁有本事,应该升为三头领。"

黄大郎端起酒碗说:"弟兄们,过会儿天就要亮了。这顿团年饭虽说晚了些,但我心里痛快!因为,我们救出了自己的好兄弟秃子和蛮尕。所以我说,团年饭吃晚了也值。你们说,是不是呀?!"

待众匪应声呼叫后,黄大郎又说:"这第一碗酒,是我黄大郎敬弟兄们的,因为,没有你们铁心跟着我干,我们雪山雄鹰大队就不可能成立。我相信,只要大家共同努力,来年,我们队伍定将发展壮大!"说完,黄大郎将碗中酒一口喝尽。

此时,一年纪稍大的土匪站起,对黄大郎说:"大头领,从您亲自下山救秃子和蛮尕看出,你是仗义有爱心的好头领。过完大年十五,若您同意,我就回老家,劝说我两个老表也来参加雪山雄鹰大队,不知您答应不答应?"

"好哇,这等好事我咋不答应呢!"黄大郎高兴回答后,接着又有几个土匪表示,愿意动员一些亲朋好友来投雪山雄鹰大队。泽木剌和三寸丁也咧开大嘴笑得异常开心。

当卓玛和另两个女人又端上一些热菜后，黄大郎端起第二碗酒说："这第二碗酒，是庆贺我们好兄弟秃子顺利归来的。来，为我们成功劫狱，大家干了这碗酒！"很快，黄大郎同群匪又干了自己碗中酒。

待黄大郎刚坐下，泽木刺离开座位，抱拳单腿朝黄大郎跪下说："大哥，您不愧是老鹰岩之主，今天大年三十，您出生入死率众兄弟，将秃子和蛮尕从牢中救出。您心里装着我们弟兄。在此，万分愧疚的我，向大哥您保证，今后我一定以您为榜样，心里装着我老鹰岩每位兄弟，紧紧跟随大哥您，定要在康巴藏地打出一片新天地！"

黄大郎立即起身，拉起泽木刺说："哎呀老二，大过年的，说啥榜样不榜样的。来来来，大家痛快喝酒，庆祝新年到来。"

黄大郎话音一落，众匪的吆喝声、嬉笑声便震响洞中大殿……

大年初一早上，浑身散发酒气的扎西，从曲巴头人柴房走出，翻身爬上马背，慢慢朝县城走去。

原来，十多天前的扎西，离开骷髅谷后，半道上就被找寻他的郎嘎几人，拦回卡钦部族。一路上，忐忑的扎西一直担心，曲巴头人会追问刺杀贡布之事。确实，这些天来，他扎西除追寻狼群行踪，想的就是他结拜兄弟刀疤脸，根本就没思考过跟贡布有关的事。

回部族路上，郎嘎见扎西不时回头关注绑在马鞍后的包袱，有些不解地问道："哎呀，扎西，你马鞍后绑的啥宝贝呀？我看你挺在意嘛。"

"没啥，我包袱里装的是人骨。"

郎嘎大惊："啥，人骨？你杀谁啦？"

"我谁也没杀。"说完后，扎西就不再搭理郎嘎。没想到，郎嘎见扎西一脸沉郁，反而有些不安起来。郎嘎一直没想通，自他遵波绒管家之命鞭打奴隶娃子扎西后，曲巴老爷似乎并没在意扎西丢了他的大羊，反而还让扎西住在柴房疗伤。后来，不仅用酒肉款待扎西，听波绒说，曲巴还送了一把新式短枪给扎西。郎嘎只是感觉曲巴老爷有啥事需要扎西去办，但不敢多问的郎嘎很想弄清，到底扎西要去办啥大事。过去，从不把奴隶娃子放在眼里的郎嘎，也开始对扎西有些另眼相看了。

回到部族后，在波绒带领下，扎西第一次进了曲巴的碉楼大客厅。

在路上就想好对策的扎西，喝完第一碗酥油茶后，就主动对曲巴说："扎西德勒，尊敬的曲巴老爷，我扎西去了两次萨嘎部族，都没能碰上贡布头人，所以，没能完成您交代的大事，还请头人老爷处罚奴隶娃子扎西。"

曲巴安慰说："嗯，扎西，你一个外族人，哪能随便见着贡布头人。我想，就是他萨嘎部族的人，在这寒冬，也没几个能见着他们大头人的，对吧？"

扎西躬身回道："哦呀，谢老爷理解扎西难处。请老爷放心，今后若有机会，我定会除掉贡布。"

"扎西，我交代这事，你没让别人知道吧？"

"请老爷放心，这等重要大事，除我扎西外，绝没第二人知道。"

曲巴点头说："这就好。若此事泄露出去，又没除掉贡布的话，两部族之间，定会发生战争。所以，你一定要守口如瓶。"

"扎西明白，此事无论成败，都只能烂在我肚子里。"

曲巴满意地点头后，又递了碗酥油茶给扎西。

趁扎西进了曲巴客厅之际，好奇心极重的郎嘎，在柴房偷偷翻看了扎西包袱。当郎嘎见着满包袱人头骨和小腿骨时，惊得睁大双眼叹道："这可怕的奴隶娃子，弄这么多人骨在身边，他到底想干啥？"

完全出乎扎西预料的是，曲巴头人居然在他气派的大客厅，请自己喝了青稞酒。两碗酒下肚后，曲巴便问扎西："听说，你为帮旺堆土司夺回被敲诈的银子，在玛尼石城同老鹰岩土匪还大战一场，有这事吧？"

扎西见曲巴已知道玛尼石城的事，只好原原本本将事情经过说给曲巴听。曲巴听后沉默一阵说："扎西，你是肩负我部族使命之人，往后绝不能再参加跟我部族无关的争斗。知道吗，子弹没长眼睛，你若有个意外咋办？"

扎西原以为曲巴头人会夸奖他，没想却听到曲巴要他别再参加跟自己部族无关的争斗。扎西想，这是曲巴头人对自己的关心，就点头应承了曲巴的要求。

吃喝一阵后，曲巴装着不经意地问道："扎西，我咋听说你成了巴登掌柜的师父？"

"曲巴老爷，我一个奴隶娃子，哪有做土司大公子的师父资格，是巴登父子一再要求，我才勉强同意的。"

曲巴笑了："嗯，旺堆父子求你扎西，这是好事嘛。这说明，你在玛尼石城一战成就了自己威名。现在，县城和若拉草原，都在盛传你斗匪的英雄事迹哩。"

"回老爷，我扎西当时只是一时义愤，恨土匪欺人太甚，才去帮旺堆父子夺银的。我从没想过什么威名不威名。"

"扎西，照这么说来，旺堆父子都挺感激你咯？"

"是的，头人老爷。当时他们就表示要送我银子，巴登还愿送我茶庄一半股份，让我当茶庄副掌柜。但我想到您交给我的秘密大事，就没答应他们，也没收下一两银子。"

曲巴点点头："你扎西不愧是我卡钦部族汉子。就凭你在玛尼石城用枪打出的威名，说你是旺堆一家恩人一点不为过，一点不为过嘛。"

扎西不好意思起来："曲巴老爷，我扎西帮人，从未想过要做谁的恩人。"

曲巴见跟扎西聊得差不多了，便说："扎西，我们先放下是不是恩人不说，我问你，若你今后去找巴登，我想，他们一家定会盛情款待你吧？"

扎西想了想，点头说："我想应该是的，头人老爷。"

"既如此，扎西，我现在再给你一个新任务，你得去执行。"

扎西一惊，忙问："老爷，啥新任务？"

"去县城住些日子，同巴登建立感情，成为旺堆家的座上客。"

扎西憨厚笑了："哦呀，曲巴老爷，这任务一点不难，我一定会成为巴登家的客人，因为，巴登就希望这样。"

曲巴叮嘱道："你必须给我记住，你得同巴登家每个人都搞好关系，取得他们彻底信任，了解他家将要做的任何大事，然后你就回部族告诉我。那时，我再给你交代要干的大事。"

扎西纳闷地点头说："好的，头人老爷。"

曲巴从柜中取出三十两银子，递给扎西说："扎西，同有钱人打交道，没银子可不成。有时，你也得大方请请客，只有这样，你才能在交往中显得自然平等。"

面对银子，不再犹豫的扎西接过后，又问道："曲巴老爷，您还有别的交代吗？"

"没有了。记住，一月后我要得到你禀告。"

扎西离开曲巴客厅后，没想到，在曲巴暗中授意下，波绒和郎嘎等人，三天两头轮番请扎西喝酒，把扎西灌得一塌糊涂。今天一早扎西才离开柴房，骑马朝县城走去。

自从刀疤脸搬回教堂阁楼后，丹珠已几次回铁匠铺打听扎西消息。泽翁总是笑着摇头告诉丹珠，扎西还没来哩。最后，丹珠只得告诉养父泽翁，说那慷慨的订刀人，现住在教堂，只要扎西一到铁匠铺，就马上告诉她，因为，扎西的结拜兄弟病倒在教堂。

经过十多天的秘密疗伤，刀疤脸身体渐渐康复许多。他除平时偶尔上厕所下楼外，均躺在阁楼要么独自背诵李白饮酒诗，要不就静听教堂里的约翰讲经布道。

由于桑尼跟扎西是亲戚关系，对刀疤脸就格外照顾关心。被感动的刀疤脸曾私下对桑尼说，今后若有机会，他要带桑尼去成都玩玩。每当听到这话，桑尼总是说，一定要把扎西哥也带上。刀疤脸也笑着说，放心，那是自然的啦。

刀疤脸是汉人，他见扎西大年三十都没出现，便有些着急问桑尼："桑尼，今天都大年三十了，咋扎西还没来县城？"

"我也不知呢。我们藏族人不兴过你们汉人的春节。不过，在我们藏历新年前，扎西一定会来看我的。"

"桑尼，丹珠又去铁匠铺问扎西回来了吗？"

"去了。丹珠常去铁匠铺打听消息。放心吧，只要扎西一到县城，我和丹珠就会知道。"

刀疤脸叹道："唉，那就好。桑尼，你知道吗，今天是我们汉人最重要的大年三十之夜，我真有每逢佳节倍思亲的感觉。多日不见我的扎西兄，我心里想得慌啊。"

"剑客大哥，我桑尼又何尝不是如此……"

大年三十风雪之夜，喝得微醺的玉香掀开厚厚棉布门帘，离开酒馆朝不远的逍遥楼妓院走去。

心中憋了一肚子火的玉香怎么也难相信，欠了她银子的刀疤脸，居然敢骗她整整二十来天。赊酒肉时说好七八天后要来酒馆见面的刀疤脸，孤身一人待在这打箭麓县城，既不还老娘钱，也不露面，莫非拿到银子的他躲在妓院厮混？想着就来气的玉香，很快就来到不远的"逍遥楼"。

老鸨秦妈认得"醉一春"酒馆老板娘玉香，忙迎上问道："哎哟，今夜是大年三十，玉香老板娘咋来我这逍遥楼呀，你该不是走错门了吧？"

"秦妈，我没走错门。我是来你这找人的？"玉香仗着有刘县令暗中撑腰，从没把开妓院的秦妈放在眼里。

秦妈拦着玉香，见玉香喝得满脸通红，只好问道："老板娘，那你找谁呀？"其实，秦妈也不怕玉香，她也有常人不知道的保护伞，那就是匪首黄大郎。

玉香答道："我找脸上有刀疤的高个汉子。"

秦妈又问："来我逍遥楼脸上有疤的汉子多了，不知你问的是哪位大神？"

"过去跑马帮的，身上爱佩剑的那位怪人。"

秦妈想了想，说："哦，你问的可是爱喝酒自称是草原剑客的汉子？"

玉香一听，立马来了精神，指了指妓院内说："对呀，他此刻可在里面逍遥？"

秦妈见玉香心里急切，故意卖关子说："玉香老板娘，你为啥要找他呀？"

"他欠我银子，我不找他找谁？"

"哎哟，玉香老板娘，你原来找的是欠烂账的家伙，但，现在……"

玉香见秦妈说了一半没了下文，忙追问说："难道，现在他正在干那事？"

秦妈笑了，摇摇头说："玉香老板娘，那剑客上半年是来过两次，可现在，却没在我逍遥楼里。"

"秦妈，您说的可是真话？"

"你我都是一条街做生意的邻居，我有必要骗你吗？"

玉香见秦妈这样说，反而高兴起来："秦妈，若那汉子来你这，麻烦你派人给我捎个话，行吗？"

"给你捎话可以，但生意人有生意人规矩，你只能在逍遥楼外要账，不得来我这找人还钱。"

"哟哟，秦妈，往后我来逍遥楼，给你请安总行吧？"

"玉香老板娘，你酒馆生意兴隆，哪有时间来我这请安呀。还是我过酒馆来给你请安才是。"碰了软钉子的玉香自觉无趣，只好回头朝自家酒馆走去。玉香刚跨进酒馆，县衙牢狱方向就传来枪声。

快到县城时，扎西竟犹豫起来，不知先去哪更好。

按往常，他会直接去铁匠铺，可现在他已知桑尼在洋教堂，而非要拜他为师的巴登，也盼着他去做客。想了一阵，最后扎西还是选择先去铁匠铺，因为，他嫌教堂说话喝酒不方便，泽翁大叔的铁匠铺暖和随意。至于旺堆土司家，他想若能见着结拜兄弟，等商量后再做决定也不迟。

磨蹭好一阵后，快到午时，骑马的扎西终于来到铁匠铺门前。小尕娃见扎西到来，忙蹿出接过扎西丢来的马缰，将枣红马拴在门旁石墩上。放下铁锤的泽翁取下皮制围腰，朝扎西迎来："扎西德勒，你终于来啦。"

"扎西德勒，泽翁大叔，我想你们哪。"

待扎西进屋后，泽翁对尕娃吩咐："快去洋教堂，告诉丹珠和桑尼，就说扎西来铁匠铺了。"说完，泽翁从柜中取出一两银子，塞在尕娃手里，"给我们买点好吃的回来。"

待尕娃跑出铁匠铺，泽翁又对扎西说："这些日子，你跑哪去了，丹珠已好几次回来打听你消息哩。"

扎西一愣，忙说："丹珠找我？我跟她和教堂没啥联系，找我做啥？"

"扎西，丹珠说有要紧事告诉你。"

"没啥要紧事吧。"扎西突然发现墙上藏刀不见了，忙又问道，"泽翁大叔，我那结拜兄弟把藏刀取走了？"

"取走了，二十天前就取走了。是夜里取走的。走时还送了包牛肉酬谢我。"

"我兄弟走时，没留下什么话？"

"你的结拜兄弟，又不知你认识我，他能留什么话。"

扎西笑了，拍拍自己脑袋说："果真如此，我还没告诉他，我和铁匠铺之间的关系哩。"

此时，打箭麓异常冷清的街道旁，蹒跚走来一位蓬头垢面、杵着单只拐杖的汉子。汉子端着个残缺破碗，沿街向开着门的店铺乞讨，低沉的乞讨声不时传来："好心的阿爸阿妈、大婶大叔们，可怜可怜我这残疾人吧，求你们给点食物，菩萨会保佑你们的。"

听见乞讨声的泽翁，忙从柜上盆中，掰下一块面饼拿在手中。当乞讨人走到门外时，泽翁走出将面饼放在乞讨人破碗中。乞讨人接过食物，躬身对泽翁说："好人，菩萨会保佑你长命百岁。"说完，乞讨人抬头盯着屋内扎西两眼，又慢慢沿街乞讨而去。

屋内的扎西分明看见，这乞讨人的左袖是空的。扎西不禁叹道："唉，这可怜的叫花子，不仅腿有伤，竟还是个不幸独臂人。"

谁也没想到，该乞讨人不是别人，正是被劫牢救出后消失的土匪蛮尕。昨夜，蛮尕有意没跟黄大郎一伙逃回老鹰岩，就是想留在打箭麓县城。他留下的目的极为简单，为向砍掉他臂膀的旺堆复仇！

不久，丹珠和桑尼跟着尕娃，来到铁匠铺。

桑尼一见扎西，猛扑扎西胸前呜呜哭了起来："扎西哥，你上哪去了，快把我给急死了。"

扎西有些惊诧，忙问道："我没走多久嘛，为啥就急死你了？"

"扎西，你知道吗，出大事了。"

扎西一愣："出啥大事？"

"你的结拜兄弟，两次差点被旺堆土司的大公子打死。"

扎西大惊："桑尼，你是说，我的盗马兄弟？"

桑尼点头说："对，就是脸上有疤的剑客大哥。"

扎西不解："为啥巴登要打我兄弟？"

桑尼摇了摇头。丹珠马上回道："扎西大哥，我们也不太清楚具体原因,好像巴登过去跟剑客大哥有仇。"

一旁的泽翁有些惊讶听着几人对话,不断叹道:"蒂姆,那汉子订制藏刀,不是为防猛兽,原是为对付仇人的。"

着急的扎西一把拉过桑尼,问道:"我的结拜兄弟现在哪?"

桑尼说道:"他受了伤,现躲在教堂阁楼里。"

丹珠补充道:"扎西大哥,你那剑客兄弟好像一直在等你出现。"

"我说他为啥没来魔鬼寨,原是被巴登一伙打伤在教堂里。"说完,扎西忙将叉枪抓在手上。

"扎西哥,你结拜兄弟曾说起同你相约之事。那时,他正病得厉害。他说失约很对不起你。"

扎西提起叉枪朝屋外走去。丹珠忙上前两步,拦住扎西说:"扎西大哥,现在你不能去教堂。"

扎西惊异地问道:"为啥不能?"

丹珠解释道:"你的结拜兄弟,现是秘密躲藏在教堂阁楼的。若你这猎狼人一去,全教堂的人就知此事了。你难道不知,巴登的阿妈央宗跟教堂的人都熟悉,万一她回家告诉巴登,巴登再派人来刺杀他咋办?你知道吗,已无分文的剑客大哥,现在他根本没别的地方可去,眼下教堂,就是他最好的避难所。"

扎西听完,不断叹道:"唉,我的兄弟受苦了受苦了。没想到,我冒死相助的巴登,竟是如此可恶之人。哼,看我今后咋收拾这个坏徒弟。"

桑尼忙把尕娃烧好的酥油茶倒在木碗中,递给扎西说:"扎西哥,别急,先吃点食物再说。"

扎西接过酥油茶向丹珠问道:"丹珠,我多久见我兄弟合适?"

"今晚,我就安排你俩相见。"

扎西听后,仰脖一口将碗中酥油茶喝尽……

呜呜寒风,宛若一群康巴藏地的流浪歌手,掠过若拉草原。

天黑后不到一个时辰,扎西按丹珠安排,背着包袱来到洋教堂大门外。扎西见四下无人,便叩响教堂大门。很快丹珠就将大门打开,扎西闪进教堂,随丹珠匆匆来到桑尼房间。

早等候在此的刀疤脸见扎西进来，忙迎上紧紧握住扎西手说："扎西兄，你让我等得好苦哇。"

扎西很快同刀疤脸拥抱在一块。稍后，扎西放开刀疤脸说："剑客兄弟，你受苦啦。真没想到，你这么壮实汉子，竟然病倒在这，还被巴登一伙打伤。唉，为兄有愧哪。"

丹珠见扎西和刀疤脸说话压不住声音，忙"嘘"了一声，用手指提示二人小点声。随后，丹珠和桑尼拿出下午买回的三瓶茅台烧春和卤牛肉、血肠、牛肝等食物，几人围在火炉边就喝起酒来。

吃喝一阵后，扎西要刀疤脸脱下靴子，他要看看兄弟的脚趾伤得咋样。刀疤脸笑道："哎，区区小伤，早就治得差不多了。今天是大年初一，我们说点开心的。至于我同巴登的恩怨情仇，改日再同扎西兄细聊，咋样？"

丹珠忙附和说："对对，今天过节，别说那些伤心事，大家说点高兴的，我代表上帝祝大家春节快乐平安。"

见屋内气氛好了许多，刀疤脸提议说："今天既然是我们汉人的春节，我就得先敬大家一碗。"随即，刀疤脸率先将碗端起，对扎西说，"时值春节之际，为兄在上，请允兄弟我敬上一碗。"说完，刀疤脸将酒喝干。

很快，刀疤脸又端起斟满的酒碗，对丹珠和桑尼说："二位妹妹，在我有难流落江湖之际，是你俩救了我。大恩不言谢。对你俩的大恩大德，我今生定当以命相报。"说完，眼眶湿润的刀疤脸又仰头将碗中酒倒进嘴里。

丹珠和桑尼看看有些动情的刀疤脸，也慢慢将碗中酒喝下。

扎西见屋内缺少欢乐，便说："你们不是说，要说点高兴事嘛，那么，我就先来说点挣银子的高兴事，咋样？"随即，扎西转身将包袱提在自己身前，然后指着包袱问刀疤脸："兄弟，你猜猜，我给你寻了个啥样的好买卖？"

刀疤脸盯着黑色包袱，摇头说："我哪知是啥买卖。"

桑尼好奇地拿过酥油灯，照着包袱说："扎西哥，快打开看看，我可想知道是啥买卖，指不定，今后我也可学学哩。"

扎西笑了笑，猛地将包袱打开。

桑尼见包袱显露出人头骷髅，"啊"的一声大叫，酥油灯立马掉落在地。黑暗中，丹珠惊恐问道："扎——扎西大哥，你弄这么多人骨，想做——做啥买卖呀？"

刀疤脸迅速将酥油灯捡起，又将油灯在炉上点燃。随后，刀疤脸问扎西说："扎西兄，我还真想知道，你弄这些人骨，想做啥生意？"

看着疑虑重重的三人，扎西又将包袱仔细捆好，然后将人骨换银计划详细说了一遍。扎西刚一说完，刀疤脸就哈哈大笑说："扎西兄，看来，你确实不是做生意的料。你知道吗，做此等买卖，你干上三年也挣不了二十两银子。"

扎西惊诧反问："你咋知三年也挣不了二十两银子？"

刀疤脸有些得意地说："扎西兄，一年前，我就在法轮寺了解过此事。有些僧人挑选上百件人骨回寺庙，最后能选做法器的，也不过一两件而已。即使能选用上的人骨，每件收入也不会超过一两银子。你是知道的，藏地大多实行天葬，人骨极为稀少。若要做这样的人骨买卖，你我只有喝西北风饿死。"

扎西听完，彻底愣了。稍后，扎西摇头叹道："哎呀，剑客兄弟说得对，我扎西不是做生意的料。但，不管咋样，我仍希望你今后有个正经营生，再别去干盗马的事了。"

刀疤脸将手一拱，认真说："扎西兄的美意我领了。请大家放心，我已有个发财好计划，今夜趁你们几位都在这，我不妨说给大家听听，让你们也对我未来充满信心。"于是，刀疤脸将在老鹰岩发现乾隆爷用过的精美酒器讲出，并说出如何夺回这价值上万两银子的酒器计划。最后，刀疤脸得意地对三人说："你们说说看，我这计划若能实现，大家不都能过上好日子吗？"

三人听后都惊呆了，你看看我，我看看你，谁也不知说啥好。或许，在他们人生辞典里，就从没有过"发财"二字。

良久，扎西问道："兄弟，你对夺回值钱酒器，有把握吗？"

刀疤脸说："只要我能潜入老鹰岩洞中，就能夺回我们马帮曾经的酒器。"

"兄弟，若能夺回酒器，我愿助你一臂之力。"

"到时，一定请兄相助。"

刀疤脸见丹珠和桑尼听得入迷，又不想她俩再听后面谈话，就找理由说："二位好妹妹，子时已过，你们去睡吧，明天我们再接着聊。"

扎西很快明白刀疤脸意思，也催丹珠和桑尼快走。

丹珠二人拗不过扎西和刀疤脸，只好不舍地离开房间。

寒流肆虐的夜晚，扎西和刀疤脸愉快地喝着烈酒，兄弟般情谊随加速流动的血液温暖着漫漫冬夜，滋润着苍凉人世的干涸心田。

不时碰响的酒碗声中，扎西和刀疤脸诉说了各自的分别经历。当刀疤脸听完扎西参加石城大战为巴登家夺银时，刀疤脸说扎西太轻率，为一个从不认识的人去拼命不值。扎西解释说，无论谁被土匪敲诈勒索，他都要同土匪对着干。最遭刀疤脸嘲笑的是，扎西竟然还答应做巴登师父。刀疤脸一针见血指出，这是巴登父子想利用扎西，今后好做他们不花钱的保护伞。

刀疤脸也跟扎西讲了，他躲在法轮寺疗伤和同铁棒喇嘛大战的故事，又讲了他躲进教堂、被桑尼发现后巴登一伙来抓他的经过。扎西听完疑惑问道："兄弟，你为啥要躲在这地方，不去住旅店？"

刀疤脸叹道："扎西兄，你忘啦，我身无分文咋去住旅店？这打箭鑪只有醉一春酒馆老板娘肯赊点酒肉给我，除此之外，没一家敢赊东西给我这异乡人。"

"如此说来，你还欠了酒馆老板娘银子？"

"唉，扎西兄，不瞒你说，我不光欠了酒馆银子，我还欠了教堂饭钱哩。"

扎西从怀中掏出二十两银子，放在刀疤脸面前说："兄弟，这银子拿去还账，够不？"

刀疤脸拿起银子在手中掂了掂，说："够了，但我很想知道，你这么多银子从哪来的？"

"曲巴头人交给我一个新任务，这是执行新任务的活动经费。"

刀疤脸一惊："新任务？啥任务，难道比刺杀贡布头人还重要？"

"冬天要刺杀贡布头人谈何容易，这曲巴头人也清楚。"

"扎西兄,我再劝你一次,你千万别去刺杀贡布头人。贡布一死,你的死期也就到了。曲巴绝不会让一个知道他秘密的人活在人间。这一点,你一定要相信我的判断。"

扎西想了想,点头说:"你说得有理。兄弟,我听你的,今后就是有刺杀机会,我也不杀贡布了。"

"扎西兄,你还没讲曲巴的新任务哩。"

"我听曲巴头人说,前些日子旺堆土司去了趟我们部族。曲巴老爷已知旺堆土司把茶庄交给了巴登。不知咋的,曲巴头人好像对旺堆家特别感兴趣。当曲巴知道巴登拜我为师后,就要我主动去接近巴登一家。"

刀疤脸沉思一阵说:"这就怪了,你一个奴隶娃子,曲巴头人为啥要你去接近巴登一家。"

"因为我是巴登师父,又帮旺堆土司大战玛尼石城。曲巴认为我去接近方便些吧。"

刀疤脸摇摇头说:"我看,问题没那么简单。"

突然,扎西放下酒碗说:"我想起来了,曲巴头人还说过,他要旺堆土司帮他买快枪,还给了几百两银子给旺堆去疏通关系。我看,好像曲巴心里有些不踏实。"

刀疤脸一惊:"真的?"

"当然是真的。当时我酒喝得有点多,但这些话却没忘。"

刀疤脸将手往扎西肩头一拍,高兴说道:"扎西兄,若你说的是真的,那我俩的发财机会就来啦。"

扎西极为不解:"啥发财机会来了?"

刀疤脸:"天快亮了,走,上阁楼去,我再仔细给你分析,我俩下一步的发财计划……"

第十二章

猎狼人酒馆救难,老板娘情欲高涨

延绵起伏的皑皑雪山,耸立天穹之下。若拉草原一派素裹银装,迎接即将到来的藏历新年。

法轮寺大雄宝殿内,法鼓声声众僧云集。

高大的释迦牟尼佛像下,喜喇大活佛坐在法椅上,清了清嗓子说:"弟子们,前几天我为你们介绍了宗喀巴大师的佛学体系,大家要记住,这个体系是在总结大乘佛教发展过程中,经过许多具有学修证悟的大成就者们完成的。它完全符合佛陀教义。今后,我与你们仍将在不断学习中,去精进开悟发扬光大。

"昨天,洋教堂的约翰牧师和他助手丹珠,来我法轮寺拜望我时,问了我一个普通问题。我认为,这问题我有必要今天在此重讲一遍。不久后,你们有的人将回自己父母身边去过藏历新年,那时,你们每个人都有责任和义务向他们做出讲解。

"这是啥问题呢?约翰牧师问我什么是'六字真言'。我对牧师说,'六字真言'就是观音六字大明神咒。它以几个音节组成,念作'唵、嘛、呢、叭、咪、吽'。弟子们,你们要记住,这六个音节分别代表五部心义。'唵'代表佛部心,'嘛呢'代表宝部心,'叭咪'代表莲花部心,'吽'代表金刚部心。合这四部心而成清净不染如莲花之事业,即羯磨部心,所以说,此六字真言总括为五部心义。

"为啥在我们藏地,能到处看到六字真言字迹,无论是山崖还是玛尼石上,无论是风马旗、经幡,还是我们手拿的转经筒上,无论是我们房中还是屋顶,六字真言都无处不在。因为,我们常念的六字真言,有聚齐一切功德,有离习欲、除烦恼、去我执、悟真如、生欢喜、证净果之功效。因此,我们藏传佛教徒认为,六字真言是我们的'真宝言'。常念它可免入地狱，死后助我们升入极乐世界。无论出家人和未出家人，六字真言均具有不朽的神奇作用！"

喜喇活佛话音刚落，智空管家就走到活佛身边，低声说："尊敬的大活佛，县上旺堆土司给我们送供养物品来了，您看……"

喜喇活佛："你让旺堆土司在茶室稍候，我马上就到。"

钦嘎热赶着马车，终于来到法轮寺大门外。

已翻身下马的旺堆、巴登、小秋哥和曲珍四人，在智空管家带领下朝寺庙客室走去。背着画夹的曲珍刚跨进大门，就对管家说："智空管家，那我去画室啦？"

"去吧曲珍，两名画师已在画室候你了。"随即，曲珍跟她阿爸打过招呼，就朝不远的唐卡画室跑去。

法轮寺墙外，乱发遮面的蛮尕气喘吁吁朝钦嘎热守着的马车张望。稍后，腿脚灵活的蛮尕握住拐杖，又麻利朝法轮寺后面躲去。

不久，走出的旺堆同活佛来到门外马车旁。旺堆指着车上物品对活佛说："尊敬的大活佛，藏历新年将到，我旺堆给寺庙捐赠点酥油和青稞面粉，以表我这供养人虔诚之心。"说完，旺堆就叫小秋哥和钦嘎热卸下物品。很快，在智空管家带领下，巴登、小秋哥和钦嘎热提着捐赠物品朝寺内走去。

活佛邀请旺堆去客室用茶。旺堆说他今天事多，待年后择日再来拜望大活佛。不久，巴登三人出来后，旺堆就拱手向喜喇活佛道别。

旺堆拜托道："大活佛，我女儿曲珍在法轮寺学画唐卡一事，还望您多多费心。"

"尊敬的旺堆土司，请放心，我已安排好两位画师教授曲珍学画唐卡。大冬天的，她不必每天来寺庙，隔天来一次就行。下午曲珍回家时，我会安排铁棒喇嘛护送。你是我法轮寺多年的供养人，这点小事我会尽心办妥，请放心便是。"

"谢谢大活佛，再见。"说完，旺堆一行很快骑马离开了法轮寺。

喜喇活佛刚转身进入寺内，远处的蛮尕又探出头来，朝旺堆儿人远去的背影咬牙挥了挥拳头……

大年初二的黎明，扎西跟着刀疤脸爬上了教堂阁楼。

扎西扫视黑暗的狭小空间后，说："兄弟，我要是住在这，早就被逼出病来。"

"扎西兄，这虽没草原宽阔，你知道吗，对我这有伤病的人来说，安全就行，"随即，两人斜躺毯上，又喝起酒来。

扎西忙问："兄弟，你快说说，我俩下一步有啥发财机会？"

"扎西兄，在我告诉你发财计划前，你先回答我几个问题，行吗？"

"行。只要我知道的，都告诉你。"

"巴登刚一接手茶庄，就被土匪绑票勒索，是吧？"

"好像是这样。"扎西点了点头。

"在玛尼石城时，土匪们抢走旺堆家一箱银子，对不对？"

扎西又点点头："对，我亲眼见到土匪抢了旺堆家银子，但具体数额我不清楚。"

"具体数额不重要，我想，一大箱银子不会少。现在，曲巴头人想利用旺堆在成都有关系的优势，为自己部族买快枪，对不？"

"对。"

"两年前，曲巴的卡钦部族同贡布部族发生过打冤家战争，曲巴头人吃了大亏，对吗？"

"是的，那次部族战争我也参加了，我还差点被贡布家丁捉了去。"

刀疤脸猛喝口酒，将一节血肠慢慢咽下，说："扎西兄，如果这几点都是真实的，我就可做出如下判断：一是旺堆被土匪敲诈了不少银子；二是曲巴在部族战争中吃了大亏；三是曲巴想买新式快枪，重新武装家丁队伍；四是曲巴跟外界没啥联系，买枪就得依靠旺堆土司。咋样，你同意我的分析吗？"

扎西点头说："对呀，兄弟分析有理，可这跟我俩发财梦想，有啥关系？"

刀疤脸有些得意起来，说："扎西兄，你想想看，此时的你，既是曲巴头人想利用的猎狼人，又是巴登师父旺堆家恩人。我想，你只要同他们保持紧密联系，我们不发财都难。"

天已开始放亮，窗外不时响起凄凉的鸦叫声。

扎西看着刀疤脸，想了想说："我的剑客兄弟，莫非你那花花肠子里，又有啥好主意啦？"

刀疤脸笑了："我的扎西兄，你信我的分析吗？"

"兄弟，你有文化，懂事理，见的世面比我多，脑子又灵活，我不信你信谁？"

刀疤脸将奶渣往嘴里一丢，嚼了嚼说："那是当然。天生我材必有用，只要你信我，按我的计划办，发财对你我来说，就是易如反掌之事。"

扎西有些不耐烦起来："唉，兄弟，你到底有啥好计划就说呗，磨磨叽叽干啥？"

"好，请兄听着。第一，你必须尽快去巴登家，看看他们对你态度有无变化；第二，他们若不提起我的事，你就装着不知，若提起，你就装老好人，劝他们息事宁人；第三，如有重要消息，你立即来教堂找我，我俩商量后再采取行动。"

"兄弟，曲巴头人那咋办？"

"过完藏历新年再说，现在别管他。"

"若旺堆土司要我跟他去成都买枪，去吗？"

"去呀，这样的好事不去白不去。"

"但我不想离开若拉草原。"

刀疤脸一惊："为啥？"

"我要为卓玛和梅朵报仇。离开这后，我就没法杀狼。"

刀疤脸想了想，说："扎西兄，若旺堆非要你去成都为他买枪当保镖，我认为你就非去不可。因为，这说明旺堆一家真正信任你。我已想好，若你走了，我就去草原替你杀狼。"

扎西惊喜说："真的？兄弟，只要你帮我杀狼，那我就去！"

"君子一言，驷马难追。我说话一定算数。"

扎西突然问道："兄弟，若真像你说的，我俩要是发了财，今后你想做啥？"

"我想去拉萨八廓街，寻找两年前我见过的一位卖檀香的姑娘，我想把她娶回老家成都，让她陪伴我父母生活。"

"还有呢,难道你就只有这个愿望?"

刀疤脸笑了:"扎西兄,我还想在若拉草原找个姑娘安家,看来,我今生已爱上这了,还有你扎西兄在这嘛。"

"兄弟,你的理想不错,我也有两个愿望。"

"是发财后的愿望?"

扎西点头说:"对。我想用银子雇人买点木材砖石,替魔鬼寨麻疯病人盖几间像样的房屋,让他们少受点冻少挨点饿。第二,我想在天葬师尼玛的石屋旁,再修建一间石屋,等我杀光草原狼后,我就去陪伴尼玛大叔。我想今后接替尼玛天葬师工作。把人的灵魂送往天国,这该是件多有意思的事啊。若还能剩点银子,我就全捐给法轮寺。"

"嗯,第一个愿望不错,第二个愿望我反对。你想想看,既然我今生要留在若拉草原,你我两兄弟应该做邻居嘛。你再娶个女人,我俩常在一块喝酒多痛快。闲时,我俩可驰骋草原去打猎。那日子该有多美,想着我都觉得幸福,真的。"

扎西笑了,叹道:"蒂姆,兄弟说得对,我俩应该做邻居,更应该生活在一块。你看看,我现已习惯喝烈酒啦。"说完,扎西仰脖又将烈酒倒在嘴里。

刀疤脸高兴地打了个响指,自豪说:"扎西兄,只要有你我兄弟联手,这若拉草原的风雪,都没那么厉害喽……"

大年初二晚上,卓玛收拾完厨房后,回到自己房间,对着燃起的酥油灯,双手合十念起六字真言来。

这些天,由于受黄大郎一伙对春节热闹气氛的影响,加之藏历新年也一天天临近,此时的卓玛,就更加思念起扎西和小梅朵来。今晚,她又一次产生了逃跑念头。

就在卓玛被抓进老鹰岩后,戴上脚镣的脚踝很快开始红肿溃烂。三寸丁见卓玛流泪哭泣,就动了恻隐之心劝黄大郎去掉卓玛的脚镣。黄大郎不想使三寸丁难堪,便同意了三寸丁要求。

子夜刚过,做好逃跑准备的卓玛悄悄朝大殿摸去,因为,要下山就必须通过大殿才能走出洞口。大殿内,两盆炭火熊熊燃着,土匪们围在桌边,正热闹着你吃我喝地赌钱。另外,还有几个土匪围在火盆边喝酒。卓玛见黄大郎和泽木剌不在大殿,想了想,就躲在暗影里偷偷朝洞口摸去。

来到寒气逼人的洞外,卓玛长长吐了口气。她做梦也没想到,居然没人注意到她。难道,真是菩萨保佑我今夜就能逃出匪巢?想到这,卓玛回头看看无人跟来,就快步沿小道朝山下匆匆走去。

刚转过山石,突然,手持飞镖的三寸丁跳出,拦住卓玛喝问:"卓玛,你上哪去?"

被吓得双腿打颤的卓玛,一看是三寸丁,哆嗦着说:"三——三头领,我——我听见女儿梅朵在喊我,我想去——去看看她。"

三寸丁哼了一声,咬牙说:"你女儿喊你?你给我接着忽悠。妈的,你想逃跑是吧?当初我可怜你,才让我大哥给你取了脚镣。没想到,你还真是个不识好歹的东西。"说完,三寸丁就举起手中飞镖。

卓玛知道三寸丁厉害,吓得扑通给三寸丁跪下,叩头说:"三头领,你行行好,千万别杀我。我女儿离不开我哪。"说完,卓玛就呜呜抹起泪来。

其实,三寸丁举镖是吓唬卓玛的。三寸丁虽有武功,打架斗狠也是硬角色,但三寸丁对女人却有同情心。看着给他跪下又不断哭泣的卓玛,三寸丁说:"卓玛,算你运气好,今夜要是换了别人巡夜,抓住你这想逃之人,我想你定是活不到明天的。给我回去,乖乖的把伙食给我们搞好,别再动想逃的歪脑筋。"

"好好,我回去我回去,我再也不敢逃了。"

"老实告诉你,我们在老鹰岩四处都布有暗哨,别说是你,就是野狐狸也休想从我们眼皮下逃过。"随后,卓玛耷拉着头,又悄悄返回自己房间。庆幸的是,三寸丁居然没把此事禀告黄大郎。

确定铁匠铺和教堂为联络点后,大年初四上午,在刀疤脸一再催促下,扎西才离开教堂去旺堆家碉楼大院。敲开门后,当钦嘎热第一眼见到背着叉枪的扎西时,惊得张大嘴巴"啊"的大叫一声,然后回头朝碉楼高喊:"巴登掌柜,你师父来啦!"

很快,小秋哥蹿出杂物间,也朝大门跑来。接着,巴登、旺堆、央宗和曲珍也来到院中。众人欢呼着把扎西迎进客厅。

旺堆忙吩咐小秋哥给扎西端上酥油茶，然后高兴地说："扎西英雄，我们全家终于盼到你来做客啦。"

巴登忙从小秋哥手中夺过酥油茶，然后恭敬端到扎西跟前说："尊敬的师父，请受徒弟一拜。"说着，单腿跪下的巴登就将酥油茶呈在扎西面前。

"别客气，我来县城看看桑尼，顺便来拜望你们。"随即，扎西接过银碗，礼节性喝了口酥油茶。

旺堆拉过曲珍向扎西介绍道："扎西，这是我小女曲珍，她听说你在玛尼石城大战土匪壮举后，就一直嚷着想见见你这大英雄哩。"腼腆的曲珍看看扎西，然后将腰一躬说："扎西德勒。"

扎西看着漂亮曲珍，也高兴回道："扎西德勒。"

待众人分别在客厅坐下后，央宗忙吩咐女佣去准备午餐。

当女佣将手抓羊肉、烤牛排和几样野味端到客厅时，食欲大增的扎西向旺堆问道："旺堆土司，您家有烈酒吗？"

旺堆忙问："有呀，扎西客人，不知你想喝哪种烈酒？"

"有茅台烧春就行。"

旺堆立马对巴登吩咐："快去储藏室取三瓶茅台烧春来。"

巴登拿来酒后，扎西叫巴登给小秋哥和钦嘎热也倒上烈酒，陪他一块喝。最后，巴登也给自己倒上一碗，说是要好好陪陪自己师父。众人在说笑声中，一面喝酒一面用刀切割自己想吃的牛羊肉和野味，一直吃到日落雪山。

喝了八碗青稞酒的旺堆，见扎西整整喝了两瓶茅台烧春，而且还头脑清醒地跟大家说笑，心里不免暗暗吃惊。在旺堆心里，习惯喝青稞酒的藏族人，能喝一瓶烈酒就算厉害了，咋这扎西居然喝了两瓶，还一点没醉意！

当夜，巴登为表示对师父的敬意，就把扎西请到自己房间住下。彻夜长聊中，巴登将振兴茶庄计划和要帮曲巴头人购枪之事一一说出。扎西装着不经意，却在心中暗暗记下重点和关键环节。最后，巴登再次邀请扎西加入到他宏伟的发财计划中来,并发誓保证分给师父三成利润。

心中暗喜的扎西,见巴登仍如此需要和信任自己,便装着无所谓说:"巴登哪,我扎西并不是看重利益的人。现你确有困难,师父我决不会袖手旁观坐视不管。但我在帮你之前,有个要求,就是你在每次重大行动前,必须先知会我一声。一是为你权衡利弊,二是你得给我时间准备。因为,杀狼还要占去我很多时间,望你理解师父难处。"

巴登见扎西有帮他之意,立即对扎西说:"师父,我巴登的家就是您的家,只要您今后来县城就住我这。您放心,我阿爸阿妈都会高兴的。"在巴登心中,名震若拉草原的猎狼人能在他家住下,那该是多么值得荣耀的事啊!

最后,扎西见巴登一直不提刀疤脸的事,早已忍不住的扎西问道:"巴登,我听桑尼说,你带伙计在洋教堂打了我结拜兄弟?"

巴登眼珠一转,想了想说:"师父,此事说来有些误会。原来是桑尼她们上门来求我去教堂抓贼的,没想到,躲藏在教堂的竟是师父的结拜之人。"

"不是结拜之人,是我结拜兄弟。"

"徒弟知道了。"

"我还听说,你手下伙计还去暗杀过他。"

"师父,这是我手下伙计背着我干的,我已将那混蛋开除了茶庄。"

"巴登,莫说一个伙计去暗害我兄弟,就是去三个也是白白送死。我现在提醒你,今后不许再去找我兄弟麻烦,否则,你全家都有性命之忧。"

"师父,我已领教过那人厉害。我向您保证,今后决不敢再去找师叔麻烦,但不知他会不会来找我算账?"

"放心吧,师父我一句话就搞定,让他今后不得找你麻烦。你要给我记住,你那剑客师叔是比我厉害许多的汉人,今后你若得他帮助,春风茶庄何愁没有振兴那天!"

巴登听完,惊喜道:"师父,真的?!"

七天后,在春风茶庄喝了近一个时辰酥油茶的扎西,趁巴登率伙计去卡钦部族收取皮货时,悄悄去了教堂。

阁楼里，扎西向刀疤脸讲了他已顺利入住旺堆家碉楼的事。

刀疤脸有些不以为然地说："这有啥，完全是意料中的结果，没一点悬念。"

"兄弟，别忙，我要说的事还多。"随后，扎西将春风茶庄要入股肖志雄马帮，要用快枪武装茶庄伙计，以及贩卖鸦片、枪支和武器押运货物等秘密告诉了刀疤脸。

听完后，极有兴趣的刀疤脸起身问道："咋的，巴登没提曲巴要买快枪一事？"

"兄弟急啥，你容我一件件说呗，要是说漏了咋办？"于是，扎西又慢慢回忆着告诉刀疤脸，开春后旺堆要去成都购枪一事。扎西还补充说，其实，曲巴不买枪旺堆也要去雅安和成都，因为他们有武装茶庄伙计的计划，去买枪是必须的。

刀疤脸分析道："旺堆父子做的是顺水人情，我看，这次买枪过程中，旺堆不仅要节省银子，还会大赚曲巴一笔。"

扎西异常疑惑，问道："兄弟，帮忙就帮忙，旺堆咋会赚他老友曲巴银子？你这是自己主观猜测吧。"

刀疤脸解释道："扎西兄，你根本不懂商人。旺堆虽是土司，但他更是多年的茶庄掌柜。像旺堆父子那种爱钱如命的人，购枪之后，他不从中加价卖给曲巴头人，我把脑袋输给你。"

扎西大惊："真的？你就如此肯定？"

"扎西兄，你别吃惊，今后结果自会告诉你，我的判断是否正确。"

"好，既然兄弟这么自信，那今后我真得留意枪支进价和卖价是多少。若你判断正确，往后啥大事我就听你的。"

刀疤脸笑了笑，又问道："扎西兄，那土司儿子没提暗杀我的事？"

"兄弟，他在我面前敢提吗？是我逼问的。他说是他手下背着他干的，他已将那人开除了。"

刀疤脸冷笑说："哼，背着他干的？这真是坟坝头撒花椒面——麻鬼。他伙计没他指使，敢拿枪来杀我？难道你也信他屁话？"

"兄弟，信与不信都是过去的事了，只要他今后对你不敢再动歪脑筋就行，对吧？"

刀疤脸抓过身边快枪说:"只要他巴登再敢对老子动邪念,我就一枪打爆他脑袋!"

"兄弟放心,我不仅警告了他,我还提醒他说,你是比我厉害许多的汉子,今后若能得到师叔帮助,你的茶庄何愁不能振兴!"

刀疤脸一惊:"你这样说后,他如何反应?"

"兄弟,我看出,只要巴登想振兴茶庄赚银子,其他事他都可让步妥协。"

"既如此,今晚你回他家后,可暗示巴登,就说你已说服了我。或许今后我可助他入股肖志雄马帮,甚至还可帮他武装贩卖鸦片赚大钱。"

扎西有些纳闷,问道:"兄弟,你给我说实话,难道你真愿帮巴登?"

"扎西兄,我并非愿帮巴登,但我必须帮我曾经的师父肖志雄。我不想损害巴登利益,但我更不愿我师父重新组建的马帮毁在巴登手上。我介入马帮,或许对他们双方都有好处。"其实,刀疤脸在说此话时,他已想好如何在其中赚钱的办法,只是他还暂时不愿对扎西讲,他怕扎西误将他的手段看成阴谋。确实,刀疤脸具有超越常人的心机和商业头脑。

黄昏,当扎西和刀疤脸喝完酒后,刀疤脸把快枪递给扎西说:"为表示我同巴登和好的诚意,你把这支快枪给他带回去。"

扎西笑了:"是呀,我兄弟真是有肚量的汉子。有你这归还的快枪做证,有我扎西担保,何愁未来重组的马帮没你股份。"说完,扎西提着快枪下楼,跟桑尼告别后,就悄悄离开了教堂。

"雪山雄鹰"大旗,呼啦啦飞扬在老鹰岩上空。

烟雾缭绕的室内,黄大郎同泽木刺和三寸丁,正密谋藏历新年的抢劫方案。

黄大郎说:"我们研究半天,最后还是将顺货对象锁定在三处。你俩看看,是去卡钦部族,还是到萨嘎部族或旺堆土司大院?日他娘的,今天必须确定下手对象才行。"

三寸丁说:"大哥,这样吧,我们仍不打无把握之仗。我们分头再对这三处进行侦察摸底,最迟明晚做出决定,如何?"

黄大郎问:"老三,这天寒地冻的,派谁去摸底?"

三寸丁答:"我独自去萨嘎部族,秃子去卡钦部族,二哥带黑四去县城,您看如何?"

泽木剌附和着:"大哥,老三说得有理,侦察摸底后再定顺货目标,这样胜算更大些。"

黄大郎说:"若明晚要做最后决定,萨嘎部族较远,老三,你今天动身才行。"

"大哥,我辛苦点不算啥,只要为山寨兴盛,就是赴汤蹈火我也在所不辞!"说完,三寸丁就离开了房间。

黄大郎对泽木剌交代说:"你化装到县城后,还是先去逍遥楼秦妈那探探消息。千万注意安全,不能再出岔子了。我们人手不多,更要爱惜兄弟们性命。"

很快,离开洞中大殿的三寸丁、泽木剌和秃子几人,就分别匆匆下山骑马,朝各自要去的目标奔去。

扎西刚离开教堂阁楼,刀疤脸起身活动筋骨后,便透过窗户往外望去。夜色中,灯笼晃动宛若硕大的红色飞蛾,在打箭麓街道两旁扑闪着翅膀。灯笼透出的朦胧光影似乎在召唤,召唤久违了酒馆生活的异乡人刀疤脸。

刀疤脸从怀中掏出银子掂了掂,自语道:"唉,玉香大姐赊给我的酒肉钱,是该还她了,真没想到,法轮寺一战,躲进教堂又挨了枪子,时间耽误久喽。今夜,我无论如何也得见见玉香大姐了。"

随即,刀疤脸从楼板抓起藏刀,又自信地说:"王剑客啊王剑客,你还磨蹭啥呢?大诗人李白早就说过,'仰天大笑出门去,我辈岂是蓬蒿人'。"说完,刀疤脸毅然揭开楼盖板,沿楼梯朝下走去。

不久,刀疤脸掀开酒馆门帘,悄悄钻了进去。

刀疤脸见酒馆内只有两桌汉子在喝酒说笑,便选了靠窗桌子坐下。跑堂伙计见刀疤脸是老熟人,忙迎上问道:"大哥,你来点啥?"

刀疤脸以为玉香在厨房,故意提高嗓门说:"先给我来三斤手抓羊肉和两斤血肠,外加一碟油酥花生米。"

伙计又问:"大哥,你要酒吗?"

"我为酒而来,酒咋能少呢。给我先来两斤茅台烧春。"

刀疤脸回答伙计后,突然从厨房跑出一名戴白帽的厨师,在跑堂伙计耳边一阵嘀咕。会意的跑堂伙计忙将一斤白酒和一碟花生米端上,白帽厨师趁机溜出酒馆。

喝了一阵酒,刀疤脸见跑堂伙计不停给另两桌客人端菜上酒,等得火起的刀疤脸将桌一拍,大声喝问:"跑堂的,老子要的手抓羊肉和血肠呢?"

伙计吓得语无伦次回道:"大——大哥,厨房师父忙不过来,你别急,快来了。"

刀疤脸起身指着跑堂伙计说:"放你妈的屁,你以为老子没带银子是吧,故意不给我上菜!"说完,刀疤脸掏出一锭银子往桌上一拍。

由于声响太大,顿时把隔壁那桌一喝得醉醺醺汉子手中的酒碗惊落在地。有些气恼的汉子离开木桌,摇摇晃晃朝刀疤脸走来。

醉汉走到刀疤脸身边,看了看桌上银子,然后歪着脑袋朝刀疤脸喷了口酒气,说:"你——你有银子是吧?大爷我——我的银子不比你少!"随即,那汉子就从怀中掏出一锭大银,往桌上一拍说,"你——你给我看看,是你的银子多,还——还是爷的银子多。"

刀疤脸见又围来几名藏族汉子,警惕地从桌上抓起藏刀。醉汉一见刀疤脸抓刀,便用发红的双眼瞪着刀疤脸说:"咋的,莫非你——你这汉人,还敢在——在我康巴汉子面前动刀?"立马,醉汉哗地抽出腰间藏刀,挥刀就朝刀疤脸砍来。

刀疤脸侧身一闪,让过劈下的藏刀,然后用手中刀背朝醉汉手腕击去,只听当的一声,醉汉手中藏刀就被击落在地。醉汉哪肯放过刀疤脸,猛地将头一埋,蹿上就想将刀疤脸拦腰抱住。其余汉子也吼叫着,挥刀朝刀疤脸围来。

手身敏捷的刀疤脸顺势一拖,就把醉汉拖得直朝墙上撞去。只听咚的一声,那醉汉撞得头破血流却将地上藏刀又抓在手中,然后摇摇晃晃挣扎站起。刀疤脸见几个汉子逼来,立即纵身一跳,站在桌上说:"各位大哥,你们休得无理。"随后,刀疤脸指着满脸是血的醉汉说,"是他先挑起事端，我是被迫自卫。"

"去你妈的王八蛋，兄弟们，给我把这汉子砍了！"另一汉子说完，挥刀就朝刀疤脸砍来。气极的刀疤脸哪肯败在这帮家伙手里，挥动呼呼作响的藏刀，开始疯狂反击。

刀疤脸在桌上灵活躲闪腾挪劈砍。众藏族汉子见无法靠近身手不凡的刀疤脸，气得围着刀疤脸哇哇乱叫。醉汉似乎清醒了些，趁刀疤脸转身劈砍时，举刀就朝刀疤脸掷去。刀疤脸听见背后风声，回身一刀就将醉汉掷来的藏刀劈成两段。

霎时，众汉被惊得倒退几步，举刀愣愣盯着桌上的亡命徒刀疤脸。

醉汉甩了甩满脸是血的脑袋，指着刀疤脸说："你——你这家伙的刀，利——利害是吧，难道有我的枪厉害？"说完醉汉返身跑回原先喝酒的桌边，从凳上抓起叉枪回身对着桌上的刀疤脸。就在醉汉扣动扳机刹那间，刀疤脸一跃而起，抓住房梁一个收腹动作就翻了上去。

乓的一声，叉枪响后，众汉见没打着刀疤脸，又挥刀大声吼叫，要刀疤脸下来。还有汉子抓起酒瓶朝刀疤脸甩去。万分危急时刻，来酒馆吃宵夜的扎西和巴登几人，听见酒馆里的吼叫声后，就匆匆走进酒馆。

房梁上的刀疤脸见扎西出现，立即高喊："扎西兄，我在这哪。"扎西循声望去，终于看见躲在房梁的刀疤脸。

这时，重新装好铁砂的醉汉，又朝刀疤脸举起叉枪。扎西见此情景，快步冲上飞起一脚将叉枪踢飞，然后一拳把醉汉打翻在地。其余汉子见扎西打翻他们同伴，吼叫着举刀又朝扎西砍来。

扎西立马取下背上叉枪，用枪托一阵疯狂横扫竖砸。巴登见对方七八个汉子围攻扎西，立马用快枪朝一汉子腿上打去。刀疤脸见对方汉子倒地，趁机跳下地，将刀架在一高大壮汉脖子上说："你们是哪的，为啥这么蛮不讲礼？"

就在众人将目光集中在刀疤脸身上时，谁也没想到，从桌下悄悄爬出一汉子，突然从怀中掏出新式短枪，抵着巴登脑袋对刀疤脸说："你给我把刀放下，不然，我就一枪崩了他！"

被枪抵头的巴登大惊，举着的快枪慢慢从手中滑落。

刀疤脸盯着拿短枪的汉子，藏刀并没从高大汉子脖子拿开。

扎西见势不妙，忙放下手中叉枪对刀疤脸说："兄弟，照这位朋友说的做，放下你手中的刀，有啥事好好说。"

无奈的刀疤脸只好将刀从那汉子颈上拿开。

"给我把刀放地上！"拿枪汉子突然又对刀疤脸吼道。

刀疤脸见巴登用祈求目光看着他，只好将手中藏刀放地上。

这时，小秋哥和钦嘎热交换眼色后，两人慢慢朝拿枪汉子靠近。拿枪汉子似乎发现二人企图，立即对钦嘎热吼叫说："钦嘎热，你俩给我滚开！"说完，拿枪汉子就将巴登朝门口推去。刚走几步，拿枪汉子又回头对同伴喊道："你们愣着干啥，快跟我走啊。"

刚要被推出门的巴登，就同跨进门的玉香撞到一块。

看到被打伤的人和遍地碎酒瓶和杯碗，很快反应过来的玉香拉着拿枪汉子说："大兄弟，都是自己人，你们不要为点小事伤了和气嘛。"就在拿枪汉子侧身让玉香进屋时，巴登猛地转身朝拿枪汉子扑去，妄图夺下拿枪汉子短枪。两人拼命争夺时，乓的一声，短枪朝天射出了子弹。扎西见状，一个箭步蹿上，掏出短枪对着拿枪汉子胸口说："给我把枪放下，否则我就送你下地狱。"

此时，刀疤脸用脚尖一挑，藏刀就从地上弹起。刀疤脸抓过空中藏刀，大喝一声就将木桌削去一角，然后指着对方几名汉子说："谁要不听我扎西兄劝告，下场跟这木桌一样！"

玉香恨恨看了刀疤脸一眼，气得将头扭向一边。

扎西见拿枪汉子既不松手放下枪，还狠狠瞪着他，便一把抓住汉子的手开始夺枪。巴登见那汉子仍在顽抗，气得一脚将那汉子踢翻在地。

这时，只见那倒地汉子挥枪吼道："你们这群家伙不想要命啦，我卓仁杰回去禀告贡布头人后，他定派人将你们脑袋一个个全打碎！"

扎西见倒地的卓仁杰不仅没把刀疤脸放在眼里，居然还抬出贡布头人威胁他，气极的他一枪朝那汉子手掌打去。

说时迟那时快，就在卓仁杰短枪落地时，刀疤脸和巴登几乎同时朝地上短枪扑去。结果，身手敏捷的刀疤脸快了半步，一把从地上抓起短枪。

扎西又猛地将地上卓仁杰提来站起。卓仁杰看了看被打穿的手掌，盯着扎西问道："你是谁，敢报上自己大名吗？"

扎西用短枪敲着卓仁杰额头说："你可回去告诉贡布头人，我敢做敢当，从不隐姓埋名，老子就是若拉草原的猎狼人扎西！"

那汉子咬牙对扎西说："好，算你有种，猎狼人扎西，总有你被我们弄死的那天！"说完，卓仁杰率自己同伙恨恨地离开了酒馆。

刀疤脸见玉香对他欲言又止，立马将短枪往怀中一插，拱手对扎西说："扎西兄，玉香老板娘找我有话要说，我就先告辞一步，咋样？"

扎西点了点头，说："兄弟，多保重。"

这时，只见巴登拱手对刀疤脸说："师叔好身手，改日我巴登再请你和我师父好好喝一顿，如何？"

刀疤脸笑了笑，朝扎西和巴登几人告别后，就拉着玉香离开了酒馆。

夜，摇曳的烛光，映照着约翰牧师和尼卡娅嬷嬷与丹珠的脸庞。火炉边，喝着咖啡的约翰牧师，看着几名教堂神职人员，充满信心地说："通过近两年考察，我认为，在若拉草原修建一座麻风病医院，是完全必要也是可行的。之前，我一直以为魔鬼寨只有十来名麻风病人，前些日子，我从尼玛天葬师口中才得知，魔鬼寨那七八间破烂土屋中，挤住有近四十名病人。我主耶稣和人道主义良心，都不容我们基督徒对此坐视不管。"

丹珠说："尊敬的牧师，我想，只要我们能修建起麻风医院，真正造福若拉草原牧人，那么，这里的藏族同胞就会有更多人信仰基督，也会有更多被疾病折磨的灵魂受到上帝庇佑。"

尼卡娅问道："尊敬的约翰，你考虑过吗，若要修建麻风医院，这若拉草原如此广阔无垠，我们应修建在哪为好呢？"

约翰点头说："很好，尼卡娅提的问题就是我将要说的重点。昨天，我已收到成都基督教会回信，他们不仅完全赞同我修建麻风医院的建议，而且今年夏天就要来这考察确定此事。所以，医院选址问题就迫在眉睫。无论如何，七月之前，我们就得选出两处建院地点，供成都过来的教会负责人审定。"

丹珠问："尊敬的牧师，您对医院选址有要求吗？"

约翰点头回道："当然有。我想，这三点是最起码条件。一是必须离水源较近；二是不能在县城附近修建；三是不能修在交通不便的大雪山里。"

丹珠又问:"那修建在草原行吗?"

约翰牧师说道:"若在草原选址,只能选在草原边缘地带。我想,任何一位头人和牧人,他们都不会同意将麻风病医院建在草原上。从现在开始,你们可通过熟人朋友或亲戚,打听可建医院的地点,一有消息就立即通知我。我会安排时间先去看看,若满意的话,我还要争取得到大活佛与刘县令的支持,否则,我们任何行动都将寸步难行。"

很快,几人又围绕医院选址问题,热烈议论起来……

刚出酒馆,刀疤脸低声向玉香问道:"玉香姐,我上哪去给你赔礼道歉?"

"跟我走!"说完,气呼呼的玉香拉着刀疤脸,就朝后面小巷走去。

不久,玉香打开一处小院大门,开锁进了房间。点燃酥油灯后,玉香见刀疤脸站在门外迟疑不想进屋,便气不打一处来,说道:"你给我愣着干啥?我这又不是火葬场,烧不死你!"没等刀疤脸答话,玉香扯着刀疤脸衣服,一把将刀疤脸拖进屋。

玉香迅速将门一关,回身啪地给刀疤脸一耳光,骂道:"好你个盗马贼,我玉香赊了那么多酒肉给你,你说七八天后就来我酒馆,居然一个多月过去了,你连照面也不打。难道你这负心汉,就是如此欺负我玉香的?"

刀疤脸清楚,玉香对他有怨恨之心,她不把气出完,今天是无论如何见不到她笑脸的。何况,这深更半夜她把自己领到她独居的住处来,足以说明玉香姐还是喜欢他的。想到这,刀疤脸捂着被打的脸说:"哎哟,玉香姐,你这巴掌真狠哪,难道就不能手下留点情?"

"留情?留你妈的屁情!我问你,你这些日子上哪去鬼混了?我等你整整几十天,连你鬼影子都没见着。哼,再挨我两耳光也不亏你!"说着,玉香又举起她那无力的小巴掌。

"且慢,容我解释后你再打不迟。"刀疤脸用左手将玉香右腕抓住,然后用右臂一把将玉香抱起走到床边坐下,狠狠亲了一口玉香,说:"玉香姐,你知道吗,这一个多月是我的灾难期,我九死一生差点见不着你了。"

"什么，你这吃铁吐火的盗马贼，还有灾难期？你该不是又在骗你大姐吧？"

"骗你？你是我的好大姐，我为啥要骗你？"尔后，刀疤脸放下抱着的玉香，立即脱下靴子指着靴底的洞说，"你看，我的马靴已被子弹打穿，脚趾头也被打掉一个。"随即，刀疤脸又把缺了趾头的脚伸给玉香看。

玉香摸着刀疤脸伤残的脚掌，说："唉，我的盗马兄弟，难道你被贡布家丁认出啦？为啥你还待在县城不跑？"

"跑，我往哪跑？我欠你银子没还，我就不能离开打箭麓。知道吗，你兄弟历来是讲信誉的汉子。"说完，刀疤脸掏出银子塞在玉香手上。

玉香盯着刀疤脸，故意试探地问道："兄弟，你就为还我银子，才留在打箭麓的？"

头脑灵活的刀疤脸立马反应过来，一把又将玉香抱在怀中，微笑说："我不离开此地，还有重要原因，那就是……"

"是啥呀，你咋不说完呢？"

"那是因为我玉香姐在这嘛。"说完，刀疤脸放下玉香，想把马靴穿上。

玉香笑了，夺过马靴往地上一丢，说："哎哟，我的剑客好兄弟，你既已挑明心意，今夜不必再说。来吧，我的暖被窝足以安慰你这孤独的盗马贼。"随即，玉香就把刀疤脸扑翻在床……

第十三章

骷髅谷，孤胆剑客血战群狼

上午，当阳光照进小院，满脸笑意的玉香将亲自煮好的一大碗荷包蛋端在床前，对熟睡的刀疤脸喊道："喂，兄弟，该起床啦。"随即，玉香放下碗轻轻摇了摇刀疤脸脑袋。

刀疤脸慢慢睁开眼，伸着懒腰说："哟喂，玉香姐，我太困了。"

"兄弟，再困也得给我起来，今天我还要去酒馆收货。"

"玉香姐，真没想到，你昨夜太厉害了，足足把我折腾了大半夜。"

"兄弟，你甭给我假谦虚，你的床上功夫是我见过最棒的。莫非，你是常喝鹿血的人？"

刀疤脸爬起开始穿衣，笑道："哈哈，玉香姐，大冬天的，你说我去哪喝鹿血。实话告诉你吧，兄弟我的床上功夫，那是天生的，知道吗，天生的。"说完，刀疤脸一把抱过玉香，又想脱玉香裤子。

玉香忙推开刀疤脸，笑着说："兄弟，不是我不奉陪你，我确实有事不能耽误。我看你实在瘾大，你今夜再来我这，咋样？"

无奈的刀疤脸只得穿好衣裤，立马将热腾腾的荷包蛋吃光。尔后，抹抹嘴角的刀疤脸，掏出银子对玉香说："玉香姐，这是我欠你的酒肉钱，待我拿到肖志雄银子后，再给你补齐，如何？"

玉香看看刀疤脸塞来的银子，踮起脚吻了吻刀疤脸，然后又把银子放回刀疤脸怀里，说："兄弟！我并不稀罕这点银子，只要你心里惦记着玉香姐，常来我这过夜，往后，你要的酒肉我都免费送你。人生一世，情谊无价。你我若为这点小钱计较，那你这江湖剑客莫不是把你玉香姐，看成是没见识的小女人啦。"

"那好，玉香姐，我眼下手头确实有点紧，就不客气了。"说完，刀疤脸抱着玉香就在她额头重重吻了下。十分享受的玉香抱着刀疤脸壮实的腰说："嗯，安逸，再吻姐一个。"随即，刀疤脸又高兴地连吻玉香三下。

美滋滋的玉香叮嘱道："兄弟，你把银子拿去买双新藏靴换上。"

说笑间，刀疤脸才发现，玉香的正房共有三间。养成机警习惯的刀疤脸说："玉香姐，我能参观你这隐秘住处吗？"

"这有啥，对你这兄弟，我的房间没禁区，只要你愿意，随便参观。"

刀疤脸看了看这间除了床和几个装衣物的箱柜外，其实是无法藏人的卧室。很快，刀疤脸穿过进门客厅，朝右厢房走去。推开门后，刀疤脸顿时愣了。他没想到，这右厢房比玉香卧室大了几乎一倍，而且靠里墙立着一排高大的金丝楠木大柜。靠窗茶几上，摆放有干净整齐的一套茶具。大方桌上立有个拿大刀的红脸关公塑像。几个木制书柜上摆放着许多各式大小不一的线装书。有点文化的刀疤脸从这间屋看出，玉香失踪的男人定是个文化人。

玉香没想到刀疤脸如此认真看着这房间，便解释说："兄弟，这是我那失踪男人曾经的书房兼客室。自他三年前失踪后，我就几乎没动过他东西。后来，只是十天半月我派两名伙计来打扫打扫。姐是爱干净的人，我不希望自己住处有太多灰尘污染我眼睛。"

"爱干净好，我妈就是爱干净的人。我虽是贫苦市民出身，但我妈总是把家里收拾得干干净净，我爸对我妈这点特满意。"说着，刀疤脸就顺手拉开一扇立柜门。

刀疤脸惊了，他没想到，这分有三层的大立柜中，每层都十分整齐摆放着男人的衣物。显然，这些衣物都是玉香那失踪男人的东西。自此，刀疤脸终于明白，那失踪男人在玉香心中的分量。

玉香见刀疤脸盯着柜中衣物不说话，忙解释道："兄弟，这些东西都是你那失踪姐夫的，若你有看得上的，可挑选几样拿去穿。"

刀疤脸回身问道："玉香姐，你能告诉我，你失踪男人姓名吗？"

玉香一愣，问道："兄弟，你打听这干啥？"

"玉香姐，你晓得不，失踪并不说明他死了。今后，若在江湖上碰见，我可帮你找回来呀。"

"你不用找，要回他早就回来了。狗日的，这瘟神把我害惨了，弄得我整整守了三年活寡。"

"姐，你还没告诉我，姐夫姓啥名谁哩。"

"兄弟，告诉你也无妨，那瘟神姓罗，名叫金刚。"

刀疤脸笑了："玉香姐，你男人名字不俗嘛。罗金刚，嗯，这名有点霸气。"

玉香一听，有些来气说："哼，霸气个屁。他离开我的前一年，就染上了大烟瘾。我听人说，他是跟逍遥楼头牌桃花一块失踪的。唉，我提起这事就伤心。"

刀疤脸指着柜中衣物说："玉香姐，我看你仍对姐夫恋恋不舍嘛，否则，你不会将他衣冠冢弄得这么井然有序，对吧？"

玉香："兄弟说得对，失踪并不一定就是死亡。我担心他哪天突然冒出来。唉，折磨人哟，弄得我对他东西丢也不是送也不是。"

"玉香姐，你把罗金刚的衣冠冢保存好，反正它又不要你给饭吃。说不准，哪天姐夫就真冒出来了。我想，到时他看到你完整保留着他东西，可能会更爱你。"

"兄弟，你说那些空话干啥，姓罗的在我心中早死了，眼下，你才是我佩服的男人。"说完，玉香上前又吻了吻刀疤脸，然后拉着刀疤脸朝院外走去。

午时，刀疤脸来到桑尼房间吃午饭（由于刀疤脸拿到扎西给的银子后，及时付了教堂伙食费，约翰牧师特批准他还可在教堂暂住一月，藏历新年后就必须搬出教堂。后来约翰又提出个补充条件，若剑客兄弟加入教会，他就可长期在教堂居住。刀疤脸不愿欺骗有恩于他的约翰牧师，只好告诉牧师，说容他好好想想再说）。

刀疤脸刚接过桑尼递来的酥油茶和糌粑，丹珠就走进屋来。心情极好的刀疤脸放下小木碗，用手做了个欢迎动作，然后微微躬身说："哦呀，草原女神驾到，我江湖剑客自当热烈欢迎。"说完，刀疤脸就把木凳搬在丹珠面前。

看着刀疤脸友好而又滑稽的动作，丹珠和桑尼都笑了。坐下后，丹珠问道："剑客人哥，你现在身体恢复得咋样？"

"谢女神关心，你剑客大哥身体挺棒，已快恢复到最佳状态。"随即，刀疤脸抬起一只腿，亮出崭新马靴又说，"丹珠你看，我已将破皮靴换成新马靴了。住在教堂阁楼，有吃有喝，我还真得感谢二位妹妹和约翰牧师哩。"

"剑客大哥别客气，我和桑尼姐关心你是应该的，谁让你是扎西大哥结拜兄弟呢。不过，你真正该感谢的，不是约翰牧师和我们，而应感谢……"丹珠不想说完，是想看看刀疤脸的领悟力。

迟疑片刻的刀疤脸问道："丹珠，难道我住在这，除约翰牧师和你俩外，我还得感谢别的人？"

丹珠点头说："是呀。"

刀疤脸摇头说："丹珠妹妹，在这洋教堂，除你们三人外，我好像还没更该感谢的人。"

"笨蛋大哥，你咋聪明一世糊涂一时呢。你真正应该感谢的，是我主耶稣呀。"

刀疤脸猛地将脑门一拍，说："哎呀，我的草原女神，我这江湖剑客咋把你们至高无上的大神给忘了。对对，是该感谢耶稣，没有他，哪会有你们洋教堂和牧师。我他妈还真是个大笨蛋。"说完，刀疤脸又打了自己两巴掌。

"剑客大哥，你明白就好。今天，我代表约翰牧师来找你商量件事，行吗？"

"丹珠，莫说一件事，就是十件事，只要能办到，我都会尽心报答你们救难之恩。"

"藏历新年快到了，约翰牧师决定明天带些食物给魔鬼寨送去。由于人手不够，他希望你跟我们一块去。路上若遇狼群，你也可帮我们对付。行吗？"

刀疤脸将胸膛一拍，说："没问题！我江湖剑客能当洋教堂的护花使者，那是我莫大荣幸。不过，我想问问，此行需要几天时间？"

"不会太久，最多四天。"

"嗯，好几天哪。不过，你们帮我告诉扎西兄一声，行吧？"

"行。今晚我就让来教堂晚祷的阿佳央宗，代我转告扎西大哥。"

"好，这我就放心了。"

丹珠想了片刻，又说："剑客大哥，现在我给你个建议，行不？"

刀疤脸一怔："哟，啥建议，说给大哥听听。"

"今晚你最好少喝酒或不喝酒，以免误事，咋样？"

"对，今晚大哥的酒由我亲自监督喝，若耽误了明天行程，约翰牧师会责怪我和丹珠的。"桑尼忙补充说。

"嗯，二位妹妹放心，剑客大哥人生信条是'人生得意须尽欢，莫使金樽空对月'。酒嘛，我肯定要喝。不过，今晚的酒我同意让桑尼监督着喝。放心，我决不会喝醉，更不会误了明天去魔鬼寨的正事。"

黎明刚过，机警的刀疤脸就听见院中传来一阵响动声，很快下了阁楼的刀疤脸大惊，咋院里突然又冒出两匹马来？加上教堂原有的两匹老马，四匹马的鞍后已绑上物品。

送马来的钦嘎热见刀疤脸走来，告别丹珠后就悄悄离开了教堂。走来的约翰牧师拍着刀疤脸肩头说："剑客兄弟，有你护送同行，我是既高兴又放心。"

"尊敬的牧师，有我同行，您真的既高兴又放心？"

牧师打了个响指，说："对，你的中国功夫，大大厉害，会使强盗和狼群都害怕。所以，我就高兴和放心啦。"

刀疤脸扬了扬手中藏刀，高兴说："护送你们这些上帝仆人去魔鬼寨，是我草原剑客的荣幸。放心吧牧师，我会竭尽全力完成耶稣赋予我的使命。"由于躲在阁楼常听牧师讲经布道，刀疤脸居然熟练使用起教友语言来。

桑尼见刀疤脸匆匆吃完早餐，就将一个皮囊塞给刀疤脸。有些诧异的刀疤脸一闻皮囊，很快笑了："知我者，桑尼也。"随即，刀疤脸就将装满烈酒的皮囊塞进怀中。在牵马离开教堂时，蓦然回首的刀疤脸，竟然发现了桑尼怅然若失的眼神……

一轮红日从东方地平线冉冉升起。

在酒馆门口送走送货人的玉香，猛然听见身后传来一阵马蹄声。玉香回头看见，刀疤脸和牧师几人骑马沿街跑来。看见玉香的刀疤脸，微笑朝玉香挥了挥手，就打马径直朝前跑去。

玉香见神气的刀疤脸居然没跟她说话，气得朝远去的刀疤脸吐口水说："呸！狗日的骚货，有教堂小美女在一块，你就把大姐给忘啦！"盯着刀疤脸远去背影的玉香，突然听见身后传来脚步声。回头间，玉香看见邮差匆匆朝酒馆走来。

邮差看看酒馆招牌，向玉香问道："你是樊玉香吧？"

玉香点头回道："是呀，我是樊玉香。"

邮差把一封信递给玉香，说："这有你的信。"

"谢谢。"玉香接过信一看，顿时变了脸色。很快，玉香掀开门帘进了酒馆。

坐在靠窗桌边，玉香立马将信封拆开。看着看着玉香就抽泣起来："罗金刚，好你个死鬼，你居然还活在人世。整整三年了，你把我害得好苦啊……"说完，玉香就趴在桌上哭出声来……

一个多时辰后，当约翰一行穿过卡钦部族和老鹰岩之间的地带，领头的牧师就让老马放慢步子。约翰在马上一面环顾四周，一面掏出小本记着什么。

刀疤脸见牧师行动缓慢，还不时向丹珠询问什么，性急的刀疤脸忍不住对约翰说："喂，尊敬的牧师大人，您不是要去魔鬼寨吗，照这样走下去，今天就到不了啦。"

"剑客兄弟，我察看地形也是正事。今天到不了魔鬼寨也没关系。"

刀疤脸一愣："察看地形？牧师大人，难道这大雪山下的草原，也是你们洋人眼中有用的军事要地？"自鸦片战争和甲午战争后，许多中国人对来华洋人，都怀有不同程度的戒备心理。

约翰牧师立即明白刀疤脸误会了他察看地形的用意，就对身旁丹珠说："丹珠，你告诉剑客兄弟，我为啥要察看地形。"

很快，丹珠就把教会计划修建麻风医院的事，跟刀疤脸讲了一遍。刀疤脸听完大惊，不禁竖起拇指对约翰说："尊敬的牧师，你们教会为人间大爱做善事，了不起啊！我误会您了，在此，向您赔礼道歉。"说完，刀疤脸下马给约翰叩了个响头，然后牵马跟在牧师马后，同陈厨师聊起天来。

下午，就在约翰牧师几人刚走过天葬台时，谁也没发现，两头大狼远远朝他们跟来……

家丁头目卓仁杰回到部族，向贡布头人哭诉了自己短枪被抢手掌被打穿的经过。在询问几个跟卓仁杰去县城的家丁后，一向遇事冷静的贡布终于被彻底激怒。在若拉草原，居然有人胆敢向他贡布挑战，这对他贡布来说，简直就是奇耻大辱！

串通一气的家丁们一致禀告，迫使贡布在客厅多次喝问卓仁杰："当你说明是我家丁后，那卡钦部族的猎狼人，才抢走你枪的？"

卓仁杰答道："是，是的，头人老爷。"

贡布又问："那土司大少爷巴登，是猎狼人一伙的？"

卓仁杰又答："是，是的，头人老爷。"

贡布说："照你们几个蠢货说法，我的奴隶娃子钦嘎热，已成猎狼人和巴登帮凶？"

卓仁杰喏喏回道："是，是的，头人老爷。若我卓仁杰有半句假话，您可把我点了天灯。"

沉思片刻，贡布咬牙说："哼，卡钦部族的猎狼人、巴登大少爷、奴隶娃子钦嘎热，这三个不知天高地厚的家伙，竟敢蔑视我贡布存在。不除这三人，我贡布枉为若拉草原大头人！"

照事前约定，第二天黄昏前，泽木刺和秃子均按时回到老鹰岩。直到子夜时分，受伤的三寸丁才赶回老鹰岩大殿。先前早已听取泽木刺和秃子禀报的黄大郎，在三寸丁狼吞虎咽吃食物时，迫不及待地问道："老三，你带伤而归，莫非萨嘎部族防范得严？"

三寸丁说："大哥，那狗日的贡布头人何止是防范严密，这人似乎颇懂兵法，不仅会诱敌深入，还企图将我瓮中捉鳖。若不是我三寸丁识破贡布把戏，我就回不来了。"

黄大郎十分惊诧："老三，那你说说，那贡布头人是咋诱你上钩的？"

"昨夜子时刚过，我就翻进贡布的碉楼大院。乖乖，我看既没藏獒护院又没家丁防守，才开始从外院翻进贡布内院的。"

"贡布家丁全埋伏在内院？"

"大哥，我中他们计了。刚翻进内院我就听外院有人高喊，贼人进来啦。很快，外院墙上和大门就涌出家丁和藏獒。我以为自己死定了。谁想，内院碉楼有人命令，要活捉盗贼，他们才没开枪的。"

"老三，那你又是咋逃脱的？"

"嘿，二哥，贡布和他家丁哪知我三寸丁功夫了得。就在他们高喊朝我围来时，我纵身跃起迅速朝碉楼顶爬去。家丁们没贡布命令，根本不敢上碉楼，更不敢开枪。"

黄大郎十分疑惑："老三，贡布头人没那么傻吧？"

"贡布当然不傻。天太黑，他以为那么多家丁抓一个盗贼没问题，就回到客厅等着把贼押来。老子就趁他们还没开枪之际，从碉楼后跳下立马逃出后院。待那帮蠢家丁反应过来开枪时，我已窜到院外了。"

秃子问："你肩上的伤，就是逃出外院时被击中的？"

三寸丁点点头，回道："秃子，你说得对，要是他们早开枪，我三寸丁就见阎王去了。"

黄大郎看看三人，认真说道："这么看来，萨嘎部族和卡钦部族都防范严密，我们只能选择对肥土司下手。"

三寸丁说："大哥，别的不说，旺堆土司愿拿四千两银子赎巴登，那天，他在玛尼石城一定是带够银子了的。我们只拿到一千两，起码说明还有三千两在他碉楼里。就冲那三千两银子，也值得我们冒险去抢旺堆大院。"

泽木刺补充道："大哥，我听秦妈说，好像茶庄有两个伙计住进了土司大院。我们若去劫货，要对付的就是四个男人，您看……"

黄大郎斩钉截铁地说："老二，我知道他们还有两支快枪。我看，我们去十五人，把三支快枪和两把短枪、六杆猎枪全派上用场。老子要用绝对优势的火力，把肥土司打服，他若不交出那三千两银子，我就杀他全家！"

三寸丁问："大哥，你觉得啥时动手合适？"

黄大郎想了想说："我认为在藏历新年当夜下手最好。等他们喝得天昏地暗后，我们就突袭土司大院，到那时，那三千两银子就是我们的了。"

说完，黄大郎张着龅牙大嘴笑了笑。

"大哥好主意。有了那三千两银子，我们开春后招兵买马就更容易。"随后，黄大郎同几个心腹，仔细研究起行动细节来。

夕阳刚沉入地平线，若拉草原又呜呜刮起雪风。

刀疤脸慌忙告诉牧师，一定得在天黑前赶到骷髅谷山洞过夜，否则，大家就有挨冻危险。约翰知道刀疤脸极有荒野生存经验，就让刀疤脸领头朝魔鬼寨匆匆赶去。

快到骷髅谷时，刀疤脸同汉人陈厨师，在坡地砍了些枯树干扛在肩头。刀疤脸担心扎西曾等他时，已用尽洞中树枝，他怕身体单薄的丹珠在寒夜受冻。刚寻到骷髅谷山洞时，纷纷扬扬的雪花就飘落下来。

就在天渐渐黑下来时，刀疤脸在洞中点燃篝火。温暖火光映照几人疲惫而高兴的脸庞。很快，约翰和丹珠从陈厨师手中接过面饼，开始静静啃吃起来。刀疤脸取过皮囊，对约翰说道："尊敬的牧师，你们教会成员都是有信仰的人，我这无信仰剑客，就只能'且乐生前一杯酒，何须身后千载名'了。你们吃饼，我就喝酒哈。"说完，刀疤脸仰脖将囊中酒喝了一大口。

几人吃喝一阵后，不放心马匹安全的刀疤脸，叫上陈厨师，将四匹马从洞外牵入洞中。很快，洞内就弥漫起马粪味来。刀疤脸用手朝洞顶指了指，对约翰说："牧师大人，您要送食物的魔鬼寨，就在我们头顶山上。明早上，我喊话让那些麻风病人下来取东西就行了。放心吧，有我剑客在此，这点小事，你们就不用操心了。"

约翰打了个响指，说："OK，谢谢，剑客兄弟，你跟丹珠一样，都是我助手啦。"

刀疤脸笑了："哈哈，牧师，谁成谁助手啦？我草原剑客是心存感激帮您忙的，这跟成助手没啥关系嘛。"

"剑客大哥，你给我们受人尊敬的约翰牧师当几天助手，难道委屈你了？"聪明的丹珠知道，不信基督的刀疤脸有些自傲，并没把牧师当回事。

"哎哟，我的教堂大美女，你不就是牧师助手嘛，若我再成助手，不就有篡位之嫌么？我是不敢当不配当哪。"草原剑客又开始油腔滑调耍起嘴皮来。

就在几人说话间，洞外远处，猛地传来几声狼嚎。其实，这狼嚎正是今天跟踪约翰一行那两头大狼发出的。不久，乌岗狼王率狼队开始在雪原聚集。子夜时分，汇聚后的狼群在狼王率领下朝骷髅谷扑来。

子夜刚过，就在几人偎在火堆边进入梦乡时，乌岗狼王率狼群包围了山洞。马的嘶鸣惊醒了刀疤脸。刀疤脸猛地将藏刀抓在手中。响动声很快惊醒了丹珠和牧师。

手握藏刀的刀疤脸走到洞口往外一看，不由倒吸了口凉气。借雪地反光，刀疤脸发现狼群已堵住洞口，有几头大狼正跃跃欲试，企图朝洞内蹿来。刀疤脸慌忙回头喊道："丹珠，快点火，狼群怕火！"

乌岗狼王一声嚎叫后，两头大狼立即朝洞内冲来。刀疤脸挥刀朝冲在前的大狼砍去。只见手起刀落，最先冲进洞的大狼两只前腿被砍断。刀疤脸上前，飞起一脚就把断腿大狼踢出洞外。另头大狼仍不顾死活张着血口朝刀疤脸扑来。手疾眼快的刀疤脸来不及挥刀，顺势将藏刀朝大狼嘴里插去。只听当的一声，大狼獠牙被刀撞断时，藏刀穿过大狼喉咙从颈上刺出。就在此时，被刺穿脖子的大狼，两只挥动的前爪抓烂了厚厚的藏袍，刀疤脸胸上顿时现出几条血印。头一次领教大狼厉害的刀疤脸一声大吼，把穿在藏刀上的大狼往洞外用力一推，然后一脚朝刀上的大狼狠狠蹬去。狼血飞溅中，大狼被刀疤脸蹬出洞外足有两丈远。

身手敏捷的刀疤脸迅速捡起掉在地上的短枪，一枪朝又扑来的另头大狼打去。砰的一声，被打瞎眼的大狼哀叫着四处乱窜。狼群立马朝后退去。刀疤脸回头见丹珠几人仍没弄燃篝火，忙对陈厨师吼叫："陈厨师，你个笨蛋，为啥弄不燃篝火？"

"剑客兄弟，别急，火、火快燃了。"说完，陈厨师趴在火塘边，又使劲吹起发红的炭枝来。

刀疤脸着急喊着："你们知道吗，狼群怕火。有了火，它们就不敢冲进洞来。不然，我们都得喂狼！"

"剑客兄弟，道理我们都懂。不知咋的，这火就是老弄不燃。"说完，约翰也趴在陈厨师身边，吹起火塘中微弱火星。

这时，后撤的狼群在乌岗狼王率领下，又开始朝洞口逼来。

魔鬼寨土屋里，搂着诺巴熟睡的索朗丹增，被山下此起彼伏的狼嚎声惊醒。丹增熟悉魔鬼寨周围地形，他从狼嚎声判断出，准是躲在骷髅谷山洞过夜的人被狼群盯上了。过去，确有牧人在洞中过夜时，被狼群所害。

后来，山下传来的隐约枪声更加证实了丹增想法。黄獒跑出屋后，一直在崖边冲着骷髅谷狂叫不停。在诺巴数次劝说无效后，索朗丹增爬起穿上他那破烂藏袍，手抓藏刀慢慢来到山崖边。

寒风中，漆黑的山下狼嚎声响个不停。磷火般游动的狼眼，仿佛是灼穿夜的黑幕透出的可怕绿光，给人无限恐怖之感。丹增喝住狂叫黄獒后，趴在崖边，同黄獒一道听着山下动静。

双手紧握藏刀的刀疤脸守在洞口，只要有狼扑上，他就挥刀劈砍。不久，洞外雪地上就躺有七具大狼尸体。浑身是血的刀疤脸，见篝火被牧师和陈厨师弄燃，才长长吐口气叹道："我的妈呀，火要是再不弄燃，老子都快顶不住了。"

火光刚从洞中燃起，狼群很快又往后退去。这时，紧握树棍的约翰和陈厨师来到洞口，要同刀疤脸一道打狼。刀疤脸看看牧师和陈厨师，喝道："你俩给我退一边去，护住火要紧，别在这碍事！"

牧师打趣道："剑客兄弟，人多打狼，不是挺有意思吗？"

刀疤脸喝住了他："我尊敬的牧师，像您这样打狼，那简直就是送死！"

约翰大为不解："为啥？"

刀疤脸解释道："狼群只怕火光和刀枪，哪会怕您拇指粗的木棍。若是撞上大狼之口，这树棍咔嚓就断了，到时，您就死得很惨。"

陈厨师一听，吓得吐了吐舌头，慌忙退到火塘边。牧师看了看盯着洞外的刀疤脸，摇摇头只好心有不甘地撤到陈厨师身边。

"丹珠，给我把酒拿来。"听见刀疤脸喊叫声的丹珠，寻到地上皮囊，匆忙朝洞口跑来。

刀疤脸一把抓过皮囊，仰脖灌了几大口酒，然后又把皮囊递给丹珠，说："当年武松在景阳冈打虎，靠的就是酒壮英雄胆。如今我草原剑客杀狼，也得靠烈酒助兴逞威！"刀疤脸话音刚落，一阵大风刮来，转眼间又将洞中篝火吹熄。

洞外，狼群见洞内没了火光，一下又朝洞口围来。

冲在前的一头大狼猛地腾空跃起，妄图从刀疤脸头上蹿进洞内。刀疤脸举着藏刀，一刀朝空中大狼挥去。只听哗的一声，藏刀从大狼肚子划过，狼血喷溅时，大狼五脏六腑就从肚中掉出。就在大狼落地瞬间，又有两头大狼分别从洞两旁朝刀疤脸扑来。

敏捷的刀疤脸见势不妙，立马抽身往后一闪。这时，只见跃起扑来的两头大狼在空中相撞时，刀疤脸的藏刀已飞速刺进一头大狼脖子。接着，刀疤脸左手掏出短枪又朝另头大狼打去。火星飞溅中，两头大狼又倒在了洞口。

将一切看在眼里的丹珠，惊得大声呼叫："呀，剑客大哥，你真是厉害哪！"随即，丹珠又忙把皮囊递给刀疤脸。

喝酒之后，刀疤脸握着藏刀，头也不回命令："牧师大人，快把篝火弄燃！"话音一落，牧师和陈厨师又慌忙趴在火塘边，捣弄起篝火来。此时，丹珠被洞内弥漫浓烟，呛得不断咳嗽。

发怒的狼嚎声，宛若雪夜大潮，在骷髅谷不断激荡……

魔鬼寨里趴在山崖边听动静的索朗丹增，感觉骷髅谷里动静分外异常。他自从被押进魔鬼寨后，还从没听到过如此气势汹汹的狼嚎声。索朗丹增已判断出，骷髅谷里的人已同狼群展开惨烈搏斗。是谁有多少人同狼群搏斗，他却不得而知。

多年来，魔鬼寨受到不同人的关怀与帮助，这里的麻风病人才得以存活下来。想到这，有心要帮崖下洞中人的丹增，搬了几块大石堆放崖边。他要用特殊方式助崖下人一把。

乌岗狼王见又有几个部下被守洞壮汉杀死，快被逼疯的狼王一声长嚎后，众狼立即纷纷退到狼王身后，等候狼王指令。

张开大嘴露出巨大獠牙的乌岗狼王，狠狠盯着洞口的刀疤脸。在它几年的狼王生涯中，它从没见过如此凶猛的人类，敢在这么短时间内杀死它十名部下。"我是谁？我是威震若拉草原和康巴藏地的乌岗狼王！今夜，我不咬碎你脑袋撕碎你肉身，我乌岗还配当狼王吗？"想到这，乌岗狼王又仰头一阵长嚎，很快，众狼也跟着狼王发出惊心动魄的狼嚎声。

这时，运足气聚集起无限力量的乌岗狼王，一跃而起朝守在洞口的刀疤脸扑来。

预感到危险的刀疤脸紧握藏刀，随时准备给庞大躯体的狼王致命一刀。此时，单纯的丹珠，仍拿着皮囊站在刀疤脸身后。她天真以为，喝了酒的剑客大哥，才更有勇气杀狼。

雪花飞舞，就在狼王快扑到洞口时，只见几块大石从夜空飞落而下，咚咚砸在地上的巨大响声，令群狼惊恐万分。空中的乌岗狼王急忙转向，朝洞旁落地慌忙后退。残忍凶狠的狼王怎么也难弄清，夜空飞落的大石从何而来，为何差点砸在它头上？

就在乌岗狼王疑惑不解时，牧师和陈厨师又将洞中篝火再次吹燃。熊熊火光中，狼群在惊惧中开始撤退。

其实，比狼王更纳闷是挺立在洞口的刀疤脸。已做好同狼群决死一战的刀疤脸，正准备举刀迎战扑来的狼王时，从天而降的大石不仅阻止了狼王疯狂攻击，还把群狼吓得连连后退。刀疤脸面对不知是天意还是神助的大石块，惊得连连感叹："天哪，这莫非是草原女神助我矣！"说完，刀疤脸回身抱着丹珠狠狠在她额头亲了一口。

被惊吓得不知所措的丹珠连连后退，指着刀疤脸说："剑客大哥，你别这样无理。"

牧师见状，笑道："丹珠，这是剑客兄弟喜欢你哩。你不必责怪他。与狼大战，他需要我们的爱！"

丹珠听后，害羞地看了看刀疤脸和牧师，然后走到火塘边偷偷摸了摸留有剑客大哥唇印的额头。此时的丹珠，朦朦胧胧体会着人生导师约翰牧师关于"爱"的真言。

就在洞内树枝用尽篝火快熄灭时，雪花停止了飘落，东方也露出一丝曙光。洞内，浑身是血的刀疤脸，宛若武士般仍双手紧握藏刀，盯着洞外一百米开外的狼群。

　　站立众狼之前的乌岗狼王，两眼不时望望魔鬼寨上空，不时又恨恨地盯着洞口刀疤脸。万分疑虑惊诧的狼王，在攻与退的两难中，犹豫不决。众狼盯着洞外雪地上十具同伴的尸体，仿佛在用静默向死去的同伴致哀……

　　两声乌鸦凄凉的叫声，从魔鬼寨树上传来。
　　裹着破毛毯的诺巴，腆着肚子倚在土屋门边朝趴在崖边的索朗丹增喊道："丹增呀，早晨太冷，你就回屋吧，屋里暖和些。"
　　"好嘞，我马上回屋。"应答后，丹增将身边最后一块大石朝崖下推去，尔后，起身慢慢走回破败土屋。
　　咚的一声，飞落直下的大石砸在一具大狼尸体上。顿时，狼血和肉浆飞溅向乌岗狼王和洞口的刀疤脸。狼王身后，狼群不由自主地被再次突如其来的大石震慑而退。反应过来的刀疤脸为致谢崖上人相助，掏出怀中短枪朝天就是一枪。
　　乌岗狼王误以为这一枪又是催落大石的信号，惊得昂头一声嗥叫，立马调头率群狼朝雪原蹿去……

　　朝霞升起，好似狼血染红东方天际。
　　刀疤脸张望狼影消失的雪野后，慢慢走出山洞。拿着皮囊跟出的丹珠看到，刀疤脸迅速用藏刀割下每头死狼一只耳朵，塞进怀中。稍后，刀疤脸将大狼尸体拖拽到一块，然后用石块给死狼垒了座石冢。流泪的刀疤脸在石冢前的石碑上，用藏刀刻下一具威猛的狼头。无言的他，从丹珠手中抓过皮囊，然后将囊中剩下的酒洒在石冢上。
　　寒冷晨风从骷髅谷吹过，乌鸦叫声再次传来。站立在洞口的牧师三人，无法理解地看着刀疤脸的举动。他们怎么也不明白，在这白骨森森的骷髅谷里，浑身是血充满酒气又异常疲惫的草原剑客，为啥要给这些曾差点要了他命的大狼，辛辛苦苦垒一座石冢。
　　出乎所有人意料的是，默立石冢前提着刀的杀狼英雄，突然趴在刻有狼头的石碑上号啕大哭。当丹珠正要上前劝他时，蓦地，刀疤脸昂头一声高喊:"大狼啊,你们才配做我草原剑客真正的对手哪……"

不久,同狼群激战大半夜的刀疤脸,从石碑上站起跌跌撞撞走回山洞,偎在火塘边就呼呼大睡过去。

吃过食物,约翰留下陈厨师照看沉睡的刀疤脸,然后同丹珠背着食物,沿小道朝魔鬼寨山上慢慢走去。很快,索朗丹增的黄獒大叫着,就朝丹珠二人冲来。

走在前的丹珠用藏语招呼黄獒,随手扔给黄獒一块风干牛肉。

吃过牛肉的黄獒虽不再扑咬丹珠二人,但堵在山道仍不让丹珠和牧师上山。无奈之下,丹珠只好朝山上大声呼喊。

伴着晨风,丹珠清亮而又充满青春气息的呼喊声,宛若从天国飘落的甘霖,又像从神山传出的银铃声,唤醒了魔鬼寨破烂土屋里的患病生命。听见喊叫声的诺巴猛然从脏烂被窝坐起,揪住胸前衣服说:"哦呀,这可是我女儿丹珠的声音哪。"说完,诺巴抓起破藏袍捂住嘴,就呜呜哭起来。

丹珠的呼喊声,惊醒了魔鬼寨每一位麻风病人。没任何人相信,有人敢上这与世隔绝的魔鬼寨来。往日那些送食物的好心人,也仅是将食物放山下石板上就离去了啊。今天的呼喊声,却从半山腰传来。这对平常习惯了冷寂麻木日子的麻风病人来说,丹珠的呼喊,无疑是炸响在魔鬼寨上空的滚滚惊雷!

听着诺巴哭声的丹增突然意识到,难道又有新麻风病人被押送到魔鬼寨?这病人莫非是诺巴女儿丹珠?想到此,索朗丹增慌忙拖着溃烂双腿,来到连接山道的土坎,朝下望去。

满头乱发的索朗丹增愣了。他看到一位漂亮的藏族姑娘身后,站着位身穿长袍胸挂十字架的高鼻白脸的高大男人,肩上扛着一袋物品的白脸男人还冲他微笑。纳闷的丹增观察完丹珠和约翰后,向丹珠问道:"姑娘,你们是干啥的,为啥来这魔鬼寨?"

漂亮的丹珠看着身穿破藏袍,头发异常蓬乱有些像野人的索朗丹增,亲切而柔声问道:"扎西德勒,尊敬的病人,我该怎么称呼您呀?"

"姑娘,我叫索朗丹增,你叫我丹增就行。"

"尊敬的丹增大叔,我是丹珠,我身后这位是打箭麓洋教堂的约翰牧师。今天,我们代表教会来魔鬼寨看望你们。"

"你就是丹珠?"惊诧的丹增忙问。

丹珠点头说:"对呀,我是丹珠。现在我也是约翰牧师的工作助手。"

"谢谢二位来看望我们这些麻风病人。你们放下物品请回吧,我不希望二位踏进魔鬼寨。"

放下物品的约翰上前问道:"丹增大哥,你为啥不让我俩进入魔鬼寨?"

"尊敬的牧师,请您别误会我好意。不让你俩进入魔鬼寨,是我怕你俩传染上可怕的麻风病。"

约翰一听,忙摆手说:"NO,丹增大哥,麻风病没你想象的厉害。这种皮肤病的传染性并不太强,不同病人密切接触,是不大可能被传染上的。我们英国医生早就知道如何医治麻风病了。"说完,不等丹增再问啥,约翰和丹珠拿起食物,又朝魔鬼寨山上走来。

朝霞满天,旭日正冉冉从遥远地平线升起。

土褐色的魔鬼寨被阳光照耀,从远处看去,仿佛是被佛光笼罩的雪域之塔,静静伫立在若拉草原东北角。

刚踏上魔鬼寨土屋旁的约翰牧师看到,一条从山上飞流直下的山泉,已被冻成一条长冰凌垂挂至土屋旁沟渠里。屋外窄土坝上,到处是碎石块以及黄獒与乌鸦的粪便。镶嵌进山崖凹处的七八间土屋门内,探出各式各样脏脏的脑袋,睁着诧异而惊恐的眼睛,盯着突然出现的丹珠和约翰牧师。

索朗丹增不断朝自己双手哈着热气,不好意思地对丹珠说:"丹珠姑娘,我们这的火塘在昨天就已熄灭。今天没火塘供你俩暖身子,我感到十分抱歉。"

大惊的丹珠问道:"丹增大叔,火塘没火,你们喝酥油茶咋办?"

"我已做出决定,魔鬼寨只能三天升一次火,才能挨过寒冬。"

"这么说来,你们魔鬼寨已缺木柴和干牛粪了?"

"眼下对我们来说,取暖同食物一样重要。但好心的善人们,大都给魔鬼寨送的是食物，而不是可供取暖的干牛粪。"

丹珠点了点头，说："我知道了，我和牧师会把这消息带回打箭鑪，让好心人给你们送些取暖的干牛粪来。"

就在丹珠同索朗丹增交谈时，约翰牧师迅速察看了每间土屋情况。令人意想不到的是，无论约翰走到哪间屋前，探头张望的麻风病人总是惊恐呼叫着，朝屋内躲去。因为，在他们看来，身穿长袍胸挂十字架的约翰，更像是来自天外的异类。每当见着惊恐躲避他的麻风病人，约翰总是不断在胸前划着十字。

此时，魔鬼寨的人谁也没注意，一间土屋内，流泪的诺巴正透过木门缝隙，用牙咬着手指，静静注视着自己女儿丹珠。稍后，泪流满面的诺巴伏在门后，用牙撕扯着藏袍呜呜大哭。

众多麻风病人，见长袍男人和漂亮丹珠不断询问索朗丹增，有些胆大的病人开始来到门外，静静瞅着交谈的约翰三人。稍后，丹珠用藏语告诉麻风病人，洋教堂的约翰牧师要向大家宣布一个好消息。

阳光里，眼含泪水的约翰向大家深深鞠了一躬，然后说："魔鬼寨的病人们，我约翰来晚了。真没想到，在十九世纪即将过去的时刻，在这康巴藏地的若拉草原，还生活着世间最不幸的麻风病人。但今天，我约翰牧师要告诉大家的是，上帝的阳光定将照亮人间每个角落。我主耶稣在为你们每个病人祷告的同时，还将把拯救人类病患的福音送上。"

魔鬼寨的病人们，他们虽不知什么是上帝和耶稣，但渴望被拯救的人性却使他们仍耐着性子，期待着藏族美女说的好消息。

迎着东升红日，约翰挺着胸挥动右手说："今天，我要告诉你们的是，我们教会已得到英国万国救济会支持，将在若拉草原修建一座麻风医院。到那时，你们不幸之病就有救治的地方啦！"

约翰牧师话音刚落，麻风病人们就惊呼着，高兴得在地上打起滚来……

第十四章

为狼冢，结拜兄弟险些割袍断义

　　临近午时，约翰在回答了索朗丹增和其他麻风病人一些具体问题后，才难过地离开了魔鬼寨。出乎约翰意料的是，当他和丹珠刚迈下土坎时，全体麻风病人有的跑着，有的爬着，有的挣扎地挪动身子，一齐扑向山崖土坎边。他们不断叩头双手合十地说："菩萨保佑好人，菩萨保佑好人，求洋牧师早日建成麻风医院哪……"

　　在丹增的黄獒护送下，不一会儿，丹珠和约翰牧师就回到骷髅谷。丹珠见黄獒一直跟着她，就挥手朝黄獒喊叫两声。这时，只见黄獒两只前腿趴地，流着泪对丹珠呜咽一阵，才恋恋不舍摇着尾巴朝魔鬼寨山上跑去。

　　刀疤脸仍蜷在火塘边昏睡。

　　起身的陈厨师忙让出自己坐的石头，低声向约翰问道："牧师大人，魔鬼寨上面咋样，吓不吓人？"

　　约翰没答话，将手指插进头发里，闭着泪眼不断摇头叹息。好一阵后，两眼噙泪的约翰叹道："唉，若没亲临魔鬼寨，我做梦也不会想到，还有如此凄苦的生命，悲惨苟活在人世。"

　　歇息半个时辰后，丹珠在约翰授意下，叫醒酣睡的刀疤脸。当刀疤脸听说丹珠和牧师刚从魔鬼寨返回不久，忙从地上爬起问道："丹珠，你和牧师真上了魔鬼寨？"

　　丹珠点头回道："是呀。"

　　刀疤脸惶恐又问："那——那魔鬼寨恐怖吗？"

　　"看着那些躯体残缺的麻风病人，我确有恐怖感觉。"

　　刀疤脸又问："他们恐怖成啥样，你给剑客大哥说说，咋样？"

　　丹珠比画着说："那些麻风病人，他们有的腿脚溃烂，有的没指头，有的只有半边脸,有的牙床也显露在外。哎呀,总之挺吓人的,他们大都像野人和叫花子,既吃不饱也穿不暖。"

惊讶的刀疤脸又问道:"丹珠,不是说麻风病要传染人吗,你和牧师上了魔鬼寨,传染上麻风病没?"

"约翰牧师说了,他们英国已能治好麻风病,我们只要不同病人近距离亲密接触,是不大可能染上麻风病的。"

蓦地,约翰突然站起,对刀疤脸说:"放心吧,剑客兄弟,我们基督教会有责任有能力,终结这些麻风病人的苦难!"

一弯寒月挂在幽蓝夜空,熊熊燃烧的塘火,映红了挤在土屋内每个麻风病人的脸上。

坐在火塘前的索朗丹增,精神振奋地说:"各位兄弟姐妹,今天来这的洋牧师说了,他回去就将修建麻风医院的事,告诉喜喇大活佛与刘县令。开春后,他们教会就要确定修建医院地点。今年夏天,洋教会就要动工为我们修建麻风医院啦。"

桑姆不屑问道:"我说丹增,你就那么信洋牧师的话?"

"桑姆,这几十年来,你见过谁上过我们魔鬼寨?大家都知道,若拉草原牧人谁不害怕能传染人的麻风病,可洋牧师却不怕。据我所知,他是第一位走进我魔鬼寨的人。你想想,他有必要跑到这被世人遗弃的地方,对我们撒谎吗?不管咋样,我今天见着真诚仁慈的洋牧师,我就信他。"

靠在丹增身边的诺巴抹了抹泪,微笑对众人说:"今天,我终于见到我漂亮女儿丹珠了。她已成为能关心人帮助人的好姑娘。我信我女儿丹珠的话,洋教会一定会为我们修建医院。等我治好麻风病,我诺巴就可同自己女儿相认啦。"说完,诺巴就呜呜抽泣起来。

塘火辉映中,魔鬼寨的麻风病人第一次发出会心的微笑。

稍后,索朗丹增站起说:"兄弟姐妹们,请你们拿出自己的转经筒,让大家再次乞求佛祖保佑我们这些不幸的人。"说完,丹增带头摇起了手中转经筒。很快,有转经筒的人也跟着摇了起来。

魔鬼寨土屋内,随即就响起"唵嘛呢叭咪吽"的诵经声。这嗡嗡作响的颂经声,宛若肉眼无法看见的度母们身着的七彩轻纱,飘向魔鬼寨上空，飘向深邃辽远的漫漫夜穹……

夕阳还未落山，约翰一行四人，朝天葬台下尼玛的石屋走去。在天葬师石屋过夜，是约翰牧师出发前就定下的行程计划。约翰十分清楚，若要选址修建麻风医院，必须向熟悉当地山川地貌的尼玛了解情况。

闲了数日的尼玛，正坐在石屋闭目摇着转经筒。突然，一声悠长呼哨声传入尼玛耳中。尼玛忙放下转经筒静听片刻，随即笑着说："蒂姆，又有几位客人来啦。"

最先来到石屋外的丹珠，对候在门外的尼玛躬身说："尊敬的尼玛大叔，我是洋教堂的丹珠。我们几人给魔鬼寨病人送了些食物去。今天我们回不去县城了，想在您这石屋过夜，行吗？"

尼玛一听是给魔鬼寨送食物的人，加之丹珠语言恭敬柔美，喜悦的尼玛立即说："扎西德勒，丹珠姑娘，我尼玛十分欢迎你们来我这做客，只是，我石屋太简陋了，你们见谅。"

丹珠笑道："没关系，尼玛大叔，我们自己带有干粮，只是在您这讨口滚热的酥油茶喝就行。"

当夜，尼玛拿出风干牛肉、奶渣和半只羊腿，以及珍藏的青稞酒，盛情接待了约翰四人。喝青稞酒时，丹珠告诉尼玛教会将在若拉草原修建麻风医院一事。尼玛听后，感动得热泪盈眶，非要敬约翰一碗青稞酒。拗不过尼玛盛情的约翰喝下青稞酒后，就向尼玛打探适合修建医院的地点。

想了片刻的尼玛，很快就说了几处地点给约翰听。正当约翰沉思时，刀疤脸撕扯着烤羊肉说："尊敬的牧师大人，虽说我不如尼玛天葬师了解周边情况，但我认为最适合修建医院的地点是，离老鹰岩不远的卡拉草甸。"

"你为啥说是卡拉草甸？"约翰有些吃惊，他不太相信剑客兄弟的建议。

刀疤脸放下酒碗说："我熟悉那地方。那里地势平坦，还有终年不结冰的温泉。卡拉草甸不仅离县城不是很远，路道也不算难走。这样的好地方你们不选，难道会选择能冻死人的大雪山里？"刀疤脸之所以熟悉卡拉草甸，是因为他去年夏天盗了几匹马没能及时出手，就到那放养了近十天。

约翰听后，点头说："你真不愧是我兼职助手，不仅杀狼厉害，选择建院地点也有独到眼光。看来，你加入我教会时机已成熟，回去我就给你受洗如何？"

刀疤脸慌忙摆手说："别别别，尊敬的牧师大人，你千万别让我加入你们教会。我这人恶习太多，若我成您门徒反要辱没教会名声。本人偶尔做做您兼职助手就行。"

丹珠乐了："蒂姆，剑客大哥，我看你剑术精湛功夫了得，你暂时不加入我们教会也成，那你就先做我们教堂保安吧，这样的话，你吃住都可在我们教堂啦。"

约翰一听，高兴打了个响指说："OK，丹珠建议有理，剑客兄弟先做我教堂保安也行，我批准了。"

油滑的刀疤脸看看牧师和丹珠，不置可否地说："谢谢你们看得上我草原剑客，容我考虑些时间再说吧。"丹珠心里清楚，剑客大哥是想拖延搬出教堂的时间。

当陈厨师熟练地将烤好的羊肉分给众人时，尼玛对刀疤脸认真说道："哦呀，我说这位汉人兄弟，往后麻风医院修建好后，医院也需要护院人嘛。我看你身体壮实又有功夫，护院可比我干天葬强多了。"

刀疤脸见几人都笑着赞同尼玛建议，只好开玩笑地对尼玛回道："尼玛大叔，您年纪有些大了，过两年我来接替您天葬大师职位，您老人家不反对吧？"

尼玛顿时笑了，拍着手说："好哇好哇，你可是我最中意的接班人哩。"

第二天下午，约翰一行四人终于赶回县城。

在请示约翰同意后，丹珠独自去旺堆碉楼大院，找教友阿佳央宗商量向魔鬼寨捐助燃料一事。刀疤脸却掏出银子和皮囊，他要桑尼帮他买些酒肉回来，说晚上要同扎西喝酒说杀狼的事。

正在不远处窥探旺堆碉楼的蛮尕，见丹珠朝旺堆大院走来，忙躲闪到楼后藏起。

不久，走进土司大院的丹珠，就被女佣带到客厅。此时，旺堆一家和扎西、小秋哥以及钦嘎热，正坐在客厅喝酥油茶聊天。扎西见丹珠到来，兴奋地问道："丹珠小妹，我剑客兄弟也回来啦？"

丹珠点头回道："是呀，我们刚回县城。"

扎西听说结拜兄弟已回县城，抓起叉枪就想出门。丹珠忙拦住扎西说："扎西大哥，你先别走，等我把事说完你再走不迟。"

扎西一惊："啥，你还要说事？"

"对，我要向你们说一件非常重要的事，若没落实我还得去找别的人。"

央宗感觉此事可能跟她有关，否则，漂亮的丹珠是不会独自来她家的。想到这，央宗上前向丹珠问道："丹珠，你说的事跟我有关？"

丹珠点头说："是的。我本想找您单独商量的，既然你们都在这，我当着大家说也无妨。"于是，丹珠就将魔鬼寨之行说了一遍。最后，丹珠走到旺堆面前，对旺堆说："尊敬的土司大人，在我们教友中，阿佳央宗家的经济条件最好。我今天来这，就是希望您家能向魔鬼寨的病人们，捐助点取暖的干牛粪和引火柴，他们都快冻僵在大雪山下了。"说完，丹珠眼中就滚落下泪珠。

旺堆有些惊讶："天哪，那些麻风病人是不能下山的，他们缺食物倒是常有的事。今天，我还是头一次听说，他们还缺取暖燃料。"

丹珠又说："土司大人，过去好心人捐赠的大都是能充饥的食物，我若不是亲自上了魔鬼寨，我也决不会想到他们还缺燃料。许多年了，魔鬼寨周围的树几乎被他们全砍光了。"

央宗忙掏出一点碎银说："丹珠，我是上帝的子民。我完全赞同向魔鬼寨病人捐助燃料。这是我的一点心意，请收下。"说完，央宗就把碎银递给丹珠。随即，曲珍也拿出几个铜板，来到丹珠面前。

"你们都给我等等。"听了一阵的巴登，终于起身走到丹珠面前。

巴登拉过阿妈和妹妹，扭头看看阿爸和扎西后，认真地对丹珠说："教堂美女，向魔鬼寨捐助燃料一事，我代表我阿爸阿妈表个态，这捐助嘛由我春风茶庄独自承担。藏历新年快到了，别说需要干牛粪和引火柴，我巴登掌柜还要向那些可怜的麻风病人，送去酥油和糌粑，外加风干牛肉与奶渣。我要让魔鬼寨病人过一个暖暖和和的新年。"见丹珠美女亲自上门，巴登出于各种复杂动机，爽快地向丹珠表态后，最后将目光停在扎西脸上。

丹珠听完，忙向巴登鞠了一躬，异常感动地说："扎西德勒，真没想到，年轻的巴登大掌柜是如此乐善好施之人。我代表教会全体教友和魔鬼寨病人，向你表示深深谢意。"

扎西忙起身对众人说："既然巴登掌柜表了态，剑客兄弟也护送牧师几人去了魔鬼寨，我眼下虽说没银子买东西送给麻风病人，但这送燃料去魔鬼寨千万别落下我。嘿嘿，我也要对魔鬼寨病人尽点心意才对嘛。"其实，扎西心里还潜藏有想去雪原碰碰能否遇见大狼的运气。这些天虽待在县城里，但他从没忘为妻女报仇的事。

丹珠又说："扎西大哥，我还没来得及告诉你，你那结拜的剑客兄弟，前晚在骷髅谷山洞外，杀死整整十头大狼，狼血溅了他一身。"

"啥，我剑客兄弟杀了十头大狼？！"扎西惊喜问道。

"一点不假，我们几人亲眼所见。"

扎西急了，埋怨道："丹珠，你咋不早说呢。"说完，扎西抓起叉枪就朝门外匆匆走去。

扎西走后，丹珠又对大家说："这里，我向你们通报一个好消息，我们教堂的约翰牧师，已征得成都教会同意，要在若拉草原修建一座麻风医院，来医治我康巴藏地的麻风病人。"

"真的？"众人都惊得张大了嘴。

拿着酒肉的桑尼刚回房间，扎西高喊着剑客兄弟就跟着进了屋。

从火炉边站起的刀疤脸猛地上前，同扎西紧紧拥抱在一起。刀疤脸激动地说："扎西德勒，扎西兄，我终于替你向狼复仇啦。"说完，刀疤脸忙从怀中抓出十只狼耳递给扎西。

扎西双手捧着狼耳，凑在酥油灯下仔细翻看后，惊喜地说："蒂姆，真是整整十头大狼的耳朵啊！"随即，扎西单腿向刀疤脸跪下，抱拳说："剑客好兄弟，我扎西太谢谢你了。做梦也没想到，你一夜之间就杀了十头大狼，你比我这猎狼人强多了。"

刀疤脸慌忙拉起扎西，说："扎西兄，你我兄弟之间别这样好不好。

实话告诉你,不是我厉害,是那些大狼非要想吃掉我们几人,我才拼命杀了那些亡命家伙的。"

扎西大惊:"啥,大狼要想吃掉你们几人?"

刀疤脸忙点头回道:"若不是大狼想吃掉我们,不知死活扑向我把守的洞口,我哪有本事一夜能杀十头大狼。"

扎西放下狼耳,紧紧握住刀疤脸的手说:"好,兄弟杀得好,不仅替我报了仇,还为牧人除了害。你知道吗,这事若让草原牧人知道了,大家会磕头谢你哩。"

桑尼怔怔地盯着刀疤脸,喃喃自语说:"蒂姆,剑客大哥就像传说中的金刚战神,居然一次就能杀死那么多大狼。他真是英雄。今夜,我得好好敬剑客大哥两碗酒。"

扎西拉过桑尼,指着刀疤脸说:"桑尼,我之前对你和丹珠都说过,这剑客兄弟比我厉害,这下该信了吧。"说完,扎西弄开酒瓶盖,就给刀疤脸倒了满满一碗茅台烧春。

"扎西兄,在我们喝酒前,让我先祭祭我的宝刀,咋样?"

扎西一愣,忙问:"兄弟,你们汉人有祭刀习俗?"

"在我们汉人历史上,越王勾践灭吴后,曾用酒祭过他锋利无比的越王剑;秦始皇统一六国登上皇位时,也曾用酒擦拭过他那寒气逼人的长剑;唐朝大诗人李白饮酒舞剑,也常将酒喷洒剑锋上。我前晚刚杀十头大狼,扎西兄,你说我该不该用酒祭祭我杀狼藏刀?"刀疤脸为证明他祭刀有理,根本不管有无史实依据,连编带猜说些理由镇住扎西和桑尼。

"哦呀,兄弟,你们汉人既有祭刀习俗,那你就祭呗。"

刀疤脸听后,唰的一声从腰间拔出藏刀,然后将刀放在火炉上,端起酒碗,缓缓将酒顺着刀把往下倒去。很快,顺刀尖流进炉中的酒腾空燃起,一团蓝色光焰照亮小屋。

当碗中酒倒尽后,刀疤脸放下酒碗,立即从怀中掏出洁白的哈达,开始擦拭刀身。擦完后,刀疤脸将藏刀横放在酒桌上,然后跪下向藏刀叩了三个头。随后,刀疤脸将刀举过头顶,神情庄严地说:"宝刀啊宝刀,愿你今生伴我草原剑客,砍杀更多仇敌和大狼!"

第十四章:为狼冢,结拜兄弟险些割袍断义

刀疤脸话音刚落，丹珠就匆匆走了进来。

很快，四人围着火炉，开始饮酒吃起了食物。

丹珠叮嘱道："扎西大哥，巴登掌柜说了，他明上午就派人把东西买齐，中午出发去魔鬼寨。若你一定要去的话，黎明前你必须回土司雕楼睡上一觉再走。"

"哦呀，丹珠我知道了。我扎西当然要去魔鬼寨，我也想在骷髅谷山洞外遇上狼群，更想杀十头大狼解我心头之恨！"

刀疤脸笑了："呵呵，扎西兄，大狼不会那么傻吧，它们远远闻着你气味就逃啦。"

"逃？只要大狼敢逃，我扎西照样追杀它们！"

随后，在扎西和桑尼一再要求下，刀疤脸和丹珠讲起了骷髅谷精彩的杀狼之夜。讲述中，陈厨师还给他们端来一大盆萝卜炖牛肉。每当扎西听到危险处，总爱挥着手中切肉的短藏刀说："要是我在场就好了，非多杀几头大狼不可！"往往这时，桑尼总是默默又给刀疤脸碗中添上一些酒。

黎明时分，当扎西离去时，刀疤脸已喝得昏沉沉倒在了桑尼床上。扎西指着刀疤脸对桑尼低声说："桑尼，你觉得这英勇的汉子做你男人，咋样？"自扎西同结拜兄弟在教堂相会后，扎西就再也没在桑尼房间留过夜。有了心眼的扎西，开始产生撮合桑尼和剑客兄弟的想法。因为，他确信磕长头去拉萨的强巴，根本不可能活着回到若拉草原。

桑尼看看昏睡的刀疤脸，愣愣地盯着扎西问道："扎西哥，你啥意思？"桑尼虽对草原剑客有好感，但从未想过超越友情界线去考虑她同刀疤脸的关系。即便强巴死在朝圣路上，她心中未来的男人，也只能是已孤身一人的姐夫扎西。当扎西说出此话时，单纯直爽的桑尼感到不可理喻：难道，男人间的友谊，足可使他们相让自己喜欢的女人？

扎西笑了，打了两个酒嗝朝屋外走去。刚跨出门的扎西回头摇手对桑尼说："啥意思？桑尼，这有点像喝汉人酿的烈酒，你慢慢品吧。"说完，扎西跌跌撞撞走出教堂，朝旺堆土司碉楼走去……

令刀疤脸和扎西不知的是，回教堂的当天夜里，约翰牧师就把魔鬼寨之行告诉了教堂全体神职人员。众人除对修建麻风医院感到紧迫外，对寄住在教堂的刀疤脸杀了十头大狼感到十分震惊和意外。为犒劳英勇杀狼的刀疤脸，约翰还特安排陈厨师给刀疤脸炖了一锅萝卜牛肉汤。

研究即将到来的藏历新年工作时，谁也没想到，胆小的尼卡娅嬷嬷提出，让汉人王剑客长住教堂的建议。理由是：打箭麓一带盗贼横行土匪猖狂，有功夫的王剑客有保卫教堂的作用。尼卡娅的提议引起神职人员们激烈争议。反对者的理由是，汉人王剑客没信仰不说，还经常在教堂公开喝烈酒，已在来做礼拜的教友中产生不良影响。

从旺堆土司大院返回教堂的丹珠，坚决支持尼卡娅提议。丹珠支持的理由是，"这位自称剑客的汉人大哥，不仅武艺超强还有文化，最可贵的他有愤世嫉俗的正义感。今后若在若拉草原修建麻风医院，他将是我们教会最有力的支持者和帮手。"

原本有些犹豫的约翰，见丹珠说得非常有理，就赞同了丹珠和尼卡娅建议。最后，约翰要神职人员们暂时对此事保密，他说他还需对放浪不羁的汉人剑客继续考察。会完后，丹珠才匆匆来到桑尼房间。

藏历新年快到了，法轮寺喜喇大活佛同返回县衙的刘县令商定，在藏历新年前一天，法轮寺举行为草原众生祈福摸顶法会。祈福摸顶后的当晚，在寺外大坝举行篝火锅庄晚会，以示庆祝新年到来。藏历新年其间，县里再请大活佛主持，可连续在县里上演三场藏戏。为体现本县的繁荣和平，刘县令一再向大活佛表示，县衙兵丁会对法会和锅庄晚会治安负责（在藏地政教合一时代，很多时候，大活佛的声望与作用，都远远高于县令）。

商议会上，贡布和曲巴头人均表示，他们将资助此次祈福大法会，并分别报上各自捐助银两和物资数额。商议会完后，法轮寺在智空管家安排下，僧人们顿时就忙碌开来。

由于寺庙平时吃素，智空管家还得安排法会当天中晚两餐主要供养人的丰盛之宴。在请示大活佛后，智空派人特去醉一春酒馆，破例订了两桌可送寺庙的饭菜。铁棒喇嘛嘉央措负责组织二十名年轻有功夫的僧人，肩负起保卫寺庙之责。

令扎西十分遗憾的是，在他们一行四人去魔鬼寨时，由于有两匹驮着干牛粪和引火柴的马走不快，中午出发后直到黄昏，他们才在尼玛天葬师石屋落脚歇息。尼玛见扎西和巴登几人是去魔鬼寨做善事，自然也就热情接待了他们。

第二天午时前，扎西几人来到魔鬼寨下。不敢上魔鬼寨的几人，卸下食物和燃料后，有经验的扎西就对着山上高喊起来。索朗丹增一群人趴在岩坎边见果然有人送燃料和食物来，激动得高声问道："好心人，你们是谁？"

巴登听后，大声回道："我是县城春风茶庄的掌柜巴登。今天，我受我女友洋教堂里的丹珠之托，特给你们送需要的东西来啦。"

扎西很是诧异：咋的，跟巴登素无往来的丹珠，啥时成他巴登女友了？想到巴登在做善事，扎西就没把巴登的话放在心上。为满足巴登今天要务必返回县城的要求，扎西扯起喉咙又朝山上喊道："喂，山上病人听着，我们要急着赶回县城，你们马上派人下山取走食物。雪原到处都有野狗和大狼，我们怕它们叼走食物。你们快来人啊……"黑獒也跟着朝山上大叫几声。

听见扎西喊叫声后，索朗丹增立即叫上两个可行走的男病人，朝山下慌忙赶来。扎西见有人下山，便催巴登、小秋哥和钦嘎热赶快离开。

巴登几人怕传染上麻风病，立即打马朝雪原奔去。

扎西见丹增几人快走拢放食物的地点，调转马头就朝骷髅谷跑去。

回头的巴登见扎西并未跟来，连喊几声扎西也没回音，于是，不知发生啥情况的巴登，急得打马朝扎西撵来。扎西来到洞外，吃惊地发现了刻有狼头石碑的石冢，便跳下马来。疑惑的扎西想了想，取下叉枪就朝山洞走去。除发现大堆篝火灰烬外，洞内并无大狼尸体。有些生气的扎西，只好走出山洞，又来到石冢前。这时，只见黑獒不断刨着石冢。

随即，小秋哥和钦嘎热也打马赶了过来。扎西指着狼头石碑问小秋哥："兄弟，你是汉人，你说说，这刻有狼头石碑又垒着石堆是啥意思？"

小秋哥立即下马，围着石冢转了一圈，认真看着石碑回道："扎西兄，这是一座狼的坟墓。我想，这石堆里大概埋的是被杀死的大狼吧。"

"什么，这墓里埋的是被剑客兄弟杀死的大狼？！"

小秋哥点头回道："对，从狼头墓碑看，应该是这样。"

扎西盯着小秋哥，厉声问道："大狼这么可恶，我兄弟为啥不让大狼暴尸荒野，却要为它们弄个石墓？"

小秋哥见扎西气得两腮颤抖，怯声说："扎——扎西大哥，我——我也不知啥意思。"

扎西听后，快步上前飞起一脚朝石碑踢去。狼头石碑动了动，却没倒下。扎西咬牙退后几步，举起叉枪朝石碑打去。只见火星飞溅中，石碑上生动的狼眼，立马被打得一片模糊……

在巴登三人无法理喻的目光中，气恼的扎西跃上马背，挥鞭打马就朝县城奔去。路过老鹰岩山下雪原时，下山狩猎的秃子和黑四，已认出骑马狂奔的扎西，忙趴在雪窝不敢动弹。

伴随黑獒叫声，犹如红色闪电的枣红马朝前奔去时，扎西猛地从背上取下叉枪，头也不回朝躲在雪窝的秃子和黑四打去。机灵的秃子见扎西取枪，领教过扎西厉害的他一脚朝黑四蹬去，然后往后一滚。枪响后，只见秃子和黑四原趴着的地方腾起一股雪尘。

被吓得直冒冷汗的秃子，见扎西并未回头，立马同黑四提着野兔和雪鸡朝老鹰岩蹿去。

傍晚，骑马冲进教堂的扎西来到桑尼屋前。听见马蹄声的桑尼忙走出问道："扎西哥，你咋这么快就从魔鬼寨返回了？"

扎西阴着脸没回答桑尼，反问道："桑尼，王剑客在哪？"

桑尼指着教堂大门外说："他去醉一春酒馆喝酒了，他说你们最快也得半夜才能返回县城。"扎西听后，调转马头打马朝教堂外跑去。

来到酒馆外，跳下马的扎西匆匆走进酒馆。

正同玉香高兴饮酒的刀疤脸，见扎西进来，忙起身招呼扎西："扎西兄，你咋这么快就回来了？来来来，快来喝两碗解解乏。"

并未答话的扎西走到桌前，刷地抽出藏刀插在桌上，然后指着刀疤脸问道："王剑客，那骷髅谷的狼坟墓，可是你垒的？"

惊慌的刀疤脸点点头，说："是呀，这有啥不对吗？"

扎西咬牙指着刀疤脸，愤怒地说："好啊，还真是你垒的狼坟墓！我问你，你难道不知我最恨的就是大狼吗？你杀了它们，为啥还要安葬它们？你这不是在羞辱我这猎狼人吗！今天，你不给我说清楚安葬埋由，我扎西就不认你这个结拜兄弟。我——我还要同你割袍断义！"

玉香见扎西凶巴巴对着刀疤脸，忙躲进厨房对伙计们说："只要他俩打起来，你们就冲出去给我砍那背叉枪的家伙。"

弄明白扎西生气原因后，刀疤脸反而冷静下来。他极为珍视同扎西的友谊。他知道，今天若不说服扎西，他俩的友谊就可能到此结束。想到这，刀疤脸说："扎西兄，你既知道割袍断义的含义，那一定没忘我这结拜兄弟是汉人，对吧？"

扎西怒气未消："我知道，你是汉人！"

刀疤脸又说："我除了是汉人，我还有个草原剑客的身份，你大概也没忘吧？"

"没忘。你若不是剑客，就不可能一次杀死十头大狼。"

"扎西兄，你既知道我是汉人又是剑客，那你知道我们汉人剑客的规矩吗？"

扎西一听，大为不解地问道："啥，你们剑客还有别的规矩？"

刀疤脸点头说："对，有规矩。尊重一切强悍的对手，哪怕他是你的敌人。这就是我们汉人剑客的规矩。"

扎西愣了片刻，不服地说："什么乱七八糟规矩。尊重对手我能理解，还要尊重敌人我就无法理解。"

"我问你，狼是不是草原最凶猛最狡猾的猛兽？"

扎西点头回道："是的。"

"扎西兄，你知道吗，正因我是有功夫的剑客，加上泽翁大叔给打制的好藏刀，那晚我才可能杀死十头大狼。若是换了别人，那晚非被大狼吃掉不可！"

扎西一听，拍桌说道："你杀了就杀了呗，把那些恶狼尸体扔在骷髅谷不就得了。我扎西想不通哪，你为啥还要为那些可恶的死家伙垒个坟墓？"

刀疤脸见扎西脑子仍转不了弯，诚恳地说道："扎西兄，你知道吗，我那晚真的被大狼们不怕死的勇气震惊了。面对我锋利无比的藏刀，面对它们同伴倒在洞外的尸体，没有一头大狼惧怕后退，最后向我挑战的，却是它们的狼王！"

扎西一惊，忙问："你同狼王咋较量的？这事你可一直瞒着没讲。"

"扎西兄，你是不知哪，我正要同狼王较量时，骷髅谷上空突然飞落下不少大石，砸在洞口咚咚直响。无法，我和狼王较量才被迫中止。"

扎西摇头叹道："唉，你要是把狼王杀死就好了。"

"即便杀了狼王，很快又有新狼王替代。扎西兄，在若拉草原猛兽里，只有狼敢撕咬一切动物，包括野牦牛、黑熊和雪豹。只有狼，敢于同我们人类较量。你说，面对如此强大的对手，作为剑客的我，该不该尊重它们？"

扎西咬牙说："祸害羊群和牧人的大狼，不值得尊重，只配被猎杀。"

刀疤脸并不妥协："猎杀归猎杀。我不是还要替你杀狼报仇嘛，但这跟尊重它们是两码事。"

扎西想了想，突然又问："照你这么说来，对那些不怕死的土匪，也值得你去尊重？"

刀疤脸已明白，要很快说服扎西还有困难，他必须换个思路谈才行。于是，刀疤脸又说："扎西兄，从某种意义上说，能配作我对手的人或狼，都是我佩服和尊重的对象。即使我战败，我也会同样尊重。一个不懂得尊重强大对手的人，他的灵魂，永远无法品尝到终极胜利的滋味。更何况，我俩还是真正的杀狼勇士。"

扎西一听，剑客兄弟说他俩都是杀狼勇士，心情自然舒坦许多，于是坐下说："兄弟，如此说来，今后我每杀一头狼，都要给他们弄个坟？"

"那倒不必。丹珠和牧师都亲眼见证了，我一夜间用刀杀了整整十头大狼，我想，这在你们若拉草原也该是绝无仅有的英雄壮举吧？你说，我该不该为自己的胜利弄个纪念地出来？"刀疤脸为自己寻了个最好的理由，不由得心里暗暗高兴。

扎西笑了："兄弟，你垒的狼坟墓，原是为纪念自己杀狼战绩的？"

刀疤脸有些得意，喝了大口酒说："那当然啦。难道你没看见，我在狼头纪念碑上，还刻有我草原剑客之名？"

扎西摇头说:"我连我们藏文都认不得,哪还认得你们汉字。兄弟,你要是早说那狼坟是为纪念你杀狼壮举的,我还同你争啥呢。唉,这不耽误我俩喝酒嘛。"说完,扎西抓过茅台烧春酒坛,仰脖就咕咕灌了几大口。

刀疤脸见单纯的扎西已去心头不满,便抓起桌上一坨手抓羊肉,递给扎西说:"来,扎西兄,今夜我俩一醉方休。"

"好,我俩今夜一醉方休!"扎西嚼吞手抓羊肉后,又抱起酒坛猛喝几口。

玉香见刀疤脸俩人有说有笑吃喝起来,只好对厨房伙计说:"你们都给我把刀放下,别再管这两个酒疯子。"说完。玉香忙端起一盘卤牛肉,朝刀疤脸和扎西走去……

第二天午时前,从卡钦部族和萨嘎部族赶到法轮寺的曲巴和贡布头人,以及旺堆土司、约翰牧师、巴登和一些中小部族首领们,大家同刘县令一道,向戴着黄色班智达僧帽身穿黄色袈裟的喜喇大活佛,敬献了哈达。头人和土司们,还叫随从拿出带来捐给寺里的绸缎、酥油、藏茶和青稞面等物品。大活佛为感谢这些主要供养人,也向大家回赠了珍贵的五彩哈达。

捐赠活动完后,喜喇大活佛还特地在大经堂内,为前来捐赠的贡布、曲巴和旺堆等人,念了《心经》和六字真言,以示对大家感激与祝愿。大活佛念经时,跟大家在一起的刘县令虽不是藏传佛教信徒,为入乡随俗跟当地人打成一片,装模作样的刘县令站在最后一排,他虽双手合十,却不时偷偷扭头四处张望。

准点午时,玉香带着一帮伙计赶着两辆马车,将两桌特备的藏餐送到法轮寺。每年只有感谢若拉草原主要供养人时,法轮寺才破例为这些吃不惯素食的头人、土司以及首领、掌柜们,准备丰盛食物供大家享用。除大活佛本人陪同象征性吃点东西外,寺院僧人均不得参加答谢午宴。

就在大活佛陪同供养人午餐时,法轮寺外的大坝里,已人头攒动相互拥挤着朝大经堂拥来。这些早得到大活佛要摸顶赐福消息的牧人和农奴,从草原各地赶来,期待大活佛能为他们摸顶赐福,以求消灾和来世幸福。

午餐后不久，法螺声响起，阵阵长号声中，当众僧诵经完毕，喜喇大活佛来到大经堂前的门内，坐上铺着镶有金丝的黄色绸缎大法椅。铁棒喇嘛们维持秩序，将拥挤上前的人群分为长队排好，然后依次上前接受活佛摸顶。

缓慢向前接受活佛摸顶的信众们，他们纷纷脱帽或手持哈达，从端坐法椅上的大活佛面前经过。他们俯首躬身双手合十，期盼着活佛那圆润大手放在他们头顶的时刻。有的牧人信徒还把新生婴儿和儿童抱在大活佛面前，请求活佛为孩子赐名。有的老年信徒手持自己转经筒或佛珠，请活佛加持。在这神圣宗教仪式中，大活佛始终面带微笑，给信众摸顶的同时，还不时赐予信众们金刚经、画像或印有六字真言的绸布片，以满足信众要求。

贡布见喜喇大活佛忙着为信众们摸顶，寺院内外又挤满手持转经筒、佛珠或哈达的信众，他知道，天黑之前，大活佛是空闲不下来的。于是，贡布同刘县令和智空管家、曲巴和旺堆土司等人道别后，就匆匆带着随从，离开法轮寺朝自己部族赶去。

转悠着想寻找扎西的曲巴和波绒管家，无意间发现了排队等候的桑尼。有些诧异的曲巴向波绒问道："管家，这桑尼现在到底在哪做事？"

波绒回道："老爷，前些日子我才弄清，桑尼并未去县衙做事，而是去了洋教堂干杂役。"

曲巴有些难以相信："这个女奴隶，既不懂《圣经》，又不是基督徒，她是咋到教堂的？"

波绒一怔，忙说："老爷，我也纳闷哩。我想约翰牧师应该知道内情，要不，我去问问洋牧师？"

曲巴说："算了。桑尼毕竟是扎西妹妹，此事若引起扎西误会，我怕坏我大事。"

"好的，老爷，就按您说的办，我不去问便是。"

想了片刻，曲巴又问："管家，你知道扎西最近情况吗？"

"老爷，听说前些日子扎西在酒馆打伤了贡布家丁，但贡布并未派人报复扎西。现在的扎西的确不是从前的奴隶娃子了，他经常神出鬼没四处游荡,没人能弄清他行踪。"

曲巴叹道:"唉,只可惜扎西今天没出现。若扎西在此,定能抓住刺杀贡布的机会。"

"老爷甭急,只要猎狼人扎西活着,那贡布早晚都是死。或许,您不久就可能听到喜讯哩。"

"但愿如此吧。管家,我们今晚没必要参加那些穷牧人寻欢乐的锅庄晚会,走,我们回自己部族过年去。"随即,曲巴派管家叫上护卫家丁,坐着马车朝卡钦部族狂奔而去。

黄昏时分,喜喇大活佛结束了为信众摸顶赐福的活动。待活佛回房休息时,智空管家立即命嘉央措带人,关闭了怕失火的大经堂,然后将剩下信众们叫到即将点燃篝火的寺院外大坝。

随后不久,寺内僧人抬出几大桶滚热的酥油茶,施舍给远道而来还要参加跳锅庄的牧人享用。牧人们纷纷从怀里掏出小木碗,倒上青稞面,有的添上奶渣来到木桶前,僧人们用长柄铁勺将酥油茶慢慢舀进他们木碗里。此时,摸顶后站在寒风中的穷苦牧人,吃着糌粑喝着酥油茶,享受着一年中最令人怀念的时光。

教堂阁楼里,昏睡了整整一天的刀疤脸率先醒来。醒来的刀疤脸见挨在身边的扎西仍盖着藏袍酣睡,于是就摇起扎西来。

"扎西兄,快醒醒快醒醒,我俩都睡一整天啦。"

被摇醒的扎西躺在毛毯上,伸着懒腰说:"兄弟,喝烈酒嘛我确实喝不过你。唉,我现在头还晕,今晚就暂不喝酒了,行不?"

"扎西兄,我没说还要喝酒呀。你昨夜不是说,今晚法轮寺大坝要跳锅庄嘛。走,我俩去看看,如何?"

扎西猛地坐起,一拍脑门:"哎呀,我差点把这事给忘了。我是答应巴登一家的,要去参加锅庄晚会。你知道吗,巴登要同我比试谁的锅庄跳得好哩。"

"走,我俩下楼吃点食物,就去法轮寺。"

随即,扎西和刀疤脸去桑尼房间匆匆吃完食物,正要出门,桑尼拉着扎西说:"扎西哥,今晚去跳锅庄,你就别背叉枪了,到时你这锅庄王子跳疯起来,背着叉枪会碍事的。"

刀疤脸笑了笑,伸手摸了摸扎西怀里,然后又抓着扎西的手,朝自己怀里碰了碰,低声说:"扎西兄,你我今晚都有短枪,即使有啥意外,短枪和藏刀都是顺手武器,你说,谁还能将我俩奈何?"

"行,我听你俩的。"说完,扎西取下叉枪就朝屋外走去。

早在礼拜堂门外候着的丹珠,见扎西三人出来,忙走了过来。

"扎西德勒,两位杀狼勇士好威武,今晚,我丹珠要沾光,同你们仨一道去跳锅庄。"

扎西笑道:"好啊,丹珠小妹,我扎西正想邀请你呢,没想到,你就来了。"

丹珠笑了:"哦呀,扎西大哥,这就是天遂人愿吧。"说完,扎西四人离开教堂,快步朝法轮寺走去。

一弯如镰寒月,幽幽飘在夜空。

一阵骤急马蹄声,在县城外土道响起。

化了装的黄大郎和三寸丁,在秃子与黑四护卫下打马朝县城奔来。快到县城时,黄大郎和三寸丁跃下马背,将马缰扔给秃子和黑四,然后不慌不忙朝县城走去。

钻出酒馆的蛮尕,漫无目的在街道上晃悠。快走到逍遥楼时,蛮尕发现了快步走进逍遥楼的黄大郎和三寸丁。于时,披头散发的蛮尕扔下拐杖,惊喜地朝逍遥楼跑来。

很简单,蛮尕的复仇对象是砍掉他一只臂膀的旺堆土司。这些日子以来,伪装成叫花子的蛮尕,已将旺堆家活动规律摸得一清二楚。蛮尕见了黄大郎,只想禀告某些不为人知的关键实情,既让老鹰岩队伍受益,又让大头领替他报仇。今天,偶然见大头领和三寸丁进了逍遥楼,蛮尕哪肯错过禀报机会。

蛮尕刚一跨进逍遥楼,就被几名壮汉拦住。秦妈上前打量着披头散发衣服散发臭味的蛮尕,厉声问道:"叫花子,我们这不卖吃的,你跑进我逍遥楼干啥？"

蛮尕挥着独臂说："掌柜的，我要找我们大头领。"

"谁是你大头领？这叫花子是疯子，给我打！"秦妈话音刚落，几个壮汉上前扑上，对蛮尕好一阵拳打脚踢，很快将蛮尕揍趴在地。其实，当蛮尕说出要找大头领时，秦妈就明白这人发现了黄大郎二人。黄大郎曾跟秦妈有过交代，只要他进了逍遥楼，除二当家和三当家外，其他任何人也不见。黄大郎不见其他人目的是怕走漏风声，被县衙兵丁抓进大牢。

秦妈见被揍趴在地的断臂汉子，仍探头窥视楼内晃动的人影。怕招来意外之祸的秦妈，立即命手下汉子将这披头散发的叫花子赶出逍遥楼。打手们听秦妈发话后，又是一顿拳打脚踢，然后把哀号的蛮尕扔出逍遥楼。

逍遥楼屋内，听了一阵楼下响动的三寸丁，对黄大郎说："大哥，你听见没，这还真是蛮尕的声音。"

"听清了。狗日的这个蛮尕，早不出现晚不出现，这节骨眼上冒出来，有可能会坏了老子计划。"

三寸丁也纳闷："说来也怪，春节前我们劫狱成功后，这蛮尕不是失踪了吗？咋这时候跑到逍遥楼来找我们，这里面会不会有啥蹊跷？"

黄大郎见楼下已无动静，又对三寸丁说："老三，半夜时你摸出去看看，若蛮尕还是我们的人，你就稳住他，让他三天后回老鹰岩。要是他已被县衙收买，你就宰了他，以绝后患。"

"大哥，您放心，审查蛮尕，我自有奇招。"

被扔在门外的蛮尕，唉声叹气挣扎爬起。他仔细看了看高挂逍遥楼前的红灯笼，又看看墙上画有半裸女人像的招贴画，叹气说："大头领，我蛮尕知道你们想玩女人。我就不信，你们死在女人床上就不出来。我蛮尕就是等到天亮，也要等到你们出来。"说完，蛮尕捡起拐杖，走到对面屋檐下蹲了下来。

此时，远处法轮寺外，几大堆篝火映红夜空。伴随跳锅庄的强烈节奏，激越的鼓声、歌声和喊叫声，很快响彻县城内外……

第十五章

血色枪声,响在藏历新年之夜

没有风雪的冬夜,真好。

法轮寺外大坝上,几大堆篝火熊熊燃烧,映红夜空。升腾的烈焰,驱赶着严冬寒气,使拥挤在篝火旁参加跳锅庄和围观的人群,感到直扑而来的暖意和热浪。

最先吸引人们大量朝大坝赶来的,还不是燃烧的篝火,而是拉起手围着篝火跳舞的姑娘的歌声。那高亢、清亮悦耳具有高原特质的歌声,充满青春气息响彻夜空。而加入其中的就有丹珠和桑尼。

摇着转经筒的泽翁和尼玛,他俩换了一身干净藏袍也挤在围观人群中。泽翁已邀请尼玛午夜过后,去他铁匠铺喝酥油茶聊天,还说整夜跳锅庄是年轻人的事,就让后生们乐去吧。尼玛却说:"泽翁老哥,你养女丹珠,已出落成草原仙女啦。"

随着此起彼伏的歌声,有的年轻汉子已迫不及待走进姑娘们拉手围起的圈中,独自快活地跳了起来。刀疤脸见状,对扎西说:"扎西兄,你咋不去跳锅庄呀?"

扎西笑道:"兄弟别急,还不到时候。我要人多才跳,人少了,我跳不出激情。"

说话间,机警的刀疤脸发现,大坝边沿地带,身穿县衙兵丁制服的多吉,正带着一队兵丁在四处巡逻。很快,刀疤脸还看见,玉香同几个酒馆伙计,也高兴地挤在围观人群里。

逍遥楼内,黄大郎打开窗户,仔细听了片刻从外传来的歌声,又看了看被篝火映红的夜空,回身对三寸丁问道:"老三,莫非今夜县里有啥重要活动?"

三寸丁摇头说："大哥，我不知道，咱们眼线也没提到什么活动呀。"

黄大郎吩咐道："你去把秦妈叫来，我得问问她。老子定要弄清，这活动是否会影响我明晚计划。"

三寸丁点头后，立马闪出房间。下到楼梯中段，三寸丁见秦妈站在大门口，就轻声喊叫秦妈，用手势要秦妈上楼。

秦妈上楼刚进房间，黄大郎就问："秦妈，这外面又是篝火又是歌声的，县里有啥重要活动？"

"大当家，这是法轮寺和县衙昨天才贴出的联合告示，通知广大民众，说今晚要搞个锅庄晚会庆祝藏历新年。我们对他们这些活动没啥兴趣。由于告示贴得突然，我就没法让线人告诉你们。"

秦妈刚出房间，黄大郎猛地将桌一拍，叹道："唉，早知县里有庆祝活动，老子把计划定在今晚多好！"

"大哥，两三年了，也没见县衙在藏历新年搞啥锅庄晚会。现在我们已无法修改计划，二头领率领的兄弟明晚才来同我们会合。唉，确实今晚才是浑水摸鱼的最佳时机。"

黄大郎咬牙说："他娘的，这就是天意啊！"

围着篝火牵手唱歌的人群中，丹珠和桑尼的歌声格外引人注目。这时，约翰牧师在阿佳央宗和尼卡娅等神职人员的陪同下，也挤在离扎西不远地方，为丹珠优美高亢的歌声拍手叫好。

一直愣愣盯着丹珠唱歌跳舞的巴登，听见扎西招呼约翰的声音时，才发现篝火堆边的扎西与刀疤脸。巴登忙离开阿爸和小秋哥，挤到扎西身边说："师父，您多久进去跳锅庄呀？"

扎西笑着说："巴登，你多久跳我就多久跳。"

巴登指着圈内跳锅庄的汉子说："师父，我们现在就加入，如何？"

"行啊。"扎西说完，立即跨进姑娘们拉手形成的圈中。

随即，身穿崭新藏袍戴着新皮帽的巴登，也钻了进来。这时，姑娘们的歌声更加嘹亮了。掌声中，圈外人群立即响起呼喝声。

随着歌声欢快的旋律，扎西和巴登藏靴下响起的踢踏声，显然比其他汉子脚下节奏更加强烈疯狂。这时，不知谁高声说："蒂姆，快看猎狼人锅庄跳得多棒呀。"刹那间，扎西和巴登挥舞的藏袍长袖和被火光映照的高大身躯，吸引来更多围观喝彩的人。

屋檐下，坐在街沿啃吃干面饼的蛮尕，见被火光映红夜空的法轮寺方向，不断传来姑娘们高亢悦耳的歌声，心慌意乱的他，便起身踮脚朝远处望去。不久，逍遥楼门前，秦妈和几名女人，也叽叽喳喳指着传来歌声的方向议论不停。

蛮尕是藏族人，锅庄晚会对他有着不同寻常的诱惑力。急得在街边转圈的蛮尕自语道："大头领一时半会儿是不会离开逍遥楼的。这的女人多，或许他明早才离开哩。我蛮尕去看看就回。"说完，蛮尕啃着面饼就往法轮寺方向跑去。

刚到子夜，三寸丁从楼上后窗跳下，握着短刀从逍遥楼后绕到街上。四处搜寻一番，有些诧异的三寸丁没找到蛮尕。于是，三寸丁从大门立即回到房间，向黄大郎禀告："大哥，蛮尕不见了。"三寸丁靠近黄大郎说，"大哥，我无法判定蛮尕是否被官府收买。为了您安全，我建议今晚您我必须换地方过夜。"

"老三说得有理。走，我俩到别处去。"说完，黄大郎和三寸丁从后窗跳下，很快消逝在暗夜……

子夜时分，法轮寺外土坝上，熊熊燃烧的篝火映照着每个人脸庞。牵手拉成圆圈的姑娘们，用整齐舞步伴随着响亮悦耳歌声，给圈内跳锅庄的汉子们加油助兴。抵挡不住欢乐气氛的诱惑，身穿藏袍的刀疤脸，也走到扎西身旁一道跳起锅庄来。

吆喝声喊叫声，伴和着歌声和藏靴热烈奔放的踢踏声，充满神韵的整齐舞步和弥漫空中的尘土搅和一起，汉子们原始野性的力量同姑娘们青春的渴望相撞。夜空下从篝火中燃烧升腾出的火焰，犹如若拉草原牧人们企盼美好生活的梦想之花，在寒夜开放。

众人的呼喊声中，跳得如痴如醉的扎西，同汉子们不断翻动双脚，有时挥舞藏袍长袖来回左右摆动身姿，有时又腾挪跳动甩袖转圈。为在丹珠面前显示能力的巴登，咬紧牙关，一直强撑着稍胖的身子，在同扎西比试跳锅庄。

挤在人堆里看热闹的蛮尕，猛然间认出篝火边跳锅庄的扎西。很快，蛮尕又发现了扎西身边的巴登。有些惊慌的蛮尕忙将乱发弄得将脸遮住，随即又扭头四处搜寻。稍后，退出人群的蛮尕不小心撞着了小秋哥。由于天黑，小秋哥并没认出乱发遮面的蛮尕。伪装成瘸子的蛮尕退出场外，又偷偷朝逍遥楼走去。

歌声和踢踏声中，只听火堆边传来扑通一声，已跳晕的巴登摇摇晃晃倒在篝火堆边。巴登头上的皮帽掉在火堆里，突然燃烧起来。见势不对的扎西，立即跑上前拉起巴登。这时，冲进场的小秋哥和钦嘎热，忙扶着巴登朝场外走去。为不影响大家兴致，扎西低声对丹珠说："快，再把歌声唱起来。"很快，伴随欢快悦耳的歌声，扎西和刀疤脸等汉子，围着篝火又跳起了锅庄。

子夜刚过，年纪稍大的人们抗不了严寒，就渐渐散去。

刀疤脸见四处围观的人群开始稀少，靠近扎西问道："扎西兄，咱们还跳吗？"

扎西兴趣盎然地说："跳，我们可跳到黎明再回去。"

这时，只见挎着腰刀缩着脖子的多吉走来，站在圈外高声对扎西说："喂，猎狼人扎西，大家散了吧。这大冬天的，你们不散，我们这些冻得难受的兵丁，也不敢离开。再说了，我明早还要在县衙值班哩。"

借着火光，扎西看了看远处警卫锅庄晚会的兵丁，回道："哦呀，多吉队长，照你说的办，我们马上结束锅庄晚会。"扎西不愿得罪多吉，只好无奈回答。

拉手转圈唱歌的姑娘们，见身穿兵丁制服的多吉跟扎西打了招呼，极为扫兴地埋怨几句后，只得纷纷不舍地离开了篝火堆。

扎西抬头仰望夜空，挥动双拳高喊："老天哪，我的锅庄瘾还没过够。朋友们，夏天雪顿节再见吧……"

东方透出曦光，坐在逍遥楼对面的蛮尕不断打着哈欠，但他仍睁大双眼盯着逍遥楼大门。蛮尕真怕错失同大当家见面的机会。

日上三竿时，旺堆和巴登牵马走出碉楼大院，然后跃上马背朝县衙奔去。

从清晨开始，因过藏历新年，本已放假休息的县衙，却让多吉一人挎刀值守在大门外。这一切，均是刘县令颇有心机的安排。

原本回到内地休年假的刘县令，是可在藏历新年后返回打箭炉的。但老奸巨猾的刘县令，在过完元宵节后，就匆匆返回了县城。他提前返回的目的只有一个，那就是广收年礼。

春节后回来的刘青禾，知道了县衙牢狱关押的两名土匪已被劫走，自己的人还有不小伤亡。在调查后，刘青禾认为多吉确实尽了职责，防守不住牢狱，皆因武器太差土匪猖狂所致。多吉以为自己会大难临头，便跪求刘青禾开恩放他一马。心机颇深的刘青禾并不表态，只是说希望多吉戴罪立功。多吉听后一再表示，只要县令大人用得着自己的时候，他就是赴汤蹈火也在所不辞。今天，刘青禾让多吉一人值班，自有他不可告人的目的。

其实，刘青禾早已想好，在这天高皇帝远的藏地，在大清王朝遭遇不少麻烦与困局的今天，没有多少人会重视藏地匪患。他要在任上捞够十万雪花银，然后借病辞官返乡，做他富甲一方的乡绅去。好在春节前，他还没来得及将抓到两土匪的案子报上去。至于如何处理县衙兵丁伤亡之事，他自有诸多办法对付上方。

旺堆父子来到县衙门外，旺堆下马后，便对多吉拱手说："多吉队长扎西德勒，请问，刘县令在吧，我同他早已约好。"

多吉看看旺堆父子，刚要答话，巴登上前塞了十两银子给多吉。多吉便笑着躬身回道："扎西德勒，尊敬的旺堆土司和巴登大掌柜，县令大人在里面早候着了，你们父子请进吧。"当旺堆父子进了县衙，多吉盯着手中银子看了看，美滋滋地说："蒂姆，过年值班真好，要不然刘县令咋提前返回呢。"

客室里，旺堆同刘县令寒暄几句，就示意巴登打开白绸包裹。巴登将包裹轻轻打开，里面露出个精致木盒。旺堆指着木盒说："县令大人，今天是我们新年，您一人又没带家眷来藏地，日夜为我们若拉草原藏人操劳，您辛苦啦。这里，我代表我们春风茶庄，送您件新年礼物，还望您笑纳。"说完，旺堆上前亲自打开木盒。

在刘青禾设想的礼物里，旺堆土司两个月前为巴登的事，已送过他一个非常值钱的玉镯，今天的礼，不过是些麝香、熊胆之类的当地名贵药材。令刘青禾万万没想到的是，当他看到盒中一尊纯金的"马踏飞燕"艺术品时，不由惊得睁大双眼。

　　旺堆从盒中取出纯金艺术品，递给刘青禾观赏。

　　"县令大人，这是我年前，托在成都古玩市场做生意的朋友买回的艺术品。我知道您喜欢写诗作画，又擅书法，是个难得有艺术天赋的好县令。我认为，这件艺术珍品只配懂艺术的人拥有，若我这粗人占有了它，那就是对艺术的侮辱。所以，我今天将这件艺术品带来，就是送您经常把玩欣赏的。县令大人，这就叫你们常说的陶冶艺术情操吧。"

　　刘青禾一面欣赏"马踏飞燕"，一面思考旺堆定又有啥事要求他。颇有为官经验的刘青禾把"马踏飞燕"放回木盒后，既不表示拒绝也不说收下，然后坐回木椅问道："旺堆土司，感谢你新年间能想起我这老朋友来。今天你和大公子来看我，难道就不想说点别的？"

　　不傻的旺堆，见刘县令不说收下礼物反而探他心思，便诚恳回道："尊敬的县令大人，我新年来看望您，一来是想感谢前次为救巴登，您尽了不少力，还派出县衙兵丁为我保驾。虽然我损失了些银子，但巴登能平安归来，毕竟是件大好事。二来是我犬子巴登，已开始接我班，很快，他就将全面操持我旺堆家诸多生意。我想，无论是我家茶庄生意，还是别的新业务，今后还望您给予税收方面优惠和照顾。"

　　刘青禾听完，突然笑了："哈哈哈，你带巴登大少爷来我县衙，大有托孤之意啊。"

　　"县令大人，我绝无托孤之意。我只是想说，往后跟您打交道主要是我儿巴登了。我将逐步淡出生意江湖。"

　　弄清旺堆送礼目的后，刘青禾胆子开始大起来。他认为，今后在税收方面，他完全可以放旺堆一马。收下这件罕见的纯金艺术品作为交换条件，这利己利他之事，何乐而不为？想到这，刘青禾喝了几口酥油茶，低声说："旺堆土司，无论你今天有无托孤之意，往后对你家任何生意，我这县令都有义务关照，这你可完全放心。"

　　"这就好这就好。"旺堆说后，忙再次示意巴登，"还不快谢谢县令大人。"

巴登立即向刘青禾鞠了一躬，抱拳说："县令大人，往后还求您多多关照我巴登。"巴登话音刚落，门外便传来多吉声音："县令大人，又来客人啦。"

"让他们稍等，我这马上就好。"刘青禾高声回答多吉。此时旺堆已听出，刘县令回答中，含有向他告别之意。随即，知趣的旺堆父子，留下精美礼盒，匆匆告别刘青禾离开了客室。

令旺堆父子大感意外的是，当他俩刚走出县衙大门，就看见七八位拿着各式礼盒或包袱的人。站在大门外排队等候求见刘县令。这群人中，不仅有波绒和扎曲管家，还有玉香老板娘与洋教堂的丹珠。旺堆心里十分清楚，波绒和扎曲管家的年礼，一定比他纯金的"马踏飞燕"还要贵重许多……

夜里，回到桑尼房间的扎西和刀疤脸，喝了两瓶茅台烧春后，才回到教堂阁楼睡到中午。被桑尼叫醒的扎西二人，下楼喝酥油茶时，丹珠告诉三人，说她阿爸泽翁邀请大家下午去铁匠铺过新年。丹珠见扎西有些为难，便说："扎西大哥，难道你现是旺堆家贵客，就看不上简陋的铁匠铺了？"

"哎呀，丹珠小妹，咋这样说你扎西大哥呢。难道我是嫌贫爱富的小人？"

"我知道，你扎西大哥不是小人，才跟你开玩笑嘛。"

刀疤脸上前，拉着扎西问了几句，便对丹珠和桑尼说："二位妹妹，今天是你们藏历新年，我知道这新年在你们藏族人心中的分量。因旺堆和巴登一再叮嘱，扎西大哥非在他们家吃年夜大餐不可。何况，我和扎西未来的许多发财计划，也得依托春风茶庄进行，所以，望两位妹妹理解，就让他去应付这顿年夜大餐吧。他已答应我们，吃完大餐就赶到铁匠铺同我们团聚，如何？"

丹珠笑了，高兴地对扎西说："哦呀，锅庄王子，你可别喝醉啦，我们在铁匠铺等你过年，不见不散哟。"

桑尼也补充道："扎西哥，没有了我姐和梅朵，今晚，你无论咋样也要来铁匠铺过年。"

扎西点头后,就同早候在大门外的黑獒,一同朝旺堆碉楼大院走去。

待丹珠和桑尼穿上新装走出时,刀疤脸看着漂亮的二位妹妹,愣了好一阵后,夸赞地说:"谁说冬天若拉草原的花凋谢了,二位美女不就是盛开在寒冬的雪莲花吗?"说完,刀疤脸还夸张地跳了个欢迎动作,高兴地说了句"扎西德勒"。

"剑客英雄,我们走呗,我阿爸还盼着我们哪。"尔后,丹珠拉着桑尼,同刀疤脸一道朝铁匠铺走去。

路过醉一春酒馆时,刀疤脸叫丹珠二人等等,随后就跑进了酒馆。这些日子,虽说刀疤脸知道扎西在撮合他同桑尼走得更近些,刀疤脸心中对丹珠的喜欢仍是桑尼无法替代的。除了丹珠的美貌超过桑尼,更重要的是,受到基督教文化熏陶的丹珠,似乎更能从本质上理解他。当刀疤脸身体康复,他对丹珠暗暗喜欢的感觉就更加强烈。碍于诸多原因,刀疤脸不愿伤害扎西的美意和桑尼对他逐渐产生的感情,就把这种满含爱意的喜欢掩藏起来。今天既要去泽翁那做客,他刀疤脸无论如何也要做点像样表示才行。想到此,跑进酒馆的刀疤脸就向店小二点起菜来。

"给我来五斤卤牛肉、五斤手抓羊肉,外加五斤血肠、三斤牛肝和一份炒雪鸡。哦,对了,我还要两份油酥花生米和五个烤面饼,再来一坛上等茅台烧春。"一口气说完的刀疤脸,立马就把银子放在柜台上。

正在厨房忙碌的玉香听见刀疤脸的声音,立即走出对刀疤脸说:"兄弟,你昨晚锅庄跳饿啦,咋要这么多东西,你吃得了吗?"

刀疤脸笑了笑:"玉香大姐,今天我不赊账,付现银。"

玉香却急了:"兄弟,谁跟你说赊账的事,我是问你一人要这么多东西,你要吃多少天呀?"

刀疤脸还是笑着:"嘿嘿,玉香姐,不瞒你说,今天我们是一帮人过藏历新年,我不买点东西去别人家做客,像话吗?"

颇有心眼的玉香走到窗前往外一看,她见丹珠和桑尼在街对面等刀疤脸,气不打一处来说:"我说兄弟,你既知今天是藏历新年,你在县城又没家没室的,今天就别买东西走了。我请客,你就在我酒馆过年。让那两个小妖精该去哪去哪，行吧？"

刀疤脸一下慌了，忙说："大姐，你可千万别误会，那两位姑娘，一位是猎狼人扎西的妹妹，一位是泽翁铁匠女儿。我同扎西已约好，今天去泽翁家过藏历新年。"说完，刀疤脸拿出藏刀，又说，"你看，泽翁铁匠给我打的好藏刀，我还欠着他银子没给。你说，我今天该不该去谢他。"

玉香一把夺过藏刀，放到身后说："不行，你改天再去谢泽翁铁匠，今天必须在我这过年。"随后，玉香将嘴附在刀疤脸耳边，又低声说，"今夜酒足饭饱后，你就去我那过夜，咋样？"

刀疤脸沉下脸说："大姐，我昨晚跳锅庄时，是答应了结拜兄弟扎西的，今天要同他和桑尼一块过年。你若不让我去，我就会成为扎西心中无信义之人。难道，你非要让猎狼人拿枪来这逼你放人？"

玉香愣了。原本想强留刀疤脸跟她过夜的玉香，亲眼在玛尼石城目睹过扎西的厉害。她这生意人不愿得罪任何亡命徒。无奈之下，玉香只好说："剑客兄弟，那你们喝完酒后，就来我小院过夜，行不？知道吗，姐想你了。"

刀疤脸点头说："好的，玉香姐，我保证，今夜喝完酒后，一定来你小院过夜。"

笑了的玉香忙把藏刀还给刀疤脸，然后又把打包好的食物递上。门外，望着远去的刀疤脸三人，玉香恨恨地朝地上吐口水说："狗日的小妖精些，就会勾引我兄弟。"

黄昏，在逍遥楼对面候了一天一夜的蛮尕，仍不见黄大郎和三寸丁出来。怕挨打不敢再闯逍遥楼的他，一面抹泪一面说："大哥啊，你们莫非累趴在女人堆里了，咋现在还不出来啊……"说完，饿得难受的蛮尕，慢慢朝挂着酒幌的醉一春酒馆走去。

酒馆内，今天生意似乎比往常好许多。有些藏族生意人在馆内请有生意往来的汉人团聚，劝酒声、碰杯声和嬉笑声不时响起。其中两桌，还有藏族汉子端着酒碗唱酒歌，声音欢悦又豪迈。

正高兴指挥手下伙计忙着上菜的玉香，见头发散乱浑身散发臭气的蛮尕钻进酒馆，立马抓个面饼塞给蛮尕，说："叫花子快走，今天千万别来搅扰老娘生意。"或许是刀疤脸答应了晚上要去她那过夜,玉香第一次施舍给蛮尕一个完整大面饼。

蛮尕抓着热烙的大面饼,一面啃吃一面又朝逍遥楼走去。突然,蛮尕看见黄大郎和三寸丁从一家旅店走出,然后快步又钻进小巷。大喜的蛮尕摇着手中面饼,忙朝黄大郎二人撵去。

追进巷内,蛮尕见巷中并无人影。纳闷的蛮尕刚要返身,三寸丁一把短刀抵在他腰上。蛮尕吓得还没张口,闪出的黄大郎用枪抵在蛮尕额头,问道:"蛮尕,你为啥老缠着我们?"

被吓得浑身颤抖的蛮尕随即跪地,叩头说:"大、大头领,我盼了你们好久啊。"说完,蛮尕就抹起泪来。

黄大郎厉声又问:"老子牺牲了兄弟救你出狱,为啥你不返回老鹰岩?"

"大当家,我没说不回老鹰岩呀。我是想报了仇再回。"

黄大郎一怔:"报仇?你这独臂之人,要向谁报仇?"

"大头领,我这条胳膊是旺堆土司砍掉的,我不杀了土司,就决不返回老鹰岩。"

黄大郎问道:"你没跟我们回老鹰岩,是想留下向旺堆报仇?"

蛮尕点头回道:"就是。"

"蛮尕,你留在县城三十来天了,仇报得咋样?"

蛮尕叹道:"唉,大哥,您是不知哪,这旺堆很少出大院,即便有事出门,也跟着巴登或手下伙计,我这独臂之人要下手太难。没想到,前不久,那在玛尼石城跟我们枪战的猎狼人,也住进了土司大院。我就更没机会杀旺堆了。"

黄大狼大惊:"你能给老子确定,那猎狼人真住进了土司院里?"

"大哥,我天天监视土司大院,还跟踪他们行踪。猎狼人住进土司大院,那是千真万确的。"

三寸丁拉过黄大郎,低声说:"大哥,从二哥探听回来的消息中,他并没提到猎狼人住进土司大院呀。现在情况有变,我们咋办?"

黄大郎再次用枪抵着蛮尕额头问道:"猎狼人住进土司大院这事,你敢给老子确定吗?"

"大哥，我拿脑袋担保，这事若有不实，您就崩了我。"

黄大郎将枪一挥，对三寸丁说："走，我们同老二会合去。"随即，蛮尕跟着黄大郎二人，朝法轮寺后面塔林赶去。

几盏酥油灯，照亮了旺堆家大客厅。

丰盛的团年饭，仍在不断相劝的喝酒声中进行。扎西望着桌上摆满的牛羊肉和两只大熊掌，还有鹿肉、牛肝、血肠、鸡鸭、核桃、花生、红枣与瓜子等各种山珍野味，很是感动的扎西，再次端起酒碗对旺堆说："扎西德勒，尊敬的旺堆土司，十分感谢您让我第一次吃到如此丰盛的美味。这顿年夜饭，将使我扎西终生难忘。"

旺堆笑着说："嗯，扎西，你快别说见外话，这区区平常家宴，何足挂齿。我真希望你这巴登的师父，在往后日子里，都在我家过年才好哩。"

"尊敬的旺堆土司，现在我当着您和这些伙计表个态，今后若用得上我扎西时，只要您一声招呼，我扎西定当全力以赴在所不辞。"说完，扎西就将碗中酒一饮而尽。

这时，刚来春风茶庄十天的吴三娃（小秋哥远亲），机灵地又给扎西碗中倒满酒，然后又麻利地去厨房端汤上菜。巴登满意地看看吴三娃，端起银质酒碗走到扎西面前，单腿跪下说："师父，今天我巴登还要再敬您一碗酒。除感谢您帮我家打土匪外，这里，我巴登还有一事相求。"

"巴登，有啥事你尽管说，还跟师父客气啥。"扎西说完，就去拉巴登。

巴登忙阻止说："师父，您还没听我说相求之事，等您听完后答应我巴登，我再起不迟。"这时，谁也没想到，曲珍从身后拿出一张绿度母唐卡，走到巴登身边也对扎西说："尊敬的猎狼人大哥，我送一张我画得最满意的唐卡给您，也算是求您答应我哥请求，行吧？"

看全客厅人都盯着自己，扎西忙对曲珍说："曲珍小妹，我扎西还不知巴登要求何事，就冲你这张漂亮的唐卡礼物，我就先答应下来，你该高兴吧。"

曲珍一听，欢喜地把唐卡画递给扎西，然后拍手说："谢谢猎狼人大哥，我曲珍十分高兴。"看着快乐天真的曲珍，全屋的人都笑了。

尔后，扎西忙对巴登说："巴登，快说啥事，老跪着干吗？"

"师父，前几天当我听说师叔一夜杀了十头大狼时，我就彻底服了他。他和您都是我们藏地的杀狼英雄。这里，我想求您说服我剑客师叔，加入到我们春风茶庄团队来，发挥他武艺高强的作用。您看如何？"

心中暗喜的扎西，装出有些为难的模样，问道："巴登，你师叔确是个难得的文武双全之人，若他答应来你手下做事，你想咋安排他呢？若安排不对路，就是来了也会离开的。"

"师父，您不是说过，师叔曾跑过马帮又去过拉萨吗？我早已想好，若他入伙，我在控股肖志雄马帮后，就让他带上钦嘎热，代表我方进入马帮，武装押运我们送到拉萨的贵重货物。报酬嘛，我按每次利润两成提给他。您看，这行不？"

扎西想了想，说："嗯，你家出的本钱，他只负责押运，这分两成利润是否有些高了。我认为提一成就行了。不管他答应不答应，这里，我都先替你剑客师叔谢谢你。我认为，你安排他负责马帮押运这差事，或许他能答应。"其实，扎西做梦也没想到，巴登的请求正是他和刀疤脸做梦都想要的结果。这结果的到来，正中扎西下怀。扎西在心里叹道，杀狼好哇，不仅能为妻女报仇，居然还能带来意想不到的名利。

巴登听后大喜，忙说："师父，这么说来，您答应说服师叔啦？"

"我刚不是答应了曲珍嘛，放心吧，我一定说服我剑客兄弟来助你发财，争取早日挽回被土匪绑票造成的损失，把我们春风茶庄搞得红红火火的。"扎西说完，大家都高兴得拍起巴掌来。大喜的巴登，仰脖把碗中酒一口喝干。

不久，黄大郎和三寸丁同泽木刺带来的土匪在塔林中会合。泽木刺与秃子见着蛮夯大惊。黄大郎很快将猎狼人住进土司大院的消息告知泽木刺，泽木刺听后非常诧异："咋的，我前些日子探听情况时，秦妈和我们眼线并没提到此事？"

三寸丁补充道："二哥，据蛮夯探到的情报，那猎狼人是最近不久才住进去的。好像要在土司家过藏历新年。"

泽木刺犹豫片刻，向黄大郎问道："大哥咋办？今晚还向肥土司动手不？"

蛮尕一听，猛地从腰间拔出短刀，给黄大郎跪下叩头说："大哥啊，你们定要向肥土司动手替我报仇啊！您知道吗，那旺堆土司的女儿长得可漂亮了。您抢了银子回老鹰岩时，也顺便把那小姐抢回老鹰岩做压寨夫人。真的，那小姐还是个会画唐卡的美人。"

黄大郎一怔："蛮尕，你咋晓得那小姐会画唐卡？"

"大哥，我已窥探跟踪肥土司家快三十天了，我对他家情况非常熟悉。"

黄大郎问道："蛮尕，今晚行动完后，你跟我们回老鹰岩吗？"

"大哥，只要杀了肥土司，替我报了仇，您叫我去哪我就去哪。"

"我就想不通，你为啥非要杀了肥土司报仇？这世上，报仇的方式多着哪。你明白吗，老子要养着他给我们供款。长则两年短则一年半载，我就得叫他出次血。杀了他岂不断了弟兄们财路？"

蛮尕听完，心有不甘地说："大哥，我的胳膊是肥土司砍掉的，不杀了他，我蛮尕难消心头之恨！"

黄大郎急了："好你个瓜娃子，老子每年让他拿巨额银子出来赔你断臂，难道不比杀了他更好？"

蛮尕还坚持地说："大哥，若你不让我杀肥土司，我杀他女人总可以吧？"

黄大郎盯了蛮尕一眼，回身看了看众匪，压低声音说："弟兄们，都给我听着，今夜突袭土司大院计划不变。只要旺堆交出那三千两银子，我们就不必杀了他们。若他们胆敢反抗不交出银子，老子就血洗旺堆大院！"说完，黄大郎将短枪一挥，群匪兵分三路悄悄朝旺堆大院摸去。

铁匠铺内，刀疤脸一面喝着茅台烧春，一面同泽翁、丹珠几人愉快聊天。快到子夜时，不知不觉中，刀疤脸就喝了整整几大碗烈酒。小尕娃忙碌地给大家倒酥油茶，不时又在火炉上翻烤羊肉串。喝了不少青稞酒的丹珠和桑尼，此时脸上就像晕染了彩霞，红得艳丽灿烂。

再次开门看了看空旷而冷寂的街道，刀疤脸关门又坐回桌边说："唉，看来扎西兄今晚喝醉了，倒在土司大院来不了啦。"

泽翁叹道："我看哪，准是有钱有势的旺堆家食物丰盛，他扎西吃得走不动了。"

桑尼看着刀疤脸，忙说："我扎西哥不是那种没信誉的人，他没赶来的原因，准是旺堆一家，为感谢扎西曾帮过他们从土匪手中夺银，仍在热情招待我扎西哥哩。"

接着，丹珠起身，端着半碗青稞酒对泽翁说："阿爸，夜已深了，我和桑尼还得赶回教堂，不然，约翰牧师又要担心了。临别前，我再敬您和尼玛大叔一碗青稞酒，祝您二老身体健康，佛祖保佑你们长命百岁。"说完，丹珠就把碗中酒喝干。

当丹珠打开门，刀疤脸忙起身说："二位妹妹别忙，让我这剑客大哥送你们回洋教堂。唯有这样，泽翁大叔和尼玛天葬师的年夜酒，才会喝得放心。"说完，刀疤脸拉上门，护送丹珠二人朝教堂走去。

按事前计划，子夜时分，黄大郎一伙分头包围了旺堆碉楼大院。

负责从正门突袭的黄大郎，听见秃子发来几声猫叫信号后，知道从院后两角落助攻的泽木刺和秃子二人，已分别带着几个土匪架梯做好翻墙准备。这时，跃跃欲试的三寸丁见黄大郎发出命令后，立即蹿至大门，用刀开始拨动大门门栓。谁料想，对钉有铁皮的大门，短刀根本无法插进。着急的三寸丁看看院墙，退后几步猛地一跃，就蹿上墙头。

还未等三寸丁看清院内情况，卧在楼下的黑獒猛扑过来，对着他几声狂叫。三寸丁顿时慌了，拔出飞镖就朝黑獒甩去。令三寸丁万万没想到的是，丝毫没退缩的黑獒一跃而起，用牙衔住飞镖，随即几声咔吧声，黑獒将飞镖咬断吐在地上，然后又对三寸丁凶猛扑叫。

十分惊诧的三寸丁忙从怀中掏出一坨牛肉，朝黑獒扔去。令他大为气恼的是，黑獒看也不看面前牛肉，仍朝他狂叫不止。毛了的三寸丁掏出短枪，挥枪朝黑獒打去。枪响时，黑獒就地一滚，躲过了三寸丁子弹。

原来想打死黑獒，跳下院墙再打开大门强行突进院中的三寸丁，见黑獒如此神勇，忙跳下院墙对黄大郎说："大哥，快从后院突袭，前门已被狗日的大獒护着，没法进去。"黄大郎一听，忙率几人朝泽木刺跑去。

屋内，听见枪响的扎西和巴登，猛地抓起身边叉枪和快枪。黑獒叫声再次传来。扎西忙对众人说:"不好,有情况!"随即扎西迅速将客厅酥油灯吹灭,又说,"巴登,你和钦嘎热有快枪,给我守住大门和窗户。小秋哥和吴三娃,你俩赶快拿刀,做好迎战准备。"

此时,黑獒的叫声又从大院后方传来。扎西将窗推开一条缝往外一看,这时,只见两个人影从墙上跳下,端枪弯腰朝碉楼摸来。扎西伸出叉枪朝人影打去。只听枪响后,中弹的土匪趴在地上叫唤起来。接着,大院后方墙头又冒出几个脑袋。

见情形危险的扎西立即对众人说:"不好,我们遇上来偷袭的土匪了。土司大人,您快领着央宗阿妈和曲珍,躲到楼上佛堂去。"

黑暗中,旺堆拔出藏刀,高声说:"扎西,我不躲。这帮狗娘养的土匪,他们非要跟我过不去,今天,我要跟他们拼个你死我活!"旺堆话音刚落,几颗子弹就打在窗户上。

见阿佳和曲珍吓得抱在一团,火起的旺堆厉声说:"阿佳,你愣着干啥,快带曲珍躲进佛堂去,打土匪是我们男人的事!"说完,旺堆举着藏刀冲到客厅门后,准备冲出去同土匪拼命。

巴登猛地抱住旺堆,哭喊说:"阿爸,您别去啊,有扎西师父和我们在这,我师父自有办法对付土匪,您不必冲出去白白送死。"这时,阿佳和曲珍竟吓得呜呜哭起来。扎西忙命令小秋哥将阿佳母女扶上楼。很快,扎西回身又对冒出墙头的脑袋开了一枪。

趴在墙头观察一阵的黄大郎跳下木梯,对泽木剌和三寸丁说:"你俩听清了吗,今夜守这碉楼的只有一杆破猎枪。我们在土司后方已吸引了他们注意力,老三,你快带秃子几人,仍从前面大门突袭,我们前后夹攻,今夜才能取胜夺得银子。"转眼间,三寸丁和秃子几人,又沿墙根朝前面大门蹿去。

蹿到大门的三寸丁一伙,一同使力企图用肩头顶开大门。一阵顶撞后,铁皮大木门依然纹丝不动。无奈之下,三寸丁又跃上高墙,想跳入院内打开大门,用强攻方式迫使旺堆投降。没想到,刚爬上墙的三寸丁一露头,黑獒汪汪大叫,又从院后方朝他扑来。

扎西听见黑獒叫声又从大门方向传来，立即明白土匪想用前后夹攻方式冲进大院。扎西命巴登和钦嘎热用枪守住窗户，防止土匪跳进院内。很快，巴登和钦嘎热各守一个窗户，用快枪朝趴在墙头的土匪射击。打在墙上的火星，转眼间就把土匪吓得躲在墙后不敢动弹。

室内的旺堆手抓藏刀，焦急地躲在窗后往外东瞧西看。由于天黑视力不佳，他根本看不清外面动向。气极的旺堆夺过钦嘎热快枪，胡乱一气朝外开了几枪。巴登见阿爸浪费子弹，冲过来又夺过旺堆手中快枪扔给钦嘎热，埋怨说："阿爸，你眼睛不好又没使过快枪，就让钦嘎热打吧。"说完，巴登躲在窗后，又朝探头的泽木刺开了一枪。

由于黑獒狂叫猛扑，三寸丁根本不敢跳进院内。这时，只见机灵的三寸丁，挥枪朝黑獒连做两个开枪假动作，不知是假的黑獒连续在地上几个翻滚，刚站起的黑獒还没发出叫声，就被三寸丁的子弹打掉一只耳朵，子弹又擦过肚皮钻进了黑獒大腿里。

窗内的扎西见黑獒跛脚扑叫，知道黑獒已受伤。气得咬牙的扎西猛地拉开门端着叉枪冲出。就在扎西朝墙上三寸丁开枪时，领教过扎西枪法的三寸丁一声大叫，假装中弹的他立马朝墙外倒去。这时，趴在墙头的秃子和几名小匪，一同吼叫着朝扎西一阵乱枪打来。见势不妙的扎西，只得闪身又退回屋内。

想了片刻，扎西抓过钦嘎热快枪，随即将叉枪交给钦嘎热说："你给我守住外面大门，土匪一时半会儿不敢冲进来。"随即，扎西将躲在墙角发抖的吴三娃抓到旺堆面前，对旺堆说："土司大人，您和他协助巴登守在楼下，只要土匪冲不进碉楼，我就有法叫他们很快滚蛋。"说完，扎西叫上小秋哥，朝碉楼顶上跑去。

送完丹珠和桑尼的刀疤脸，借口再去路上等等扎西，就悄悄朝后街玉香小院走去。走拢小院的刀疤脸见四下无人，便叩响小院木门。很快，玉香开门将刀疤脸拉进小院。刚一关门，玉香就扑进刀疤脸怀里，说："好兄弟，为你今夜特别守信用，大姐先亲你两口再说。"随即，玉香踮脚就给刀疤脸两个响吻，刀疤脸抱起玉香，就朝屋内走去。

刚进屋放下玉香，远处就传来一声枪响。刀疤脸侧耳听了听，没在意的他就坐在摆满酒菜的桌前。玉香端起酒杯,高兴地说:"来,兄弟,你我都是汉人,他乡遇老乡,两眼泪旺旺。大姐为你今天难得的守时,再敬你一杯。"说完,玉香将杯中酒一饮而尽。

刀疤脸端杯刚要回敬玉香,突然,远处传来一阵激烈的枪声。刀疤脸仔细听后说:"不好,这枪声好像是从土司大院方向传来的。"说完,刀疤脸抓起桌上藏刀说:"大姐,我扎西兄今晚在土司那喝酒,我得去看看。"

玉香急了,一把抓住刀疤脸说:"兄弟,这藏地东西烫,土匪和头人屁儿黑。你莫要惊风火扯去帮干忙。今夜,你就在我这睡个安逸觉,明早天亮再去看看,也是要得的嘛。"

刀疤脸一把推开玉香,生气地说:"大姐,这咋行。你尽说些球莫名堂的话,这是要把我陷入不仁不义之中啊。你别急,我去看看就回。"说完,提着藏刀怀揣短枪的刀疤脸冲出小院,一溜烟朝土司大院方向跑去。

上了楼顶的扎西立即命令小秋哥,给他在楼顶来回监视想翻进院的土匪。这一招果然有用,眼睛好使头脑灵活的小秋哥,趴在楼顶只露半个脑袋,快速沿着楼顶矮墙转圈,寻视墙外土匪动静。一旦发现爬上墙的土匪,小秋哥就招手低声喊叫扎西。扎西立即举枪放翻墙头土匪。很快,有两名小匪就被扎西快枪打死在墙上。

黄大郎和泽木刺,很快发现碉楼顶上打冷枪的扎西。于是,黄大郎一伙躲在外墙根不敢再往墙上攀爬。这时,从小巷蹿来的蛮尕,举着几支火把对黄大郎说:"大哥,我们用火可把院内马厩点燃,趁土司他们慌乱时,您再带领弟兄们攻进去。"

很快,被点燃的火把就投进了院中马厩。大火很快在院中熊熊燃烧起来。钦嘎热一看马厩着火,一下蹿出企图灭火。没想到,最先进院被扎西打伤的黑四,早爬到客厅外躲起,他见钦嘎热一出来,跃起抓住钦嘎热叉枪就扭打在一起。受伤黑獒见冲天大火腾起,急得在院内东跳西蹿汪汪乱叫。

此时,趁乱的三寸丁和秃子几人,从墙上跳下打开院门。接着,三寸丁蹿到扭打在一起的钦嘎热和黑四身边,一刀就朝钦嘎热肚子捅去,钦嘎热一声大叫,顿时昏死过去。随即,端枪的三寸丁和秃子几人,喊叫着朝院中大门冲去。

　　巴登见有人冲进屋来，连开几枪把三寸丁几人又打出门外，很快，手举藏刀的旺堆和吴三娃，就守在客厅门后，防止土匪再次冲进屋来。在门外寻不着人影的三寸丁紧握飞镖，一脚朝身边小匪踢去。"快，给我往里冲。"小匪刚冲进屋，就被旺堆藏刀砍翻在地。这时，发现人影的三寸丁立马朝旺堆甩出飞镖。听见响声的旺堆将头一埋，只见飞镖将旺堆头上的皮帽扎翻在地。

　　火光中，黄大郎率冲进院的土匪们，立马散开，有的躲在客厅外，有的躲进杂屋间。在楼顶寻不着土匪人影的扎西急了，他大吼一声，从楼顶纵身跳到院中，随即一枪朝从杂物间探出头的小匪打去。客厅门柱后的三寸丁见是猎狼人，挥镖就朝扎西甩去。听见风声的扎西见一道黑影飞来，立马用枪管一拨，飞镖即刻飞往火堆。扎西趁机扣响扳机，反应极快的三寸丁立即回身躲到门柱后。

　　跑拢土司大院外的刀疤脸，借着火光一看，果然是土匪在攻打土司大院。虽说他对旺堆和巴登并无好感，但一想到扎西在院内还不知死活，着急想救扎西的刀疤脸，立即从怀中掏出短枪朝土匪射击。两枪之后，趴在墙头射击的土匪就滚落下地。

　　泽木剌见有人从后面开枪打伤手下，立即命令小匪们调转枪口对付偷袭之人。刀疤脸见群匪朝他开枪，忙闪身躲到民房后继续射击，以便吸引土匪火力减轻大院压力。黄大郎一听院外枪声激烈，怕被包围的他率几名小匪忙蹿到院外。很快，密集的子弹就朝屋后刀疤脸射来。

　　正当刀疤脸同黄大郎一伙激烈枪战时，突然，在暗中举着藏刀的蛮尕，从后挥刀朝刀疤脸头顶砍来。听见响动的刀疤脸侧身闪躲时，下意识挥动右手去挡劈下藏刀。没想到，蛮尕藏刀砍在了短枪管上。只听当的一声，刀疤脸手中短枪被猛然击落在地。还没等刀疤脸抽出腰间藏刀，凶顽的蛮尕用独臂抓着刀疤脸藏袍，一头朝刀疤脸头部撞来。来不及躲闪的刀疤脸，只好摁住蛮尕的头朝后倒地。转眼间，蛮尕同刀疤脸就在地上扭打起来。

　　很快，发现是独臂叫花子同他打斗的刀疤脸，气得脸歪的他挥拳朝蛮尕头上打去，然后顺势用脚猛地一蹬。被蹬得在地上滚了几圈的蛮尕，一下将地上短枪抓在手中。这时，黄大郎几人瞬间冲了过来。

　　院门外，被扎西撵出的三寸丁和秃子几人，立马躲在墙后，又同院内扎西几人展开枪战。很快，窗后旺堆的肩头被子弹击中，鲜血顺手臂流下，没枪的小秋哥急得在客厅直跺脚。吴三娃忙替旺堆包扎后，又抓起藏刀躲到门后。巴登见阿爸受伤，冲出客厅举枪又朝土匪射击。

　　借着火光，扎西开枪撂翻院外一名小匪后，枪里就没了子弹。小秋哥见扎西停止射击，很快反应过来是没了子弹。小秋哥立马冲出抓起钦嘎热身边叉枪，又朝门外土匪开枪，阻止土匪冲进院内。这时，三寸丁发现扎西没了子弹，吼叫着挥枪妄图再次冲进院内。扎西忙丢下快枪，从怀中掏出短枪又朝三寸丁一伙打去。三寸丁见扎西子弹打来，吓得又慌忙退回大门外。

　　冲上的黄大郎几人，举枪围住地上的刀疤脸。蛮尕举着火把照着刀疤脸对黄大郎说："大哥，就是这家伙从后面打我们冷枪。"黄大郎认出脸上有疤的刀疤脸，气得一脚朝刀疤脸踢去："狗日的盗马贼，你还胆敢跟我们雪山雄鹰大队作对。找死的东西，给老子爬起来！"随即，黄大郎对身边小匪交代，"等会儿把这盗马贼给我押进土司大院，老子要送他们一道去见阎王。"

　　黑暗中，黄大郎哪知躺在地上的刀疤脸身下压着藏刀。在刀疤脸假装束手就擒挣扎爬起时，突然刀疤脸一个鲤鱼打挺跃起，一拳朝蛮尕击去时，又飞起一脚踢飞黄大郎手中短枪。刹那间，刀疤脸猛地蹿上，一下将藏刀横在黄大郎脖子上，厉声说："大头领，快叫手下退后，否则你我同归于尽。"

　　这突如闪电的情势变化，是黄大郎一伙万万始料不及的。由于刀疤脸力大过人，把黄大郎勒得直翻白眼。此时，只见黄大郎用手势朝小匪们示意："快——快放下武器，给我退——退后。"无奈之下，土匪们只好枪口朝地，慢慢朝后退去。接着，刀疤脸对蛮尕厉声说："快把你手中短枪，给老子拿过来。"蛮尕看着被刀架在脖子上的黄大郎，只好极不情愿地把枪递给刀疤脸。

　　拿到枪后，刀疤脸立即用枪抵着黄大郎腰说："你快叫手下撤出旺堆大院。否则，县衙兵丁一到，你们将全部死无葬身之地！"

　　黄大郎求饶道："好汉，若我的人马撤走，你能放我吗？"

　　刀疤脸回道："大头领，你我都是刀口上讨生活之人，本应井水不犯河水。我王剑客说话算数，只要你人马撤回老鹰岩，我立马就放了你。若我食言，三日内定被乱枪打死！"

　　"好，我黄大郎信你剑客好汉发的毒誓！"随即，黄大郎扭头对蛮尕说，"蛮尕，你快去叫二头领他们撤出大院，我们立马回老鹰岩。"

　　蛮尕一听急了，朝黄大郎跪下哭着说："大哥，我们马上就活捉旺堆了，为啥要撤出碉楼大院啊！"

　　刀疤脸见蛮尕根本不愿进院通告黄大郎命令，举枪就朝蛮尕身边打去。子弹溅起泥尘时，刀疤脸怒吼道："狗日的，你连你们大头领命令也敢违抗？！"

　　蛮尕"啊"大叫一声，爬起就朝碉楼大院跑去……

第十六章

威逼利诱，终于拿下马帮控股权

农历三月下旬，川西平原早已是百花盛开草长莺飞时节，而在川西北高原，草原上的积雪才开始慢慢融化。一些草甸和山坡，春风吹拂后，又悄然蹿出星星点点嫩芽，不久，在扎西眼中，若拉草原又开始绽放出依稀新绿。

每年这时，草原狼就开始了紧张而繁忙的交配季节。体格壮硕的乌岗狼王为狼族兴旺，每天要同七八头母狼交配。一旦它发现有公狼偷偷同母狼交配，轻则咬伤逐出狼群，重则让偷欢公狼死在它尖利长牙下。

狼属于典型的食物链上层掠食者。在它们栖息地中，只有人类才会对它们构成实质性威胁。交配受精后，母狼经六十多天怀孕期，就会生下数量不等的一窝狼崽。有了小狼后，公狼便负责猎取食物，喂养小狼崽（有时也包括收养的未成年幼狼）。

狼的家庭观念极强，狼群就是以核心家庭形式组成。小狼吃奶时间需要五六个月之久，但出生一个半月后就可吃些碎肉。小狼一般长到三四个月大就可跟随父母去猎食，半年后，小狼就学会自己捕猎食物了。狼的寿命是十二到十四年。狼族在低海拔大都是一月交配，在高海拔却要延至农历三月交配。在乌岗狼王统领下，又开始在草原大量捕食旱獭和草原鼠兔的狼群，循着季节轮回之影，在一次次撒欢中完成延续狼族生存的神圣交配。

两个月前的藏历新年之夜，刀疤脸以土匪全部撤出土司大院为条件，放走黄大郎。在逃回老鹰岩途中，三寸丁安慰黄大郎说，待他们雪山雄鹰队伍扩充壮大后，仍要来收拾肥土司。黄大郎则咬牙说，若要从肥土司那每年收到贡银，必须得设法除掉猎狼人和汉人王剑客。

经过近两个月治疗，旺堆肩上的伤已逐渐痊愈。没被土匪吓住的旺堆土司，伤好后立即同巴登商量买枪的事和如何收购马帮股份。其间，所幸的是，被刀捅得流出肠子的钦嘎热，被救治后居然又奇迹般活了过来。

为助扎西向狼复仇，这两个月间，刀疤脸三次陪同扎西去草原和雪山冰谷搜寻狼群踪影。他俩除打死两头单独觅食的大狼外，猎狼人扎西根本就没寻到狼群踪影。扎西几次报怨老天不公，没给他一次杀死十头大狼的机会。刀疤脸总在这时安慰扎西，说往后定有杀死二十头大狼的机会。无奈的扎西苦笑回道，二十头，那一定是几窝狼崽吧。

为报答刀疤脸救命之恩，藏历新年第二天，在扎西提议下，带伤的旺堆同巴登商量后，就送给刀疤脸一匹白色好马，另加两根金条。来者不拒的刀疤脸不仅照单全收，甚至连一声道谢之言也没有。在刀疤脸看来，这是他理所应得的回报。但有一点变化却很微妙，自刀疤脸客观上解救土司大院后，巴登对刀疤脸已有感激之心。

可当旺堆送给扎西八十两银子时，扎西却异常坚决拒绝接受。扎西拒绝的理由是，他作为巴登的师父，吃住又在土司家中，保卫大院是他应尽之责，若收下银子他良心会不安。至于结拜兄弟王剑客收下马和金条，扎西却说那是剑客兄弟自己的选择，与他没啥关系。

刀疤脸在同扎西和巴登几人喝酒时，从巴登嘴中得知，几个月前巴登就是从老鹰岩后山逃出匪巢的。这就说明，老鹰岩前山防范严密，他要从匪窝夺回乾隆爷用过的宝贝酒器，只能从后山摸上去，神不知鬼不觉盗走酒器。在陪同扎西向狼复仇的几次行动中，刀疤脸和扎西已偷偷去了两次老鹰岩后山，并同扎西商量了行动方案。由于冬季崖冰多而滑，刀疤脸只好推迟了他的隐秘计划。

不久，孤胆刀疤脸同土匪血战和一夜杀死十头大狼的消息，逐渐在若拉草原传开。现在，在打箭麓县城，常有人在刀疤脸身后指指点点，议论这个传奇而神秘的人物。同扎西一样，脸上有疤的刀疤脸很快成为若拉草原公众人物。教堂里，约翰为自己当初收留有伤的刀疤脸感到欣慰。其他教堂神职人员也开始另眼相看刀疤脸。最开心的自然是丹珠和桑尼，她俩为拥有英雄般剑客大哥的情谊而自豪。

清明后不久，精瘦的肖志雄率马帮驮着砖茶和绸布来到打箭炉。令肖志雄万万没想到的是，居然在春风茶庄迎接他的是刀疤脸。寒暄过后，没失信的肖志雄悄悄付给了欠刀疤脸的十两买马银子。

按往常规矩，肖志雄在卸完部分货后，还要去其他商号卸货，他得照顾所有跟他有生意往来的老板们。不能在一棵树上吊死，这是他做生意的原则。更出乎肖志雄意料的是，刀疤脸要肖志雄伙计全部卸完货后，去客栈歇息，并叫小秋哥拿出几两银子，让这些伙计去酒馆美美吃喝一顿。

刀疤脸则强行将肖志雄拉进茶庄装修得不错的客室，并向肖志雄递上热腾腾的酥油茶。

"师父，您一路辛苦了。"

脸被气歪的肖志雄，一把将手中酥油茶碗砸在地上，厉声喝问："好你个刀疤脸，你凭啥将老子的货全卸在这，马帮是我做主还是你做主？！"

刀疤脸并不生气，笑着说："师父，您运气来啦。"

肖志雄诧异道："啥运气？老子前几年遭土匪抢后，就从没有过什么鬼运气。你别骗我！"

"肖老大，您是我师父，摸着良心说，我王成汉多久骗过您？"

肖志雄环顾门外，见小秋哥与其他伙计对刀疤脸恭敬有加，忙将门掩上，疑惑地问道："刀疤脸，你小子莫不是用啥手段，将春风茶庄拿下了？"

刀疤脸摇摇头："春风茶庄从没易主，但却进了新股东，业务将进行扩充拓展。"说完，刀疤脸拉开门，朝小秋哥使个眼色说："小秋哥，快去叫老掌柜和少掌柜来茶庄，就说老朋友肖老板来啦。"很快，小秋哥就匆匆出了店门。

肖志雄压低声音问道："刀疤脸，你金盆洗手，不再盗马啦？"

"师父，过去干那事不是迫不得已嘛，现在，我王成汉也是堂堂正正的未来股东了。"

肖志雄大惊："啥，你要成为茶庄股东？凭啥？"

刀疤脸将头一昂，说："凭我敢独自同土匪血战的勇气，凭老子一夜能杀死十头恶狼的本事！难道，凭这些还不够？"惊异的肖志雄张着大嘴，难以置信地说："啥？你一人敢同土匪们血战？还一夜杀死十头大狼？你——你忽悠藏族同胞还成，难道我会信你这些瞎吹胡编之事？"

"啥瞎吹胡编？改天，我非得让您见见，那夜在魔鬼寨下亲眼见证我杀狼的三个证人，如何？"

肖志雄愣愣盯着刀疤脸，似信非信地点点头。

很快，巴登和扎西就来到春风茶庄。

当巴登热情地同肖志雄搂抱完毕后，刀疤脸慎重向肖志雄介绍了他的结拜大哥扎西。肖志雄听完刀疤脸介绍，更为惊讶地对刀疤脸问道："王成汉，咋你俩都是杀狼的，难道这春风茶庄要成立杀狼队？"

刀疤脸笑道："师父，茶庄咋会成立杀狼队呢。但我们几人相聚在此，却还真跟杀狼有关。"

扎西见刀疤脸和巴登对肖志雄极为客气，忙拉着肖志雄的手说："扎西德勒，您是马帮统领，大大的厉害。今天，我扎西有幸认识您这剑客兄弟的师父啦。"

巴登对刀疤脸一阵低语后，刀疤脸点头便转身对肖志雄说："师父，旺堆土司身子欠安，在屋里歇息，我们一道去看看他，顺便在那商量点事，然后再把货款付您。您看如何？"

肖志雄听说要收货款，忙高兴地点点头。随即，几人出了店门，朝旺堆雕楼大院走去。

自约翰牧师从魔鬼寨回教堂后，一直在筹办购买和搜集修建麻风医院所用的建筑材料。现在来做礼拜的教友们进出教堂已不方便了，因教堂院内早已堆满新旧树干和砖石，以及旧门窗等。

约翰上午主持召开了教友大会。会上他告诉教友们，教会修建麻风医院计划已得到刘县令和喜喇大活佛支持，为此事，县衙和法轮寺还各捐赠了五十两银子。约翰动员有能力的教友有钱出钱，没钱出力也行。从明天开始，大家要将院内砖石和旧门窗等物转运到建院地点去。会将结束时，他还高兴地对教友们说，成都基督教会已来信，初夏时节，主管牧师将来若拉草原检查即将开始的修建工作。

会上，阿佳央宗带头表示，她愿出一辆马车转运修建材料。在央宗带头下，一些男女教友纷纷表示愿做义工，为早日建好麻风医院尽一份力。令约翰十分失望的是，算上教堂马车和央宗提供的马车，仅靠这两辆马车，要转运完那么多建筑材料，不知要拖到啥时才能完成。

约翰牧师决定，他必须去向县衙和法轮寺借马车才行。临行前，他特意叫上能说会道的丹珠。约翰知道，美女的力量有时远远胜过道义说教。

当肖志雄踏进旺堆大院开始，他的直觉就告诉他，可能会发生什么事，因为，旺堆土司从不让生意上的人，去他雕楼大院。

见面寒暄后，旺堆见肖志雄喝完第一碗酥油茶，立马叫巴登向肖志雄付清所有货款，另外，还特意对肖志雄马帮驮来的三十斤洪雅明前新茶表示感谢。旺堆告诉肖志雄，夏天时，藏地的一些汉人老板和藏族头人，确有部分人开始喜欢用瓷盅泡新茶喝。肖志雄收好银子后，立马向旺堆表示，若这批明前新茶好销，他下次来打箭麓时，还可多带点。

好一阵劝酒后，一直纳闷的肖志雄，终于听到旺堆问话。

"肖老板，有件事我想同你商量商量，不知你意下如何？"

"尊敬的土司大人，您还没说啥事，我这马帮头咋表态呀？"

旺堆点头："是这么个理。我想问问，你想扩大自己马帮业务吗？"

肖志雄一怔，转眼笑道："哎呀，土司大人，我可没您财大气粗，扩大业务需要银子，我是小本生意，我的马帮业务仅够我全家糊口，哪还有多余银子来扩大业务？"

"肖老板，你别在我面前哭穷，你只回答我，想不想扩大业务多赚银子便是。"

肖志雄眼珠一转，立刻起身回道："尊敬的土司大人，我想，我做梦都想多赚银子哩。"

旺堆笑了，喝口酒说："这不就对了嘛，只要你想发财多赚银子就好说，就怕你不想多赚银子。"

"尊敬的旺堆大人，这世上应该没有不爱银子的人吧？我这穷跑马帮的，哪天不盼望自己发财哟。"

旺堆听后，朝巴登点点头说："巴登，你把我家入股马帮的想法，跟肖老板讲讲，让他高兴高兴。"

此刻，刀疤脸端起酒碗说："米米米，找土成汉预祝春风茶庄入股肖老大马帮成功。"说完，刀疤脸同巴登和扎西几人，将碗中茅台烧春一饮而尽。令刀疤脸吃惊的是，碰过酒碗后，肖志雄仅做做喝酒模样，却没喝碗中酒。

巴登说道："肖老板，我同我阿爸和您徒弟王剑客商量过了，我春风茶庄想用二百两银子买下你马帮百分之七十控股权，你原有二十匹马的所有权仍归你所有。今后，我另增加三十匹驮马，所有货物的货款就由我茶庄垫资，我们按三七比例分配利润，您看咋样？"

肖志雄沉思片刻说："巴登掌柜，你们这哪是入股我马帮，分明是吃掉我马帮嘛，这——这咋行啊……"

巴登欲作解释，旺堆示意巴登别再说，然后放下酒碗说："肖老板，这又咋不行呀？我了解过了，你只有二十匹驮马，三个伙计，驮运的货物仅限砖茶和平常绸布，除掉路上开销和伙计工钱，你每趟下来其实赚不了多少银子。若我们控股马帮后，首先是增加驮马和人手，另外，我运送的货物就不仅仅是你那些利润较薄的砖茶和平常绸布了。"

刀疤脸大惊，他没想到这个藏族土司居然如此了解马帮生意。

肖志雄一愣，神色稍有缓和地问道："土司大人，我真想听听，若您控股马帮，想增加驮运些啥货物？"显然，肖志雄想摸摸旺堆的底。

旺堆接着说："生意人嘛，都想把利益最大化，谁也不想做赔本买卖。我首先要增加的是上等绸缎。这种东西成本高，一般马帮不敢贩运的原因是怕遭土匪抢。你知道吗，这上等绸缎在藏地十分受头人和土司喜爱，他们为显阔斗富，敢不惜重金购买这些奢侈品，甚至寺庙活佛们也喜欢上等绸缎和蜀锦。"

肖志雄点头说："真没想到，旺堆土司如此了解藏地生意。是的，您说这些是利润高的好东西。老实说，我确实没本钱也没胆量进这些藏地抢手货。"

旺堆得意地看了看刀疤脸和巴登，又对肖志雄说："肖老板，你知道我们康巴藏地寺庙最想要成都啥东西吗？"

肖志雄摇摇头说:"我是洪雅人,只去过成都一次,对那里许多好东西都不太了解。"

旺堆微微一笑,提高声音说:"信息。不懂商业信息的老板绝不是好老板。你知道吗?从秦汉开始,不仅成都的蜀锦名扬天下,特别是汉代之后,成都制作的玉佛和铜制佛像,不仅精美,还极有艺术感,很是受我们康巴寺庙和头人们喜欢。"

旺堆透露的商业信息,太出乎肖志雄意料,他跑了十多年马帮,却根本不知藏地这一生意秘密。于是,肖志雄惊诧地问道:"真的?"

旺堆得意地接着说:"肖老板,由于成都几乎没有直接跑藏地的马帮,而雅安一带马帮,大都不愿也不敢去成都古玩市场进货,所以,这特殊的生意奥妙一般马帮是不知的。"

暗喜的肖志雄忙又问:"尊敬的旺堆土司,您能说说,这玉佛和铜佛像从成都运到藏地,它们利润是多少吗?"

"既然我要控股马帮,这利润比例我当然得告诉你。直说吧,玉佛利润至少一到两倍,铜佛也不会低于一倍左右。"

肖志雄惊得张大了嘴:"真的?"

自然,为吊足肖志雄赚钱胃口,旺堆不再透露更多赚钱秘密,更不会告诉肖志雄下一步还要贩运鸦片和枪支。旺堆见肖志雄神色有所好转,再次抛出诱惑肖志雄的发财计划。

"肖老板,我们别只把生意放在马帮上,今后,我还要在打箭麓修建织造氆氇的加工厂,在拉萨八廓街开设专卖高等绸缎和蜀锦的商铺哩。"

肖志雄又是一阵惊喜,忙奉承说:"旺堆土司,看不出来,您真是藏地最有商业头脑的土司嘛。"

旺堆笑了:"肖老板,你过奖了,我哪具有啥商业头脑,我仅是康巴藏人中,能赚点钱过日子的土司而已。"

肖志雄听后,拱手说:"旺堆土司,说句掏心话,对您精明的商业头脑,我肖志雄是心悦诚服,佩服得五体投地呀。"

旺堆看着势利而油滑的肖志雄,口气有些不屑地说:"肖老板,你仔细算算,如果按我们计划做一年下来,你所分得的利润,应该比你现在跑三年马帮还强吧?"

肖志雄笑笑，忙点头回道："我的土司财神爷，您财大气粗，不仅智慧超群，还具有我没有的对藏地商业需求的深刻了解。您朋友多财路宽，跟着您做马帮生意，那是我前世修来的福分。说实话，现在我才真正感觉到，我是沾您光啦。"

　　"肖老板，现在我问你，对重组马帮我俩三七分成，你可满意？"

　　"没问题，您土司大人说了算。"

　　旺堆听后，对肖志雄不爽快的态度，有些不满："啥叫没问题，若你不情愿，我立马收购别的马帮去！"

　　肖志雄想了想，仍不紧不慢地说："土司大人，您别误会我意思，没问题就是赞同嘛。"

　　旺堆看了看刀疤脸，又对肖志雄说："肖老板，实话告诉你，若不是王成汉兄弟力荐你马帮，我旺堆决不会拿银子控股你势单力薄的马帮。"

　　肖志雄看了看微笑喝酒的刀疤脸，正想开口，旺堆又说："我知道你和成汉兄弟曾是师徒关系，今后一块共事方便，最后才决定同你先谈的。你知道吗，我身后还有三家马帮盼着我去控股哩。"为使肖志雄彻底心服，老奸巨猾的旺堆开始说起假话来。

　　随后，众人一阵哈哈大笑，又端起酒碗。这次，肖志雄爽快地将碗中酒一饮而尽。

　　老鹰岩。黄大郎卧室里，泽木刺、三寸丁和断臂蛮尕，都望着沉思的大头领，在等待他的最后决定。

　　自藏历新年之夜去旺堆大院劫院失败后，撤回老鹰岩的黄大郎一伙，确实老实了一阵子。在黄大郎看来，他老鹰岩的十几个精兵强将要拿下旺堆大院是不在话下的。哪知，三千两银子没见着影子，还死伤了几个弟兄。憋在心中的恶气一天天发酵，致使黄大郎再次下了向旺堆复仇的决心。

　　在黄大郎几人看来，断臂蛮尕已暴露，不能再派他去县城打探消息。但蛮尕提供的旺堆女儿曲珍的信息，一直在黄大郎脑子回旋。经研究，黄大郎决定秘密绑架曲珍，一为做他压寨夫人，若旺堆愿拿三千两银子赎人也行。黄大郎自信以为自己不会再上当。他已想好如何对付旺堆的办法。

沉思一阵，黄大郎终于发话。

"老二老三听着，我想派黑四化装下山，根据蛮尕提供情况，再去探探曲珍是否仍去法轮寺学画唐卡。若曲珍去法轮寺不变，黑四立马回来禀报，我们就制定一个周密的绑架计划。日他娘的，我们不能像病猫一样窝在老鹰岩。老子就不信，这次若绑架曲珍成功，旺堆那老不死的不气得吐血才怪。"

三寸丁有些担心："大哥，若我们绑架曲珍成功，那猎狼人和巴登一伙，定会来老鹰岩拼命，到时咋办？"

"老三，你说喃？"

泽木剌看了看欲张嘴的三寸丁，忙说："大哥，这还不简单，凭我们易守难攻的老鹰岩地形，就灭了他们呗。"

三寸丁还是顾虑重重："大哥，我们对付旺堆手下几个家伙，那是没丁点问题的，就怕县衙兵丁协助旺堆，那麻烦就大了。"

听到这，黄大郎挥了挥手，让蛮尕离开了房间。随即，黄大郎压低声音说："老三，你明天下山一趟，把三根金条和一封我的亲笔信捎给刘县令。老子要他睁只眼闭只眼，别介入我们和旺堆土司的恩怨之争。我想，只要他收了金条，一切就好办了。"

"好，大哥，我明下午就下山，等我带回消息后，黑四再去跟踪曲珍也不迟。"

黄大郎兴奋站起，两掌一拍："好，就给老子这么办！"

深夜，刀疤脸把肖志雄送回客栈。

肖志雄将门栓一插，回身指着刀疤脸厉声说："好你个王成汉盗马贼，你就这样出卖你师父的？"

刀疤脸心里有数，他知道肖志雄对旺堆控股马帮已完全认同，只待责、权、利条件细化之后，就可签字画押。肖志雄此时非但不感谢他，反装出一副责怪模样，自有他马帮头自私精明的原因。说穿了，他怕刀疤脸向他讨要好处。

唉，肖志雄曾是刀疤脸师父，但江湖剑客王成汉这些年的巨大变化和豪侠胸怀，哪是勤劳自私的肖志雄能理解的！

刀疤脸装着一脸无辜地回道:"师父,您若是对旺堆控股马帮不满意的话,我明早就对旺堆土司说,让他去收购控股别的马帮便是。您可千万别对我的一片好心,用出卖二字来否定。"

肖志雄没立即搭话,而是掏出叶子烟在烟杆上点燃,然后吧嗒着沉思起来。经过今天同旺堆父子初步会谈,他已从最初的抗拒心理转向完全认同,是因他这穷怕了的人清楚,正像徒弟王成汉所说,他真的开始转运啦?他清楚知道,他今后不再为马帮担主要责任和风险了,更不会为运送贵重物资而愁本钱了。他心中暗喜:看来,老子转运时候真的到了!

肖志雄猛吸了几口烟,待烟圈从嘴中吐完,他猛然敲灭烟头,试探着向刀疤脸问道:"王成汉,若马帮扩大后,旺堆可否让你加入马帮队伍?"

刀疤脸答道:"我加入马帮,是旺堆土司控股您马帮的首要前提。"

肖志雄暗惊,却装着不在意地说:"哟,这么说来,你对他们如此重要咯?"

"我并不重要,而是我结拜大哥扎西重要。您知道吗?因仗义的扎西帮旺堆从土匪手中夺回被勒索的三千两银子,扎西又是巴登自愿拜认的师父。扎西枪法好,人又豪爽仗义,若拉草原土匪猖狂,旺堆一家早已把扎西视为他们的保护神。两个月前土匪在藏历新年抢劫旺堆一家时,我无意间助他们打退土匪,使旺堆一家免遭血光之灾。"

"这么说来,你和扎西都成了旺堆一家保镖了?"

"师父,老实对您讲,本人并不怎么喜欢旺堆土司和巴登。"

肖志雄有些惊异:"你既不喜欢他们,为何要替他们卖命?"

"师父,难道这世上就您一人喜欢银子?"

肖志雄大惊:"什么,你也要从马帮分利?"

刀疤脸笑了:"师父别紧张,我不分您的利,而只是从旺堆股份中分那么一点点而已。"

"成汉哪,从我近十年跟旺堆打交道看,他是个把利看得十分重的家伙。要从他那分得利润,可不容易哟。"

"旺堆必须分利给我。因由我负责武装押运货物。没有我,他不敢做贵重货物生意。我是成都人,今后从成都进的货得由我来张罗。"刀疤脸没向肖志雄透露未来马帮将贩运鸦片和枪支的计划。

肖志雄难以相信："武装押运，就你一人？"

刀疤脸摇了摇头："不是，至少三人，多则五人，全部配备新式快枪。"

肖志雄听后，点点头说："难怪旺堆那么胆大，敢长途贩运贵重物品到藏区，原来他是要靠枪杆子挣钱。这下老子就放心了，这三七分成合同我答应，明天签了便是。"

刀疤脸见肖志雄答应同旺堆签合同，心里自然十分快意。稍后，刀疤脸又面带笑意地说："师父放心，我不是扎西，我是您曾经的徒弟，自然心是向着您的。今后，用啥价进的货，又是啥价出的手，您我心里都得有本账。若旺堆和巴登敢不按合同给我俩兑现承诺，老子就有法叫他父子加倍偿还您我的血汗钱！"

肖志雄一听，忙上前紧握刀疤脸的手说："成汉徒弟，有你这句话，为师心里就踏实啦。"

第二天下午，肖志雄在春风茶庄同巴登正式签了入股马帮合同，作为中间人的王成汉也在合同上画了押。签完合同后，除旺堆外，春风茶庄一干人马在巴登带领下，请肖志雄及三个马帮伙计，去醉一春酒馆大吃一顿，以示庆祝。

玉香见刀疤脸已在马帮有了股份，特为巴登这桌送上两份大菜，表示对刀疤脸一番祝贺之意。在玉香心中，她的相好终于干上正经营生了，虽是马帮小股东，但她相信精明能干的刀疤脸，不久就会赚上银子。今后，她再也不担心刀疤脸为酒肉，赊欠她永远也没还清过的银子了。

酒席快散时，早已同刀疤脸商量好的扎西，向巴登请了几天假，他要剑客兄弟陪他去草原再猎杀一次大狼。巴登要同肖志雄一道在县里马市挑买驮马和另招聘两名伙计，还得耽误几天才能完事，自然就爽快答应了扎西要求。

黄大郎得到巡山的秃子禀报，说老鹰岩山下不远草甸上，教堂的洋牧师领着教友们，将马车从县里拉来的砖石和旧门窗堆放在那，好像要修建什么房屋。疑惑不解的黄大郎要秃子装扮成牧民，第二天去探问明白。因为，黄大郎最担心县衙在此修建兵丁训练营地。

第二天午后，当黄大郎从打探情况的秃子嘴中得知，山下草甸将修建麻风医院时，生气的黄大郎在洞中大殿高声吼叫："日他娘的，我雪山雄鹰大队占据的老鹰岩，岂能同那些麻风病人为伍。狗日的洋牧师，他是想用这阴毒之招，致我老鹰岩兄弟于死地啊！"

大小土匪听后，大骂教堂和约翰牧师用心险恶，纷纷叫嚷必须处死洋牧师。当夜，泽木刺率领一伙小匪，一把火将草甸上的旧门窗和部分木材烧个精光。当约翰得知消息后，气得病倒在床，立即下令暂停转运建筑材料。

丹珠探望病中约翰时，十分后悔抹着泪说："尊敬的约翰牧师，我们为建麻风医院，方方面面考虑了许多问题和困难，唯独遗漏了老鹰岩土匪。没想到，这些土匪如此不通人性，破坏我们教会在草甸修建麻风医院。"

"丹珠，这事也不全怪土匪。你想想，这若拉草原谁不怕麻风病。他们得知要同麻风病人朝夕相望，当然害怕。待我身体好些后，我得亲自去趟老鹰岩，给那的大头领做做工作才行。"

丹珠大惊："约翰牧师，您不能去老鹰岩，那些土匪可不会听您的道理，正像您说的，谁不怕麻风病呀？！"

"我会给他们讲麻风病特征和传染道理的。丹珠，你想想，没有困难和危险，上帝派我来这干啥？"

说完，身心疲惫的约翰一阵咳嗽，丹珠看见，约翰擦嘴的白手帕上，已染有鲜红血迹。

寒星幽暗，在墨蓝色天幕闪闪烁烁。

三更时分，早已下马前行的扎西和刀疤脸，悄悄来到老鹰岩后山。由于刀疤脸来探察过两次地形，故对此地早已熟悉。为攀岩方便，刀疤脸将厚重的藏刀放在了教堂阁楼，除怀中仍揣着短枪外，另外特带了两把短刀随身。

扎西和刀疤脸拴好马后，按事前商定，扎西负责接应去盗回酒器的刀疤脸。扎西取下背上叉枪，躲在大树后朝黑暗的山上瞄了瞄。待扎西朝刀疤脸点头后，刀疤脸唰地将绑有铁爪钩的长绳朝斜长在山腰的大树抛去。很快，铁爪钩住树干，长绳也随之垂落下来。即刻，抓着长绳脚登山崖的刀疤脸，蹭蹭蹭就蹿上山腰的树上。接着，刀疤脸从腰上取下另根长绳，又如法炮制将拴有铁爪钩的长绳朝山上石槽抛去。刀疤脸试试铁爪勾牢石槽后，又紧抓绳索朝上攀去。

没想到，昨夜卓玛将洗碗水从石槽倒下后，由于初春之夜寒气逼人，流下的水顺山崖结成崖冰。刀疤脸快接近石槽时，脚下马靴登着崖冰一个劲打滑，致使他紧抓长绳在半空好一阵悬荡。

做了长时间准备的刀疤脸，预计了各种可能的意外事件发生，唯独没想到初春之夜山崖遇水仍能结冰。悬在半空的刀疤脸情急之下，拔出身上两把短刀，左右手各持一把狠狠朝山崖扎去，然后慢慢引体向上，朝老鹰岩厨房位置攀去。

大殿内，黄大郎一伙仍围在火塘边喝酒。

昨天黄昏，泽木剌一火烧掉堆放在草甸的旧木窗和一些圆木，很是解气。三寸丁回来又禀报说，刘县令已收下金条，答应对旺堆土司的事，不再过多干预。黄大郎一时高兴，竟从他卧室箱中取出精美酒器，要好好享受难得的快活时光。

面对春节和藏历新年后，陆续增加的二十多名入伙人员，黄大郎知道，仅每天生活费也是一笔不小开销。这些啸聚山林入伙为匪的人，他们不是为过苦日子来的。他们渴望大碗喝酒大块吃肉，他们还希望可随意强占民女出入妓院，即便哪天一命呜呼，也不枉来世上走过一回。漠视自己性命，也轻贱他人生命，这便是一般土匪的共同特征。

黄大郎今夜之所以要用精美酒器招待众匪，他知道，这件宝贝在他身边日子不多了。他要购买新式快枪，要维持弟兄们天天需要的酒肉生活，即便绑架曲珍成功敲诈到三千两银子，其经费也是远远不够的。他确实恋恋不舍这精美酒器。只有他心里清楚，今夏，这酒器不是出手在成都古玩市场，就是卖给拉萨的头人领主们。从此，这用命换来的酒器，就跟他这老鹰岩无缘了。

下半夜，一些小匪喝得倒在火塘边早已酣然入睡，唯有泽木剌和三寸丁仍陪着黄大郎继续喝酒。黄大郎不时眯着发红眼睛盯着手中酒器，喃喃自语："宝贝酒器啊，你胎质细腻绘画精美，胜过无数窑子里的头牌哪。可惜，世道艰难，我——我黄大郎留不住你啦……"说完，两粒黄豆般大小眼泪，从他眼中慢慢滚出……

  刀疤脸刚一个引体向上翻上石槽，一巡逻小匪似乎发现有人影从石槽跃上，端枪就冲了过来。闪身的刀疤脸一个箭步蹿上，左手勒住小匪脖子，右手一刀插进小匪胸膛。只见小匪两眼一翻，毫无声息就栽倒在地。不容细想，刀疤脸抓起小匪就朝山下丢去。

  见酥油灯晃动的厨房有人，刀疤脸立刻朝马靴插回短刀，掏出短枪握在手中，悄悄朝厨房摸去。刀疤脸刚朝厨房探头，端着牛肉汤的卓玛正要出门，刀疤脸举枪顶着卓玛额头，问道："你干啥的？"

  卓玛吓得哆嗦回道："好——好汉，我——我是被他们从山下抢来做饭的，你千万别杀我，我还有小女儿等我回去哪。"说完，卓玛就落下泪来。

  犹豫片刻，刀疤脸盯着卓玛说："好，我不杀你，但你必须告诉我大头领卧室在哪。"

  "好的。"卓玛点头应道。

  刀疤脸见卓玛将手中大碗肉汤放回案板，警惕地问道："这么晚了，你给谁送肉汤？"

  "今晚大头领在大殿饮酒，我是给他们送的。"

  刀疤脸一阵暗喜，忙问："这么说来，大头领屋里没人？"

  "嗯。"卓玛点点头。

  刀疤脸随即用枪顶着卓玛腰说："快点，带我去他屋里。若你胆敢喊叫，我就先杀了你！"

  卓玛跨出厨房，领着刀疤脸匆匆朝山洞另一则石屋走去。很快，卓玛来到一石屋前说："好汉，这就是大头领卧室。"卓玛话音刚落，刀疤脸一把将卓玛推进石屋，说："你就在这老实待着，见外面有人就支会一声。"说完，刀疤脸迅速将室内油灯点燃。

  转眼之间，刀疤脸就在室内翻箱倒柜搜寻起来。好一阵后，没找到酒器的刀疤脸极为气恼，低声朝卓玛问道："喂，你知道大头领有个好看的酒壶吗？"

卓玛想了想，回道："好汉，你问的可是上面有彩画用陶瓷做的带把酒器？"刀疤脸点了点头："对，正是它。"

卓玛指着室外说："大头领拿出去了，正在大殿喝酒用哩。"

刀疤脸一听，气得仰头叹道："唉，老子运气太差了，早不来晚不来，咋偏偏遇上他狗日的喝酒时来。"随即，刀疤脸跳下床，从箱中抓出仅有的三根金条塞进怀中，然后又用枪指着卓玛说，"我今夜不杀你，等我走半个时辰后，你就去通报大头领，就说发现有人从后山上来过。"

卓玛吓得浑身颤抖地说："好——好汉，我不敢去通报。"

刀疤脸威胁道："你若要想活命，就必须按我说的做，不然，他们会饶不了你！"

卓玛怔怔地望着刀疤脸，惶恐回道："好——好的，谢谢好汉。"

随即，刀疤脸一个闪身跨出石屋。

喝得口干舌燥的黄大郎见卓玛久久没端汤来，便对三寸丁说："老三，那狗日的瓜婆娘，咋去半天也没把牛肉汤给我端来，你去看看，她是不是在厨房睡着了？"

三寸丁应了一声，立马起身朝殿后厨房走去。

刀疤脸刚要走到石槽处，从厨房钻出的三寸丁就发现了他，机警的三寸丁忙又闪回厨房。而此时，发现情况的刀疤脸也明白，退回厨房的家伙已发现了自己。

躲在厨房的三寸丁没枪，只有插在背上的几把飞镖。

刀疤脸清醒地意识到，若他不即刻离开匪巢，就有丧命危险。想到此，刀疤脸立马冲过厨房，朝石槽奔去。

暗中的三寸丁似乎从身影已认出刀疤脸，忙大声喊叫："快来人啊，有贼人上了老鹰岩！"喊叫过后，蹿出门的三寸丁唰地一镖，朝正抓绳朝下溜的刀疤脸就是一镖。

抓绳的刀疤脸听见风响，将头朝后一仰，飞镖擦着他鼻尖飞过。气极的刀疤脸，挥枪朝三寸丁打去，三寸丁又忙闪躲回厨房。这时，听见枪声的黄大郎一伙，提着枪就吼叫着朝殿后冲来。

三寸丁见大当家一伙冲来，忙指着石槽上的铁爪钩说："大哥，那剑客贼人就是从这上来的。"

黄大郎一听，急了："老三，你为啥不断他绳索？"说完，黄大郎举枪就朝绳打去。绳一断，刚下到半山腰的刀疤脸一下跌骑在树干上。事不宜迟，刀疤脸挣扎爬起，又忙抓着另根绳索朝山下溜去。

这时，山上传来一阵枪声，只见刀疤脸刚离开的树干，一些枝丫就被打断纷纷掉落山谷。急了的扎西忙举起叉枪，也朝山上一阵射击。

薄雾飘荡，一阵乱枪之后，山谷又渐渐恢复宁静……

第十七章

古城中的商业阴谋与夺宝之战

黄大郎十分不解,那王剑客来他老鹰岩干啥?还是冒着可能掉下百丈悬崖风险而来。黄大郎哪知王剑客就是他当年劫杀马帮逃脱的汉子,更不知王剑客是为夺回宝贝酒器而来。疑惑的黄大郎立即令众匪搜查各房间,以及酒窖和炸药存放点。

安排完后,黄大郎快步回到房间。令他大惊的是他的卧室被翻了个底朝天。认真查看后,黄大郎似乎明白,他刀疤脸假装豪侠般江湖剑客,原不过是个喜欢盗窃钱财的胆大贼人而已。

三寸丁审问蹲在厨房哭泣的卓玛,卓玛只顾抹泪摇头说她不知发生了啥事,也没看见何人上了老鹰岩。对女人有些同情心的三寸丁,见从卓玛嘴中问不出结果,就端着牛肉汤回到大殿火塘边。黄大郎从卧室出来后,就命泽木刺加强后山暗哨,要他天亮后派人去请懂木匠活的弟兄加固卧室房门。

盗宝不成还差点摔死的刀疤脸,同扎西一路狂奔,二人打马朝天葬台方向奔去。

扎西是以杀狼理由向巴登请的几天假,剑客兄弟虽盗取酒器没成功,但他也不愿提前回旺堆大院成天喝酒度日。此时的扎西,想以尼玛大叔石屋为据点,然后四处寻找狼群踪迹,认认真真痛痛快快再猎杀一回大狼。刀疤脸为自己失败而万分懊恼。他直觉感到,今生要夺回值钱酒器,定是不大可能了。

早起正闭目摇着转经筒诵经的尼玛,猛然听到一阵骤急马蹄声朝他石屋奔来。尼玛仔细听后笑了:"扎西这家伙咋这么早就往我这跑,该不会又在猎狼了吧?"说完,尼玛朝炉中加了两块干牛粪,尔后,又朝铜壶中添些牛奶和砖茶熬制起来。

午后,吃饱喝足歇息够了的扎西和刀疤脸,从尼玛石屋钻出后,就骑马朝雪山下连接草原的地带奔去。扎西清楚,初春时节,处于交配季节的大狼们,最想寻食刚开始钻出地洞的草原鼠兔和旱獭。此刻的扎西,真想割几只狼耳揣入怀中方能解恨。

晴空万里,和煦春风中仍带有浅浅寒意,两只觅食的苍鹰在天空盘旋。刹那间,一只苍鹰猛地俯冲而下,抓起只鼠兔就朝远山飞去。扎西笑了,他已听见鼠兔在鹰爪下的嘶叫声。突然,兴奋的扎西看见前方有团红影飘动。待扎西仔细瞧时,那红色三尾狐倏地钻入地洞不见了踪影。扎西正纳闷时,一只大雪鹰又盘旋空中。

扎西二人正往山下飞奔时,扎西的枣红马突然昂头嘶鸣。扎西紧勒缰绳警惕地朝坡上一望,突然发现刚冬眠出洞的两头大黑熊,朝他和刀疤脸纵跳着奔来。扎西立刻打马狂奔。刀疤脸见黑熊还有段距离,便好奇看了黑熊两眼。殊不知,就在这几秒时间里,从上而下奔来的大黑熊,立马就朝刀疤脸的坐骑扑来。受惊的白马一蹦跳,一不留神的刀疤脸竟从马背上摔了下来。

眨眼间,受惊白马便朝山下狂逃而去。来不及抽刀的刀疤脸,从怀中拔出短枪朝黑熊打去。扎西回头见刀疤脸用短枪朝黑熊射击,忙高声喊叫:"兄弟,短枪打黑熊无用!"说完,扎西调转马头,忙朝刀疤脸奔来。

刀疤脸就地一滚,躲过朝他扑来的黑熊,随即顺势抽出腰间短刀。另一头黑熊见扎西用叉枪射击,纵跳着朝奔来的扎西扑去。扎西为吸引这头饿得有些疯狂的大黑熊,故意高喊着同扑来的黑熊周旋。

那边,大黑熊左扑右攉,想扑翻抡刀抵挡的刀疤脸。几个回合后,刀疤脸的藏袍已被黑熊抓烂。扎西见刀疤脸十分危险,吼叫着要刀疤脸朝他靠拢。就在此刻,直立而起的大黑熊朝躺地的刀疤脸扑下,企图用庞大身躯压死刀疤脸。万分危急时刻,只见刀疤脸一个鲤鱼打挺从地上弹起,挥刀朝黑熊右掌刺去。只见一道血光闪过,鲜血从黑熊掌中喷出,洒了刀疤脸一身。

这时,打马朝刀疤脸奔来的扎西已冲到跟前,反应敏捷的刀疤脸趁黑熊痛得在地上翻滚时,立马跃上扎西马背。另头黑熊快扑到枣红马身后时，扎西猛用马靴叩击马肚，枣红马一阵狂奔夺路而去……

四天后，旺堆手下和新组建的马帮成员，全部在春风茶庄会聚。十多个汉子，把茶庄会客室挤得满满的。会上，巴登将新控股马帮向众人做了宣布，并向茶庄人员一一介绍了马帮人员。随后，旺堆在会上做了如下安排：

一是马帮头肖志雄率领五个伙计和五十匹驮马，明天立即回雅安，然后用最低价格收购砖茶和一般绸布土布等物，二十天后，同他从成都返回的人马在雅安会合。

二是即日起，大股东巴登代表旺堆出面主持春风茶庄和新马帮业务，扎西协助巴登工作，特殊情况下，扎西可替巴登行使临时指挥权。

三是即日起，新的小股东王成汉任马帮押运队队长，成员暂由王成汉、钦嘎热和吴三娃组成，业务需要时，再增补押运人员。

四是明天，老掌柜和巴登骑快马去成都进货。随行人员扎西、王成汉、小秋哥、钦嘎热和吴三娃。

五是去成都期间，扎西和王成汉担任旺堆和巴登警卫，没旺堆同意，二人不得擅自离开。

六是全体伙计每人每月领取应得报酬外，年终奖金一律按全年贡献大小给予。

旺堆宣布完具体事宜后，肖志雄和刀疤脸都做了简短而坦诚的发言，众伙计听后纷纷摩拳擦掌，都希望跟随年轻的巴登掌柜大干一番。最后，扎西扫视众人说："我们都是茶庄伙计，吃了掌柜的饭，就得替掌柜干好活，今后，谁要是三心二意吃里爬外，我手中枪子可不认人。"说完，扎西还摇了摇手中叉枪。

刀疤脸一愣，他完全没想到平时言语不多的扎西，会做如此忠心的发言。旺堆听后，同巴登相视一笑，父子二人均对扎西发言十分满意。随后，在巴登带领下，众人又朝醉一春酒馆走去……

三天后，病情有所减轻的约翰，坚持从床上爬起，要去县衙找刘县令商量，如何派人送他去老鹰岩。丹珠和尼卡娅劝约翰身体好些再去，约翰却焦急地反问她俩，成都教会很快就来人检查修建工作，若建院地址未确定，我该如何向他们解释？又如何向耶稣交代？

无奈之下，待约翰服过药后，丹珠便陪同约翰坐上马车，往县衙而去。

在室内同张师爷围炉聊天的刘青禾，听守门兵丁禀报说洋牧师求见时，犹豫片刻的他忙放下手中酥油茶碗，起身朝县衙客室走去。刘青禾清楚，有着特殊身份的洋牧师是个无事不登三宝殿的人，何况，藏历新年前，洋教堂还派丹珠送了他新年礼物，此时他更想弄清，洋牧师今天因何事要见他。

见面寒暄后，约翰向刘青禾讲了修建麻风病医院在老鹰岩遭土匪破坏一事。最后，约翰告诉刘县令说，在若拉草原修建麻风病医院，不仅得到成都基督教会支持，而此事在伦敦被报道后，全世界的基督教会也知道了此事。不久，成都教会将来人检查修建工作。

刘青禾听后，心里极为震惊。他并非吃惊土匪的破坏，而惊的是全世界已知将在若拉草原修建麻风病医院。若拉草原是他管辖之地，若做善事的建院工作在他县受阻，这舆论一旦传出去，他不仅会被问责免职，还将遭到全世界追求人道主义之人的谴责。本性并非恶人的刘县令深思片刻后，非常认真地安慰约翰。

"约翰牧师，你别急，我有两个问题想问你，行吗？"

"什么问题，刘县令请讲。"

"你对自己上老鹰岩说服土匪，有把握吗？"

约翰摇头："没多大把握，但我必须去试试，尽力争取说服他们大头领，要有悲悯之心，同情那些需要被救助的麻风病人。"

"约翰牧师，我们若拉草原如此广阔，为啥你们非要选择在老鹰岩山下草甸修建，难道别的地方不行？"

"尊敬的刘县令，您想想看，我们去征求过贡布和曲巴头人意见，他们均坚决反对在他们地界修建麻风病医院。我们若选择在玛尼石城或圣湖旁建医院，那些地方是藏族民众朝圣之地，更是不行的。我们反复研究考察过，在若拉草原选址难的原因，是这里的人对麻风病传染原理认识不足，长期形成对此病的恐惧心理所致。"

刘青禾仍很疑惑："我难理解，照你说来，为啥老鹰岩山下就适合修建麻风病医院？"

"尊敬的刘县令，老鹰岩一是跟曲巴和贡布头人没啥关系，二是那里水源不错，三是那里没啥牧民，离县城也不是很远，往后送药品和食物也较方便。"

"所以，你们洋教堂就选中了那？"

约翰和丹珠听后，都认真点了点头。

"嗯，你们选择老鹰岩山下草甸，三点理由都很有说服力，但你们忘了，草甸就在老鹰岩山下不远，那可是在土匪窝边哪！"

约翰叹道："唉，那草甸不是离老鹰岩还有几英里嘛？当初我们选址时，也没见土匪出面干涉过嘛。"

"你们选定后，告知过老鹰岩的人了吗？"

约翰一阵咳嗽，丹珠忙替约翰回道："县令大人，当时我们想的是做善事。土匪也是人，应该理解我们教堂的善念吧。所以，约翰牧师就没派人去向土匪通报此事。"

刘青禾看着丹珠，点点头说："嗯，丹珠美女说得不错，土匪也是人，但你却不知，那帮家伙可不是好惹的人。他们也怕传染上麻风病。你们把医院建在他们眼皮下，他们能不害怕吗？"

"我今天到此，是想请县衙派几名兵丁，送我上老鹰岩。"

刘青禾一愣，忙问："为何要县衙派人送你去老鹰岩？"

"刘县令，有兵丁护送，这不正好说明，县衙是支持教堂在那修建麻风病医院吗？"

"哦，你原是此意……"刘县令心里清楚，几天前他已接受了大当家派人送来的金条，希望县衙不要介入他们同旺堆土司仇怨之争。我刘青禾若派人做做样子，送洋牧师去老鹰岩，应该不会引起大当家不满。想到此，刘青禾立即派人叫来兵丁队长多吉，当着约翰的面做了安排。

刘青禾说："多吉队长，你明天带着我的亲笔信，护送约翰牧师去趟老鹰岩，至于做什么，到时牧师自会跟那的大头领交涉。"

"是，县令大人，我保证顺利将洋牧师送到老鹰岩。"

约翰见刘青禾做了安排，随后就同丹珠离开了县衙。

待约翰走后，刘青禾低声对多吉做了秘密交代。多吉听后，不断点头称是，表示一定照县令大人吩咐办。

一轮金色旭日刚刚跃出地平线，为不惊动县城百姓，旺堆一行七人分两路在县城外大路聚齐后，巴登一声呼哨，众人快马挥鞭朝二郎山方向奔去。

由于黑獒在藏历新年与土匪搏斗中受伤，右眼还处于半失明状态，于是，扎西就将黑獒留在土司大院养伤，没让它随行去遥远的成都。

黄大郎手下小匪黑四，化装在县城探摸几天情况后，回去禀告黄大郎，说曲珍现在根本没去法轮寺学画唐卡，好像是待在院里不出门了。黄大郎当即说，来日方长，老子不信那如花似玉的小姐一辈子不出门，她就是嫁了，我也要将她绑上山来。

曲巴头人得波绒管家禀报，说前几天来取过买枪银子的旺堆土司，已带着几人去了成都，他要头人老爷做好验枪收货准备。最后，波绒还不解地说，听说奴隶娃子扎西也跟着旺堆去了成都。曲巴笑了，他得意地对波绒说，这是好事嘛，等他们回来后，我得私下招待猎狼人扎西，问问快枪价格，若是旺堆土司赚得太狠，我就必须压价，哪能随便让他旺堆占了大便宜。

几天后，旺堆在雅安很快找到老王头。

旺堆要老王头替他租间存货用的库房。老王头熟悉旺堆父子，知道又有了挣钱机会，于是告诉旺堆，他可在自家后院腾一间稍大房间，作为老掌柜要用的库房，自己闲着，正好可看守库房。旺堆父子见老王头做事实诚，便先掏出十两银子作为一年租金。老王头谢过旺堆父子，当晚就用家宴款待了旺堆一行。

第二天一早从雅安出发，几天后，旺堆一行终于来到成都郊外浣花溪畔。巴登遵阿爸吩咐，很快从"浣花客栈"租到三间客房。众人一进房间就开始换衣，巴登直说："哎呀，自翻过二郎山后，一路走来，真是气温一天比一天高，到了成都府，咋热得比我们若拉草原夏天还厉害。"

刀疤脸笑道:"巴登掌柜,你大概不知道吧,这阴历四月一到,我们成都就开始进入初夏啦。"

扎西说道:"剑客兄弟,从雅安到成都路上,我都仔细看了,这一路的花草树木长得可好了,它们就像这浣花溪畔的姑娘一样好看。"

"扎西兄,你还没真正进入成都城里,这几天,我带你好好逛逛,让你开开眼界,啥叫名扬天下的锦官城,然后再吃些这里的名小吃。唯有如此,你这康巴汉子才不虚此行。"刀疤脸跟其他人只是伙计关系,他根本不怕得罪谁,才敢这么亲切跟扎西说话。

不一会儿,钦嘎热和吴三娃喂完马料后,二人刚回房间就听到旺堆吩咐。"大家听着,这客栈没酥油茶,你们学着喝喝成都花茶吧。晚上,我带你们去逛青羊宫,顺便吃些成都当地特色菜,咋样?"

刀疤脸将双掌一击,高兴叫道:"要得,谢旺堆掌柜的好安排!"

对自己灵活的商业头脑坚信不疑的旺堆,自信认为只要他出山,今年定会大赚一把。于是,他昨夜在青羊宫外的成都餐馆中,大大方方招待了他的随行伙计们。

今天,由于旺堆要带巴登去见驻防成都的清军标统乌尔古善,就特准了刀疤脸两天假,回家去看望自己父母。待旺堆父子安排诸多事后刚出门,刀疤脸就拉着扎西快步朝城中的卧龙桥方向走去。

卧龙桥在成都市中心盐市口偏东南方不远。这里有座古石桥横跨一条清澈小河。王成汉父母皆属成都市民阶层。父亲王大标在一家中等餐馆当厨师,母亲张秀芝靠帮富人家洗衣赚点油盐钱。王成汉在家排行老大,下有两个兄弟,十九岁的大弟王成中,在父亲帮工的餐馆跟着学厨艺,十六岁的小弟王成标,由于喜欢川剧,已在成都一家跑码头唱戏的草台班子混了两年。

当刀疤脸领着高大又背着叉枪的扎西,走进住着几户人家的小院时,正埋头洗衣的张秀芝抬头见两个高大壮汉立在面前,惊吓得张嘴一时发不出声来,直愣愣盯着双臂露出结实肌肉穿着白布短卦的王成汉。

"妈,我回家看你们了。"王成汉说后,立即过去扶起母亲。

张秀芝疑惑地盯着扎西两眼,又回头仔细看着脸上有疤的王成汉。稍后，张秀芝瞧过王成汉耳背后黑痣，才怯怯低声说："哎呀，你——你还真是我儿成汉哪。"说完，两行热泪顿时从张秀芝眼中夺眶而出。

"妈，我离开家已整整七年了，我走时，才跟您现在差不多高哩。"

张秀芝见扎西微笑看着她，忙问刀疤脸说："成汉，这汉子是藏地来的吧，他跟你来我家做啥？"

"阿妈，您老人家好。"扎西忙亲切向张秀芝问好。

"妈，这是我结拜的藏族大哥，他可是像水浒戏中武松一般的好汉。"刀疤脸忙向母亲介绍扎西。

张秀芝点头说："哦，我儿的结拜大哥，那自然也算我儿咯。快，你俩进屋坐，妈给你俩煮荷包蛋去。"

进屋后，王成汉拦着母亲说："妈，你别忙了，快去告诉我爸，就说我回来有要紧事同他商量，明天，我就得离开家。"

张秀芝大惊："咋的，你刚回来，明天又要走？"见王成汉点头后，张秀芝忙解下围裙，匆匆朝院外走去。

夜里临近九点，同扎西喝酒的王成汉，终于盼到父亲和大弟的出现。王大标见着王成汉后，上前夺下酒碗，一耳光朝王成汉打去。没想到，身手麻利的王成汉一手抓着父亲的手说："爸，咋我刚回家，您老人家就要打我，这——这有点太过分了。"

王大标咬牙指着王成汉说："哼，老子揍你算轻的，今天，我恨不得杀了你才解气！"张秀芝见男人如此对待王成汉，气得站到王大标身前说："我儿成汉刚回来，你为何不问青红皂白就打他？你——你在家耍横养成恶习，至今依然不改。"说完，张秀芝就抹起泪来。

扎西见王成汉一家如此这般，顿觉十分尴尬，便起身对王大标劝道："阿爸别发火，别发火，有啥事好好说嘛。"

王大标见铁塔般扎西腰挎藏刀，不敢喝问扎西为何来他家，只好又指着王成汉厉声问道："狗杂种，老子问你，四年前你舅舅托人带信来说，你们马帮遭遇了土匪，你也失踪了。今天，你突然不知从哪冒出来。你想想看，你几年音信全无，全家以为你死在了折多山下，你妈不知为你流过多少泪哭过多少回，这些你——你晓得吗？！"

"爸，当年我们马帮伙计除我和马帮头逃脱外，全部死在了土匪手中。此后我落难逃亡藏地，混得又差劲，咋好意思向家里说嘛。"

王大标的气仍未消，指着王成汉说："哼，老子看你脸上这道伤疤，就晓得你娃混得差。"

张秀芝见场面难堪，便对扎西说："大兄弟，我小儿这两天不回家过夜，你先去床上歇息吧。"说完，就指了指旁边小屋。喝得满脸通红的扎西点点头，然后看着刀疤脸，似乎在征求意见。刀疤脸对扎西挥了挥手："去吧，你先歇着，我今晚要同分别七年的爹妈说说话。"扎西听后，点头进了小屋。不久，和衣而眠的扎西就传来一阵鼾声。

待张秀芝把煤油灯拨亮后，王成汉将这七年的遭遇向父母和大弟讲了一遍。听完后，王大标问道："成汉，这么说来，你现在已是藏族土司手下的人了？"

"爸，我不是藏族土司的人，而是他们的股东。"为让父母高兴，刀疤脸尽量美化自己的处境和身份。

王成中笑了："大哥，你混得不错嘛，都成股东了，可我当学徒还没满师。"

刀疤脸拍了拍大弟肩头，高兴地说："大弟，我今夜就让你满师，咋样？"

王成中一怔，笑道："你？别回来就吹大牛皮，好不好？"

王成汉从怀中掏出五根金条和四十两银子，递在父亲手上说："爸，这是我这两年帮土司干活攒下的，您拿去在盐市口或东大街买两间铺面，自家开个馆子，如何？"

面对刀疤脸突然拿出的金条和银子，全家人都惊呆了。他们做梦也没想到，突然回家的王成汉，居然给家里献出巨额财富。这财富，足可改变他们一家未来的命运。

王大标把金条和银子又塞回王成汉手中，正色说："成汉，这世上没有不喜欢钱的人，但我们能接受的钱财一定要来路正，若来路不正，老子就是再穷，也决不会要你一文银子。"

"爸，您就放心吧，因我救过土司一家的命，又帮他们春风茶庄做成几笔买卖，还助掌柜谈成收购马帮股权。这些钱都是我这两年的应得之财,没一文是不干净的。"刀疤脸决不会说,其中三根金条是从土匪那夺来的。

张秀芝说:"这就好,古人常说君子取财有道。我儿不是坏人,若真如你说的是从正道挣来的钱财,我和你爸自然欢喜啦。"说完,张秀芝忙从王成汉手中拿过金条和银子。

王成中一把抱住王成汉,激动地说:"大哥,你太了不起了,不偷不抢,居然挣了那么多钱财。要是藏地好挣银子,我也跟你去,行不?"

"大弟,如果我家买下铺面,爸开馆子也离不开帮手,你还是在家为好,若小弟成林愿回家帮忙,你们再请一个帮手人就够了。"

王大标眼睛渐渐湿润,仰头叹道:"我儿哪,你知道吗,你拿回家的这些钱财,终于可实现我家几代人想开馆子的梦想了……"

就在刀疤脸回家当天,旺堆带上巴登,去了离将军衙门不远的金河街公馆,找到几年前结交的清军标统乌尔古善。乌尔古善兼有满人和蒙古人血统,跟北京庆亲王沾有远亲关系,所以,他在驻成都清军中常以皇亲国戚震慑住许多同僚。加上他胆大凶猛的性格,居然在军中享有"惹不起"的诨名。从三年前开始,他不仅成了成都皇城边一家最大赌场的常客,还常出入悦来剧场旁的一家妓院。敢在赌场一掷千金的他,经常惨败在出老千的对手上。后来,入不敷出的他便通过赌场老板结识了成都袍哥老大陈舵爷。

从此,利用成都军政关系网和陈舵爷势力,乌尔古善开始用黑白通吃的方式聚敛钱财供自己挥霍。刚起床不久的乌尔古善,听卫兵禀报后,就在客厅接待了旺堆父子。

没多大变化的旺堆,哪知眼前老友这几年发生的巨大变化。原率性耿直的清军军官,在成都这座大染缸里,已蜕变成奸诈凶狠的贪婪之徒。乌尔古善收下旺堆送来的熊掌、虫草和鹿茸后,便直率地问旺堆。

"我的土司老友,几年不见,你今天突然从成都冒出,应该是无事不登三宝殿吧?"

"古善标统,你果然是直言快语之人,确实,我今天来成都,不仅是来会老友的,更重要的是向你打听点事,若方便,还请你帮帮忙,如何?"

听闻旺堆之言，乌尔古善有点暗喜，他知道眼前的土司家底殷实，或许又可在他身上捞点好处。想到这，乌尔古善问道："旺堆土司，有啥事要我帮忙，你可直说。午后，我还要去协统那开会。"

"你我是老朋友，我就长话短说。我想问问，在成都购买新式快枪，容易吗？"

乌尔古善有点吃惊："你要长的还是短的？数量多少？"

巴登见阿爸有些迟疑，忙抢着回道："标统大人，我们长的短的都要。"

乌尔古善又问："两种枪的具体数量，分别要多少？"

旺堆答道："古善标统，我想先要长的快枪三十支，短枪十把。"

乌尔古善接着问："你们要四川机械局造的，还是英国或德国造的？因为，外国原装进口要贵些，质量也不一样。"

"我们自然要外国造的好枪。"

乌尔古善不紧不慢地说："我是守城军官，成都袍哥会的陈舵爷，又是我拜把子兄弟，搞这点枪没啥问题。"

旺堆笑了："哎呀，古善标统果然神通广大，没想到，这么难的事你也能轻易解决，看来，这些年你又长大本事了。"说完，旺堆与巴登都朝乌尔古善翘起了拇指。

乌尔古善听着奉承话，心里十分受用，又问道："旺堆老友，你除了要买新式快枪，就没别的事要我帮忙？"

犹豫片刻，旺堆反问道："古善标统，我想顺便问问，成都鸦片行情咋样？"

"不瞒老友说，虽说鸦片是所禁之物，但对我来说，要买这些东西，那就易如反掌。"

旺堆听后，心中一阵窃喜，他做梦也没想到，原以为最难最赚钱的两种生意，居然在标统这全都可解决。想到这，对先前送的礼感觉轻了些的旺堆，有些歉意地说："古善标统，若快枪和一千两鸦片都能在你这解决，事成后定当重谢，定当重谢。"

颇有心机的乌尔古善，弄清旺堆对他所求之事后，装着漫不经心地说："你我老朋友，说啥重谢，这不是太见外了嘛。"

"啊绕，我旺堆说的可是真心话。"

"我的老朋友，你想想看，你要的长短快枪，加上鸦片，这可是一笔不小的开支，银子带够啦？"

巴登将双手一拱，立马回道："标统大人，我们是有备而来，银子不是问题。"巴登说后，旺堆也朝乌尔古善点了点头。

乌尔古善将双手一拍，立马说："那就好，三天后黄昏，我亲自领人拿着你们要的货，在百花潭附近树林里验货付款，咋样？"

旺堆想了想，小心问道："我的标统大人，快枪和鸦片价格，你还没告诉我哩。"

乌尔古善语气坚定地说："这不离交货还有几天时间吗，你先在成都黑市上打听打听，若我给你的价格高于黑市价，从今往后，我就不配做你朋友。"

旺堆上前紧拉着乌尔古善，异常感动地说："我旺堆今生有你这样的老朋友，真是佛祖保佑啊。"

刀疤脸一家，低声而又激动地为在何处购买铺面，一直商量到天蒙蒙亮才睡。第二天，王成中谎称父亲肚子痛在家歇一天，去餐馆顶替父亲干了一天。吃过早饭，扎西就跟着刀疤脸父母，去盐市口、皇城坝、东大街和华兴街等地，寻找合适的铺面去了。

夕阳快西下时，经过反复比较，王大标终于选定华兴街两间铺面。当王大标交过定金后，刀疤脸要父亲再拿出三两银子，买点礼物代他去看看当年教过他剑术和拳术的刘拳师。随后，王成汉将他所住客栈告诉了父亲，并说他若有时间，定会亲自去拜见师父。

昨早上旺堆给刀疤脸讲了，由于事多生意忙，只能给他两天时间回家。刀疤脸不想在旺堆刚开始任用他时，就失信于人，所以早早地就急着往客栈赶。刚走到青羊宫外，刀疤脸见一小百货店内有卖头巾、耳环一类的东西，突然想到了丹珠和桑尼，便停下进店观看。扎西见刀疤脸寻女人用的东西，立即明白了刀疤脸用意。不久，刀疤脸将扎西拉进店内，指着满店商品问道："扎西兄，你给说说，你们藏族姑娘最喜欢这的哪些东西？"

扎西笑了："兄弟，你随便挑选两样，我保证丹珠和桑尼她俩都喜欢。"

"唉，这店东西不少，我不知买哪样好，所以才问你嘛。"

"你真让我来决定？"

"嗯。"刀疤脸点点头。

随即，扎西挑选了彩色方头巾、小圆镜、防冻蚌壳油、耳环以及两串项链。刀疤脸付过银子，见天色还未黑尽，便拉扎西朝一家酒馆走去。

旺堆父子离开后，乌尔古善叫上卫兵，骑马朝盐道街一处公馆奔去。

成都袍哥总舵把子陈铁锤听说标统拜访，立即在公馆客厅接待了乌尔古善。当乌尔古善说明来意，并告知这是他老友要的货，希望价格稍作优惠时，近五十岁的陈舵爷笑道："你标统介绍的生意，价格自然优惠，但无论枪支还是鸦片，我仍按老规矩的成交额百分之十给你提成，如何？"

乌尔古善拨着盖碗茶盖，呷了口花茶说："嗯，很好，跟陈舵把子联手做生意，痛快！"

陈舵爷沉思片刻，问道："标统，我按低于黑市价一成，将货卖给你朋友，行吧？"

"那敢情好，陈舵爷不愧是仗义疏财之人。"

"若不是看你标统大人面子，我能如此让利吗？"

"那是自然，今后，我自当寻找机会回报舵爷。"

"标统，你这位朋友到底是何方神圣，这笔买卖可是要花大价钱的，就是一般盗匪和地主富绅，一次也不敢要这么多货啊。"

"不瞒陈舵爷，这笔买卖是康巴藏地一位土司要的，看这架势，他会长期做这买卖。"

"敢做军火生意，好！此土司若没胆识和眼光，咋能体现他胸怀与格局。这样有魄力的生意人，我陈舵爷喜欢。"

"陈舵爷，既如此，你定要准备上等鸦片一千两，优良的英式快枪三十支和短枪十把。"

"标统大人，请你转告你那位土司朋友，快枪二百四十两银子一支，三十支共计七千二百两；短枪十把，每把二百二十两银子，共计二千二百两；大烟土每两十两银子，一千两正好是一万两银子，三样东西加起来共计一万九千四百两银子。"

乌尔古善见陈舵爷迅速心算出价格，惊叹道："陈舵爷果然名不虚传，真乃川西平原神算子也。"

满脸横肉的陈舵爷笑了，将双手一拱说："标统笑煞本舵爷了，这区区小技，何足挂齿。不过，我想问问，你何时要货，又在何处交货？"

"三日后黄昏，在百花潭旁的林中验货付款，到时我也会亲自前来。"

"好，三日后，我定准时到百花潭树林交货。"

待乌尔古善一离开，陈舵爷立马跟一手下壮汉交代，要他通告成都各黑市，立即将枪支和鸦片价格提高两成。

下午，从乌尔古善家回到客栈的旺堆父子，立马换上早已准备好的汉人服装，去不远的古玩市场逛了一圈。第二天，当刀疤脸随父寻买铺面时，旺堆父子又在古玩市场，整整看货询价了一天。心中已有底的旺堆父子，想在第三天上午完成高级锦缎进货，午饭后就去古玩市场，把早已看好的玉佛、度母像与铜制金刚像买回客栈，然后只等黄昏在百花潭林中验货付款后，就可用大马车拉着货迅速离开客栈，朝新津方向奔去。旺堆知道，成都地界水深堂子野，黑恶势力十分猖狂。

在巴登要求下，小秋哥、钦嘎热和吴三娃在客栈整整待了两天。旺堆第二天从古玩市场返回客栈，就在客栈叫了几个菜要了两瓶茅台烧春安慰小秋哥三人。客栈还未关门，旺堆见扎西和刀疤脸准时回客栈睡下，便暗自对巴登说："没想到，回老家的王剑客，还如此懂生意人规矩。"

"阿爸，你别忘了，王剑客也是我们马帮小股东。"

旺堆回过神来，将额头一拍说："哎呀，我还差点忘了，他还真是我马帮的小股东哩。"

"是啊，股东对自己生意尽责，那是天经地义的事。"

午饭后，除吴三娃被安排留在客栈看守买回的高级锦缎外，旺堆几人腰挎藏刀背枪朝送仙桥古玩市场走去。

天气晴好的初夏时节，古玩市场格处热闹。这里有卖各式瓷器的，有卖装裱字画的，有卖玉佛、铜制佛像及各种金刚像的。有一些民间画家、书法家在现场作画卖书法。在琳琅满目的铺面柜台中，各式精致小盒里，摆放有玉质手镯、金戒指、金手镯、耳环、耳坠以及各类金银饰品等。

眼尖的刀疤脸刚进古玩市场就发现，墙角边站有几个头发蓬乱，赤脚上还沾有泥土的农人模样之人。他们手中有的抱着沾有泥土的陶罐，有的捧着镶金玉镯，有的抓着并未擦干净的项链，还有位年纪稍大的举着一个铜制长明灯。他们不敢大声叫卖，只等买主上前询价。刀疤脸见后，不由自主哼了声："哟，这几个家伙，不就是一伙盗墓贼嘛。"

走到离一家玉佛店铺不远时，旺堆指着一茶楼对扎西说："扎西，你们三人先上楼喝茶候着，当小秋哥招呼你们下来取货时，你们再下来就行了。"扎西点头后，就同刀疤脸和钦嘎热上了茶楼。

刀疤脸选了一处靠窗位置坐下，他叫了盖碗茶后，就闷闷不乐地盯着旺堆走进那间做佛像生意的店铺。很显然，旺堆并不想让刀疤脸知道进货底价。旺堆要小秋哥随他进店，一是小秋哥是他最信任的伙计，二是因小秋哥背着装银子的包袱。想着想着，一般怨气陡然窜上刀疤脸心头：马帮生意还没真正开始，你旺堆父子就想在进价上捣鬼。哼，别以为我刀疤脸不懂生意！

喝了几口茶，刀疤脸放下茶碗朝窗外望去，突然发现黄大郎、三寸丁与秃子三人。黄大郎身后的秃子，还抱着一个精美木匣。刀疤脸认得，那木匣装的正是宝贝酒器。

在古玩市场发现黄大郎一伙，而且他们还带着宝贝酒器，猛地，刀疤脸反应过来，这帮土匪要在这出手酒器！想到这，刀疤脸立马叫上扎西和钦嘎热，起身下楼朝黄大郎三人跟去。一面跟踪，刀疤脸一面对扎西和钦嘎热做了交代。刚到转角处，刀疤脸在钦嘎热腰上捅了一下，钦嘎热立即冲上去从秃子手中抢过木匣回头就跑。回过神的黄大郎和三寸丁，立刻掏枪朝奔逃的钦嘎热打去。此时，只见刀疤脸从侧面蹿上，用枪顶在黄大郎胸口一声大喝："给老子住手！"扎西立即将藏刀架在三寸丁脖子上。秃子见状，立即跪下向刀疤脸叩头，求刀疤脸放过大当家。

谁也没料到，一阵乱枪引来众多围观群众，而被黄大郎击中腿的钦嘎热已受伤扑倒在地，装酒器的木匣飞出足有一丈远。就在刀疤脸和黄大郎相互用枪抵着对方时，人群中突然钻出个汉子，抓起地上木匣就跑。

面对这骤然出现的情况，刀疤脸和黄大郎都始料未及。最先反应过来的三寸丁一声大叫："我们还愣在这干啥，东西都被别人抢跑了，还不快追！"很快，刀疤脸和扎西放过黄大郎与三寸丁，拔腿就朝抢木匣的汉子撵去。紧随其后的，却是脸气得铁青的黄大郎。

很快，抢木匣汉子迅速蹿上另一茶楼，跑进包间将木匣递给正在抽大烟的陈舵爷。陈舵爷刚打开木匣，茶楼下又传来一阵枪声。那汉子忙禀告说："陈舵爷，那几个不识相的家伙不死心，想夺回这宝贝。"说完，汉子指了指匣中精美酒器。

陈舵爷起身咬牙说："哼，老子就不信，在我成都码头还能翻了船！"说完，陈舵爷对身边另一长着络腮胡的汉子吩咐，"龙二排，快去，给老子收拾掉这几个不要命的家伙。"

陈舵爷话音刚落，龙二排领着几个汉子，举枪就朝茶楼下冲去。

很快，茶楼下就传来一阵激烈枪声。

陈舵爷静静鉴赏着精美酒器，脸上渐渐浮现出会心微笑："嗯，好货，真是难得的上等好货啊……"

不久，只听楼梯一阵响动，受伤的龙二排跌跌撞撞爬上楼来，上气不接下气说："陈——陈舵爷，我——我们弟兄遇上强劲对手了。"

"什么，阴沟里还真给老子把船翻了！"说完，陈舵爷掏出短枪，率众袍哥朝楼下冲去……

第十八章

袍哥劫杀抢货，猎狼人神枪震胆

身手敏捷的陈舵爷冲下楼，立即将手指塞进嘴中，几声呼哨后，古玩市场各处，又涌出不少穿青布衫的袍哥们。枪声中，不知情的人群，惊叫着四处乱逃。

见势不妙的黄大郎，立马率三寸丁和秃子钻进一家玉器店，黄大郎用枪顶着玉器店老板额头说："快给老子打开后门。"趁店老板领着黄大郎朝后门走去时，秃子顺手从柜中抓了几支玉镯塞进怀中。

在扎西的藏语喊叫声中，伤势不重的钦嘎热就地一滚，然后爬起瘸着腿朝扎西和刀疤脸撵来。趁龙二排一伙同扎西几人对峙时，陈舵爷率人迅速朝扎西三人围来。

刀疤脸见情势险恶，立马示意扎西朝一间店铺退去。

陈舵爷哪肯放过这几个敢跟他作对的汉子，忙指挥手下追杀扎西几人。被撵得东躲西藏的扎西窝了一肚子火，不时咬牙回头还击两枪。尾随扎西三人身后的龙二排一伙，在躲避子弹时，自然减缓了追击速度。

奔逃中，刀疤脸突然发现一间店铺后门有条缝，立即推门钻了进去。待三人躲进店内，刀疤脸从门缝见龙二排几人追了过去。此时，扎西趁机替大腿流血的钦嘎热包扎一阵，终于止住流血。

听屋外喊叫声渐远，不想困在店内的刀疤脸同扎西商量后，猛地将门拉开，企图朝龙二排一伙相反方向逃走。没想到，跑出不远的刀疤脸刚转过房角，差点同寻来的陈舵爷撞个正着。

刀疤脸见陈舵爷后面跟有几个保镖，就知此人定是头目。随即，还没等陈舵爷反应过来，刀疤脸一箭步上前，用枪顶着陈舵爷额头说："你给老子听着，叫你的人全部停止追杀，不然，我就要你狗命！"趁陈舵爷犹豫之际，钦嘎热蹿上前，一把将陈舵爷短枪夺下。

众袍哥见舵爷被擒，纷纷吼叫着围来。扎西急了，举起叉枪很快撂翻几人。其余喽啰见状，有的躲闪有的愣在原处不知如何是好。扎西回转身，一把揪住陈舵爷衣领说："蒂姆，你还不下令吗？"

被勒得气紧的陈舵爷见扎西一脸凶相，他怕这个藏族人一怒之下要了他命，忙摆手对不远的龙二排下令："快、快叫弟兄们全部撤出古玩市场。"听了舵爷吩咐，众喽啰在龙二排劝喊声中，渐渐朝市场外撤去。

刀疤脸立马明白，他眼前家伙正是这伙人的头目。于是，刀疤脸用枪顶着陈舵爷后腰说："走，跟我们一块离开此地。"

不想被押走的陈舵爷忙说："好汉，我可没得罪你们，你们没必要难为我嘛。"

钦嘎热说道："哼，就是你手下抢走我们宝物，你该还我们。"陈舵爷装着惊讶地说："啥宝物呀，我在楼上喝茶，根本没见什么宝物。"

刀疤脸深知成都市场复杂险恶，担心夜长梦多的他立即下令说："废话少说，快带我们离开这！"说完，就推搡着陈舵爷朝市场外走去。

刚走过十来间铺面，扎西听见屋顶有响动声，他头也不回将叉枪往肩一搭，朝屋顶扣动扳机。转眼间，一脑门冒血一胸膛中弹的家伙分别从屋顶栽下地来。陈舵爷见状，惊得张大了嘴巴。舵爷做梦也没想到，这铁塔般藏族汉子，居然有如此神奇枪法。

很快，其他屋顶传来一阵逃窜响动。刀疤脸扭头四处张望后，立即押着陈舵爷朝大门走去。出了大门，刀疤脸将陈舵爷扭过身面朝古玩市场内，用枪顶着舵爷后脑勺说："你给老子在这站半个时辰，若胆敢回头张望或派人跟踪我们，刚从房顶栽下的家伙，就是你的下场！"随即，刀疤脸几人快速离开古玩市场，偷偷朝浣花客栈蹿去。

当古玩市场内的枪声和喊叫声响过不久，躲在店铺内的旺堆立马让小秋哥去茶楼喊扎西几人。小秋哥奔到茶楼一看，空荡荡的茶楼上下，哪还有扎西几人影子。

小秋哥慌忙回去禀告旺堆和巴登，旺堆听后，当即决定，让店铺老板找几个帮工，帮他把买的玉佛和其他物品送回客栈。好在有枪的巴登和有刀的旺堆与小秋哥仍可护货，不到半个时辰，旺堆几人就把所买的东西护送回客栈。

回到客栈，旺堆一看到扎西几人坐在房内喝茶，钦嘎热大腿还受了伤，便勃然大怒质问刀疤脸："你们不在茶楼候着护货，为啥先回客栈歇息？"

没开腔的刀疤脸示意扎西回话。扎西说道："旺堆土司，我们几人在茶楼遇上了欺负嘎热的恶人，跟那帮家伙干了一架。"

旺堆大惊："打架？谁让你们去打架？"

"土司掌柜，是那帮恶人要抢嘎热的枪，我们为护枪，才同那帮人干上的。"扎西完全按刀疤脸事先编好的理由，回答旺堆。

装得老实的钦嘎热说："尊敬的土司大人，后来那帮人叫来他们不少同伙，我们怕吃亏，才撤离了古玩市场。"

旺堆盯了钦嘎热一眼，直问刀疤脸："成汉兄弟，市场内响的枪声，就是那帮家伙放的？"

刀疤脸回道："嗯，这帮地痞流氓欺人太甚，居然眼红想抢我们快枪，实在可恶。"

巴登说："只要你们没丢快枪，就算佛祖保佑了。成都是汉人聚居地，十分复杂，从现在起，大家都得提高警惕听从安排。"

旺堆盼咐道："算了，啥也别说了。你们再不得离开客栈半步。晚饭就在客栈吃，饭后，我们得去附近取货。取货装车后，今晚马上离开这堂子野的成都府。"

刀疤脸心里暗暗叫苦，无疑，他想再见父母的愿望落空了。

心狠手黑的陈舵爷，对上万两银子的生意非常重视，晚饭时他令手下一律不许喝酒，完事后再奖赏一顿丰盛宵夜。当舵爷亲自检查完枪支和鸦片后，才下令装车朝城西百花潭方向赶去。

这时，身穿军服的乌尔古善率几名卫兵，也从城中朝百花潭方向奔来。

晚霞燃烧的翅翼，还在西边天际飞翔。暮鸦归林的叫声，萦绕在不远的杜甫草堂上空。

吃过晚饭,旺堆留下有伤的钦嘎热守货,然后命吴三娃赶着马车,一行人骑马朝百花潭树林走去。刚走到树林边,突然林中响起一声尖利的呼哨声,顷刻间,数名蒙面端枪汉子,从林中冲出用枪对着旺堆几人。眼疾手快的扎西和刀疤脸,也将枪口对着这些蒙面汉子。有些发蒙的旺堆和巴登,张口结舌一时竟不知如何是好。

随即,响起三声掌声。掌声中,乌尔古善在卫兵护卫下,微笑着从林中朝旺堆走来。缓过神色的旺堆,立马指着蒙面汉子问乌尔古善:"古善标统,你——你这是给我唱的哪一出呀?"

乌尔古善解释道:"旺堆老友,你别见怪,这不是我的人马。"

旺堆很是诧异:"古善标统,我是来提货的,可不是来赴鸿门宴的。"

"嗯,土司老友见外了。这不是藏地,做生意嘛,成都有成都的方式和规矩。你听我的不会有错。"

旺堆笑了:"对,我在你们成都码头,自然听标统的没错。"

乌尔古善将手朝林中一挥,说:"我的老朋友哪,你的货主在林中恭请你验货哩,快去吧。"

旺堆听后,忙叫巴登几人下马,随乌尔古善朝林中走去。

蒙面的陈舵爷,坐在林中空地树桩上。陈舵爷身后,站着龙二排和几名持枪喽啰。

乌尔古善刚领着旺堆几人走进林中空地,陈舵爷立马认出旺堆身后的扎西和刀疤脸。很快,龙二排在陈舵爷耳边一阵嘀咕。听完,陈舵爷压低声音说:"给老子听着,都不得轻举妄动,先把这笔生意做完再说。"陈舵爷也没料到,下午拿枪顶着他脑袋的家伙,居然是藏族土司的随从。

当乌尔古善分别向陈舵爷和旺堆介绍完对方,陈舵爷立马取下面巾拱手对旺堆说:"本舵爷在此幸会大土司,真乃三生有幸。"

旺堆也恭维道:"扎西德勒,本土司能与陈舵爷做生意,心里也无比快活。"

长着浓眉倒三角眼的陈舵爷笑道:"呵呵,大土司定是福报颇大之人,本人将会沾光不少。"

"哪里哪里，但愿你我生意兴旺通四海，财源茂盛达三江。"

陈舵爷同乌尔古善会意点点头，然后指着两个大木箱说："土司大人，你还是先开箱验货吧，如何？"

旺堆自知不太懂枪，便扭头对刀疤脸吩咐："成汉兄弟，你验枪，我来验鸦片。"说完，旺堆就朝装鸦片的楠木箱走去。

刀疤脸听旺堆交代后，立马将短枪插回腿边枪套，然后从腰间抽出剑挑开木箱。此时，端枪的扎西一直盯着陈舵爷，他已做好最坏打算。

做有间隔的木箱内，整齐摆放着长短枪和子弹。刀疤脸点过枪后，随即向旺堆禀告："土司大人，这箱中有三十支长枪和十把短枪，还有几千发子弹。"

验完鸦片的旺堆点头笑了，他走到乌尔古善身边，低声问道："古善标统，你真是值得信任的老朋友，我要的货办得不错，这银子该咋付呀？"

"别先付银子，土司大人，你还是先试试枪再付不迟。"陈舵爷自信地提醒旺堆。

旺堆想了想回道："嗯，也行，就按陈舵爷说的办。"说完，旺堆对刀疤脸吩咐："你照陈舵爷说的，就试试枪吧。"

转眼间，刀疤脸将压上子弹的长短枪抓在左右手中，这时，刚好几只寻归巢的麻雀飞来。刀疤脸右手举长枪，左手挥短枪，在众人还未看清刀疤脸出枪之际，枪声中，几只麻雀就落在林中空地。

大惊的乌尔古善和他卫兵立即鼓掌叫好。陈舵爷和龙二排等人，都愣愣地盯着有些得意的刀疤脸。陈舵爷万万没想到，眼前这汉人的枪法，似乎不比高大的藏族汉子逊色多少。

并不知下午在古玩市场同陈舵爷人马发生枪战的乌尔古善，竖起拇指不断夸赞刀疤脸："嗯，好枪法！好枪法！"

陈舵爷眉头一皱，提醒乌尔古善说："尔善标统，生意之后，我还要赶到悦来剧场听川戏哟。"

会意的乌尔古善，立即按陈舵爷说的价，分别一五一十告诉了旺堆。旺堆听后点头说："嗯，不错，这些货都低于黑市价格，我旺堆真是遇上你们这些活菩萨了。"在旺堆心中，他原以为要拿到这批货，起码要付两万两银子才行。

随即，旺堆从怀中掏出一沓银票，然后留了几张递给乌尔古善，没想到，没接银票的标统却扭头对陈舵爷说："陈舵爷，这货是你的，还是你来收银票为好。"

陈舵爷立马向龙二排示意。龙二排蹿过来，将银票抓过递给陈舵爷。旺堆从剩在手中银票里抽出二百两递给乌尔古善，说："古善标统，收下这点小意思，待我把这批货出手后，再来成都重谢你。"

乌尔古善接过银票哈哈大笑："我的旺堆土司，你真是懂江湖规矩的人哪……"

旺堆的人刚抬着木箱离开，陈舵爷将手一招，龙二排立马凑上前，陈舵爷交代几句后，最后提醒说："你们等他们到了新津大桥再动手，多带几个兄弟，一定要将这几个家伙给老子丢翻，货要全部给我弄回来！"

龙二排点头哈腰回道："请舵爷放心，就为下午被那藏族小子打死的几个弟兄报仇，我也得将这批货全都抢回。"

"哼，本舵爷不信邪，一个土司敢在我成都码头弄翻了船。"陈舵爷话音刚落，龙二排叫上一帮袍哥兄弟，迅速蹿出树林，朝不远的旺堆几人追去。

刚出树林，感觉不好的扎西提醒旺堆说："土司老爷，我看这帮卖东西的家伙，不像是好人。"

旺堆有些吃惊："扎西，你没根没据，咋说他们不是好人？"

"今下午，在古玩市场动枪抢劫的，就是那帮人。"

旺堆大惊："啊！你当真看清啦？"

抬着木箱的刀疤脸忙靠近旺堆说："土司大人，我们赶快离开此地，不然会有麻烦。"

旺堆听后，扭头看看快被暮色吞没的树林，忙对几人吩咐："听着，大家快装车，我们立马撤离客栈！"

星月之夜，通往双流方向的土道上，旺堆一伙骑着快马，护卫吴三娃赶着装货大马车，一路朝西奔去。马车前方，是警惕注视路况的刀疤脸。马车后，是手握叉枪骑在马上断后的扎西。

离旺堆马车有一里地远，是骑马尾随其后的龙二排一伙。警惕性高的刀疤脸几次想停下探个明白，均被急着赶路的旺堆劝住："哎呀，押运队长，你管那些人干啥，我们过了新津大桥就安全了。"

每当听到这话，扎西总爱挥着手中叉枪说："兄弟，怕他做啥，有我叉枪在手，量那些坏家伙也不敢咋样！"

刀疤脸也不敢断定，随在他们车后不远的骑马人就是坏人，何况，这年头趁月夜赶路的生意人也有。快一个时辰过去，刀疤脸见情况无啥变化，也就全神贯注盯着前方了。

快到子夜时分，旺堆一群人终于来到新津城外大河边。

骑马在前的刀疤脸刚要上桥，突然一声尖利呼哨从河边大树上传来。顷刻间，从木桥下和树上跳下十来个蒙面汉子，有的挥刀有的举枪朝旺堆马车扑来。眼疾手快的扎西举枪把冲在最前头的家伙一枪放翻。刀疤脸急忙调转马头，一剑将朝他扑来的汉子右臂砍断。

这时，只听土道上一阵呼叫声响起，骑马的龙二排率十来个汉子杀将过来。喊叫声中，一蒙面汉子从树上跳下，猛地将赶车的吴三娃扑下马车。钦嘎热见势不好，跳上马车用一枪托又将那人击打下马车，小秋哥趁机上前，一刀结果了那汉子性命。

又急又气的旺堆父子跃下马来。旺堆抽出藏刀，一连砍翻两个冲近马车的家伙。巴登吼叫着，用快枪朝围来的蒙面汉子们开火。很快，拿枪的蒙面汉子就被扎西、刀疤脸和巴登快枪打退，挥着短枪的龙二排厉声吼叫着，又指挥喽啰们朝护在马车边的旺堆几人围来。

认出龙二排的刀疤脸很快明白，一直尾随他们马车的家伙们，正是从成都跟来熟知货物的袍哥们，这伙人要的是马车上的货。情急之下，刀疤脸叫旺堆领着马车快过桥，他和扎西、钦嘎热留下掩护。深感危险的旺堆只好依刀疤脸意思，命令吴三娃打马快走。

原来，陈舵爷不想在成都地界劫旺堆的货，原因是不想让乌尔古善知道是他下的手，否则，今后就断了同标统的生意和交情。在陈舵爷跟龙二排交代后，又安排另批人先期赶到新津大河边，潜伏着等龙二排一伙到时再一同动手。令龙二排没想到的是，这土司的随从个个亡命敢战，而且还打死他几个弟兄。若没完成舵爷交代的劫货任务，他回去是无法交差的。想到此，有些后怕的龙二排，又叫喊着率先朝旺堆几人扑来。

星月夜中，一阵枪声、砍杀声后，哭爹喊娘的声音，随岷江波涛在江岸回荡。旺堆一伙边战边走，马车很快到了江心地带。不肯善罢甘休的龙二排一伙，仍疯狂追击断后的扎西和刀疤脸几人。

不久，扎西几人的子弹就先后打光，枪声随即稀落下来。

顿感不好的扎西回头呼道："土司大人，你们快走啊。"旺堆听后，立即催吴三娃扬鞭打马，几人护着马车朝县城狂奔。

龙二排见扎西几人子弹打光，立马吼叫着，率手下挥刀朝扎西三人扑来。不是太宽的木制桥面，顿时成了双方厮杀之地。由于钦嘎热腿上有伤，行动显得紧张缓慢。

拼杀阻击中，刀疤脸见马车已朝县城奔去，便对扎西说："扎西兄，你快同嘎热追旺堆土司去，我来掩护断后！"

扎西问："兄弟，那你咋办？"

刀疤脸急了："扎西，你俩快走，我自有办法脱身！"

无奈之下，扎西低声对嘎热说："听押运队长的，我俩快走！"说完，扎西拉着有伤的钦嘎热，朝对岸跑去。

见两个藏族汉子撤走，急了的龙二排抓着大刀，猛地蹿到横挡桥中的刀疤脸跟前，众喽啰见状，哗地退后，给龙二排让出搏杀空间。这龙二排本是贵州苗人之后，犯命案后靠卖艺行走江湖来到成都，被陈舵爷看上其一身好功夫，用计收买便留在身边做了打手。不久，龙二排的武功名声就在成都袍哥中传开。此刻，能在月夜观看龙二排取对手性命，这是众喽啰的共同心愿。

手握长剑的刀疤脸，盯着赤裸上身双臂刺有文身图案的龙二排。刀疤脸心里清楚：众喽啰为拿刀家伙让出搏杀之地，此人定有不俗功夫。没容刀疤脸多想，龙二排用刀直指刀疤脸喝道："你这不知死活的东西，还不快给大爷让路！"

刀疤脸火了，用剑指着龙二排回道："你想过江劫货，也得问问我手中长剑乐意不乐意！"

龙二排咬牙骂道："狗日的不识好歹，老子今天就不给你留全尸了！"说完，龙二排挥刀直劈刀疤脸。随即，众喽啰齐声为龙二排助威喊叫。

身手敏捷的刀疤脸挥剑迎刀，两人转眼间就在桥面厮杀开来。一个是挥刀勇猛，劈砍有力；一个是剑走龙蛇，刺杀奇幻。刀剑飞动中，二人你劈我刺，你砍我挑互不相让大战一气。

二十多个回合后，见无法砍翻对方的龙二排急了，只好下令："兄弟们，给我拿下这不知死活的家伙！"听到命令，众喽啰叫喊着一同朝刀疤脸扑来。

就在龙二排挥刀劈空瞬间，刀疤脸闪身一个箭步蹿上，用剑把朝龙二排手腕一击，趁大刀落下之时，一把将龙二排手臂扭往身后，用剑横在龙二排脖子上，对众喽啰喝道："你们谁敢上前，老子就叫他脑袋滚入岷江！"

众喽啰立马被刀疤脸的杀气镇住，他们咋也没想到，武艺高强的龙二排竟被眼前汉子所擒，而且对方长剑还随时可能割下人头。此刻，众汉子虽围住刀疤脸和龙二排，但没一人敢上前救他们头目。

呼呼江风吹过，夜云遮住明月。

龙二排脖子已被剑口勒出鲜血。相互僵持中，眼珠一转的龙二排立即对手下喝道："你们给我退后，快给好汉让路！"感到莫名其妙的喽啰们，只好纷纷退后，给刀疤脸让出一条道来。

随后，龙二排对刀疤脸说："好汉，你走吧，但愿你我今生永不再相见。"

刀疤脸见眼前家伙已服软，便收了剑对龙二排说："对不住了兄弟，那我王剑客就告辞了。"说完，刀疤脸用剑对着众人，慢慢朝对岸退去。

谁料想，桥面破洞竟使退后的刀疤脸摔了一跤。就在刀疤脸跌倒刹那，龙二排一个饿虎扑食跃上，想将刀疤脸压在身下。刀疤脸见龙二排扑来，立马顺势在桥面一滚，企图站起。

龙二排见没扑着刀疤脸，一个滚翻就跃了起来。这时，站起的刀疤

第十八章：袍哥劫杀抢货，猎狼人神枪震胆

脸一腿朝龙二排扫来。早就防备的龙二排一声大叫，跳起就紧紧抱住刀疤脸。自知危险的刀疤脸迅速朝桥边退去。

两人扭打中，众喽啰立马又围上，企图活捉刀疤脸。刀疤脸哪肯束手就擒，抓着龙二排翻身朝桥下倒去。隐隐月光中，只听江面一声水响。水花飞溅后不久，江面又恢复了平静。

众喽啰望着辽阔江面傻了眼，有的很快扯着喉咙呼喊起来："龙哥，你在哪儿……"

十多天前，从县衙回到教堂的约翰牧师，思前想后总感觉要落实修建麻风医院计划，一定不会顺利了。他算了算时间，于是提笔给成都基督教会写了封信，如实讲了筹备中遇到的诸多困难，希望教会暂别派人来若拉草原检查修建工作。信发出后，他依然在两名县衙兵丁护送下去了老鹰岩。

更出乎约翰意料的是，他刚到老鹰岩下，就被巡山的泽木刺一伙拦住。不等约翰说完来意，泽木刺就喝令约翰滚回县城去。不死心的约翰牧师再次对泽木刺说："你们可以无视教会存在，但你们应该同情那些魔鬼寨病人。那些麻风病人完全生活在自生自灭的恶劣环境中，我们若能改变他们的生存环境，让他们得到更好救助，我想，上帝一定会赞赏你们的。"

泽木刺一听，又来了气："放你妈的狗臭屁！难道，我们老鹰岩弟兄的命，还不如那些麻风病人？洋牧师，你给我听着，你休想在我老鹰岩眼皮下修啥麻风医院。老子实话告诉你，我们大头领说了，除非老鹰岩弟兄都升官发财远走高飞了，你们才可能在此建医院。"

约翰仍哀求着："二头领，你让我亲自见见你们大头领，好吗？"

泽木刺抽出腰间藏刀，指着约翰说："洋牧师，你做梦去吧，就是我们大头领派我来警告你的，若你不听招呼，非要在这建麻风医院，老子焚烧你们材料，那只是第一步。若你们再胆敢继续往老鹰岩山下运东西，我们第二步就要杀人了。到时，你别怪我们雄鹰大队没给你事前警告！"

面对土匪的蛮横无理，气极的牧师回到教堂就病倒了。约翰永远想不明白，实行人道主义救助，为啥在若拉草原如此艰难？

午餐后，当约翰睡下歇息时，丹珠悄悄叫上桑尼，俩人偷偷朝教堂阁楼爬去。

由于习惯了有扎西和剑客大哥的日子，当扎西和刀疤脸随旺堆去成都后，心中涌起思念之情的丹珠，想在高高的小阁楼上，眺望通往雅安那条土道，以缓解这些日子开始萌生的思念之情。桑尼是教堂杂役，无论丹珠叫她干啥她都得服从。

爬上阁楼顶层后，丹珠推开朝东的彩色玻璃小窗。俩人极目远眺，一阵和煦春风迎面吹来，将丹珠和桑尼耳发拂动。在明丽春阳照耀下，两位藏族美女脸上的高原红，宛若熟透的春桃，绽放出诱人的青春气息。

稍后，丹珠靠着桑尼肩头，指着绵延远方的土道说："桑尼姐，过些日子，扎西和剑客大哥就要从那回若拉草原了，你高兴吗？"

"高兴，当然高兴啦。"这时，桑尼才明白丹珠带她来小阁楼的用意。其实，桑尼的思念强度远胜丹珠。桑尼是与扎西同过房的女人。因丹珠的出现，加之扎西想撮合她成为刀疤脸的女人，此后，扎西就再没到她屋里过过夜。她相信强巴不大可能活着回到草原。她原以为自己今生可名正言顺成为扎西女人，没想到，扎西却要她跟他结拜兄弟王剑客好。无所适从的桑尼不知在心里哭过多少回：有了扎西，为啥还要冒出个剑客大哥？后来，无奈的桑尼在情感归宿上，只好采取听天由命的方式，因为，扎西和剑客大哥她都喜欢。

令桑尼隐隐伤感的是，她喜欢的扎西和剑客大哥，却又都喜欢美少女丹珠。唉，她时常暗自感叹：佛祖啊，我该咋办哪……

丹珠和桑尼相互握着对方的手，静静注视远方。此刻，她俩都明白对方的心思，也深知自己命运会同被思念的人紧紧连在一起。唯一不同的是，桑尼的选择是被动的，而丹珠的选择具有主动性。

突然，一头巨大黑色牦牛越过土道，朝远处草原狂奔。

紧接着，牦牛身后陆续出现十多头大狼。原来，群狼在乌岗狼王率领下，勇猛地追击着这头牦牛，它们要靠群体力量和智慧，来猎杀这头比它们大许多的庞然大物。

头一回见着大狼围猎牦牛的丹珠，异常惊诧和紧张，便将苗条身子靠近窗边,盯着远方直喘粗气。桑尼指着远处说:"丹珠,我放牧时曾见过大狼围猎牦牛,你仔细瞧着,要不了多久,那头牦牛就要被狼群吃掉。"

"真的?"丹珠仍有些不敢相信。

乌岗狼王见牦牛四处奔逃,不断消耗着体力,便令狼群继续追咬。不久,狼王见牦牛奔逃没那么疯狂时,就指挥五头大狼截住牦牛。很快,累得口吐白沫的牦牛就被群狼围住。

随即,狼群开始收缩包围圈。精疲力竭的牦牛哪肯就范等死,它总是在狼群扑来时,用犄角去顶最靠近的大狼。你来我往的僵持缠斗中,直喘粗气的乌岗狼王有些毛了。因为有两头大狼,已被顶伤退出围猎之战。

丹珠和桑尼张大了嘴,紧张盯着草原狼的猎杀现场。这时,双耳颤动的乌岗狼王将头一昂,随即对天空发出一声狼嚎,群狼蓦地停在原地,静候狼王指令。狼嚎声还在草原回荡,只见乌岗狼王猛地跃起,急蹄着凌空朝牦牛扑去。还未等牦牛反应过来,乌岗狼王巨大獠牙已死死嵌进牦牛喉管,其余大狼见状,立马蜂拥而上,各自咬住要害部位狠狠撕扯。就这样,体形巨大的牦牛慢慢挣扎着朝草地倒去……

快到丑时,旺堆一行匆匆住进新津客栈后,扎西在楼上窗口,一直盼着刀疤脸归来。稍后,又急又气的扎西,抽出藏刀走出房间。刚出房门,扎西就被巴登拦住。

"扎西,你要干啥?"

"巴登掌柜,我去看看结拜兄弟,他阻击强盗,咋还没回。"

"扎西,你不能去寻他,这是汉人之地,王剑客比你更容易脱身。"

扎西快急出眼泪说:"巴登掌柜,剑客兄弟是为掩护我们撤退留下的,他现在迟迟没归,肯定是遇上难处了。"听见响动的旺堆,从隔壁房间走来。

旺堆质问道:"扎西,此次随我去成都,你主要任务是啥?"

扎西一愣,忙回道:"土司大人,我记着的,我的任务是做好您和巴登保镖,然后是看护好货物。"

"扎西,你没记错,可我和巴登就在你眼前,重要货物也在我房间,深更半夜的，你不在客栈守着，难道还要去黑灯瞎火的江边送死？"

扎西更急了："土司掌柜，王剑客是我结拜兄弟，我扎西难道不该去救他？"

巴登盯着扎西，不屑地说："扎西，在我春风茶庄，只有服从指挥的伙计，没有高于茶庄利益的结拜兄弟！"听完巴登之言，惊得张大嘴的扎西愣了。他做梦也难相信，他和结拜兄弟曾舍命相救的巴登父子，竟是如此见财忘义之人。

气得将牙咬得嘎嘎直响的扎西，一拳朝门边墙上砸去。屋内，睁着惊恐大眼的钦嘎热，却怔怔地盯着年轻气盛的巴登……

两天后的黄昏，骑着快马赶着马车的旺堆一行六人，终于来到雅安。翘首以待的老王头立即将货卸到他家库房，就领着旺堆几人去了藏式餐馆。

当吃饱喝足的旺堆几人刚返回老王头家，肖志雄派来报信的伙计也已赶到。报信伙计禀告旺堆，说马帮头今晚率马帮歇息蒙顶山下客栈，明日午后就能来雅安城同旺堆一行会合。

当旺堆和巴登得知肖志雄不仅收了好些明前春茶和土特产，而且还谈妥大批质优价廉的藏茶时，喝得有些高的巴登，竟手舞足蹈地对报信伙计说："肖马帮头，大大的能干，我们春风茶——茶庄收购他马帮股份，是——是英明决定。今年若发了大财，你们每——每人都有功劳。"说完，巴登还赏了一两碎银给报信伙计。

寡不敌众的刀疤脸，见自己被拼命的家伙死死抱住，从小在锦江里学会游泳的他，哪惧桥下滚滚波涛，于是，他不假思索拖着龙二排朝桥下倒去。

没料想，龙二排也是会水之人。两人在水中挥拳对打一阵后，龙二排见自己根本不是这汉子对手，便潜水逃走。刀疤脸寻不着对手，顺水游了一阵就上了岸。

躺在岸边歇息的刀疤脸估摸一算，从桥上落水到上岸，这近一个时辰里，他起码离新津大桥也有二十多里了。好在旺堆一行带着货进了新津县城，他们应该安全了。想到这，刀疤脸情不自禁笑了："哈哈哈，这押运日子真他妈刺激啊，过瘾！"

　　天一放亮，肖志雄便率马帮朝雅安城走去。午后不久，老王头和小秋哥就在青衣江边接住了肖志雄一行。按老王头事先找好的廉价客栈住下后，肖志雄立马赶到专门制作藏茶的茶厂看货。在茶厂验完货敲定价后，肖志雄在日落前才赶到老王头家，向旺堆和巴登详细禀告进货及价格情况。

　　黄昏时分，旺堆看着一桌丰盛的汉藏风味搭配颇佳的晚餐，十分高兴地将双掌一拍说："老王头不愧是我春风茶庄老伙计，做啥都考虑周全哪。"

　　刚落座举起酒碗，肖志雄似乎发现了什么，忙向旺堆问道："旺堆掌柜，我徒弟王成汉咋不在呀？"

　　肖志雄话音刚落，众人都怔怔地看着旺堆。

　　凝思片刻的旺堆很快微笑说："马帮头别急，三天前夜里，我们在新津过江时遇到点麻烦，股东王成汉就留下处理那些小麻烦了。"

　　肖志雄似信非信地点了点头："哦，我徒弟在新津县处理小麻烦，他是押运队长，那他多久来给马帮护货呀？"

　　"快了快了，不出所料的话，你徒弟两天后就能追上我们马车。"旺堆之所以敢如此回答肖志雄，他深信刀疤脸会大难不死。

　　扎西一听，正想起身说点啥，却被身旁的钦嘎热死死拉住。

　　巴登见饭桌气氛不对，忙端着酒碗说："大家辛苦，来来来，我们先干一碗再说。"

　　巴登话音未落，屋外远处响起一阵骤急马蹄声。转眼间，刀疤脸就兴冲冲奔进屋来。就在众人惊诧时，刀疤脸目光却扫过满桌酒菜，端起一碗酒说："且乐生前一杯酒，何须身后千载名。"说完，刀疤脸仰脖咕咕将酒全部倒进嘴中。

　　旺堆见王成汉毫发无损归来，立马指着刀疤脸对肖志雄说："我的马帮头，你看看你看看，我们押运队长比我估计的时间，还整整提前两天归队嘛。"

眼含热泪的扎西，起身将刀疤脸拉到自己身边坐下，然后又端起一碗酒递给刀疤剑说："兄弟，为你平安归来，我扎西敬你一碗。"说完，扎西一口将酒喝干。

由于刀疤脸突然归队，众人心情似乎轻松许多，于是就你吆我喝大吃开来。此时，唯有装着吃得开心的巴登，却心绪复杂观察开怀畅饮的刀疤脸……

原来，三天前夜里，刀疤脸上岸不久，天就渐渐亮了。

饥饿难耐的刀疤脸寻到一处村庄，他想讨点吃的填饱肚子再上路。没想到，刚要接近村子，从竹林蹿出一条土狗朝他扑来。

说来也怪，无论刀疤脸如何恐吓土狗，这条护院心切的黄狗不仅不怕，还追咬刀疤脸狂叫不停。被撵得火起的刀疤脸是杀狼不眨眼之人，哪真怕这条个子不大的土狗。趁黄狗追咬时，急转身的刀疤脸一脚将土狗踢翻，然后猛扑上去死死掐住狗脖子。半袋烟工夫后，这条土狗就死在刀疤脸手下。

饥饿难耐的刀疤脸将狗剥皮后，提着光溜溜的狗身子又来到另一村子，对一农妇谎称是他刚买的狗肉，他要治疗病必须整吃下这条狗。信以为真的农妇，还真用自己铁锅将狗肉煮熟端给刀疤脸。令农妇一家大惊的是，刀疤脸硬是蘸着豆瓣酱，将整条狗吃得一干二净。

谢过农妇离去后，刀疤脸就游走乡间踩点。他知道，若要追上旺堆一行，他的唯一办法就是盗一匹富人家的马，然后骑上快马，直奔雅安去老王头家会合。

当晚下半夜，刀疤脸盗马得手。经两天时间紧赶慢撵，又用各种妙招手段，在路上骗得些食物，才终于在旺堆一行晚餐前，赶到了老王头家。

午夜时分，酒足饭饱的刀疤脸和扎西，随肖志雄回到客栈。当把扎西安顿在肖志雄隔壁房间后，刀疤脸就随肖志雄来到房间。

刚一进屋，肖志雄立马走到床下摸索一阵，然后才回头示意刀疤脸坐下。看着肖志雄的神秘举动，心中颇有疑问的刀疤脸有些不满说："哟，我的肖大师父，到如今您可把我当外人了。咋的，有啥秘密信不过我？"

"哎,成汉徒弟,你龟儿子说到哪去了,我咋可能把你当外人嘛,何况,你我现在又都是春风茶庄股东了。"

或许是酒精起了作用,满脸通红的刀疤脸指着床下说:"师父,您若不把我当外人,就把床下宝贝拿出来看看,行吗?"

"那破油纸包的东西,有啥好看的。"肖志雄想搪塞刀疤脸。

"嘿嘿,我今晚就想看看您那破油纸包的是啥。"说完,好奇心极重的刀疤脸,弯腰从床下抓出一包东西。刀疤脸毕竟是跑过几年马帮的人,他一见着用油纸包得严实的东西,就知道这是精贵物品。

肖志雄见刀疤脸双眼疑惑,他清楚再不说出实情,多了心的刀疤脸,或许会给今后买卖留下无穷隐患。沉思片刻,肖志雄只好说出实情。

"成汉徒弟,你不必猜忌了,里面包的是鸦片。"

刀疤脸大惊:"啥,师父,您多久开始抽大烟啦?"

"我这穷光蛋,咋敢沾那东西。"

"您既不沾那东西,带着它干啥?"

"老实告诉你,跑马帮一年累到头,也挣不了几个银子。我知道藏地有些头人和土司,早就开始抽大烟了。过去我苦于没啥本钱,马帮势力又单薄,现在我有旺堆收购马帮股份的本钱,又有你的武装押运,见做鸦片买卖时机已成熟,我就开始下手了。"

"师父要做鸦片生意,我也不敢挡您财路,但您知道这有多大风险吗?"刀疤脸没忘马帮曾在折多山遭劫,故提醒肖志雄。

"天下没有无风险的生意。要想发财,就得敢于承担风险。"

肖志雄的话似乎触动了刀疤脸,这时,只见刀疤脸喃喃自语说:"说得对,做买卖,就得敢于承担风险……"

"成汉,我料定,旺堆土司组建武装押运队,绝不仅仅为做点茶叶和佛像生意。"

"师父,旺堆这次不仅买了几十支长短枪,确实还进了一大箱鸦片。"

肖志雄一听,有些兴奋起来:"既然他旺堆一开始就敢做军火与鸦片生意,我断定,他今后还可能做其他我们想不到的生意。老子不管他做啥生意,非要搭他这条顺风船不可。哼,跟着他发财,就是我肖志雄的运气。"

"师父,您是说,我和您都可跟着土司做鸦片生意?"

"是啊,就看你这押运队长有没这个胆了?"

"呵呵,笑话,师父敢做的,徒弟有何不敢?"

就在刀疤脸和肖志雄秘密商议,如何联手瞒着旺堆做鸦片生意时,他俩做梦也没想到,对话已被隔壁的扎西听到……

图书在版编目（CIP）数据

牧狼人：共2册/黎正光著. -- 成都：成都时代出版社，2019.1

ISBN 978-7-5464-2243-5

Ⅰ.①牧… Ⅱ.①黎… Ⅲ.①长篇小说—中国—当代 Ⅳ.①I247.5

中国版本图书馆CIP数据核字（2018）第270035号

牧 狼 人
MULANGREN

黎正光◎著

出 品 人	李文凯
责任编辑	张　旭
责任校对	周　慧
装帧设计	成都九天众和
责任印制	唐莹莹

出版发行	成都时代出版社
电　　话	（028）86742352（编辑部）
	（028）86615250（发行部）
网　　址	www.chengdusd.com
印　　刷	成都市金雅迪彩色印刷有限公司
规　　格	170mm×240mm
印　　张	37.75
字　　数	610千
版　　次	2019年1月第1版
印　　次	2019年1月第1次印刷
书　　号	ISBN 978-7-5464-2243-5
定　　价	82.00元（上、下册）

著作权所有·违者必究　本书若出现印装质量问题，请与工厂联系。电话：（028）84842345

长篇藏地小说

牧狼人

下部

黎正光 ◎ 著

成都时代出版社
CHENGDU TIMES PRESS

第十九章　雪山古墓，终被土匪盗掘 / 293

第二十章　为美女一诺，猎狼人勇闯老鹰岩 / 310

第二十一章　惨遭狼王算计，猎狼人命悬一线 / 323

第二十二章　猎狼人愧生敬意，剑客巧遇军火商 / 337

第二十三章　雪顿节，赛马场的枪声 / 353

第二十四章　结拜兄弟，终于弄到赎地银子 / 372

第二十五章　为护善举，大活佛欲涉俗世之险 / 388

第二十六章　匪首戏耍众人，活佛善念被子弹击碎 / 404

第二十七章　三尾红狐再现，预示怎样的人狼之战？ / 419

目录

第二十八章　猎狼人寺院接骨，王剑客英雄救美　/ 434

第二十九章　怎样解救，被复仇狼群围攻的法轮寺？　/ 451

第三十章　凄美的生命之花，凋谢在冰崖下　/ 468

第三十一章　两只狼崽，被无限悔恨的猎狼人收养　/ 483

第三十二章　命运大反转：神异猎狼人终成牧狼人　/ 499

第三十三章　维新变法，戊戌六君子鲜血惊醒草原剑客　/ 514

第三十四章　草场之争，部族战争再次爆发　/ 530

第三十五章　复仇与阴谋，牧狼人巧用凶猛狼军团　/ 546

第三十六章　战争还是和平？牧狼人创造英雄传奇　/ 563

第十九章

雪山古墓，终被土匪盗掘

　　本想在成都古玩市场卖掉酒器，多筹点经费买些快枪回老鹰岩的黄大郎，没料到在古玩市场被抢走酒器不说，还差点丢了性命。越想越气的黄大郎，第一次真切感到成都堂子野，这地方根本不是他这等山匪可随便混的。

　　回到客栈，黄大郎数了数剩下的二十多两银子，心有不甘地对三寸丁说："老三，你我难得来趟成都府，既然来了，总得逍遥一夜再回吧。"随后，黄大郎带上三寸丁和秃子，寻了家妓院钻了进去。黎明时分回到客栈，黄大郎向三寸丁坦言，现在手上只剩一两多银子了。没想到，三寸丁回答黄大郎说："大哥，不存在，这点区区小事，莫非还能难倒我三寸丁？"

　　黄大郎三人在客栈整整睡了一天。黄昏时分，三寸丁便独自出了门。临近午夜，三寸丁背着个包袱回到客栈。当黄大郎看着包袱中的两根金条、几个手镯、两幅古画和八十多两沾血银子时，便惊诧问道："老三，你得手不易吧？"

　　"哼，狗日的一个小公馆，居然一家住了九口人。既然是盐商，却哄我说家里没银子。他们欺负我个子矮小，竟然敢一两银子也不给老子。"

　　黄大郎又问："老三，你杀了几个人，才弄到这些东西的？"

　　"大哥，我杀一个逼出点银子，杀一个再逼出点银子，最后就剩那当佣人的老妈子没杀，总共就搞到这点钱财。"

　　黄大郎担心三寸丁制造的灭门惨案，引起全城大搜查，连忙付了客栈房钱，就匆匆骑马离开了成都。

　　旺堆一行翻二郎山歇息饮酒时，见路边有许多背着高耸茶包的背夫，好奇的扎西便上前询问。一中年汉子告诉扎西，他在雅安到打箭炉这条茶马古道，整整背了近二十年茶包。每个茶包大约有 16 斤重，身强力壮的可背 20 包，中等体力大都要背 10 包左右。

扎西夸赞汉子力气大，居然能背 300 斤茶包长途跋涉。尔后，扎西又指着一根丁字形嵌有铁杵的拐子问汉子，这是啥？那汉子告诉扎西，这叫"墩拐子"的东西，对每个背夫挺重要，一路歇息全靠它支撑。扎西又指着背夫队伍中女人和小孩问汉子，如此艰难路程，这些女人和小孩也能坚持到底？汉子叹道，不瞒壮汉说，我们这些下苦力的汉人，也是生活所迫啊。最后，扎西低声问汉子，你跑一趟打箭麓，大约能挣多少银子？汉子无奈地说，运气好时能挣二三两银子，运气不好就难说了。

旺堆见小秋哥和吴三娃已收拾准备上路，问得兴起的扎西还没分别之意，旺堆便提醒扎西说："扎西，我们茶庄又不做这种小本生意，你就别跟他们啰唆啦。"

"哦呀，土司大掌柜。"扎西见马车走远，忙从怀中掏出二两碎银，朝几个背茶包的妇女和小孩走去。

旺堆在雅安同肖志雄分别时，特留下刀疤脸为大队马帮护货，原因是，旺堆想及时赶回打箭麓，特从大马车上卸下绸布和锦缎，让行动稍慢的马帮晚几天驮到打箭麓。分别时，旺堆当着众人对肖志雄和刀疤脸说，他要及时地把曲巴头人托他买的快枪和鸦片送回去。

旺堆留下刀疤脸为马帮护货，这是面上理由。其实，旺堆真实用意，是不想让刀疤脸知道枪和鸦片所产生的利润。旺堆明白，成都百花潭林中，在枪与鸦片交易时，他当着众人付了近二万两银票给陈舵爷。稍有头脑的人只要打听到枪支价格，就能推算出鸦片重量和底价。旺堆清楚，他王成汉和肖志雄是股东，只要他合理隐瞒枪支和鸦片利润，那他就能减少分给股东王成汉和肖志雄的银子。

唉，世间贪婪的人啊，多少反目成仇的合作者，皆因私欲过重而导致情感破裂团队解体。

自以为精明的旺堆不知，他这些把戏早被刀疤脸看穿。一路上，刀疤脸向肖志雄详细讲了在成都进货的情况，并如实告诉肖志雄，旺堆故意不让他知道佛像和高级锦缎的进货价格。最后，刀疤脸极为不满地说，明明是旺堆父子要做军火与鸦片生意，却借故说是帮曲巴头人买的东西。

肖志雄听完笑了，故意问刀疤脸，你如何看待此事？

刀疤脸很生气："哼，狗日的旺堆掌柜不落教，居然昧着良心黑吃我们血汗钱！"

肖志雄说："是呀，旺堆这两爷子刚开始就吃我们"欺头"，照此下去，我师徒俩不就成他长工了？"

刀疤脸将牙一咬，说："哼，跑完这趟马帮买卖，老子不想干了。"

肖志雄想了想，摇头说："成汉，好你个瓜娃子呀。"

刀疤脸一愣："师父，您啥意思就明说，别给我绕圈子，更别说我是瓜娃子嘛。"

"若你这押运队长撂了挑子，他旺堆两爷子还敢做马帮生意吗？他们若放弃马帮投资，你我又哪来发财机会？"

刀疤脸一惊："发财？您我傻干一阵，是帮那两爷子发财吧？"

"我说你咋不醒眼喃，唉，你真是聪明一世糊涂一时啊！"

"师父，我知道您啥意思，您是说，我俩也可瞒天过海，搭着马帮这条船，做自己的生意，对吧？"

"对呀，你原来不是瓜娃子嘛。"肖志雄笑了。

随后一路上，刀疤脸和肖志雄就如何利用跑马帮之便，偷偷做自己买卖进行了诸多密谋。最后结果是，二人达成对等投资对等分成的口头协议。

刀疤脸向肖志雄表示，他下次回成都，一定要从父母那拿些投资款，还要去黑市打探枪支和鸦片价格。肖志雄也说，他要利用跑马帮机会，多在藏地寻些买货的头人和土司。

在刀疤脸和肖志雄兴奋描绘未来发财梦时，有一点他俩想法却惊人一致：发财后，首先要在打箭炉和雅安两地购置房产，以此建立起更好的生意据点。

比旺堆一行提前几天回到若拉草原的黄大郎，在老鹰岩洞中饮酒时，总是长吁短叹自己命运不济，居然在成都古玩市场丢了宝贝酒器，要不然，白花花银子到手后，他就可买快枪大张旗鼓招兵买马了。

在泽木剌和三寸丁劝慰声中，不死心的黄大郎，再次询问了泽木剌关于曲珍和山下麻风医院情况。泽木剌告诉黄大郎，最近他派黑四下山去窥探了曲珍行踪。探得结果是，自开春后，曲珍又经常去法轮寺学画唐卡了。黄大郎听后，咬牙说："哼，肥土司已开始去成都做生意了。等他赚了银子，老子就下手绑架他女儿。我就不信，他的千金小姐还能飞出我老鹰岩！"

泽木剌还将洋牧师来老鹰岩情况禀告了黄大郎。最后，泽木剌对黄大郎说："大哥，我有一事得向你说明，不知我做得对不？"

黄大郎问："老二，啥事对不对？"

泽木剌说："考虑到我们雪山雄鹰大队近期经费吃紧，在洋牧师离开老鹰岩时，我曾哄他说，只要洋教堂愿交三千两银子的地皮费，我们就同意教堂在山下修建麻风病医院。"

黄大郎听后，点头说："嗯，老二你哄得好，若教堂真送银子来赎地，他们也休想在山下建成麻风病医院！"

三寸丁补充道："是呀，在我老鹰岩周围，没我大哥同意，谁也别想占去一寸土地。"随即，众匪一阵哈哈大笑。

众匪喝着卓玛端来的鲜美牛肉汤，仍继续商量如何弄到银子一事。他们有的建议偷袭头人院落，有的提出干风险不大的拦路抢劫，还有的出主意到县城去抢有钱商户，甚至有的还提出干脆去抢头人牛羊来卖……

每当听到这些主意，黄大郎总是摇头说："嗨，你们这些馊主意太老套，能不能给我说点有创意的新点子来？"

回想一阵后，只见泽木剌将桌子一拍，大声说："大哥，我小时放羊，听阿妈讲了个传说，但不知真假，我不妨说给你听听，咋样？"

"啥传说，说来听听。"

"我阿妈说，在明朝后期，我们若拉草原卡钦部落头人，从成都青楼买来个能说会唱的歌妓。此女长得漂亮不说，还会弹琴唱曲。更令那位头人惊奇的是，这歌妓极有语言天赋，来若拉草原仅一年工夫，就学会了我们藏语，甚至还学会了表演藏戏，很是受头人娇宠。没想到，这歌妓不到四十岁就病死了。由于歌妓是汉人，她生前就求头人别把她天葬。果然，没失信的头人派家丁带上奴隶娃子，在青格错上面的大雪山中，替这歌妓寻了块向阳地方埋了。下葬前，头人还请僧人为这歌妓念了三天三夜佛经超度。最关键的是我阿妈还说，入棺下葬前，活佛亲眼所见，棺木中装有不少值钱宝贝哩。"

黄大郎听完，顿时来了兴致，立即问道："老二，你阿妈没说，棺材中有些啥宝贝？"

"唉，大哥，我阿妈也是听老人们传说的，她哪清楚墓里陪葬些啥宝贝呀！"

三寸丁也有些兴奋："嗯，大哥，我看头人这么喜欢歌妓，墓里应该有些真东西。要不，我们去寻寻这几百年前的古墓，咋样？"

黄大郎笑了："好哇，老三建议正合我意。眼下，老子正为银子发愁，或许，这雪山古墓，还真能解我老鹰岩燃眉之急！"

旺堆一回到县城，立即派扎西去给曲巴头人传话，要曲巴带上银子来旺堆大院提货。扎西骑马赶到自己部落后，当天夜里，曲巴就亲自款待了他的奴隶娃子扎西。

喝酒闲聊时，曲巴装着挺关心扎西，东拉西扯问了些生活与杀狼情况，甚至还问了桑尼近况和成都见闻。当酒喝得差不多时，曲巴开始巧妙地问及旺堆购枪问题。此时的扎西，早已不是过去头脑简单的奴隶娃子。何况，在离开雅安前夜，刀疤脸就告诫过扎西，往后当曲巴或其他人问及进货价时，要他装傻就说一概不清楚。

果然，喝得脸红的扎西，大谈其雅安和成都见闻，特别夸张地说成都姑娘细皮嫩肉，比若拉草原牧羊女白净多了。在回答价格问题上，扎西夸旺堆父子是仗义疏财的好人，他们费了好多心思送了好多礼才搞到新式快枪和鸦片。至于价格他确实不清楚，因他只是护货的下人。

尽管曲巴十分不满扎西回答，但曲巴也知道，扎西或许说的是真话。生意上的事，精明的旺堆父子，不可能让一个奴隶娃子插手。有些无奈的曲巴，第二天早上，带上管家和几名家丁，就骑马朝县城奔来。

在土司客厅里,旺堆父子跟曲巴进行了枪支和鸦片交割。当巴登在曲巴面前熟练摆弄长短枪时,看得眼花缭乱的曲巴竟连连称赞果然是好枪。

旺堆说道:"曲巴头人,当你有了这 25 杆新式长枪和 8 把短枪后,我想,你卡钦部落的武装实力,应该是超过萨嘎部族了吧?"旺堆没把武器全卖给曲巴,是想留些下来武装他茶庄伙计。

"嗯,应该是这样。"在曲巴心中,只要他武装实力胜过贡布,就是再多花点银子他也情愿。最后,当曲巴问及这批枪的价格时,精明的旺堆做了颇有说服力的回答。

"曲巴头人,我们从打箭炉到成都,也有千里之遥吧。这一路上的艰辛和危险,我就不多说了。可光是为护这批快枪,我们去新津大河边,就差点送命。看在我俩多年交情上,我不想赚你银子,但这趟辛苦跑路费,你总该给点吧?"

曲巴忙点头说:"哦呀,那是应该的应该的。"

旺堆接着说:"这样吧,长枪每支我在进价上加 20 两银子,短枪加 15 两,长枪每支价为 360 两,短枪是 290 两。长短枪合计为 11320 两银子。"

曲巴清楚,在打箭炉偶尔也有卖新式快枪的,他派郎嘎打听过,新式快枪要 400 两银子,短枪也要 300 两以上。无法去成都的曲巴,能低于本县黑市价买到这批新枪,他虽感到总价有点高,但想到只要能保证自己部族安全,他还是爽快地认可了枪价。

稍后,看过烟土成色的曲巴,又从旺堆手中以每两 20 两银子的价格,买走 100 两鸦片。当曲巴叫波绒付过银子后,从不抽大烟的旺堆,还特送了套新烟具给曲巴。

当曲巴高兴地带着快枪和鸦片离开后,巴登立马掰着指头算起来,越算越兴奋的巴登竟情不自禁地笑出了声。

"哈哈,阿爸,光我们在曲巴头人身上,就赚了整整 3480 两银子啊。"

"你认为赚多啦?"

"阿爸,照这样算来,只要我们将剩下鸦片全出手,在枪支和鸦片上,我们能赚上万两银子哩。"

"巴登，你给我记住，这世上，最赚钱的生意就是军火和贩毒。"

"真的？"巴登有点吃惊。

"你必须守口如瓶，千万别让肖志雄和王成汉知道销售真相。"

"放心吧，阿爸，我巴登不傻。"

"所以，在茶叶、佛像和绸缎生意上，我们尽量要在股东面前显得公正大方点。唯有如此，这些家伙才可能死心塌地跟着我们干。"

"哦呀，一句话，就是要让其他股东尝点甜头嘛。"随后，旺堆父子相互会意地笑了……

数天后，由马帮头肖志雄率领的大队马帮，终于赶到打箭镰。

卸货时，巴登发现茶庄里根本堆不下砖型藏茶，于是，只好派伙计将所剩藏茶和绸布等物送到家中大院存放。看着众多货物，旺堆当即决定，立马设法买下茶庄隔壁杂货店，来扩充春风茶庄业务所需。

当晚，旺堆在醉一春酒馆招待了马帮全体伙计。为笼络人心，席间，巴登按旺堆主意，特奖赏每个伙计二两银子，又提前预支给扎西、肖志雄和刀疤脸每人二十两银子，让他们各自去做生活安排。

见着刀疤脸回到县城，心情特爽的玉香送了一坛酒和两个荤菜给旺堆这桌人，以示她对老顾客的回报。刀疤脸见玉香妖娆动人，便悄悄扯着玉香衣角说："我今晚来你小院过夜。"见玉香暗自点头离去，刀疤脸高兴得一口将碗中茅台烧春吞下。

月光静静洒在若拉草原。

教堂内，丹珠正在屋里油灯下读《圣经》，桑尼在厨房打酥油茶。听见教堂大门被敲得震响，桑尼愣了片刻，直觉告诉她，这熟悉的敲门声，定是扎西和剑客大哥回来了。随即，桑尼便朝大门跑去。

没想到，提前赶到的丹珠已打开大门。

丹珠见扎西和刀疤脸浑身散发酒气，便笑问："蒂姆，二位大哥又喝酒啦？"

"嗯，我们马帮今天才到县城，掌柜招待，不喝不行。"说话间，四人来到撒满月光的桑尼房前。

突然，院中大树上传来两声夜鸟叫声，刀疤脸抬头望去，随口吟道："'醉罢欲归去，花枝宿鸟喧。何时复来此，再得洗嚣烦。'嗨，如此明月夜，你我四人若不在树下喝茶聊天，岂不辜负这美妙月夜？"

丹珠一听，笑道："蒂姆，剑客大哥今晚诗兴大发，难道你除了吟诵李太白之诗，就不能自己作首诗送给大家？"

"你剑客大哥哪有作诗能耐，没忘小时背诵过的太白诗，就不错啦。"

很快，麻利的桑尼就找来凳子端来酥油茶，四人坐在院中树下聊了开来。扎西讲了许多成都见闻，还告诉丹珠和桑尼，剑客大哥家里已买下店面，很快餐馆就要开张了。

丹珠笑了："蒂姆，剑客大哥，你家发达后，可别忘了请我和桑尼姐，去你们成都家做客哟。"

"只要二位妹妹有时间去成都，我定当热情欢迎。"随即，扎西和桑尼也跟着笑了。

"二位妹妹听着，我此次成都之行，可是亲自去了剑客兄弟的家，还见过他阿爸阿妈。实话告诉二位，你剑客大哥的阿爸阿妈待人可好了，往后，谁成了他家媳妇，我敢保证，谁就准能过上好日子。"扎西说完，特意看了看桑尼。

桑尼不搭话，却笑吟吟给每人木碗中添着酥油茶。

半个时辰后，刀疤脸从身边布袋掏出彩色方巾、小圆镜、防冻蚌壳油与两对银质手镯和项链，分别送给丹珠和桑尼。

刀疤脸说道："二位妹妹别嫌弃，这是我和扎西大哥送给你俩的礼物。往后我俩挣了银子，会送更好更多礼物给你们。"月光下，收下礼物的丹珠和桑尼，高兴地朝扎西和刀疤脸说："哦呀哦呀，谢谢两位大哥心意。"

本想还对丹珠说点啥的刀疤脸，见扎西直愣愣地盯着漂亮丹珠，便将嘴边的话又咽了回去。临别，刀疤脸为不伤二位妹妹的心，故意拉着扎西对丹珠和桑尼说："我俩得回土司大院，跟掌柜商议明天卖货之事，今夜就不在教堂睡了。"

出教堂不久，同扎西告别的刀疤脸，急匆匆朝玉香小院走去。看着月晖下走远的刀疤脸，扎西恨恨地盯着刀疤脸背影说："哼，就喜欢你们汉族女人，居然没把桑尼当回事……"

第二天午后，经过一夜宿醉的黄大郎终于醒来。

吃过食物，按昨夜商量决定，黄大郎留下三寸丁负责镇守老鹰岩，他和泽木刺带领秃子和一帮小匪，去雪山寻找古墓。下山走了不远的黄大郎，回头望着飞扬的雪山雄鹰大旗，神情严肃地对泽木刺说："老二，寻找雪山古墓成败与否，事关我老鹰岩未来兴盛，我们一定得尽全力才行。"

泽木刺应道："大哥，我明白此行重要。走，我们先去拜访下尼玛天葬师，或许能从那老家伙嘴里掏出点有用信息。"随即，黄大郎一伙打马朝天葬台方向奔去。

上午，尼玛在天葬台刚送走一位病亡女人，此刻，吃过糌粑喝过酥油茶的他，正在石屋闭目摇着转经筒念经。山风吹过石屋，把屋顶经幡摇得哗哗直响。心如止水的尼玛，正沉浸在诵经里。突然，远处隐约有马蹄声传来。尼玛停住手中转经筒静听片刻，疑惑地摇头说："蒂姆，这又是谁来找我尼玛？"

面对无尽的生命轮回，早已看淡世事的尼玛，只想在有生之年，平安送走那些需要升天的死者。眼下，他唯一愿望就是自己别生病，平静走到生命尽头，然后也让神鹰带走他的骨肉和灵魂。

不久，黄大郎一伙来到石屋前。

在黄大郎眼神授意下，泽木刺下马走进石屋，向闭目诵经的尼玛问道："扎西德勒，尼玛天葬师，我向您打听件事，如何？"

尼玛却没睁眼，反问说："嗯，你可是老鹰岩的泽木刺？"

"是的，天葬师，您记性好得惊人。"

"你们土匪做事，难道还有啥得问我的？"

按捺住性子的泽木刺，只好将他小时听过的传说对尼玛讲完，并恳请尼玛说说古墓位置。其实，关于汉人歌妓的传说，从小在草原长大的尼玛也早有所闻，他也知道古墓就在大雪山上。但尼玛怎么也没想到，这伙土匪居然动起要盗掘古墓的念头。

良久，不想惊动山神更不愿破坏冰湖宁静的尼玛，低声回道："泽木刺，那座古墓早已融化在雪山冰谷，你们就别去惊扰几百年前的魂灵了。

那歌妓虽不是王妃,但却是卡钦部落头人喜欢的女人。这事若让曲巴头人知道了,我想,他定会生气的。"说完,尼玛又闭目诵起经来。

泽木刺走出石屋,将尼玛所言告诉了黄大郎。黄大郎听后,用马鞭指着远处雪山说:"我们走,老子不信,那古墓就真消失在大雪山中了?"

巍峨的卡巴拉大雪山,宛若银色金字塔,耸立在青格错冰湖上方。雪山之上,寒风吹过,白云似轻纱在蓝天尽情舒卷,宛如一幅水墨画。

一条隐秘小径,通向大雪山半腰一处垂挂冰凌的山洞。山洞洞口虽小,可长长洞内却别有一番天地。光线幽暗的洞内低处,碎石和泥土上散落着一些杂草树叶,几个较深狼穴中,不时有狼崽探头张望。洞内高处,冰雪缝隙透着依稀光亮。由于长年融雪滴水所致,洞内四处可见冰柱、冰笋、冰蘑菇和冰塔之类的冰状之物。此刻的阳光照射处,一座冰塔顶上,有个铜盆大小布满字符的圆形石碟,静静闪着幽蓝之光。

夕阳下,壮硕的乌岗狼王率一队狼族悄悄钻入洞内。

在夕阳之晖穿过冰层时刻,洞内的冰状之物,仿佛被绚丽之光披上五色彩绸。冰塔闪射的耀眼光芒,瞬间将大狼们震慑得匍匐在地。稍后,只见乌岗狼王慢慢起身,它走到冰塔前踮起后腿,用它粗壮长嘴久久地吻着发出幽光的石碟。

这时,只见伏地群狼,一同发出一阵呜咽之声。见着这种神奇场景,谁也不会怀疑,这是狼族们的神圣祭拜时刻,而率领狼群祭拜发光石碟的,正是统帅它们的乌岗狼王。

黄大狼自知他们一伙不受天葬师待见,当晚只好在青格错湖边扎营。初夏夜并不十分寒冷,黄大郎一伙,一边就着篝火烤吃食物,一边商议明天上雪山找寻古墓之事。

皓月当空,白莲花般的云朵在深黛色夜空缓缓飘游。

心情不爽的尼玛,走出石屋发现,青格错湖上空已被篝火映红。这时的尼玛才终于明白,这群土匪来雪山寻找古墓,不是闹着玩的。犹豫一阵,尼玛慢慢走到天葬台高处,双手合在嘴边,朝远处雪山发出几声悠长似狼嚎的声音。

不久，夜空便传来乌岗狼王的回应。

其实，尼玛在向狼群报信前，他也没想明白，为何要向狼群发出通告。但有一点尼玛是清楚的，他不愿土匪们惊扰雪山神灵，他担心山神发怒会给若拉草原带来灾难。

趁马帮伙计歇息日子里，化了装的刀疤脸和肖志雄，骑着快马去了卡钦部落和萨嘎部落等地方，在比旺堆每两便宜二两银子的价格优势下，他俩很快将十两鸦片卖得一干二净。

肖志雄从净赚八十两纯利润中，拿出二十两银子分给了刀疤脸。刀疤脸当仁不让收下银子时说："师父，往后我也出一半本钱，到那时，我就名正言顺对半分利润了。"心中有数的刀疤脸，那晚去跟玉香幽会时，已说服玉香借给他五十两银，作为他今后做鸦片生意的本钱。

刀疤脸为不让肖志雄感到自己占了便宜，一路上，他向肖志雄灌输还可做枪支买卖的道理。发财心切的肖志雄，见徒弟贡献出赚钱点子，自然也赞同刀疤脸的主意。

回到县里，刀疤脸和扎西去泽翁铁匠铺喝酒时，知道秘密又不便直言的扎西，提醒刀疤脸说："兄弟，人做事要讲良心，旺堆土司待我们不薄，你我千万别做吃里爬外的事。"

刀疤脸知道，扎西在侧面提醒他同肖志雄背地里干的买卖，但同样不愿直说的刀疤脸，拐着弯向扎西回道："扎西兄，我感谢你和旺堆土司让我成为马帮股东。我保证，决不会做任何损害马帮利益的事。"刀疤脸决不会正面承认，他和马帮头已开始在抢旺堆鸦片生意了。

"哦呀，只要你有这心就好。"

"扎西兄，我想问你个问题，行不？"

"行，你问吧。"

"你告诉我，旺堆从成都买回的枪支和鸦片，难道不是生意？"

扎西愣了，一时不知如何回答。

"扎西兄，你我在新津大桥舍命保护的重要货物，难道不是枪支和鸦片？"

扎西点了点头："应该是吧。"

"扎西兄，你知道仅枪和鸦片，旺堆在曲巴头人身上赚了多少银子？"刀疤脸在曲巴嘴中，已套出买货价格。

扎西摇头，表示不知。

刀疤脸接着说道："你不懂生意，更弄不懂旺堆父子心思。我实话告诉你，旺堆若卖完鸦片，他在枪和鸦片上，就会获利上万两银子，而如此大利润，他却一两也不计入茶庄账上。你说，这对我们股东公平吗？"

扎西听后，两腮颤动，随即将手中酒碗朝地上砸去……

早上，当氤氲薄雾从青格错湖面消失，黄大郎将人马分成三组，分别向湖上方的大雪山搜寻。临别，极有高原生活经验的黄大郎，特对泽木刺和秃子交代，只要发现古墓，立即用呼哨向他禀报。

由于气温回暖，冰雪消融处的部分山体，裸露出褐色岩石和泥土。太阳出来后不久，雪山的强烈反光，将寻找古墓的匪徒们，刺得眼睛生痛，泪流不止。

山风吹过，天空不时传来苍鹰叫声。下午，各组土匪们在不断升高海拔的大雪山上，累得气喘吁吁。但他们不敢懈怠停下，黄大郎已下死命令：三天内，一定要找到雪山古墓。

雪窝中，不时有被惊扰的雪鸡窜出，惊叫着朝山下扑去。

天葬台上，唯有心神不安的尼玛，凝望着远外在雪山上移动的人影……

夕阳西下，黄大郎的三组人马，先后撤回青格错营地。

篝火升起，小匪们忙着埋锅烧水煮食。黄大郎和泽木刺总结着一天搜寻情况。此刻，只有秃子，望着被晚霞映红的雪山顶发愣……

夜月高悬，就在尼玛返回石屋烧制酥油茶时，毛色黑亮的乌岗狼王率狼队钻出洞穴，悄悄朝青格错湖蹿来。很久以来，没人敢踏上被视为神山的大雪山，更没人惊扰到隐藏在神秘洞穴中的狼群。报复心极强的狼王，今夜率狼队要来看看，到底是谁，敢上雪山朝它们地下王国逼近？是谁，敢上雪山威胁它们大群狼崽的幼小生命？

狼虽凶猛，但也是怕火的动物。由于营地篝火一夜未熄，黎明时分，乌岗狼王只好带着它的狼队悻悻离去。

午后，雪山上空天色渐渐暗了下来。呜呜冷风刮过，很快就从天空飘落下碎银似的雪花。穿着破皮袍的秃子感到异常寒冷，他小心踩着新的积雪，慢慢朝一块岩石走去。

突然，在秃子右前方雪坡下，蹿出两头雪豹，受到惊吓的雪豹跃出雪洞，横斜着朝岩石后逃去。蓦然出现的雪豹，将秃子吓得摔了一跤。慌忙爬起的秃子见雪豹蹿远，气得举枪朝它们扣动扳机。很快，翻过岩石的雪豹就逃得没了踪影。

生气的秃子寻到雪豹藏身处，扒开洞口一看，不禁愣了："洞内有泥石和杂草，还有黏合着缝隙的厚重土砖。惊喜的秃子伸手摸过砌得整齐的砖墙后，立即将手指塞进嘴中，向黄大郎和泽木刺发出呼哨声。很快，听见呼哨的黄大郎和泽木刺，就率小匪们朝秃子站立处跑来。

嘴唇干裂的黄大郎见着砌得整齐的土砖笑了："哈哈，踏破铁鞋无觅处，得来全不费工夫。乖乖，这就是传说中的雪山古墓，老子终于找到古墓啦……"黄大郎语音刚落，雪山峡谷就传来一阵隐隐的沉闷隆隆声。

"不好，是雪崩，刚才枪声引发了雪崩！"泽木刺惊慌地提醒黄大郎。

"怕迷啥，我们这离雪谷还有段距离嘛。"说着，雪峰上松动的万吨积雪，瞬间就垮塌下来。沿山谷倾泻而下的积雪，立马就变成汹涌雪浪朝黄大郎一伙奔腾扑来。

"快趴下！"黄大郎的惊呼声很快被雪尘吞没。

雪崩消失不久，率先从积雪下钻出的泽木刺高声喊叫起来："弟兄们，快起来，雪崩过去了。"说完，泽木刺扒开积雪，将黄大郎拉起。

很快，土匪们纷纷抖落雪尘，从雪中爬起。

"大哥，好险哪，要是我们位临雪崩主要冲击下方，那就全完了。"

黄大郎笑了："呵呵，老二，这就叫吉人自有天佑。我们大难不死，必有后福嘛。"土匪们一听，都跟着黄大郎笑起来。

随即，黄大郎命令小匪们用铁铲、钢钎和大刀，扒拉古墓四周泥土和

第十九章：雪山古墓，终被土匪盗掘

山石。不久，一座砌得整齐的长方形古墓就显露出来。兴奋的黄大郎亲自跳入坑中，用手摸着约有四十公分长十公分厚的青色土砖说："格老子，一个漂亮歌妓睡在雪山中，难道她就不怕寂寞？"

秃子笑道："大哥，我们来了，这美女就不寂寞啦。"

"嗯，秃子说得对，老子今天就请歌妓出来陪大家玩玩。"随后，爬出墓坑的黄大郎对拿着工具的小匪命令，"给我把古墓弄开！"

很快，拿着工具的小匪们，跳入墓坑干了起来。出乎黄大郎意料的是，由于古墓是用厚重城墙砖垒砌，而土砖缝隙又是用糯米浆拌泥沙黏合而成，所以，在狭窄空间无论小匪们怎样用力，要打开古墓，似乎异常困难。

不敢相信的黄大郎亲自跳下墓坑试了后，忙对秃子说："你快带个兄弟回老鹰岩，给我多找几个大铁锤来。老子不信，用重铁锤还砸不开这龟儿子古墓。"

"大哥，要不我再带点炸药来，如何？"

"今天，你的枪声就引来一场雪崩，若用炸药，古墓还没炸开，大家就得死在雪崩之中，笨蛋！"

夕阳下，黄大郎命小匪用红布做好醒目标记，然后率众匪乐颠颠地又朝青格错湖走去。

子夜，正当黄大郎一伙围着篝火喝酒时，三寸丁和秃子带着两把大铁锤赶到。黄大郎一见三寸丁，立马厉声喝问："老三，你狗日的不给我好好守着老鹰岩，跑这来干啥？"

"大哥，听说找到了古墓，我心里高兴啊。您就放心吧。我已做了周密安排，老鹰岩绝不会有事。"

"若出事咋办？"黄大郎仍不放心。

三寸丁将胸脯一拍："大哥，若出事，您拿走我脑袋便是！"

见黄大郎怒气未消，秃子忙晃着铁锤说："大哥，您看，这大铁锤准能砸开古墓。"

黄大郎抓过铁锤，在手中掂了掂，点头说："嗯，这家伙不错，明天准能砸开古墓，让美女歌妓重见天日。"

雪山洞中，神情威严的乌岗狼王匍匐冰塔下，抬头凝视塔顶闪着幽光的石碟。狼王身后，跪伏着大大小小的狼族成员。蓦然间，只见狼王回头朝洞顶望去，仿佛它的目力已穿透岩石冰层，看见了古墓和遥远星空。

随后，狼王带上两头凶猛卫士，朝洞外走去。

来到古墓边的狼王，嚼吞下用作标记的红布，围着被扒去泥土和碎石的砖墓，默默转了三圈，尔后又用鼻挨着土砖嗅了一阵。随后，狼王将头一昂，朝夜空发出一阵哀嚎。不久，狼王趴在古墓前，默默流下泪来。两头大狼卫士，也跪伏墓旁呜咽不止。

夜色，迷蒙而缥缈的游思，带着寒意在巍峨雪山缓缓飘移。面对深邃星空，神山无言，默默静守着辽阔的若拉草原。两头雪豹从远处望来，只见三头大狼在向古墓中的死者做最后凭吊……

早上，吃过食物的土匪们，在黄大郎率领下，个个兴奋异常，欢蹦着朝大雪山爬去。

来到古墓边，黄大郎点燃一把香，然后插在雪地，带头朝古墓跪下。稍后，双手合十的黄大郎说："歌妓美女，看在我们这帮穷兄弟都是好人的份上，今天，你就别怪罪我们惊扰了你。往后，只要我们这帮兄弟发达了，我一定再带上兄弟们，来此为你重建一座新大墓。"说完，黄大郎给古墓磕了三个头。

随后，起身的黄大郎从秃子手中抓过铁锤，对个子矮小的三寸丁命令："老三，你来撑钎，我给弟兄们示范如何拆墓。"说完，黄大郎急忙跳下墓坑。

很快，三寸丁将钢钎头对着砖缝，抡起铁锤的黄大郎准确击打起钎头来。好一番捣砸撬动后，厚重的墓砖终于开始松动。取下几块墓砖后，黄大郎对围着的土匪们说："大家看到没，墓砖松动后，只能小心取出，千万别给老子弄进去砸坏了东西。"众匪纷纷点头后，黄大郎才爬出墓坑。

墓洞扩大后，眼尖的三寸丁透过阳光，发现了墓室里的棺材。

黄大郎得知有棺材，立即下令加快拆砖速度。不久，拱形砖墓上部就被拆完。众匪看见，一口精美楠木棺材静卧墓室中。更令众匪惊诧的是，这棺材居然还散发出阵阵幽香。

很快，预感棺中有宝贝的土匪们，高兴得大呼小叫起来……

卡巴拉雪山上空，雪鹰惊诧地扇动翅膀，朝疾速飘动的流云钻去。

天葬台前，听着远处雪山上传来惊呼声的尼玛，双手合十凝望雪山，嘴里不断喃喃念着祈祷经文，泪水却顺他布满皱纹的黑红面颊流下。

机敏的三寸丁猛地跳到棺材盖上，对黄大郎说："大哥，像这种级别的墓葬，就是在成都平原也不多见。我想，这棺材里一定藏有不少宝贝。"

众匪一听更乐了，高呼着快打开看看。

莽汉泽木剌抓过钢钎说："老三，你快让开，让二哥来撬开棺盖。"随即泽木剌将钢钎用力插进棺盖下缝中，一阵咬牙捣弄后，棺盖就慢慢被泽木剌撬开。

抬开棺盖后，黄大郎和众匪全都围着棺材，仔细看了起来。宽大棺材中，一位面容依稀可辨的女尸，静静仰躺里面。女尸身着华丽绸服，头部两旁放有几串神秘天珠和一尊纯金佛像；绸服上散落着一些珍珠、玛瑙和绿松石；两只手腕处，各竖立着一个精美的元青花梅瓶；脚两边，放有一对官窑月白双耳三足炉；女尸四周，还有好些香囊散发着香味……

正当黄大郎弯腰想取出双耳三足炉时，只见从雪山洞穴中蹿出的狼群，在乌岗狼王率领下气势汹汹朝土匪们扑来。

最先发现狼群的三寸丁惊呼起来："大——大哥，狼群来啦！"说完，三寸丁挥镖朝冲在前面的乌岗狼王扎去。没想到，狼王跃起一口衔住飞镖，将镖咬碎吐在雪地。

众匪在黄大郎和泽木剌指挥下，有的用枪，有的用刀、钢钎和铁锤，同扑来的狼群展开了你死我活的搏斗。

枪声中大刀下，不少大狼纷纷倒毙或受伤在古墓旁。纵然如此，亡命的乌岗狼王仍张着大嘴冲锋撕咬在前，同众匪展开不顾死活的搏杀（因为，在乌岗狼王意识里，它以为掘墓之后，这群家伙就要捣毁供奉着神秘石碟的洞穴世界）。很快，有两名小匪就倒在狼口下。还有几个受伤小匪哀号着，躲在墓坑里不敢再同狼群拼斗。

面对有刀枪的土匪们，占不了便宜的狼群，拼咬一番后，在乌岗狼王率领下，冲下雪山朝若拉草原奔去。

　　长风吹过，天空又传来雪鹰啸叫。
　　黄大郎做梦也没想到，在即将盗墓成功的最后关头遭遇狼群攻击，还死伤几位弟兄。怕再生意外，黄大郎忙对衣衫褴褛满脸血痕的小匪们说："快把口袋给我，我们装完宝贝就撤！"
　　随即，黄大郎接过秃子递过的皮口袋，小心翼翼分别将棺中宝物装进袋中。很快，棺中被氧化的女尸脸面开始变黑，绸服褪去绚丽色彩，一股异味开始弥漫……
　　搜捡完棺中宝物后，爬出古墓的黄大郎，立即指挥小匪将战死的弟兄遗体，扔进宽大棺材里。临别，黄大郎笑着对众匪说："让这些兄弟同美女歌妓睡睡，也不枉他们来人世走了一遭。"

　　得知土匪上雪山掘墓消息的曲巴，立即带上二十名配了新式快枪的家丁，打马朝大雪山奔来。在曲巴头人心中，绝不能饶恕土匪辱没了他祖先脸面。
　　当曲巴一行赶到青格错湖，遥望巍峨大雪山时，那神山上哪还有黄大郎一伙人影……

第二十章

为美女一诺，猎狼人勇闯老鹰岩

在刀疤脸同肖志雄悄悄去卖鸦片的几天里，扎西带着已痊愈的黑獒，同钦嘎热一道突击训练了领到新式快枪的茶庄伙计。旺堆和巴登见全体伙计均会使用快枪后，心里十分高兴。更令旺堆欣慰的是，他和巴登也熟练掌握了使用短枪的方法。旺堆还几次掏出短枪对伙计们说，这短枪确实方便，隐蔽性又好，我再也不怕土匪了。

由于几天没见到刀疤脸，郁闷的扎西一结束紧张训练，就独自到教堂去寻结拜兄弟。自扎西在雅安客栈，听到刀疤脸和马帮头要联手做鸦片生意后，他就隐隐感到，剑客兄弟将会对他隐瞒些事了。爽直的扎西认为，既是结拜兄弟，就应肝胆相照相互知道对方做啥才好。更令扎西不满的是，结拜兄弟有些辜负他美意，总是同桑尼保持着一段距离，常去跟玉香老板娘鬼混。扎西一直没想通，桑尼可是比玉香漂亮许多的年轻美女啊！

刚进教堂，扎西看见丹珠抹着泪从牧师房里走出。

"丹珠小妹，你哭啥呢？"

"扎西大哥，约翰牧师为修建麻风病医院的事，气得病了好些天了。"

扎西一惊："丹珠，你们教堂不是早选好地点，准备动工修建医院了吗，约翰牧师还气啥呀？"

丹珠想了想，把扎西叫到她房中，原原本本把修建麻风病医院受阻原因告诉了扎西。扎西听完，咬牙说："这帮良心被狼吃了的坏土匪，居然如此可恨！"

丹珠又抹泪说："扎西大哥，我们教堂哪去找三千两银子，向土匪交地皮费嘛。哎，不知你和剑客大哥有无好办法，能让老鹰岩土匪开恩，我们也好早些修建麻风病医院呀。"

"丹珠姑娘，你们晚点动工，难道不行？"

"牧师说，他已答应魔鬼寨病人今年开工。你是知道的，我们康巴地区只有夏天能施工建房，若错过好时间，又得明年才能动工了，何况，外国一些报纸已报道了我们教堂要修建麻风病医院的事。"

"这么说来，约翰牧师就为这事病倒的？"

丹珠默默向扎西点了点头，随之，两行热泪又夺眶而出。

这两行热泪好似两股炽烈岩浆，瞬间将扎西冰冷心房熔化。一股怜爱暖流在胸涌动的扎西，慌乱地说："丹珠，你——你别哭，让扎西大哥给你们想想办法，我——我一定有法的。"

"扎西大哥，约翰牧师已去找过刘县令，现在，我们真是没更好法子了。"

"丹珠，我的结拜兄弟在哪？我想跟他商量这事。"

"剑客大哥已几天都未来过教堂了，我和桑尼姐也不知他在哪过的夜。"

扎西一听，异常生气地说："哼！我扎西也不指望这个有着花花肠子的剑客兄弟能帮上啥忙，今天，我就独自去老鹰岩找土匪理论去！"说完，扎西不顾丹珠阻拦，头也不回朝教堂外走去。

从春风茶庄出来，怀中揣着银子的刀疤脸，匆匆朝教堂走去。

刚刚在茶庄喝酥油茶时，刀疤脸得知，这些天从理塘和巴塘等地来的客商，已买走马帮驮回的锦缎和大部分砖茶，有的客商还留下下次要货的订金。旺堆要刀疤脸做好再去成都的准备，说等他通知就立马出发。

这些天来，刀疤脸白天跟肖志雄一块秘密卖货，顺带发展新客户，晚上就到醉一春酒馆喝酒。刀疤脸几晚没在教堂过夜的原因，是玉香对要向她借银子的刀疤脸提了个要求，必须连续在小院睡觉陪她三晚。刀疤脸不想回成都时再从父母那要钱，就答应了玉香。今早分别时，没失信的玉香果然借给刀疤脸五十两现银。

此时刀疤脸匆匆回教堂，就是想把怀中银子藏在教堂小阁楼里，顺便再检查下他前几天存放的二十两银子。刀疤脸清楚，若要同肖马帮头联手做鸦片买卖，他最少得凑一百多两银子才够本钱。怎样才能再搞到几十两银子？装满心事的刀疤脸，一路都想着这令他头痛的问题。

在厨房给陈厨师打下手的桑尼，见刀疤脸从教堂阁楼走出，忙走出厨房说："剑客大哥，丹珠有事找你。"刀疤脸听后，忙朝丹珠房间走去。

此刻，丹珠正向约翰汇报猎狼人已去老鹰岩的情况。见刀疤脸走来，丹珠忙摇着刀疤脸胳膊说："不好了不好了，扎西大哥独自去了老鹰岩。"

刀疤脸大惊："啥，扎西去了老鹰岩？"

"嗯。"丹珠点头后，泪水又从眼中流出。

"他为啥去老鹰岩？"刀疤脸仍无法理解扎西所为。

约翰牧师就将丹珠告诉他的情况简要讲了一遍。刀疤脸听后一声大叹："唉，遭了，扎西兄定要吃土匪大亏。"说完，刀疤脸跨出房门，从大树下解开马缰，立马跃上马背，打马朝教堂外奔去。

夕阳西下时分，巴登领着肖志雄和钦嘎热，匆匆走进教堂。背枪的钦嘎热肩头，还扛有一袋青稞面。

走出礼拜堂的丹珠，见巴登几人到来，忙迎了上去。"扎西德勒，三位来教堂找谁呀？"

巴登见是亭亭玉立的丹珠，立马堆着笑脸上前低声说："丹珠美女，我巴登来看看你，难道不行？"

"你——你看我干啥？"见着嬉皮笑脸的巴登，丹朱一时不知说啥好。

"蒂姆，丹珠美女，难道就允许你来找我，不允许我来看你？这天下没如此不公之事吧。"

一时没反应过来的丹珠愣了："我——我多久找过你呀？"

巴登又笑了："美女真是好记性，半年前，你深夜来我家大院，求我到教堂抓贼，可有这事？还有，你和牧师从魔鬼寨返回时，可来找我去给麻风病人送过烤火的干牛粪？难道，这些你都忘啦？"

面对巴登用玩笑方式说的实情，丹珠一时竟有些不好意思，只好说："是的，是的，我为教堂的事去过你家，但现在你找我有啥事就快说嘛，我同牧师有事要办。"

巴登笑了，得意地指着钦嘎热肩头布袋说："丹珠美女，我春风茶庄最近赚了点银子，我作为堂堂掌柜送你点青稞面粉，你该不会拒绝吧？"

"你为啥送我，不送给我们教堂？"单纯的丹珠又忙问。

"在我巴登心中，你就是教堂，就是洋教堂中的圣母玛利亚。"

丹珠急了："巴登掌柜，我可以不要你青稞面粉，但请你尊重教会，尊重你阿妈的教友丹珠。"

本想用玩笑方式套近乎的巴登，见丹珠不高兴，忙改口说："丹珠美女，别生气别生气哈，我是来找扎西和王剑客的，顺便捎袋面粉送给你们食堂。"

"你原是来找扎西和剑客大哥的，有啥事吗？"

"今晚我们春风茶庄要商量重要业务，必须要他二位股东参加。"

"巴登掌柜，不巧的是扎西和剑客大哥去了老鹰岩，估计他俩今晚赶不回来。"

巴登大惊："啥，扎西他俩去了老鹰岩，他们去土匪窝干啥？"

丹珠只好将实情全部讲给巴登三人听。巴登听完又忙问："我师父和王剑客，他们大约走了多久？"

"他俩是一个时辰前，先后从我们教堂走的。"

紧锁眉头的巴登听完，双掌一击说："完了完了，可能要出大事。"说完，巴登三人匆匆离开了教堂。

暮色中，打马狂奔的扎西来到老鹰岩山下。

为解丹珠之忧，为不让丹珠再流泪求他帮忙，爽直仗义的扎西，在异常冲动的情况下直赴老鹰岩。一路上，扎西绞尽脑汁，也没想好对付土匪的办法。

扎西知道，自打他在玛尼石城帮旺堆家打响夺银之战后，就同老鹰岩土匪结下死仇。今夜，若他贸然上老鹰岩求土匪开恩，同意教堂在此修建麻风病医院，那无疑是自投罗网去寻死。不行，不能去求土匪。还没想好对策的扎西手握叉枪，望着有些恐怖的老鹰岩，犹豫中朝堆放过建筑材料的草甸走去。

其实，在暮色中刚接近老鹰岩，扎西的行踪就被土匪暗哨发现，只是放哨土匪不知来者是谁,更不知此人因何而来。得到有人接近老鹰岩的禀报后,黄大郎立即率人下山查看情况。

自刀疤脸盗走黄大郎金条和银子后,黄大郎就曾下令,谁胆敢不通报就擅自靠近老鹰岩,要一律格杀勿论。因为,为了山寨安全,黄大郎绝不怕错杀任何人。

一路打马狂追扎西的刀疤脸,终于在天黑不久,就抵近老鹰岩山下。仔细搜寻一阵,并未发现扎西的刀疤脸,躲在山石后打了声呼哨。

此刻,扎西正看着被焚烧过的工地摇头叹息。扎西身后的黑獒听到呼哨后,立即探头朝刀疤脸藏身方向发出低沉叫声。同时也听见呼哨声的扎西,已分辨出结拜兄弟的声音。心头怨气未消的扎西自语道:"几天不见人影,我以为你不认我这兄长了。"很快,扎西嘴角露出一丝笑意。

刀疤脸划过寂静夜色的呼哨声,也被走到半山腰的黄大郎一伙听见。沉思片刻,黄大郎对跟着的三寸丁几人说:"狗日的,老子刚掘墓挖出东西,有人这么快就来打我宝贝主意了。胆大贼人,真是狗胆包天,看我咋收拾你们。"随即,黄大郎一伙加快了下山速度。

紧握新式长枪的刀疤脸,没听见扎西回应声,就将耳朵贴在山石上静听动静。片刻后,刀疤脸起身朝老鹰岩山上张望:"脚步声这么杂乱,莫非,扎西兄已落入恶匪之手?"

很快,刀疤脸就发现从下山道口,蹿出一群黑影,转瞬间,黑影又四处躲藏起来。刀疤脸很快明白,他的扎西兄并没落入土匪之手,否则,定会有枪声传来。

黄大郎一伙怕遭冷枪,就躲在大石后四处张望。正当黄大郎疑惑时,这时从远处传来一阵马蹄声。蓦地,黄大郎一伙便将枪口,对着马蹄声响起的方向。

刀疤脸急了,他已听出这是扎西枣红马的蹄声。原来,听见呼哨后,扎西犹豫片刻,不愿让剑客兄弟久等的扎西,便跃上马背跑来。

已来不及告知扎西危险的刀疤脸,怕土匪伏击扎西,毫不犹豫朝土匪开了一枪。转眼间,土匪子弹就朝刀疤脸躲藏的大石打来。

怕结拜兄弟遭意外，听见枪声的扎西端着叉枪，同黑獒一道朝土匪躲藏方向冲去。叉枪响后，两名小匪顿时头部中弹，死在黄大郎身边。恼怒的黄大郎已认出扎西，咬牙将短枪一挥，土匪子弹又朝骑马狂奔的扎西射来。

危急中，刀疤脸连放几枪压住土匪火力，然后又打出一声呼哨。听见呼哨的扎西立刻打马，朝刀疤脸藏身的大石跑来。很快，同刀疤脸会合的扎西，举枪又朝黄大郎躲藏方向放了两枪。领教过猎狼人枪法的土匪们，谁也不敢再轻易露头，只好趴在山石后，朝扎西藏身方向胡乱放枪。

就这样，谁也不愿撤走的双方，对峙在老鹰岩下。

夜云飘游，初夏弦月又渐渐露出云层。

巴登率钦嘎热、吴三娃和茶庄另两名伙计，背着新式快枪一路打马朝老鹰岩寻来。原来，当巴登从丹珠嘴中得知，扎西和王剑客为帮教堂建医院去了老鹰岩，不傻的巴登看出，丹珠多么希望他也帮教堂一把。半年多来，巴登一家已被土匪折腾得够呛，要不是扎西和王剑客相助，哪有巴登一家今天！我巴登无论为复仇，还是为自己喜欢的美女去同土匪拼杀，也该去助师父和王剑客一臂之力。于是，巴登离开教堂后，回茶庄叫上伙计就骑马朝老鹰岩奔来。

一路上，巴登为自己正确决定暗暗高兴。他想，"若是助师父和王剑客逼土匪让步成功，我巴登不是也立了功嘛。要是土匪不答应，我巴登至少也可给丹珠留下仗义敢为的好印象。何况，要是师父和王剑客有闪失，今后咋开展茶庄业务？谁来担任马帮押运队长？谁又来保卫我家雕楼大院？"

在快接近老鹰岩时，巴登听见前方传来一阵枪声。随即，他从怀中掏出短枪，朝身后伙计们高喊："快跟上，我师父已同土匪干上啦……"

扎西二人同黄大郎一伙对峙时，怕吃亏的黄大郎又从山上调来一帮小匪。有了底气的黄大郎立马组织小股土匪，分别朝扎西藏身的大石围来。夜视能力极佳的刀疤脸，很快发现土匪包抄意图，立马用枪撂翻两名小匪。众匪见势不妙，很快又退了回去。

这时，已快赶到老鹰岩的巴登，根本看不清扎西和刀疤脸藏身何处。而大石后的扎西和刀疤脸，已听见有马蹄声朝老鹰岩方向奔来。怕被土匪夹击的扎西，立马同刀疤脸朝后撤去。

不敢贸然抵近老鹰岩的巴登，勒住马缰四处观望一阵，便将手指塞进嘴中打了声呼哨。扎西很快分辨出这是巴登的声音，也随即回了声呼哨。很快，扎西二人就同巴登五人会合。

夜色中，黄大郎一伙知猎狼人援兵已到。但令黄大郎疑惑的是，这伙人来我老鹰岩干吗？难道是想攻占老鹰岩，还是路过此地？想不明白的黄大郎，向三寸丁问道："老三，你说说，这帮混蛋为何来我老鹰岩生事？"

三寸丁摇摇头："大哥，我也一直没整明白，难道就凭他们几个虾子，也想攻下我易守难攻的老鹰岩？说偷袭，又他妈不像偷袭，说想分古墓宝贝，他们又没明说。唉，真不知这帮龟儿子咋想的。"

泽木刺说道："大哥，这猎狼人会不会来投奔我们？"原来，黄大郎从成都回老鹰岩后，曾跟二头领几人闲聊时，就说过在成都古玩市场撞见了猎狼人和王剑客，但三人并没对他下杀手。黄大郎曾感慨，要是这二人能投奔我们就好了，那我雪山雄鹰大队就能在康巴藏地所向披靡。

黄大郎摇摇头对泽木刺回道："嗯，不像来投奔我们的。若是，他猎狼人早就会给老子发言语了。"

"大哥，我们双方不是一直在交火嘛，哪有时间对话。要不，我问问再说。"黄大郎想了想，便朝三寸丁点点头。

大石后，扎西同巴登交换情况后，巴登便问扎西："师父，您想好咋同土匪谈啦？别忘了，这帮无恶不作的家伙，哪会轻易答应你要求。"

扎西回道："巴登掌柜，我确实还没想好办法，咋让土匪同意教堂修建医院。"正说着，夜中传来三寸丁的声音。

"喂，大块头猎狼人听着，今夜你们为何来我老鹰岩？我们大头领说，若你要来投奔我们，一定给你弄个头领当当。"

扎西一听，气得将牙一咬："当你妈的屁头领！"然后举枪就朝发出声音的地方开了一枪。山石火星飞起时，巴登率全体伙计也一同开枪。这一阵猛烈快枪声，着实把黄大郎一伙吓了一大跳。黄大郎立马意识到，这重新武装后的春风茶庄，其快枪火力已不可小觑。尔后，黄大郎忙叮嘱小匪们，没他命令，谁也别再擅自还击。

用新式快枪威力向土匪示威后，暗自得意的巴登便偷偷瞧了瞧刀疤脸。刀疤脸很快明白巴登多层用意，嘴角掠过一丝不屑的笑意。

好一阵后，扎西见土匪没了动静，便探头喝问："老鹰岩土匪们，你们全被吓破胆啦，咋不敢再吱句声？"

"大块头，你三寸丁爷爷虎胆熊心都在胸膛里，不信，你给老子走出来瞧瞧。"说完，三寸丁就朝扎西藏身处甩来两镖。

听见嗖嗖风响的扎西，举枪就将飞镖打碎在地。就在三寸丁缩回脑袋时，刀疤脸射出的子弹将三寸丁头发削掉一撮。黄大郎忙摁住三寸丁，朝远处高声问道："猎狼人，这几月你我井水不犯河水，今夜，你为何要来挑衅我老鹰岩？"

扎西已听出说话人是谁，忙厉声喝问："大头领，洋教堂要为魔鬼寨病人建医院，你们为何要从中破坏？为何还想敲诈穷教堂三千两银子？"

"猎狼人，洋教堂跟你有啥关系？你知道吗，他们在我老鹰岩山下建医院，就是想让我弟兄们全传染上可怕的麻风病。洋牧师用心比狼还毒，这你知道吗？"

扎西气愤地说："你们这些山寨土匪懂过屁。你知道吗，教堂丹珠美女跟着洋牧师上过魔鬼寨，半年过去了，他俩不是活得好好的吗？况且，洋牧师还会弄更多外国好药，来医治我们若拉草原的麻风病人。"

巴登为显示自己存在，也想在伙计面前露一手，忙接话说："老鹰岩的土匪听着，我巴登也是为麻风病人送过东西的掌柜，到如今，我身体也没见有啥不对，所以，你们没资格来说麻风病的传染问题。"

黄大郎一听巴登声音，就有些来气："好你个巴登小掌柜，你知道啥叫潜伏期吗？老子现在就告诉你，麻风病潜伏期有好几年，有的可上十年才出病状。黄毛嫩小子，你就等着明年掉头发烂嘴巴吧！"

气极的巴登哪容黄大郎再说，挥手朝黄大郎藏身大石就是一枪。借下弦月淡淡银晖，双方都发现了彼此藏身位置。怕遭土匪包围，刀疤脸命钦嘎热和吴三娃退后警戒。扎西见刀疤脸安排细心，便朝刀疤脸竖起拇指。

黄大郎终于弄清猎狼人一伙来老鹰岩目的，得意地对泽木刺和三寸丁说："老子原以为这几个混蛋，是来端找老窝的，没想到，他们原来是为洋教堂求情的。既如此，我就开出条件，逗他们玩玩，万一他们答应我条件，我就……"

"大哥，你就答应他们，在这修建麻风病医院？"三寸丁有些急了。

"同意个述。兵不厌诈，老子要戏耍这几个浑蛋，不然，他们就不知我马王爷还有三只眼。"说完，黄大郎又扯起喉咙高声对远处说，"喂，猎狼人，我黄大郎只有两个条件，若你能答应其中一条，老子就同意洋教堂在这修建麻风病医院。"

众人听后颇觉诧异，谁也没想到，这伙土匪会开出条件，来满足扎西提的要求。刀疤脸忙对扎西说："扎西兄，你问问他们是啥条件，若不苛刻，我们就答应那帮土匪。"其实，刀疤脸跟扎西一样，都想帮教堂做成这事，让丹珠不再伤心忧虑。而刀疤脸比扎西还多了份感激之情，毕竟牧师曾收留他度过最艰难时期。

扎西点头后，忙高声问道："你们快说，到底啥条件？"

"你们给我仔细听着，老子条件不多，只有两条。其一，就是把盗马贼王剑客和从我老鹰岩逃走的钦嘎热，给我绑着押来；其二，给我老鹰岩送三千两现银作为修建地皮费。这两条你猎狼人若答应其中一条，我就同意洋教堂修建医院，否则，一概免谈！"

扎西同刀疤脸和巴登几人，相互看看，一时竟不知说啥好。

沉默片刻，颇有心机的刀疤脸对扎西说："扎西兄，土匪条件只有两条，你可任选一条回答他们。"

扎西点头后，立即高声说："大头领，你给我听着，王剑客是我猎狼人结拜兄弟，钦嘎热是我春风茶庄伙计，要我出卖他们，你休想！关于第二条嘛，我们还可商量。"刀疤脸听后，嘴角掠过笑意。巴登拍拍扎西肩头，向扎西翘起拇指说："蒂姆，师父够仗义，我巴登佩服。"

黄大郎又问："猎狼人，你想如何商量第二条？"出乎众匪意料，一个奴隶娃子，竟敢跟他们谈几千两银子的事！还没等巴登之语出口，扎西立马回道："大头领，我猎狼人现在手头吃紧，你能否减半？"扎西此话出口时，他已想好筹款办法。

"猎狼人，你像有钱人吗？你也配提减半条件？快叫巴登大少爷跟我对话。"黄大郎话音刚落，气极的扎西举枪就朝黄大郎打去，火星在石上迸溅后，惊得黄大郎趴在石后将龅牙咬得嘎巴直响。

巴登刚要发话，扎西忙用手捂着巴登嘴说："巴登掌柜，此事与你无关，让我扎西一人承担。"巴登有些火了，掰开扎西手说："师父，你哪来上千两银子跟土匪谈条件？"很明显，扎西是春风茶庄股东，他不愿扎西轻率表态，连累他家茶庄。

"巴登，情况紧急，我先跟土匪谈好条件再说。"

急得跺脚的巴登，盯着扎西说："师父，谈好条件就晚了，那几千两白花花现银可不是闹着玩的。"

有些来气的扎西瞪着巴登，问道："巴登掌柜，你在怀疑我能力？你不支持洋教堂帮助麻风病人？"

"师父，我巴登不是这意思。"巴登急忙申辩。

对扎西行为也有些搞不懂的刀疤脸，忙对巴登说："巴登掌柜，我们要相信扎西，我想，他要这么说自有他说的理由。"扎西并不理会刀疤脸，又提高嗓门向远处说："大头领，这银子的事跟巴登无关，我俩谈判就行。"

"猎狼人，我想先问问，你一个奴隶娃子，哪来几千两银子交地皮费？"

"大头领，你太小瞧人啦，我扎西现也是堂堂股东了，难道解决点银子还能难住我不成？"

黄大郎乐了，将手一拍："好，你猎狼人有种！看在你仗义的份上，我就给你减一千两，两千两银子成交，咋样？"

"不行，砍对半，一千五百两成交，如何？"

"那咋行，两千两银子一两都不能再少，你愿干就干，不干拉倒！"黄大郎深信，猎狼人要赎地皮的银子，一定是旺堆家出，他决不愿错失宰肥土司的好机会。

"好，两千就两千，三天后午时，我在老鹰岩山下，向你们交地皮费。"扎西话音刚落，黄大郎一伙的笑声就传了过来……

扎西见同土匪已谈好条件，便对刀疤脸和巴登说："走，我们回茶庄商量银子的事。"随后，众人有些疑惑地翻身上马，一路无语朝县城奔去。

扎西敢答应土匪用两千两银子来换取修建许可，这自有不为刀疤脸和巴登知晓的原因。原来，自刀疤脸从曲巴那探得枪价和鸦片价后，因不满旺堆隐瞒巨大利润，刀疤脸向扎西揭穿一切后，极为震惊的扎西，也生出对旺堆父子的不满，他没想到，在经商过程中，还有如此心机复杂的贪婪之人。

从近些日子旺堆父子喜悦的神情中，扎西更加坚信结拜兄弟的分析。我们冒着生命危险助旺堆获得巨大利润，凭啥他父子就独自占有这么多银子？难道，作为股东的我，提前预支点银子不行吗？想到这，自信满满的扎西挥鞭打马，一直跑在众人之前。

回到老鹰岩大殿的黄大郎一伙，立刻催促卓玛几人准备酒菜。一场虚惊之后，他们要为意外收获庆祝一番。

泽木剌问道："大哥，你说说看，为啥一个奴隶娃子，敢答应用两千银子，来赎一块并不值钱的地皮？莫非，这其中有诈？"

来回走了几步的黄大郎，突然回身说："老二，他诈个屁！不管他们交银子也好，不交银子也罢，洋教堂都休想在我山下建啥麻风病医院。因为，我和弟兄们的命，比他们的命更值钱！"众匪听后，都高兴得拍起掌来。

"大哥，我感觉巴登家的春风茶庄，似乎跟洋教堂关系非同寻常。"

黄大郎有些纳闷："老三，你说，哪点不寻常？"

"大哥，今晚你听清枪声了吗？他们一伙可全使用的是新式快枪。"

黄大郎点点头："嗯，狗日的，那帮家伙还真用的是好枪。"

三寸丁接着说："洋牧师是外国人，我估计是洋牧师帮旺堆家买了一批好枪，肥土司为感激洋牧师，就答应为教堂拿下我们老鹰岩下这块地皮，来作为对洋牧师的回报。"

黄大郎笑了："嗯，老三分析有理。这么说来，猎狼人拿钱赎地，就是铁板钉钉的事咯。"

三寸丁又说道:"嗨,大哥,这咋可能是奴隶娃子拿钱,这两千银子肯定是肥土司家出。我想,他们拿到地皮后,洋牧师又会从成都教会拨款中,掏出一部分来还给土司家。秦妈不是早就禀报我们,土司的老婆是教堂里铁杆信徒嘛。"

泽木刺补充着:"对对,老三说得对,我看哪,土司女人不仅是铁杆信徒,说不定,还是洋牧师的情人哩。"

哈哈哈,土匪们的淫声浪语,将殿顶双头蝙蝠惊得朝洞外飞去……

天亮不久,扎西一行就回到了春风茶庄。

吃过糌粑喝过酥油茶后,忍不住的巴登,见会客室只剩扎西和刀疤脸时,终于在忐忑中问扎西。

"师父您可想好了,咋向土匪交那么多银子呀?"

"我早就想好了,不然,我也不敢贸然答应土匪。"

"师父,您能否把您想好的办法说来听听,让我也帮您参谋参谋?"此时,吃饱喝足的刀疤脸靠在椅上,已打起盹来。

"巴登掌柜,虽说我是你师父,今天,我扎西想立张字据,正式向茶庄借二千两银子,来作为我答应土匪的赎地费。你看行吗?"迷糊中的刀疤脸一听,立马惊讶坐起来。

巴登大惊:"师——师父,您向茶庄借这么多银子,这可不是小数,今后您——您咋还呀?"

"这次我从成都回来已算过。若一年我们能跑三次成都,全年下来,作为股东的我,至少也能分二百两银子。照这么算来,我提前预领十年红利,不正好有二千两银子吗?"其实,扎西早想过,你父子这次鸦片和快枪就能赚上万两银子,作为舍命帮你家的我,借二千两银子应该问题不大。

巴登愣了,他从没想到扎西会用这种计算方式,来算他未来每年可能分得的红利。但面对眼前曾救过他全家的师父,他又无法直接拒绝这听来似乎蛮有道理的理由。于是,巴登只好说:"师父,关于借钱的事,我巴登无权做主。这样吧,我回家同阿爸商量商量,再回答您,好吗?"

见巴登要出门,刀疤脸忙起身拉住巴登,说:"巴登掌柜,扎西兄的十年扣款计划有些长，这样吧，也把我每年该分的红利算上，另外，我再用我的股权作质押。我想，这下扎西借银子该不会有啥问题了吧？"

"好好，二位股东意见我立马转告我阿爸，只要他同意，我巴登决不反对。"说完，巴登慌忙出门，朝自家雕楼大院跑去。

喝着酥油茶的旺堆，听巴登讲完扎西要借银子的原因和理由，气得将手中瓷碗朝地上砸去："哼！他扎西这样逼我家借这么多银子给他，这不是活抢人吗？"

"阿爸，扎西不是有恩于我家嘛。"

"你答应借给他啦？"

"还没。我这不是回来跟您商量吗？"

"巴登哪，我原以为扎西和王成汉进入我茶庄，会给我们增添财富。如今看来，照这么发展下去，我们不是养了两个比土匪还可怕的人吗？你想想看，他们今天为给土匪交地皮费要借银子，若明天修建麻风病医院又要借银子咋办？要是后天教堂被土匪放火烧了，还要借银子咋办？巴登啊，你想想看，照此借下去，难道我们用命赚来的银子，就去填他俩豪侠仗义的胃口，就去满足他们跟我家毫无关系的虚荣心？"

巴登听完傻了眼，他找不出更好理由来反驳阿爸。但他已感到彻骨之寒的担忧：若没了扎西和王剑客，他巴登一家就会极不安全。毕竟，土匪绑架过他也曾偷袭过他家大院，今后，土匪一旦知道猎狼人和王剑客离去，不敢再想下去的巴登，声音颤抖地问道："阿爸，您——您的意思我们不预支红利给——给扎西？"

"什么预支红利、质押股权？这都是我家送给扎西和王成汉的银子。今天，他俩又以威逼方式借钱，这——这生意还咋做下去？唉，此事难办哪，巴登。"说完，旺堆一声长叹，异常茫然跌坐在卡垫上……

第二十一章

惨遭狼王算计，猎狼人命悬一线

晴空万里，正午阳光格外耀眼。西藏境内，两手套着木制护掌板的强巴，匍匐通过雪山下的崎岖山道，虔诚地一起一伏磕着长头，朝着拉萨方向慢慢前行。藏袍褴褛的强巴，黑红脸上已现数条裂口，宛若茅草的头发在山风吹拂下不断摇晃。

强巴身前和身后不远距离，也有跟他一样磕长头去拉萨还愿或朝圣的藏地人。山道旁树枝上，两只摇着长长尾巴的松鼠，睁着圆圆眼睛注视着山道上的强巴。蓦地，一只羽毛斑斓的山鸡振翅飞出树林，落在山道旁泉水坑边。

刚起身的强巴看见饮水山鸡，笑了的他用舌头舔了舔干裂的嘴唇，然后走到泉边，取下护掌木板跪在泉边，将头伏下便狂饮起山泉来。饮完水后，强巴靠在山石坐下，从背上包袱取出一块干饼，慢慢嚼啃起来。

强巴一面啃着干饼，一面望着远处湛蓝得如同湖水的天空。猛然间，他看见被白云缠绕的南迦巴瓦峰，看见了被积雪覆盖的峰顶。凝视绝美风光时，强巴仿佛从巍峨的山峰上，看见了如梦似幻的佛祖身影。在如此静美的天地里，强巴此刻单纯的心中，就像他已进入彼岸的极乐世界。一阵山风吹过，好似又将强巴唤回现实景地。他要去替曲巴头人还愿，他要去敬拜众佛。想到此，强巴忙吞咽下最后一点干饼，然后又伏下身去，磕着长头朝拉萨前行……

巴登离开茶庄后，扎西和刀疤脸在会客室等了整整一天一夜，也没见巴登返回。第二天中午，匆匆赶来的巴登哭丧着脸对扎西说："师父，我阿爸病了，现仍昏迷在家中。在我阿爸没同意前，我无法答应借银子的事，请您理解我的难处。"说完，巴登还用衣袖擦了擦眼泪。扎西盯了巴登一眼，然后朝门外走去。

原来，不想借银子给扎西的旺堆，昨天想出装病的办法，想延误扎西答应土匪的时限，然后搅黄扎西跟土匪的约定。在旺堆看来，一个奴隶娃子，能在他家有吃有喝过着衣食无忧的日子，应该知足了。旺堆自信认为，扎西是断然不会放弃这种贵族般生活的。巴登见此计不错，就赞同了阿爸主意。就这样，旺堆父子开始给扎西演起了双簧戏。

出门后的扎西犹豫片刻，就朝教堂方向走去。

其实，扎西和刀疤脸都明白，这是巴登在说谎，而幕后主使就是旺堆。心里难受又无法言说的扎西，他不愿丹珠在期盼中面临巨大失望，他必须去给丹珠做些解释。

饥肠辘辘的刀疤脸在路过醉一春酒馆时，到里面买了一坛茅台烧春和牛肉，就追上扎西进了教堂。

刚进教堂，扎西见约翰牧师和丹珠从礼拜堂走出，便迎上前忧伤地说："丹珠，约翰牧师，我扎西没能帮上你们和那些麻风病人哪。"说完，扎西便抓扯自己头发失声痛哭。

十分错愕的丹珠和牧师，忙劝慰扎西。

牧师安慰道："扎西兄弟，你哭啥哩，没帮上忙，那也不是你的错呀。"

丹珠也说道："扎西大哥，只要你尽了心，我丹珠也感激你。"

刀疤脸知道教堂反对饮酒，忙悄悄朝小阁楼走去。刚上小阁楼，刀疤脸又听见桑尼劝扎西的声音传来："扎西哥，你走后，我们全体教友都知道你去了老鹰岩。约翰牧师也说，若不给土匪大笔银子，很难在老鹰岩下草甸修建起麻风病医院。"

扎西擦泪对约翰说："尊敬的牧师，土匪可恶可恨我能理解，让我扎西伤心的是，我想预支点红利拿去赎建院地皮，可——可他旺堆土司却装病，连一两银子也不肯借给我……"

丹珠很心疼地说："扎西大哥，有钱人不帮咱奴隶，我看也是能理解的，因为，他们会认为你没偿还能力。"

"丹珠，我可是拿命帮过上司一家啊……"

约翰上前，拉着扎西手说："猎狼人扎西，你别懊恼，身处不同阶层的人，对金钱自然有不同认识。若都能像你懂得行善助人，这世界就会减少许多不幸和痛苦。你能主动替麻风病人着想，这很符合上帝旨意，也跟我们教会提倡救死扶伤极为一致。扎西，我这牧师真希望你能常来教堂听我讲经布道，像丹珠一样，《圣经》会给你带来新的认知和力量。"

"约翰牧师，我扎西非常惭愧，没能帮你们搞定建院地点，不过，我决不会放弃努力，我要竭尽全力逼土匪让步。"说完，扎西便朝小阁楼走去。

第三天早饭后，众匪在黄大郎率领下，立即按事前安排下山，各就各位静待扎西拿银子来赎地皮。

快到午时，站在大石上的黄大郎，用单筒望远镜搜寻一阵后，对站在身边的三寸丁说："狗日的，这猎狼人咋连影子也没见，难道，是运送银子的马车走不快？"

三寸丁说道："大哥，今天你咋比我还急，他猎狼人既然敢答应拿银子来换地皮，我敢保证，他一定是征得巴登同意的。"

在山道两旁埋好炸药的泽木刺，拍了拍手，高兴地对黄大郎说："大哥，照你吩咐，我已将炸药全部埋好，只要猎狼人一伙敢攻击我老鹰岩，我泽木刺敢保证他们马死人亡，一个也甭想活着回去。"

"好！"黄大郎高兴将手一挥，然后扫视紧握各式武器的众匪说，"大家今天给我留点神，千万别再上他们当。只要那猎狼人送来二千两银子，我们就放他一马。若是他再敢跟老子耍花招，你们就给我往死里打。大家给我记住，枪杆子里出英雄。只有打怕这些家伙，我们雪山雄鹰大队威名，才能震响康巴藏地！"

午时刚到，黄大郎单筒望远镜中，出现了两个骑马人影。

大惊的黄大郎又搜索一阵后，便将望远镜递给泽木刺。高大的泽木刺又仔细搜寻一番，疑惑地说："大哥，这猎狼人只来俩人，没见他身后有运银子的马车呀？"

"老二别急，你再等等看，若是他猎狼人敢给老子耍猾头，今天，我就叫他死在老鹰岩。"

骑在马上的扎西和刀疤脸,在离黄大郎一伙两百公尺左右的地方停下。双方都清楚,这距离是子弹无法伤击对方的最佳位置。躲在大石后的黄大郎见扎西二人停下,便探头问道:"猎狼人,你果然守信,午时准时到达我老鹰岩。现在我想问问,你答应我赎地皮的银子呢?"

扎西答道:"大头领,银子我暂没借到,你能否开恩,宽限我半年时间,半年内我一定凑够银子给你送来。"

"猎狼人,你过去曾跟我作对,我为啥要宽限你?"

"大头领,我扎西决不会为自己的事求你,我是替魔鬼寨那几十个麻风病人求你宽限。我想你是知道的,在这若拉草原修房造屋,每年只有几个月时间,错过夏天就只有等到第二年开春后了。你就看在洋教堂帮我们麻风病人的份上,让他们动工修建麻风医院吧。半年内,我扎西同王剑客兄弟凑够银子后,一定给你们送来。"

"好!你猎狼人和王剑客想做好人,我黄大郎的心也是肉长的。今天,我当着众兄弟的面告诉你,半年后,当你们如数交来银子时,我一定同意你们修建麻风病医院,咋样?"

"大头领,结果你还是不同意现在动工建医院?"

"若要我同意,除非你另答应我个新条件!"

扎西问:"啥条件,你说!"

"猎狼人,我要你现在就入伙我雪山雄鹰大队,如何?"黄大郎想网罗扎西的心仍没死。

"我……"犹豫的扎西,一时不知该如何回答黄大郎。刀疤脸见扎西语塞,忙接过话头。

"黄大头领,我和扎西早已结拜为兄弟,这样吧,我俩共同投奔你们老鹰岩,咋样?"

三寸丁急了,忙跳上大石指着刀疤脸说:"我作为三头领,坚决反对你这奸狡巨猾的盗马贼入伙我老鹰岩。哼!你是想来夺我大哥头把交椅吧?"通过几次交手,三寸丁早已感到对付王剑客要比对付猎狼人更难。

泽木剌也忙对黄大郎表态:"对对,我也赞同老三主意,决不同意这俩人同时入伙我老鹰岩。"

刀疤脸笑了。他没想到，他的一句玩笑话，竟引起土匪头领们如此反应。此时，有些骄傲的刀疤脸明白，他的头脑和功夫，是这帮土匪惧怕的真正原因。想到此，刀疤脸用手指着黄大郎问道："黄大头领，你看看你这些窝囊废手下，他们哪个比我更配做你副手？你还如此纵容这帮混蛋，敢在我王剑客面前胡言乱语。"

黄大郎已明白，这是王剑客在离间他们头领关系，若这样下去，其后果不堪设想。强忍怒火的黄大郎再次向扎西喝问："猎狼人，我问你话，难道你没听见？"

"大头领，我猎狼人听得清清楚楚。现在我正式回答你，若你同意我兄弟王剑客主意，我俩就共同入伙你队伍，若只要我一人投奔你们，今天就免谈。"其实，扎西很快明白了刀疤脸的意思，只要他俩进入匪巢，不出俩月，这帮土匪就会被王剑客整散伙。

终于无法克制怒火的黄大郎一声大骂："呸！放你妈的狗臭屁！兄弟们，给老子狠狠打！"随即，黄大郎挥枪朝扎西和刀疤脸打来。紧接着，众匪也喊叫着扣响了扳机……

不敢追击的土匪，躲在大石后一阵虚张声势的枪声和喊叫，并没伤及扎西和刀疤脸。骑马跑到草原上的梭磨河边，扎西向刀疤脸拱手说："剑客兄弟，你我就此分手吧。"

"扎西兄，你真不帮旺堆土司干啦？"

"嗯，就按昨夜我俩商量的做吧，像这种视钱如命的土司掌柜，不值得我扎西再舍命效力。"

"扎西兄，你今后除了杀狼，还想做点啥正经营生？"

"我的正事，除了杀狼还是杀狼。不过，若有下手机会，我要为自己部族除掉贡布头人。曲巴老爷说得对，贡布一直想吞并我卡钦部族，就是为自己部族，也值得我去杀了他。"

"扎西兄，你就听我一句，即便你真要杀贡布，也不能让他死。若他死了，你的命也就到头了。争夺草原，这是头人间的利益之争，其实跟奴隶们关系不大。若你刺杀失败，还可能挑起部族战争，你想过吗？"

扎西沉思片刻，点头说："嗯，兄弟说得有理，我记住了。这些天我也认真想过,你和马帮头商量合伙做鸦片买卖也有道理。他旺堆父子是贪财之人,我们几人作为股东,在茶庄是分不到多少红利的。你就放手大干吧,赚了银子,就是帮人也更有力量。"

刀疤脸笑了:"我的扎西兄,你终于认识到银子的重要性啦?"

扎西也笑了:"扎西德勒,银子重要,可我们兄弟情谊,比银子更重要。"说完,扎西挥鞭打马,朝冰崖方向奔去……

黄昏,回到教堂的刀疤脸刚进教堂,桑尼从厨房匆匆走来,告诉刀疤脸说:"茶庄的小秋哥来找过扎西和你,要你二人立刻赶回茶庄商量要紧事。"见刀疤脸点头准备离开,桑尼扭头寻去,却没看见扎西。

桑尼问:"剑客哥,我扎西哥呢?"

"桑尼,扎西办事去了,暂时回不来。"

桑尼知道今早扎西同王剑客去了老鹰岩,而此时却只有王剑客一人回来,又担忧问道:"扎西去哪办事了?"

刀疤脸想了想,将嘴凑到桑尼耳边,低声说:"你就放心吧,扎西他杀狼去啦。"

"莫非,老鹰岩土匪没难为你和扎西?"

刀疤脸笑了,将拇指一翘说:"桑尼,我和扎西一个是猎狼人,一个是草原剑客,那些区区杂毛土匪,能难为住我俩吗?"

"只要你和扎西哥没事就好。"桑尼话音一落,刀疤脸笑着朝桑尼眨眨眼,然后骑上白马奔出教堂。

喝着酥油茶的巴登见刀疤脸匆匆走进茶庄,忙起身问道:"啊绕,押运队长,我师父呢?"

刀疤脸看看全体伙计都在,唯独没有旺堆,沉默片刻后,回道:"巴登掌柜,扎西最近有别的事,暂时回不了茶庄,他特让我转告你。"

巴登大惊:"我师父能有啥事,他为何回不了茶庄?"

"这我就不太清楚,扎西没告诉我。"

"你跟我师父,今天在哪分的手?"巴登并不信刀疤脸之言,便绕着圈想套实情。

"我俩在老鹰岩分的手。"灵机一动的刀疤脸,他想戏弄戏弄巴登。

众人一听,都惊讶地注视着刀疤脸,好似大家有着不祥预感。

巴登慢慢上前两步,紧张问道:"押——押运队长,我师父他——他上了老鹰岩?"一直把扎西视为他家保护神的巴登,异常后悔没说服阿爸借银子给扎西。若扎西一怒之下投了土匪咋办?不敢再想下去的巴登,突然捶胸顿足哭着说:"师父啊,我阿爸没说不借银子给你哪……"

惊诧的伙计们立即议论纷纷,肖志雄起身拉着刀疤脸问道:"成汉,难道扎西投了土匪?"

"嗨,师父,你们要听话听声锣鼓听音嘛,我只是说跟扎西在老鹰岩山下分手,又没说扎西上了老鹰岩。"

巴登急着又问:"你快说说,你到底和扎西在哪分的手?"

"巴登掌柜,实话告诉你吧,我和扎西在老鹰岩山下草甸分的手,就是被土匪焚烧过教堂木材的地方。"见巴登被吓的惨样,心中暗暗开心的刀疤脸,就不再恐吓他掌柜了。

缓过劲的巴登,又问刀疤脸说:"这么说来,我师父没投老鹰岩?"

小秋哥也说道:"巴登掌柜,扎西在玛尼石城同土匪血战过,又在你家雕楼大院打死几个土匪,他同土匪之间有着血海深仇,扎西咋可能去投土匪。"

巴登又高兴起来:"对对,小秋哥说得对,我师父不可能去投奔土匪。现在,我在此宣布,明天马帮和我所带人马,全体向雅安出发,我和肖马帮头分别在成都和雅安进货,争取今年有个好赚头。"

肖志雄一愣,忙问巴登:"咋的,难道旺堆掌柜不去成都?"

"我阿爸今早刚从昏迷中醒来,他最近身体不好,要去美人谷休养段时间,这次他就暂不同我们去成都了。"

刀疤脸说道:"这么说来,年轻的巴登掌柜要独自历练历练咯?"

"嗯,我阿爸也是这意思。"

刀疤脸将手一拱,对巴登说道:"巴登掌柜,既然你已挑起茶庄重担,在此,我王成汉有一事相求,不知你答应否?"

巴登一惊:"押运队长,你有何事,不妨直说。"

"此次去成都,我想借六十两银子,半年后连本带利还你七十两,行吗？"

"能告诉我，你借银子做啥吗？"巴登怎么也没想到，又遇上借钱的事，好在数额不大，他完全可做主。

机灵的刀疤脸，忙将早已编好的理由告诉巴登："因我父亲做生意亏了血本，借的高利贷需偿还。这些天我心里一直不安，若没还清袍哥的高利贷，我就没心思干好押运之事。"刀疤脸想借旺堆不在的机会，逼巴登借给他偷偷做鸦片生意还差的本钱，只要这次买卖成功，他何愁还不了巴登家七十两银子？

见巴登不语，明白刀疤脸意图的肖志雄，走到巴登身边说："巴登掌柜，王成汉家确实遇到困难，这样吧，如果到期他还不了这七十两银子，我这担保人可替他偿还，咋样？"

"那好，你俩立个字据如何？"巴登清楚，如果刀疤脸再离开茶庄，他缺了得力的护卫人员，就无法再去成都做军火和鸦片生意了。

刀疤脸一听，立马抓过桌上纸笔，很快写好借据。随后，作为担保人的肖志雄，也认认真真在借据上摁下拇指红印。

巴登随即从刀疤脸手中接过纸条，认真看过后，用手背拍着纸条说："押运队长，明天临行前给你银子，如何？"

"行，就照你说的办。"

巴登环视众人，又高兴地说："大家准备去吧，明早天亮准时出发！"

天风劲吹，苍鹰盘旋。

初夏时节的若拉大草原，宛若一块巨大绿毯铺向天边。贴地生长的一簇簇垫状点地梅，迎风摇曳着朵朵小白花，而她雪白花瓣上的粉红花蕊，却诱惑着无数蜜蜂飞来。在各色野花绽放中，那圆滚滚的旱獭，那一只只机警的草原鼠兔和敏捷的野黄羊，伴随着飘向天边的牧歌和白色羊群，组成草原生机勃勃的画面，展现在卡巴拉大雪山下。

魔鬼寨上的土坎边，自午时后，索朗丹增就一直顶着烈日趴在那朝草原张望，他多希望有人骑马或步行朝魔鬼寨方向走来。许多年来，来魔鬼寨的牧人或僧人，总会给这里的病人送些食物或捎点猎物。

如果说，过去魔鬼寨麻风病人守望的是食物，而今，他们每天轮流守在土坎边，盼望更多的却是洋教堂可能送来的喜讯。自约翰牧师和丹珠离开后，他们每天议论的话题便是麻风病医院。他们不愿被世人抛弃。他们渴望救治，渴望早日回到正常人生活中去。哪怕远远地能见着活人都行……

阵雨过后，夕阳还未坠入地平线，已堕胎成功的诺巴来到丹增身边，将手中糌粑递给丹增。吃着食物的丹增，同诺巴一道注视着辽阔草原。此时，一道彩虹从卡巴拉雪山至萨嘎部落渐渐升起。不久，又一道彩虹叠现在刚出现的彩虹之上。霎时，两条彩虹宛若两道充满奇幻色彩的拱形之门，伫立在秀美的若拉草原上。

"扎西德勒，大家快来看喽，两条彩虹出现，必有喜讯降临我们魔鬼寨哪……"丹增惊喜回身，朝土屋中的病友们一阵高喊。很快，麻风病人们有的走出，有的爬出，有的相互搀扶，有的被人背着走出破房门，共同仰望空中绚丽的彩虹。仿佛这两道彩虹犹如两条七彩哈达，紧紧系着这群麻风病人的生之希望……

天黑不久，叉枪上挂着猎物的扎西来到魔鬼寨下，然后朝山上打了几声呼哨。随后扎西翻身下马，从叉枪上取下两只旱獭和三只野兔放在小石板上，然后，又朝山上打了声呼哨。

朦胧月色中，扎西见丹增和黄獒沿小道走来，忙跃上马背，同黑獒朝骷髅谷跑去。十分纳闷的丹增高声问道："啊绕，扎西，你今夜咋不说几句话就走啦？"

"丹增大叔，我今晚还有事哩，改天再来同您说话。"很快，扎西的马蹄声就消失在骷髅谷里。扎西之所以不愿同丹增对话，就是怕丹增问他修建医院的事。扎西明白，他不敢面对这群对洋牧师抱有极大期望的麻风病人。扎西既不愿他们失望，又不能用谎话蒙骗他们。无限纠结中，扎西之所以躺在草地等天黑才来送猎物，正是不愿面对丹增。

悄悄来到魔鬼寨下的山洞，点燃篝火后，扎西用藏刀很快将剩下一只野兔剥了皮，然后用刀挑着野兔烤了起来。由于白天黑獒吃了好几只鼠兔，扎西便命它在洞口警戒。

篝火中，吃着野兔的扎西幻想着，今夜要是他也像剑客兄弟一样，能在洞口杀死十头大狼该有多好。若是那样，我扎西也要在洞外垒个狼冢。

想着想着，扎西偎着篝火渐渐沉入梦乡……

两天后，牵马刚要爬上天葬台的扎西，突然听见空中雪鹰传来几声啸叫。扎西能分辨这是雪鹰发现异常情况的叫声，便回身朝草原望去。扎西看见，几头大狼正在猛追一只红狐，而领头的正是体形壮硕毛皮黑亮的乌岗狼王。

两眼喷射仇恨之光的扎西，不容多想就翻身上马，打马朝山下奔去。此时的黑獒，宛若一道黑色闪电狂奔在枣红马前。扎西迅速从身上取下叉枪，将枪口对着前方。

很快，疯狂奔逃的红狐朝河边杂树林钻去。乌岗狼王一声低嚎，几头大狼立即分成两队，分头朝树林围着钻了进去。扎西清楚，这群大狼只顾追咬猎物，还没发现他的到来。不久，空中又飞来几只苍鹰啸叫着盘旋在树林上空，鹰们似乎也在期待一场草原盛宴。

不久，狂奔的枣红马将扎西带到梭磨河边。望着一片偌大的杂树林，扎西无法判断大狼们身在何处。就在扎西犹豫时，没想到从树林里分别钻出两只被追撵的红狐。有只急疯了的三尾红狐竟朝扎西蹿来。就在扎西将枪瞄向撵来的乌岗狼王时，枪响瞬间，狼王就地一滚，躲过扎西子弹。另几头大狼却没退缩，而是围着受过重伤的黑獒一阵亡命扑咬。

扎西见黑獒处境危险，又举枪朝扑向黑獒的一头大狼打去。枪响后，受伤大狼愣了片刻，反而转身朝枣红马扑来。扎西万万没料到这头受伤大狼如此玩命，忙抽出腰间藏刀朝扑来的大狼挥去。只听哐当一声，扎西藏刀便削飞半个狼头。而大狼倒地前，有只前爪仍抓伤了枣红马大腿。

趁扎西劈砍大狼时，乌岗狼王带着另三头大狼朝草原北面逃去。扎西哪容狼王逃走，便脚叩马肚，又朝乌岗狼王撵去。而此时，刚被扎西无意救过的三尾红狐，朝扎西欢叫了几声……

听见枪声的尼玛走出石屋，面对草原静听一阵。稍后，尼玛摇头喃喃说："蒂姆，狼王今天咋朝北面跑哇，扎西啊，你可要当心哩……"说完，尼玛又闭目摇起手中转经筒。

很快，放弃追咬另只红狐的两头大狼，为护卫自己首领，朝扎西枣红马追来。黑獒见势不妙，又回头拦劫三只大狼。扎西在顾忌黑獒安全时，不由减缓了追击狼王的速度。令扎西疑惑的是，每当黑獒扑咬追来的三只大狼时，大狼只是躲闪避让，却无心迎战黑獒。

面对前有奔逃狼王，后有尾随大狼，犹豫的扎西最后下定决心：今天非要杀死狼王不可！于是，扎西又打马狂追狼王不放。

每当扎西狂追，狼王就撒腿猛逃；只要枣红马一旦速度稍慢，狼王就减缓奔逃速度。就这样，狼王始终同扎西保持一段子弹打不着的距离。疯狂追撵中，杀狼心切的扎西，不知不觉已被乌岗狼王慢慢诱入沼泽地带。

很快，四蹄开始飞溅水花的枣红马，速度渐渐慢了下来。看着前方奋力逃窜的狼王，急红眼的扎西，又用马镫猛叩马肚。受惊的枣红马似乎理解主人心情，便一纵而起昂头朝前跃去。没想到，枣红马刚狂奔一阵后，两只前腿就陷进了沼泽，猛然间，扎西一个跟斗从马背栽了下来。

毛皮黑亮的乌岗狼王见扎西落水，立即调头朝扎西蹿来。紧接着，护卫狼王的几头大狼，也朝水中的扎西包抄过来。落水的扎西忙跪着举起叉枪，朝狼王扣动扳机。就在狼王倒向草墩躲避子弹时，从后越过黑獒阻击的另头大狼，猛地跃起用牙咬住扎西枪管，前爪抓破了扎西右肩。枪响后，被压低的枪口将子弹打入了水中。

惊慌的扎西抓着发烫枪管，抡起叉枪朝跌落水中的大狼砸去。由于无法装填子弹，扎西急忙抽出藏刀，一刀朝刚挣扎爬起的大狼肚子刺去。就在狼血喷溅扎西满脸时，快冲到扎西身边的乌岗狼王，被扑过来的黑獒拦住。猝不及防的狼王在躲避扎西藏刀时，不料一条后腿被黑獒死死咬住。

就在黑獒死咬狼王后腿不放时，从后蹿上的另头大狼一跃而起，用大口企图咬断扎西脖子。听着身后响动的扎西，立刻仰身倒入水中，举刀朝后刺去。没想到，藏刀猛地刺进大狼嘴中，刀尖却从大狼颈上冒出。就在此时，另只赶到的大狼立即将扎西团团围住。

被黑獒咬住后腿的狼王，见扎西又刺死同伴，急得回身一口朝黑獒咬去。黑獒忙松开狼王后腿，也张着血盆大口朝狼王大嘴迎来。只听砰的一声，獒狼两嘴相撞后，狼王和黑獒嘴中便分别喷出鲜血。就在狼王被撞断一根长獠牙的瞬间，黑獒一跃而上，用头将狼王顶入水中……

在黑獒缠斗狼王时，从水中爬起的扎西见两头大狼朝他围扑而来，有头大狼还低头向扎西左腿咬来。情急之下,扎西挥刀朝这头冲在最前的大狼砍去。血花飞溅时,这头大狼左眼被藏刀削飞。痛得看不清方向的大狼一阵乱撞疯咬,无意间撞倒黑獒。此时退后的狼王趁机跃起,妄图咬断黑獒脖颈。见黑獒危险的扎西,一声大叫立即举刀又朝狼王砍来。就在刀口快落在狼王头上时,狼王将头一埋朝黑獒右侧躲去。在藏刀快落在黑獒身上时,扎西猛地将手臂一缩,黑獒才幸免于难。

由于刚进入沼泽边沿地带,陷得不深的枣红马渐渐挣扎站起。就在扎西、黑獒同狼群拼斗时,害怕再陷沼泽的受伤枣红马,慢慢试着往后退去。每当马蹄抽出腐臭积水窝时,随之而出的气泡不断涌现,气泡破灭后,逐臭蚊蝇又成群朝枣红马叮咬围来……

躲过藏刀劈砍的狼王,在浅水中两个翻滚又迅速站起。此刻,扎西已看清,满嘴鲜血的狼王一根长獠牙已断,痛得难受的狼王似乎又在跃跃欲试,寻找向扎西攻击的机会。另两头退后大狼喘息着,好似在等待狼王进攻命令。又添新伤的独耳黑獒护在扎西身前,对着狼王不断狂叫。

为及早干掉不远的受伤狼王,双腿在慢慢下陷的扎西顾不了许多,立马将叉枪抓在手中。狼王误以为扎西又要开枪,立刻调头瘸着腿朝沼泽深处蹿去。另两头大狼见狼王奔逃,也立即分头随狼王逃走。见狼王逃走,扎西又回头看看另头仍在水中挣扎的大狼,一气之下,扎西上前又补捅了几刀。

突然,黑獒惊恐的叫声传来。扎西猛一回头,发现失掉左眼的大狼,正快速朝扎西背后蹿来。来不及细想的扎西,用左手抓着叉枪朝独眼大狼挥去,就在叉枪击打空中大狼前腿时,顺着高大身躯旋转的藏刀,猛地刺进大狼肚子。瞅准机会的扎西用力一拉,大狼肠子随豁口涌出。闪着身子让过大狼的扎西,就在大狼落地溅起水花时,用刀又刺进大狼脖子。大狼哀嚎了一声,冲上的黑獒咬着大狼肠子一阵狂扯,开始吞吃起来。很快,全身抽搐的大狼就不再动弹……

空中一群苍鹰盘旋,它们已发现倒在沼泽中的死狼。草墩上,不时有寻食鸟儿飞起,惊叫着避让几只突然出现的大狼。

百米开外,狼王见扎西并没追来,也无枪响,就停在草墩回身盯着扎西，似乎又在想着应对之策。扎西怒气冲冲看着倒在他身边不远的大狼尸体，便上前从狼头割下只狼耳塞入怀中，突然，黑獒朝狼王冲去，汪汪狂叫声又在沼泽中响起。

此时，抬头的扎西才发现，不远的狼王不仅没逃，反而率大狼朝黑獒迎来。扎西知道负伤的黑獒异常危险，立马提着藏刀随黑獒朝乌岗狼王扑去。

狡猾的狼王见扎西和黑獒朝它奔来，忙调头又朝沼泽深处蹿去。杀红眼的扎西，哪肯放眼前受伤的狼王逃走，吼叫着又挥舞藏刀朝狼王撵去。

很快，人狼追逐大战在沼泽中再次展开。

乌岗狼王不时回头瞧瞧扎西追击速度，来调整自己奔逃节奏。急着渴望追杀狼王的扎西，一步步被狼王诱入沼泽腹地。杀不着狼王的扎西，急得不时挥刀发出狂怒吼叫。

由于杀狼心切，具有草原生活经验的扎西似乎早忘了，沼泽边沿地带水不深，而泥地往往连成一片。沼泽腹地不仅水深淤泥厚，而且草皮经长年浸泡，已断成无数漂浮在水面的草墩。远处看去，长草的草墩似乎是连成一片的草地，而只有深入其间的人，才能从零距离踩踏中，感受到草墩的沉浮和深不可测的陷阱。

疯狂追撵中，由于沼泽草墩越来越多空隙越来越大，体格高大的扎西越追越艰难，他时不时因在浮沉草墩上站立不稳而摇晃不止。每当这时，乌岗狼王总要回身停下，挑衅似的盯着扎西。而当扎西看着不远又无法猎杀的狼王，心情越发暴躁难受。

由于有大狼护卫狼王，奔窜在扎西身前的受伤黑獒，也不敢贸然进攻狼王。就这样，狼王将扎西渐渐骗进死亡之地。

夏天，草原能捕食的小动物众多，大狼们常常是两三头一块活动，很难有大规模集群行动。所以，复仇心切的扎西要想多杀几头狼，本身就极为不易，若要遇上狼王就更是难上加难。今天，扎西不仅干掉几头大狼，而狼王就在眼前。每当扎西看到乌岗狼王挑衅目光，一股怒火就会直冲脑门。为卓玛和梅朵复仇时机已到，想到这，踏着不断浮沉草墩的扎西，又朝狼王追去。

第二十一章：遭狼王算计，猎狼人命悬一线

乌岗狼王率狼族卫士，分散开在沼泽中的草墩上灵活纵跳，无论扎西怎样疯狂追撵，它们始终同扎西保持一段距离。就在扎西加速踩着草墩追击时，由于误踏一个根本承受不住自己身体重量的草墩，右脚立即朝水中陷去。无法控制平衡的扎西，一下扑倒在沼泽中。

听见水声的乌岗狼王立马回身站住，紧紧盯着在水中扑腾的扎西。仿佛狼王在判断：这家伙是真落水，还是故意诱我上当？

黑獒见主人陷落沼泽，急得在几个草墩间来回跳跃狂叫。陷在水中淤泥的扎西，抓个大草墩忙往身下塞去，希望减缓下沉速度。就在黑獒伸嘴企图咬住扎西长袖拖住主人时，扎西突然发现黑獒身后有根树棒。扎西立马用手势示意黑獒将树棒拖来。领会主人意图的黑獒立刻转身，咬住树棒就朝扎西拖来。

蓦地，已做出判断的乌岗狼王，立即狂奔朝扎西蹿来。狼王想趁落水的扎西还没爬上草墩，就将这家伙脑袋咬掉。将木棒拖过来的黑獒见狼王扑来，立即回身朝狼王迎去。就在黑獒反击的时刻，扎西手握木棒往泥中一撑，纵身跃上一个大草墩，挥着藏刀朝狼王砍去。

狼王见寒光闪闪的藏刀砍来，领教过扎西厉害的狼王，立马朝不远草墩跳去。踩着浮沉草墩的扎西，仍挥刀追杀狼王。另一头大狼见扎西在草墩上纵跳追杀自己大王，又从侧后方朝扎西扑来。无奈的扎西只好回身对付这头凶猛大狼。

在沼泽无法施展杀狼本事的扎西，此刻只恨藏刀太短，无法砍到东蹦西跳的大狼。情急之下，扎西只好抓起一丈多长的树棒，横扫着朝偷袭他的大狼打去。猛然间，只听砰的一声，大狼被树棒打入水中，狼王又慌忙逃走。浮在水面的大狼一动不动闭着眼睛，好似被树棒打昏死了一般。扎西看着逃到远处又回头盯着他的狼王，指着狼王恨恨地说："有种的，你就别跑！"狼王似乎听懂扎西之言，仰头朝天发出两声不服的嚎叫。扎西见狼王站立不动，只好提着藏刀又想去割水中狼耳。没想到，装死的水中大狼猛地跃起，死死咬住扎西藏刀。顷刻间，失去重心的扎西又跌入水中。

慌了神的黑獒见主人危险，立即跳往水中，用嘴死死咬住大狼喉咙。这时，回过神的乌岗狼王立马疯狂朝水中的扎西扑来……

第二十二章

猎狼人愧生敬意，剑客巧遇军火商

　　水中扎西见狼王奔来，急忙用尽全身力气掰开狼嘴，一拳朝大狼鼻子打去。只听大狼一声惨叫后，就松开紧咬的藏刀，扎西趁机从狼嘴抽回藏刀。当扎西劈砍水中被黑獒死死咬住喉咙的大狼时，突然从空中飞下一只巨大秃鹰，用巨大利爪抓起不远处的死狼朝空中飞去。还没等扎西回过神来，又一只大秃鹰抓起另头死狼朝卡巴拉大雪山飞去。

　　从草墩急蹿过来的乌岗狼王，见秃鹰如此凶猛，就在它迟疑瞬间，又一只大秃鹰从空中朝狼王扑来。急了的狼王慌忙将身子一闪，跳到另个草墩朝不远的草丛钻去。扎西看得真切，急速飞下的秃鹰虽没抓住狼王，由于惯性冲击，两只利爪却深深嵌进草墩。秃鹰巨大翅膀扇动时，溅起的水花洒了扎西一脸。扎西见黑獒已将受伤大狼摁入水中，忙爬上草墩挥舞藏刀恐吓秃鹰。秃鹰见高大扎西朝它挥刀，忙盯着扎西怪叫几声，尔后张开巨大翅膀慢慢飞向空中。

　　扎西见秃鹰飞走，忙扭头四处搜寻狼王踪影。没想到，从草丛钻出的狼王又站在不远处盯着握有藏刀的扎西。这时，从水中爬出的黑獒站在草墩上，又冲狼王狂叫。咬牙的扎西踏着草墩又朝狼王撵去。或许，受伤狼王见无法战胜对手，只好含恨放弃飞速朝远处蹿去。转眼间，当扎西还挥刀在草墩上蹦跳时，狼王早已跑得没了踪影。

　　望着空旷沼泽和草地，扎西气得挥着藏刀吼叫："狼王崽子，有种的你别跑！"稍后，无奈的扎西将寻到的叉枪背在身后，然后用木棒试探踩着一个个草墩，慢慢走出沼泽。歇息一阵后，负伤的扎西翻上马背，策马朝天葬台方向奔去……

　　自想从扎西那敲诈银子化为泡影后，黄大郎一伙又在老鹰岩大殿谋划好几天。经过反复比较分析，黄大郎最后决定不去拉萨出货，还是将古墓宝贝出货地点选在了成都。黄大郎的理由是，成都堂子虽野，毕竟是语言相通的汉地，何况，交通也相对方便些。黄大郎还常后悔说，上次卖酒器太大意了，这次一定不能再栽在成都袍哥手里。

在出货和购枪问题上，黄大郎和三寸丁进行了仔细分工。喝酒时，黄大郎几次拍着桌子说，老子就不信，我们有了古董宝贝还怕换不来银子。有了银子，难道我们在成都黑市买不到好枪？看着众匪附和他的兴奋劲，黄大郎更坚定了此行必须成功的决心。

就在巴登一行出发去雅安的第三天早上，化了装的黄大郎几人，在包袱中藏好古墓宝贝后，骑着快马离开老鹰岩，扬鞭打马朝雅安方向奔去。

石屋中，天葬师尼玛还是接纳了杀狼受伤的扎西。

万籁俱寂的夜中，远处偶尔传来几声狼嚎。吃过糌粑喝过酥油茶后，尼玛就着酥油灯，仔细察看了扎西臂膀和手背伤情。清洗擦净伤口后，尼玛拿出止血消炎的藏药粉，撒在伤口上，尔后又替扎西包扎好伤口。

待一切收拾完后，本想同扎西聊天的尼玛，发现扎西郁闷地盯着酥油灯不想说话。看着曾在自己面前无话不谈的扎西，尼玛意识到今天同狼群搏杀，扎西一定吃了大亏，否则，勇猛异常的他不会受伤，更不会在石屋中沉默不语。无奈的尼玛只好右手摇着转经筒，左手指拨动起长串佛珠来。

此刻，同样受伤的乌岗狼王也早已蹿出沼泽，朝卡巴拉大雪山隐秘洞穴奔去。由于有根獠牙被撞断，疼痛万分的狼王要用自己的方式，来修复生存之需的捕食利器，来捍卫自己不可动摇的狼王之位！

半个时辰后，见扎西依然沉默不语，尼玛只好放下转经筒走出石屋。常人不知，尼玛常在寂静之夜静听天地之声，这是他多年养成的习惯。因为，视力不好的他，能从各种细微声音里，分辨出鸟叫虫鸣，听得见遥远的狼嚎熊吼，辨得清狐狸足音和鼠兔的欢跳……

微风吹过，无数闪闪烁烁的流萤用光的线条，编织着夏夜最诗意的梦幻。尼玛笑了，他用双手轻轻捧住一只流萤，如孩童般用独眼朝手缝里看了看，尔后，双手又朝夜空抛去。那只萤虫很快汇入流萤群与同伴又飞舞在草原之夜……

石屋内，沉默良久的扎西，从怀中掏出几只狼耳翻看起来。狼耳上，还沾有狼血腥的臭味。看着看着，扎西眼眶开始湿润。这时，返回石屋的尼玛，发现了刚烈汉子扎西异常举动。扎西见尼玛进屋，又将狼耳塞入怀中。

"蒂姆，扎西，你今天杀了多少头大狼？"

"尼玛大叔，我今天只杀了五头大狼。"

"扎西，你既然杀了五头大狼，为何还闷闷不乐？"

"尼玛大叔，您知道不，我今天被狼王骗进沼泽，差点再也见不到您了。"

"原来你今天上了狼王的当，就为这事不想同我说话？"

扎西摇摇头："不仅仅为这，尼玛大叔。"

"不为这，那还有啥？"尼玛颇感诧异。

扎西想了想，认真地说道："尼玛大叔，我今天第一次感觉到，有时狼王比我厉害。或许哪天，我会被狼王算计弄死。"

"扎西，我不是曾劝过你吗，你也杀了不少大狼了，就是为妻女报仇，我看也差不多了吧。狼也是草原生命，它们也有活下去的理由。你这样无休止猎杀下去，总有一天，会——会遭不测的。"

"尼玛大叔，请您别劝我，十年之内，我决不会停止杀狼，就是同狼战死，复仇的我也无怨无悔。"

尼玛见扎西如此固执，有些生气说："我们藏族人信佛。信佛之人最基本的信念是啥？就是要心存善念，不枉杀无辜生命。我想，祸害卓玛和梅朵生命的，也就一两头狼吧，你扎西已杀死好多头大狼，难道这么多狼命还不能赔偿你妻女的性命？"

"在我仇恨之火没熄灭前，唯有杀狼才能解我心头之恨。"

"蒂姆，我说扎西，难道你心中除了恨，就没别的啦？"

"尼玛大叔，实话告诉您吧，我今天杀狼后，心里确实有了点新东西。"

尼玛一愣："啥新东西？"

扎西想了想，低声回道："多了对狼的警惕和敬重。"

尼玛听后，有些难以置信："啥，你这么恨狼的人，也会产生对狼的敬重？"

"尼玛大叔，我实话告诉您吧，从今天杀狼的过程中，我第一次看到大狼的勇猛顽强，看到它们为生存而战的亡命气概，也领教到狼王的聪明和智慧。"

"所以，你才有了对狼的敬重感？"

"是呀。"扎西认真点了点头。

"扎西呀，若你今后非要再杀大狼不可，我今夜再次提醒你，只要你同乌岗狼王过招失手，你可能就真的再也见不到尼玛大叔了。"

"不会的，尼玛大叔。狼虽凶猛聪明，但我扎西的本事，还是远远强过乌岗狼王的。"

尼玛笑了："若你不信，咱俩就走着瞧吧。"

就在巴登一行离开县城第二天，贡布头人家丁就到春风茶庄再次寻找钦嘎热。正在茶庄看账本的旺堆接待了这名家丁。家丁告诉旺堆，他是奉贡布头人命令来叫钦嘎热回部族的。上月他来时，听茶庄伙计说钦嘎热去了成都办事。

有些诧异的旺堆问贡布家丁，我家巴登已用银子赎过钦嘎热身了，为啥贡布头人还要来找钦嘎热？家丁只好说，他一点不知赎身的事，至于头人为何要叫钦嘎热回去，他更是不知啥原因。旺堆以为贡布叫钦嘎热回部族，是想了解生意上的事，便对家丁说："你回去告诉贡布头人，他若需要我茶庄啥货，只要派人来说一声，我立即派伙计，用马车给他送去。"

其实，旺堆和家丁哪里知道，贡布曾想骗钦嘎热回去，是要用酷刑惩罚损失他家牛羊的奴隶娃子。贡布并没动巴登强留下的赎身银子（他也看不上这点小钱）。几个月时间过去了，钦嘎热逃跑的事如骨梗喉，使贡布觉得越来越难受。好在巴登送的水晶度母像起了些缓解作用，不然，依他贡布脾气，早就派人将钦嘎热绑回部族了。贡布从管家札曲嘴里得知，钦嘎热是个有孝心的人，只要他阿妈仍活着，不愁找不到奴隶娃子钦嘎热。

然而，寻找钦嘎热的原因却出现新的转机。两天前，贡布终于得到曲巴头人托旺堆购买快枪的消息。不愿自己家丁武器落后于曲巴的贡布，又想起在旺堆茶庄做事的钦嘎热。他派家丁叫钦嘎热回去，正是想弄清曲巴买枪的事。如真是这样，他贡布就绝不能等闲视之。曲巴有钱买枪，难道我贡布还缺银子？当贡布想好如何让旺堆替他购买新枪后，就派家丁再次到茶庄寻找钦嘎热。

家丁得知钦嘎热又去了成都，只好对旺堆说："尊敬的旺堆土司，我们贡布老爷说了，若奴隶娃子钦嘎热不在，就烦请您去一趟我们部族，我们老爷有重要大事同您商议。"

旺堆有些吃惊："你知道你家老爷想同我商议啥事？"

"回土司大掌柜，我这跑腿的哪能知道老爷的事。"

"那好，你请回吧，我过几天就来你部族，亲自会会你们贡布头人。"

随后，得到旺堆将去自己部族承诺的家丁，出门跃上马背，就匆匆离开了县城。

数天后，赶到成都的巴登一行，在成都古玩市场和乌尔古善居家的公馆之间，找了家不太显眼的锦官客栈住下。此次成都之行，在刀疤脸建议下，巴登要一改他阿爸张扬行事的风格。他要悄悄买想要的货，然后再神不知鬼不觉离开成都。他要汲取上次成都之行的教训，不能再让那些吃黑钱的袍哥们盯上。刀疤脸之所以给巴登出这样的主意，重要原因是他不想第一次下手做鸦片买卖就栽了。若是那样，血本无归的他就会欠下玉香和茶庄的债，说不定，这茶庄股东身份也保不住了。

由于一个月前来过成都，心中有数的巴登同小秋哥私下商量后，就暗暗制定出在成都进货的计划。巴登在扎西没来的情况下没增加随行伙计，除他们全部配有快枪外，重要原因就是想减少社会注意。逐渐奸诈的巴登在雅安出发前，就让钦嘎热和自己换上汉人衣服。当吴三娃赶着马车往成都奔跑时，确实，任何路人也无法相信这几个平常骑马人，是一帮做军火和鸦片生意的汉子。

第二天早饭后，巴登领着刀疤脸和小秋哥朝乌尔古善公馆走去。离开打箭麓前夜，巴登同阿爸商议许久，在带不带刀疤脸去标统家问题上，父子俩发生了重大分歧。巴登反对的理由是，他担心王剑客知道他家同标统关系后，今后在生意上留下后患。旺堆赞同王剑客随巴登去标统家的原因是，王剑客是个还在借钱的穷光蛋，对贪欲心极重的乌尔古善来讲，他根本不可能同这样一个穷人打交道，何况，万一生意需要王剑客独当一面时，他也可替我们去标统家取货。

小秋哥之所以能同行去标统家，一是小秋哥身上藏有上万银票，二是小秋哥还得背着送给标统的礼物。在旺堆看来，押运队长王剑客除要协助巴登做生意帮手，更重要任务是担任儿子保镖。既是保镖，必须保证王剑客双手空着，万一有意外发生，他无论抽剑拔枪都方便才行。

不久，巴登三人来到金河街的乌尔古善公馆外。卫兵通报后，巴登从小秋哥手上接过包袱，就同刀疤脸跟着卫兵进了公馆。小秋哥按事前巴登交代，便在离公馆大门十公尺开外候着。

端着盖碗茶的乌尔古善，在客室接待了巴登和刀疤脸。

乌尔古善问："巴登少爷，就你二位，你阿爸呢？"

巴登忙躬身回道："标统大人，我阿爸生病，无法来成都拜望您。"说完，巴登忙指着刀疤脸向标统介绍，"标统大人，这位是我茶庄伙计，他叫王成汉。"

刀疤脸也忙躬身对乌尔古善说："标统大人好。早闻您大名，上次黄昏在百花潭林中没看清您面容，今天近处相见，您果然仪表堂堂，相貌非凡。"

乌尔古善看着高大又佩有剑的刀疤脸，回忆片刻后说："哟，王兄弟，我没记错的话，你本是个神枪手，咋今日看你这副佩剑模样，莫非你是来自大草原的剑客？"

刀疤脸将手一拱，忙回道："在下不才，让标统大人见笑了，我谈不上枪手和剑客，仅是我们巴登掌柜手下伙计而已。至于随身之剑，也仅是平常的防身之物，算不上什么好剑。"

"依这位兄弟之言，那什么样的剑才算好剑呢？"从八仙桌旁站起的一位穿着笔挺西装的中年汉子，微笑起身向刀疤脸问道。

乌尔古善见那汉子起身，忙指着汉子向巴登和刀疤脸介绍说："这位是刚上任的我大清军驻成都军需代办负责人，他姓罗名叫金刚，是个地道本地人，刚从天津回成都不久。"

巴登听说是军需代办，忙上前拱手对罗金刚说："扎西德勒，军需罗代办，今后请多多关照。在此，我代表我阿爸，欢迎您到我们若拉草原做客。"

罗金刚一惊："你们是从打箭麓来的？"

巴登点点头："是呀，我阿爸是打箭麓土司，当地人都认识。"

罗金刚笑了："这么说来，你就是旺堆土司的大少爷喽？"

巴登也笑了。刀疤脸自听到罗金刚三字时，就仔细观察起罗金刚来。刀疤脸听玉香曾说过，她那失踪几年的男人名叫罗金刚。今日一见，刀疤脸很快明白，为何罗金刚要弃玉香而去。果然，从外表气质和谈吐看，这罗金刚确非池中之物。

乌尔古善忙叫用人给巴登和刀疤脸泡上茶，然后笑着对巴登说："大少爷，你知道这军需罗代办在你县还有产业吗？"

巴登又一惊："啥，罗代办在打箭麓有产业？啥产业呀？"

"他在那开有家酒馆，大概有好些年了吧。"

罗金刚点点头："对，本人开的酒馆名叫'醉一春'，那酒馆招牌还是本人亲手所书。"说完，罗金刚得意地呷了口盖碗茶。盯着罗金刚的刀疤脸心中一震：果然是他！

巴登又对罗金刚说："蒂姆，罗代办，原来那醉一春酒馆是你开的。我说嘛，那漂亮的玉香老板娘伶牙俐齿，接人待客就是不一般，原都因你教导有方啊。"

"尊敬的罗代办，您知道吗，我们巴登掌柜常带我们茶庄伙计，去醉一春喝酒吃饭哩。没想到，巴登掌柜过去积下的福，就是为今日同您相聚啊。"刀疤脸对罗金刚说完，还故意看了看巴登。

巴登美滋滋地看了刀疤脸一眼，又对罗金刚说："对对，我们家同代办大人有缘、有缘。"深谙江湖之道的刀疤脸略施奉承小计，竟使得巴登感到十分舒坦。

稍后，巴登将手附在乌尔古善耳畔几声嘀咕，随后乌尔古善就将巴登领进旁边侧室。

客室仅剩下刀疤脸和罗金刚,这时,刀疤脸给罗金刚茶碗添水时,才注意到宽大八仙桌上,摆有一套他十分熟悉的酒器。为掩饰自己的惊诧,刀疤脸端着茶碗仔细端详一番酒器,然后扭头问罗金刚:"代办大人,我想请教下,您可知这套精美酒器叫啥名?"

罗金刚拿起酒壶认真观赏一阵,然后放下摇头说:"嗯,王兄弟,这酒器色彩艳而不俗,但叫啥名我还真不知。不过,从这器型、胎质、釉色和款识来看,这应是正宗的景德镇官窑烧制之物。我罗某人敢断定,这酒器定是皇家流落民间的宝贝。"

刀疤脸装着一惊,故意问道:"这么说来,那这皇家珐琅彩酒器,是您代办大人送的?"

"王兄弟,不瞒你说,我今天也是第一次见到这酒器。至于标统大人如何拥有这酒器的,我看,这就不是你我二人该打听的了。"说完,罗金刚意味深长又呷了口盖碗茶。

刀疤脸点点头:"嗯,罗代办说得有理,军中上层有些人的秘密,是我们这些小百姓永远无法知晓的。那就不打听为好不打听为好。"

罗金刚为绕开话题,又捡起前面话头问道:"王兄弟,现在民间汉子早已不常带刀佩剑了,我看你剑不离身,想必你是个真正的爱剑之人吧?"

刀疤脸答道:"嗯,我小时练过剑术,在藏地讨生活,有把剑也可防身。"

"这么说来,你除了枪法好,剑术一定也不错,是吧?"

"马马虎虎,对付几个拿刀棒的人,应该没啥问题。"

"王兄弟,你知道吗,现在世界正逐步在淘汰冷兵器。即便拥有再高刀剑之术,在新式快枪子弹面前,这些人都将不堪一击。"

刀疤脸愣了,他原以为罗金刚要请教他剑术,没想到,这清军代办如此看好外国人的新式快枪。难怪,旺堆父子要开始做军火生意。嗯,曲巴头人不是已从旺堆手中买了批快枪吗?看来,拥有好武器是大势所趋啊。刚想到这,乌尔古善和巴登就从侧室走出。尔后,巴登告别标统和罗金刚,就匆匆离开了公馆。本想再同罗代办聊聊的刀疤脸,无奈之下,只好跟着巴登遗憾离去。

刀疤脸之所以还想同罗金刚聊聊，因为，他猜想罗金刚是个有故事的人。仅从这点看，刀疤脸的直觉是对的。

原来，罗金刚出生富绅家庭，曾读过八年私塾。十六岁从县城来到成都九眼桥码头，协助他二叔（航运一霸）管理码头货物进出账目。由于长期同来往码头的三教九流打交道，他就渐渐熟悉了成都江湖。在他二十岁生日前一天，他父亲特从县城赶到成都，在水津街一家餐馆包了八桌席，想给儿子办个隆重生日宴。

来参加生日宴的除罗金刚和他父亲三桌朋友外，其余五桌均是他二叔来自成都各阶层的朋友。席间喝酒斗诗时，罗金刚同袍哥陈舵爷儿子陈小七连斗五首都没分出胜负。就在斗第六首时，陈小七背完陆游的《钗头凤》，便要罗金刚背出唐婉的《钗头凤》。谁知喝得有点高的罗金刚，在背到"病魂常似秋千索"时竟卡壳了。没想到，隔桌的一年轻女子脱口接着背出"角声寒，夜阑珊。怕人寻问，咽泪装欢"来。被提示的罗金刚忙接着将唐婉的《钗头凤》背完。尽管如此，不依不饶的陈小七仍要罚罗金刚三杯酒。

不服的罗金刚直问陈小七，"即使罚酒，也只能按事前约定罚一杯呀，你咋破坏规矩乱罚？"就在二人争执不下时，从刚提示背诗的女子身旁，又站起一年轻女子走到陈小七面前，质问陈小七说："我看你也像是有钱人家少爷，你咋如此不讲理，给今天的寿星大哥难堪呢？你还算他朋友吗？"

这时，喝得脸红脖子粗的陈小七慢慢站起。睁圆双眼用鼻子朝年轻女子鼻子碰去。年轻女子见陈小七如此耍流氓，一耳光朝陈小七扇去。陈小七猛地一把抓住年轻女子手腕说："你这哪来的瓜婆娘，竟敢管我们男人间的事？去你妈的，给老子滚一边去！"说完，陈小七反手一耳光打在年轻女子脸上。气极的年轻女子拔下头上银簪，直朝陈小七扑去。见此情景，众人忙上前拉开陈小七和年轻女子。就这样，罗金刚一场热闹的生日宴，就被蛮横的陈小七给搅乱了。

生日宴结束后,清醒过来的罗金刚,从二叔那打听到为他仗义相助的女子亲戚住处。就在当晚,提着礼物找到年轻女子亲戚家后,罗金刚便认识了来成都玩的樊玉香。生日宴后不久,陈小七开始不断向罗金刚找岔子生事。半年后,本已同别的女子定了亲的罗金刚,终于说服玉香同他私奔到打箭麓。很快,罗金刚买下两间店铺,改造装修后就跟玉香以夫妻名义开了醉一春酒馆。

　　自罗金刚失踪后,罗二叔曾带上五根金条去求陈舵爷开恩放人。陈舵爷弄明情况后,向罗二叔一再言明他没插手此事,并叫来陈小七跪下向罗二叔发毒誓。两个月后,罗二叔收到罗金刚来信,才知侄儿去外地当上了酒馆掌柜。从此,罗二叔就不想再操心罗金刚的事了。

　　当了几年酒馆掌柜,见玉香能独立操持酒馆生意,早已厌倦藏地小县城生活的罗金刚,便悄悄带上早已勾搭好的逍遥楼妓院头牌水仙姑娘,离开打箭麓去成都住了半年。尔后,罗金刚又在二叔引荐下认识了乌尔古善。罗二叔最初希望行贿标统可给侄儿在清兵营安排个差事,以免操哥陈小七报复曾有过节的罗金刚。没想到,几次接触下来,乌尔古善见罗金刚不仅有文化头脑灵活,还长得帅气有胆量。又想升迁的乌尔古善改变主意,决定让罗金刚替他进京去拜见庆亲王奕劻。正想见世面又想巴结权贵的罗金刚,一听有这等好事,就一口答应下来。

　　就在罗金刚出发前夜去标统公馆时,乌尔古善拿出三十根金条和十来件古董让罗金刚点数列出清单,最后,标统又从屏风牵出一位貌美如花的女子对罗金刚说,这是我前不久从悦来剧场买回的翠儿姑娘。这姑娘嗓音优美,而且还擅诗词歌赋和琵琶弹唱,她也是我送给庆亲王的礼物。标统还告诉罗金刚,他已雇好轿夫,明天出发时还安排了四名士兵护送你们进京,到京见到亲王后,四名士兵就即刻返回。至于你嘛可在京多待些时日,长长见识再回也无妨。

　　罗金刚同乌尔古善分手时,问标统二叔知道他进京之事吗?乌尔古善告诉罗金刚,你二叔不仅知道此事,还知道我未来将会栽培你哩。最后,乌尔古善拍着罗金刚肩头说:"年轻人,好好干吧,你或许是我未来联络外界的最好人选。"罗金刚果然不负标统所望,不仅带着水仙姑娘圆满完成护送人与财的任务，而且还收买几名士兵回成都替他美言一路表现。乌尔古善听后，更加坚信自己选人眼光。

收下金条和古董，又享受到鱼水之欢的庆亲王，自然叮嘱管家好好款待英俊又有口才的罗金刚。亲王在接见罗金刚后，也感觉他是个可用之才，便大开绿灯让罗金刚在京津两地考察游玩，以便增长见识后回川发挥更大作用。没想到的是，就在罗金刚在天津考察时，甲午战争爆发。一年后，甲午战争失败又签下丧权辱国《马关条约》的朝廷，在全国民众一片骂声中苟延残喘。

已顾不上诸多人际关系的庆亲王，要罗金刚早些带着水仙姑娘回川，以便给乌尔古善捎去重要指示。就在即将动身回川时，水仙姑娘染上疾病很快身亡。无限悲痛的罗金刚处理完水仙后事，就踏上回川之路。一路上，甲午战争的阴影总笼罩在罗金刚心头，尤其是日本靠坚船利炮赢得战争胜利，使他得出一个结论：优良武器是战争胜利之本。很快，有了不少京津两地买办关系的罗金刚，就制定出他人生第一个胆大的发财计划：他要成为四川第一个民间军火商！

人生某些机缘巧合，往往是命运转折的开始。

就在罗金刚回成都不久，再次拜望他恩人乌尔古善时，他就碰上了刀疤脸。其实，当罗金刚看到佩着剑又体格魁梧的刀疤脸时，心里就产生了某种预感。有了庆亲王暗中帮助，乌尔古善很快替罗金刚在成都清军中谋得军需代办一职。而有了特殊职位的罗金刚，现急需两名有文化有武功又会打枪的保镖兼助手。在罗代办看来，这王成汉就是他急需的备选人之一。

通过半个时辰单独闲聊，刀疤脸见罗代办谈吐不俗，每当说起京津两地官员和大商人时，罗代办更是如数家珍般熟悉。这不由使没见过多少世面的刀疤脸羡慕不已。由于发财心切，让刀疤脸更感兴趣的是罗代办极为的特殊身份。在他看来，军需代办就是置办货物的官员，若有跟康巴藏地发生关系的买卖岂不美哉！

更出乎刀疤脸意料的是，这罗代办居然还是玉香的男人。每当想到这，下午跟着巴登在绸布市场看货时，刀疤脸竟两次情不自禁地笑出声来。巴登定好绸缎回客栈后,就对刀疤脸说,"你明天可回家去看父母,我去古玩市场选佛像,有小秋哥陪着就行。"当早有秘密打算的刀疤脸听到掌柜这样安排时,心中自然感到求之不得的快活。

第二天早饭时,巴登叮嘱刀疤脸,要他务必在明天太阳落山前赶回锦官客栈,因为,他们一同要去提货。

刀疤脸问:"巴登掌柜,我们去哪提货?"

"押运队长,到时你自然就知道了。"巴登为汲取上次来成都险些被劫的教训,他这次没对任何人(包括小秋哥)透露丁点购买快枪和鸦片的地点和时间。

原来,昨天去乌尔古善公馆时,巴登之所以要求标统去别的房间说话,就是不想让刀疤脸和罗金刚知道他要送礼品和三百两现银给标统,更不想让二人知道他购买枪支和鸦片数量。来成都前夜,旺堆就告诉巴登,说乌尔古善是可信任之人,不必再验货,只要求标统将枪支和鸦片分别装箱上锁就行。旺堆还一再告诫巴登,生意人一定要懂得保守自己商业秘密,跟官员们打交道,更得谨慎小心才是。

刀疤脸见巴登不愿说提货地点,知道自己并没成为巴登心腹。没多大兴趣再问的刀疤脸,告别巴登和伙计们后,就快步朝他向往之地走去。

几经打听,不出一个时辰刀疤脸就找到会府坝街。

离华兴街不远的会府坝街,也算老成都特色之地。此处本是全城文武官员朝拜皇上的汇集之地,由于各级官员习惯骑马或坐轿,就在汇聚地不远辟出一处开阔的歇马落轿之地。光绪年间官员们要朝拜皇上几乎不大可能,长此下去,这冷落的落轿之地就渐渐成了黑市。许多在正规市场或商铺买不到的东西,都可在这见到和买到。特别是鸦片战争后,在冷兵器逐渐衰落的年代,这会府黑市就成了惯偷、强盗、土匪、盗墓贼和袍哥们的销赃之地。在1893年《中英会议藏印续约》签订后,黑市由于有了官府和军方走私者暗中介入,市场上便多了新式快枪和鸦片买卖。而今天刀疤脸到会府黑市的目的,就是想摸清他即将下手的鸦片行情。

曾驰骋藏地的盗马人刀疤脸,第一次来成都会府黑市也不免暗暗吃惊。黑市上所卖之物如此丰富，是他万万没想到的。这里的鸦片价格由低到高因质论价，最高有十两银子一两的上等鸦片，最低也有二两银子一两的低等货。这里既有地契、房契所卖，也有虎骨、熊胆出售；这里不光有人叫卖古代铜器、玉器，也有人兜售年代不一的各式古董字画；这里既有各种刀枪剑戟兵器和刑具，还有女人、儿童和官职买卖……

由于黑市上经常大白天发生枪杀流血事件，很快这里就成为胆小市民谈虎色变之地。这会府黑市虽没发展成后来的上海滩，但在这发了财破了产的胆大者大有人在。所以，这黑市又成为闻名大西南的冒险家乐园，无数想走捷径发财的，都想来会府黑市一试运气。今天，做着发财梦的刀疤脸就是这样的汉子。转悠间，令刀疤脸大开眼界的是，这里不仅有英国兵工厂造的李式步枪，德国兵工厂的毛瑟枪和意大利杜林兵工厂造的卡诺步枪与卡宾枪，甚至还有俄国的龙骑兵步枪。自然，最令刀疤脸感兴趣的，是柯尔特6响左轮手枪。他暗暗发誓，今后若真的在鸦片上赚了银子，定要买把左轮手枪玩玩。

仔细打听完鸦片和各式枪价后，让刀疤脸吃惊的是，前不久旺堆从陈舵爷手中买走的鸦片和快枪价格，并不比黑市便宜，莫非，撮合生意的标统从中做了手脚？当脑中萦绕疑问的刀疤脸，正准备离开黑市去华兴街看看家里已开张的餐馆时，不料肩头被人拍了一下。刀疤脸猛一回头，看见穿一身青布长衫的罗金刚微笑地看着他。其实，要做军火生意来黑市了解枪价的罗金刚，早已发现了刀疤脸的行踪。观察好一阵见刀疤脸想离去时，心中有数的罗金刚才招呼他。

相互寒暄后，想同刀疤脸深谈的罗金刚，便问起话来："成汉兄弟，今天有空吗？"

"有空。罗代办找我有事？"一听罗金刚问他有没空，本就想同罗金刚接触的刀疤脸，自然不愿放弃这机会。

"你若没别的事，我请你喝茶如何？我想了解下若拉草原情况。"

刀疤脸笑了："好哇，我王成汉听罗代办安排便是。"随即，刀疤脸跟着罗金刚很快离开会府黑市。

不出半个时辰，罗金刚就领着刀疤脸来到九眼桥边的薛涛茶坊。为谈话不受干扰，罗金刚特要了个包间，并要茶坊老板在外头来几个下酒菜，俩人一面喝酒一面品茶慢慢闲聊开来。

装着闲聊实则有心的罗金刚，问了巴登家现在主要做些啥生意，刀疤脸直言旺堆父子在打箭炉开有茶庄，前不久又收购了马帮股份，除做一些藏茶、佛像、绸缎等生意外，现在又开始涉及枪支和鸦片生意。罗金刚听后，装着不经意地问道："若拉草原买卖鸦片能理解，可做枪支这样的军火生意，应该不容易吧？"

"嗯，罗代办，这您就不知了，若拉草原卡钦和萨嘎两大部族为争草场，已打了几百年冤家。这些头人为打败对方部族，现在都想弄到好枪，所以，军火生意在那极有市场。"

"哦，原是这样……"罗金刚点了点头。

稍后，罗金刚又问刀疤脸主要在旺堆那做啥。刀疤脸依然坦率回答，他主要担任马帮押运队长。罗金刚有些吃惊，问干这差事，是否跟你有武功和剑术有关？刀疤脸得意地说，他有武功和剑术不假，但他还有擅使长短快枪的本事。罗金刚听后，心中暗暗高兴。很快，刀疤脸解释说，他能担任押运队长一职，主要是靠结拜兄弟扎西帮忙。

罗金刚又问："谁是扎西？他是干啥的？"

"藏族汉子扎西，是我王成汉的结拜大哥，他不仅直率仗义枪法好，而且还是闻名若拉草原的猎狼人。"

罗金刚一怔："猎狼人？你结拜兄弟是专门杀狼的猎手？"

"扎西不是猎手，他为复仇杀狼。"随后，刀疤脸将认识扎西的过程告诉了罗金刚，并说明了扎西杀狼的原因。罗金刚听完，也感叹扎西是位有血性的藏族汉子。

"罗代办，今后你有机会去若拉草原，我一定介绍你认识猎狼人扎西。"

"要得。"罗金刚高兴答应后，又同刀疤脸碰杯将杯中酒一饮而尽。出乎罗金刚意料的是，一瓶酒完后，这王成汉盯着空酒瓶似乎意犹未尽。擅察言观色的罗金刚，又忙叫老板再买瓶茅台烧春来。

见刀疤脸又一杯酒下肚后，想进一步了解的罗金刚问道："成汉兄弟，你人生最快意的事是啥？"

刀疤脸笑道："回罗代办，本人最快意的事，是喝酒舞剑，然后就是喜欢李太白的饮酒诗。"

罗金刚大惊："啥，你喜欢李白的诗？"在有文化的罗金刚看来，一个舞刀弄剑干粗活的人，似乎跟喜欢大诗人李白的诗有点不搭界，何况，眼前的王成汉还是脸有疤痕相貌有点吓人的汉子。

"咋的，在你罗代办眼中，我王成汉不配喜欢李白的诗？今天，我实话告诉你，本人几乎能背下李太白所有的饮酒诗！"刀疤脸感觉罗金刚对他有些轻视，猛然间一下就来了气。

"成汉兄弟误会我意思了，因为，我也喜欢李白的诗。"

刀疤脸疑惑地问道："啥，你也喜欢李白的诗？"

"是呀，一听你喜欢大诗人李白的诗，我才有遇到知己的惊喜嘛。"

"您吃惊原是这意思啊。嗯，我王成汉冤枉罗代办了，我赔罪，自罚一杯。"说完，刀疤脸又将一杯酒倒进嘴中。

"兄弟，我想问问你最喜欢李白哪首诗？"

"当然是《将进酒》啦。其中'天生我材必有用，千金散尽还复来'，已成我人生格言。来来来，我今天虽不能呼儿将出换美酒，但借你罗代办美酒，本人仍愿与您同销万古愁！"说完，刀疤脸同罗金刚碰杯后，俩人又将酒一饮而尽。

又一瓶酒很快喝光，怕耽误晚上同陈舵爷之约的罗金刚，不再同刀疤脸聊李太白诗了，忙转换话题问道："你今天去会府黑市做啥？不妨直言说给我听听。"颇有城府的罗金刚，想测试下刀疤脸对他是否真诚。

喝得满脸通红的刀疤脸沉思片刻，说："我主要去打听鸦片行情，家里穷，我想利用跑马帮之便，做点鸦片生意。"看看深不可测十分老练的罗金刚，刀疤脸不敢隐藏自己的发财梦。

"你有多大本钱，要做鸦片生意？"

"不多，只有几十两银子，然后在熟人那又借了点银子。唉，没办法，本人只能做点小本买卖。"

罗金刚笑了:"成汉小兄弟,你知道吗,你做的可是全世界最小的毒品生意。在生意内行看来,几十两银子想做这种买卖,简直就是天方夜谭。"说完,罗金刚要刀疤脸在茶坊等他一会儿,他去去马上就回。

果然不到一刻钟,罗金刚抱着个精美木匣回到茶坊。罗金刚打开木匣指着包着的东西说:"这有三十两上等鸦片,我本打算送给军中当官的,你先拿去做生意吧,我随后另想办法就是。"

刀疤脸愣愣地盯着盒中鸦片,好一阵后,才从裤腰上一个小布袋中掏出两张银票说:"罗代办,谢谢您的美意,但请您从匣中分一半鸦片给我就行,因我只有150两银票。"

罗金刚接过银票,将木匣塞在刀疤脸手上,说:"成汉兄弟,你刚不是背诵'千金散尽还复来'吗,这点小意思算是你我共同喜欢李白诗的缘分吧。"其实,当罗金刚测试出刀疤脸对他坦率真诚后,就决定对此人用送利方式来放长线钓大鱼了。

刀疤脸急了,又忙把木匣塞回罗金刚手上:"那咋成,罗代办,我俩刚相识,咋能受你如此大礼。"

"兄弟,我雪顿节前将来若拉草原,到那时,还烦请你帮我许多大忙哩。这其中你赚的银子,就当我预付给你要帮忙的定金吧。"说完,罗金刚又把木匣塞回刀疤脸手上。

刀疤脸双眼湿润,抱拳谢道:"罗代办,今后,用得着我王成汉的地方,我定当效犬马之劳。"

黄昏时分,微醺的王成汉抱着木匣离开薛涛茶坊,朝华兴街走去……

第二十三章

雪顿节，赛马场的枪声

几天前，蹿出沼泽的乌岗狼王，忍着撞断獠牙的剧痛，一路朝卡巴拉大雪山隐秘洞穴奔去。一路上，无论是旱獭、鼠兔，还是红狐、黄羊，只要它们一闻到狼王气息或见着狼王身影，都会惊恐地钻入洞穴或望风而逃。

回到雪山洞穴的狼王，迅速匍匐在冰塔前止住了血。尔后，缓过劲的狼王张着大嘴，起身踮腿把断獠牙贴在闪着幽光的石碟上。伴随着狼王嘴中传出的几声嘎嘎响声，众狼看见一股青烟从狼王嘴里冒出。就这样，乌岗狼王闭目在冰塔前站有一个时辰，当狼王回身打哈欠时，众狼惊奇发现，它们大王嘴中又直立着完整而锋利的巨大獠牙。

得意的乌岗狼王扭扭脖子抖抖身子，走出洞穴，昂头仰天发出一声足以震慑群兽的嚎叫。狼嚎声中，扶摇直上的雄鹰惊得忙振翅钻入云层……

装病不借钱给扎西的旺堆，原打算趁巴登一行去成都进货时，去美人谷好好玩几天。没想到贡布家丁传话后，旺堆清理完账目第二天早上，就带上个伙计去了萨嘎部族。午后不久，旺堆就在贡布豪华大客厅里，喝起酥油茶吃着甜美酸奶来。

一番客套话后，贡布单刀直入地问道："扎西德勒，尊敬的旺堆土司，我最近听说您帮曲巴头人购回一批新式快枪，可有此事？"

"嗯，贡布头人耳朵真灵，购枪嘛确有其事。事情是这样的，曲巴听说我要去成都进货，就预付大笔定金，托我帮他购买新式快枪，来重新武装他的家丁队伍。"旺堆异常高兴，他没想到贡布叫他来此，竟跟快枪有关。很快，极有商业头脑的旺堆，就盘算出让贡布上钩的办法。

贡布很震惊地问："哦呀，老朋友，他曲巴家丁不是有武器吗？"

"大头人，这年头我们若拉草原匪患严重，加之各部族间又常发生摩擦。你想想看，谁也不想吃亏遭受财产损失。想战胜对手的最好办法，就是拥有最先进的武器。我想，曲巴为何要换他家陈旧武器，你大头人不会不知原因吧。"

贡布点点头："嗯，您此话有理。唉，我过去咋没想到这事呢？"

旺堆笑了："贡布大头人，你待在若拉草原太久，恕我直言，你有些孤陋寡闻啦。我前不久的成都之行，确实开了眼界。在成都，我听清军一位高级将领说，日本人就是仗着有比我们大清优良的武器，才打赢甲午战争的。所以，拥有先进武器，不仅是国之所需，我看，也是我们藏地每个部族所需嘛。"

"蒂姆，旺堆土司不愧是见多识广之人，有道理有道理。"

"不瞒大头人说，就是我旺堆，也给自己茶庄和马帮伙计，配备了自卫的新式快枪哩。"

"真的？嗯，好好，不愧是我们精明的藏族土司。"说完，贡布就朝旺堆竖起拇指。

"贡布头人，听说你曾找过奴隶娃子钦嘎热？"老练的旺堆欲擒故纵，有意绕开枪的话题。

"两个月前，听说钦嘎热阿妈病了，我想叫他回来看看。"狡猾的贡布立即编了个天衣无缝的理由，来搪塞旺堆。

"自巴登在你那赎了钦嘎热后，他在我那干活，还是尽心卖力的。"

"那就好。若钦嘎热敢不给您尽心卖力，我作为他曾经的主人，仍有权严厉惩罚他。"

"蒂姆，谢谢大头人心意。这里，我想顺便问问，你有啥需要，可派家丁来打个招呼，我定叫手下伙计把货给你送到。"

"谢谢。我其他东西暂不缺，但我也想买些新式快枪，不知您是否愿帮这忙？"

旺堆犹豫片刻，装着为难地说："现在成都快枪行情看涨，枪价水涨船高，不知大头人能否接受？"

"上次曲巴托您买了多少快枪？"

"长枪三十支，短枪十把。"为刺激贡布，旺堆故意夸大数字。

"枪价分别是多少？"

"长枪380两银子一支，短的300两一把。"

"好，枪价我认。但我需要40杆长家伙，20把短家伙，没问题吧？"贡布不想输给曲巴，在明知旺堆要赚他银子的情况下，仍要了超过曲巴数量的枪支。

"行，没问题。不过我这生意人有个规矩，订数大的货，必须要先交定金，还望大头人理解。"

"就照您说的办，我先交两千两定金如何？"

旺堆笑了："蒂姆，大头人就是不一样，办事爽快！"

不久前，得到消息赶到雪山下的曲巴头人，虽知道是老鹰岩土匪盗掘了他祖上女人的墓，但仍不敢率家丁去攻打老鹰岩。在曲巴看来，守住眼前现实利益，远比为祖先复仇更重要。心有不甘的曲巴同管家商议后，最终制定出各个击破办法，来对付猖狂的土匪。

接到曲巴命令的郎嘎带上两名家丁，先去县城找扎西未果，然后又去天葬台找尼玛打听扎西行踪。赶巧的是，家丁头目郎嘎在天葬台石屋见到了养伤的扎西，听完郎嘎传达曲巴指示后，同黄大郎一伙结仇的扎西，当即表示一旦抓住围歼小股土匪的机会，一定回部族禀告曲巴老爷，就是献出自己性命，也要替曲巴老爷报仇。

郎嘎回去禀告了扎西的决心，曲巴听后笑道："哦呀，很好。要是我部族多有几个像扎西这样的奴隶娃子，那该多好。"

郎嘎立即表态："请老爷放心，只要我一得到扎西消息，就立马带家丁去围歼这帮恶匪，争取夺回墓中全部陪葬品。"

曲巴咬牙说："哼！我曲巴一定要讨回本属于我的古董宝贝！"

同罗金刚分手后第二天日落前，心情极爽的刀疤脸抱着上了锁的木匣，高兴回到锦官客栈，当小秋哥拿出购买佛像和锦缎等货物清单，请刀疤脸过目时，刀疤脸异常不解地问小秋哥："你拿这些货单给我看，啥意思？"

"这是巴登掌柜吩咐的。他说你是股东，了解进货情况是应该的。"

"该看的我看不到，今后你不用给我看这些不重要的东西了，我这押运队长对进货单没啥兴趣。"自与罗金刚分手后，刀疤脸似乎对自己赚银子，有了别样的底气和信心。

圆脸吴三娃从刀疤脸手中拿过小木匣看了看，好奇地问道："剑客兄，你这木匣这么好看，里面装的啥呀？"

"洋教堂的约翰牧师生病，这是我爸帮牧师买的药。"

"喔哟，买啥好药，还非得上把锁，好像谁会把药偷来吃了似的。"

"就你吴三娃嘴臭，你给老子保管好，到时弄丢了我要你龟儿子赔不起。"说完，刀疤脸就把木匣塞在吴三娃手中。

晚饭后不久，天就渐渐黑了下来。

巴登除留下钦嘎热守货外，让吴三娃赶着马车，朝乌尔古善住处走去。很快，巴登和刀疤脸几人就来到公馆外。卫兵见是巴登几人，就把巴登一人领了进去。不久，巴登和卫兵就抬着上了锁的大木箱出来。刀疤脸认得，就是跟上次装鸦片一样的木箱。

木箱装车后，巴登又领着刀疤脸和小秋哥进了公馆，然后指着上了锁的木箱说："押运队长，你俩把这木箱也装车。"待刀疤脸和小秋哥搬走木箱后，乌尔古善微笑地来到院中同巴登告别。

"巴登少爷，祝你一路顺风，回去代我问你阿爸好。"

巴登恭身回道："谢标统大人关照，下次我来成都进货，再来拜望您。"

"嗯，大少爷是个经商的好苗子，用这神不知鬼不觉的办法进货，确实减少许多风险。你就放心去吧，这箱中货物我保证跟上次一样，数量绝无差错，还都是货真价实上等好货！"

出乎刀疤脸意料的是，回到客栈的巴登并没急着上路，而要伙计们好好休息，何时上路到时再通知大家。天一放亮，巴登命小秋哥叫醒众人。收拾好后，众人骑马紧随吴三娃赶的大马车，一路向西而去……

就在巴登一行离开成都的当天中午，带着古董的黄大郎几人，就来到成都住进了浣花客栈。黄大郎汲取上次教训，这次他将宝贝分散装在几个布袋中，让三寸丁和秃子几人分别拿着，以免遭受意外全部损失了。

对这批宝贝，不懂古玩的黄大郎有个简单认知，这既是明末古墓，那这墓中之物一定是明朝或明朝前的东西。几百年前的东西价值应该不低。黄大郎几人在古玩市场转了几圈，反复询价后仍没拿出自己东西亮相。第二天，黄大郎几人又去会府黑市走了一遭。在摸清自己货的大致价位后，当天晚上，黄大郎在客栈同三寸丁进行了反复商量，决定还是先在古玩市场找找买主，毕竟这是正规做生意的地方。

第三天上午，在客栈喝完茉莉花茶的黄大郎几人，才慢慢朝不远的古玩市场走去。溜达一圈后，黄大郎先拿出个双耳三足炉，连问几家古玩店老板，他们给出的价大都在50至80两银子之间，没有一家给过上百两银子。非常不满的黄大郎，干脆让秃子拿着双耳三足炉，开始游走古玩市场叫卖开来。

午后，在外吃过阳春小面的黄大郎几人，又走回古玩市场，在一屋檐下铺开布袋，然后放上梅瓶和双耳三足炉，只等看货买家前来询价。不久，戴着遮阳帽穿着黑色绸褂拿着折扇的罗金刚，顶着烈日慢慢走进古玩市场。很快，黄大郎几人的货就引起罗金刚注意。

罗金刚的父亲喜爱古玩，从小受其影响，对古董有一定鉴赏力的罗金刚，今天来这就是想寻买可作送礼用的古玩。取得军需代办一职后，重情重义的他，并没忘庆亲王和乌尔古善对他的提携之恩，还有地头蛇陈舵爷，都需要打点。罗金刚扫了黄大郎几人一眼，便拿起双耳三足炉认真看起来。

在识货的罗金刚看来，这双耳三足炉手感平滑釉色莹润如玉，青中微微泛红像是涂了一层粉，其炉表面晶莹光亮却没一般青瓷那种贼亮浮光，还闪现着湿润光泽，给人以凝重深沉之感。罗金刚清楚，这炉还有个常人不知的特点，在不同光线条件下，会呈现相对差异的色泽：强光线下如翠一般透亮，弱光线下如脂玉般润滑。这不就是北宋官窑青瓷的特点吗？想到这，他又偷偷看看黄大郎几人。

"请问，你这双耳三足炉，是哪个朝代的？"心机颇深的罗金刚试探性地向黄大郎问道。

黄大郎答道："掌柜,这货是哪个朝代的我说不准,但我敢断定,它一定是明末之前的老货。"

罗金刚一听黄大郎非常外行回答,立即判断出这几人不是吃古玩饭的家伙。罗金刚又快速看过一对元青花梅瓶后,向黄大郎再次问道:"你们还有些啥货,都拿给我看看。"

黄大郎不耐烦起来:"大掌柜,这三足炉和梅瓶你都没说要,再看有啥用?"

罗金刚笑了:"我说大哥,我是诚心来买货的,自然要看完货才能表态呀。"

黄大郎一听,立马同三寸丁交换了眼色。三寸丁见黄大郎点头后,立马从秃子手中拿过两个布袋。三寸丁打开第一个布袋,罗金刚见里面混装着不少品质不错的珍珠、玛瑙和绿松石。当三寸丁打开第二个布袋时,罗金刚愣了,袋里装有一尊一尺来高的纯金佛像,另外,一张绸帕包有一串精美的九眼天珠。

内心激动的罗金刚故作淡定,随意拿起天珠看起来。曾在若拉草原待过几年的罗金刚知道,由于古时的藏族人信奉本教,所以藏族人对九这个数字极为推崇。天珠是藏密七宝之一,非福报深厚者,实无缘得到这天降的圣石。多少年来,悠久的神秘传说中九眼天珠,早成为藏族头人和领主们虔诚收藏的供养宝物。

罗金刚没忘,几年前他曾请教过法轮寺堪布,关于九眼天珠一事,仁钦堪布曾说,九眼天珠图腾就是九个圆点图案造型,它象征自然界九大行星运转。在天珠修法功德中,九眼还包含所有图腾的象征与意境。九还含有不可预知、无法超越、无限宽广之高妙境界。藏地天珠虽多,但九眼天珠却是天珠之王。

看过众多宝贝后,罗金刚已在心中安排出这些古玩分别赠送的对象。但异常沉着的罗金刚故作漫不经心状,向黄大郎问道:"大哥,你们这些货咋卖?"

"大掌柜,你是单说,还是全要?"

"若我全要,咋卖?"

黄大郎几人一听罗金刚这口气,全都直愣愣地盯着深藏不露的罗金刚。他们不敢相信，眼前这貌不惊人的汉子能一锅全端他们的货。黄大郎拉着三寸丁在一旁低声商议后，又走回罗金刚面前。

"大掌柜，若你真心全要，我们就便宜卖，只要你给八千两银子，这货就全是你的了。"黄大郎话音刚落，罗金刚头也不回就朝远处走去。黄大郎急了，忙用手势要三寸丁撵去。很快，动作机敏的三寸丁就拦住罗金刚。

三寸丁也急了："大掌柜，生意从来都是谈成的，你咋没还价就走了？"

罗金刚装着十分生气，说："便宜卖我？蒙我是外行吧。你们随口漫天要价，我敢回你们价吗？"

"大掌柜，您莫生气莫生气，我们喊的是价，你回的才是钱嘛。"说完，三寸丁又硬把罗金刚拽到黄大郎面前。

黄大郎接过话说："大掌柜，若你真正要买，你还个价，只要合理，我们仍可成交，如何？"

罗金刚不紧不慢说："大哥，这世上买卖，从来就有零售价高批发优惠一说。我看你们也是远道来成都卖货的，想成全你们早点离开这堂子野的地方，才勉强想买这些并不十分中意的古玩。若你们不信，或许你们再等十天半月，也难碰上我这样宅心仁厚的买主。"

黄大郎急了："大掌柜，你说了半天，可没还我们价呢。"

"好，那我就直言，八千两是蒙我的价。若零卖，也许你们守上两三个月，能卖上五千两银子，那就算你们烧高香了。我全端你们这些货，最多出四千两银子，也算我们有相识之缘了。"其实，罗金刚明白，只要他们寻到识货买家，那九眼天珠也得卖出五千两银子，只是眼前这帮带枪家伙不识货，才给了他捡便宜的机会。

黄大郎犹豫片刻，说："大掌柜，你出手大方点，让弟兄们高兴高兴，再加五百两咋样？"

"别说五百两，就是再多添一两银子，我也不会要。你们自己看着办吧。"说完，罗金刚又要扭头离去。黄大郎急了，一把抓住罗金刚说："好，四千两就四千两，这笔买卖我交你这样的大掌柜也值。"

"大哥，叫你伙计到外去帮我找辆黄包车进来，如何？"罗金刚怕黄大郎一伙在货上做手脚,他从现在起,必须盯住这些他买下的货。

黄大郎点头后,立即叫秃子朝古玩市场外跑去。很快,秃子就叫了辆黄包车进来。罗金刚再次验货装车后,才从怀中掏出四千两银票付给黄大郎。随后,罗金刚跳上黄包车,迅速离开了古玩市场。

见罗金刚拉着宝贝走后,揣着银票的黄大郎立刻从惊喜中清醒过来。见烈日下没人注意他几人,黄大郎马上率三寸丁几人离开古玩市场,去了杜甫草堂边的一家茅屋小酒店,要了几大盘卤菜喝起酒来。喝酒时,黄大郎决定,明天再去会府黑市买枪。酒没喝完,三寸丁提前离桌,去寻租明天要用的马车。

第二天上午,黄大郎几人骑马朝黑市奔去。黑市外,三寸丁按约同马车夫见了面,并检查了车上准备包枪的破棉被。留下黑四守车,黄大郎几人便进了黑市。转了两圈下来,黄大郎把目光锁定在大黄油布伞下拿着毛瑟枪的汉子身上。

黄大郎上前问道:"喂,兄弟,你这毛瑟枪多少钱一杆?"

汉子答:"我这枪可是世界上最厉害的步枪,得卖280两银子。"

黄大郎回身指着偌大市场说:"兄弟,那些英国李式步枪、意大利卡诺步枪和俄国龙骑兵枪,也没你毛瑟枪贵呀。买卖人要实诚点才能做成生意,对吧?"

"掌柜,再怎么说,我这德国枪也不能低于250两银子吧。"

黄大郎笑了:"兄弟,这就对喽,你这喊价还像做买卖的。零售250两,若我要你批量价呢?"

汉子一惊:"掌柜,您要批发多少?"

"不多,也就不到二十杆吧。"

"掌柜,您等等,我无权谈批发价,我让我们头头来跟您谈。"说完,那汉子打了声呼哨。很快,龙二排从市场边茶铺走来。汉子向龙二排禀告情况后,龙二排走到黄大郎身前一怔:"哟,朋友,我们好像在哪见过?"

黄大郎也认出了龙二排。但黄大郎很快明白,此人并没认出在古玩市场发生过冲突的他。于是黄大郎不紧不慢地说:"成都码头不大,也许我俩在饭馆或茶铺见过。"

龙二排点点头："嗯，这完全可能。朋友，你想买多少杆毛瑟枪？"

"这要根据价来定，对吧？"

"批发五杆起，240 两一杆；上了十杆每杆可少 5 两；上了 20 杆每杆又可少 5 两。咋样，你要多少？"

黄大郎想了想，又问道："兄弟，你有柯尔特左轮手枪吗？"

"掌柜，别说柯尔特手枪，市面上的武器我都有。"

"兄弟，各种枪价我都熟悉。这样吧，我买 15 杆毛瑟枪，每杆 230 两银子，另买两把柯尔特手枪，每把 200 两银子，两样共计 3850 两。下月我多带点银子，再来你这买枪，如何？"黄大郎为买到这批好武器，竟哄骗龙二排还要来买。

龙二排想了想，说："好，我代表我掌柜让利给你，也算我俩交个朋友。下月我定在此恭候你大驾光临。"

"好，我下月一定再来你这翻倍进货。"说完，黄大郎朝龙二排双拳一抱，以示谢意。

龙二排问："掌柜，你咋验枪收货？"

黄大郎将手往西边一指："把我所要之货送到西场口，我在那验货付款。"

很快，龙二排指使手下将枪送到西场口。黄大郎验货装车后，就把银票如数给了龙二排。当高兴的龙二排还想与黄大郎再言语时，黄大郎立马催促车夫迅速离开了黑市。就在龙二排几人挥手道别时，只见骑在马上的黄大郎回身高声说："朋友们，我们下月后会有期。"

没在雅安同肖志雄马帮会合的巴登一行，不出大半月就回到打箭鑪。除佛像和锦缎等一些货物外，巴登用上次同样价格买回 50 杆快枪和一千两鸦片。乌尔古善之所以同意巴登要货方案，是因省去陈舵爷中间环节后，他有更多赚头。这对巴登和他都满意的生意，他乌尔古善何乐不为？

到县城，巴登把两个上了锁的大木箱，卸到他家雕楼大院后，才让小秋哥把佛像和锦缎绸布拉到茶庄。当一切完事，刀疤脸才抱着木匣往教堂走去。原来，那天刀疤脸跟罗金刚分手后，去华兴街自家餐馆看了看。他爸的卤菜手艺堪称华兴街一绝，生意异常火爆，开张不久的"华兴卤菜馆"已逐渐有了名气。

当天晚上,他在卤菜馆喝酒等到关门才同父母和二弟回了家。由于刀疤脸拿回的银子彻底改变了他家命运,回家的刀疤脸受到贵客般礼遇。当父母细算着告诉他,他家卤菜每天可赚近二两银子时,做着更大发财梦的刀疤脸,哪还对这点小钱感兴趣,就连说"这样好哇,你们二老只要别累着就行"。第二天上午,心情极爽的刀疤脸,去皇城坝和骡马市转了大半天,下午才回到锦官客栈。

走进教堂的刀疤脸迅速爬上小阁楼,将小木匣藏到天花板内。刀疤脸打开玻璃小窗,任凉风吹拂时思考着,如何在肖志雄到县城前将自己鸦片出手,然后还要说服师父各做各的鸦片生意。因为,从成都回来的路上,刀疤脸就一直在想,他搭上罗代办这条线,可能将是他命运大转折的开始。他不愿欺哄肖志雄,可又不愿让师父分享他得之不易的利益。这点小事岂能难住混迹江湖多年的刀疤脸?想好办法后,没同丹珠和桑尼打招呼的他,便下楼匆匆朝醉一春酒馆走去。

酒馆内,无聊的玉香正愣愣望着窗外行人发呆。见刀疤脸进来,玉香忙起身迎来:"哎哟,我的剑客好兄弟,你终于回来了,可把姐盼苦了。"

"嗯,我王剑客也想你们酒馆哪。"刀疤脸故意高声说道,然后又压低声音说,"走,到里面空桌去,我有话告诉你。"

"你啥子东西搞得这么神神秘秘的,别把姐弄晕了。"

刀疤脸笑了:"呵呵,姐说对了,我说的这事,还真得让姐晕上好几天。"说完,坐下的刀疤脸,就把见到罗金刚一事原原本本讲了一遍(但没讲让利鸦片一事)。最后,刀疤脸认真说道:"玉香姐,现身为军需代办的姐夫,他将在雪顿节前回打箭麓。"

玉香愣了片刻,回过神说:"他还敢带着水仙婊子来见我?"

"玉香姐,姐夫现孤身一人,望你千万要珍惜回头浪子。"

玉香大惊:"真的,他孤身一人?"

"我哪敢骗你玉香姐呀。我看,这次姐夫是因军务回来,若是这样,就是刘县令和土司头人些,也得惧他三分。"

玉香笑了:"哎哟,那就太好了,不然,这县城里的大小爷们,还真不知我樊玉香也有马王爷的三只眼！"

"今天这里说话不便，晚上我最后再来你小院一次，咱俩得认真商量今后交往方式，这事你我都不能掉以轻心。"见玉香点头后，刀疤脸出门才匆匆朝春风茶庄走去。

蓝天白云，天风劲吹，牧歌悠扬。

碧绿的若拉大草原，格桑花和凤毛菊绽放出夏的渴望，一簇簇白里透红的点地梅，还有绿绒蒿那蓝色花朵，将夏的草原装扮成花的海洋。举目望去，草原到处有欢叫的云雀和撒欢的牛羊……

转眼间，十多天就悄然过去。法轮寺在喜喇活佛安排下，仁钦堪布和智空管家等人，正忙着准备雪顿节所需的经幡、哈达、酥油、糌粑及酸奶等物。忙里忙外的仁钦堪布，已请示喜喇大活佛同意，雪顿节后，他就要去卡巴拉大雪山下的小山洞，进行一年苦修。

刚给魔鬼寨送过糌粑和酥油的铁棒喇嘛嘉央措，回来又领着几名少年弟子，在后院准备火供所用的松枝、柏桠等物。天黑不久，嘉央措就催促小弟子们，跟他去大经堂听大活佛讲授晚课。

法鼓声中，酥油灯像密布星群，闪烁在释迦牟尼像下的供桌上。经幢微微摇动着寺庙之夜的庄严与神秘。嘉央措刚一坐定，法鼓停息后，很快传来群僧好似絮语的嗡嗡念经声。一阵念经声后，坐在法椅上的喜喇大活佛，便开始了他的平静言说。

"今天，有小沙弥问我，雪顿节中的火供是啥意思。现在，我就告诉年轻的弟子们，火供就是烧供、火祭之意。是在绘有坛城花纹的祭坛上，堆起柴火，当浇上酥油燃起大火时，将众多植物果实和头人、牧民们所献的供品，伴随诵咏佛经，怀着虔诚敬畏之心投入火中，进行烧食供奉的一种祭祀方法。这火供目的，就是我们芸芸众生祈求佛祖保佑，保佑我们若拉大草原畜业兴旺，牧人健康平安。"

在众多弟子的低声"扎西德勒"中，喜喇活佛又高兴说："现在，我在此宣布一个重大好消息，今年雪顿节后，我寺院将开始筹建准备，在青格错湖畔修造一座白色佛塔，以供转神山圣湖的信徒们朝拜所用。"大活佛话音刚完，经堂又响起一阵欢愉的交头接耳声……

就在刀疤脸卖完三十两鸦片,还清玉香和巴登银子后的第二天,戴着墨镜穿着一身白色西装的罗金刚,率十名骑兵来到打箭麓。趾高气扬的罗金刚并没急着去他醉一春酒馆,而是率骑兵小队直奔县衙。刘县令看过驻川协统亲笔信和总督办公室盖有红色大图章公函后,便走下县太爷大椅恭身对罗金刚说:"尊敬的军需代办罗先生,你在我县有啥吩咐,作为小小县令的我,定当义不容辞为你效力。"

"刘县令,我的事不大,只想为四川大清军,在若拉大草原选购一批军马即可,到时请你协助协助。"

"哦,你此行是代表四川驻军,来选购军马的?"

"对,我主要为买马而来,不过,若有其他满意的军需物资,我同样也可采购。"

刘县令眉头一皱:"罗代办,你看,马上就过雪顿节了,是否……"

"县令甭急,今天我只是来打个招呼,一切都等雪顿节后再商议落实,咋样?"

刘县令将手一拍,笑道:"谢罗代办善解人意,这几天为雪顿节的事,我已忙得焦头烂额。若你不嫌弃这穷乡僻壤之地,后天若拉草原正式开始的雪顿节,要在草原中心地带拉开序幕,到时,请代办大驾光临,如何?"

罗金刚高兴地打个响指:"要得,我到时一定前来看看。"

将自己随马车带来的几个沉重大木箱,搬进自家小院后,罗金刚便派两名骑兵去春风茶庄叫王成汉。身穿军服的骑兵领命后,立即打马朝春风茶庄奔去。

自肖志雄率马帮回打箭麓后,刀疤脸跟他师父进行了两次密谈。最终,刀疤脸说服了肖志雄,他俩各做各的鸦片生意,相互支持但互不分利。刀疤脸最终说服的理由是,他本钱小,且每次随巴登去成都进货,人多眼杂,有时他不敢贸然夹带鸦片,怕被发现后丢了押运队长一职。何况,家里又反对他做鸦片生意。这样长此下去,他会占师父许多便宜,他不愿做太不地道的事。肖志雄听后虽感疑惑,但经不住刀疤脸诚意和具有说服力的理由，最终还是答应了刀疤脸主动放弃合作的要求。

正在春风茶庄召开业务会的巴登数人，见闯进门的高大骑兵，要王成汉去酒馆见军需代办罗金刚时，巴登愣了，他做梦也没想到，罗代办来打箭麓，为何不叫他这土司儿子茶庄掌柜去，而只通知仅有一面之缘的王剑客去？而让肖志雄吃惊的是，刀疤脸回了两次成都，咋就跟军方人士勾搭上了？难怪刀疤脸放弃合作鸦片生意，莫非，他有了更好的打算……

当巴登和肖志雄二人，看着被骑兵恭敬接走的刀疤脸时，俩人面面相觑，陷入一阵不解的沉默……

走进酒馆的刀疤脸，向坐在收银台眼睛红红的玉香点头后，就直接朝坐在里面的罗金刚走去。罗金刚见刀疤脸走来，忙叫他挨着自己坐。随后，罗金刚指着刀疤脸向骑兵们介绍道："各位，这汉子名叫王成汉，他是我前些日子在成都委任的驻该县的联络官。他虽是有文化的成都汉人，但他懂藏文会藏语，是我们今后在若拉草原选购军马的最好帮手。往后，他少不了代我领着你们去执行任务，到时，你们同样要听他指挥。"

众骑兵听后，就不屑地议论起来，似乎并没把刀疤脸放在眼里。刀疤脸看看罗金刚，正欲解释什么，罗金刚忙用手摁住刀疤脸，示意他别说话。趁酒馆伙计拿酒上菜之际，罗金刚又对众骑兵说："你们别瞧不起这位藏地联络官，他虽不是军人，但我可告诉你们，若论舞刀弄剑，或许你们都不是他对手。"罗金刚话音刚落，高大的骑兵小队长查干清站起，向刀疤脸挑衅地说："嗨，联络官，我俩掰掰手腕如何？"

"好，我王成汉愿领教大清军人风采！"既有佩服之意又有感恩之心的刀疤脸清楚，今天罗代办在没同他商量的情况下，就宣布他今后以联络官身份开展工作，一定有罗代办的道理。若今后要替罗代办指挥这群骑兵，今天非得镇住这帮目中无人的家伙！想到这，刀疤脸便解下腰间藏刀，走到桌边坐下，然后将手倒拐搁在桌上。很快，查干清就同刀疤脸掰起手腕。

玉香看着刀疤脸同比他高大的骑兵掰手腕，心里十分着急又不敢过来。没开腔的罗金刚，之所以未反对他们用掰手腕方式较量，就是想看看这个自称剑客的王成汉，到底有没有真功夫。还真出乎罗金刚所料，不到五分钟，四位上前挑战的骑兵全败在刀疤脸手下。此时，非常开心的罗金刚端起酒碗说："来来来，为我们同联络官今日相聚，干了这碗！"说完，罗金刚率先将碗中酒喝干。很快，众骑兵同刀疤脸碰过酒碗后，也高兴地将碗中酒喝尽。

饭后，当骑兵们随小队长去客栈歇息后，罗金刚才给刀疤脸做了秘密交代："我此次来打箭麓公干是买军马，也可挑选些上等熊皮、狼皮和狐皮带回成都。成都冬天潮湿阴冷，这些皮草均是成都那些达官贵人喜爱之物。我想，作为礼物送给他们，大家应该开心喜欢。"

"罗代办放心，这些兽皮在这不难搞到。"存有感恩之心的刀疤脸，突然想起罗金刚在交给他鸦片木匣时所说的话，这不正是回报罗金刚的好机会吗？

"嗯，这些都是不足挂齿的小事，这里，我还得给你说说我私人的大事。"

"啥事？您只管吩咐，我王成汉定效犬马之劳。"

看着被成功收买的王成汉，罗金刚在心里笑了。于是，他压低声音说："此行，我带有150杆快枪和二千两上等鸦片，若你能帮我抓紧时间出手，那就太好了。"原来，在京津等地周游几年回川的罗金刚，手中并没啥银子。回成都后他在二叔那借了些银子打点关系，谋得军需代办一职后，真正让他有了发财机会的是，在乌尔古善大力鼓吹忽悠下，驻川清军最高将领竟然同意在康巴藏地采购军马。而在打箭麓当过掌柜又熟悉藏地的罗金刚，很快争得这一美差。当拿到首拨的八万两银子后，同样，敢铤而走险的罗金刚，先用四千两银子买下黄大郎一伙盗墓宝贝，又用三万两银子买了150杆李式步枪，再用一万六千两银子买了二千两鸦片。就这样，他悄悄挪用了五万军费先做起自己买卖。在罗金刚看来，只要他能出手快枪和鸦片，用倒腾回来的银子再买军马也不迟！

刀疤脸沉思片刻，回道："罗代办，我帮您卖完这些东西没问题，只是……"

"只是啥？你不妨直言。"

"只是这样下去，我们跟旺堆父子，在生意上就成了竞争对手。"

"你有顾虑，是吧？"

"嗯。"刀疤脸点点头。

"天底下生意，从来都是你做我做大家做。就拿京津两地许多相同业务来说，也有不少人共同做嘛。有生意就有竞争，这是天下不争的道理。商业竞争，只有质优价格合理的商品，才有长久的市场，才能有胜出对手的机会。对吧？"

"罗代办，您的道理我非常赞同，但我眼下是春风茶庄押运队长，我这样做，会不会被人指责为吃里爬外？"

"这枪支和鸦片又不是你的货，你只是帮我联系买主而已，咋能扯上吃里爬外一说？"

"嗯，让我想想。"没想到，贯以硬汉示人的刀疤脸，也为难起来。

"这样吧，我明天去拜访下旺堆父子，若他们今后敢为难你，你就辞去押运队长一职。我相信，你在我手下干一年，比在他们那干五年挣的钱还多。你信吗？"

"嗯，我当然信罗代办的。若仅为我个人考虑，我今夜就可辞职。我主要是怕——怕伤了我结拜大哥扎西的心。"

"哦，原是这样……"罗金刚意味深长地点了点头。

雪顿节序幕，最先由提前来转卡巴拉神山和青格错圣湖的人们拉开。随着转神山圣湖的人不断增多，每天清晨和黄昏，总能看到一些身影，在朝霞和夕阳中摇着转经筒或磕着长头缓缓而行。在他们最虔诚的生命愿望里，湖边玛尼石堆上，又会增添一些刻有经文的玛尼石；树干间，又会增加些迎风飘飞的经幡。

雪顿节起源于公元11世纪中叶，当初是一种纯宗教活动。随岁月流逝，雪顿节内容渐渐发生了变化。在藏语中，"雪"是酸奶子意思，"顿"是吃、宴之意。雪顿节就演变为后来的吃酸奶子节日，因而又叫"酸奶节"。几百年来，无论若拉草原怎样动荡变迁，但有两个时间节点却是相对安宁的，那就是藏历新年和雪顿节。在这两个节日期间，各部族都可正常活动，不得使用武力攻打其他部族，这成了数百年间流传下来的约定俗成的老规矩。

正因如此，若拉大草原周围数百里内的藏族民众，都愿来康巴藏地最大草原，过他们盼了整整一年的节日。节日间，他们既可探亲访友定亲，又可购买日常生活用品；既可朝拜神山圣湖去寺庙烧香，还可看藏戏和赛马比赛。而以梭磨河为界的卡钦和萨嘎部族，他们在自己头人带领下，在各自地盘扎下无数帐篷，挂起经幡，插上风马旗，用最愉悦的心情迎接藏地的美好节日。

今天，在法轮寺最大的白色帐篷正中，坐着喜喇大活佛和刘县令。挨刘县令坐着的是罗金刚、曲巴头人、张师爷和旺堆父子及刀疤脸等人。而挨大活佛坐着的却是贡布头人、约翰牧师、丹珠和别寺院来的活佛与堪布们。

上午巳时刚过一半，刘县令同喜喇活佛商议后，大活佛便走出帐篷，用洪亮声音向草原上沉寂下来的人群宣布：今天，庆祝雪顿节活动，正式开始！随即，骑在马上守卫大帐篷的骑兵们，举起快枪朝天空扣响扳机。一阵枪响后，坐在帐篷前的僧人们又吹响海螺与法号。伴随人们的呐喊欢呼和呼哨声，远处一些骑手们，很快朝燃起桑烟的火供台奔去。

山冈上，袅袅而升的煨桑之烟，缓缓向明净的天空飘去。用砖石垒砌的火供台上，最先奔到的骑手们将手中青稞、糌粑或其他植物种子，抛进燃烧的火供台中，以示对佛的崇敬之心。由于火供人群不断增多，铁棒喇嘛嘉央错不断把抛撒在火供台外的东西捡起又抛进火堆里。离火供台不远，一群僧人在仁钦堪布带领下，顶着烈日席地而坐为人们祈福诵经。

突然，骑马冲在前的家丁头目郎嘎和卓仁杰，从怀中掏出隆达抛向空中，顷刻间，无数黄色方形纸片就在空中缓缓飘飞。此起彼伏的呐喊呼叫声中，混在骑手中的泽木刺和秃子，也随牧人将隆达抛出。纷纷扬扬纸花中，更多的人们都将自己所带隆达尽力朝空中抛去。牧人们望着桑烟和隆达交织的世界，仿佛彼岸的幸福已向此岸飘来……

有的年轻骑手在火供之后，又从怀中掏出白色经绸，挥舞着打马朝山上奔去。他们一面纵马奔驰一面打着呼哨，高喊着宣泄自己心中的喜悦。有的中年汉子在火供之后，又打马朝草原中心地带跑去，加入跳得火热的锅庄队伍里。小尕娃陪着泽翁慢慢转悠。化了装的黄大郎，在一帮小匪护卫下，也随人流悄悄游走，在黑四的指认下，黄大郎第一次看到漂亮曲珍和阿佳央宗。更多的藏族男女在火供之后，又返回人群，说笑着开始吃起了酸奶子。

午时，白色帐篷内，喜喇大活佛与刘县令、土司和头人们桌上，早已摆满酸奶、牛羊肉和数样瓜果。刘县令看看帐篷外跳锅庄的人群，回头对帐篷内众人说："各位朋友们，午时已到，你们各自享用雪顿节的美食吧。"刘县令话音一落，有人便迫不及待端起精致的小瓷碗，用木勺舀起洁白的酸奶吃起来。

这时，只见罗金刚端起一碗酸奶，微笑着朝大活佛走去。来到活佛面前，罗金刚恭敬地双手呈上酸奶说："大活佛辛苦，请您享用若拉草原最甜美的酸奶子。"

喜喇活佛笑了："蒂姆，谢谢你这我还不认识的客人。"随即，活佛便接过罗金刚手中酸奶碗，象征性地吃了点酸奶。很快，智空管家从活佛手中接过酸奶碗。吃着酸奶的刘县令忙过来给活佛介绍："尊敬的大活佛，这位客人是大清军驻成都的军需代办，也是北京庆亲王最信任的助手之一。此次他来我县，是想在若拉草原选购一批军马，往后，还望大活佛给予大力支持。"

大活佛沉吟片刻，双手合十说："阿弥陀佛，若拉草原骏马无数，但愿能用在人类和平生活中。"

罗金刚说："大活佛佛心广大深厚，时时想着芸芸众生。我正是为保卫和平来选购军马，本人也想若拉草原的无数骏马能为大清国安宁做出贡献。"

"但愿如此吧。"说完，大活佛就闭目拨动佛珠念起六字真言来。

在旺堆指使下，巴登忙端了碗酸奶，捧在罗金刚面前说："扎西德勒，尊敬的罗代办，您也该尝尝酸奶啦。"

罗金刚高兴地接过酸奶："嗯，谢谢巴登掌柜。"

这时，同约翰牧师和丹珠坐在一块的刀疤脸看见，贡布靠近刘县令，悄悄向县令打听罗金刚来历……

下午申时，一群县衙兵丁，很快在大帐篷前清理出一大块长长空地，若拉草原的牧人都知道，这预示着即将开始最激动人心的赛马项目。

沿袭若拉草原各部族老传统，每年雪顿节都将举行由各部族骑手参加的赛马活动。奖品过去由各部族凑，最近些年改由有税收的县衙出。奖品一直没变的是：获第一名的部族将得到一头牦牛和三只大羊。奖品虽不丰厚，但却是每个部族头人十分看重的荣誉。正因如此，萨嘎和卡钦两大部族往往提前两个月就开始训练骑手。由于近二十年来，第一名总是由卡钦和萨嘎部族轮流夺得，后来，许多小部族就逐渐退出赛马活动。尽管雪顿节还有摔跤、射箭等比赛，但观看激烈精彩的赛马，却是牧人们永远最喜欢的赛事。

两大部族赛马规则是，每队一次有五名骑手同时参加，在长达两千米的赛场上，放有三十条各色哈达，谁队抢的哈达多，又最先越过终点线就算获胜。赛制是三比二胜。前两场比赛后，每队还可根据情况替换骑手。最近七八年，只要进行赛马比赛，曲巴和贡布头人就显得异常兴奋紧张。因他二人都渴望自己部族获胜，但结局往往扑朔迷离充满悬念。

为避免比赛不公产生矛盾，近几年赛马裁判均由法轮寺派铁棒喇嘛担任。在刘县令看来，藏族虽是能歌善舞的民族，但同时也有刚烈斗勇的禀性，只要激烈的赛马活动不出事，剩下两天自由活动就相对安全了。唉，刘县令常暗自感叹，在政教合一年代，每当有大型活动或节日到来，只要有喜喇大活佛出面保驾护航，他这父母官心里就踏实许多。

在众人呐喊助威声中，快若闪电的十匹骏马在草原飞驰。只见骑手们有的身轻如燕弯腰捡起地上哈达；有的为炫马技，竟将身子贴在马肚奔跑；有的兴奋地站在马背挥手向围观牧人致意。大帐篷中的重要人物们，看着这激动人心的场面，也免不了走出帐篷，为骑手鼓掌加油。

前两场比赛两大部族各胜一场，决定胜负的第三场赛马即将开始。为夺胜，郎嘎换下两名中年骑手，让更年轻的骑手上场。此时，围观人群再次发出狂热的加油声。

左手拿着小黄旗，右手拿着鸟枪的嘉央措，在检查完两队骑手后，兴奋地举起小黄旗喊道："预备——"，紧接着，他便扣响鸟枪扳机。只听砰的枪响后，群马如利箭射出。这时，出人意料的事发生了，刚替换上场的一匹从未参加过比赛的年轻骏马，因受枪声惊吓，便猛地蹿出赛场，朝远处狂奔而去。就在众人叹息卡钦部族将错失夺冠希望时，只见一匹枣红马从嘉央揩身后射出，直朝前方追去。

这时，人群中突然传出桑尼的欢呼声："扎西，加油！"很快，丹珠也朝远去快马高喊："扎西哥，加油啊！"刀疤脸忙指着枣红马对罗金刚说："看到没，刚才那藏族汉子，就是我的结拜兄长扎西。"

很快，从草地抓了八根哈达的扎西，逐渐超过所有骑手，直朝终点冲去。转眼间，草原就响起震耳欲聋的欢呼声：猎狼人胜啦，猎狼人胜啦。接着，牧人们潮水般涌向骑在马上的扎西。

这时，躲在帐篷后的泽木剌，举起长枪咬牙朝扎西瞄去。

砰的一声枪响后，扎西捂住额头就栽下马来。在众人惊呼声中，赛马场就像被捅的马蜂窝，立即炸开了锅……

第二十四章

结拜兄弟,终于弄到赎地银子

在众人惊呼声中,见扎西捂着流血额头从马背栽下,刀疤脸掏出短枪急忙冲了过去。这时,只听嘉央措高声宣布:"第一名,卡钦部族获得第一名!"就在铁棒喇嘛嘉央措宣布赛马结果时,郎嘎率一群家丁,也慌忙朝倒地扎西跑去。

警惕性极高的刀疤脸怕有人再次开枪,忙扭头四处寻找可疑目标。由于草原上惊慌奔窜的人太多,无法看清的刀疤脸,只好跃上枣红马背上。他远远地看到,一群穿着藏服的汉子打马朝老鹰岩方向奔去,而跑在最后的,竟是个子十分瘦小的三寸丁。

在骑兵护卫下,曲巴家丁很快把扎西抬进大帐篷。这时,涌来的牧人们站在帐篷外大声呼喊:"猎狼人!猎狼人!"呼喊中,大活佛和刘县令等人,也朝受伤的扎西走来。跪在扎西身边的刀疤脸唰地撕开汗衫,用布条替扎西包扎额头。

大活佛看看躺在地上的扎西,向刀疤脸问道:"阿弥陀佛,请问这位汉子,受伤之人可是传说中的猎狼人?"

刀疤脸忙点头回道:"尊敬的大活佛,受伤扎西正是若拉草原猎狼人。"

"来,让我看看他伤势如何。"大活佛说完,便朝扎西蹲下。

谁也没料到,此时扎西一个鲤鱼打挺站起,大声对众人说:"我没事我没事,只是额头被子弹擦伤而已。"说完,扎西还挥动双臂朝众人笑了笑。见扎西这般模样,被惊吓的人们才缓过劲来。

这时,贡布和罗金刚俩人,均用异常目光盯着高大的扎西。扎西认出贡布,忙把叉枪抓在手中。一旁的曲巴担心扎西在此鲁莽动手,忙过来用身体挡住扎西视线。

　　帐篷外呼喊猎狼人的声音仍在继续。扎西理了理头上红缨英雄结，然后走到帐篷外朝众人挥手说："谢谢大家关心，我扎西好着哪。"扎西话音刚落，众牧人就呼叫着拍起掌来。

　　稍后，扎西回身对曲巴躬身说："尊敬的曲巴老爷，奴隶娃子扎西没给自己部族丢脸吧？"

　　曲巴异常开心说："蒂姆，扎西，你赛马夺冠，为我卡钦部族争了光。今天，我在此当众宣布，无偿免除你所欠债务，解除你奴隶身份。从现在起，你扎西就是自由的牧人啦！"曲巴话音一落，众人急忙鼓起掌来。

　　扎西忙又躬身对曲巴说："扎西德勒，扎西再次感谢曲巴老爷开恩，为我解除奴隶之身。我永生不忘老爷大恩大德。"过去，曲巴为哄扎西去刺杀贡布，也曾说过事成后解除扎西奴隶身份。但今天在扎西赛马夺冠当众宣布，这无疑是曲巴为向世人展示他善心而已。

　　刘县令望过草原闹哄哄的人群，怕出事的他同喜喇活佛商议后，便挥着双手对帐篷内人群说："各位朋友们，我受大活佛委托，向你们宣布，由法轮寺和县衙联合主办的雪顿节活动，今天我们高层人士欢聚就到此为止。祝大家在接下来两天自由活动中，玩得开心尽兴！"

　　随着大帐篷内散去的人群，一直怀疑扎西遇险跟贡布有关的曲巴，站在帐篷外，恨恨地盯着贡布远去的背影……

　　刚一走进老鹰岩大殿，黄大郎将手一招，几名小匪猛地扑上，将泽木剌按在地上缴了械。三寸丁晃着手中左轮手枪，对着泽木剌额头说："二头领，今天你必须老老实实回答大哥问话，若有半句不实，你休怪我老三无礼！"说完，三寸丁退后几步，用枪口对着泽木剌脑袋不再言语。

　　坐上熊皮大椅的黄大郎，怒目瞪着泽木剌，两腮不停颤动。其余小匪见状，都用枪对着跪在地上的泽木剌。良久，黄大郎终于发话："我问你，今天没我命令，你为何要开枪暗杀猎狼人？老二，你若不给我说出实情，老子就用山寨规矩办了你！"

　　"我——我——"泽木剌低着头，支吾两句不敢再往下说。

　　顿时，一股肃杀之气笼罩大殿。

一阵可怕沉默后，黄大郎唰地从右腿肚拔出短枪，慢慢朝泽木剌抬起枪口。接着，众匪拉动枪栓声响起。头上冒汗的泽木剌见大头领朝他走来，忙摆手哀求："大哥，别——别杀我。我说我说。"说完，泽木剌忙朝黄大郎磕了几个响头。

"你咋又给我哑巴啦？"黄大郎见泽木剌犹豫不决，又开始质问。

"是是，我说我说。"泽木剌眼珠转了两圈，只好抬头说，"大哥，我见您前次跟猎狼人对话时，动了想招降他来我们这当二头领之心。我——我是怕这家伙来后，夺我获之不易的二头领之位啊……"泽木剌说完，嘴角竟抽动起来。

黄大郎又问："你此话当真？"

"大哥，事到如今，我哪敢有半点隐瞒之心哪！"

黄大郎盯了泽木剌片刻，然后将枪插回腿上枪套，走到熊皮大椅前回身指着泽木剌说："好你个不动脑子的二头领，即便他猎狼人投我老鹰岩，老子也决不可能让他坐我山寨第二把交椅。你泽木剌和三寸丁是什么人，是跟我一块出生入死的兄弟。就是猎狼人来了排座次，他也只能排在你和老三之后！"众匪听后，低声议论开来。

"真的？"泽木剌十分感动问道。

"我有必要骗你和众兄弟吗？虽然你已打死猎狼人，但今天，我仍要警告你，往后做事想问题，别给我心胸狭窄得跟娘们儿似的。你得给我记住，我们这些枪里来血里去的大男人，不仅要像个真爷们，更要向梁山好汉学学忠义二字。今后江湖上任何投奔我老鹰岩的新入伙兄弟，我们都要行仗义之举，善待他们。唯有如此，我雪山雄鹰大队，才有威震康巴藏地那天！"黄大郎话音一落，众匪欢呼声立马震响大殿。

银盘似的圆月，静静嵌在深黛色夜空。

夜云飘游，卡巴拉雪山巍峨剪影横亘天地之间。雪山上威猛的乌岗狼王，率狼群注视着四处燃起篝火的草原。这些天来，群狼为回避雪顿节汇聚草原的牧人们，它们已撤回雪山洞穴，去陪伴闪着蓝色幽光的神秘石碟。

活在魔鬼寨的麻风病人们却是另番景象。雪顿节这天，每当旭日升起，他们都会拖着各自病体，趴在岩坎边眺望草原上小如蚂蚁般的牧人。因为一年中，只有这几天他们才能从远处感受到人间气息，才能勾起他们未上魔鬼寨之前俗世生活的美好回忆。

此刻，尼玛天葬师坐在魔鬼寨下的小石板上，不时扭头看看身后魔鬼寨，不时又望望远处跳锅庄的人群。夜深时，尼玛总会从怀里掏出骨笛，让幽怨哀伤的音乐随萤火飘飞，给桑姆带去些许慰藉。子夜将临，尼玛又听见魔鬼寨上，传来索朗丹增、诺巴和桑姆等人的悲泣声……

赛马比赛结束不久，由于喜喇活佛、刘县令和众多头人、土司的纷纷离去，偌大白色帐篷最后就只剩扎西、刀疤脸和罗金刚三人。刀疤脸向罗金刚介绍完扎西后，罗金刚提议回县城酒馆去喝酒，不料却被扎西拒绝。

扎西说："这雪顿节若不在草原过，哪还有意思？既然曲巴头人已解除我奴隶身份，今夜，我请客就在这喝酒，如何？"

罗金刚想了想，向刀疤脸问道："联络官，你觉得这安全吗？"显然，下午扎西被枪击的阴影仍没从罗金刚心中散去。

刀疤脸回道："今下午，我看土匪已撤回老鹰岩，我想，这儿应该安全了。"

罗金刚还是不放心："这样吧，为防意外，我让骑兵们在帐篷外站岗，行吗？"

刀疤脸点点头："行，还是罗代办考虑周到，本人佩服。"说完，刀疤脸向罗金刚竖起拇指。待罗金刚出帐篷安排骑兵警卫时，扎西低声问道："兄弟，你何时干起了联络官？"

"嗨，扎西兄，这是罗代办的权宜之计，临时封的。"

扎西大惊："临时封的？这么说来，是为蒙人用的？"

"也不全为蒙人，主要是罗代办考虑到下一步做事方便。"

"下一步……要做啥事？"

"过会儿，我俩别问，估计罗代办自会说出。"正说着，安排完的罗金刚又走回帐篷。很快，三人开了三坛茅台烧春，在大帐篷内痛饮开来。

约翰牧师带着丹珠和教堂神职人员，跟着喜喇活佛等僧人随行时，向大活佛讲述了修建麻风医院受阻的情况。大活佛见离天黑还有些时间，便提出去看看老鹰岩下的修建地。一阵挥鞭打马后，喜喇活佛随约翰，来到还残留有木材和砂石的修建工地。

待约翰牧师介绍完选址原因后，大活佛望着被土匪焚烧过的工地，心情沉重地说："阿弥陀佛，佛祖要我们有慈悲心，而这帮恶人却倒行逆施，将心中嗔恨邪见强加众生。土匪如此缺乏善心，会遭报应的。"

约翰牧师说："大活佛慈悲之心无比深厚，令约翰汗颜。"

"我离佛祖要求甚远，十分惭愧。不过，本人愿努力弥补此事缺失，为弘扬佛法竭尽全力。"

"尊敬的大活佛，我想问问，在修建医院这事上，您能否给我更好建议？"

"唉，对那帮不愿接受超度的歹人，我暂还没想出更好办法。但我想知道的是，作为牧师的你，为何要远离故乡，来这做连官府和寺院都难办到的事？"

"回大活佛，作为一名基督徒，我坚持《圣经》训诫所说，就是'无论你做什么，你都要竭尽全力'。尊敬的大活佛，我认为在帮助麻风病人这点上，我们基督教会与你们法轮寺，想法应该是一致的，对吧？"聪明的牧师想抓住基督教和佛教的某些共同点，来获取大活佛理解支持。

喜喇活佛点点头说："嗯，约翰牧师说得对，在帮助弱者和无助病人上，我们佛祖跟你们耶稣倡导的一样。我认为，世上一切有价值的教义，真善的理念本质应该是相同的。"

约翰笑了："大活佛说得极是。我之所以愿来若拉草原传教，愿做大清官府也难做到的事，除坚持自己信仰追求外，也有想了解佛教学习佛法的初衷。据我了解，您大活佛在许多年间，一直坚持对魔鬼寨病人布施和关爱。仅凭这点，也值得我约翰学习，将麻风病医院坚持修建下去。"

"蒂姆，基督教有你这么优秀的信徒，也是值得骄傲的幸事。细想下来，在修建麻风病医院一事上，我法轮寺做得不够。改日我约上你和刘县令，来我寺商议遏制土匪破坏问题，如何？"

约翰忙紧紧握住大活佛手说："太谢谢了。若修建之事能得到大活佛全力支持，我想，此事必成！"

在扎西讲完自己身世和杀狼原因后，三十多岁的罗金刚，也向扎西和刀疤脸简述了自己人生经历。扎西从刀疤脸目光看出，他的结拜兄弟还真有些佩服同样读过私塾的罗金刚。酒至午夜，思路清晰的罗金刚将话锋一转，便切入他今夜留在此要说的正题。

罗金刚再次端起酒碗说："二位好兄弟，来，干了这碗酒，我要向你俩说点正事。事成之后，我必有重谢。"说完，罗金刚三人碰碗后将酒喝干。

喝得有些飘飘然的扎西，看着罗金刚说："罗代办有啥正事，只要我扎西能办的，定当助你一臂之力。"

"事情不难，都是你俩能做的。若不能做，为兄决不会开口。"心中有数的刀疤脸知道，罗代办要说枪和鸦片的事了，便故意沉默静听。

扎西见罗金刚仍没说出正事，有些急了："代办兄快说嘛，别磨磨蹭蹭像个女人。"

"好，我说。事情就两件：一件是联系选购军马，一件是向头人土司出售枪支和鸦片。咋样，二位愿帮忙吗？"刀疤脸心中一惊，他原以为选购军马一事，罗金刚会同刘县令商量，没想到，这正经公干之事却要他和扎西来做。

有些不解的刀疤脸，疑惑问道："罗代办，购买军马的事，您不是已跟刘县令说过吗，这本属官方之事我俩来干，妥吗？"

罗金刚解释道："你这江湖剑客傻呀，若刘县令介入此事，还有你俩油水捞吗？我认真想过，今天刘县令在这已向各部族头人打了招呼，要他们大力支持我这军需代办选购军马。刘县令介绍完我后，为啥我又要向大家介绍你是我的助手联络官，就是为这计划做铺垫嘛。"

"罗代办果然是有智谋之人，我王剑客愿闻其详。"

罗金刚再次看看扎西和刀疤脸，真诚地说道："你二位熟悉草原，又会藏语，我想给你们配备几个骑兵，随你俩去各部族挑选军马。但选出的军马每匹最高价不得超出一百两银子。实话告诉二位，我会加价上报四川清军总部。这多出来的银子，就是我们和成都军方某些官员的好处费。"

"哦，罗代办的安排真是仗义又有情谊。这挣银子的办法，我完全赞同。"刀疤脸没想到，罗代办这样照顾他和扎西，竟把如此机密的生财之道和盘托出。但刀疤脸永远想不到的是，罗金刚愿让他和扎西知道底细，远比让刘县令知道更为安全，万不得已时，罗金刚还可嫁祸于人。

扎西放下酒碗问道："罗代办，您要选购多少军马？"

"今年先选购五百匹吧。"

扎西又说："罗代办，办成此事对我和剑客兄弟不难，但我有个条件，不知当讲不当讲？"

"往后我们三人都是一根绳上蚂蚱了，还有啥不能讲。有啥想法，你不妨直说。"

"您要的五百匹军马选购完后，能否借给我和王剑客二千两银子？"

罗金刚一怔，盯着扎西问道："你二人为何要借这么多银子？能告诉我原因吗？"随即，扎西就把教堂修建麻风病医院，又遭土匪破坏勒索现银的情况告诉了罗金刚。罗金刚听后，凝眉沉思起来。

扎西见罗金刚沉默不语，忙说："罗代办若不愿借银子，我扎西决不勉强，不过，我仍会去帮您选购军马。"

罗金刚听完扎西之言，猛地将大腿一拍，高声说："猎狼人兄弟，你误会我了。我罗金刚完全明白，你们要借的银子，并不为己所用，而是去支持洋教堂修建麻风病医院。你们要做的是人世间大善事啊！我罗金刚分得清私欲和奉献，哪有不支持你们的道理。这样吧，我先表个态，军马选购完后，我立即向二位奉送二千两银子作为酬谢，决不是什么借！"

扎西和刀疤脸惊了，他二人绝没想到，罗金刚竟是如此侠义慷慨之人。眼眶湿润的扎西突然向罗金刚跪下，磕头说："罗代办哪，您才是天底下大善人啊。我代表洋教堂和魔鬼寨病人，先向您表示最真诚的谢意。"在扎西看来，罗金刚愿奉送两千两银子，终于可解他这些日子吃不香睡不好的老大难问题了。罗代办的豪爽之举，哪是旺堆土司这类土财主可比的！

罗金刚忙扶起扎西说："猎狼人兄弟请起，我还没说第二件事哩，你别先忙着谢我。"

"蒂姆，罗代办，您快说，啥事？"

"此事我已跟剑客兄弟讲过，就是向各部族头人销售快枪和鸦片。不过,我敢保证,我的货都是上等好货,无论枪和鸦片,均比旺堆土司的货要高一个品级。"

刀疤脸说:"罗代办,我看这事可跟选购军马同时进行。反正我们要去各部族挑选军马,到时,我们将快枪和鸦片带上就是。"

"此想法甚好,这不是一举两得嘛。我完全赞同。"罗代办听了刀疤脸提议,有些高兴。

"罗代办,我不会做生意,你的枪支和鸦片买卖,就让剑客兄弟谈吧。我相信,凭他三寸不烂之舌,要不了多久,你的快枪和鸦片,就被他全卖完啦。"说完,扎西看着刀疤脸笑了。刀疤脸明白扎西不愿介入枪支和鸦片交易的原因,在他看来,只要有扎西与他同行就行。想到这,刀疤脸便端起酒碗,同扎西又将碗中酒喝尽。

罗金刚见两件大事已落实,起身拉着扎西和刀疤脸说:"走,二位兄弟,我们到帐篷外看看草原的月亮和星星,如何?"

刀疤脸笑了,忙给每人碗里倒满酒,然后走出帐篷,望着夜空明月,他举着酒碗说:"今人不见古时月,今月曾经照古人。古人今人若流水,共看明月皆如此。唯愿当歌对酒时,月光长照金樽里。"

刀疤脸刚一吟完李白诗句,罗金刚也举起酒碗应和道:"人生得意须尽欢,莫使金樽空对月。天生我材必有用,千金散尽还复来。"

随即,罗金刚三人的朗笑声,回荡在夜的草原……

为谢大头领不杀之恩,泽木刺当夜向黄大郎献出秘密绑架曲珍的计划。黄大郎听后,认为绑架计划可行,便同意了几日后实施的绑架方案。为确保绑架成功,黄大郎特派三寸丁同泽木刺一道行动。

经不住俗世生活诱惑,雪顿节第三天,烂了半边脸的四十多岁汉子桑结,趁夜半时分偷偷逃离了魔鬼寨。天亮后,有人将桑结逃走消息告诉了索朗丹增。丹增听后摇头说,哎呀,若拉草原是容不下一个麻风病人的。

桑结逃走的第三天黄昏,饥饿难耐的他,用布巾蒙着烂脸,去牧场向龙尕讨要食物时,被龙尕认出是逃出魔鬼寨的麻风人。惊恐的龙尕用食物稳住桑结,趁桑结吞吃食物无防备时,将桑结捆绑在马厩柱上。得到禀告的曲巴立即派郎嘎赶到牧场。

遵曲巴之命，郎嘎几人将桑结五花大绑押到魔鬼寨山下。家丁们将木桩打进泥地后，又把破藏袍裹在桑结身上，把桑结捆在木桩上。随后，郎嘎朝魔鬼寨连开两枪，硝烟散去，郎嘎便高声朝山上喊话："魔鬼寨的麻风病人，你们出来看看，谁要是胆敢逃离此地，来祸害若拉草原牧人，这家伙就是你们下场！"

听见枪声和喊叫声的麻风病人们，纷纷走到或爬到土坎边，趴着朝山下观望。郎嘎见山上冒出的人头差不多时，就命手下往桑结身上浇泼酥油。尔后，郎嘎用火把亲自点燃桑结身上藏袍，火焰很快熊熊燃起。挣扎蠕动的桑结嘶叫哀号着，很快，大火便吞没了桑结身影和喊叫声……

魔鬼寨上，惊恐的麻风病人们，个个吓得宛若待宰的雪鸡。

雪顿节后，县城和草原的牧人，又渐渐回到正常生活轨道。刀疤脸回茶庄，向旺堆讲了要去帮罗代办选购军马一事。旺堆父子听后，已深感王剑客今非昔比，不但同意刀疤脸去帮罗代办，而且还表示不影响他年终分红。临行前，刀疤脸还借走了旺堆家马车。

刀疤脸按他制定的出行计划，在罗金刚小院将五十杆快枪和五百两鸦片装车，再带上些糌粑和酥油，又到醉一春酒馆弄些卤菜和几坛茅台烧春，然后同扎西率一队骑兵，一路耀武扬威地朝萨嘎部族赶去。

就在刀疤脸和扎西一伙离开县城半个时辰后，罗金刚借口要去法轮寺上香，从醉一春酒馆出来后，就悄悄朝秦妈的逍遥楼走去。而令罗金刚不知的是，他的行踪已被玉香派出跟踪的小伙计发现……

此时，化了装的秃子和黑四，已悄然潜入打箭麓县城……

夕阳西下，刀疤脸一行终于赶到萨嘎部族。

得到家丁头目卓仁杰禀报后，贡布问道："这罗代办的联络官来我部族，还带有一队骑兵，你问过没，他们因何事想见我？"

卓仁杰说："回老爷，我已问过，他们是因购买军马一事求见您。但那真正要军马的主，罗代办却没亲自前来。"

贡布听后，眼中掠过不满神情，便沉思起来。

在酒馆同扎西和刀疤脸打过架又丢过枪的卓仁杰，一直对刀疤脸和扎西耿耿于怀，此时他见贡布沉默不语，误以为主人对猎狼人和联络官不满，就自作主张说："老爷，若您不想见这帮家伙，我把他们赶走便是。"说完，卓仁杰就想离去。

"放肆，这主也是你能作的？"贡布盯了卓仁杰一眼，将手一挥，命令道，"此人不能得罪，快去给我请到客厅来。"很快，卓仁杰将骑兵们安顿好后，就将扎西和刀疤脸领进豪华大客厅。

刀疤脸一踏进贡布客厅，就发现靠窗墙边，立有几杆不同的国外快枪，刀疤脸心里一阵惊诧：看来，这贡布也是爱枪之人！

几人吃过下人端来的酸奶后，贡布直率地向刀疤脸问道："这位兄弟，若我没记错的话，你就是军需罗代办的联络官吧？"

"大头人好记性，本人正是罗代办的联络官王成汉。"

贡布看了看头上还缠有白色绷带的扎西，问道："赛马冠军猎狼人，你二位来我部族，是为选购军马而来？"似乎，贡布对扎西更有信任感。

扎西回道："扎西德勒，贡布头人您好，具体事您问联络官吧，他负责此行谈判。"当直面贡布头人后，扎西很快减弱了对贡布的仇视。

刀疤脸忙接过话头，对贡布说："我们是为选购军马而来，但也不全是这样。"

"此话怎讲？"

"大头人，我们先谈军马一事，完后再谈别的好生意，如何？"

贡布笑了："蒂姆，看来你们是有备而来。嗯，只要是赚钱的好生意，我贡布自然喜欢。"

刀疤脸将拳一抱，说："哦呀，大头人，若没您喜欢的好生意，我们哪敢来打扰您呀。"

"好，就依联络官建议，我们先谈军马一事。"贡布喝口奶茶，又自信说，"这若拉草原牧人都知道，在十多个大小部族里，就数我萨嘎部族骏马最多。"

"贡布头人说得对，萨嘎部族牧场丰饶广阔，自然骏马最多。"贡布哪里知道，去年来他部族盗马的，正是眼前的联络官刀疤脸。

"那你先开个价吧，我倒想看看，你们出啥价买我的好马。"

沉吟片刻，刀疤脸抬头说："若按单匹骏马购买，我怎么也得出一百多两银子才行，但我们选购的是一大批军马，这价嘛，自然也得降多点才行。"

"对对，军需罗代办要的军马可不少。"扎西忙补充说。

贡布忙问："蒂姆，猎狼人，难道你们要在我这，挑选上百匹军马？"

"大头人，何止一百匹，我想在您这挑选二百五十匹军马。咋样，难道您没这么多好马？"狡猾的刀疤脸，暗暗使用了激将法。

贡布笑了："蒂姆，那敢情好，看在你喜爱我萨嘎部族好马的份上，就是让出我马厩里的骏马，也要让你联络官满意而归。"

"贡布头人，我想，您从没一次性出售过这么多良马吧？"

"联络官，你也太小瞧我萨嘎部族了。听我祖上说，当年我们藏族大英雄格萨尔王出征时，我萨嘎部族曾一次性捐赠过三百匹战马哩。"

"当年你们是捐赠，可如今，我们大清军却是用白花花现银收购军马。无论咋样，看在佛祖份上，您大头人要价总不能太狠了吧？"

"我知道大清甲午战争失败后，我们赔了二亿两白银。我想，大清军费不宽裕，但我萨嘎部族也要生存。只要价格合理，我贡布决不是计较之人。"

"谢大头人理解清军困难。这样吧，我一次选购二百五十匹战马，能否以每匹九十两银子成交？"刀疤脸话音一落，扎西便扭头盯着他。扎西知道，罗代办曾交代可用一百两银子收购一匹合格军马，难道……

贡布一听，沉下脸说："联络官，你的价压得太狠太低，上百年来，我部族骏马从没下过一百两银子卖出。难道，你出这价是想辱没我部族好马之名？"

"大头人，我决无辱没之意。没关系，生意是谈成的，价仍可商量。若您大头人价要得太高，那我只好去别部族挑选好马咯。"

眼下县里马市凋敝，非常想卖马的贡布装着犹豫片刻，回道："联络官，我也想我的骏马驰骋疆场，去为大清国立功。这样吧，每匹马我仅要一百两银子，这该可以吧？"

刀疤脸一听，忙掰着指头装模作样细算起来。扎西看看刀疤脸，心里暗自笑道：你这家伙装什么装，还不赶快同意得了，磨蹭啥呀？

稍后，刀疤脸对贡布说："唉，罗代办要我在你这最多用九十五两银子成交，看在我和您大头人的缘分上，我这联络官就擅自做主答应您，今后要是罗代办怪罪下来，还望大头人替我美言几句，好吗？"扎西听后，暗自惊叹刀疤脸果然是个做生意的料。

"嗯，那是自然。你联络官办事，我想罗代办自然放心。这样吧，五日后，你可派人来赶走马群。"

刀疤脸摇头说："不，十日后，请大头人派人把我们所要军马赶到指定地点，如何？"

"好，这我能办到。联络官，下面我俩该谈谈别的好生意了吧？"

扎西听后，对金钱无所求的他，不想介入军火生意与鸦片交易，于是，便借口想去楼下同骑兵们喝酒，立马起身离开了贡布大客厅。

见猎狼人离去，贡布立马明白联络官要说的事不宜外人在场，忙支走在一旁候着的札曲管家。

刀疤脸见客厅只剩他和贡布，忙起身从墙边拿过一杆李式步枪，然后说："贡布头人，您这的英制步枪是前年造的，去年底生产的李式步枪是改进型，它的射击精度更高，品质更为优良。"

"真没想到，联络官也是爱枪之人，竟如此懂枪。"

"我是成都人，随罗代办几次去过成都清兵大营，见过不少最新外国兵器。"为卖枪作铺垫，刀疤脸竟在贡布面前胡吹开来。

"联络官接下来要谈的，该是枪支和鸦片生意了吧？"

刀疤脸暗暗吃惊，这贡布头人确非等闲之辈，他有着超常人的直觉判断力。为不显出自己窘相，刀疤脸笑道："贡布头人真是智力超群之人，凡事皆有精准预见。"

"我知道，联络官还是旺堆土司的马帮押运队长，我想，你又要为自己掌柜推销枪支和鸦片了。"

刀疤脸将手一摆，说："错也，贡布大头人，旺堆的快枪和鸦片，无论价格和品质，咋能跟罗代办的东西相比呢？前不久，您从我这买走的二十两鸦片，品质如何？"

"那还用说，比旺堆卖给我的，至少要高一个档次，而且每两还便宜二两银子。这样的买卖，我贡布愿做。"

"不瞒大头人，前不久的鸦片，正是罗代办的货。若您还要买些来自用或存放、送礼，我保证仍是不变的品质和价格。"

"联络官，听说外面禁烟运动甚烈，看来，今后要搞到上等鸦片有些难咯？"

"那可不。实话告诉您吧，若不是罗代办神通广大，您大头人即便再有银子，也难搞到这物美价廉好货呀。"

"这次罗代办来我县，共带有多少上等鸦片？"

"不瞒大头人，罗代办总共只有500两，还不知今后能不能再搞到这样的上等货。"

"若是这样，这500两我全要了，咋样？"贪婪的贡布，一点不掩饰自己的强烈诉求。

"这——这不是难为我吗，听说刘县令和曲巴头人也想买些自己用，他们都愿以每两鸦片二十两银子购买哩。"

"我已优惠你们二百五十匹军马，这500两鸦片必须归我。你回去告诉罗代办，这是我贡布卖马条件。"强硬霸道的贡布头人，再次显示出他常有的行事风格。

"那好，我一定尽力说服罗代办，让他理解您大头人做事特点。或许，今后我们还有更多合作机会。"刀疤脸为自己玩弄成功小把戏暗暗高兴，贡布的强买决定，正是他想要的结果。

贡布又问："鸦片全带来了？"

"全在我们马车上。"

"你们最新李式步枪有多少？也全在车上？"

"李式步枪昨天被曲巴头人买走五十杆，现只剩五十杆，也全在马车上。"刀疤脸想再一次用小计谋，诱使贡布做出贪婪决定。

"最新李式步枪，你们要多少钱一杆？"

"罗代办定的价，350两银子一杆。"

"蒂姆，这比旺堆卖给我的还便宜三十两嘛。好，这五十杆快枪我也全要了。他曲巴头人敢买，我贡布头人决不示弱。往后，我想让你继续给我买最新款快枪。事成之后，我必有重谢。"

"重谢我不敢想,但这次我在快枪和鸦片上帮了您,不知大头人能否送点皮张给我和罗代办?"颇有心计的刀疤脸想趁机在贡布头上解决罗金刚曾提过的皮张要求。

"哦呀,你们想要点啥皮张?"

"熊皮、狼皮和羊皮都行。"

贡布将手一挥,说:"区区小事一桩,你们明天离开前,我叫管家把你要的皮张全装上你们马车,这下总可以吧。"

刀疤脸点点头:"嗯,很好,谢谢。贡布头人,我们要的250匹军马,您要的50杆快枪和500两鸦片,这些账您全算过啦?"

贡布笑道:"你们要的250匹军马共计25000两银子,我要的50杆快枪共计17500两银子,外加500两鸦片9000两银子,这样算来,我还得补你们1500两银子。不过,请你放心,明天你们离开前,我会如数将该补的银子给你,让你回去好给罗代办交差。"

"贡布头人果然是豪爽大气之人,能跟您这样的头人做生意,真是痛快。现一切买卖已谈完,是否我俩也该到楼下,同猎狼人和骑兵兄弟们痛饮几杯?"

"好,我与你同去共饮几杯,以示庆贺我们交易成功。"说完,面带笑意的贡布和刀疤脸朝楼下走去。

晚霞染红卡巴拉神山雪峰时,一群聒噪的乌鸦降临法轮寺后院大核桃树上。此时,一名铁棒喇嘛护送学画唐卡的曲珍,慢慢走出法轮寺。

曲珍和铁棒喇嘛刚转过巷道口,突然跃起的三寸丁将手中石灰朝年轻的铁棒喇嘛脸上撒去。只听铁棒喇嘛一声大叫,便捂着脸朝地上蹲下一阵猛咳。此时,猛扑上的秃子和黑四,一个把破布塞进曲珍嘴中,一个立马将曲珍手脚麻利地捆上。随即,蒙面泽木刺打马飞奔而来,秃子立即把曲珍装进麻袋抱上泽木刺马背。很快,泽木刺的快马就离开了县城,朝老鹰岩方向狂奔。

接着,三寸丁、秃子和黑四,蹿进一间破烂民房,每人从中牵出一头大马,几人倏地跃上马背,也打马朝老鹰岩方向奔去。待铁棒喇嘛睁开眼时,空荡荡的巷道口,哪还有美女曲珍倩影……

第二十四章:结拜兄弟,终于弄到赎地银子

接下来几天里，刀疤脸和扎西带着几名骑兵，又马不停蹄去了卡钦部族和另几个小部族。在游说曲巴购买快枪和鸦片时，由于有扎西同行，加上物美价廉，曲巴又买了四十杆快枪和500两鸦片。跟贡布一样，曲巴也表示今后暂不要旺堆的货了，只要罗代办和联络官的货，并答应以每匹一百两银子价格卖给罗代办200匹军马。另外，在扎西遭黑枪问题上，刀疤脸告诉了曲巴是土匪所为，消除了曲巴对贡布的怀疑。

就这样，一周之后，刀疤脸和扎西圆满完成购买500匹军马，以及卖出150杆快枪和2000两鸦片的任务，而且买卖价格完全达到罗金刚要求。当罗金刚在醉一春酒馆招待刀疤脸和扎西时，没食言的罗金刚果然拿出二千两银票交给猎狼人扎西，并另外还奖励二人各五十两银子。

罗金刚举起酒碗说："二位兄弟，你俩果不负我重托，今后，二位不仅是我罗金刚可依赖的侠义之士，我看，二位还是为大清国立下汗马功劳的人嘛。说实话，你们能在这么短时间内，搞定500匹军马，真还有些出乎我意料。"

"我王成汉无以报答罗代办知遇之恩，唯有竭尽全力去完成您交给的任务，方能安慰我这忐忑之心。"

"蒂姆，罗代办，就凭您送我们二千两银票的慷慨之举，我们就是再干十次这样的买卖，也心甘情愿哪。"

"二位往后别再叫我罗代办了，我听着有些别扭，今后就叫我罗兄即可。二位以为如何？"

刀疤脸大喜，忙举起酒碗说："好，尊罗兄之命，来，为我们相识之缘干一碗！"随即，三人都将碗中酒一饮而尽。

玉香见三人很快将一坛茅台烧春喝完，忙又亲自捧着一坛走来："二位客人痛快喝，今天我男人要好好招待你们哩。"说完，玉香又给三人碗中倒满酒。罗金刚拉过玉香，指着刀疤脸和扎西说："玉香，你给我记住，这二位不仅是我客人，还是我的合作兄弟。今后，他俩来这喝酒，你必须给我半价优惠。"

玉香装着与刀疤脸不太熟，认真看了看刀疤脸和扎西，对罗金刚回道："嗯，罗大官人，您的话玉香记住了。"

过了半个时辰，几碗酒又下肚后，扎西终于忍不住对罗金刚说："罗兄，我先去教堂给约翰牧师通报一声，告诉他我和剑客兄弟拿到赎地银票的好消息，咋样？"

刀疤脸也说："扎西兄，去吧，是该把这好消息告诉牧师和丹珠小妹啦。"

刀疤脸话音刚落，扎西起身匆匆朝酒馆外走去。刚到门外，扎西就挥着手中银票兴奋地朝教堂方向跑去："我扎西拿到赎地银票啦，我拿到赎地银票啦……"

第二十五章

为护善举,大活佛欲涉俗世之险

不到十七岁的曲珍,当夜就被泽木刺一伙绑架上老鹰岩。

在数支火把熊熊燃烧的大殿里,没见过世面又异常单纯的曲珍,哪见过一大群面目狰狞衣衫褴褛的土匪。泪流满面不敢抬头的曲珍,蜷缩在地苗条身子一直颤抖不停。

看着曲珍害怕模样,黄大郎得意地问道:"你就是旺堆土司的千金小姐曲珍?"地上的曲珍不答话,仍不停抽泣抹泪。

稍停片刻,黄大郎又问道:"曲珍姑娘,你阿哥巴登掌柜现挣了不少银子吧?狗日的,算他能耐,能从我老鹰岩逃出去。我想,你曲珍是休想逃走的,知道吗?"说着,黄大郎唰地从腿上拔出手枪,对着洞壁火把就是一枪。随即,燃烧火把就从壁上掉落在地。"若你敢有逃跑念头,下场就跟这落地火把一样!"黄大郎对曲珍威胁着。

刹那间,被枪声惊吓的双头大蝙蝠,领着大群小蝙蝠猛地朝外飞去。

突然蹿上的蛮尕使劲踢了曲珍一脚:"狗娘们儿,我大首领跟你说话,你哑巴啦?"被踢翻在地的曲珍,捂住臂膀哭得更加伤心。

三寸丁跃起,一耳光扇在蛮尕脸上:"好你个臭蛮尕,曲珍是大哥的女人,你为啥踢她?"三寸丁知道,蛮尕手臂曾被旺堆砍掉,他此刻狠踹曲珍是向旺堆报仇。蛮尕见三头领发火,只好摸着被打的脸退到一边。

黄大郎一个箭步上前,从地上提起曲珍,说:"好,你不开腔是吧,老子把你弄到屋里,让你在床上给我叫出声来!"说完,黄大郎抱起浑身发抖的曲珍,朝殿后房间走去。在群匪淫笑声中,黄大郎当夜就强奸了美少女曲珍……

教堂内,约翰牧师站在台上,正向台下几十名信徒,讲解《圣经》中最后晚餐的故事。这时，冲进的扎西挥着手中银票，高声对约翰说："约翰牧师，我拿到银票了，我扎西拿到银票啦！"

全体人员都愣了。约翰一怔，慌忙跳下布道台，快步奔到扎西面前，问道："猎狼人，你拿到啥银票了？"

"我拿到向土匪赎地的二千两银票了。这下，教堂可为魔鬼寨麻风病人修建医院啦。"由于心情格外激动，扎西声音似乎有些变调。

"真的？"高兴的约翰忙抓过银票，匆匆看过忙向教友们挥动银票。霎时，神情激动的教友们，立即朝扎西和约翰围来，大家纷纷争相传看扎西带来的银票。仿佛，这银票就是他们从耶稣手中领到可开工建医院的通知书。

最后，当丹珠再次认真看过银票后，默默从颈上取下一枚银质十字架，挂在扎西胸前说："愿猎狼人大哥早日聆听耶稣神谕，愿上帝旨意永在你心中回荡。"说完，丹珠轻轻地第一次拥抱了扎西……

扎西离开酒馆去教堂不到一个时辰，巴登和小秋哥就在酒馆找到了刀疤脸。见巴登哭丧着脸，刀疤脸诧异问道："巴登掌柜，何事让你犯愁？"刀疤脸刚一问完，巴登就抹泪哭起来。

"押——押运队长，我家曲珍失——失踪两天了……"

"啥，曲珍失踪了？"刀疤脸大惊。

很快，巴登就将前天下午，曲珍从法轮寺回家路上失踪的事讲了。刀疤脸听后，忙问："你们去问过护送喇嘛吗？"

"已去问过两遍。那年轻铁棒喇嘛前后回答相同，他说当时被人用石灰迷了眼，曲珍才失踪的。"

刀疤脸着急地又问："这两天，你们在县城搜寻过没？"

"我阿爸和我，带着茶庄伙计，在县城不知寻过多少遍，可连曲珍影子也没找到。我阿妈都快急疯了。"说着，巴登又抹起泪来。

罗金刚看了巴登两眼，向刀疤脸问道："联络官，这么说，这小小县城，一点都不安全嘛。依你看，这是何人所为？"

"这还不简单，曲珍失踪十有八九跟老鹰岩土匪有关。去年底，那帮家伙为勒索钱财，就曾绑架过巴登掌柜。"

罗金刚点头说:"哦,原来如此。雪顿节对扎西放黑枪的,也是他们这伙歹人。这么说来,老鹰岩土匪真是盘踞若拉草原的毒瘤,若不尽早拔除,定将祸害无穷。"

"罗兄说得有理,这帮歹徒甚至连牧人送给魔鬼寨病人的食物都抢。真是可恶啊!"

罗金刚有些疑惑:"难道,县衙不知这群恶匪存在?"

"我听说,刘县令曾派兵丁去清剿过两回,没想到,县衙兵丁却被土匪打得落荒而逃。从那之后,这帮土匪就更加猖狂。"

罗金刚大惊:"哟,这帮恶匪这么厉害?"

"罗兄,你回成都时,能否给尔善标统说说,让他派大军来剿灭这帮土匪?"

罗金刚叹道:"唉,天高皇帝远,对这偏远藏地,成都清军也是鞭长莫及呀。"

巴登看看刀疤脸,忙对罗金刚说:"罗代办,我得先告辞一步,我阿爸还在茶庄等我去县衙哩。"说完,巴登又扭头对刀疤脸说,"押运队长,曲珍失踪的事,求你务必给扎西师父说说,我们全家求他回来帮忙。若救回我曲珍小妹,我阿爸定将重谢。"

"你放心,此事我定将很快转告扎西,至于他如何决定,我王剑客无法替他做主。快去吧,你阿爸还等着你。"刀疤脸说完,巴登和小秋哥就匆匆离开了酒馆。

巴登走后,罗金刚和刀疤脸继续饮酒,商量如何安顿几百匹军马的事来。

晚霞金色的翅翼,刚从卡巴拉雪峰消失,宛若银质小船的新月,就悠悠划向淡蓝色天幕。黄昏的微风拂过,若拉草原的绿草与鲜花,纷纷摇动秀美身姿,仿佛在迎接新月,又好似准备聆听夜的足音到来。

此时,身披猩红袈裟的铁棒喇嘛嘉央措,匆匆走进教堂。丹珠忙迎上问道:"扎西德勒,尊敬的嘉央措,您找谁呀?"

嘉央措:"扎西德勒,丹珠姑娘,约翰牧师可在?"

"在的,我们约翰牧师在房里研读圣经哩。"随即,丹珠将嘉央措领到牧师房间。

寒暄后，嘉央措说："尊敬的牧师，我奉喜喇活佛托付通知您，请您明天早餐后，来我法轮寺商议关于修建麻风病医院一事，这决定，我已通知刘县令，明上午，他也会准时前来法轮寺。"

约翰忙点头回道："OK，很好！你们大活佛果然是守信的慈悲之人，这么快就拿出好方案啦？"

"若没成熟方案，大活佛决不会通知您开会。"

"好，明上午，我一定准时前来法轮寺。"

夜云飘游，晚风吹过。三尾红狐悄悄欢跳上天葬台，向遥远的星空望去。

不到子时，打箭麓县城，除醉一春酒馆和逍遥楼灯火尚明外，其余店铺早已打烊关门。隐隐的，县城尽头土道上，又传来阿佳央宗哭喊曲珍的声音。

自曲珍失踪两天来，阿佳央宗滴水未进，急疯了的她披头散发在县城寻找爱女曲珍。开初，旺堆和巴登还跟在她身旁拉劝她回去。后来，旺堆见央宗根本不可能回屋，就派两名背快枪伙计，跟在央宗身后护卫。旺堆深知，他若再失去妻子，这个家就可能垮了。

今夜，曾经顽劣的巴登亲自扶着母亲，竟无怨言陪着央宗在县城呼喊寻找曲珍。趁阿妈喊累歇息时，巴登悄悄告诉央宗："阿妈，我已将曲珍的事告诉了王剑客，王剑客答应去说服扎西师父，回来帮忙寻找曲珍。"

"这是真的？"

巴登忙点头说："嗯，阿妈，是真的，这是王剑客亲口答应我的。"

正说着，约翰和丹珠已第四次（自曲珍失踪后）朝教友阿佳央宗走来。

约翰说道："央宗，你快回家歇歇吧。我们教堂全体教友都替你担心哩。大家在寻找曲珍时听说，猎狼人将寻救曲珍，我们都认为，只要猎狼人和王剑客相助，曲珍一定会回到你身边。"

丹珠也说道："央宗阿妈，约翰牧师说得对，只要有猎狼人和剑客大哥相助，曲珍会平安回家的。您还不知道吧，扎西大哥已拿到赎地银票了，我们很快就会同土匪谈判，到那时，我们就可上老鹰岩寻找曲珍了。"

第二十五章：为护善举，大活佛欲涉俗世之险阿佳央宗听后，神色惶然点点头："若有猎狼人相助，我——我央宗就有盼了……"说完，央宗就失声痛哭起来。很快，在茶庄伙计协助下，巴登背起阿妈朝自家雕楼大院走去。

就在巴登背着阿妈还未走进自家大院时，刀疤脸已回到洋教堂。大树下，同扎西、牧师、丹珠等聊天的桑尼，忙给回来的刀疤脸递上木凳。揣着银票的约翰，再次代表教堂，对王剑客和扎西表示了感谢。

"有了二位送上的二千两银票，我想，老鹰岩土匪应该同意我们开工建医院了。"

刀疤脸说："尊敬的牧师，修建工作不易，今后若有困难，还请你们告诉我和扎西兄，到时，我俩定当鼎力相助。"

扎西也高兴附和说："那是必须的。"

随后，约翰把明上午要去法轮寺开会，同大活佛与刘县令共同商议修建医院的事，告诉了扎西和刀疤脸。刀疤脸听后，颇感诧异："咋的，大活佛和刘县令，也要介入修建之事？"

约翰说："过雪顿节那天，我把修建受阻一事告诉了大活佛。大活佛还带着寺院僧人，亲自去了被土匪烧毁的筹建工地。刘县令是受大活佛之邀，被动介入的。"

刀疤脸点点头："好，这是好事。我想，这修建医院之事，只要有大活佛支持，定会顺利许多。"

约翰高兴地在胸前画了个十字，说："上帝保佑吧，只要麻风病医院今年能开工，明年定能完工。到那时，魔鬼寨那几十号病人，就再也不会挨冻受饿了。"

丹珠也拍手说："开工那天，我要随扎西大哥，去魔鬼寨向那些病人通报喜讯。"

扎西也笑了："好哇，我这护花使者，一定把丹珠小妹平安送到魔鬼寨，让那些得到好消息的麻风病人，欢欢喜喜得高兴三天三夜。"

夜风拂过，繁星满天。远处又隐隐传来几声狼嚎。

喝过一阵奶茶后，刀疤脸把罗金刚想建临时马场的想法，告诉了约翰。约翰有些不解，问道："可我们教堂无法建马场呀？剑客兄弟，他罗代办慷慨拿出二千两银票，支持我们赎地建医院，你看，我们教堂能怎样帮帮罗代办？"

刀疤脸说道："能呀，如若不能，我不会向您提及此事。"

约翰依然诧异："怎么能？难道我这小小教堂院落，能容下几百匹军马？"

刀疤脸笑了："尊敬的大牧师，教堂院落当然不行，可教堂后面一大片空地，却能容下几百匹军马。"

"那空地没栅栏，活蹦乱跳的军马，难道不会跑散？"

"看来，你约翰牧师确实缺少平民生活，根本不知如何挣到罗代办的一百两银子。我告诉您吧，教堂不是还有些准备建院的木材和旧门窗吗，我们可利用这些木材和门窗，在教堂后面空地建起临时马场。若木材不够，还可发动教友们去找去借。我曾跑过几年马帮，熟悉马的习性，若你不反对，我就来亲自指挥搭建临时围马栅栏。您以为如何？"

约翰兴奋站起，打个响指说："OK，有你王剑客指挥，他罗代办这一百两银子，我们教堂挣定啦。"大家不知，约翰正为教堂经费紧张发愁哩。

丹珠也高兴表示："蒂姆，明天我就发动教友们，去搜集做栅栏用的木材和绳索。无论咋样，我们教堂都该帮罗代办做好这事，才不负他捐赠赎地银子的善心。"

扎西也说："蒂姆，罗代办是好人，他的事就是我扎西的事。这两天，我也协助剑客兄弟，做好围马栅栏工作。今天同罗代办喝酒时，他还要我做好几百匹军马的验收工作哩。"

夜已深，聊天结束后，扎西和刀疤脸就上了小阁楼。

坐下靠墙的刀疤脸，沉郁地说道："扎西兄，你知道吗，曲珍失踪了。"

"啥，曲珍失踪了？你咋知道？"扎西大惊。

"下午，你拿着银票到教堂后，巴登和小秋哥就在酒馆找到了我。这是巴登亲口告诉我的。唉，曲珍失踪整整两天了。"

"兄弟,你以为曲珍失踪,是何人所为?"

"依我看,这肯定是老鹰岩土匪干的。"

"那咋办?旺堆家收到土匪勒索信了吗?"

"还没收到勒索信。唉,劫财好办,反正他旺堆现也赚了不少银子。扎西兄,我就怕那帮恶人劫色啊!"

扎西一愣:"劫色?啥叫劫色?"

"就是只要女人,不要钱!"说实话,在同旺堆家相处不长的日子里,扎西和刀疤脸对沉静又单纯漂亮的少女曲珍,都留有好印象。

扎西咬牙回道:"要是那帮土匪胆敢伤害曲珍,我扎西要像杀狼一样,一个个将他们干掉!"

沉默片刻,刀疤脸又说:"扎西兄,今下午,巴登转告了他阿爸之意,希望你回春风茶庄,帮助他们寻救曲珍。"

"兄弟,你如何看此事?"

"佛家说,救人一命,胜造七级浮屠。何况,我俩对曲珍印象也不差。但要找回曲珍,也不是一两天的容易事。眼下,仗义慷慨的罗代办更需要我们协助他,完成将几百匹军马送到成都的艰巨任务。唉,这事太难,罗代办仅靠一小队骑兵,要顺利完成如此艰难之事。可以说,其难度之大,远远超出你我想象。"

"兄弟说得对,所以,我们更应帮有恩于我俩的罗代办。"在扎西看来,他和刀疤脸仅干七天,就拿到罗代办赠送的二千两银票(他自然不知这其中含有卖枪和鸦片酬谢)。单纯直率的扎西每当想起向旺堆借银子受刁难的事,就更喜欢罗金刚的仗义之举。

"扎西兄,你知道吗,自曲珍失踪后,她阿妈滴水未进,已疯了般寻找曲珍两天两夜了。嗨,老子就想不通,咋这帮土匪就偏偏盯上好人下手!"

扎西听后,心里翻江倒海难以平静。他讨厌甚至有些恨见利忘义的旺堆土司,但又十分同情央宗母女。稍后,扎西为难地说:"这事挺难抉择,你容我好好想想再说,行吗?"

刀疤脸点点头:"好的,若我俩能想出个两全其美办法,那就太好了。扎西兄,鸡快叫了,明天事多,我俩还是睡会儿吧,否则,缺少了精气神,我们是干不好大事的。"

夜风吹过,如银月光照进小阁楼,像柔美白纱巾,抚慰着两个汉子此起彼伏的鼾声……

清晨,阳光刚照到法轮寺巍峨殿顶,约翰牧师和丹珠,快步来到法轮寺大门外。小沙弥通报后,智空管家见离喜喇活佛约见时间还有些时候,就把约翰二人请进客室喝茶。智空告诉约翰,只要刘县令一到,他就去请打坐的大活佛前来议事。

约莫过了半个时辰,刘县令领着兵丁头目多吉,也来到客室。很快,智空管家便请来喜喇大活佛。相互寒暄后,大活佛直接向刘县令问道:"尊敬的县令,你们县衙有修建麻风医院的方案了吗?"

刘县令答道:"尊敬的大活佛,这修建方案光我们说了不算,关键问题仍在土匪那里。若老鹰岩土匪不同意,我们就是有再多方案也无济于事啊。"

大活佛又说:"刘县令,土匪问题属社会治安范畴,这可是归你们县衙所管哪。"

"大活佛,您是知道的,若拉草原历来匪患严重,我县衙只有十多名兵丁。过去我派人也去清剿过,谁料想,到头来我干的却是鸡蛋碰石头的傻事。土匪没剿着,被打死的兵丁县衙还得赔上安葬费和抚恤银子。唉,这可是赔本买卖啊。"

"照你刘县令如此说来,对洋教堂为行善修建医院之事,你县衙就无法出力喽?"

刘县令哭丧着脸,回道:"大活佛,我们县衙是清水衙门,不比你们法轮寺有众多信众支持捐助。修建麻风医院当然是好事,可我是心有余而力不足啊。"

此时,谁也没料到,约翰从怀中掏出银票,恭敬地递在大活佛手上说:"尊敬的大活佛,你们不必再为匪患犯愁,猎狼人和王剑客送的二千两银票,已解决老鹰岩土匪问题。"

喜喇活佛翻看银票后,突然嘟囔说了句约翰和刘县令都无法听懂的藏语。约翰忙低声问丹珠:"大活佛说啥?"

丹珠说："大活佛在犯嘀咕，他无法理解银票跟土匪的关系。"随即，刘县令上前，也认真看了看大活佛手中银票。尔后，刘县令吐了吐舌头，低声说："乖乖，这么大数额银票，本县令还是头一回见着哩。"

沉默片刻后，大活佛抖着手中银票，向约翰问道："约翰牧师，这里我想请教两个问题，请你如实回答，行吗？"

约翰点点头："行，大活佛请问，凡是我知道的，一定如实相告。"

"第一，这么大数额银票，是否是真的？它来路正吗？"

约翰答道："这银票是猎狼人和王剑客二人，在协助罗代办购买军马时立了大功。罗代办为奖励扎西二人，也为支持我教堂修建医院，特从他私人存款中捐出的巨额银子。所以，我敢保证这银票的真实性和合法性。"

"好，就算你约翰牧师第一个问题正确，我还想问的是，这银票咋敢保证能解决土匪问题？"

为消除大活佛疑惑，约翰就把他去老鹰岩求见匪首不成，土匪逼他交赎地银子，以及猎狼人勇闯老鹰岩经过全讲给了大活佛听。大活佛听完，不解地问道："如此说来，土匪拿到这银票，你们就可在老鹰岩草甸开工建院了？"

约翰点头回道："我想，应该是这样。"

喜喇活佛啪地将银票拍在茶几上，起身指着约翰，激动说："牧师啊牧师，你真是不知大清国情的外国洋人，你想得太天真了！"

约翰一愣，摊开两手问道："我，太天真？此话怎讲？"

喜喇活佛说道："我本不该过多介入俗世之事。但若拉草原现状如此令人堪忧，良心又迫使我不得不过问某些俗事。约翰牧师，要是土匪如你想的那么守信，大清国土上的土匪，就不是歹人啦。"

约翰疑惑问道："尊敬的大活佛，您的意思是，老鹰岩土匪拿走银票，他们仍不会让我们开工建医院？"

"让你们开工倒有可能。但开工后，就会有无尽的新麻烦、新勒索等待你们！"

刘县令忙说："大活佛说的对，土匪胃口大得很，那帮歹人一定还会设置新障碍，提出许多蛮横新要求。世人都知，土匪的欲望永远填不满哪。"

听完大活佛与刘县令之言，约翰彻底傻了眼。此刻，原以为可尽快开工的约翰，喜悦之情已完全被浇灭。愣了片刻，不甘心的约翰又对大活佛说："圣经诗篇曾说，'耶和华有怜悯，有恩典，不轻易发怒，且有丰盛的慈爱'。土匪也是人，从人性角度看，他们应该同情那些生存艰难的麻风病人。这样吧，我不以教堂名义，而以寺院、县衙和教堂三方名义，跟土匪签订一个协议，让他们保证今后不得再干扰破坏修建工作，大活佛以为如何？"

喜喇活佛说："约翰牧师，你是耶稣信徒，看待世事总爱以基督徒的善意和人道角度想问题。这本无错的认识理念，可放在这帮长期在若拉草原烧杀抢劫的土匪身上，我想是无任何效果的。"

"照您大活佛这么说来，那帮人就永远不可救赎，永远无法聆听到上帝福音了？"

刘县令也说道："可爱的约翰牧师，你明白吗，那帮土匪连东方的佛祖之言都不信，哪还会轻信你们西方遥远的上帝福音。"

随后，神情沮丧的约翰，眼眶中慢慢溢满无奈的泪水。

"这么说来，这已通报全世界的修建麻风病医院计划，就不可能在若拉草原实现？"

"不！我们不仅要实现修建麻风病医院计划，还要分散瓦解土匪，寻机捣毁土匪老巢。若连这些正义之事都办不到，我哪还有资格谈什么修行、证悟和开示？要是建不起麻风病医院，佛祖一定饶恕不了我喜喇活佛，也同样饶恕不了打箭麓县令。"作为藏传佛教信徒，喜喇活佛非常理解有着坚定信仰追求的约翰牧师。从宗教最高精神层面来看，他和约翰牧师在追求人性中善的终极目的上，应是相通的。

刘县令恭身对喜喇活佛说："大活佛说得在理，若已宣传在外的麻风病医院建不起来，作为县令的我，确实应负不可推卸之责。"

不知如何是好的约翰，看看刘县令又看看大活佛，然后又问："尊敬的大活佛，那这二千两银票，就不交给土匪作赎地费啦？"

"当然不能交给土匪，若你交了，就是对若拉草原民众犯罪！"

约翰听后，大为震惊："难道，后果真有如此严重？"

大活佛说道："如若土匪拿到银票，尝到甜头的他们，今后就会向县城商户、饭馆、学校,甚至县衙、寺庙和各部族开出敲诈条件,谁要是不同意,他们就会采用绑架、暗杀或用手中刀枪,对付不给钱财的人。约翰牧师,这纵容恶匪的办法所带来的后果,你可认真想过吗?"

沉默片刻,约翰异常后悔地说:"正如大活佛所言,我约翰确实没想到后果这么严重。唉,我这人头脑太简单,考虑问题没大活佛周全。"

大活佛说:"约翰牧师,你不是简单,而是单纯。我从你身上,看到了上帝子民的善良和真诚。要是你们西方基督徒都跟你一样,为人间大爱敢于奉献生命,那这世界定会更加和谐美好。"

"是呀,人间大爱无疆。我在若拉草原也深切感受到,你们藏传佛教徒的慈悲情怀。据我了解,你们法轮寺常年坚持给魔鬼寨麻风病人馈赠食物,还施舍给雪灾中牧人许多粮食与取暖之物。我不仅曾在病中亲自受到您的救治,而且,你们法轮寺还坚持分文不取常年给贫苦牧人瞧病用药。你们信仰佛祖,我信仰耶稣。我们信仰虽各有不同,但在追求世间真、善、美方面,我们两教却殊途同归,有着惊人的一致。然而,我想要成为一名合格的基督徒,还尚有不小距离。今后岁月,我约翰要向您大活佛学习,把自己有限生命,奉献给自己坚守的信仰,奉献给脚下这片康巴藏地。"

约翰刚一说完,忍不住的刘青禾忙摆手说:"喔哟,二位大师再别谈你们信仰追求了,改日你们单独切磋各自教义,也是可以的嘛。大家别忘了,今天我们来法轮寺的目的。在此,我想请教大活佛,刚才您所说仍要完成修建计划,那您打算如何说服土匪,不再破坏洋教堂的建院工作?"不傻的刘县令,很快又把话题拉了回来。

"这正是我今天要告诉二位的重要谋划——谈判!"

刘县令很是不解,忙问道:"谈判?谁跟谁谈判?"

大活佛接着说:"我去跟土匪谈判!"

"就——就您大活佛一人?"刘县令大惊。

"当然不是我一人。你和约翰牧师,以及旺堆土司、贡布和曲巴头人等当地有影响人物,都必须参加谈判。土匪虽是乌合之众,但他们却是一帮吃硬不吃软的家伙。所以,到谈判那天,我方必须亮出自己武装阵容。你让多吉带上县衙全体兵丁,旺堆带上他茶庄伙计,贡布和曲巴也各出三十名带枪家丁。我已想好，谈判地点就选在老鹰岩下被土匪焚烧过的修建工地。"

约翰问："大活佛，您是想用强大的武装力量，迫使老鹰岩土匪做出让步？"

"不，武装力量只是我们后盾。我的谈判主旨，仍是想用佛教教义和慈悲情怀，去启悟那帮仍活在贪嗔痴中的家伙们。我虽不期望他们见性成佛立即放下屠刀，但我首先希望他们用善念，对待洋教堂修建麻风医院的义举。只要他们勉强走出第一步，我想，离瓦解这帮恶匪时日就不远了。"

约翰问："大活佛，谈判那天，我能传播《圣经》福音吗？"

"当然能。改造恶人，是你我应尽的社会之责。你们《圣经》跟我们佛教教义一样，均是经过上千年证明的不朽学说。我也渴望伟大理论之光，照亮仍在黑暗中苟活的灵魂。"

想了一阵的刘县令，再次对活佛说："大活佛，您是康巴藏地大德高僧，您不为自己安全着想，我这小小县令可要考虑您安全。我不赞同您亲自出面同土匪谈判。"

大活佛问："若你不赞成我出面谈判，那你准备挑选谁谈判？"

"我——我……"刘县令张口结舌，确实说不出更好人选。

大活佛说道："我本是寺庙中修行之人，既然残酷现实迫使我介入俗世之险，这几天我也反复想过，若土匪冥顽不化，不接受我若拉草原各方力量劝诫，非要一意孤行飞蛾扑火，那你刘县令就上书朝廷，请朝廷派兵清剿这帮顽匪。如果朝廷派兵困难，我就向拉萨求助，希望十三世土登嘉措达赖喇嘛派出僧兵，来剿灭这帮恶匪，为若拉草原除害！"

刘县令听后，向大活佛竖起拇指说："嗯，大活佛深谋远虑想得周全。既然您决心已下，那谈判时间定在何时为好？"

大活佛略一沉思，回道："大概应在十日之后吧。在谈判前，我还得请贡布和曲巴等人来商议。只有我方意见达成一致，谈判才方可进行。"

刘县令说："好，我先表个态，谈判那天，我县衙兵丁一个不少的参加，全力配合大活佛同土匪谈判。"

丹珠低声问道："扎西德勒，尊敬的大活佛，你同土匪谈判那天，我能叫上猎狼人和剑客大哥，为您助阵吗？"

大活佛笑了:"蒂姆,若有他二位侠士参加,我就更有必胜信心啦。"说完,众人都笑了。此刻,约翰牧师似乎又看到建院希望……

曲珍失踪消息,已闹得满城风雨人心惶惶。县城里有孩子(特别是女孩)的人家,黄昏后就不再让她们出来玩耍。有的老人甚至吓唬小孩说,天上妖怪逃到若拉草原,专吃小孩……

临近午时,刀疤脸刚一踏进春风茶庄,旺堆就递上一碗纯白酸奶,说:"押运队长协助罗代办选购军马,辛苦了辛苦了,来,先吃碗酸奶再说。"刀疤脸对旺堆举动颇感意外,在他记忆里,旺堆土司从没给他亲自端过食物。

刀疤脸吃完酸奶,旺堆忙拿出二千两银票说:"押运队长,听说为扎西向土匪赎地一事,罗代办慷慨拿出二千两银子。唉,前次扎西向我家借银子时,恰逢我生病昏迷,待我康复他却离开了茶庄。这银票就算我弥补前些日子,没能借给他银子的遗憾吧。"

刀疤脸看看银票,心里暗惊,咋这旺堆此时如此大方,莫不是……不容刀疤脸多想,旺堆上前将银票塞在他手中说:"请你将银票转交给扎西,就说是我旺堆送给他的。"

"旺堆掌柜,您是否有话让我转告扎西?"刀疤脸明白,旺堆咋可能无缘无故送大额银票给扎西。

"有。请你告诉扎西,说我请他回来,帮我寻找崇拜猎狼人的曲珍。事到今天,我女儿已整整失踪三日啦……"说着,旺堆眼中已噙满泪水。

刀疤脸想了想,把银票退给旺堆,说:"旺堆掌柜,扎西寻救曲珍小妹,跟这银票无关。您应该知道,若为银子救人,扎西断不会回来。放心吧,曲珍失踪我已跟扎西讲了。由于罗代办选购的军马很快到县城会集,扎西正为这事忙哩。扎西说,待他考虑两天,想出好办法再做最后决定。"

旺堆听后,尴尬地将银票放回桌上,回头说:"唉,我咋急糊涂了呢。是呀,扎西是侠义心肠,哪会为银子救人。这样吧,我先在此表个态,今后你和扎西若有困难,我旺堆定当大力相助!"

"蒂姆,我代表扎西,先谢旺堆掌柜美意。不过,我今天回茶庄,还得再请几天假。只有等那几百匹军马离开县城后,我才能回茶庄上班。不知旺堆掌柜能否开恩准假？"

"当然，你为罗代办做事，就是为大清国做事嘛。准假，我当然准假。"旺堆已感到，一旦他不准假，这押运队长随时可能辞职。一旦这样，我的茶庄和马帮生意，还有曲珍……旺堆真有些不敢再细想下去。

午后，回到教堂的约翰牧师，把同喜喇活佛与刘县令商量的结果，告诉了忙碌中的扎西和刀疤脸。扎西听后，高兴地说："还是我们大活佛有办法，这下土匪们该老实啦。"随后，约翰将银票退还扎西，说："猎狼人，大活佛出面跟土匪谈判，就不用这银票赎地了，你还是留着自己用吧。"

扎西忙推过牧师手说："牧师您千万别还我银票，往后建医院要用银子时候还多。这银票先存放教堂，今后定有大用。"随后，几人拿着木材棍棒，朝教堂后大空坝走去。

此时空坝上，罗金刚与骑兵小队长查干清，正指挥骑兵和教友们拉绳打桩，为即将到来的军马修建临时围马栅栏。很快，扎西、刀疤脸同约翰、丹珠与桑尼配合，又竖起两根新木桩来。

一个时辰后，顶着烈日的罗金刚朝扎西和刀疤脸走来。机灵的刀疤脸知道罗金刚有事要说，忙上前问道："罗兄，找我有事？"很快，扎西和约翰也跟了过来。

罗金刚说道："剑客兄弟，明下午第一批军马就要到了。我仔细想过，要把几百匹军马赶到成都，仅靠我这小队骑兵是绝对不行的。你能否再帮我找几个熟悉马性的牧人，来协助我把军马赶到成都。至于劳务费嘛，我会给予优惠。"

刀疤脸听后，回头同扎西悄悄嘀咕几句，然后说："罗兄，你稍等，我去去就回。"说完，刀疤脸快步跑回教堂，从树身解开枣红马缰绳，打马朝春风茶庄跑去。

不到半个时辰，刀疤脸回来告诉罗金刚说："罗兄，太好了，旺堆土司同意借出茶庄伙计钦嘎热和吴三娃。这钦嘎热曾是牧人，非常熟悉马性，又擅使摇绳飞石训马。吴三娃是会骑马的汉人，他去过几次成都，又懂些藏语。往后赶马人回若拉草原时，吴三娃就是最好的向导。旺堆土司表示，劳务费他分文不要，无偿支持你罗代办为大清军做事。"

罗金刚笑了："好，看来这旺堆土司，还真买你联络官面子，给我如此大支持，好好代我感谢他。"

刀疤脸笑道："其实，这是扎西兄的面子。你知道吗，旺堆一家，还盼着猎狼人回去寻救曲珍哩。"

罗金刚点了点头："哦，原来这样。剑客兄弟，我和扎西去成都后，你还真得尽全力帮助旺堆寻救曲珍。但愿喜欢唐卡艺术的美少女曲珍，能早些平安回家。"扎西听后，目中闪过隐隐忧虑。

第二天上午，钦嘎热和吴三娃赶到临时圈马场，向罗金刚和扎西报到。刀疤脸交代完要做的事后，钦嘎热和吴三娃即刻投入工作。午时刚过，临时马场就算简单完工。望着偌大马场，约翰笑道："人多力量大，我们教堂总算替罗代办尽了份力。"

"尊敬的牧师，快叫您的教友们抓紧吃午饭，饭后立刻去借些军马需要的饮水桶和木盆来。"随即，罗金刚又扭头对刀疤脸吩咐，"你饭后同扎西带上骑兵，去草原购买些草料来。这两天，会集的马群还得吃草料。"罗金刚说完，众人立即散去吃午饭。

下午，太阳还未落山，远处便响起沉重而急骤的马蹄声。

果然，按约定时间，贡布的250匹骏马，在家丁头目卓仁杰所带牧人的驱赶下，奔腾着朝县城跑来。头扎红缨英雄结的扎西一声呼哨，几名骑兵随扎西朝马群奔去。很快，啪啪马鞭声中，到来的马群在扎西指挥引导下，乖乖进了临时马场。

卓仁杰见马群进了马场，忙下马朝刀疤脸和罗金刚走来。

卓仁杰走到刀疤脸面前，恭敬地说："我们萨嘎部族的250匹骏马，已全部进场，请你派人清点，我好回去向贡布头人交差。"

"哦呀，骏马进场时我已清点过。不错，你们贡布大头人办事认真、守信，回去代罗代办和我谢谢他。此刻，你已圆满完成送马任务，可以回去啦！"说完，刀疤脸高兴地给了卓仁杰胸口一拳。这一拳，不仅了结他与卓仁杰曾经的恩仇，刀疤脸还从心底叹服：藏族不愧是说话算数看重信誉的民族!

此时,围观人群开始增多。刘县令和县衙兵丁,也前来看热闹。从没在草原长时间生活过的丹珠,兴奋地拿着大把青草,慢慢走向一匹白马。尼卡娅嬷嬷也学丹珠,将草料抓在手里,跃跃欲试想喂马。很快,机警的刀疤脸发现,玉香在人群中朝罗金刚和他张望,而玉香身后,却躲藏着化了装的秃子……

第三天午夜,明月高悬夜空,扎西和刀疤脸坐在马场边喝酒。

刀疤脸问道:"扎西兄,你明早真就要跟罗代办赶马去成都?"

扎西答:"我已答应罗兄,决不能做不守承诺之人。何况,罗兄拿出巨额银票支持教堂,他是我们大恩人。"

"可曲珍至今音信全无死活不知,难道,你就忍心这样离去?"

"我扎西不是无情无义之人。我认真想过,最好的两全其美办法,就是我帮罗代办,你留下帮旺堆寻救曲珍。兄弟,你是比我有能耐的人,你留下的作用,难道我还不知?"

"唉,真没想到,旺堆用二千两银票都没留住你。看来,为兄杀狼已将自己变成铁石心肠的人了。"

扎西一听,有些来气:"我咋就成铁石心肠之人了?这世上,你对我的好,泽翁、尼玛、丹珠和桑尼对我的好,甚至央宗和曲珍对我的好,我扎西都牢记在心。兄弟,你说说,对罗代办的大恩大德,我扎西无以回报,只能在他最需要时,挺身而出竭尽全力助他一臂之力。难道,你要我对一个忘恩负义的守财奴唯命是从?二千两银子又咋啦?我离开春风茶庄,就是想给旺堆父子一个深刻教训:世上还有比金钱更重要的东西,那就是良心!"

刀疤脸点点头说:"嗯,扎西兄说得在理,兄弟定当铭记在心。我俩分别之际,在寻救曲珍这事上,为兄的还有无更好建议?"

扎西沉思片刻,低声说:"我想,大活佛同土匪谈判之日,就是寻救曲珍最佳之时。"

刀疤脸笑了,将手一拱说:"蒂姆,扎西兄,你不愧是极有经验的猎狼人嘛……"

第二十六章

匪首戏耍众人，活佛善念被子弹击碎

初秋微风从拉萨河谷吹过，大片成熟青稞倒伏田间。坐在土路边歇息的强巴，啃着手中青稞面饼，呆望着田中金黄青稞，张着干裂的厚嘴唇笑了。强巴嘴中，有颗只剩半节门牙上，塞着小块还未咽下的饼渣。

午后，阳光仍有些刺眼。突然，从一座庄园中，走出一群穿着素色氆氇表裙的女农奴。她们拿着镰刀，默默分头走进田里，弯腰收割起青稞来。稍后，吞咽困难的强巴朝不远拉萨河走去。很快，喝足水的强巴又走回土道，双手套上木掌板，面朝拉萨方向，又一起一伏磕起长头来。

三天后，当腰缠皮绳的强巴，沿着八廓街磕完整整十圈长头，才慢慢来到大昭寺小广场。望着有1200多年历史的辉煌寺庙，强巴双手合十，忐忑地站立在寺庙前，闭目不断念诵六字真言。念完三百遍六字真言后，强巴见香火缭绕的寺前，有众多信徒在青石板上磕等身长头，他也伏下身去，同众多信徒一道磕起头来。磕完长头起身时，强巴才发现，他身下和周围石板上，漫长岁月已留下朝圣者虔诚的深深凹痕。

强巴随簇拥人流，进殿给释迦牟尼坐像跪拜后，还没看够辉煌殿宇和绚丽壁画，就被人流裹挟着带出寺外。有些依依不舍的强巴转悠着，又来到高高的唐蕃会盟碑前。不识字的强巴，见围着的人群中有人低声说，这就是纪念唐朝停战和好的纪念碑嘛。不明白纪念哪次会盟的强巴，只好问明路线，磕长头又朝布达拉宫方向慢慢移去。

由头扎红缨英雄结的扎西开路，钦卡热压阵，几百匹浩浩荡荡马群，被罗金刚的骑兵和雇来的几名牧人，就这样赶着行进在二郎山上道上。行进时，每当有调皮骏马跑离马群，钦卡热总能用摇绳抛石方法，将离群马匹撵回。

几天前，罗金刚没强求王剑客随他赶马去成都，原因有二：一是想留下这个临时封的联络官，再去探摸军火与鸦片生意的潜在市场，为来年扩大买卖做准备；二是为感激旺堆无偿借出钦卡热和吴三娃，叮嘱刀疤脸务必全力寻救失踪的曲珍。在罗金刚看来，旺堆父子虽有毛病，但还不是坏人，何况扎西和王剑客对曲珍印象不错。救人，是王剑客这种有侠气汉子敢承担的使命！

作为联络官的王剑客，若真能救回曲珍，往后定将得到旺堆父子大力支持。每当想到这，罗金刚就会暗自一笑：呵呵，未来广袤的若拉草原，定是我罗金刚发财的好地方！

刚走到二郎山中段，突然隐隐传来一阵轰隆响声。见被夏季雨水泡松的山石，迅速往下移动，扎西慌忙回头高喊："不好啦，大山塌方啦！"随着扎西喊叫声，轰轰隆隆飞石就滚落下来。受到惊吓的马群一会儿前一会儿后，好一阵骚乱涌动。俯瞰万丈深渊后，扎西忙对骑兵们命令："骑兵给我稳住马群！稳住马群！"可没来得及撤出塌方区的马群，先后有四匹骏马，被飞落大石砸进山谷深渊。

塌方结束后，走在前头的扎西一声长长呼哨，扬起马鞭朝空中"啪"地一甩。很快，马群又涌动着随扎西朝前走去。与钦卡热一同压阵的吴三娃感叹道：没猎狼人开路，这马群哪有这么听话！

扎西和罗金刚率大群军马离开打箭麓后，刀疤脸就匆匆去了春风茶庄。刚一进门，旺堆和巴登就迎了上来。旺堆感叹道："押运队长，你果然守信，没随罗代办去成都。"

"旺堆掌柜，我正是受扎西和罗代办之托，非留下不可的。"

旺堆一怔："哦，那敢情好，你说说，为啥扎西和罗代办要你留下？"

"很简单，自然是寻救曲珍的事。"

旺堆叹道："唉，曲珍失踪好些天了，我和全体茶庄伙计，已多方寻找，甚至在县城还贴了不少寻人告示，可至今也无曲珍消息。"说着，旺堆两眼又开始湿润。

随即，刀疤脸把旺堆和巴登叫到里面办公室，关上门秘密商议寻救曲珍方案。约莫半个时辰后，刀疤脸叫上小秋哥，随他和巴登骑马朝老鹰岩方向奔去……

　　强巴在布达拉宫城下磕完一千个长头后，又经两几天努力，在双膝渗血的情况下，终于来到坐落在拉萨河南岸旺波日山上的甘丹寺。起身的强巴睁着发红双眼，愣愣地注视巍峨壮观、规模庞大的甘丹寺庙。良久，泪流满面的强巴，"哇"的一声哭出声来，他浑身颤抖的身子慢慢倒地，开始痉挛抽动……

　　因万分激动而倒地抽搐的强巴，经过八个多月艰辛磕头跋涉，才来到他日思夜想的甘丹寺。曲巴头人是格鲁派黄教信徒，出发前，曲巴一再叮嘱，要强巴在黄教祖寺（甘丹寺）替他点亮三百盏酥油灯，他要用虔诚灯供以示对黄教创始人宗喀巴的崇敬之情。曲巴之所以要这样，是因甘丹寺是黄教六大寺中地位最特殊的寺庙，它是格鲁派创始人宗喀巴于1409年亲自筹建的。毫不夸张地说，甘丹寺是格鲁派的真正祖寺，因此，清世宗雍正皇帝曾赐名为永泰寺。

　　1419年，宗喀巴在甘丹寺圆寂，寺内存有宗喀巴肉身灵塔。宗喀巴修行山洞位于寺东头制高点，下面是宗喀巴曾经的寝室，宫内存有宗喀巴用过的经书、法衣、印章等遗物。寺内有1757年乾隆皇帝赐予镶满金银珠宝的盔甲，还有用纯金汁书写的《甘珠尔》和《丹珠尔》藏文佛经，以及由十六罗汉和四大天王组成的二十四幅缂丝唐卡"唐绣"等珍贵历史文物。一个多时辰后，缓过劲的强巴双手合十念着六字真言，慢慢走进甘丹寺。

　　头发蓬乱声音低弱的强巴，向寺内喇嘛说明来意，便解开腰上皮绳，从缝在裤腰布包里掏出二十两银子，双手颤抖着给戴着黄色僧帽的喇嘛。很快，喇嘛叫来两名小沙弥，在高大铁架上摆好许多酥油灯。望着层层叠叠酥油灯燃起的火苗，匍匐在地的强巴再次流下幸福热泪：他终于完成曲巴老爷交给的第一个重要任务。此后，他还将磕长头去青海塔尔寺，去甘南的拉卜楞寺替曲巴还愿灯供。结束三寺灯供后，强巴就可磕长头回若拉草原，同他思念的女人桑尼生活在一块了。想到此，强巴在宗喀巴塑像前叩完头后心满意足地离开甘丹寺，又磕长头朝藏北草原方向前行。

　　两天后，当刀疤脸与巴登从老鹰岩后山探察回来，同丹珠和桑尼聊天时，约翰从法轮寺回教堂告诉刀疤脸："剑客兄弟，明天铁棒喇嘛嘉央措，就要向土匪送去谈判信件。一旦大活佛同土匪谈判成功，我们教堂又要向草甸运送修建材料了。OK，太好了，喜喇大活佛真是为教堂做了件天大好事。"

刀疤脸问："牧师，谈判时间定在哪天？"

约翰答："四天后的中午，在医院修建地举行谈判。"

刀疤脸又问："参加谈判的人选，就是您前次讲的那些？"

约翰点点头："对，一个不少。曲巴和贡布头人，还有刘县令与旺堆土司，我和丹珠也要参加。"

刀疤脸想了想，说："这喜喇活佛就这么信土匪？要是土匪不来谈判咋办？"

"嗨，明天铁棒喇嘛去送信不就知道了吗。大家认为，土匪不买我约翰的账可以，但他们不买德高望重大活佛的账，就很难。谁不知，只要大活佛振臂一呼，这若拉草原头人和牧民，都会听大活佛的，他们敢得罪活佛吗？"

"好，真要是谈判成功，你们洋教堂又要大忙了，到时，我一定前来相助。"

丹珠插了一句："剑客大哥，你到时可得参加谈判，我已向大活佛做了承诺。至于扎西大哥没来成，我会说明原因的。我想，大活佛准能理解扎西大哥。"

"丹珠小妹，到时再说，也不知谈判那天，我有没其他重要事要做。"其实，前两天去老鹰岩后山探察后，刀疤脸就暗自做了决定：要上老鹰岩寻找曲珍。若曲珍真被土匪绑架，他能救回该有多好。扎西去成都前夜不是说过，谈判那天就是寻救曲珍最佳时机吗。他下令巴登和小秋哥暗中做好准备，等他通知就行动。在行动时间上，谨慎的刀疤脸不愿对任何人讲。

丹珠见刀疤脸不置可否的回答，忙摇着刀疤脸手臂说："不嘛，我要你亲口答应我才行。"

刀疤脸看着丹珠，只好回道："行行，谈判那天，你剑客大哥一定去老鹰岩，这下你该满意了吧？"丹珠听后，甜甜笑了。丹珠的笑，却勾起刀疤脸隐隐醋意：从看到扎西颈上十字架后，刀疤脸就渐渐对扎西产生了小嫉妒。是啊，自认识丹珠这大半年来，他刀疤脸越发暗暗喜欢单纯漂亮的教堂美少女了。因有些文化的丹珠，总能比桑尼更准确理解他背诵的李白诗，而他比扎西更能理解《圣经》内容。唉，难道就因扎西带回那张巨额赎地银票，才使丹珠开始亲近猎狼人？

丹珠听刀疤脸说谈判那天，他一定去老鹰岩，就误以为要去参加谈判，于是她腼腆地对刀疤脸说："剑客大哥真好。"看来，刀疤脸的双关语，还真蒙了单纯的丹珠。而此刻刀疤脸想的，却是如何成功寻救曲珍，如何成为跟扎西一样的英雄，使丹珠对他也刮目相看。

晴空丽日。披着猩红袈裟的嘉央措，挥鞭打马朝老鹰岩奔去。

一个多时辰后，来到老鹰岩脚下的嘉央措跳下马来，双掌合在嘴边朝老鹰岩高喊："喂，老鹰岩头领们，我嘉央措受法轮寺喜喇大活佛派遣，给你们送谈判信件啦……"

正同秃子巡山的三寸丁见有人喊话，忙跳上大石问道："和尚，你叫喊啥呀，声音像狗熊似的。"

"我是大活佛派来送信的，请你们收下信吧。"三寸丁很快发现嘉央措手中信封，立即同秃子飞跑下山。刚跑到下山出口，三寸丁躲在石后观察片刻，立马对秃子命令："快去，把和尚手中信封给我拿来。"

"是，三头领。"说完，端枪的秃子跑来，从嘉央措手中抢过信封，又跑回三寸丁身边。识字不多的三寸丁打开信封看了两遍，又把信笺塞进信封。三寸丁从背上取下飞镖将信绑在镖上，随即，将手指塞进嘴打了声尖厉呼哨。听到山上回过呼哨后，三寸丁运了口气，猛地将手中飞镖朝山上掷去。很快，接到飞镖的黑四，急忙朝老鹰岩大殿跑去。

不久，山下三寸丁又听到山上传来呼哨声，他回过呼哨后，绑着白绸帕的飞镖就飞落下来。跃起抓过飞镖的三寸丁，忙打开绸帕看到四字：同意谈判。随后，三寸丁将绸帕包个小石头，又抛给了嘉央措。

看到嘉央措捡到绸帕后，三寸丁对嘉央措说："喂，和尚，你回去吧，我们大首领同意谈判。"嘉央措听后，忙跃上马背兴奋地离开老鹰岩。三寸丁见红色袈裟飘远，又急匆匆朝山上跑去……

黄昏，已改变装束的刀疤脸刚走进桑尼房间，桑尼忙递给刀疤脸一个装酒皮囊："剑客哥，你要的酒我已备好。"恰巧此时，吃着酸奶的丹珠走进屋来。第一次见刀疤脸剑插后背、手枪插在右小腿枪套的模样，丹珠惊诧地问道："剑客大哥，你这副出征打扮，莫不是要去哪吧？"

刀疤脸笑了："嗯，丹珠小妹，你猜对啦。"

"你要去哪？"丹珠仍十分好奇。

"我——我要去……"突然，语塞的刀疤脸意识到，自己明天无法参加同土匪谈判，若此时告诉丹珠原因，还不知眼前小妹会失望到啥地步。

见刀疤脸不愿回答，丹珠有些来气："难道，你王剑客行踪可告诉桑尼姐，就不能对我讲吗？哼，前两天，你还说谈判那天，你会去老鹰岩。你——你这不是在骗人吗？"说着，单纯的丹珠眼里就涌起委屈的泪花。

见丹珠有些伤心，犹豫片刻的刀疤脸只好说："丹珠，我没骗你，明天谈判，我真要去老鹰岩执行扎西兄嘱托的重任。"

"嘱托，啥嘱托？我咋不知。"丹珠仍有些不信。

"唉，啥事你丹珠都喜欢打破砂锅问到底，既如此，我就把这连桑尼也不知的秘密告诉你吧。"尔后，刀疤脸就把明天趁大活佛谈判吸引土匪之际，他要从后山上老鹰岩寻救曲珍的计划，告诉了丹珠。

丹珠大惊："啊，听说老鹰岩后山全是悬崖峭壁，你能上去？"

刀疤脸自豪地说："丹珠放心，不仅我上去过，春风茶庄的巴登掌柜，不曾也是从老鹰岩后山逃出的吗？我既是草原剑客，又有飞檐走壁的功夫，难道，这区区老鹰岩，还能难住你剑客大哥？"

丹珠又问："你冒险上去，咋能保证曲珍就在土匪窝里？"

"十多天了，茶庄伙计和县衙兵丁，已搜遍县城所有角落，均不见曲珍影子。我和扎西都坚信，曲珍一定是被土匪绑架了。我上老鹰岩就是要将曲珍救出，否则，央宗阿妈就真要急疯了。"

"我们全教堂的人都认为，曲珍失踪，最痛苦的就是善良的央宗阿妈。你若真为去救曲珍，明天不能参加谈判，我丹珠决不怪你。"

桑尼也说："剑客哥，你若能救回曲珍阿妹，我一定亲手给你做一盘手抓羊肉，让你美美地喝上两斤好酒。"刀疤脸高兴地看看桑尼，突然又对丹珠说:"丹珠小妹,若我救回曲珍,你能送我件礼物吗?"

"你想要啥礼物呀?"丹珠有些纳闷。

"我也想要个十字架,就像你送扎西大哥那样的。"

"我的十字架已送给扎西大哥,不过,我可以向约翰牧师帮你讨要一个。"单纯的丹珠哪知道,讨要十字架的王剑客,嫉妒醋意还没消哩。

刀疤脸笑了:"太好啦,只要也能送我个十字架,你丹珠小妹就是我心中真正女神!"说完,刀疤脸分别抱了抱丹珠和桑尼,然后快步走到院中解开马缰,跃上马背朝春风茶庄奔去……

午时已过,若拉草原上空,依然太阳高照晴空万里。

身穿黄色袈裟的喜喇大活佛,盘腿闭目坐在老鹰岩下的草甸上。大活佛右边站着刘县令和贡布大头人,左边站着手捧《圣经》的约翰牧师与曲巴大头人。贡布身后,站着三十名端着英式快枪的萨嘎部族家丁。曲巴身后,也站着三十名端着英式快枪的卡钦部族家丁。十多名穿县衙制服兵丁,手拿大刀分散护卫在人群旁。旺堆和他几名背枪伙计,站在大活佛身后。

以大活佛为首的县上谈判方,全都翘首以待,盯着老鹰岩下山出口处,企盼土匪的谈判代表到来。

呼的一声,隐藏洞中的紫色双头大蝙蝠,突然飞出大殿朝空中飞去。接着,一群小蝙蝠也扑棱棱随双头蝙蝠离开洞中。众匪涌到殿外,惊诧地望着天空,似乎想从双头蝙蝠的消失,捕捉到无法预测的某些信息。

不到午时,黄大郎命秃子和黑四,将曲珍绑了并给她嘴里塞上布巾。三寸丁十分不解地问黄大郎:"大哥,我们下山谈判,您带上这女人干啥?"

"三头领,古时有烽火戏诸侯一说,今天我要演一场首领戏活佛的好戏,让这小娘们见识见识我本事,不然,她成天给老子哭丧着脸,面对我们这群若拉草原英雄好汉,让我心里难受!"

三寸丁笑了:"哎呀,大哥原是这意思啊,好主意好主意。今天,就让大哥的压寨夫人瞧瞧,啥叫首领戏活佛!"随即,黄大郎率土匪们倾巢出动离开了大殿。

走到半山腰,黄大郎选了处可看到山下草甸的地方停下。待小匪给黄大郎安好椅泡好茶后,黄大郎低声对泽木刺一番交代。尔后,泽木刺就带人下山,用十多杆快枪封锁了上山通道。

黄大郎为不让山下人发现曲珍,特给站在他身边的曲珍头上罩上纱巾。今天,黄大郎之所以要带上曲珍,就是想给从不正眼看他的曲珍以精神震慑,让倔强单纯的美女曲珍看看,他这草莽英雄是如何戏弄众人都敬仰的大活佛的,来满足他早已扭曲变形的自卑心。

一个多时辰过去,喜喇活佛和众多人额头,已冒出不少汗珠。稍胖的旺堆和曲巴下巴,也开始有汗水滴落。慢慢睁开眼的喜喇活佛,从怀中掏出手帕看了看"同意谈判"四字,然后扭头对身后嘉央措问道:"铁棒喇嘛,土匪既然同意谈判,咋不见人影呢?你没把时间弄错吧?"

嘉央措答道:"大活佛放心,时间绝没弄错。"

大活佛吩咐道:"要不,你去问问那些土匪,他们大头领何时来谈判。"

"好的,大活佛,我嘉央措马上去问。"说完,身穿红色袈裟的嘉央措离开人群,快步朝老鹰岩下山出口走去。

快走到老鹰岩下山出口不远处时,砰砰砰,一串子弹打在嘉央措身前地上,溅起泥尘足有一尺多高。受惊的嘉央措忙退后两步,高声问道:"老鹰岩土匪们,你们何人来谈判呀?我们大活佛已足足等了一个多时辰啦。"

三寸丁突然从大石后冒出脑袋,说:"和尚,你着急啥,我们大头领午睡还没醒哩。待他醒后,自然会下山同你们活佛谈判。你先滚回去候着吧。"说完,三寸丁抬手又是一枪,打在嘉央措铁棒上。看着飞溅火星,嘉央措慌忙跑回谈判人群。

躲在林中观察大半天的刀疤脸三人,果然发现午后再没见后山的游动哨。刀疤脸断定:准是土匪们跟大头领下山谈判了。刀疤脸悄悄向巴登和小秋哥做了接应安排,然后从包袱取出铁爪绳钩,唰地朝半山腰大树抛去。

不久，刀疤脸照曾使用过的套路，很快翻上倒水石槽。

身贴一排石屋搜寻一番，令刀疤脸失望的是，他根本没发现曲珍影子。想了片刻，他迅速又朝曾去过的黄大郎卧室摸去。见铜锁锁住房门，刀疤脸跳起抓住窗上铁棍，朝黑漆漆室内扫视一阵，随即，便低声喊起曲珍名来。

见无回应，跳下窗的刀疤脸发现有人朝厨房走去。不敢动弹的刀疤脸只好紧贴石壁，以防被人发现。很快，一阵菜刀和案板声从厨房传出。想了想的刀疤脸，从腿上拔出短枪，快速朝厨房摸去。

厨房内，卓玛正用菜刀麻利切着牛肉。透过窗口，凝望空中飞翔雄鹰的卓玛已消瘦许多。当卓玛捧着切好牛肉装盆时，一把短枪已抵在她腰上。

刀疤脸说："别动，你若出声我就打死你！"

"是是，我不动我不动。"

"你老实告诉我，如有半句假话，我就把你扔下山谷喂狼。"刀疤脸用枪顶了下卓玛，厉声威胁说。

"哦呀，你问吧，只要我这煮饭女人知道的，都会告诉你。"

"他们把抢上山的曲珍姑娘，藏哪了？"

"今天中午，大头领下山去谈判，把曲珍带走了。"

刀疤脸一听，猛地上前用左手勒住卓玛脖子，右手用枪管抵住卓玛脑袋："你此话当真？"

"求好汉别杀我，我男人和女儿还等我下山团聚。如我有半句假话，就让卡巴拉神山大石砸死我。"卓玛向刀疤脸低声哀求。

刀疤脸放开卓玛，退后一步说："你别转过身来，我再问一句，平时，他们把曲珍关在哪个房间？"

"好汉，曲珍平时被关在大头领房里，我每天都要给她送两次饭。"

"他们可伤了曲珍？"

"曲珍姑娘身上没伤，就是成天哭哭啼啼。听说，大头领要娶她做——做什么压寨夫人。"刀疤脸听后，咬牙将眼一闭，泪水顿时从眼缝流出，"唉，看来老子运气太差。"稍后，退到门边的刀疤脸又举起枪，

"今天我上山之事，你千万别对其他人讲，否则，我的枪子饶不了你！"

"放心吧，好汉，你前次从后山上来的事，我就按你交代说的。我这被抢上山的女人，决不会出卖一位想救人的好汉。"

"好！真没想到，匪窝也有好女人。"说完，刀疤脸立马朝水槽快步走去。顺来路，刀疤脸抓着绳索，很快溜到谷底同巴登二人会合。经三人紧急商量，大家一致同意骑马去老鹰岩前山救曲珍。随即，在刀疤脸率领下，巴登和小秋哥紧随其后，三人打马朝前山奔去。

待三人快马奔到前山，刀疤脸看见，盘腿而坐的喜喇大活佛额上全是汗水。刺眼阳光下，刘县令和贡布、曲巴、旺堆等人，之所以老老实实站在大活佛身旁，全是因大活佛榜样力量所致。骄横的贡布头人是格鲁派信徒，而喜喇是黄教在康巴藏地具有威望的活佛，作为弟子的贡布，纵然面对不愉快的环境，也不敢任性造次。

丹珠见刀疤脸三人并未救回曲珍，忙用手势示意刀疤脸站进谈判人群。刀疤脸点头回应丹珠后，却牵马朝一旁走去。此时，着急的旺堆悄悄退出人群，朝刀疤脸慌忙跟来。

"成汉兄弟，你们看见我家曲珍没有？"

"没，匪首今天已把曲珍带下山，来参加谈判了。"

旺堆急了，忙指着远处说："这狗日的土匪些，哪见他们人影啊，大活佛和这么多人，已足足等他们两个多时辰啦。"

"土匪哪有谈判诚意。我看，大活佛有些天真，他的善念感动不了这帮恶匪。"

旺堆摇摇头，叹气说："唉，再等等吧，或许再过会儿，大头领就出来谈判了。"

"但愿如此吧。"

"成汉兄弟，要是大活佛同土匪谈判完，我再提还我家曲珍的事，不会晚吧？"

"旺堆掌柜，交还曲珍的事，到时还是让大活佛交涉为好。您去提，不知他们又要敲诈您多少银子。"

"好好，成汉兄弟说得有理。"在刀疤脸示意下，旺堆又悄悄走进人群。很快，翻身上马的刀疤脸，仔细朝山上搜寻起曲珍来。

不久，奔窜到黄大郎身边的三寸丁问道："大哥，您导演的首领戏活佛大戏，啥时完呀？"

黄大郎笑了："呵呵，老三，你就没耐心看戏了？实话告诉你，这场大戏序幕刚完，正戏才开始，你慌啥！"

三寸丁想了想，指着山下人群说："大哥，要是这戏照这么演下去，山下这帮人，不是更怨恨咱们吗？"

"怨恨，梁山众多好汉，哪个不被官府和富人怨恨？老子从老鹰岩拉杆子那天起，就从没怕过谁怨恨！老三，你得给我记住，'要想土匪当得好，实力智谋少不了'的民间真理。"黄大郎为显示自己本事，故意在曲珍面前教训三寸丁。

三寸丁忙点点头："是是，大哥真是宋江和吴用合体再生，既是头领又是智多星，计谋总是胜人一筹。"

黄大郎扭头看看曲珍，又对三寸丁说："老三，今天我要让你和曲珍亲眼见证一下，老子是如何用沉默戏要方式，来摧毁这帮管闲事家伙的意志。我要他们明白，这法轮寺大活佛，只能是牧人的活佛，难道还成了约束我的阎王爷？"

三寸丁点头奉承时，曲珍侧目盯了黄大郎一眼，尔后，三寸丁又看着山下人群，担忧说："大哥，他们带有那么多有枪家丁，要是攻打我们咋办？"

"我老鹰岩易守难攻，是一夫当关万夫莫开之地。他们不足百人家丁，难道还想攻下我老鹰岩？何况，我们新添的十多杆快枪，也该喝点人血润润枪管啦。"说完，黄大郎端起茶碗，得意地又呷了口茶。

"大哥，您不是常说，要有备无患吗，我们千万别大意失荆州啊。"

"老三放心，若他们真敢进攻，老子早就给那大活佛准备了人肉盾牌。哈哈，你看我这不是有年轻貌美的压寨夫人嘛。"说完，黄大郎一把将曲珍强抱在自己大腿上，然后用长着黄龅牙的嘴，放肆地亲了曲珍一口，曲珍挣扎时，头上纱巾飘落在地。

太阳早已偏西。蓦地，一声鹰啸划破长空。

众人抬头望去，只见一只矫健雪鹰，张着巨大洁白翅膀，盘旋在老鹰岩上空。丹珠仿佛看到雪鹰那迎风抖动羽翅，那环顾草原的犀利双眼，还有曾直击雷电的利爪。此刻的雪鹰，好似已幻变成丹珠眼中扶摇云天的白色精灵。

得到神鹰启示的丹珠，走出人群来到大活佛面前，双手合十躬身说："尊敬的大活佛，让丹珠上山去问问这帮土匪，他们到底何时出面谈判，好吗？"

喜喇活佛微微睁开双眼，摇了摇头："不可，你不能去。"

"大活佛，为啥我不能去？这事全是因我们教堂要建医院引起。我不能看着您大活佛与众人，在这无端久等受罪。"

"此事虽因你们洋教堂引起，但这事关系我若拉草原善恶之争，就其影响范围来说，它也远远超出我康巴藏地。所以，你丹珠说是教堂的事，显然不妥吧。"

约翰也上前对大活佛说："尊敬的大活佛，打箭麓教堂是我负责，我前去质问老鹰岩土匪理所应当，对吧？"说完，对土匪拖延谈判时间感到愤慨的约翰牧师，转身就朝老鹰岩走去。

"回来，你约翰牧师也不是最佳人选。"随即，喜喇活佛扭头看着身边刘县令。众人即刻明白，作为一县之主的刘县令，确实是前去询问土匪的合适人选。在众人焦躁目光注视下，刘青禾只好离开人群，慢慢朝老鹰岩走去。

黄大郎见刘县令朝老鹰岩下山出口走来，忙抓过身边小匪快枪，起身瞄向移动的刘青禾。

砰砰两声枪响，泥尘溅起时，刘县令吓得双腿一软跪在地上。众人哄笑中，挣扎站起的刘县令再不敢向前迈步，却扯着喉咙用变调声音问道："老——老鹰岩的黄大头领，大活佛与我一干众人，已在此恭候你快三个时辰了。你——你到底啥时来同我们大活佛谈判啊……"说完，头上直冒汗的刘县令，竟呜咽着抹起泪来。

一阵沉默后，嘉央措厉声问道："老鹰岩土匪们，你们可是答应了要谈判，我们才来此等候的。你们可不能言而无信！"

山风吹过，雪鹰已消失在卡巴拉雪山上空云层。

又一阵沉默后，实在忍不住的贡布头人走出人群，挥拳向老鹰岩方向喝问："没信用的土匪们，你们给个痛快话，到底还跟不跟我们大活佛谈判？！"没想到，贡布话音刚落，两颗子弹又呼啸着从空中划过。即刻，贡布怒目圆睁，大声骂道："狗崽子们，你们别以为我贡布头人是怕死鬼。今天，我先把狠话撂到这，若你们胆敢用蒙骗方式戏弄德高望重的大活佛，那么，你们就是跟我们康巴藏地所有藏族人为敌。我贡布在此警告你们，你们兔子尾巴是长不了的！"

砰的一声，又一颗子弹从贡布耳边飞过，贡布紧握双拳却没动弹。

这时，双眼顺子弹方向搜寻的巴登，终于发现被捂住嘴的曲珍，便朝山上高喊："曲珍，我们来救你啦！"听见巴登喊叫的曲珍，挣扎着朝巴登发出呜呜声。喜喇活佛和众人，均已看到被绑的曲珍。

恼怒的黄大郎，回身一巴掌将曲珍打翻在地，然后跳上大石说："巴登大舅子，改日我成亲那天，定要请你和我老丈人，来我老鹰岩大殿喝喜酒，你该乐意吧？"

"匪首黄大郎，好你个狗日的，总有一天，我巴登要亲手宰了你这头大恶狼！"气极的巴登也不示弱，挥拳朝黄大郎回骂过去。看着土匪时常射来的子弹，贡布和旺堆不敢开枪回击的原因是：事前大活佛有交代，既是谈判，没他允许，任何人不得擅自开枪。

就在众人围着大活佛指责土匪时，唰的一声风响，只见从老鹰岩半山腰射出支绑着白绸的飞镖，缓缓朝山下人群飞来。刀疤脸忙打马上前，跳起一把抓住落下飞镖。刀疤脸打开白绸看到几行字：老和尚，你给我带人滚回县城去。今后谁再胆敢管我老鹰岩闲事，就是自寻死路！

匆匆看过白绸的刀疤脸，犹豫片刻后，跃下马走到大活佛面前，双手将白绸捧到大活佛胸前。大活佛拿过白绸看后，顿时嘴唇颤抖两眼一黑，气晕倒在地上。众人顿时慌作一团，有的要上前施救，有的跪地不断向大活佛磕头……

很快，老鹰岩方向传来一阵哄笑声。

两眼喷火的贡布头人，立即命令家丁，用身体组成人墙，以防土匪子弹伤到大活佛。巴登趁机靠近刀疤脸问道:"押运队长,这快枪子弹,能打到老鹰岩山上吗?"

刀疤脸摇头说:"不能,距离太远。若能打到山上,老子早就干掉黄大郎了。"刀疤脸话音刚落,大活佛在嘉央措抢救下,终于醒来。

落日,渐渐消逝在遥远地平线。如血晚霞,被微凉山风吹到卡巴拉雪山之后。从草原缓缓升起的暮霭,飘逸中如梦似幻缠在老鹰岩山腰。

慢慢站起的大活佛对刘县令说:"真没想到,这帮无信无义的恶匪戏弄了我们。刘县令,黄昏已至,我看大家还是散了吧,土匪根本就没谈判之意。"

"好好,只要您大活佛发了话,我们没有不听之理。"曾收过土匪贿赂的刘县令,正好抓住顺水推舟的机会。很快,刘县令就对贡布和曲巴传达了大活佛意思,并要他们带着各自家丁离去。

突然,旺堆挥着拳头对刘县令说:"回去?咱们凭啥要回去?!我们不是有这么多人马和快枪吗,难道还怕老鹰岩一群乌合之众?"

刘县令说:"旺堆土司,让大家回去可是大活佛主意,你冲我发什么大火?"

旺堆看看众人,回道:"我看,老鹰岩土匪能有今天的肆无忌惮,跟我县过去剿匪不力有关。今天趁此良机,我们这些带枪的人,不正好可在你县令大人带领下,上山去剿匪吗?"显然,若这样不放一枪离去,旺堆心有不甘。旺堆话音刚落,贡布举着手中武器表示坚决支持。但大活佛和刘县令清楚,旺堆主张攻打老鹰岩,跟他想救自己女儿有关。

油滑的刘县令不敢正面回答旺堆和贡布,却拉着大活佛低声说:"大活佛,请您出面劝劝旺堆和贡布,我想,只有您的话对他俩人才有作用。"大活佛想了想,便走到旺堆和贡布身前。

"二位,我年轻时曾上过老鹰岩,这老鹰岩可是易守难攻之地。何况,剿匪是官府的事,我不想再连累你们。这样吧,明天刘县令就奏报朝廷,请求朝廷派兵剿匪。若朝廷派不出兵,我老僧就给拉萨十三世达赖土登嘉措去信,请他派僧兵来剿灭这帮恶匪,如何?"

旺堆心有不甘:"大活佛,我见这帮歹人,胆敢戏耍您这大德高僧,我旺堆心里难受啊!"

　　大活佛说:"没啥,善念对邪恶,总有无力不幸之时。但善念就像高山雪莲,永远给人亲近和圣洁好感,让更多生命获得佛陀给予的信念和力量。充满邪恶的土匪,总会受到天谴,遭到报应。"

　　"大活佛说得在理,我王剑客佩服!"一旁的刀疤脸紧抱双拳,朝大活佛拱了拱手。

　　蓦地,老鹰岩方向又传来几声枪响。显然,土匪想用威胁手段驱散人群。大活佛再次对旺堆和贡布说道:"你们带着各自人马离去吧,若使无辜生命再枉遭流血牺牲,才是最大不幸。"说完,大活佛让嘉央搀扶着,在几名铁棒喇嘛和县衙兵丁护卫下,朝县城方向走去。

　　见大活佛离去,巴登突然举着手中快枪说:"两部族兄弟们,大家手中快枪不是木头做的。今天,我们虽不能联合攻打老鹰岩,但我们也该让这帮恶匪知道,大家手中有着最新式的好武器!"说完,巴登朝老鹰岩方向连开三枪。

　　"对,要让这帮山匪看看,我们手中武器绝不是吃素的!"随即,贡布也端着快枪连开几枪。很快,两部族家丁为炫耀各自武器,也一同朝老鹰岩扣动扳机。转眼间,土匪们也射出还击子弹。

　　刀疤脸偷偷笑了,他第一次看到两部族家丁,全部使用的是旺堆和罗代办卖的快枪。也只有他清楚,两部族家丁虽朝老鹰岩胡乱开枪,但有暗含向对方部族示威之意。呵呵,照此下去,只要有战争发生,这军火生意岂能不火?

　　在众家丁吆喝呼叫声中,刀疤脸不断回身开枪,随旺堆一伙打马朝县城方向跑去……

第二十七章

三尾红狐再现，预示怎样的人狼之战？

光阴荏苒，日升月落中，若拉草原又在大自然轮回里，静静过去一年。

在去年同土匪谈判无望后，第二天，刘县令果然上书朝廷，希望派兵解决若拉草原严重匪患问题。三月后，一纸公文终于回到企盼已久的刘县令手上：匪患之事，请打箭麓县衙酌情自行解决。

喜喇活佛看过刘县令送来的朝廷回复后，立即起草一封说明康巴地区匪患实情，寄给了拉萨十三世达赖土登嘉措。今年开春后，土登嘉措派出150人僧兵队伍向金沙江进发。没想到，僧兵行进到波密不幸遭遇雪崩，在死伤二十多人的情况下，僧兵头目只好率队伍返回拉萨。谁也没料到，阴错阳差中，老鹰岩土匪竟渐渐做大。

法轮寺仁钦堪布把修建白色佛塔事宜安排完后，在同土匪谈判无望后的第三天，就独自进了卡巴拉神山下的苦修洞，去完成他修行夙愿。去年秋扎西送军马从成都回来后，又同刀疤脸偷偷去了两次老鹰岩。由于土匪防范严密，扎西和刀疤脸一直未寻到营救曲珍机会。好在天天给曲珍送饭的卓玛，渐渐同以泪洗面的曲珍熟悉起来。一次趁黄大郎喝醉酒时，卓玛偷偷告诉曲珍，说有个脸上有疤的汉子曾上山来救过你。没想到，这信息竟成支撑曲珍活下去的唯一希望。

今年开春后，重返打箭麓的罗金刚，又带来200支快枪和1000两鸦片。在刀疤脸精心建立的销售网络里，不出两个月货就全部出手。很快，罗金刚就在县城购置了一座雕楼大院，然后把过去小院送给了立下汗马功劳的刀疤脸。遗憾的是，大清军费极度紧张，罗金刚费尽口舌只拿到选购100匹军马的差事。就在刀疤脸大肆兜售军火与鸦片其间，扎西轻松完成选购军马任务。夏末，罗金刚送军马回成都时，由于任务不重，加之扎西杀狼和想救曲珍心切，就没随罗金刚赶马去成都。

在魔鬼寨麻风病人望眼欲穿的期盼中，约翰牧师不顾大活佛和刘县令反对，在扎西和刀疤脸支持下，又试着在老鹰岩下草甸开了两次工，均遭土匪严重破坏而停止。为医院一事，丹珠和约翰不知流过多少泪，更不知他俩面对十字架做过多少祷告和忏悔。直到前两天，约翰还请教来教堂看望丹珠和桑尼的扎西与刀疤脸，希望他二位拿出最新动工方案，争取早日建成麻风病医院。

在营救曲珍问题上，昨夜刀疤脸同扎西在小院喝酒，为采取哪种营救方案更好时，他俩竟发生了严重分歧。有功夫的刀疤脸，主张从后山用偷袭方式营救，而扎西却坚持用绑架匪首来交换曲珍。刀疤脸反对理由是，绑架匪首谈何容易，甚至可能搭上自己性命。扎西不同意的理由是，即便找到曲珍，也难将曲珍从匪巢救出，还可能殃及曲珍生命。由于无法统一营救方案，今天一早，有些不高兴的扎西睡醒后，就独自骑上枣红马，带上黑獒朝若拉草原奔去。

扎西自没借到旺堆银子离开春风茶庄后，就再没正式回去工作过。尽管如此，扎西同刀疤脸一样，仍没放弃设法营救曲珍。加上教堂和罗代办的事，扎西已耽误了不少杀狼时间。现又是秋天了，扎西今年才杀了十多头大狼，远远没达到他心中设定目标。一心想为妻女报仇痛快杀狼的扎西，猛叩马镫便在草原飞奔开来。

刚驰骋到梭磨河边，扎西就发现一群喝水的黄羊。今天正想去魔鬼寨走一趟，这黄羊不正是撞上枪口的礼物吗？想到这，扎西忙用手势朝黑獒示意，领会主人意图的黑獒立即朝黄羊包抄过去。当黄羊发现黑獒偷袭，立马分头朝四处奔逃时，躲在林中的扎西，不慌不忙举起叉枪，将一只肥硕黄羊击毙。尔后，扎西将死黄羊放在马背，跃上马就朝魔鬼寨奔去。

来到魔鬼寨下小石板前，扎西将黄羊扔在小石板上，就朝魔鬼寨打了声尖厉呼哨。不久，当扎西见索朗丹增朝他挥手后，他才策马朝不远的骷髅谷走去。

夕阳下，刚到骷髅谷口，扎西猛然发现一只如火焰般艳丽的三尾红狐，站在刀疤脸曾垒的狼头墓碑上，朝他不停叫唤。惊诧的扎西，心一下就提到嗓子眼。因在扎西记忆里，每当他遇见三尾红狐出现，总会有啥大事发生，但到底会有啥事发生，这正是扎西长期迷惑不解的原因。想到此，扎西调转马头，朝站在狼头墓碑上的三尾红狐走去。

红狐见扎西走来，一声惊叫后就闪电般钻进不远山洞。十分纳闷的扎西，立即用手势示意黑獒进洞。没想到，黑獒奔到洞口就不再进洞，只是朝洞内狂叫两声就不再动弹。扎西顿时火了，平常连大狼都不惧的黑獒，怎么对一只小红狐却是如此畏惧？待扎西起腿想踢黑獒时，黑獒立马翻了两个滚躲过主人藏靴。无奈的扎西，只好提着叉枪钻进山洞。

夕阳余晖，扎西只能看清洞口两三丈物体。当扎西走到漆黑的洞深处时，突然发现一对蓝色光亮，在洞尽头缓缓飘动。扎西举起叉枪想朝光亮扣动扳机，只见一只宛若巨大红色蝙蝠的家伙，从扎西头顶掠过朝洞外飞去。扎西顿时懵了：难道，三尾红狐变成会飞的红蝙蝠了？

追出洞的扎西什么也没发现。有些失落的扎西在狼冢前伫立片刻，随后牵着枣红马进了骷髅谷。

突然，黑獒望着空中两声大叫。扎西猛然抬头看见，一具人尸正从魔鬼寨上空落下。只听咚的一声响后，乌岗狼王率几头大狼立即扑上，开始撕扯尸体。黑獒狂叫着，猛扑到离大狼们仅有两丈远地方。这时，只见恼怒的乌岗狼王抬起头，张着血盆大口朝黑獒扑来。狼犬好一阵相互追逐撕咬中，手握叉枪的扎西无从下手。很快，又有两头大狼朝黑獒围扑时，有些招架不住的黑獒，只好朝扎西退来。

人狼突然在骷髅谷相遇，这局促之地使双方均不敢随意逃离。扎西为震住狼群，立即举枪朝乌岗狼王扣动扳机。没料想，叉枪关键时刻哑火，将扎西惊出一身冷汗。狡猾狼王见扎西叉枪没响，立刻率大狼们朝扎西围来。好在扎西离山洞不远，拔出藏刀的扎西迅速退入山洞。

暮色中，逐渐涌来的狼群，很快将扎西、黑獒和枣红马，围堵在魔鬼寨下的山洞里。

被猎狼人追杀近两年时间里,乌岗狼王几次险些丧生叉枪下。今天,率几头大狼偶然来骷髅谷寻食牛羊骨或人尸的狼王,终于逮到向孤独扎西报仇的机会。兴奋的狼王怎么也难想到,这追杀它数次的家伙,居然叉枪会哑火。想到这,异常开心的乌岗狼王仰天一阵长嚎。很快,听见狼王召唤的狼群,从四面八方朝骷髅谷蹿来。

叉枪突然哑火,确实使扎西一度有些慌乱无措。但作为若拉草原猎狼人,又岂是胆小无能鼠辈能比的!进洞后,扎西将藏刀放置身前,以防大狼突然蹿进洞来。随即,扎西迅速重新装填火药,然后打开扳机;充满信心又检查一遍熟悉的叉枪。

退入洞内的黑獒,在主人摆弄叉枪时,一直张着大口盯着洞外狼群。黑獒清楚,只要主人叉枪能响,这帮大狼就会惧怕逃走。狼群之所以迟迟没向洞内发起进攻,它们还在等候狼王指令。狼王暂没发出攻击指令,主要是想再等更多大狼到来。在狼王意识里,今夜不仅要让麾下吃掉扎西,还要分享黑獒和高大枣红马的鲜肉哩。

天已黑尽,摆弄好叉枪后,扎西猛然从怀中掏出短枪,笑道:"哈哈,我今天咋把这短家伙给忘了。"说完,扎西又检查了锃亮短枪。这时,枣红马走来,用嘴亲昵触碰一下扎西后脑勺,似乎在告诉扎西,伙计别怕,还有我哩。扎西回身摸摸马头,低声说:"兄弟,今夜你可得见证见证,我猎狼人是如何收拾洞外那帮大狼的。明日,我也要全个更大狼坟才解恨!"话音刚落,洞外狼群就发动了第一轮攻击。

狼王一声嚎叫,刹那间,三头大狼从不同方向朝洞口蹿来。黑獒猛地跃起,首先截住中间大狼撕咬开来。另两头大狼从侧面扑上,张着大口也疯狂扑咬黑獒。没想到,体格壮硕如雄狮的黑獒,躲过中间大狼血口后,猛甩自己大头,分别向两侧扑来的大狼撞去。只听砰砰两声闷响,几声惨叫后,两头被撞断獠牙满嘴喷血的大狼,就被撞翻在地。这时,扎西举起叉枪,将中间那头正向黑獒下口的大狼击毙。两头受伤大狼见势不妙,夹着尾巴仓惶溜回狼群。

乌岗狼王大惊失色,它没想到哑火叉枪,咋又能射出索命子弹?难道,这第一轮试探性进攻,这么快就此夭折?盯着洞口的扎西,狼王吐着长舌盘算,下一步该怎样对付这个拥有叉枪又威猛高大的家伙!黑獒站在主人身前，喘着粗气，仍紧盯跃跃欲试准备随时扑来的群狼。趁狼王思索之际，扎西又将枪弹备好，做好再次迎击狼群准备。

狼王绝非等闲之辈，在不到半个时辰后，它又指挥狼群向扎西发动第二轮实质性攻击。

一阵低沉咆哮后，狼王将头一昂，即刻有五头大狼朝洞口扑来。黑獒再次扑出，张着血盆大口朝冲在前的大狼咬去。就在扎西朝另头大狼扣动扳机时，黑獒跃起一口将冲在前的大狼脖颈咬住，只听咔嚓一声，大狼脖子很快被咬断。黑獒松口后又朝另头大狼迎去。来不及装填子弹的扎西，抽出藏刀回身就朝向他扑来的另头大狼劈去。没想到，勇猛扎西挥刀竟劈飞半个狼头，大狼倒地即刻咽气。

就在扎西还来不及转身时，剩下一只大狼从后跃起，突然趴在扎西肩头，企图咬断扎西喉咙。不敢回头的扎西将刀唰地倒着朝后刺去，然后又用力往下一划拉，尔后急速转身飞起一脚朝大狼踢去。狼王看见，它部下五脏六腑全部倾泻在地，鲜血顿时喷了扎西一身。剩下一头被黑獒咬断左腿的大狼，挣扎着妄图逃回狼群，只见扎西掏出短枪，啪啪两声枪响后，被击中脑袋的大狼很快倒地抽搐咽气。

狼王彻底傻了眼，在不到十分钟时间里，它精挑出来的五头狼勇士，居然全战死在洞口。而且更可怕的是，这高大汉子不仅有叉枪，还有藏在身上的短家伙，也能射出可怕的索命子弹。想到这，狼王一声嚎叫，众狼随狼王立即后退几十步，依然用扇形编队，包围住洞口。

趁乌岗狼王思索如何采取下一步行动时，突然从后蹿出头母狼，它到狼王身前一阵低语。随即，狼王带着几个贴身卫士朝后快速跑去。原来，最先进攻被撞断獠牙的两头大狼，痛得打滚后打算退出战场。很快，狼王追上这两头擅自逃离战场的大狼，立即朝夜空发出两声恶狠狠短促嚎叫，狼卫士们蜂拥而上，一番撕咬后，两个逃兵很快被狼王就地正法。

在狼王处置逃兵时，扎西迅速搜寻洞里，除发现两根打狗棍外，再没寻到任何可能的燃烧物。他知道，满身是血的他，脖颈和后背已被大狼抓伤，还渗出不少血来。若大狼不断发动进攻或全部扑来，他定会死在魔鬼寨下的骷髅谷。狼怕火，这是任何牧人都懂的道理。眼前无柴草，咋能用火让狼群退去？扎西急了，脑中不断闪过可能的燃火办法……

原以为同狼王一战，杀死几头大狼就结束战斗的扎西，当面对上百头大狼那气吞草原的群狼嚎叫声时，感到异常震撼和害怕。他终于明白，任何敢殊死拼搏的生命，是何其无畏何其壮烈！唉，眼下孤独一人，只有受伤黑獒是他帮手。他还想杀狼，还想杀更多大狼替妻女报仇。他还想去洋教堂见丹珠和桑尼，还想同结拜兄弟喝酒。不想死的他，虽没刀疤脸机智反应那么快，但具有极强荒野生存能力的他，猛然想到狼皮可作燃烧之物。于是，扎西猛地奔出洞口，拖进两头死狼，立马用藏刀闪电般剥下两张完整的狼皮。当狼王又面对洞口时，扎西已将两张狼皮分别挂在两根打狗棍上。

再次检查完叉枪和短枪后，腰挂藏刀的扎西，同刚吞吃完狼肉的黑獒，又武士般站立洞口。洞内枣红马不时打着响鼻，似乎在为主人和黑獒助威。

乌岗狼王依然在为怎样收拾扎西纠结。我的上百头勇士全体出动，显然可一举咬碎手拿叉枪的家伙。唉，即便面对庞大野牦牛和黑熊，也没一次用过这么多麾下呀。想到这，狼王放弃了有辱它一贯行事风格的做法。此刻，群狼虎视眈眈盯着扎西，但扎西呈现的凶悍战斗力，已使部分大狼有些畏惧。横行若拉草原多年，它们哪见过如此亡命神勇的家伙！

下弦月撒下淡淡银辉，带着凉意的夜风呜呜吹过骷髅谷。

快到子夜，乌岗狼王一声长嚎，向群狼下达第三轮攻击命令。随即，十头大狼走出狼群，慢慢朝洞口走来。扎西愣了，他完全弄不懂狼王何意。看群狼闲庭信步模样，哪有猛兽做派。正当扎西压低枪口时，十头大狼以闪电般速度朝扎西扑来。来不及朝群狼射击的扎西，只好将手中叉枪当铁棒对着狼群一阵猛扫狂打。好一阵乒乒乓乓声后，有三头大狼已倒地无法站起。同扎西一道向狼拼命的黑獒，立马上前分别咬断三头大狼喉咙。剩下大狼慌忙退后几丈距离。

左右两臂已被大狼抓伤的扎西，第一次真正体悟到跟狼搏命的滋味。已疲惫饥饿的扎西明白，若大狼再有两次连续攻击，他必死无疑。被死亡威胁的扎西，突然被狼血味刺激得愈加清醒。他转身抓过洞边早已割烂的马鞍皮垫，忙敲击火镰点燃从身上撕下的布巾。随即，扎西用着火布巾又将皮垫点燃。火光升起，七头正准备进攻的大狼吓得慌忙后退。狼王又一声嚎叫，七头大狼急忙停住，又盯着扎西慢慢朝前移动。

正当众狼对扎西举动感到迷惑时，扎西抓着燃起的皮垫朝绑在棍上的狼皮点去。不久，着火狼皮就开始燃烧。顷刻间，刺鼻的狼皮焦臭味在骷髅谷弥漫开来。还没等乌岗狼王回过神，群狼就哀叫着往后撤去。扎西见群狼果然怕火，便举着木棍挥舞燃烧狼皮，狂笑着朝狼群撵去。转眼间，在扎西不可思议的疯狂行动中，嗅到同伴尸臭味的群狼，更加恐惧地向四处逃窜。随扎西追撵群狼，黑獒又咬死两头刚成年大狼。此刻，令扎西十分开心的是，他终于在骷髅谷山洞口杀死十一头大狼，现在，他一次性杀狼数量终于超过结拜兄弟。

扎西高兴早了。不久，扎西挥舞的燃烧狼皮渐渐熄灭。夜风将狼皮腥臭味吹尽后，狼群在乌岗狼王号令下，聚集后又很快朝洞口围来。骷髅谷内，顿时又响起此起彼伏狼嚎声。

眼看四处阴绿狼眼围来，有些慌乱的扎西，又想如法炮制点燃狼皮。扎西在身上摸索一阵后，一种从未有过的恐惧感立即袭来。由于同狼群搏杀时火镰不知掉在何处，没火镰咋能点燃狼皮？紧握双拳的扎西将眼一闭，仰天叹道："天亡我扎西啊！"说完，两行热泪顺颊而流。颇有感应的黑獒用头蹭蹭扎西大腿，尔后静静站在扎西身旁，仿佛愿同主人一道迎接不幸时刻的到来。

魔鬼寨上，从狼群向扎西发动第二轮攻击起，感觉山下狼嚎十分异常的索朗丹增，怕大狼蹿上魔鬼寨伤及这群体弱不堪的病人。丹增组织起还有些反抗力的男人，手拿藏刀和石块，趴在土坎边观察。尽管快两个时辰过去，他们并未发现有狼上山，但索朗丹增仍怀抱大石块不敢放松警惕。

盯着再次一步步逼近的狼群，扎西举起叉枪，朝走在最前的大狼扣动扳机。只听砰的一声枪响，大狼顿时栽倒在地。其余大狼骚乱退后一段距离后，就再也不愿离去。由于多疑，高大壮硕的乌岗狼王挺立狼队前，再次观察这个给它制造过无数险情的家伙。

确定洞口家伙没什么新招数,乌岗狼王一声令下,群狼突然朝扎西发动最大规模进攻。热血燃烧的扎西一声大吼,挥着叉枪冲入狼群又一阵狂打猛扫。黑獒也紧随主人扑进狼群一通疯狂撕咬。很快,有七八头大狼就哀嚎倒地。还有些狼在混战中相互啃咬遭到误伤。人狼大战正酣时,咚的一声,突然从山上飞落下一块大石砸在狼王身边,受到惊吓的狼群又慌忙朝后退去。

原来,扎西冲入狼群的大吼声被山上丹增听见。丹增知道山下扎西遭遇了狼群。无法下山施救的丹增只好推下大石,以泄对狼群的切齿之恨。就在狼群退后时,浑身是血的扎西,跑回洞口抓起打狗棍又朝狼群冲去。神经高度紧张的扎西,潜意识中以为狼皮又会燃烧,举着棍上烧焦狼皮一阵着魔般狂舞。被吓住的群狼误以为同伴的皮又会燃起大火,再次随狼王退去。望着溃败狼群,扎西挥着流血双臂一阵狂笑:"哈哈哈,狼崽子们,你们有种就别跑啊!"

十多分钟过去,既没看到狼皮燃烧,又没听见枪声更没看到有人撵来,乌岗狼王终于回过了神。于是,心有不甘的狼王又率狼群反扑回来。如果说,刚才扎西还在嘲笑逃窜狼群,那么此刻面对再次返回的狼群,扎西沾满狼血而又酸痛的双臂,只得无可奈何地垂落下来。

面对步步逼近的庞大狼群,嘴衔藏刀的扎西掏出短枪,为镇住狼群,有些无计可施的扎西,突然用左手将藏刀往空中一抛,随即一声大叫:"狼崽子们,我扎西同你们拼了!"枪声响起,子弹打在藏刀上飞溅出耀眼火星。

就在扎西又将冲入狼群时,骤然间奇迹出现:火星刚一熄灭,从魔鬼寨上空悄然飞来一朵红色火焰,在离扎西头顶几丈高上方盘旋。乌岗狼王以为又是眼前家伙使出的新花招,盯了飘动火焰片刻,怕火的狼王急忙又率狼群后撤。谁知,那朵红色火焰却紧追狼群不放。狼群哀嚎声中,万分惊诧的扎西终于看清,这飘动的火焰原来是三尾红狐发出的。那飞翔的长长红色三尾,真像夜空飘动的火焰。

洞内即刻响起枣红马的嘶鸣。顷刻间,只见枣红马奔出洞口,迎着东方初露曙色,随空中燃烧火焰朝狼群撵去……

昏睡的扎西从骷髅谷山洞醒来，已是第二天午时。在近三十个小时酣睡里，扎西终又恢复了体力。黑獒见主人醒了，忙把一只肥野兔叼放在扎西身前。扎西笑了，用手抚摸两下黑獒大头，以示感谢后，便提着野兔走出洞口。

洞外除躺有近二十头大狼尸体，却不见枣红马影子。扎西即刻打了声呼哨，很快，谷外就传来马蹄声。扎西捡起破烂叉枪和卷刃藏刀，再次盯着爬满蚊蝇的众多狼尸叹道："我已没精力割你们耳朵，更无体力垒啥大坟了，就让你们这群狼崽子露尸骷髅谷吧。"说完，浑身血迹藏袍破烂的扎西，跃上马背朝梭磨河奔去。

跳进梭磨河洗净全身血迹后，扎西坐在杂树林边烤吃起野兔来。吃完野兔后，扎西突然想起危难时刻出现的三尾红狐，抱着想见又怕见红狐的矛盾心情，还是忍不住四处搜寻了一番。最后，什么也没发现的扎西，便骑马朝天葬台奔去。

落日时分，快到天葬台的扎西，又看见空中高翔的雪鹰。非常崇拜神鹰的扎西，兴奋地朝空中打了两声呼哨。或许是雪鹰听懂了欢乐的呼哨声，倏地在空中几个翻滚俯冲后，扶摇直上的雪鹰又朝卡巴拉雪山飞去。见不到雪鹰踪影后，扎西在马上吹着欢快口哨，打马朝尼玛的小石屋跑去。

小石屋内，正炖雪鸡蘑菇汤的尼玛笑了："扎西鼻子真灵，我的雪鸡蘑菇汤没炖好，他就来咯。真是有口福的人。"刚说完，扎西埋头就钻了进来。

扎西刚一落座，尼玛皱着眉头说："扎西，你身上的狼血味咋比我雪鸡汤还浓，该不是又杀了不少大狼吧？"

扎西一惊，又不敢对狼王有感情的尼玛说谎，只好回道："真是啥事都躲不过尼玛大叔灵敏鼻子，确实，我昨夜干掉两头大狼。"

尼玛笑了："呵呵，扎西呀，干掉两头大狼能有如此浓烈狼血味？你尼玛大叔虽无法了结你同大狼恩怨，但对真假之言还是能分辨出的。"

扎西不敢正面回答尼玛，只好说："尼玛大叔真是善解人意之人，能原谅扎西偶尔的善意谎言。您真是我们若拉草原最好的天葬师。"扎西自从知道尼玛跟狼王有着非同寻常关系后,就再不敢在尼玛面前炫耀杀狼战绩。

尼玛给浑身有伤的扎西涂抹上药粉后,便指着炉上铜盆说:"扎西,你知道这两只雪鸡是谁送的吗?"

"莫非,又是您老朋友乌岗狼王送的?"不笨的扎西,看出了尼玛喜悦神情,立即猜中尼玛要说的下文。

"你扎西真不愧是猎狼人,我还没说出口你就明白是谁送的。唉,我看哪,人与猛兽只要能和谐相处,这草原就会变得安宁许多。"

"尼玛大叔真是菩萨心肠,这善念跟法轮寺大活佛讲的没啥区别嘛。"

尼玛笑了:"我的话简单,哪有大活佛说得那样高深。"说完,尼玛就把炖的雪鸡蘑菇汤分成两份,然后把一份多的端给了扎西。喝了几口雪鸡汤,扎西突然问道:"尼玛大叔,您知道草原有三尾红狐吗?"

尼玛想了想,说:"听说过,也闻到过它特殊体味。但我眼不好,从没见过这神秘动物。扎西,难道你见过三尾红狐?"

"我见过。但总是想见又怕见到它。"

"为啥?"尼玛一怔。

"不知咋的,我每次见到三尾红狐,总会发生意料不到的事。唉,我真想知道,这到底是祸还是福?"

尼玛笑了,叹道:"嗨,要弄清神奇的三尾红狐带给你的祸福,我看哪,只有佛祖才能回答你喽。"随即,二人都愉快地笑了。不久,狼吞虎咽的扎西,便将雪鸡蘑菇汤吃得一干二净。

第二天上午,扎西告别尼玛后,就策马朝老鹰岩后山走去。

原来,抑制不住内心激动的扎西,非常想把一夜杀死近二十头大狼的消息,告诉结拜兄弟王剑客,也好在剑客兄弟面前显摆显摆,一吐他压在心中的郁闷之情。很长一段时间里,每当刀疤脸在他面前炫耀一夜杀死十头大狼时,作为猎狼人的扎西,总是感到羞愧和遗憾。

扎西之所以选择去老鹰岩后山寻刀疤脸,是因他俩分手前夜,刀疤脸曾提过想在那架条隐秘绳道,以便更好救出曲珍。暂不想回县城去找结拜兄弟的他，抱着试试心态，就偷偷来到老鹰岩后山林中。

牵马行走的扎西，不久就听到前面密林传来啃嚼骨头的咔嘣声。扎西忙将马拴住，再把烂叉枪靠在树干上，然后掏出短枪悄悄朝前摸去。很快，扎西就发现乌岗狼王同另两头大狼，在林中埋头啃着从匪巢厨房扔下的骨头。怒火猛然蹿起的扎西，哪还容狼王在此欢快享受美食，举枪就朝狼王打去。

听见枪声回头见是老对手出现，乌岗狼王倏地一闪就朝林外蹿去。由于短枪射程有限，连开两枪的扎西仍没击中逃命的狼王。新仇旧恨涌上心头，扎西回身解开马缰跃上马背，率黑獒直朝狼王逃窜方向撵去。

曾无限狂傲的乌岗狼王，这一次撞见扎西，仿佛碰到索命魔鬼般恐惧。两天前同扎西的搏命之战，在狼王看来，此人不仅亡命疯狂，而且还有神异的三尾红狐相助。自狼群逃散后，那朵红色火焰好似一直在它眼前晃动。狼王也是狼。它怕猎狼人又放出红色火焰朝它烧来。想到此，狼王为缩小目标脱身，指使另两头大狼去诱骗扎西上当，自己却独自朝迷宫般的玛尼石城蹿去。

猎狼人扎西哪会轻易再上当。无论另两头大狼怎样在扎西前方奔窜，扎西锁定的目标只是狼王！不久，狂奔的枣红马就离狼王越来越近。由于没了射程较远的叉枪，扎西只好用短枪射击。啪啪几枪后，打不着狼王的扎西更加恼怒，便从腰上抽出卷刃藏刀，右手拿枪左手举刀仍紧追狼王不放。

玛尼石城只有转神山圣湖日子里，才有人去那送些刻有经文的玛尼石，以示对佛祖的敬仰之情。平时在没人时，寂静的玛尼石城常成为狼群会聚地。由于狼王熟悉有着不少巷道的石城，所以狼王首选的逃亡地便是玛尼石城。在狼王看来，只要进了石城，甩掉这索命家伙就不难了。

当疯狂逃窜的狼王钻进玛尼城，猎狼人果然犯了难。扎西曾助旺堆夺银时来过石城，也在石城中同土匪们枪战过，正因如此，他才没忘枣红马奔跑时，要在不到两米宽的石城巷道调头有多困难。冲进石城不久，枣红马速度果然锐减。见不着狼王踪影，扎西急忙喝令黑獒同他分道搜寻，以便撵出狼王。

第二十七章：三尾红狐再现，预示怎样的人狼之战？

不久，缓过劲的狼王在偌大石城中，开始同追撵它的扎西捉迷藏般兜起圈子。东躲西藏的狼王有时故意在巷道尽头一闪而过，有时又从扎西马后冒出。面对速度惊人的狼王，扎西子弹不是打在地上就是打在石墙上。当扎西最后一颗子弹击碎一块度母石像时，吓得扎西下马磕头赔罪后，就将空枪塞进怀中。听见枪声又无法同主人会合的黑獒，有时急得在巷道胡乱狂叫。

狼王发现扎西没了子弹，胆子又开始大起来。为戏弄报复扎西，狼王倏地跃上石墙顶，然后在纵横的石墙间得意纵跳，气得扎西吼叫着挥刀狂撵。有时，狡猾的狼王见扎西快撵上时，立马又蹦跳到旁边墙上，当扎西骑马好不容易转圈撵来时，它又跳到扎西马后嚎几声。扎西几次回身想掷藏刀杀狼王，可又寻不着狼王影子。快被气疯的扎西只好打出呼哨，唤回黑獒来收拾这胆敢戏耍他的狼王！

终于找到主人的黑獒，在扎西手势下，猛地跃上码尼石墙。很快，石墙上就展开獒狼追逐大战。为助黑獒咬住狼王，扎西从马背跃上石墙，挥舞藏刀想劫杀这头给自己带来巨大灾难的家伙。没想到，壮硕狼王在墙上跳跃得如此敏捷，相比下，体格高大的扎西显得笨拙而迟缓。几十个回合后，凶猛黑獒已两次掉下石墙又艰难蹿了上来。累得直喘粗气的扎西，在连续几次快速跨墙纵跳时，一不小心掉下石墙摔了个手脚朝天。玩够了的狼王见溜之大吉时机已到，纵跳下石墙就朝山上蹿去。

听见黑獒拼命狂叫，从地上狼狈爬起的扎西，又翻爬上玛尼石墙。扎西刚站起，就发现朝山上逃走的狼王。气急的扎西纵身跃上马背，猛叩马镫又朝狼王撵去。黑獒见此，也跳下石墙朝枣红马追来。

刚撵过小山坡，扎西发现狼王已朝更高石山逃去。一心想干掉狼王的扎西哪肯罢休，打马又朝更高石山追击。蓦地，从卡巴拉雪山飞来的雪鹰，久久盘旋在石山上空，也来观赏精彩的人狼之战。随着海拔增高，山势越来越陡峭险峻。口吐白沫的枣红马，已累得驮着主人缓慢行走。关键时刻扎西只好下马，挥着藏刀踉踉跄跄朝狼王撵去。

狼王沿一条野山羊踩出的小道，喘着粗气朝山顶逃去。被逼得走投无路的狼王，也想置对手于死地，但它用的险恶招数，却是扎西难以想到的。就这样，亡命的狼王已将扎西，诱上一条通往云端的不归路。

刚转过一个小弯，开始贴着石壁前行的扎西，猛然听到头顶传来一种奇怪叫声。扎西循声望去，令他想不到的是，他见三尾红狐站立着冲他直叫。定了定神的扎西再睁开眼，刚出现的三尾红狐已无踪影。此时，狼王回头又朝扎西挑衅地嚎了两声。顾不上寻找红狐的扎西，举着藏刀又朝不远的狼王追去。

爬上狭窄斜坡后，乌岗狼王终于将扎西诱骗至悬崖顶。看了看深不可测的山谷，长长舒口气的狼王，趁扎西刚要爬上崖顶，一个短距离冲刺猛地跃起，企图从扎西头顶跃过然后顺来路逃走。狼王断定，这大块头家伙在如此狭窄山道是无法快速转身的。若想急着转身追它，这握着破藏刀的家伙定会掉下悬崖摔死！

狼王如意算盘打得不错。就在狼王飞跃至扎西头顶时，急得乱了方寸的扎西跳起用藏刀直朝狼王肚子捅去。由于扎西起跳不稳，凌空身子倾斜时藏刀并未刺中狼王。不想放过狼王的扎西，情急下在空中下意识伸出左臂，用手抓住狼王后腿。狼王用力挣扎时，致使扎西身体落点发生变化。就这样，扎西喊叫着同狼王一道朝山下摔去。黑獒见主人在空中喊叫，也慌忙跃起随扎西跳下山谷……

昨晚，在教堂被丹珠和桑尼追问何时营救曲珍时，被问得心烦的刀疤脸只好说："唉，二位妹妹，你们看，我和扎西大哥不是一直在想办法吗。这不仅只关乎救曲珍的事，还有麻风病医院的事，弄得我和扎西这一年来，真是头都大了啊。"见刀疤脸有些不高兴，闷闷不乐的丹珠和桑尼，借口要去探望教友阿佳央宗，就离开了教堂。

心情不爽的刀疤脸见丹珠二人离去，就独自去了醉一春酒馆。自从跟罗金刚相识交好以来，刀疤脸就再没同玉香有过肉体接触。在漫长冬季里，玉香曾几次要他去她那过夜，刀疤脸均以各种理由婉拒了玉香。尽管如此，玉香仍非常理解血性汉子刀疤脸，她在尊重刀疤脸选择时从没怨恨过他。同玉香在酒馆喝了一个多时辰酒后，倍感无趣的刀疤脸走回小院，就倒床蒙头呼呼大睡……

清晨，略带寒意的凉风吹醒躺在谷底的扎西。满脸血迹的扎西睁开眼看看四周，黑獒仍忠实护卫在他身旁。离扎西不远有滩血迹，扎西见黑獒身上又有新伤，回忆起昨天情景，扎西很快明白那血迹或许是狼王留下的。于是，缓过劲的扎西想挣扎坐起。

"哎哟。"一阵钻心刺痛从双腿传来。根本无法坐起的扎西明白，他不听使唤的双腿已被摔折。满含泪水的扎西看见不远处藏刀，示意黑獒将刀衔在主人面前。随后，扎西咬牙用藏刀撑地，慢慢挪到大石旁，将头靠在石上，然后又摸摸摔折几根肋骨的腰。剧烈疼痛使扎西的脸已扭曲变形。稍后，有些绝望的扎西望着天空，泪水潸然而下……

一个多时辰后，从昏迷中再次醒来的扎西，见黑獒从远处跑来，没想到，跑拢的黑獒将一只抽搐的大山鼠放在扎西身边。扎西明白，这是黑獒给他找寻的食物。扎西苦笑一下，泪水再次无声流下。突然，扎西一声大叫："哦呀，我有办法了，我有办法了。"说完，扎西立即取下颈上十字架，套在黑獒脖子上，又用藏刀割下一块凝血藏袍让黑獒衔上。检查后，扎西指着谷外拍着黑獒头说："快去，给我叫剑客兄弟，快去叫我的剑客兄弟来……"已明白主人之意的黑獒，倏地就朝山谷外奔去。

黑獒撞开小院大门时，午时已过。看见十字架和凝血藏袍，大惊的刀疤脸立马预感扎西兄出大事了。反应机敏的刀疤脸明白，黑獒如此到来就是扎西的求救！事不迟疑，刀疤脸立马狂奔到春风茶庄，向巴登说完他的分析，巴登听后二话不说，立马叫上钦嘎热、小秋哥和吴三娃。刀疤脸五人背着快枪，随黑獒打马朝玛尼石城方向奔去。

不到两个时辰，刀疤脸五人就在山谷找到了扎西。好一阵后，昏迷的扎西终于被抱着他的刀疤脸唤醒。见着扎西受伤的惨样，巴登跪下说："师父，我巴登对不住您哪，让您伤成这般模样。"说完，巴登就呜呜抹起泪来。

刀疤脸顿时火了，冲巴登说："你哭啥，你师父危在旦夕，先救人要紧！"很快，扎西对刀疤脸简述了自己伤情。刀疤脸听完凝眉沉思时，巴登又蹲在扎西身边说："师父，来，我背你回去。"刀疤脸一把拉过巴登，说："你没听见吗，扎西两腿重伤，肋骨还不知折了几根，若趴在人背上背回去，反会加重伤情。"

"那咋救我师父呀？"巴登含泪朝刀疤脸低声问道。

刀疤脸顾不上搭理巴登，扫视几人后果断对巴登说："去，把我和你的马牵来并排站在一块，然后把我们几杆长枪，绑在两匹马的鞍上，我们再在枪上铺上衣服和藏袍，这样做成临时移动担架，让扎西躺在上面，才能将伤势严重的他运回县城。"话音刚落，小秋哥忙将两匹马牵来。随即，在几人七手八脚努力下，很快绑好马背上的移动担架。

吴三娃在前面控制住马后，刀疤脸几人终于把沉重的扎西举抬到马背担架上。尔后，钦嘎热和小秋哥分别又托住扎西两条受伤大长腿。刀疤脸见扎西点头后，才命令吴三娃牵马慢慢朝山谷外走去……

第二十八章

猎狼人寺院接骨，王剑客英雄救美

雪鹰在刀疤脸一行上空久久盘旋，似乎在为昏迷中的扎西送行。

送扎西回县城的路上，刀疤脸为扎西在何处医治的问题上，同巴登发生了严重分歧。巴登为弥补曾经的过失，想要把他师父弄回自家雕楼大院，并保证再请两名下人来护理扎西。刀疤脸深知内疚巴登的真情实意，但刀疤脸还是认为扎西暂不宜去雕楼大院疗伤，拒绝了巴登。想不通的巴登一再问刀疤脸，他作为徒弟，有权有义务护理师父，而且他还有优越经济条件，请打箭麓最好的医生为师父治伤。刀疤脸回了一句话，就让巴登闭了嘴。

"巴登掌柜，你是否忘了，扎西为啥离开春风茶庄的？"正是这句戳心之语，让十分懊悔的巴登盯着刀疤脸，只好让押运队长决定扎西去哪治伤更合适。快到县城时，曾听说大活佛有接骨秘术的刀疤脸，命令牵马的吴三娃，把扎西驮往法轮寺。

黄昏，来到法轮寺大门外，下马的刀疤脸要巴登同他一道进去，求喜喇大活佛收留伤情严重的扎西。随即，刀疤脸就急匆匆朝寺内走去。

正在院内带小弟子们习武的嘉央措，见手握藏刀腿插短枪的刀疤脸风风火火闯进寺门，忙用铁棒拦住刀疤脸喝问："王剑客，这是法轮寺，不是任你撒野的大草原，由不得你随便出入！"刀疤脸立马明白，记恨他的铁棒喇嘛终于寻到报复他的机会，心急的他只好回道："嘉央措，我有急事求见大活佛。"

"大活佛正在打坐，你一个时辰后再来！"

刀疤脸急了："我有重要人命大事同大活佛商量，哪能等到一个时辰之后！"说完，握刀的刀疤脸径直朝大经堂走去。

"给我站住！"随即，嘉央措再次用手中铁棒拦住刀疤脸。很快，一群手拿铁棒的小弟子也将刀疤脸团团围住。见此状况，气得两腮颤抖的刀疤脸唰地举起藏刀，指着嘉央措咬牙说："你这家伙怎如此不通情理，我若没人命关天大事，咋可能来求法轮寺大活佛！"说完，刀疤脸用刀挡开铁棒，又要强行往里闯。

嘉央措见刀疤脸要强闯大经堂，忙高声喊道："弟子们，把这坏我寺规的家伙赶出法轮寺！"说完，嘉央措率先举棒就朝刀疤脸打来。其余小弟子见状，也围着刀疤脸一阵乱棒挥打。被逼迎战的刀疤脸闪电般挥舞藏刀，几个回合就将铁棒喇嘛们打退。这时，冲进的巴登忙拦住嘉央措说："哎呀，我们有急事见大活佛，你们为啥要刁难王剑客？"

听巴登说后，嘉央措立马放下手中铁棒。原来，嘉央措知道巴登是旺堆土司公子，也是春风茶庄掌柜。更重要的是，这些年，旺堆土司一直是法轮寺的重要供养人。没极重要的大事发生，任何寺庙与僧人，都不愿得罪自己的忠实供养人。

正当嘉央措要向巴登解释时，听见吵闹打斗声的大活佛，手持一串长佛珠匆匆走来。刀疤脸和巴登即刻上前，向大活佛说明来法轮寺原因，喜喇活佛双手合十说："阿弥陀佛，救苦救难，是佛祖要求出家人需永远秉持的善心。你们快把猎狼人抬到我隔壁禅房吧，施救，才是我们此刻该做的事。"

巴登听后，忙上前躬身说："尊敬的大活佛，谢谢您的菩萨心肠。在此，我先代表我阿爸和春风茶庄表个态，我扎西师父在寺院所有费用，均由我巴登一人承担，今后我师父身体康复后，我再赠法轮寺三百斤酥油和八百斤青稞面粉。"

"阿弥陀佛，巴登掌柜，佛祖从不勉强人去做他不喜欢的事。佛祖只是告诉众生，何者是善，何者是恶。我法轮寺既答应救治猎狼人扎西，就不会考虑回报问题。若是那样，佛祖就会对伪善者以惩罚，我的灵魂也将永不安宁。"说完，大活佛对铁棒喇嘛们将手一挥，随即，众弟子便迅速退到一旁。

很快，走出寺门的大活佛，看了看躺在马背担架上仍处于昏迷状态的扎西，对刀疤脸和巴登说道："抬进去吧，我会尽全力救治伤势严重的猎狼人。"尔后，众人慢慢将扎西抬移下马背，朝寺内走去。刀疤脸低声对大活佛求道："尊敬的大活佛，扎西进法轮寺治伤这事，您能否让寺内僧人封锁消息？"

大活佛一愣："治病救人是善举，为何要封锁消息？"

"大活佛，猎狼人情况特殊，封锁消息既跟土匪有关，还与草原上的狼群有联系，切望大活佛重视我建议，以免给法轮寺带来意外之灾。"

"哦呀，如此说来，我还真得下令封锁扎西治伤消息。"大活佛忙点头向刀疤脸回道。

老鹰岩大殿，喝酒的黄大郎一伙，为经费紧张问题，正热火朝天讨论下一步行动方案。

黄大郎生气地说道："哼！狗日的猎狼人，自从他几次打我们冷枪后，弄得老子还不敢随便下山了。"

泽木剌说道："大哥，只可惜我去年雪顿节那一枪，没把他送上西天，算那家伙命大。"

三寸丁说："大哥，要不是春节时秦妈告诉我们，那大块头猎狼人还活着，恐怕，误以为他死了的我们，不知还要吃他多少大亏。"

黄大郎说："所以，现在我们的人不能单独在白天下山，以免被猎狼人盯上遭暗算。唉，那狗日的肥土司，居然一年过去了，他也不拿银子来赎他女儿，还有洋教堂的牧师，也不拿银子来交地皮费。上半年掘墓弄回的几千两银子，除买回些快枪外，现也早花完了。你们说说，下一步我们该怎样才能弄到钱？"

泽木剌说："大哥，这方圆百十里的有钱人家和商户，我们不是已反复筛查过吗。似乎已找不出更好的下手对象了。要不，我们到雅安或是理塘、巴塘去游击一下，也许还能搞点银子回来。"秃子听后，立即表示赞同二头领建议。

"此建议不错，可考虑采纳，但我们也须谨慎行事才行。大家再想想，看还有没更好建议。"

沉思后的三寸丁又开了腔："大哥，我和我爸在成都卖艺时，曾听说成都袍哥有派款一说。原我根本弄不清派款是啥意思，后来才弄清，派款就是给大户和商户强行摊派银子，以收保护费名义要钱。我认为，我们也可在若拉草原试试这办法，您认为咋样？"三寸丁话音刚落，众匪就兴奋议论开来。

黄大郎喝下大口酒后，红着脸向三寸丁问道："老三，你说说，我们该如何在草原派款才好？"

三寸丁嚼吞完一坨牛肉，低声说出自己想法后，众匪都抑制不住兴奋拍起掌来。黄大郎再次问道："老三，照你这办法，我们也可向曲巴和贡布头人派款喽？"

三寸丁听后，立马从腰上拔出左轮手枪往桌上一拍，说："大哥，若他们敢不接受派款，我们手中几十杆快枪，那绝不是吃素的！"

黄大郎忙朝三寸丁竖起拇指说："老三，你不愧是我好军师，若这派款计划能成功一半，我愿把曲珍小娘们儿让你睡三天，咋样？"说完，众匪全都笑了起来。

全寺庙僧人都知道，王剑客曾偷藏灵塔数日，又违反寺规天天喝酒，喜喇活佛以寺院不便留俗人过夜为由，要刀疤脸自寻地方过夜，他会派人看护好扎西。分手时，大活佛让刀疤脸明天带两只活的大公鸡和两瓶烈酒来，说要为扎西接骨时所用。

听完，刀疤脸十分诧异问道："大活佛，难道大公鸡能为猎狼人接骨？"

"大公鸡当然不能为扎西接骨，但它能在救治扎西时，发挥特殊作用。草原剑客，你就别打破砂锅再问啦，到时你自会明白。"

刀疤脸疑惑地离开法轮寺后，喜喇活佛立即给嘉央措交代了一个极艰巨任务：要他立马率学功夫的小弟子们，去四处搜寻柳枝，为即将开始救治扎西做好准备。

当天夜里，待扎西苏醒后，喜喇活佛向猎狼人详细了解了伤情，并对扎西身体做了全面检查。查看完后，没听到一声呻吟的大活佛不断感叹："扎西不愧是若拉草原铮铮硬汉，要是换了常人，从那么高山崖摔下，小命早就没了。"

第二天，红日刚从地平线上升起，喜喇活佛再次对扎西腿骨和肋骨做了细心触摸。心中已有数的大活佛立刻同嘉央措几人，迅速把剥了皮的柳枝修整成各种骨形，然后又把稍粗柳枝中间打通成骨腔状。当整了形的柳枝准备完后，大活佛又从卧室箱中，拿出一包可做手术用的各种大小刀具，交给嘉央措去火上消毒。

午时未到，刀疤脸和巴登提着两只挣扎大公鸡和两瓶烈酒，匆匆来到法轮寺。刀疤脸晃动手中物品，着急地问大活佛："尊敬的大活佛，这两只大公鸡和两瓶烈酒，难道真能保证救治好我的扎西兄？"

大活佛指了指室内整过形的柳枝，说："为猎狼人接骨，主要全靠它们。"

刀疤脸大惊："啥，这些柳条能为我扎西兄接骨？大活佛您这不是跟我开玩笑吧？"巴登听后，也将头摇得像拨浪鼓一样，难以相信。

"二位放心，我采用的是两百年前就在清军中使用过的神奇柳枝接骨法。而且我还自信地告诉二位，我在这几十年时间里，用此法救治过不下二十名摔断腿骨或肋骨的草原病人。今下午，我就开始替扎西接骨，让他尽快脱离危险期。"

刀疤脸和巴登面面相觑，似乎仍对大活佛之言将信将疑。

午时刚过，几名小沙弥就把一大盆熊熊燃烧的牛粪火抬进扎西房间。为让刀疤脸和巴登见证自己救治扎西，大活佛破例让刀疤脸和巴登也进了扎西房间。透过寺庙高窗，午后阳光有部分刚好能照到扎西身上。为慎重起见，大活佛叫嘉央措几人又在室内点亮二十盏酥油灯。待一切准备就绪，大活佛命嘉央措关上房门，然后他拿起在火里与烈酒中消过毒的锋利小刀，就在扎西身边忙碌开来。

待扎西喝过大活佛自制的麻醉汤起作用后，大活佛在扎西肚子上用小刀在紫草药水画出的区位一划拉，断裂的肋骨就显露出来。在小沙弥用棉纱擦净血后，大活佛忙换用稍大些藏刀，将扎西断肋骨两端的碎骨切除，然后又将保留下来的骨头一番打磨。此时，痛得满头大汗的扎西，紧咬嘴唇一声不吭。

近一个时辰后，只见大活佛快将骨腔状柳枝对接装完五根肋骨时，喜喇活佛忙扭头对刀疤脸吩咐："王剑客，快杀只鸡把它热血给我端来。"随即，刀疤脸抽出藏刀，将鸡脖子一拧，一刀划拉后，大公鸡鲜血很快流进碗中。

大活佛依次在肋骨和代替骨头连接的柳枝切面间，迅速涂上热的生鸡血，再把能催生肌肉生长的"石青散"撒在肌肉上。当大活佛用消过毒的棉线缝好扎西肚上伤口后，又在伤口接合部位敷上秘传的谦和庐金汁膏，并在腰上绑上木夹板以固定骨位不致偏移。

此刻，疼得浑身是汗的扎西又昏死过去。

待嘉央措用布巾给喜喇活佛额头擦去大汗后，神色严峻的大活佛又对助手们吩咐："快，我们继续给扎西接腿骨。"嘉央措几名助手忙碌一番后，很快又做好接骨准备。

想了想的大活佛，扭头对刀疤脸和巴登说："现在扎西处于昏迷中，为防他疼醒时扭动，你俩站在他身子两边，若他动弹你俩必须给我死死摁住，以免影响给他接骨。"刀疤脸二人听后，忙迅速站在扎西身子两边。

很快，大活佛又用刀划开扎西小腿肌肉皮。找到断骨处后，大活佛又如法炮制，将碎骨头两端切除磨平，然后将骨腔状柳枝套上，尔后又涂上热的生鸡血。随之，大活佛再将"石青散"撒在肌肉上，把腿骨皮缝好后，又在接合部敷上金汁膏，随后又用木夹板以固定骨位。

这时，早疼醒的扎西一动不动。睁着一双大眼瞪着屋顶，紧咬已渗出血的嘴唇。刀疤脸见扎西如此这般强忍，担心出事的他伸手在扎西眼前晃了晃。

扎西说道："兄弟，你给我一边去，别在此碍我接骨。"

刀疤脸带着哭腔回道："扎西兄，我知道接骨不易，你就哼一声吧，或许能减轻些痛感啊！"

巴登忙跪在床边，哭着说："师父呀，看您疼得嘴唇都咬出血了，王剑客说得有理，您就叫喊两声，定能减轻您疼痛。"

刀疤脸又说："扎西兄，就是当年关云长刮骨疗伤，他手术也没这么复杂，伤势也没你重嘛。真没想到，你一声不吭就这么挺过来了。嗨，你真不愧是猎狼人硬汉哪!"

扎西咬着牙说:"兄弟说得对,我扎西就是猎狼人硬汉。"

大活佛见扎西和刀疤脸几人说个不停,忙对嘉央措交代:"快去把催眠汤端来,让扎西喝上一大碗,再让他好好睡一觉,三天过后,扎西疼痛自然会减轻许多。"

之后,刀疤脸和巴登,随疲惫的大活佛来到法轮寺客室。

喝过酥油茶,有些忐忑的刀疤脸忍不住向大活佛问道:"尊敬的喜喇大活佛,我今天见您用柳枝接骨,请问,用这方法救治扎西,他半年后能站起来吗?"

大活佛心里清楚,这号称草原剑客的汉子,根本不相信这柳枝接骨法。为打消刀疤脸疑虑,大活佛自信地说:"王剑客,你习过武,我也知你是扎西的结拜兄弟,今天,我就实话告诉你吧,由于柳枝组织纤维和骨小梁的构造很像,可以引导骨小梁再次生长,所以,我这神奇的柳枝接骨术,会使猎狼人三周内快速实现骨骼愈合。莫说半年,三个月后,我就可让扎西下地站立!"

刀疤脸听后彻底愣了。他这习武之人清楚,伤筋动骨也要百日才能初步恢复,何况,扎西断的是肋骨和承重的腿骨。扎西这么重的伤难道真可三个月后就能下地行走?想到这,心中暗急的刀疤脸起身给大活佛跪下说:"大活佛,您说的可是真的?"

"王剑客,我是言行谨慎之人,难道在这法轮寺里,我喜喇活佛还敢乱打诳语不成?"

"若果真如此,我就替我扎西兄谢谢大活佛。"说完,刀疤脸连向大活佛叩了三个响头。巴登见状,也忙跪下,双手合十对大活佛说:"喜喇大活佛,您如此费尽苦心救我师父,您就是我们若拉草原活菩萨啊……"

随后,刀疤脸起身问道:"大活佛,我好奇问问,莫非这神奇的柳枝接骨法,是您老人家发明的?"

"阿弥陀佛,此接骨术不是我发明的。两百多年前,清军攻占四川时,是清军随军医生谦和庐发明的。而又在一百多年前,一名离开清军的江湖游医来我康巴藏地,将此术传给了法轮寺大活佛。就这样,我法轮寺大活佛代代相传，三十年前，我也学会了柳枝接骨术。若不是这样，我哪有本事救治你的扎西兄呀。"说完，大活佛美美地笑了。

首先破了自己定下要封锁扎西治伤消息的，却是草原剑客刀疤脸。

扎西接骨十天后，拆了线的扎西疼痛虽减轻许多，但只要刀疤脸见着头缠绷带，腰和腿都绑着木夹板沉默不语的扎西，他就十分难受和心疼。开始动恻隐之心的刀疤脸知道，除大活佛和嘉央措，能在检查伤情时对扎西说上几句安慰话，剩下的，就只有他和巴登每天能短暂陪陪扎西。这些大男人说不出温柔体贴话，而硬汉扎西犹如猛兽困在室内，一定会想念他喜欢的丹珠和桑尼。

思来想去，刀疤脸觉得此事只告诉丹珠和桑尼，似乎有些不妥，说不定，寺庙管理人员还不许丹珠和桑尼进法轮寺。无奈的刀疤脸，只好将扎西隐情告诉丹珠和桑尼后，又带上两位美女去见约翰牧师。牧师听完扎西伤情大惊："王剑客，猎狼人扎西伤情如此严重，你为何隐瞒至今才告诉我们？"

刀疤脸只好将封锁消息原委讲了一遍。牧师听后，忙说："事不宜迟，今天我和丹珠与桑尼，无论如何也得去探望有恩于我们教堂的扎西。"说完，牧师带着丹珠和桑尼，匆匆离开教堂朝法轮寺走去。刀疤脸笑了。他知道，只要有约翰牧师开路，丹珠和桑尼准能见到扎西，因为，为信仰而活的大活佛，绝不会难为同样为信仰而活的约翰牧师。

守在扎西门外的大黑獒，见大活佛领着约翰、丹珠和桑尼朝主人房间走来，大黑獒忙摇着尾巴，亲昵地朝丹珠和桑尼跑来。走进房后，约翰、丹珠和桑尼三人，见躺在床上浑身绑着木夹板头缠绷带的扎西，全都傻了眼。这床上露出忧郁双眼的人，哪像往日高大英俊叱咤草原的猎狼人！在丹珠看来，这浑身绑着木夹板的扎西，更像一头待宰的野牦牛！

大活佛向话音低沉的扎西问过伤情后，回身对约翰说："扎西德勒，约翰牧师，扎西伤情虽有好转，但仍在艰难恢复中。你们几人既来探望扎西，可跟他说说话，但别耽误太久，影响他休息。"说完，活佛就同嘉央措离开了房间。

大活佛刚出门，桑尼哇的一声大哭，就扑到扎西身边："扎西啊，你咋伤成这样了，你——你还能好起来吗……"听着桑尼哭声，丹珠抹着泪向前探视扎西头部伤情。无意间，丹珠发现仍挂在扎西颈上的十字架。丹珠摸了摸十字架，然后用手在自己胸前画个十字说："上帝保佑，祝愿扎西大哥早日康复。"约翰退到丹珠身后，也默默擦着自己眼泪。

丹珠刚扶起不断哭泣的桑尼，刀疤脸和巴登就走了进来。刀疤脸轻轻走到牧师身边，低声说："尊敬的约翰牧师，刚才大活佛让我告诉您，为不影响扎西休息，他特准许你们教堂人员三天来一次寺庙，可探望扎西一个时辰。如果你们违反规定，护寺的铁棒喇嘛，就不再准许你们进寺了。咋样，你们能做到吗？"

约翰叹道："唉，这大活佛也太不近人情了，咋才准我们三天来探望一次扎西呢？"

丹珠也反对："不行，我得去找大活佛理论，最少我们得两天来探望扎西一次，不然，我们咋对得起送我们两千两银票的猎狼人大哥呀？"

刀疤脸忙拦住欲出门的丹珠，说："扎西伤情特殊，大活佛这样做，已是对你们洋教堂开恩了。丹珠别急，我自有办法，很快改变这看来有些不合情理的规定。"

丹珠问："剑客大哥，你有啥法改变大活佛决定，能告诉我们吗？"

刀疤脸故作神秘地说："丹珠小妹甭急，五日后你们就知道了。"刀疤脸刚说完，约翰就告诉刀疤脸，说他们的教友阿佳央宗，因苦苦思念已失踪一年多的女儿曲珍，现已神经失常了。

刀疤脸听后大惊。送别约翰三人后，刀疤脸独自匆匆去了泽翁铁匠铺。他要提前启动营救曲珍的计划……

刀疤脸到春风茶庄叫上巴登，二人提着准备好的礼物，再次按往常习惯，到法轮寺探望仍无法动弹的扎西。闲聊后，刀疤脸告诉扎西说："我明天将同巴登去萨嘎部族，同贡布头人商谈购买皮张和预定明年砖茶之事，估计要三天后返回。"

扎西听后，用低沉声音回道："兄弟，你得尽快返回，我一天见不着你，心里就闷得慌。没你在我身边，我的伤就难以恢复哩。"想用善意谎言安慰扎西的刀疤脸,没想到他的扎西兄,也在用同样方式对他。

"没问题,我办完事就尽快返回打箭麓,首先向我猎狼人兄长报到。"扎西听后笑了,调皮的朝刀疤脸眨了眨眼睛。

从法轮寺出来,刀疤脸和钦嘎热与吴三娃,随巴登去了旺堆的雕楼大院。没想到,虽只有五人吃饭,旺堆却用极为丰富的佳肴招待刀疤脸几人。吃饭前,旺堆端起酒碗认真地对刀疤脸说:"今晚,我特为你和几位好汉壮行。若能成功救回我家曲珍,你跟扎西一样,也是我家大恩人。今后,若有用得着我的地方,只要你押运队长一句话,我旺堆定将义不容辞支持你!"刀疤脸听后,立即点头同旺堆干了碗中酒。

不久,当刀疤脸喝完一瓶茅台烧春后,严肃地对旺堆说:"旺堆掌柜,此行救曲珍,请您给我二千两银票,以备意外时用。"

旺堆颇感意外,忙问:"押运队长,你去老鹰岩,难道用二千两银子就能赎回曲珍?"

"旺堆掌柜,我再说一遍,这二千两银票是为发生意外准备的,若为赎曲珍,土匪不敲您八千两银子才怪。"

旺堆默想片刻,立马说:"好好,我照你说的办就是。"说完,旺堆很快从柜中拿出张二千两银票交给刀疤脸。见快到了夜,刀疤脸将手一挥:"走,此时出发正是好时机。"说完,刀疤脸和巴登几人,背起快枪和背包来到院中。几人跃上早已喂饱的骏马,出院朝老鹰岩方向奔去……

接骨手术已过去十多天,仰躺得恼火的扎西让替巴登来探望他的小秋哥,用小卡垫将他头部垫起抬高,以便他能通过打开的木窗,看见窗外庙顶和遥远天空,以解他成天只能仰望房梁的郁闷。谁也难以理解,习惯了草原纵马驰骋的扎西,囚徒般困在寺中有多懊恼难受。

午后不久,天空便阴沉下来,尔后,窗外就响起呜呜风声。当智空管家来关窗时,扎西立马叫智空别关,他说今夜他要看看星光,不然就会影响他疗伤心情。和善的智空见扎西今天异常执拗,也就依了扎西并不过分要求。

一个时辰后,几只野鸽飞落窗外庙顶,不时还咕咕欢叫一阵。稍后,一群老鸦也朝庙顶飞来，歇落在庙顶屋脊上。由于老鸦体形比野鸽稍大，野鸽们便自动退往一边，不再神气地咕咕欢叫了。见庙顶有了野鸽和老鸦活动，扎西心情似乎好了许多。

没想到，有两只看不惯野鸽的老鸦朝野鸽们走去，大有驱赶野鸽之意。蓦地，一只假装害怕的野鸽突然飞起，朝寺外急飞而去。很快，那只飞走野鸽引来一大群野鸽，全扑棱棱歇落庙顶。仅片刻工夫，为首的鸽王便率几只野鸽朝逼近的两只老鸦啄去。随即，两只老鸦被啄掉几根羽毛，慌忙退回自己队伍。

很快，被逼到屋顶边的众鸦，朝天空发出一阵疯狂叫声。不久，众多黑鸦就纷纷从别处朝庙顶飞来。躺在床无法起身的扎西，顿时来了兴致，他预感到鸽鸦们定有一场对手戏将要上演。

果不其然，体形硕大的鸦王见自己队伍壮大后，立即飞起朝鸽王扑去。哪肯轻易让出地盘的鸽王，立马飞起迎战鸦王。就这样，当鸽鸦两王在庙顶上空相互追逐大战时，大群鸽鸦有的飞起有的就在庙顶，展开了一场你死我活的鸽鸦大战。刹那间，只见庙顶上空羽毛翻飞，嘶叫声翅膀扑打声响起一片。

众僧见状，都纷纷会聚院中观看庙顶的鸽鸦大战。为制止鸽鸦混战，大活佛命声音洪亮的嘉央措吆喝几声，来驱赶这群不顾死活大战的鸽鸦们。谁知，嘉央措高喝十来声后，鸽鸦们根本不理会铁棒喇嘛的吼叫声，仍在庙顶和天空相互追逐。扎西看见，有众多灰色和黑色羽毛，纷纷飘落院中。

十多分钟过去，渐渐招架不住的野鸽们，有的仓惶飞走，有的伤势严重躺在庙顶再也站不起来。还有两只抽搐野鸽滚落掉在院中，挣扎后很快死去。几只受伤老鸦也在庙顶翻滚扑腾。见败局已定，受伤鸽王发出两声咕咕声后，便朝寺外飞去。其余野鸽见鸽王飞走，也惊慌起飞逃离。

转眼间，扎西见庙顶各处站满黑鸦。骄傲的鸦王走到庙顶屋脊，昂首挺胸伸着脖颈朝天空欢叫几声，随即，众鸦也跟着鸦王发出一阵颇具震撼力的叫声。异常惊讶的扎西愣了，他从没听见过这种颇有气势的鸦叫声，更没想到，这些从单个看来并不起眼的生命，为生存拼斗时，却有着无比强大战斗力！唉，难怪被他追杀的草原狼，有时反抗起来竟可威胁到他生命……

按刀疤脸计划，在离老鹰岩后山还有五里地时，几人就下了马。吴三娃照刀疤脸吩咐，将几匹马藏在事前选好的林中。随即，刀疤脸和巴登、钦嘎热朝老鹰岩后山摸去。黎明前，浑身用树枝伪装的刀疤脸，就用刚从泽翁那打制的更粗壮结实的铁爪钩，攀上半山腰大树躲藏起来。令刀疤脸惊诧的是，他刚藏好身子，紫色双头大蝙蝠就绕着大树飞了三圈。难道，这是不祥之兆……

之前，刀疤脸想架一条隐秘绳道救曲珍，来老鹰岩后山观察几次后，他发现要架绳道太难，何况，没一点功夫的曲珍也不可能通过绳道逃走。最后，无奈的刀疤脸只好改变营救办法：他加粗铁爪钩和绳索的目的，是想独自背着曲珍从后山逃走。为慎重起见，他决定躲在山腰大树观察两天，摸清土匪游动哨兵规律再采取行动，以免救不出曲珍还搭上自己性命。

自去年春，刀疤脸想盗回宝贝酒壶被发现后，黄大郎确实在后山增加了游动哨。一年多过去（上次刀疤脸来救曲珍，卓玛除告诉曲珍外，确实没对任何人提起），黄大郎见后山风平浪静，再没发生过意外，雪顿节后，便只留一名游动哨兵，警戒并不复杂的后山。

担任接应的巴登和钦嘎热，也用树枝伪装后趴在林中一动不动。离开雕楼大院时，旺堆一再叮嘱巴登，此次营救曲珍，一切行动定要听押运队长指挥。旺堆还说，仅凭王剑客这份侠义英雄气，无论营救成功与否，他都是我旺堆家的大恩人。果然，自从雕楼大院出发后，巴登就像卫兵一样忠实执行刀疤脸命令，身上再也见不到丁点掌柜影子。

通过一整天仔细观察，刀疤剑庆幸自己终于摸清土匪岗哨游动时间和规律。天黑后，刀疤脸暗自决定明天黎明前行动，提前救出曲珍。做出决定后，刀疤脸用鸟叫声向巴登和钦嘎热发出了信号。信号刚发出，双头大蝙蝠呼的一声，又从刀疤脸头上掠过。慌忙搜寻一番夜空，刀疤脸不免心头一紧……

虽是仲秋时节，但高原之夜仍有些寒冷。伪装隐藏在大树上的刀疤脸虽做了充分准备，但依然冻得直打哆嗦。好在刀疤脸怀中皮囊有酒，当他再次掏出皮囊大口喝下酒后,不禁低声自语道:"待会儿我上去后,老子为救出曲珍,看来只得'十步杀一人,千里不留行'了。说完,刀疤脸悄悄取下身上伪装网,然后将薄棉衣和皮囊绑在树干上。瞧准山上哨兵游动到别处时,他唰地抛出铁爪钩将大石槽钩住。蹭蹭蹭几下,右腿挂着左轮手枪,左腿插着短刀的刀疤脸,很快就蹿上老鹰岩后山。

躲藏厨房边的刀疤脸,听着背枪哨兵慢慢走近的脚步声,猛然心间升起嗜血的兴奋感。他好久没杀人了,为成功救出曲珍,他第一步必须除掉土匪哨兵。待哨兵刚回身又朝前走动时,手握短刀的刀疤脸从后闪电般蹿上,一个快速锁喉动作后,他一刀朝哨兵心窝捅去。转眼间,哨兵身子一软就瘫倒在地咽了气。刀疤脸迅速取下哨兵身上快枪,随即将枪藏到没上锁的厨房门后,然后抓起匪尸就朝山下扔去。

由于曾两次上过老鹰岩后山,刀疤脸早已熟知黄大郎房间位置。他从腿上拔出手枪快速朝黄大郎房间奔去。当刀疤脸推不开黄大郎房门时,他顿时傻了眼。他不知自他第一次上山后,黄大郎叫手下加固了房门,而且木门上还蒙上一层铁皮。如果他此刻强行闯入,不仅救不了曲珍,有着长短枪的黄大郎,可能还会要了他小命。想到此,急出汗的刀疤脸,竟望着房门无可奈何地咬牙甩了甩头。

黎明即将到来。若不在半小时内救出曲珍,曙色升起后,他就只得无功而返。

具有急智的刀疤脸,毕竟是当过盗马贼的草原剑客。他立马快速返回厨房,然后将厨房瓢盆故意弄出响动声。刀疤脸认为,作为厨妇的女人们,住处一定离厨房不远。听到响动声后,她们定会来厨房看看,是否有山猫或山鼠偷吃牛羊肉。

机智的刀疤脸想法完全正确。听到厨房响动声后,本该快起床升火煮食的卓玛匆忙穿好藏袍,快速朝厨房走来。刚进厨房,刀疤脸猛地从门后闪出,将卓玛嘴捂住说:"厨房女人,我俩又见面了。"

卓玛睁着大眼惊恐看着刀疤脸,嘴里发出呜呜声,不断朝刀疤脸点头。刀疤脸眼珠一转,忙放下紧捂卓玛嘴的左手,用枪指着卓玛额头说:"我俩已是第三次见面了,我知你是被抢来做饭的女人,所以,我不会杀你。但，你必须告诉我实情，若不说真话，你就会像哨兵一样，被我扔下山喂狼。"

卓玛忙问："好汉，你又是为救曲珍而来吧？"

大惊的刀疤脸盯着卓玛问道："你咋知我为救曲珍而来？"

"你一年前不是来过吗。若我不把这消息告诉曲珍，估计她早就自杀了。"

"我救曲珍之事，你还对别人讲过吗？"

"除了曲珍，我没对任何人讲过。因为，我知道敢来救曲珍姑娘的汉子，一定是好人。"

"你回答我，今夜曲珍在大头领房里吗？"

"好汉，自从曲珍被抢上山后，她每晚都被大头领强留在他房里睡觉。"

"那我如何才能进到大头领房里？"刀疤脸又急忙追问。

卓玛摇摇头："进不去，大头领每天是天亮后一个时辰才起床。除非有意外事情发生，他才可能提前出来。"

刀疤脸想了想，异常坚决说："你去敲门，对大头领说，剿匪大军来攻打老鹰岩了，二头领和三头领已下山阻击，他们要大头领快下山亲自指挥。我想，大头领听到这消息，定会起来。"

卓玛听完忙跪下说："好汉，若这样去骗大头领，他肯定会出来，不过，我的命也就完了。你能否另想个好办法，我山下还有女儿和丈夫啊。"说完，卓玛就抹起泪来。

刀疤脸犹豫片刻，仍坚决说："你是想让我把你扔下山喂狼，还是去敲大头领房门？我只给你几声羊叫时间，你必须做出选择，到时你别怪我王剑客心狠手辣！哼，世上就没你这么傻的女人，我只是去救曲珍，又不是杀黄大郎，他们有杀你的必要吗？"

卓玛一听，疑惑地问道："好——好汉，你真不会杀黄大头领？"

刀疤脸见情况出现转机，忙扶起卓玛说："好女人，我相信你这受害人，也不愿单纯善良的曲珍姑娘，长期受土匪折磨，对吧？"

含泪的卓玛忙点了点头："嗯。"

"走吧，去敲开黄大头领房门，你就算救人一命，菩萨定会保佑你这好女人的。"说完，刀疤脸推着卓玛朝黄大郎房门走去。

嘭嘭嘭一阵拍门声，将黄大郎从梦中惊醒。被扰了好梦的黄大郎没好气地问道："是哪个龟儿子被鬼撞倒了，天还没亮就来敲老子房门？"

"是我，大头领，我是卓玛，二头领和三头领下山去阻击来攻打老鹰岩的官军了。他们让我来告诉您一声，让您快下山去亲自指挥战斗。"

黄大郎一听急了，慌张爬起站在床上问道："啥，官军来攻打我老鹰岩？真有这事？"

"是呀大头领，二头领和三头领已带领弟兄们抵抗去了。要不，你睡到天亮再起来也行。"

"情况这么紧急，我——我还睡个球啊！"说完，黄大郎点燃酥油灯，忙穿起衣裤下床，回身抓起枕边左轮手枪就拉开房门。

门外的刀疤脸见房门打开，一个箭步蹿进屋，一拳朝黄大郎面门打去，随即，刀疤脸又飞起一脚踢飞黄大郎手中短枪。猝不及防的黄大郎快速朝后倒去，后脑勺碰到床角顿时冒出血来。

即刻，不肯就范的黄大郎就地一滚，企图去抓掉在地上的短枪。刀疤脸扑上又两拳朝黄大郎头上砸去，黄大郎侧身一脚，朝刀疤脸下身踢来，刀疤脸闪让后顺势抓住黄大郎右脚一拧，痛得翻个滚的黄大郎一声大叫，然后倒在床边直喘粗气。

床上被惊呆的曲珍，见是剑客大哥出现，慌忙跳下床朝刀疤脸扑来。没想到，刚跳下床的曲珍就被跃起的黄大郎一把抱住。黄大郎立马从腰间抽出短剑横在曲珍颈上说："王剑客，你若再逼老子，我就跟你们同归于尽！"门外的卓玛见此情景，吓得捂着脸呜呜哭起来。

面对瞬间出现的变化，心理素质极佳的刀疤脸，举枪对着黄大郎说："我今天来这，并不想杀你，只是想赎走曲珍姑娘。若我想杀你，在你大头领倒地那一刻，我就可一枪结果你性命。"

嘴角流血的黄大郎有些难以相信："王剑客，你真不是为杀我而来？"

"黄大头领，你我都是为讨生活混江湖，何况，你我并无血海深仇，我为何要杀你？"

黄大郎点点头："嗯，你说得对，确实你我二人并无血海深仇。"

"既如此，请你把剑从曲珍颈上拿下。"

"我为何要拿下？你不是说，是来赎曲珍的吗？没见银子，我决不会拿下她颈上短剑，否则，我就上了你大当！"瞬间，黄大郎为自己拥有人质得意起来。

刀疤脸盯着黄大郎，慢慢用左手从怀中掏出银票，然后对门口卓玛说："快拿给你们大头领看看，这二千两银票是否真实。"随即，浑身颤抖的卓玛进屋接过银票，上前几步将银票递给了黄大郎。

黄大郎用眼扫过银票，对刀疤脸不满地说："咋的，你二千两银票就想赎走曲珍美女？"

"黄大头领，这二千两银子不少了，据我所知，赎巴登大少爷时，旺堆也只花了一千两银子嘛。"

"王剑客不知，那是他们使了诈，本来说好交换巴登是四千两银子的。至今，老子都后悔上了旺堆大当。"

刀疤脸眼珠一转，换个思路说："黄大头领，我只是春风茶庄马帮押运队长，掌柜给多少银子我无权决定，你若不想要这银票也行，今天，我无论如何也得带走曲珍！"

黄大郎挥挥手中银票，说："旺堆拿的银子太少，你凭啥要带走我的曲珍？"

见曲珍用哀求眼光看着自己，刀疤脸咬牙回道："凭啥？凭老子给旺堆土司立的军令状！今天若带不走曲珍，我就死在老鹰岩。不过，你黄大郎头领却要比我王剑客先行一步。"说完，刀疤脸抬起短枪又对准黄大郎脑袋。

黄大郎见发怒的王剑客用枪对着自己，立刻紧张起来。他清楚，只要王剑客一扣扳机，他就会立马去阎王爷那报到。狡猾的黄大郎随即放下曲珍颈上短剑，拱手对刀疤脸说："我相信你王剑客是信守承诺的江湖好汉，我让你带走曲珍，你不会把我咋样，对吧？"

刀疤脸见怕死的黄大郎软下来，忙将对着他脑袋的枪口朝下，说："我说过，我到此只为赎曲珍而来，决不想要你小命。"

黄大郎点点头："嗯，你王剑客果然是我敬佩的好汉。"趁黄大郎再次盯着银票时，刀疤脸一把拉过曲珍，又抬枪对黄大郎说："大头领，我还得委屈你半个时辰,半个时辰后,你就自由了。"

"咋——咋委屈我?"失去人质的黄大郎十分后怕问道。

"为防止你乱吼乱叫,我得将你手脚绑上,然后再把你嘴堵住,半个时辰后,这厨房女人再替你将手脚绳索解开便是。"

手中既没枪又无曲珍作挡箭牌的黄大郎,只好点头说:"好,只要你不伤害我,我黄大郎就依你说的办。"

"转过身去!"刀疤脸低声命令黄大郎。

无奈的黄大郎极不情愿地慢慢转过身。此时,只见刀疤脸猛地蹿上,一脚朝黄大郎腿弯处踢去。黄大郎"哎哟"一声后,双膝着地跪在床边。刀疤脸从怀中掏出绳索,将黄大郎手脚紧紧捆在一起。随后,刀疤脸又从床上抓过一条枕巾,塞在黄大郎嘴里。

顷刻间,想杀黄大郎的念头蹿上刀疤脸心头,但他一看到身边又惊又怕的卓玛,他不愿失信对卓玛的承诺,很快就打消此刻灭了黄大郎的念头。出门前,刀疤脸用枪管敲着黄大郎头说:"你别怪这厨房里的藏族女人,是我用枪逼她哄你开门的。"黄大郎听后,不断点头呜呜应承着。刀疤脸见一切就绪,忙吹灭酥油灯又拉上房门。出门后,他让卓玛去厨房再待半个时辰,然后才能出来给大头领松绑。见卓玛进厨房后,刀疤脸拉着曲珍匆匆来到水槽边。

曲珍探头望着深不见底的山谷,吓得忙倒退几步说:"剑——剑客大哥,我不敢从这下去。"

"曲珍别怕,让我背着你下去,你闭上眼抱着我脖子就行。"说完,刀疤脸从身上掏出早准备好的布带,他让曲珍趴到自己背上后,立即三下五除二将曲珍紧绑在自己背上。随后,走到水槽边的刀疤脸朝山谷学了几声鸟叫,抓着铁爪钩绳朝山下荡去。

此时,双头紫色大蝙蝠疾飞着,再次掠过刀疤脸头顶……

第二十九章

怎样解救，被复仇狼群围攻的法轮寺？

　　林中，巴登和钦嘎热很快接应到溜下山的刀疤脸。几人见曲珍已晕了过去，就随背着曲珍的刀疤脸朝吴三娃藏马地奔去。不久，被颠醒的曲珍要刀疤脸放下她。没答应曲珍的刀疤脸仍在林中奔跑。过了一会儿，几人同吴三娃会合后，刀疤脸才解开布带放下曲珍。

　　只有四匹马，巴登问妹妹曲珍："曲珍，你自己选，想坐谁的马回家？"曲珍二话不说，指着刀疤脸说："哥，我坐剑客大哥的马回家。"随即，刀疤脸立马将曲珍抱上马，自己再飞身跃上马背。

　　黎明带着夜露的翅翼渐渐远去，曦光慢慢从地平线探出温馨素颜。巴登三人，随刀疤脸驮着曲珍的快马，风驰电掣般朝打箭鑪县城奔去。此刻，巴登清楚看见，曲珍双臂死死搂着王剑客的腰，长发在晨风中尽情飞舞……

　　从山谷逃回雪山洞穴的乌岗狼王，在近十天的疗伤休养中，依靠神秘石碟的强大力量，终于治好身上几处创伤。为向猎狼人复仇，一天前率狼群出发的乌岗狼王，终于来到和扎西同时坠落的山谷。在没发现猎狼人和黑獒尸骨后，乌岗狼王嗅着扎西一行曾留下的气味，一路朝法轮寺方向寻来。

　　不到午时，刀疤脸一行四匹快马，终于回到旺堆土司雕楼大院门前。当急促敲门声催出在家苦等的旺堆时，见着刚被刀疤脸从马背上抱下的曲珍，旺堆不禁大喜："曲珍，你——你回来啦。"说完，旺堆拉着曲珍朝客厅走去。刚进客厅，旺堆紧紧搂住女儿顿时泪如泉涌。不等旺堆吩咐，巴登立即朝楼上跑去。

当下人刚把酥油茶送到刀疤脸、钦嘎热和吴三娃手上，巴登就牵着阿妈来到楼下。头发散乱的央宗，盯着曲珍足足愣了好一阵，尔后哭喊着曲珍小名朝曲珍扑去。曲珍见到阿妈像变了个人似的，也哭喊着同央宗紧紧拥抱一起。很快，央宗又推开曲珍，朝曲珍上下打量一番后，突然几声大笑说："哈哈，我家曲珍没变，曲珍没变，还是我的乖女儿嘛。"说完，央宗又把曲珍搂在怀中。旺堆愣了，他做梦也没想到，见到女儿的央宗，神智竟然这么快就恢复了正常。

巴登向阿爸简述王剑客上老鹰岩救曲珍的过程后，早有准备的旺堆从怀中掏出五根金条，走到刀疤脸面前说："我的押运队长，感谢你舍命救回我女儿，这是我旺堆一点小意思，请你收下。"

刀疤脸放下酥油茶碗，看也不看旺堆手中金条，说："自曲珍被土匪抢走后，救回曲珍，就一直是我和扎西兄的心愿。今天，这心愿总算在大家期盼中实现了，我心里早已充满快活的喜悦。若我收下您旺堆土司金条，我心中喜悦感就会荡然无存。我认为，在这薄情人世间，还有比金钱更宝贵的东西，那就是信任与帮助，就是人间真情和我拥有的英雄感。恕我直言，而今眼下，您旺堆土司的金条，比起我心中满满的英雄感来说，那简直不算啥！哈哈哈，今天，我王剑客终于当回救人于危难的真正剑客啦。"说完，自豪的刀疤脸就朝门外走去。

"剑客大哥，你等等。"曲珍从阿妈臂中挣脱，直扑刀疤脸怀中。

刀疤脸傻眼了，从前言语不多非常腼腆的曲珍，此刻竟当着全家和外人的面，不加掩饰地向他表示了好感和依恋。嗨，这可是他机敏的刀疤脸从没想过的。于是，刀疤脸慢慢将曲珍双手掰开，轻声说："曲珍，你们一家团聚了，你们好好聊聊吧，剑客大哥事还多，我得忙去了。"说完，刀疤脸向旺堆提议说："旺堆大掌柜，为庆贺曲珍回家，天黑后，我们茶庄伙计在醉一春酒馆聚聚，行吗？"

愣在一旁的旺堆忙回道："蒂姆，行的，行的。"随后，刀疤脸快速出门，跃上马背朝洋教堂奔去。

嗒嗒马蹄声在打箭麓街道响起。正朝酒馆走去的玉香回头一看，是头戴黑色宽边呢帽腿插左轮手枪的刀疤脸，于是，她忙朝刀疤脸说："剑客兄弟，进来喝杯酒再走。"

刀疤脸挥挥手回道："玉香大姐，我有急事去教堂，晚上再来你酒馆一醉方休。"面对一闪而过的刀疤脸，玉香又高声说："兄弟，一定要来哈，大姐在酒馆等你，不见不散哟。"随后，乐得屁颠颠的玉香又踮起脚，久久凝望远去的刀疤脸。

刚进教堂，骑在马上的刀疤脸就听到礼拜堂内，传来约翰牧师声音："教友们，《圣经》告诉我们说，'忍而能使灵魂宁静'，法国一位哲学家也早说过，'坚韧卓绝之人，必能成就万事'。眼下，我们教堂做了多种努力和准备，仍没能在若拉草原建起麻风病医院。在无限遗憾和失望中，我希望大家仍要忍耐坚持。面对严酷现实，我们必须忍耐时间的流失，忍耐土匪给我们制造的困难。我坚信，只要我们耶稣信徒们不懈努力，定能有亲手建造出康巴藏地第一座麻风病医院那天！"不等牧师话讲完，早已按捺不住激动心情的刀疤脸，急匆匆走进礼拜堂。

约翰和众教友都惊了。大家都知道，没加入教会的王剑客，从不在牧师布道时进礼拜堂。难道，这风风火火的王剑客，今天要告诉牧师什么大事，或是带来可修建麻风医院好消息？正待众人疑惑地盯着刀疤脸时，刀疤脸忙对约翰说："约翰牧师，我告诉您和大家一个好消息，我把你们教友央宗阿妈的女儿曲珍，从土匪窝里救出来啦！"

众人一听，全都齐刷刷站了起来，有的还向刀疤脸竖起拇指说："蒂姆，好样的王剑客！"

约翰忙高声问道："王剑客，你是多久救出曲珍的？"

"今天黎明之前救出的，现曲珍已回到她家里。央宗阿妈见到曲珍后，好像神经立马就正常了。"

"真的？"大惊的丹珠一下朝刀疤脸跑来。

"真的，丹珠，我刚从旺堆雕楼大院出来，就骑马来教堂告诉你们这个好消息。我知道，你们教友间有互助友爱好习惯，大家听后，心里一定高兴！"

"剑客大哥，谢谢你给我们带来期盼已久的好消息。《圣经》说，'生活中没有了爱，便失去了意义'。我们教友间相互关爱是正常的，但你并非教友，却舍命救出曲珍。你拥有的是人间英雄般大爱，值得我们全体教友学习敬佩。"说完，丹珠也向刀疤脸竖起拇指。

"哪里哪里，作为从小喜欢行侠仗义的草原剑客，去救曲珍是我应该做的，没啥好夸赞。"

"不，你的侠义行为正是我们草原民族需要的。《圣经》还说，'上帝喜欢乐意奉献的人'。来，为你的英雄行为，我代表打箭麓教堂，特奖励你一枚十字架，欢迎你今后加入我们教会。"说完，丹珠从自己颈上取下十字架，认真给刀疤脸挂在胸前，然后又轻轻拥抱了刀疤脸。约翰和教友们见状，立刻鼓起掌来。

有过盗马经历的刀疤脸，原是个孤僻高冷之人。在他人生中，从前只有讨生活的挣钱梦想。这一年多自认识扎西和罗金刚，特别是贩卖鸦片和枪支赚了银子后，他人生追求开始悄悄发生变化。今天，从他断然拒绝接受旺堆五根金条来看，就说明他已开始追求生命中的荣誉感和英雄气来。他有些文化，受《三国演义》和《水浒传》中人物影响较大，加之他好酒，偏爱大诗人李白的饮酒诗，这就增添了他身上的豪侠之气。今天，他如此主动告诉大家他亲自救出曲珍，不全只为告诉教友们这一好消息，更有他灵魂深处对荣誉和赞美的渴求，有潜意识中渴望成为人们仰慕的英雄梦想。因只有这种渴望与梦想，才能换来丹珠对他的另眼相看，才能同扎西兄一样，在人们心中有着特殊地位和分量。良性的虚荣心使刀疤脸从一个有些功夫的盗马贼，渐渐变为充满正义感的草原剑客，这转变，令刀疤脸自己都激动不已，今天，他才做出主动宣扬自己英雄救美的故事来。

天刚黑，仍处于激动自豪的刀疤脸，匆匆朝约定的醉一春酒馆走来。

刚进酒馆，旺堆与茶庄伙计全都从桌边站起，朝刀疤脸翘起大拇指。而酒馆伙计在玉香率领下，用掌声和微笑，欢迎头戴黑色呢帽腿插短枪的刀疤脸。原来，最先到达的巴登，已将曲珍被王剑客救出告诉了玉香老板娘。

待神气自豪的刀疤脸刚坐上首席位置，玉香立马大声说："今夜，为奖励孤胆英雄剑客兄弟，从老鹰岩匪巢救出旺堆大掌柜女儿曲珍，这顿丰盛晚宴我玉香请客！"说完，玉香将手一招，伙计们立即将几坛茅台烧春和各种牛羊肉端上桌。

在旺堆授意下,双眼湿润的巴登,端起酒碗说:"今晚,我代表我们全家和春风茶庄。向救回我妹的王剑客表示真诚感谢!"说完,巴登同刀疤脸碰过酒碗后,便一口将碗中酒喝尽。刀疤脸抹抹嘴,对茶庄和酒馆伙计解释说:"救回曲珍,也不全是我王剑客一人功劳,去老鹰岩的还有巴登、钦嘎热和吴三娃嘛。来来来,大家共同举碗庆贺曲珍平安从匪窝回家!"随即,在酒馆伙计和玉香掌声中,刀疤脸同茶庄伙计,又共同把碗中酒喝完。

此时,谁也没想到,打扮漂亮的曲珍和阿佳央宗,突然走进酒馆,玉香和酒馆伙计见着曲珍美女,全都惊呆了。他们是第一次近距离看见曲珍,没想到曲珍有如此漂亮。曲珍端过旺堆面前酒碗对刀疤脸说:"剑客大哥,我和我阿妈十分感谢你舍命将我救出苦海,要不是去年卓玛大姐告诉我,你曾上老鹰岩救过我,可能我早已不在人世了。大恩不言谢,在此,请允许我曲珍敬你一碗酒。"说完,曲珍将碗中酒慢慢喝尽。

"没啥,曲珍,这都是你剑客大哥应该做的。"刀疤脸说后,也忙把碗中酒喝干。

随后,曲珍从阿妈手中拿过一幅卷着的唐卡,展开后对刀疤脸说:"剑客大哥,这是一幅我画得最满意的唐卡,上面画的是维护佛法的金刚战神。我想,在我们若拉草原,只有你和猎狼人大哥,配得上'战神'称号,所以,我特将这幅唐卡送你。"

刀疤脸忙接过唐卡点头说:"谢谢,谢谢曲珍小妹一片美意。我哪能是战神呢,配得上'战神'称号的,只有我的扎西兄嘛。"

"你曾一次杀死过十头大狼,敢多次跟土匪、袍哥们枪战,还救助过不少磕长头的藏族兄弟,在我心中,你就是一尊令人敬重的剑客战神!"

"曲珍小妹,你过奖啦。"随即,心中十分快活的刀疤脸,又主动将碗中酒喝完。

尔后,曲珍朝刀疤脸深深鞠了一躬,说:"剑客大哥,我欢迎你经常来我家做客,我更希望能每天在'大笑同一醉,取乐平生年'中,见到你这大恩人。"说完,曲珍同阿妈高兴地离开了酒馆。

盯着曲珍背影,刀疤脸怎么也难相信,认识汉字不多的曲珍,咋能背出李白《叙旧赠江阳宰陆调》诗中佳句来。看来，相别一年多上了老鹰岩的曲珍，确实发生了令刀疤脸不为所知的变化……

酒喝了一个时辰后，说笑划拳中，加入酒桌的玉香，要刀疤脸讲讲如何上老鹰岩救曲珍的过程。能说会道机智风趣的刀疤脸，架不住玉香强逼软磨，只好像说书人一样，用掌将桌一拍，加油添醋地描述："各位看官听着，只见那月黑风高之夜，点点寒星之下，几个身穿黑衣的蒙面人，骑着几匹快马，闪电般朝老鹰岩方向奔去。嗒嗒嗒，好一阵马蹄声后，几个蒙面侠士来到老鹰岩后山密林。霎时，只听林中传来汹涌不断的狼嚎声，那恐怖阵仗，足可吓死上百个胆小鬼。有英雄信念支撑的几名江湖好汉，藏好马匹后，飞速钻进阴森密林来到后山脚下。当接应的两名侠士埋伏好后，只见头戴宽边黑色呢帽、腿插短枪的王剑客，唰地抛出铁爪双钩，朝半山腰大树甩去。啪的一声小小响声后，我王剑客蹭蹭蹭几下，就蹿上大树躲藏起来。没想到，山上游动哨兵似乎听到异动声，就俯身盯着山下动静，更出乎人意料的是，就在我藏好身子刹那间，一头乌鸦那么大的双头大蝙蝠朝我头顶飞来。我以为这头两眼闪着红光的双头大蝙蝠要咬我耳朵，于是，老子就拔出短枪……"

突然，刀疤脸精彩讲述被闯进的嘉央措打断。铁棒喇嘛冲到刀疤脸面前说："不好了不好了，今夜两百头大狼包围了法轮寺。猎狼人叫大活佛派我去教堂找你，看你从萨嘎部族返回没。没想到，我路过酒馆就听见你声音。"说完，嘉央措还特对旺堆和巴登笑了笑。

"啥，两百头大狼包围了法轮寺？"惊诧的刀疤脸难以相信问道。

嘉央措接着说道："前天晚上来了近百头，昨天晚上又来有一百多头，今早狼群离开后，我们以为它们不会再来，谁料想，今晚来得更多。躺在床上无法动弹的猎狼人，才急着要大活佛派人找你。"

不待嘉央措说完，刀疤脸将手一挥说："走，伙计们，带上我们快枪解救法轮寺去！"随即，刀疤脸起身抓起桌上短枪，朝门口走去。

嘉央措忙拦住刀疤脸说："使不得使不得，大活佛有令，此次狼群为复仇而来，任何人不能用枪打狼，只能智退狼群，否则，今后大狼群就会向县城里的人复仇。"

"啊，如此说来，这若拉草原和打箭麓县城，住后就可让狼群胡作非为啦？"显然，刀疤脸无法认同大活佛的决定。

"王剑客，我无法回答你，你还是去问大活佛吧。"

刀疤脸盯了嘉央措一眼，回头将手一挥说："走，伙计们，咱们先去观察观察再说，没老子命令，谁也别对狼群开枪！"说完，刀疤脸率先蹿出酒馆。尔后，背枪的巴登和众伙计，一同朝刀疤脸撵去。

气恼的玉香盯着嘉央措背影说："哼，狗日的铁棒和尚，早不来晚不来，偏偏在老娘听得正上劲的时候来，搅了我听剑客兄弟的精彩故事。"

最后出门的旺堆，将一锭二十两大银放在收银台后，回身对玉香说："玉香老板娘，我看哪，这若拉草原只要有猎狼人和我的押运队长在，难道你还愁听不到传奇英雄故事？你就等着吧，这法轮寺被狼群包围，定又有你想听的精彩故事诞生咯。"说完，喝得微醺的旺堆，哼起小曲离开了酒馆。

走回收银台发现银子的玉香，忙抓起银锭追出门。冷清街道上，旺堆高大的背影已被夜幕掩藏。远处，法轮寺方向不时传来阵阵狼嚎声。玉香慌忙退回酒馆，命伙计将门用木棒顶上……

还未跑拢法轮寺，嘉央措忙拉住刀疤脸说："甭再靠前，我担心狼群攻击你们。"

刀疤脸有些不满："嘉央措，那你咋从寺庙出来的？"

"王剑客，我是趁狼群刚开始包围寺庙，在它们没封锁完寺庙时，从后门逃出的。就这样，我还差点被一头大狼咬到屁股哩。"说完，嘉央措撩起袈裟，拿给刀疤脸看他身后两个破洞。

刀疤脸不再理会铁棒喇嘛，而是蹿到靠近法轮寺的民房后，观察远处包围寺庙的狼群。刀疤脸透过撒下的淡淡月辉发现，法轮寺正大门土坝上，高大的乌岗狼王率群狼一字行排开，从正面死死封锁住大门。待刀疤脸刚要转身到别处观察，突然，法轮寺正大门传来几声砰砰砰撞击声。刀疤脸又返身看去，令他大惊的是，乌岗狼王正指挥一群大狼，用头顶撞厚实的寺门。还有几头大狼趴在门下方，企图啃咬木门，由于院门下方被石条挡住，几头大狼气得用獠牙猛啃石条。

令众人大惊的是，顶撞木门的大狼用头猛撞后，随即又退回一丈多远，再次跃起冲上前朝木门反复撞击。撞累后，乌岗狼王又指挥别的大狼再撞。刀疤脸扭头对嘉央措问道："嘉央措，昨晚狼群也是这么干的？"

"嗯。"嘉央措点头应道。

"照此看来，昨夜寺里的扎西和僧人们，根本无法入睡喽？"

"那可不。正因如此，今夜一见狼群过来，大活佛就立即叫我出寺找你想法。"

"好，那我到寺外其他地方看看再说。"随即，刀疤脸又想转身离去。嘉央措拉着刀疤脸说："王剑客，你不用看，寺外都是大狼。昨夜我们寺里僧人没一个敢睡，全都手拿家什在寺内墙下守着，就怕有狼蹿进寺内。我昨晚也趴在墙上巡视过，就没见大狼留有空档地方。"

说话间，只见撞击大门的狼退回狼队后，乌岗狼王又指挥一群大狼出动，它们扑到红色高墙下，开始搭起狼梯来。令刀疤脸一伙大开眼界的是，他们看见两头大狼并肩直立用前腿搭在墙上，一头大狼从后跃起又跳上身下大狼肩头，然后用前爪紧抓高墙墙面，最后一头大狼猛地蹿上，踩着同伴身子企图跃上墙顶。由于墙头太高，几组大狼尝试失败数次后，狼王一声嚎叫，冲击高墙的大狼才退回狼队歇息。

嘉央措见刀疤脸颇感震惊，又说："王剑客，你知道吗，昨夜这些疯了似的狼群，就轮流用这几种方法，妄图攻入寺内。"

刀疤脸难以理解地问道："从前发生过这种事吗？"

"我听大活佛说，建寺几百年来，从未发生过这种事。"

"现在为何发生这不可思议之事？"

"大活佛说，这是狼群为复仇采取的报复行动。"

刀疤脸更感茫然："复仇？狼群向谁复仇？"

嘉央措看看刀疤脸，低声说："大活佛说，狼群为向扎西复仇而来。"

刀疤脸怒瞪双眼说："你胡说，那些大狼，咋可能知道扎西在法轮寺疗伤？"

嘉央措一听，顿时也来了气："王剑客，你是真不知还是给我装蒜，你难道不知，为搜寻一头半月前路过的猎物，大狼也有本事循着气味找到猎物行踪。这扎西进寺庙多久？应该不出半月吧。"

听完，反应过来的刀疤脸仰头叹道："唉，大活佛说得对，看来，这狼群确实是为向扎西复仇而来。"说完，刀疤脸立即命令茶庄伙计做好射击准备，一旦发现有狼蹿上寺院高墙，立即开枪射杀！

天亮后，乌岗狼王率折腾了整整一夜的狼群，消失在草原，而仅留几头大狼在寺后塔林坡地，监视法轮寺。由于法轮寺地处县城北面城外，所以，狼群围攻寺庙消息暂还不被城里百姓所知，因而没引起民众恐慌。见大队狼群撤走，刀疤脸除留下巴登和钦嘎热进寺，其余伙计在小秋哥带领下回茶庄歇息。

进寺后，嘉央措立即带刀疤脸先去见了喜喇活佛。

大经堂内，被惊吓折腾一夜的僧人们，东倒西歪坐在蒲团上打盹。见刀疤脸走到身边，有些倦意的喜喇活佛忙说："王剑客，我昨夜派铁棒喇嘛找你商量退狼一事，你现在才出现，我估计你也在寺外苦待了一夜吧？"

刀疤脸忙点头回道："是的，大活佛。但我想不通，您为啥不许我们用子弹赶走狼群？"

大活佛说："王剑客，此问题留着开会时我再一并解释吧。现在，我想请你去通知县令和约翰牧师，让他们来法轮寺开会商议，如何智退狼群一事，好吗？"

刀疤脸异常疑惑："尊敬的大活佛，狼群包围骚扰法轮寺，跟县衙和洋教堂有啥关系？请县令和牧师，还不如请我们春风茶庄伙计，来对付狼群更为有用。"

"年轻的王剑客，你知道吗，这狼群围攻法轮寺的消息，很快就会传遍整座县城，若不及时用和平手段智退群狼，这打箭鑪百姓就会恐慌逃离。刘县令是一县之长，约翰牧师的洋教堂，有近百名基督教信徒，若要稳定人心，我不找他们商量合适吗？难道你们茶庄能解决即将出现的诸多问题？"

刀疤脸愣了，确实他没想过，狼群围攻寺庙会引起百姓恐慌逃离的后果。若是这样，无权无威望的春风茶庄，哪能跟县衙和洋教堂相比？想到这，刀疤脸忙问道："大活佛，通知他们啥时来法轮寺为好？"

"越快越好,我在寺里客室等着他们。"

"我派其他人去行吗?我想见见猎狼人扎西。"

"不行!你曾做过罗代办联络官,又跟约翰牧师和刘县令较为熟悉,只有你去通知才妥当。"刀疤脸听后迅速朝寺外走去。

近一个时辰后,约翰和刘县令先后来到法轮寺。

见人到齐后,大活佛对约翰、刘县令和刀疤脸说:"三位,我刚去看过扎西,经伤未痊愈的扎西同意,我们可去他房里开这个特殊会议。"

刀疤脸急了:"尊敬的大活佛,我扎西兄伤情如此严重,我们去他房里扯这些伤脑筋的事,不是影响他康复吗?"

"扎西是猎狼人,跟狼打交道比我们任何人都多,或许他能提出好建议来。"见活佛说得有理,刀疤脸就不再说啥。随即,几人随大活佛朝扎西房间走去。

刚进房间,见着浑身绑着木夹板的扎西,刘县令吃惊得围着躺在床上无法动弹的扎西转了一圈,低声向刀疤脸问道:"王剑客,这猎狼人咋啦?"

刀疤脸答道:"刘县令,猎狼人扎西同狼王搏斗,从山上摔下受了重伤,现正在法轮寺医治哩。"

"喔,原来这样……"刘县令摸着他几根稀疏胡须,点了点头。

大活佛看看众人,严肃地说:"各位,今天请你们来此,就是想商量如何用和平方式,让狼群不再围攻我法轮寺一事。唉,已连续三晚,这上百头大狼都在寻找进入我寺机会。若我们再不想出智退群狼办法,我法轮寺就可能遭遇灭顶之灾,从此,整座县城就会处于人狼对峙的紧张状态。"

众人听后,都紧张思索着对策。被巴登垫起头部的扎西,相视众人后,声音洪亮地对大活佛说:"尊敬的大活佛,你们都别再费心了,我知道狼群因我而来。我一天不离开法轮寺,乌岗狼王就一天不会放过这里。还是让我离开法轮寺吧,这样的话,狼群就再不会继续围攻这了。"

大活佛问:"猎狼人扎西,你若离开法伦寺,打算去哪疗伤?"

"我——我——",扎西竟无法说出去处,显得有些尴尬。

大活佛说:"扎西,寒冬马上就到,你伤情非常严重,我估计要到藏历新年前,你才能好利索。这漫长的几个月里,对你恢复伤势最好之地,就是我们法轮寺。因为,在这打箭麓县城,只有我懂柳枝接骨术,也知怎样让术后之人,如何更好逐步康复。"

刀疤脸不满地问道:"大活佛,照您这么说来,扎西离开法轮寺,就不可能康复咯?"

大活佛盯了刀疤脸一眼,不屑地说:"王剑客,我只是说法轮寺是扎西最好的康复之地,却没说扎西在别处无法恢复伤情。若你非要将扎西弄到别处去,要是扎西落下残疾咋办?我相信,即使扎西换了疗伤地方,狼群也绝不会善罢甘休,仍会继续向他复仇!"

约翰说:"是呀,在这打箭麓县城,任何围墙也没法轮寺红墙高大,若换了别处,扎西安全更令人担忧。"

大活佛坚持着:"所以,与狼和解,才是我们应选择的上策!"

刀疤脸一愣,冷笑道:"呵呵,大活佛,您没说错吧,与狼和解?这听起来像天方夜谭呢!"

看了看刀疤脸,大活佛沉下脸说:"年轻人,你懂得化敌为友的道理吗?你知道'放下屠刀,立地成佛'的佛家箴言吗?仇恨和杀戮永远不能化解仇恨,只有慈悲才能化解仇恨。你懂这些永恒的至理名言吗?"

年轻气盛的刀疤脸傻眼了。他没想到自己的不屑,惹恼了大活佛。大活佛几句教训和深刻之问,竟让刀疤脸顿时产生了羞愧之感。的确,从没学过佛理的刀疤脸,哪知这些他第一次听到的佛学道理。

约翰点点头,看着刀疤脸说:"我完全赞同大活佛之言,《圣经》也认为,'战斗并不属于强者',我们要学会'爱你的敌人'。王剑客,你今后能在教堂多听听我讲解《圣经》,就会体悟到大活佛所说的道理。"

被大活佛教训的刀疤脸,当听完牧师之言,蓦地拱手对约翰说:"我的大牧师,若你们洋教堂只会讲'爱你的敌人'的话,我是永远不会来听您布道的。我凭啥要爱烧杀抢掠无恶不作的土匪?凭啥要爱把我扎西兄伤成这样的乌岗狼王?若战斗不属于强者,秦始皇又何以一统天下?关羽又何以挥斩曹操手下众多良将?武松又何以赤手空拳打死猛虎?戚继光又何以横扫沿海倭寇?"一气说完的刀疤脸,颇为得意地走到扎西身边,紧紧将扎西双手握住。

　　大活佛看了看扎西和刀疤脸，双手合十说："阿弥陀佛，年轻的王剑客虽是侠义之士，但理解问题难免有些偏颇。本活佛反对杀戮与仇恨，跟约翰牧师宣扬《圣经》中所说要'爱你的敌人'，其道理本质应是一致的。那就是人间需要和平友爱，需要悲悯情怀，无论对人还是动物，都应如此。这里，我想问问二位草原英雄，不知本活佛的话有无道理？"

　　一阵沉默后，扎西点头说："大活佛说得有理，扎西虽没啥文化，今天，一颗愚钝之心也逐渐被您点化开示。往后，我愿聆听大活佛教诲，学点佛理，也好修正我心性。"刀疤脸见扎西如此表态，也只好对大活佛和牧师说："两位前辈，你们一位是法轮寺大德高僧，一位是著名传教士，今天晚辈王剑客出言不逊，有冒犯二位大人之处，还望前辈多多包涵指教。"说完，刀疤脸装着诚恳模样将头低下。

　　见扎西和刀疤脸态度有变，大活佛忙说："二位侠士也不必记挂在心，我也经历过血气方刚青春岁月，人生就是一场学习开悟的过程。随时间流逝，我相信二位会逐渐悟出许多人生道理。"

　　刀疤脸又拱手说："谢大活佛不跟晚辈一般见识，今后日子，若我和扎西兄开悟那天，定来法轮寺叩谢大活佛训示点化之恩。"

　　喜喇活佛见刀疤脸有些油腔滑调，他为这草原剑客的善意表演竟忍不住笑了："哦呀，我也跟二位侠士一样，每天仍在证悟之道上努力学习。此刻，我们大家还是转换话题吧，谈谈如何智退狼群一事。"

　　刘县令忙接过话说："对对，大活佛说得对，这智退狼群大事，关系到我打箭麓百姓生命安危，我们必须慎重对待才是。"

　　在接下来一个时辰里，大家你一言我一语，甚至巴登、嘉央措和钦嘎热也加入热烈讨论中。在大活佛给出不可用枪的前提下，有的建议用火恐吓狼群，有的建议敲锣打鼓放鞭炮吓走狼群，巴登还提议连续三晚用牛羊肉喂饱狼群。

　　对大家提的建议，大活佛均给出理由充分的否定：每晚用火，寺庙太大，在寒冷冬季的院墙外，既没这么多木柴，更不可能长久坚持。敲锣打鼓放鞭炮,估计也就头两次有些作用,狼群一旦发现受骗上当攻击人群咋办?针对巴登用牛羊肉喂狼的建议,大活佛说,你有多少牛羊来喂庞大狼群?若要满足大狼贪婪胃口,你有坚持十天的牛羊肉吗?

最后,大活佛见众人十分困倦,也提不出什么新建议,只好说:"大家回去再想想吧,趁狼群现只针对扎西一人复仇,我们大家再发动身边能人动动脑子,看还有无其他办法。若是等到被激怒的狼群开始报复整个打箭麓县城,到时真正的人狼大战展开,就为时晚矣!"

见众人离去,扎西忙招手让刀疤脸靠近。当刀疤脸坐到扎西身边时,扎西指着刀疤脸挂在胸前的十字架问道:"兄弟,你上哪弄了个跟我胸前一样的十字架?"

高兴的刀疤脸伏下身,将嘴凑在扎西耳边说:"扎西兄,前两天,我和巴登几人去了老鹰岩后山,我上山终于救回曲珍小妹。这是丹珠奖励给我的。"

"蒂姆,佛祖保佑,你终于救出了曲珍。应该,你应该获得丹珠特殊奖励。"激动的扎西说完,忙用手紧紧握住刀疤脸的手。刀疤脸看见,嘴唇颤抖的扎西眼里渐渐噙满泪水。刀疤脸知道救回曲珍,也终于了了扎西心愿。

下午,暖暖秋阳照进室内,困倦的刀疤脸和巴登、钦嘎热靠在屋角打起盹来。疲惫的扎西见几人睡了过去,也将双眼合上。不久,扎西就沉入梦乡……

天空湛蓝,雄鹰翱翔。牧歌中,扎西同卓玛纵马驰骋草原。

清澈的梭磨河边,快乐的卓玛发现一只红狐。卓玛勒住马缰用手指着远处红狐,会意的扎西立即从背上取下叉枪,打马朝红狐撵去。奔逃红狐快要钻进树林时,扎西叉枪响了。枪声中,倒地红狐很快变成有翅膀的三尾红狐,飞翔在树林上空。此时,只见拍手欢笑的卓玛,又打马朝空中的红狐追去……

两声枪响,乌岗狼王猛地蹿出玛尼石城,朝山上逃去。右手举叉枪,左手举藏刀的扎西呐喊着,骑马朝疯狂逃窜的狼王追去。在崎岖小道上方的大石上,三尾红狐站着观看扎西追撵狼王。待扎西路过大石时,三尾红狐低声叫着,抛给扎西一个山果。接过山果的扎西再看大石,三尾红狐挥动两只前腿,已高翔空中……

　　白云飘飞,青格错湖面,游弋着一群白天鹅。牵马吹着口哨的扎西,慢慢沿湖边小道前行。几声鹰啸从天空传来,扎西定睛望去,只见振翅雪鹰在空中追逐飞行的三尾红狐。急了的扎西,忙朝天空打了几声尖厉呼哨。呼哨之后,雪鹰仍上下翻飞,戏耍似的追撵三尾红狐。扎西为阻止雪鹰追撵,忙举起叉枪朝天空放了一枪。此刻,只见空中的三尾红狐忽闪几下,便没了踪影。随即,卡巴拉雪峰上空,却升起一片绚丽晚霞……

　　夜中,骷髅谷山洞前,扎西挥刀同几头大狼亡命搏杀。狼血飞溅中,不时有大狼倒地而亡。狼嚎声震荡骷髅谷。在狼王指挥下,更多大狼朝扎西扑来。转眼间,扎西挥舞燃烧狼皮朝狼王撵去。大狼纷纷奔逃时,扎西挥舞的狼皮火焰渐渐熄灭,大狼们又回头朝扎西扑来。万分危急关头,似火焰燃烧的三尾红狐,摇动三条红色大尾朝狼群上空飞去。很快,狼群在哀嚎声中四处溃散。望着夜空救星般出现的三尾红狐,扎西一声大叫:"我的三尾红狐哪……"随着大叫声,直喘粗气的扎西从梦中醒来。

　　此刻,扎西梦中的大叫声,也惊醒了在屋角打盹的刀疤脸三人。揉揉双眼的刀疤脸忙起身问道:"扎西兄,三尾红狐咋啦?你大声喊它干吗?"

　　愣愣地盯着房梁的扎西,突然用拳砸在床板上说:"蒂姆,我有法智退狼群了。我有法智退狼群啦……"说完,把头挣扎昂起的扎西,砰的一声,又重重将头砸在木板床上,很快又昏迷过去。

　　黄昏,苏醒过来的扎西,双眼盯着房梁大声喊叫:"剑客兄弟,把我和木板床一起抬到院中去!快来呀,把我和木板床抬到院中去!!"

　　从院中跑进的刀疤脸,忙蹲在扎西床边,用手摸着扎西额头说:"扎西兄,你没发高烧呀,胡乱叫喊啥?"听着喊叫声,巴登和钦嘎热也围了过来。

　　扎西瞪着刀疤脸三人命令:"快!快把我抬到院中去!"

　　不满的刀疤脸问道:"扎西兄,难道你不知秋夜寒凉,你这伤势严重之人,更容易感冒吗?"

　　扎西更急了:"听见没,我让你们把我抬到院中去!"

刀疤脸有些来气："扎西兄，你是猎狼人，莫非被大狼整得神志不清了？"

"师父，你病啦？"着急的巴登握着扎西的手，眼里渐渐涌出泪水。钦嘎热也不知所措，不断摇头搓着自己的双手。

"你们听见没，把我和木板床一块抬到院中去！"

刀疤脸急了："扎西兄，你不给个要睡在院中的理由，我们不能把你抬到已起风的院中。"

扎西："今夜，我要智退狼群，所以，你们必须把我抬到院中！"

刀疤脸大惊："啥，你要智退狼群？扎西兄，你现在站都无法站立，浑身绑着木夹板的你，还要智退狼群？呵呵，算了吧，我的扎西兄，大牛皮不能乱吹，到时，会让大活佛和僧人们笑话的。"

"剑客好兄弟，求你把我抬到院中，至于我如何智退群狼，子夜时分，你们自会知晓。"

"真的？"无奈又将信将疑的刀疤脸三人，只好把倔强的扎西连同木板床抬到院中。很快，仍处于惶恐中的僧人们，朝闭眼躺在院中的扎西围来。

快到子夜时分，寺外乒乒乓乓声音再次响起。围攻法轮寺的狼群，又开始用头撞击大门。睁开眼的扎西，对守在身边的刀疤脸大声命令："兄弟，快把我抬出寺院大门！"

大惊的刀疤脸忙问："啥，把你抬出寺院？"此时，站在一旁的大活佛傻了眼，伏下身惊讶地问道："扎西，你是说，要大家把你抬出寺院？"

扎西点头回道："嗯。"

大活佛问："抬出寺院干啥？莫不是你想以身喂狼，来解法轮寺之危？"

"不是，今夜我扎西要用特殊手段，将群狼退去！"

大活佛非常疑惑："你用啥手段退狼，能先告诉我吗？"

"不用。大活佛，您和您弟子们，很快就会见证我扎西如何智退群狼，现在说出奥秘，不如留点悬念给大家带来惊喜更好。"大活佛见扎西异常自信和镇定，忙将刀疤脸几人叫到一旁，做了防范安排，尔后又命嘉央措带人点燃两盆柴火。

见一切准备就绪,喜喇活佛举着手中铁棒,对拥围身边的众僧说:"弟子们,给我拿起家伙,若狼群要扑进寺院,你们一定要给我挡住。佛门禁地,不得杀生见血,大家给我记住啦?"

"记住啦!"众僧立即振臂回应。

厚重寺门,被四名年轻僧人猛地拉开。

刀疤脸和巴登各端一盆大火率先冲出院门。随即,铁棒喇嘛们抬着木板上的扎西,快速来到院外坝中。尔后,放下火盆的刀疤脸和巴登,二人手持藏刀,像金刚武士立在扎西身后。寺内众僧与大活佛,全都站在门内盯着扎西举动。狼群见着火光,骚动中忙后退数丈。

一阵沉寂后,谁也没想到,躺在木板上的扎西,猛地朝夜空发出似狼又似人的啸叫,而且一声比一声更加有力悠远。惊呆的乌岗狼王盯着寺门外发出怪异叫声的老对手扎西,磨动嘴里咔咔发响的巨大獠牙,却不知如何是好。

听扎西啸叫声越来越响亮,智空管家低声向大活佛问道:"大活佛,这猎狼人扎西在施啥法呀?我长这么大,既没听过更没见过用这方法驱狼的。唉,太邪门了,人世间真是无奇不有啊。"

大活佛说道:"智空管家,我认为,'正人行邪法,邪法亦正;邪人行正法,正法亦邪'。只要猎狼人能智退群狼又不杀戮群狼,我以为,就是可行的人间好法。"

智空叹道:"唉,我寺众僧已担惊受怕好几晚了,若扎西今夜将群狼退去,那就谢天谢地阿弥陀佛了。"

大活佛指着坝中火盆说:"管家,盆中火势已弱,快派人给盆里加些木柴。"很快,两名抱着木柴的僧人朝火盆跑去。大活佛和众僧很快看到,盆火又熊熊燃旺起来。

一个时辰后,只见躺着的扎西停止啸叫,左手唰地将一把藏刀朝夜空抛去,即刻,扎西举起短枪,挥枪朝空中翻飞的藏刀打去。几声枪响中,打在刀上的子弹，迸溅出耀眼火花照亮夜空。

刹那间，只见从卡巴拉雪山方向，疾速朝法轮寺上空飞来一道绚丽的红色火焰，伴随扎西又起的啸叫声，群狼和众僧已发现夜空飘飞的火焰。

惊喜的刀疤脸忙向扎西问道："扎西兄，这就是你曾说过的三尾红狐？"

热泪长流的扎西，忙对刀疤脸点了点头。

这时，只见盘旋法轮寺上空的红色火焰，猛地朝乌岗狼王飞去。狼群立即发出一阵哀嚎声。忽上忽下的火焰飘飞着，受惊吓遭驱赶的狼群，很快朝若拉大草原逃去，尔后，法轮寺外再看不到大狼踪影。

伴随冲出寺门众僧的欢呼声，躲在远处房后偷看群狼攻寺的丹珠、桑尼、约翰、刘县令、旺堆、央宗、曲珍、玉香和泽翁等大群人，也喊叫着朝扎西奔来……

第三十章

凄美的生命之花，凋谢在冰崖下

季节轮回之后，暖暖春风，再次横扫青藏高原。

冬去春来，就在若拉草原长出星星点点嫩芽时，腿插短枪的刀疤脸为赴同罗金刚分手之约，骑上白马朝二郎山方向奔去。

一路上，刀疤脸脑中不时闪现着，去年扎西用啸叫唤来三尾红狐吓退狼群后，大活佛、约翰与县令及全县城百姓，都认为猎狼人扎西，是会使神异魔法之人，不然，火焰般燃烧的三尾红狐，咋会被扎西请来法轮寺，更不可能吓退狼群。每当刀疤脸听到类似议论非常开心，他为自己拥有这样的结拜兄长感到自豪。

过藏历新年时，刀疤脸同康复了的扎西到旺堆家做客，他见不仅曲珍脸上已无忧郁之色，而且连央宗也满脸微笑地同他交谈。酒桌上，高兴的刀疤脸端着酒碗单独敬央宗时说："扎西德勒，今天见央宗阿妈如此开心，该不是您过藏历新年胜过在教堂过圣诞节吧？"

央宗答："不是的，这两种节日意义不一样，但只要你和猎狼人同我们全家一块过节，我就非常开心。"

刀疤脸笑着说："好，那我就祝央宗阿妈永无忧愁，天天开心。"

"你说得对，《圣经》箴言也说，'喜乐的心，乃是良药，忧伤的灵，使骨枯干'。我是基督徒，所以，我希望大家每天开心快乐才好哩。"说完，央宗便把碗中青稞酒一饮而下。

离开旺堆家前，当曲珍得知刀疤脸开春后，要回成都探望父母时，便请求剑客大哥，帮她在成都购买唐诗宋词。刀疤脸疑惑不解问她，你去年秋天在醉一春酒馆说出李太白诗来，到底是咋回事？你家里也没见有太白诗集呀。曲珍告诉刀疤脸，她在匪巢无聊时，发现一本李太白诗集残本，她靠这残本渐渐爱上古诗词。分别时，刀疤脸愉快地答应曲珍，说一定买套唐诗宋词送给她。

翻过二郎山去雅安的路上，刀疤脸又忆起桑尼告诉他一件事来：迷恋扎西具有的神异魔法，丹珠时常在教堂感叹，太神奇了，扎西大哥居然能用叫声，唤来三尾红狐赶走狼群，就是《圣经》里，也没这样神奇故事嘛。从那之后，丹珠常独自爬上高高小阁楼，推开玻璃小窗，眺望扎西疗伤的法轮寺。显然，步入青春期的丹珠，懂得了对爱慕之人的思念。由于桑尼时常背着教堂里的人为刀疤脸准备烈酒，就从没细想桑尼告诉他这些事的真实用意。

人啊，一旦有了嫉妒心，总会变着花样将自己行为揉进生活里。两年以来，自桑尼认识扎西结拜兄弟刀疤脸，扎西就渐渐同她保持了交往距离。后来桑尼又发现，原来扎西和王剑客都对教堂美女丹珠有强烈好感。开初，心直口快也善良的桑尼认为，过些日子，她总会在扎西和王剑客中得到一个好男人。谁料想，两年多过去，这两汉子心里距离似乎跟她越来越远。看来，强巴是不可能回若拉草原了，既然丹珠更倾慕扎西哥，那我就想法得到王剑客。在这种思想支配下，纯朴的桑尼开始明显移情于刀疤脸，使出女人常用而又可理解的小手段：悄悄争夺自己喜欢的男人，为未来日子早做打算。

刀疤脸赶回成都，立即去天涯石街寻他家春节后刚买的一座新公馆。看了花几百两银子买来又装修得不错的公馆后，刀疤脸满意地告诉他爸，他十分喜欢新住所。他妈张秀芝一再问他："成汉哪，你多久把我儿媳带回家来？我和你爸等着抱孙子呢。"刀疤脸却糊弄他爸妈说，他要趁年轻多挣点银子，过两年一定带个漂亮藏族姑娘回来。由于刀疤脸对家里贡献太大，他爸妈也不敢对他强行要求什么。

第二天，换洗干净的刀疤脸，按罗金刚信中所说地址，去提督街一家豪华大公馆找到了罗金刚。此时的罗金刚正与一位艺名叫"馨儿"的唱戏姑娘同居。馨儿是悦来剧场头牌，从罗金刚嘴中早知王剑客情况的她，对罗金刚以兄弟相称的王剑客格外客气尊重。

喝过几口满屋生香的茉莉花茶后，刀疤脸向罗金刚禀报了这大半年在康巴藏地发展新客户情况。罗金刚满意点头后告诉刀疤脸说:"剑客贤弟,现在由于外国枪支和鸦片,通过各种渠道进入中国,最近这两样东西市场价格有所回落,若我们还是用老价格出手,要是那些头人、土司知道价格变化,或许就不再从我们手中进货了。"

刀疤脸诧异地问道:"代办兄,你的意思,我们要降价?"

"进货价大幅降了,我们不降咋行?这世上敢做这两样买卖的,不仅耳朵灵,而且没一个是傻瓜。"

"那降多少合适?"

"根据过去卖价,降幅可控制在百分之十到十五之间,你可酌情自行决定。"经过两年考察,罗金刚已非常信任刀疤脸。

"代办兄,今年你打算弄多少货到打箭炉?"

罗金刚略一沉思说:"我想比去年增加百分之二十,你有把握在春节前全部出手吗?"

刀疤脸非常自信地回道:"没问题,只要我们赶在旺堆土司前把货运到打箭炉,我就有法将货先卖出一半。"

罗金刚满意地点头说:"很好,贤弟不愧是我的好助手,事成之后,我按总利润百分之十五给你提成。"

刀疤脸一听,忙摆手说:"别别,给百分之十我就满足了。"

"贤弟别客气,若只有你我二人做枪支和鸦片生意,无论咋样我也得给你百分之二十利润。今年不一样了,我必须把乌尔古善这保护伞拉进来,没他的特殊走私渠道,我拿不到质优价廉的好货,知道吗?"

刀疤脸点头说:"哦,原是这样。那今年四川大清军,准备在若拉草原购买多少匹军马?"

"现大清财政吃紧,国内外形势异常险恶,到如今也没批下一两购买军马银子。我看,你我今年甭指望军马油水了。"

刀疤脸有些疑惑:"代办兄,我在康巴藏地也没见什么大动静嘛,这国内外形势异常险恶从何说起?"

"贤弟,正因你长期生活在闭塞的康巴藏地,你才对鸦片战争,特别是甲午战争后的国内外形势不太了解。你知道吗,甲午战争后,外国势力在中国掀起以强占租借地、划分势力范围瓜分中国的狂潮。特别是朝廷签订丧权辱国的《马关条约》后，在光绪二十一年，以康有为、梁启超为首的文人们，联合全国许多举人进行了颇有爱国情怀的'公车上书'行动。就在同年，严复又在天津《直报》上陆续发表了《原强》《辟韩》《救亡决论》等好文章，告诉国人当今世事已发生自秦代以来从未有过的大变化。老佛爷为专权，便将想改革的光绪皇帝囚禁。'公车上书'失败后，光绪二十二年三月，23岁的梁启超又奉康有为先生之命，到上海创办《时务报》，并亲自担任主笔，宣传维新变法理论，鼓吹在中国实行自上而下的改革。前几年，我正好在京津两地考察游玩，有幸目睹了维新变革风潮，也见证了朝廷腐败无能与相互倾轧的悲哀。"

大惊的刀疤脸睁着大眼，诧异问道："代办兄，你我相识快两年了，你为何没把这些早已发生的大事告诉我？"

"贤弟，你同猎狼人在若拉草原驰骋杀狼，过着游侠般自由生活，我告诉你又有何用？"

"那你今天为何要告诉我？"

罗金刚从桌上抓过几张报纸，递给刀疤脸说："这些天，我认真看了宋育仁先生刚在成都创办的《蜀学报》，上面有不少篇幅议论时政、倡导维新变法主张。贤弟，你我都是有些文化的汉人，像我们这样的人再不关心国家命运，那亡国就是迟早之事！"

刀疤脸激动地站起说："代办兄，说得好，我们有文化的人都不关心国家大事，那就真成酒囊饭袋了。我王成汉虽不才，但脑中仍刻有北宋文学大家范仲淹先生的'先天下之忧而忧，后天下之乐而乐'的千古名言。"稍后，神情有些异样的刀疤脸，从罗金刚手中要过《蜀学报》，便匆匆朝外走去。

自去年秋老鹰岩土匪实施派款计划以来，出乎黄大郎意料，之后不久，他们便陆陆续续收到十多个小部族和商户送来的一千多两银子。尝到甜头的黄大郎，从秦妈那弄来个有点姿色的妓女，奖励三寸丁睡了三晚，还向两个不接受派款的小部族大开杀戒，以示惩罚。历来就蔑视土匪实力的贡布和曲巴，知道此事后大为震惊，这两大头人均暗自做出决定：继续购买快枪增强军力，以防土匪威逼骚扰。

老鹰岩上,雪山雄鹰大旗仍呼啦啦飞扬在晚清的康巴藏地。大年三十庆功宴上,喝得满面红光的黄大郎,又向众匪宣布了一个更加振奋人心的疯狂计划。众匪听后,狂热的欢呼声,将栖在洞顶的双头大蝙蝠,惊得吱吱叫着直朝寒冷夜空飞去……

刀疤脸去成都后,康复了的扎西,带着一直有些沉郁的心情,独自又打马奔向辽阔的若拉大草原。

自去年秋三尾红狐助扎西赶走狼群后,法轮寺周围再没出现过一头大狼。漫长的疗伤其间,大活佛与约翰牧师、丹珠几人,经常用佛理和圣经之言,启发开导扎西。后来,扎西在承诺不再乱杀生时,也逐步对《圣经》和基督教有了些了解。正因这样,有所顾忌的扎西,就没敢在人前(刀疤脸除外)宣扬他一夜杀了近二十头大狼的战绩。虽如此,但扎西要杀狼复仇的念头却从没在他心里消除。

此时,给魔鬼寨送过猎物的扎西,在骷髅谷看过大堆狼骨后,又郁闷地策马朝天葬台方向走去。走着走着,大活佛"与狼和解"和约翰牧师"爱你的敌人"之言,又萦回在扎西脑海,折磨着扎西异常矛盾的灵魂。当初,在寺庙伤势严重的他,虽没直接反对大活佛和牧师所说,但他心里十分清楚,他这与狼有着不共戴天之仇的人,决不可能与狼和解,更不可能去爱这帮祸害了他妻女的家伙。不再乱杀生,这是扎西向大活佛和约翰做过的承诺。此刻,已有心眼的扎西自语道:"我可少杀一般大狼,但我决不放过乌岗狼王!"

当刀疤脸同罗金刚分手后,他回到自家公馆,把几份《蜀学报》从头到尾仔细看了两遍,尤其对报上启发民智、评论时政和倡导维新的文章,又反复看了几遍。看完,之前从没听说过报纸更没见过报纸的他,抚摸着《蜀学报》不断感叹:"格老子太好了,真没想到,从薄薄报纸上,我就能了解天下大事,就能读到令人痛快的好文章,也能知晓大清国眼下时局。看来,我王成汉往后离不开这《蜀学报》啦!"

第二天,刀疤脸就按报上地址,找到《蜀学报》报馆,并求见了见多识广颇有变法意识的宋育仁先生。在同宋先生不长的交谈里,刀疤脸又获取不少有关变法维新的新信息。离开报馆时,刀疤脸掏出银子预订了半年报纸,并留下打箭麓醉一春酒馆地址,请报馆把每期《蜀学报》寄往打箭麓,他还主动承担了邮资。

十天后,罗金刚送往打箭麓的枪支和鸦片,在乌尔古善派出的六个骑兵护卫下,同刀疤脸一道启程上路。临行前,罗金刚告诉刀疤脸,袍哥陈舵爷两天前已被暗杀,现接替舵爷之位的,正是陈舵爷之子陈小七。刀疤脸回答罗金刚,说他不认识陈小七。罗金刚说,此人比他老爸更加心狠手辣。看着刀疤脸背着花布包袱,罗金刚笑问:"贤弟,你这包袱背的啥呀?"

"没啥,里面装的是《蜀学报》和明代刊刻的全套唐诗宋词。"

罗金刚一惊:"哟,你还背上全套唐诗宋词,有些沉吧?"

"这是送给曲珍小妹的。真没想到,自打她从土匪窝回家后,就喜欢上了古诗词。"

罗金刚笑了:"嗯,这是好事嘛,一个被救的藏族姑娘喜欢唐诗宋词,确实不易。贤弟哪,我看你又要走桃花运咯。哈哈哈……"

在天葬台同尼玛大叔分手第三天,正当扎西牵马在雪山下无精打采漫游时,突然,雪山下一苦修洞洞口的封石被洞里苦修人推倒,身穿红色袈裟的仁钦堪布从洞中走出,恰巧被扎西看见。大吃一惊的扎西忙上前问道:"扎西德勒,仁钦堪布,一年多没见您,原来您是躲到这苦修了。"

"扎西德勒,猎狼人扎西,我不是躲到这来的,而是遵我们法轮寺大活佛同意,来这雪山之洞苦修的。今天,是我仁钦堪布结束苦修的特别日子,我得回寺向喜喇大活佛汇报苦修所悟。"

扎西忙双手合十说:"阿弥陀佛,扎西真诚祝愿仁钦堪布,在一年多苦修日子里已明心见性、灵魂开悟,早日在法轮寺获得令人敬仰的上师尊位。"仁钦愣了,他没想到一个在草原杀狼又无文化的汉子,咋能说出'明心见性、灵魂开悟'的话来。吃惊得盯了扎西足足有半分钟的仁钦,挥手道别后,便大步朝山下走去。

雪鹰高翔,同仁钦分手后刚翻过一座雪坡,扎西就远远地发现了乌岗狼王同另两头大狼，在青格错湖边撕扯一具岩羊尸体。瞬间被点燃的复仇之火，立马蹿上扎西脑顶。扎西翻身跃上马背，同黑獒一道朝乌岗狼王扑去!

　　机警的狼王见老对头扎西扑来，立即调头穿过密林朝大雪山狂奔。扎西哪容狼王逃走，即刻，挥鞭打马狂追狼王不放。自去年狼群被三尾红狐从法轮寺驱赶后，乌岗狼王就一直躲避令它恐怖的扎西。没料想，在湖边吃着刚猎获的肥岩羊时，神魔般的猎狼人又出现了。狼王朝大雪山奔逃的目的只有一个，它要祈求具有超强功力的神秘石碟，保佑庞大狼族生存安全。

　　枣红马驮着沉重的扎西在雪山行进时累得直吐白沫，它吃力地前行着。气极的扎西握着崭新叉枪，翻身下马又朝狼王逃走方向撵去。

　　蹿进雪山洞穴后，乌岗狼王猛扑到发出蓝光的石碟下，前腿搭在石碟上，发出一阵低沉近似呜咽的哀嚎声。其余躲藏洞中的大小群狼，也忙朝石碟趴下，仿佛在向石碟发出绝望的祈求。

　　追撵的扎西，猛然发现曾被土匪盗掘的古墓。好奇的扎西想起家丁头目郎嘎的交代，他想看看自己部族先祖头人的女人大墓，究竟是啥模样。于是围着古墓转了一圈的扎西看见，墓中棺材里除几个头骨骷髅外，只剩一堆散乱白骨，被日晒雨淋、风雪扑打的棺材已开始朽烂。扎西摇头叹息后，又朝狼王逃走方向追去。

　　洞穴中，听见脚步声的乌岗狼王，立刻率大小群狼，朝洞中通向冰谷的另一隐秘出口逃去。当扎西转过山岩踏上崎岖冰道不久，就发现雪山神秘洞穴。没待扎西喊叫，黑獒便倏地钻进洞穴。很快，端枪的扎西也迅速随黑獒进洞。

　　出乎扎西意料，洞中并不幽暗。阳光透过冰层将洞内冰塔、冰笋和冰蘑菇等冰状之物照得明晰可见，嗅着浓烈狼味，蹿上跑下的黑獒却没发现一头大狼。搜寻一番后，就在回头刹那，扎西发现了卧在冰塔上闪着蓝色幽光的神秘石碟。好奇的扎西忙走过去，他站在冰塔前，静静观察这个宛若铜盆大小上面布满神奇字符的石碟。过了一会儿，忍不住被蓝色幽光诱惑的扎西，用双手捧起石碟。就在捧起石碟的瞬间，一股类似电流的强大力量，从扎西双手迅速传遍全身，这神奇力量使得高大汉子扎西浑身不停颤抖。猛然产生恐惧感的扎西，立刻将石碟又放回冰塔。这时的扎西，突然感觉眼睛异常具有穿透力。当他双眼扫过洞穴，奇迹出现了：他发现了一个由石碟之光作光源的冰雪世界，竟绚丽得五彩缤纷如此耀眼。而这一切，却是常人肉眼无法看见的！

被自己目力变化惊呆的扎西，骤然间，感觉耳中又传来遥远冰川下的融水声。稍后，扭动脖子四处张望的扎西，又透过头顶冰层，看见了天空中飞翔的雪鹰。扎西终于明白，他视觉和听觉变化，皆是抚摸石碟后引起的。蓦地，异常兴奋的扎西冲出洞穴，站在雪山上挥着双拳欢呼：蒂姆，我扎西有千里眼、顺风耳啦……

扎西在法轮寺疗伤其间，旺堆领着央宗和女儿曲珍，在巴登陪同下去探望过扎西。出乎刀疤脸意料的是，旺堆提前兑现了巴登对大活佛的承诺，给寺庙送来酥油和青稞面粉，另外，还添加了一匹好马。扎西康复后，旺堆亲自求扎西留在春风茶庄，并开出增加一倍年薪的条件。扎西借他想回自己部族生活为由，婉拒了旺堆请求。

当扎西离开县城去草原后，巴登虽常借送阿妈去教堂的机会，带上些礼物变着花样找理由送给丹珠，但均被丹珠用巧妙方式把礼物或留在了教堂，或是转赠给桑尼。几次之后，不死心的巴登又给教堂送来一辆马车，说是特为感谢在他妹妹曲珍被抢后，丹珠对他阿妈关心照顾所赠。约翰收下马车后，还特做了面锦旗感谢春风茶庄。

前两天晚餐时，央宗向丈夫旺堆透露了一个消息，说这半年她陪曲珍过夜时，曲珍经常哭喊着王剑客名字从梦中惊醒，尔后就伏在她怀中抽泣。见多识广阅人无数的旺堆非常清楚，曲珍已爱上她救命恩人王剑客。但不愿说破更不愿让外人知道的旺堆，却装着不经意地回答央宗，唉，曲珍在土匪窝受了惊吓，或许过些时日，她就不再做噩梦了。每当这样，流泪的央宗总是摇头自语：不是这样，我女儿曲珍不是这样的……

匪首黄大郎在年三十晚上宣布的疯狂计划，就是结群下山，到若拉草原之外的地方，去抢一些女人上老鹰岩，以供大群光棍土匪淫乐，来稳定雪山雄鹰大队军心。因去年有几名小匪，忍受不了长期的苦闷，先后悄悄逃离了老鹰岩。

过去，黄大郎主要操心的，是老鹰岩的人马和武器问题。自解决这些事后，女人的问题就在老鹰岩突显出来。去年夏天，黄大郎偶尔放一两个小匪去县城妓院放松，没料想，有的小匪在回山路上被扎西（有时是刀疤脸）干掉了。死了几个小匪后，心痛减弱战斗力的黄大郎，再也不敢放小匪去县城妓院了。实施派款计划后，若拉草原有些小部族给了老鹰岩一些钱财（有的用牛羊抵）。黄大郎为笼络这些怕他的小部族，下令不得再去骚扰这些给老鹰岩上了贡的部族。

过去，黄大郎心中一直有个隐忧：怕草原大部族联合起来攻打老鹰岩。当他得知若拉草原两大部族，有长期打冤家战争史后，他曾高兴得在老鹰岩连喝三天大酒。为解决弟兄们想女人的问题，黄大郎决定去大草原外抢女人。两次行动虽只抢回三名女人，但总算解了燃眉之急。昨天，黄大郎和三寸丁又带大队人马，朝卡巴拉雪山另一面奔去时，已有身孕的卓玛判断出，黄大郎一伙要四天后才能返回老鹰岩。

早做好逃跑准备的卓玛，趁午时阳光强烈大多土匪在打盹时，挎着竹篮带把小刀就走出了大殿。站岗的蛮尕见腆着肚子的卓玛要下山，忙问道："厨妇卓玛，你要上哪去呀？"

卓玛答道："蛮尕兄弟，我到山下寻点调味的野葱，明天大头领回来要吃我的羊肉鲜汤。"

"卓玛，你咋知道明天大头领要回老鹰岩？"

"大头领走时对我说的，还特交代要我去山下采点新鲜野葱。"山上土匪全知道，卓玛肚子里的孩子是黄大郎的。自卓玛怀上孩子后，黄大郎已对卓玛客气许多，偶尔喝酒时，还要卓玛坐在他身边陪酒。回答蛮尕后，卓玛悄悄塞给他一小块碎银。接过碎银的蛮尕立即退后让过卓玛，并叮嘱卓玛下山小心，别把大头领公子摔着了。

卓玛下山后，捂着剧烈跳动的心，悄悄朝青格错湖方向逃去……

刀疤脸同六名骑兵，护卫几十箱枪支和鸦片回打箭麓的路上，每当黄昏住进客栈吃过饭后，他不再同骑兵们用喝酒消遣方式打发时光，而是独自关上门挑灯夜读即将送给曲珍的唐诗宋词。在他童年时期,望子成龙的父亲省吃俭用,供刀疤脸上了几年私塾,而他闲暇时光又大都在习武练剑中度过。除喜欢李白吟酒诗外,刀疤脸从没接触和阅读过真正意义上的全本唐诗宋词。好在他反应敏捷记忆力好,在翻二郎山前,他已通读完标有注释的唐诗宋词。直到这时,他才第一次了解到唐诗宋词的庞大规模,以及唐宋诗人和词人的壮观阵容。

翻越险峻的二郎山后,刀疤脸又在重阅《蜀学报》时,回想起跟创办人宋育仁谈话的某些细节来。宋育仁告诉刀疤脸,光绪二十年,他随大清公使龚照瑗出使欧洲,回国后又参加了维新组织"强学会"。后来,他又在光绪二十二年去了重庆,并在重庆创办了第一家具有影响的《渝报》。在这几年间,他发表了些支持维新变法文章,著有《时务论》和《采风记》著作,进一步阐述和丰富了他自己的维新变法思想。颇有学问和维新思想的宋育仁在刀疤脸离开报馆时说:"欢迎你这年轻人来我报馆拜访,希望你成为我们《蜀学报》最忠实的读者和宣传人。"

温暖而又亲切的回忆,加上从罗金刚口中得知大清政府的腐败无能,以及各级官员贪腐贿赂成风的严酷现实,渐渐使刀疤脸萌生了要多回成都的想法。过去,只为自己活得洒脱的刀疤脸,被罗金刚一句"若我们这些有文化的人都不关心国家命运,那亡国是迟早的事"所深深震动,他第一次有了想关心天下大事的愿望。如果说,认识罗金刚改变了刀疤脸经济状况的话,那么,《蜀学报》和宋育仁的出现,无疑又将对他这样的热血汉子未来产生重大影响,而这影响的结果,却是年轻的刀疤脸暂无法意识到的。

回到打箭麓后,刀疤脸立即去醉一春酒馆找到玉香,然后几辆大马车随玉香去她家雕楼大院卸货。卸完货后,刀疤脸转述了罗金刚的交代:在没出完货前,骑兵们必须寸步不离守在大院;出完货后,骑兵们可在打箭麓逍遥三天,尔后即刻返回成都。临行前,刀疤脸提醒玉香,一定要每天管好骑兵们伙食,中午和晚餐必须有酒肉。交接完后,刀疤脸才提着自己行李箱,回到自己小院。

按往常从成都或草原回县城的习惯,刀疤脸首先要去的地方一定是洋教堂，而此时刀疤脸犹豫片刻后，却提着装有唐诗宋词的包袱，出了院门大步流星朝旺堆大院走去。当刀疤脸叩响大院紫铜门环时，开门的正是曲珍姑娘。在曲珍见到刀疤脸刹那间，想扑进刀疤脸怀中的曲珍，立即红着脸低声说道："剑客大哥，你——你终于回来啦。"

高兴的刀疤脸拍着手中包袱说："曲珍小妹，我把你想看的唐诗宋词带来啦！"

"真的？！"曲珍竟兴奋得拍起手来。

晚餐时，曲珍欣喜地一直看着茶几上的唐诗宋词。过了一会儿，曲珍指着线装书说："剑客大哥，里面有好些汉字我都不认识，往后，你要教我多多认字哈。"

"曲珍小妹，你剑客大哥事多，经常不在县城。今后，茶庄里的小秋哥，他可当你识字小先生嘛。"

"不，我就喜欢你剑客哥当我识字先生。"当阿佳央宗用满意目光注视着刀疤脸和曲珍时，此刻的旺堆土司，却茫然地盯着这个连金条都不要的押运队长。他真不知未来该如何接纳这个充满野性的汉人小子……

站在卡巴拉雪山上，因自己视觉和听觉发生巨大变化而激动不已的扎西，并没急着下山，而是抬头眺望遥远天空。透过云层，他发现高高的空中，有几只苍鹰正领着一大群雏鹰，在盘旋中练习飞翔。寒风吹过，在扎西凝神静听间，他仿佛听见大鹰悉心叮嘱，又好似听到雏鹰翅膀划动气流的声音。

当扎西收回目光向右望去，他又发现依傍在大雪山不远的冰崖上，有一头雌性雪豹，正领着两只小雪豹在冰崖上慢慢爬行。当小雪豹小心翼翼爬过冰崖时，走到冰崖尽头的母豹，又领着小雪豹重返来路继续练习穿越冰崖。此刻，扎西真切地听见了小雪豹胆怯的弱弱叫声。

高兴的扎西伫立在大雪山，又将头朝左扭去。惊讶的他盯着远方片刻，立即叹道："魔鬼寨，我终于看到你的土屋和麻风病人啦。"此刻，扎西已欣喜看到，常下山取食物的索朗丹增，正在土坝上用锋利的藏刀剥一头黄羊的皮，而协助丹增的，正是丹珠的生母诺巴。当扎西带着微笑闭目深吸一口气时，他仿佛已闻到从魔鬼寨飘来的血腥味。

蓦地，从青格错湖边森林传来两声大黑熊的吼叫声，将扎西惊得睁开双眼。正当扎西俯瞰碧绿的青格错时，几只白天鹅从湖面徐徐飞起。随着绕湖飞行的天鹅叫声，扎西又发现草原边缘地带的山石后，突然蹿出三头大狼，朝不远的一只狐狸撵去。疯狂奔逃的狐狸不时发出惊恐的叫声。已对狐狸有特殊感情的扎西，立即发出一声啸叫，快速朝山下奔去。

下山骑上枣红马的扎西，同黑獒一道朝三头大狼追去，在草原东躲西藏的狐狸，见举着叉枪的扎西追击大狼，竟欢蹦着朝救命恩人跑来。见着狐狸逃命的傻样，扎西哈哈大笑："狐狸兄弟，你怕啥哩，我猎狼人不是来了吗？"说完，扎西举枪朝奔逃大狼打去。枪响中，一头大狼立马栽倒在地。扎西望着另两头逃窜大狼，勒住马缰说："今天，我就饶你们小命啦！"狐狸望着策马远去的扎西，竟感动得流下热泪……

卓玛逃出匪巢，朝青格错湖踉踉跄跄走了近三个时辰后，天色渐渐暗了下来。放过牧的卓玛知道夏夜草原狼多，于是，手握短刀的她寻了个小山洞过夜。好在一夜无事的卓玛等天一放亮，又启程上路，朝她早已想好的地方走去。

如果说，从前没怀孕的卓玛逃出匪窝，第一个念头就是寻找扎西和梅朵，那么，现在已有身孕的卓玛逃出匪窝，寻找的却是放牧时曾去过的高高冰崖。她要在那圣洁之地结束自己生命，用死来诅咒恶匪的暴行，用死来向她深爱的扎西诉说，曾经纯洁的卓玛，已无颜再苟活人世……

抱着必死念头的卓玛，又走了两个时辰，终于寻到离青格错湖不远的冰崖。小腹有些隐隐作痛的卓玛，坐在草地揉一阵肚子后，又咬牙站起踩着乱石朝高高冰崖爬去。此时，盘旋高空的雪鹰，似乎发现艰难爬行的卓玛，雪鹰发出一声啸叫，便展翅朝云中飞去。

随山势不断升高，卓玛脚下的砾石被千年不化的冰川覆盖。累得直喘粗气脸色惨白的卓玛，爬爬停停，停停爬爬，手脚并用像头雌豹匍匐冰川，一步步朝冰崖攀去。临近陡峭冰崖时，抓不稳冰层的卓玛，只好拔出短刀，扎进冰层一寸寸朝冰崖挪去……

湖边，吃过食物的扎西，躺在草地嗅着花草芬芳，渐渐沉入梦乡。大黑獒支起残耳，警惕地观察四周，在忠实地替主人站岗。微风吹过，除湖面偶尔传来几声白天鹅和野鸭的叫声，大黑獒听见的，就是枣红马啃吃青草的咀嚼声。

天风吹过，一阵忧郁的《孤雁之歌》，萦回在雪山湖畔：

我是一只受伤孤雁飞过蓝天，
哀伤的叫声传得那么遥远；
曾经的伴侣啊，此刻你在哪儿，
我为寻找你踪影，已飞过万水千山。
晚霞即将消失，寒夜就要来临，
伴侣啊，我最后的呼喊你可听见……

伴随雪鹰异常尖厉的啸叫声，扎西突然从梦中醒来。听着隐约传来的忧伤歌声，扎西猛然站起，急忙侧耳聆听，寻找这熟悉声音传来的方向。当扎西确定冰崖方位后，他立马翻身上马，打马朝冰崖奔去。哀叫的黑獒也奔窜着，紧跟扎西马后。

高高冰崖上，穿着藏服的卓玛手握短刀捂着胸口，任冰谷的冷风吹拂自己长发，她用牧人常唱的《孤雁之歌》来倾诉对扎西最后的思恋。远远望去，此时的卓玛，宛若一尊伫立在冰崖上的冰雪女神，将她身后的卡巴拉大雪山，映衬得更加巍峨壮美。

打马狂奔而来的扎西怎么也难相信，难道这若拉草原还有跟卓玛嗓音一样的女人？越是疑惑他就更想一睹这唱歌女人的面容。穿过森林，越过湖畔，奔上山坡，很快，扎西远远地就发现冰崖上的女人。

卓玛的歌声仍在天地间回荡：曾经的伴侣啊，此刻你在哪儿，我为寻找你的踪影，已飞过万水千山……

冰崖下无法相信自己眼睛的扎西惊呆了：那冰崖上的女人不就是我家卓玛吗？可我的卓玛不是被大狼祸害了吗？难道，这世上真有嗓音和长相一样的女人？我家卓玛体形苗条，可这身高跟卓玛一般高的女人，咋小腹有些隆起，像是怀有身孕？扎西面对冰崖上唱歌的卓玛，心中纵有一千个疑问，但眼前真实的场景和鲜活的女人，却让他无法相信！

扎西决定要去见见冰崖上像卓玛的女人。想到这，身背叉枪的扎西便朝冰崖爬去。

不久，爬上冰崖的扎西，一步步朝唱歌的卓玛走去。

听见藏靴踩着坚冰的响声，泪流满面的卓玛猛一回头，突然看见慢慢向她走来的扎西。这时，扎西终于看清卓玛的面容，忍不住大叫一声"卓玛"，便朝卓玛奔去，把冻得浑身打战的卓玛搂在怀中，不断抚摸卓玛发凉的后背。偎在扎西怀中的卓玛，闭上眼柔声地说："扎西，你终于来了……"

缓过神的扎西摇着卓玛双肩问道："卓玛，真的是你？"

"嗯，扎西，我真的是你的卓玛。"流泪的卓玛，微笑地点了点头。

"你——你不是被大狼祸害了吗？这——这到底是咋回事？"疑惑而又急切的扎西，再次摸了摸卓玛脸庞问道。

卓玛摇头说："不是的，我没被大狼祸害，而是被土匪抢去了老鹰岩。"

扎西惊得睁大双眼："啥，你被土匪抢去了老鹰岩？"

"嗯。"卓玛再次点了点头。

扎西泪如泉涌，仰天叹道："天哪，两年多来，我的卓玛一直活在人间。这——这他妈老天也太——太捉弄人了啊！"，说完，扎西紧紧抱着卓玛，不断摇头哭喊。

流云飞动，天风再次呜呜吹过。稍后，卓玛低声问道："扎西，小梅朵长高些了吧？"

扎西大惊，忙反问道："咋的，小梅朵没跟你在一块？"

"那暴风雪之夜，我正是在帐篷里听见梅朵的哭喊声，才撑出帐篷寻找梅朵的。谁料想，刚出帐篷就被土匪抓上马背。从那之后，我再也没见过我家小梅朵了……"说完，卓玛又哭了起来。

"如此说来，土匪用梅朵哭声把你骗出帐篷，在他们阴谋得逞后，就把我家小梅朵丢到雪地喂了狼。这——这都是恶匪祸害的啊……"随后，扎西从怀中掏出一根细小腿骨，又号啕大哭。

大黑獒也终于爬上高高冰崖，摇着尾巴朝扎西和卓玛跑来。卓玛忙用手摸摸围着她直转又低声哀叫的黑獒，向扎西问道："扎西，后来你把被大狼弄走的羊群找回了吗？"

扎西摇摇头："没有。卓玛，难道你不知，如果没有你和梅朵，那些给头人放牧的羊群，对我没一点意义吗？"

卓玛大惊："扎西，你丢了羊群，难道曲巴头人没治你罪？"

"卓玛，头人治不治罪于我，如今已不重要了。要紧的是，既然你活着逃出老鹰岩，那就跟我走吧。我们去买一顶好帐篷，然后再买大群羊，我俩每天一同去放羊，今后，你再给我生几个小梅朵出来，那时，我们又有快乐一家了。"

卓玛偎在扎西胸前喃喃说道："扎西，若像你说得那样，该有多好呀，可——可如今，你的卓玛再也回不到从前了……"

扎西抱着卓玛说："不，卓玛，无论发生了什么不幸，你永远都是我心爱的女人。"卓玛听后，泪水再次夺眶而出。良久，卓玛低声说："扎西，卓玛已不配做你女人了，往后，你另娶一个好姑娘，行吗？"

扎西猛地推开卓玛，愣愣地盯了片刻，然后又将卓玛搂进怀中，摇头说："不！不！你卓玛才是我今生的女人，我决不要别的姑娘……"说完，扎西紧紧搂着卓玛，又泪流不止。

睁开眼的卓玛，用衣袖替扎西擦去脸上泪水，抱着扎西，深情地吻了吻扎西的面颊和嘴唇。随后，挣脱开扎西双臂的卓玛，指着扎西身后的天空说："扎西你看，雪鹰在天空呼喊你哩。"扎西扭头朝天空望去，果然，蓝天翱翔的雪鹰发出一声叫声。

就在扎西回头看雪鹰的瞬间，卓玛一个纵身朝冰谷跃去。当扎西再回头时，只见身穿藏服的卓玛，像一只轻盈飞翔的雪雁，被五彩祥云托举着，缓缓向幽深的冰谷飘去。冰谷里传来"扎西，我们来世还做夫妻"的回声。

"卓——玛——"，一声声嘶力竭的呼喊后，头一昂的扎西轰然倒下，昏死在高高的冰崖上……

第三十一章

两只狼崽,被无限悔恨的猎狼人收养

半个时辰后,躺在冰崖的扎西,在空中雪鹰和身边大黑獒的叫声中,渐渐苏醒。冰谷升起带雾寒气,笼罩在头昏脑涨、神志模糊的扎西周围。感到彻骨之寒的扎西,下意识地挣扎爬起,抓着叉枪沿冰崖朝下溜去。当下山穿过砾石堆的扎西,刚抓住枣红马缰绳,踉跄几步还没翻上马背的他,又跌倒在地昏了过去。

扎西再次醒来,已是弦月高挂夜空的时候。坐在地上望着冰崖发呆的扎西,突然站起朝远处冰崖发出大声狂喊:"卓——玛——,你在哪儿——"

夜风拂过,扎西近乎绝望的悲恸哭声,使草原生灵为之震撼。伴随一阵轰响,一场大雪崩又在冰谷上方袭来……

漫漫长夜,扎西在哭了又停,停了又哭的悲痛中迎来黎明。两眼充血、头发蓬乱、六神无主的他,竟策马朝魔鬼寨方向走去。来到骷髅谷山洞前,翻下马的扎西回头看见大堆狼骨,神色凄惶的他,丢下叉枪扑到狼骨堆上放声大哭:"大狼啊,我扎西对不住你们哪,我冤杀了你们,我扎西是不可饶恕的蠢笨凶手啊……"晨风吹过,骷髅谷久久回荡着扎西发自肺腑的悔恨哭声……

真正的男人,不怕困难和险阻,有着敢于承担一切不幸的勇气。但往往击倒这些男人的,不是痛苦和艰难,而是撕扯灵魂的悔恨。躺在骷髅谷洞中,三天不吃不喝的扎西,此刻正是这样的男人!时而清醒时而恍惚的扎西,几天来一幕幕亲历过的情景,像画片真切地浮现在他眼前。卓玛和梅朵的音容笑貌,匪首黄大郎的狰狞与邪恶,乌岗狼王的嚎叫与亡命,他挥舞燃烧狼皮冲向狼群的场面，一头头大狼倒在叉枪下的挣扎与悲嚎，以及他挥向大狼的滴血藏刀……

几天来，真正折磨扎西的不仅是卓玛的死，最致命的是卓玛告诉了她被抢上老鹰岩的真相，以及这几年支撑他活着的信念被毁灭。已有身孕的卓玛不愿再苟活人世他能理解，土匪在雪夜抢走他女人他也认命，他现在唯独不能接受的，是这两年多日子里，他整整冤杀了近两百头骁勇聪明的大狼。如若没喜喇大活佛、约翰牧师和尼玛天葬师曾经的苦心相劝开导，或许扎西内心疼痛还稍轻些。正因那些相劝之言仍回响在他耳边，扎西才彻夜难眠痛悔万分。特别是扎西每当想到同乌岗狼王几次搏命相杀的情景，他总是用双拳砸地说："老天啊，这都是我在逼乌岗狼王同我拼命啊……"

躺在洞中的扎西，想到过自杀，也想到过上魔鬼寨同麻风病人一块了此残生，还想到过从此跟尼玛在小石屋，摇着转经筒为他杀害的大狼诵经超度。最后，扎西决定，无论自己怎样选择未来，他必须先将洞外为自己错杀的大狼垒座坟墓，垒一座比结拜兄弟建的狼冢更大的狼坟墓。下了决心后，扎西才艰难爬出山洞，指挥黑獒给他抓来两只旱獭。烤吃完旱獭，靠在洞壁的扎西才慢慢缓过劲来。

干练的刀疤脸自回县城后，在他每天早出晚归奔忙下，半月时间里，他就将快枪和鸦片卖出大半。在等理塘和巴塘头人与土司提货时，去醉一春酒馆喝酒的刀疤脸，才猛然想起他的扎西兄弟。刚回县城时，他去教堂和铁匠铺打听过扎西行踪，但丹珠和泽翁都说扎西去草原杀狼了。没想到，十多天过去，扎西仍没露面。这几天刀疤脸右眼皮老是跳个不停，隐隐感觉不好的他，便动了等提货人走后要去草原寻扎西的念头。此时喝酒的刀疤脸哪里知道，他的扎西兄在短短几天，已经历了生离死别。

自刀疤脸以罗代办联络官的身份收购军马后，旺堆和巴登就对他礼让三分。在刀疤脸舍命救回曲珍后，春风茶庄就不再过问押运队长的行踪。好在懂江湖规矩的刀疤脸，早已给巴登讲明，若他没替茶庄干活，他就不拿报酬，若干了活再另算。旺堆私下对巴登说过，你看那王剑客神气样，他是成都人，我估计他背后靠山并非罗金刚一人。没想到，当旺堆知道自己女儿爱上刀疤脸后，对王剑客恨也不是怕也不是的他，反而不知该咋办了。

通过两天艰苦努力，两手血肉模糊的扎西，终于在骷髅谷垒了个比刀疤脸所建的狼冢大一倍的狼坟，而且底部四周，立着摆放等距的八块狼头石碑，坟顶还立有块石刻的狼王头像石碑。待一切弄好后，扎西便伤心地跪在坟前，伏在地上流泪说："乌岗狼王，我扎西对不住你们狼族，我冤杀你们好多兄弟姐妹。我发誓，今生我若再杀一头大狼，我扎西就不是人！"

此刻，疾飞而来的三尾红狐，缓缓歇落坟顶石碑。伏地的扎西刚一抬头，就看见碑上的三尾红狐。红狐吱吱叫着，似乎在赞赏扎西的举动。惊异的扎西忙双手合十说："红狐菩萨，感谢你曾对我的相助，也请你宽恕我这罪孽深重之人。"扎西刚一说完，微笑的三尾红狐抛给扎西一个精致的银质小盒。诧异的扎西想打开小盒，一句柔美之声从红狐嘴中冒出："扎西，这银质小盒是你个人秘密，三年后才能打开，否则，你将遭遇更大不幸。"说完，三尾红狐就朝天空飞去。

望着远去的三尾红狐，忐忑的扎西忙将银质小盒放进怀中。随后，扎西看看凝满鲜血的双手，起身朝洞内走去。很快，十分疲惫的扎西，倒在洞内发出沉沉鼾声……

由于降了不少价，在外地客户超额买走快枪和鸦片后，刀疤脸迅速送走几个骑兵，然后就去了春风茶庄。前两天，丹珠找到刀疤脸，一再打听扎西情况。说不出扎西下落的刀疤脸，只好告诉丹珠，过几天他就亲自去草原寻找。在得到刀疤脸承诺后，郁郁寡欢的丹珠才回了教堂。

刀疤脸刚走进茶庄，巴登就迎上问道："扎西德勒，押运队长，我正想派人找你呢，嘿，没想到你就来了。"

刀疤脸问："找我？有啥事？"

"找你到成都进货去。今年由于你忙，我已推迟进货时间。这事不能再拖延了。"

"你们去吧，我还有要紧事走不了。"刀疤脸板着脸回道。

巴登急了："你是押运队长，你不去咋整？"

"巴登掌柜,你知道吗,自我跟扎西分手至今,已整整两个月过去了,扎西一直没回过县城。我担心去杀狼的扎西出事了,所以,我想来借个帮手到草原寻你师父去。"刀疤脸故意说出师父一词,是想让巴登理解和支持他的要求。

"我阿爸已下令,让我带人必须明天上路去成都。这样吧,你草原剑客是能干人,我带人先行一步,你独自去找到我师父后,就骑马来追我们。这样的话,找人和进货就两不误了,是吧?"历练了两年的巴登,头脑已够用不少。

面对巴登极有道理的建议,刀疤脸只好说:"这主意不错,那我今天就去草原寻找扎西兄。"说完,刀疤脸立马离开了茶庄。

临行前,刀疤脸骑马又去了教堂、铁匠铺和法轮寺问过扎西行踪,得到的回答均是不知道后,刀疤脸立即打马朝若拉大草原奔去。

天空低垂,黑云翻卷,大风刮得花草不断摇曳倒伏。草原上的牧人吆喝着,匆忙将牛羊朝自家帐篷方向赶去。很快,银蛇飞蹿似的闪电,撕裂厚重黑云,隆隆雷声炸响后,豆大雨点就砸向茫茫草原。迎着暴风雨飞奔的刀疤脸,第一个念头就是想去天葬台问问尼玛大叔,他知道扎西跟天葬师有着不错交情。

一个时辰后,大雨渐渐停息,落日又将金色余晖撒向雪山草原。夕阳西下时分,就在刀疤脸快到天葬台时,草原上升起的一道绚丽彩虹,像一道巨大七彩拱门,耸立在天地之间。雪鹰高飞,远远望去犹如一只疾翔精灵,引导骑白马的刀疤脸,穿越彩虹之门,缓缓朝通往天国般的卡巴拉雪山奔去……

暮云四合之后,夜的大幕就将草原覆盖。在尼玛小石屋问过天葬师后,刀疤脸终于得知十多天前,扎西曾来过天葬台。喝过酥油茶吃过糌粑的刀疤脸,匆匆告别摇起转经筒的尼玛,又打马连夜朝卡钦部落奔去。因喝酥油茶时,尼玛说受过重伤的扎西,有可能回自己部族休养了。正是认同尼玛的推测,刀疤脸才决定去卡钦部族问问曲巴头人。

没想到,半夜赶到卡钦部族的刀疤脸,被家丁头目郎嘎挡在了曲巴大院门外。原来，郎嘎见腰挎藏刀腿插短枪的刀疤脸，板着脸心事重重要见曲巴老爷，为曲巴安全考虑，郎嘎坚持要王剑客明天上午再来。见郎嘎拦着自己不准见曲巴，火冒三丈的刀疤脸，一巴掌朝郎嘎扇去，立马拔出手枪对着郎嘎脑袋说："好你个家丁小头目，居然敢阻拦我王剑客见曲巴头人，给老子说，你这是啥意思？"

见刀疤脸如此肆无忌惮，有些害怕的郎嘎忙哭丧着脸说："剑客兄弟，我们老爷已睡下，我是怕影响老爷休息哪。"

刀疤脸举枪厉声命令说："即便你们老爷睡下，你也得给我叫醒他，老子有重要大事问他！"从没见过王剑客如此盛气凌人的郎嘎，也知他是曲巴老爷的座上宾，只好叩响大门紫色铜环。很快，开门的家丁问道："队长，这深更半夜的，你敲门不怕影响老爷睡觉？"不等郎嘎答话，刀疤脸挤进门用枪命令家丁："快去通报曲巴头人，就说王剑客有要事见他。"家丁看看凶巴巴的刀疤脸，只好朝雕楼上跑去。

被叫醒的曲巴，听说是王剑客有急事求见，本不想起床的他，犹豫片刻还是爬了起来。曲巴知道王剑客既是旺堆手下得力干将，又是罗代办在县里的联络官，更重要的是他可通过王剑客之手，买到质优价廉的鸦片和快枪。想到这曲巴忙叫家丁将王剑客带到客厅相见。

刚一见面，刀疤脸就劈头向曲巴问道："曲巴头人，您可知我扎西兄，最近回部族没？"

曲巴一惊，忙回道："联络官兄弟，据我所知，扎西已有很长时间没回自己部族了。不是说，他在法轮寺疗伤吗？"此刻的曲巴，猛然想起去年初冬，他去法轮寺探望疗伤的扎西时，扎西说过，伤好后仍要去寻机刺杀贡布。难道，扎西行动失败，已被打死？

"曲巴大头人，扎西藏历新年前就搬出了法轮寺。两个月前，他就离开县城到草原杀狼，可至今，也没见他回过县城。大家都替他担心哩。"

曲巴一怔："联络官兄弟，扎西若只为猎狼来草原，难道说，又发生了意外？"曲巴的担心也正是刀疤脸所虑。刀疤脸也知道，乌岗狼王绝非等闲之辈，去年秋差点致扎西于死地，就足可说明狼王具有非凡而又凶狠的手段。但狡猾的刀疤脸，不想再仅靠他个人力量寻找扎西，此刻他决定，一定得把曲巴也绑架进寻找中来。于是，想好说辞的刀疤脸回道："曲巴头人，据我所知，扎西在若拉草原奔忙，不仅仅只为杀狼吧？"

"扎西是著名猎狼人，他在草原奔忙不为寻狼，难道是骑马玩耍？"奸诈的曲巴，断定王剑客不知他曾交给扎西的暗杀指令，便想把话题锁定在杀狼问题上，同时，也想试探这深夜到访的联络官到底知道多少秘密。

刀疤脸喝口酥油茶后，盯着曲巴说："尊敬的大头人，难道您忘了，扎西除杀狼报仇外，还肩负有您曾给他的秘密使命。"刀疤脸的直接暗示和提醒一出口，曲巴脑袋顿时翁了一下：好你个扎西，居然将我绝密指令，透露给你结拜兄弟！

"你别瞎猜，我从没给过扎西秘密使命。"心虚的曲巴，故作镇定一口否认。

刀疤脸放下酥油茶碗，抹抹嘴说："曲巴头人，就算我瞎猜，扎西手中那把漂亮的短枪，总不是在草原上捡来的吧？今晚，我不想来此跟您大头人闲扯，我只是希望天亮后，您派出一些家丁，到萨嘎部族去打听打听，看有无猎狼人失手或被关押消息。若扎西发生不幸，请到县城洋教堂或醉一春酒馆留个话，您我二人再商量下一步营救计划，如何？"

曲巴假装思索后回道："扎西毕竟是我卡钦部族的人，关心他是我这做头人的应尽之责。好，就依你联络官建议，我明天就派出家丁，去打听扎西下落。"

刀疤脸立即向曲巴竖起拇指说："蒂姆，这才是我王剑客所钦佩的曲巴大头人嘛。猎狼人扎西活着，才是您我心中永远不变的愿望。我看哪，若拉草原的未来，您比我更需要扎西。"说完，刀疤脸就告辞离开了曲巴大客厅。

曲巴走到窗前，凝视月光下刀疤脸的背影，咬牙陷入沉思……

黄大郎之所以带着大群弟兄，去草原之外疯狂抓抢女人，一是为失去曲珍后的恼怒，想发泄心中愤慨；二是想抢个比曲珍更漂亮的姑娘，以满足他早已扭曲的虚荣心。

曲珍被刀疤脸救走的头几天，怕丢脸的黄大郎并没声张，照样跟泽木刺和三寸丁一块喝酒说笑，假装无事。后来，黄大郎在深夜喝酒回屋后，假装出事了，跑出屋对泽木刺和三寸丁等人说，糟了，曲珍被人弄走了，并拿出二千两银票给众匪看。

看过银票的泽木刺说："旺堆土司挺识相嘛，把他女儿悄悄赎走还不亏待我老鹰岩弟兄。"三寸丁抓过银票看后，疑惑地向黄大郎问道："大哥，难道前几天失踪了的哨兵，躲在后山林中做了王剑客的内应？"

黄大郎点点头："嗯，我看准是这样。这次来山上偷赎曲珍的，准又是那有功夫的王剑客。"从那之后，为报复叫开他房门的卓玛，黄大郎命卓玛顶替曲珍天天陪睡。

前几天，去抢女人空手而回的黄大郎，得知卓玛已逃走，查出当天站岗是蛮尕后，便把失职的蛮尕吊起狠狠打了一顿。若不是三寸丁苦苦求情，蛮尕的结局很可能是吃颗枪子丢命。为安慰气急败坏的匪首黄大郎，三寸丁又向黄大郎献上再抓美女之计……

从曲巴雕楼大院出来，刀疤脸跃上马背乘着月色，又打马朝草原奔去。没想到，刚在草原跑了一会儿，犹豫的刀疤脸竟一时不知去哪寻找扎西更好。于是，勒住马缰的刀疤脸，让马在草原上慢慢溜达起来。

星空下，夏夜凉风习习，流萤飞舞宛若刀疤脸忽闪的思绪，他脑海又浮现出藏历新年后的一次情景来。一天夕阳西下时分，曲珍在阿妈陪同下来春风茶庄，找到刀疤脸便拿出宋词，翻到李清照的《醉花阴》要他解释词中含意。曲珍刚说完，央宗又拿出一沓纸来，展开大纸给刀疤脸看上面描画的汉字。吃惊的刀疤脸忙问央宗："央宗阿妈，您这纸上汉字怎么描画得这么好看，像画的一样。"

央宗笑了："这些汉字是我家曲珍画的，她想请你教她认这些她不识的字哩。"一旁的曲珍也睁着大眼向刀疤脸点点头。刀疤脸知道，他要给曲珍讲解李清照诗词，又要教识汉字的话，没近两个时辰是不可能的。于是，刀疤脸只好提议去雕楼大院。

临近子时，从旺堆大院出来的刀疤脸深深感到，曲珍确实喜欢上了唐诗宋词，而且已能背诵一些她喜欢的诗词了。更出乎刀疤脸意外的是，曲珍不仅识字速度快，而且在不懂音韵平仄的情况下，竟尝试着开始模仿写起五言诗来。但无论曲珍怎样找理由亲近刀疤脸，刀疤脸除礼节性帮助曲珍外，总是对曲珍产生不了心动的亲近感。其根本原因除曲珍在老鹰岩被黄大郎霸占一年多外，就是他对旺堆父子从骨子里瞧不起，他不喜欢这样的父亲和兄长。或许，这也是妨碍他走近曲珍心灵的重要因素。

月光下，突然两只被马蹄惊着的旱獭，蹿出洞朝梭磨河林中逃去。刀疤脸啪啪两声枪响，两只旱獭立刻抽搐着躺在河边。刀疤脸下马将两只肥旱獭拴在马背后，跃上马朝魔鬼寨方向跑去。

朝霞满天，刀疤脸来到魔鬼寨下。他取下两只旱獭往石板上一扔，朝魔鬼寨打了声呼哨。听到呼哨回声后，扭头的刀疤脸突然发现骷髅谷冒出一座新坟，大惊的刀疤脸忙朝新坟走去。

走到新坟前异常吃惊的刀疤脸，发现坟头和坟周围都立着狼头石碑。猛然反应过来的刀疤脸，立即拔出短枪朝山洞跑去。刚到洞口，大黑獒摇着尾巴朝刀疤脸扑来。刀疤脸摸过欢蹦的黑獒脑袋后，很快发现躺在洞中奄奄一息的扎西。"扎西兄！"刀疤脸一声大喊奔到扎西身边，将扎西抱在怀中的刀疤脸，忙摇着扎西大声呼喊："扎西兄，快醒醒，快醒醒啊……"顿时，泪水从刀疤脸眼中滚出。

稍后，被惊醒的扎西慢慢睁开眼睛，呆望着热泪长流的结拜兄弟。"扎西兄，是我，我是你兄弟王剑客啊。"刀疤脸又摇着扎西呼喊。随着刀疤脸喊叫声，清醒过来的扎西猛地抱住刀疤脸，便放声大哭："兄弟啊，你终于来了……"

见消瘦许多的扎西睡在洞中，刀疤脸以为扎西身体又出了毛病，迫于结拜兄弟一再追问，扎西只好含泪向刀疤脸诉说了见到卓玛详情。听完卓玛逃出匪巢又在冰崖自杀的经过，刀疤脸气得挥拳说："唉，早知那厨房女人是你的卓玛，我说啥也得先救嫂子再救曲珍！"

"好兄弟，现在说这些为时已晚。我知道，卓玛是怀上土匪崽子无脸再活人世才自杀的。这——这都是恶匪造成的啊……"说完，扎西又抹起泪来。

"这还不简单，我往后多杀那些恶匪，替你和嫂子报仇便是。"为安慰扎西，刀疤脸脑中迅速闪过几种杀匪方案。确实，扎西的痛苦，又激起刀疤脸心中杀人欲望。

"好兄弟，对你我来说，杀匪报仇并不难，可——可难的是，我冤杀近二百头大狼啊，我心里悔恨难受，我不知怎样才能偿还这笔血债啊。我扎西对不住乌岗狼王，对不住那些冤死的大狼啊……"刀疤脸这时才弄清，真正击倒扎西的，是他发自心底痛彻脏腑的悔恨。

冷静下来的刀疤脸明白，狼死无法复生，此刻要说服扎西不再悔恨也枉然。刀疤脸毕竟是头脑活泛之人，他走出洞口盯了一阵两座狼冢，突然计上心头的他，便走回扎西身边说："扎西兄，我有一办法弥补你错杀大狼的愧疚之意。"

扎西一怔："兄弟，你有啥法，快说来听听。"

"扎西兄，这好方法是我们汉人采用的办法，你是藏族人，不知你愿不愿接受我这汉人兄弟之法，来告慰大狼们的在天之灵？"

扎西慌忙从地上爬起，十分认真地说："好兄弟，只要能告慰大狼在天之灵，啥办法我都接受。"

"好，你既是这态度，那我就告诉你，还有二十多天，就是农历七月十五。到那天，你我买些香烛纸钱，来这骷髅谷祭奠这些被你我杀死的大狼。我俩只要烧了纸钱，生活在阴间的大狼，就不会怪罪我们了。"

"真的？"扎西有些将信将疑。

"当然是真的，每年七月十五，我父母都要给我爷爷奶奶烧纸钱。我小时问过我父母，他们都说烧了纸钱后，阴间的爷爷奶奶就高兴了。"

"这样说来，只要我七月十五给大狼烧了纸钱，被我冤杀的大狼就再不会怪罪我了？"

刀疤脸点点头，异常肯定地说："这是千真万确的事。你知道为啥七月十五烧纸钱灵吗？"

扎西摇摇头："我这藏族人哪知你们汉人习俗。"

刀疤脸故作神秘地说："因为，七月十五是鬼节，只有这天，那些阴间的亡灵才会来人间讨要银子。"

扎西有些纳闷："阴间的大狼也会使用银子？"

"大狼变成亡灵后，在阴间就会使用银子了。"为哄住扎西不要过度自责悲伤，刀疤脸再次使用了善意谎言。

"好兄弟，你说，我现在该咋办？"

"你现在只能做一件事，就是跟我回县城休养些日子，七月十五那天，我俩买些香烛纸钱再来骷髅谷。"刀疤脸话音刚落，晕乎乎的扎西，就偏偏倒倒跟着刀疤脸朝外走去……

支撑男人强悍意志的，是他心中目标催生的信念，这样的男人一旦失去目标，信念就会随之坍塌。扎西就是这样的男人。自七月十五扎西跟刀疤脸去骷髅谷，给大狼烧过香烛纸钱回来，直到八月十五整整一个月，不能再杀狼的扎西，就一直窝在刀疤脸小院，成天不是喝酒就是蒙头大睡。从成都进货回来的巴登，也来小院看过他师父几次，均被提不起精神的扎西冷冷婉拒了。

一个月后，曲巴派郎嘎来给刀疤脸回了话，说他们想尽各种办法也没打听到扎西消息。在回小院休养这些日子，扎西曾两次提枪要去同老鹰岩土匪拼命，均被刀疤脸死死拦下。恼怒的扎西曾怒问刀疤脸，不让我去报仇，你还是不是我兄弟？刀疤脸一再劝告扎西，我当然是你兄弟。正因是你兄弟，我才给你讲，现在向土匪报仇还不是时候，只要时机成熟，我一定同你一块去杀恶匪！出于对结拜兄弟的信任，扎西最终还是依了拦住他的刀疤脸。

不放心的刀疤脸，担心扎西趁他不在时鲁莽行事，就一直不敢离开县城。即便偶尔离开小院，他也一把大锁将大门锁住。为使扎西度过人生最痛苦时期，擅动脑子的刀疤脸，还安排丹珠和桑尼隔三岔五带上好吃食物来小院探望扎西。正是在休养其间，扎西宣布要大家从此不要再叫他猎狼人，还说一听到这名，他心就发颤。中秋之夜，刀疤脸用汉人过中秋方式，买来月饼、水果和酒菜，并喊来了玉香，大家在小院过了个快乐的中秋。

通过成都断断续续邮来的《蜀学报》，刀疤脸读着他最感兴趣的时势政论和天下形势分析介绍。这些日子以来，正是通过阅读《蜀学报》的文章，远在康巴藏地的刀疤脸，才知道前些年还发生过中日之间的"黄海海战"，才了解到"马关条约"签订的历史原因和复杂背景，也知道了北洋海军提督丁汝昌和"致远"舰领导人邓世昌的故事。

最令刀疤脸振奋的是，在同扎西去骷髅骨祭祀大狼前，他从《蜀学报》上知道了，6月11日光绪皇帝颁布的《明定国是诏》，发布了一百多道涉及政治、军事、经济和文教等方面内容的诏令，表示了光绪变法的决心。同时，他还知道了康有为等人在推动变法运动。他想，大清国若真出现新变法好皇帝，那大清国就有救了，大清国民就有希望了。

没想到，令刀疤脸十分遗憾的事终于发生。中秋节刚过，刀疤脸就收到《蜀学报》退他所剩的订报款。宋育仁来信告诉他，只办了十三期的《蜀学报》，由于评议时弊，宣传维新思想，已被大清当局所禁。不过报虽禁，他本人仍暂住在尊经书局内，并欢迎年轻的王成汉回成都来喝茶聊天，到时他再告知在信中不便说的秘密。

又是大雁南飞时节，刀疤脸为快些将卖枪和鸦片的银票，带回成都交给罗金刚，也为同宋育仁见面，他心里暗暗决定，只要扎西情绪稳定下来，他在一月后就可回成都。没想到，扎西令人堪忧的状况，竟将刀疤脸回成都计划推迟快到腊月才动身。此时，越来越忧心时局的刀疤脸，竟不顾冰封二郎山的危险，仍挥鞭打马朝故乡成都奔去……

通过十来天奔波，骑马的刀疤脸终于赶回成都。在向罗金刚分文不少交差后，守信的罗金刚分给了刀疤脸近千两银子。几年下来，原来贫穷的盗马汉子刀疤脸，通过枪支和鸦片买卖，终于挤进富人行列。喝酒时，罗金刚心情沉痛地对刀疤脸说："成汉兄弟，你知道吗，朝廷已在北京菜市口将谭嗣同、刘光第等六君子砍了头。太可惜了，光绪皇帝的变法美梦，就这样被专权的太后给掐灭了。"

刀疤脸大惊："啥，老佛爷真敢不顾民意，杀害谭嗣同等人？如果是这样，我相信这些维新变法勇士的血绝不会白流，他们必将成为我们中华文人义士的榜样，激励具有正义感的人去继承他们事业，将维新变法伟大事业进行到底！"罗金刚听后，异常振奋说："成汉兄弟，据我所知，有你此种态度的人不少，我也相信，中国一个大变革时代即将来临。"

"罗兄，我真希望能为这大变革尽点自己绵薄之力。"

罗金刚点头说："好，我为贤弟有满腔报国热情高兴，也预祝我二人能投身到时代大潮中去，来，干杯！"

刀疤脸忙举杯说："罗兄，全靠你指点，没你那句'若我们这些有文化的汉人都不关心天下大事，亡国是迟早之事'的提醒，我还浑浑噩噩只顾忙着自己赚钱哩。"两人碰杯喝酒后，刀疤脸把扎西这半年境遇跟罗金刚详述后，罗金刚感触颇深地说："唉，一个没文化的康巴汉子。能在冤杀大狼这事上有如此深的灵魂忏悔，实属不易也难能可贵。"

几杯酒下肚后，刀疤脸非常认真地说："罗兄，这几月我暂不想回冰天雪地的若拉草原去，过了元宵节，我打算到北京和天津去转转，近距离感受下风云变幻的时局，不知你意下如何？"

罗金刚一怔，转而高兴说："贤弟有此想法我完全赞同，若不是我老爸病重，一定与你同行。这样吧，我写几封信，到时你把我送给庆亲王的礼物带上，如何？"罗金刚想起几年前乌尔古善栽培他的经历，他也想用推荐方式帮助他看重的成汉兄弟，何况，这次贤弟北上还跟了解维新变法有关。当一切商量好后，刀疤脸才恋恋不舍地离去。

腊月二十八，买上礼物的刀疤脸来到尊经书局宿舍，找到了宋育仁先生。在请宋先生和一些编辑去他家馆子吃饭时，刀疤脸大赞《蜀学报》曾给他带来的信息大餐。并一再真诚地说，没有曾经的《蜀学报》，他就不清楚"黄海海战"是咋回事，也不知《马关条约》丧权辱国的性质，更不可能知道康有为、梁启超和谭嗣同等人的维新变法主张。

分手时，刀疤脸悄悄告诉宋育仁他要北上之事。宋先生要刀疤脸正月初十来书局，他也要写信给刀疤脸介绍几位京津两地支持变法的朋友。刀疤脸谢过宋育仁后，又打了大包刚出锅的卤菜，朝罗金刚大公馆走去。

自刀疤脸离开打箭炉后，玉香遵刀疤脸嘱托，每天派手下给扎西送去可口藏餐。一段时间后，消瘦的扎西又渐渐恢复强壮身体。加之丹珠和桑尼经常看望与照顾，扎西心理与精神创伤也修复许多。扎西兑现了给刀疤脸的承诺，在他没回来前，决不单枪匹马去报复土匪。藏历新年后，扎西在丹珠和约翰邀请下，还常去教堂听牧师讲解《圣经》。由于一年前扎西用啸叫唤来三尾红狐退去狼群，被百姓神化了的扎西无论走到县城何处，总有人围观喊叫他猎狼人。每当这时，扎西总要匆匆走回小院躲起，回避那些不知情喊他猎狼人的粉丝。

　　冬末几场雪后，初春的微风就像姑娘的手指，又悄然拉开若拉草原嫩绿的窗帘。苦盼结拜兄弟返回的扎西，冬天牛粪火已将他自由惯了的灵魂，憋屈得极度难受。此刻，听见草原上百灵欢叫，嗅到春天芬芳的扎西，偷偷告诉丹珠去处后，就跃上枣红马朝大草原奔去。大半年来，扎西第一次又尝到纵马驰骋的快感！

　　"若拉草原，我扎西又回来啦……"随着扎西高亢呼喊声，一些野黄羊、野藏驴、野鸽、大黑鸦、旱獭与鼠兔们，都纷纷逃窜或飞起。由于视觉、听觉和嗅觉的神奇变化，生命焕然一新的扎西，在草原奔驰时又有不同于昔日的感受：似乎草原上生灵都逃不过他的目力和听觉追踪。即便是刚从卡巴拉大雪山起飞的雪鹰，他仿佛也能听见翅膀扇动空气的声音。

　　纵马飞奔时，心情极爽的扎西，看见了雪山上钻出洞穴的乌岗狼王，看见了天葬台边几头觅食大狼，也发现了老鹰岩站岗的土匪，还发现了从魔鬼寨走下取食物的索朗丹增。对大狼有负罪感的扎西，第一次感到大狼再不是令人憎恨的猛兽，而是草原普通又厉害的猎食者。望着从雪山向青格错湖跑去的乌岗狼王，扎西自语道："乌岗狼王，我扎西再也不朝你开枪啦。"

　　一个多时辰后，纵马驰骋的扎西，发现一头在冰崖行走的雪豹。扎西想了想打马朝冰崖奔去。跑拢冰崖雪豹已无踪影。蓦地，扎西脑中忽然闪过卓玛飘向冰谷的身影。想了片刻的扎西，跃下马朝冰谷慢慢走去。

　　刚进冰谷，扎西就听见有利爪划动冰川的声音传来。扎西忙取下叉枪，端枪沿冰川朝前走去。又走不远，扎西发现三头雪豹趴在冰川，盯着冰川里的东西，不断用爪划拉坚硬而透明的冰面，似乎想抓出里面东西。好奇的扎西想了想，一声吆喝吓走雪豹后，忙朝雪豹趴着地方走去。走近低头一看，扎西"啊"的一声，惊得不由自主倒退几步。原来，扎西发现了冻凝在冰川里的卓玛。随即，两眼湿润的扎西，扑在冰上，盯着冰里卓玛喊叫："卓玛，扎西看你来了……"

　　哭过一阵后，扎西终于明白，去年卓玛投冰谷自尽后，不久就发生了雪崩。正是雪崩后的厚厚积雪把卓玛封冻起来。时间一长，积雪渐渐转化为冰与古冰川融为一体，卓玛遗体就这样嵌在冰川中保存下来。尔后，扎西从冰川爬起抽出藏刀，使劲砍砸冰川企图将卓玛遗体刨出。没想到，无论扎西怎样用力砍砸，厚厚冰川几乎纹丝不动。

砍砸累后，喘息的扎西望着远处卡巴拉雪山，突然想起雪山古墓来。既然我部族远祖头人，都可让自己喜欢的女人葬在雪山，我为何不可让卓玛冰葬在此？若是这样，我想卓玛时，还可来冰谷看看她岂不更好？想到这，扎西将藏刀插回刀鞘说："我完全没必要天葬卓玛嘛，冰葬也是可以的。"说完，扎西再次看了看冰下已成冰美人的卓玛，然后朝冰谷外走去。

刚走出冰谷，扎西突然听见不远的山坡后，传来几声狼崽声。扎西愣了片刻忙朝四处张望，他并没发现大狼影子。扎西犹豫一阵，便不自自主朝狼崽叫声方向走去。爬上乱草丛生的山坡后，循着叫声的扎西，很快发现隐藏乱石中的狼窝，两只刚睁眼不久的小狼崽趴在洞口，发出嗷嗷待哺的求食声。此时，大黑獒发出低沉咆哮后，想蹿上吞吃狼崽。急了的扎西飞起一脚将黑獒踢出两丈多远后，忙蹲下朝狼洞看去。

黑黑狼洞深不见底，两只小狼身后不远，还躺着几具小狼崽尸体。扎西很快想到，这窝狼崽父母或许已死在牧人枪口下，狼崽们是在万般饥饿情况下才爬出洞求食的。其他狼崽已饿死，若这两只狼崽不及时救助，很可能活不到明天。大黑獒站在不远，愣愣地盯着主人，又不时看看叫声已弱的狼崽。此刻，弄不懂主人心思的黑獒，头一回感到异常茫然。

这时，仿佛天空突然传来大活佛的声音：仇恨永远不能化解仇恨，只有慈悲才能化解仇恨。接着，又传来约翰牧师的教诲：扎西，你要爱你的敌人，才能从仇恨枷锁中解脱。扎西猛然将双眼一闭，神情激动得两腮不停抖动。随后，两眼湿润的扎西朝狼洞跪下，挥动双拳仰天大声吼叫："大活佛，约翰牧师，今天，我扎西终于明白你们一片苦心啦，现在，我就遵从你们意愿，用我虔诚的赎罪之心，收养下这两只小狼崽。我将用慈悲，来真正化解我心中的仇恨与愧疚！"说完，扎西毅然将两只小狼崽塞进怀中，然后跃上马背朝县城奔去。

天黑回到县城小院后，扎西开始忙碌起来。他先用旧棉絮在木箱中给小狼崽做好窝，然后立即去教堂通知丹珠和桑尼，并要她俩给他准备牛奶送到小院。随后，扎西又去醉一春酒馆通知伙计给他送藏餐。待一切忙完后，扎西返回小院，观察箱中奄奄一息的小狼崽。当丹珠和桑尼送来牛奶见到狼崽时大惊。

丹珠说："扎西大哥，你不杀狼就行了呗，为啥要弄两只狼崽回来？"

"丹珠，对我来说，不杀大狼是远远不够的，我必须用实际行动向狼赎罪，我的灵魂才能得到安宁。"

丹珠一怔："扎西大哥，你真是这样想的？"

扎西拿起胸前十字架说："是呀，我若说假话，我就对不起你送我的十字架，更对不起约翰牧师对我的苦心开导。"

丹珠笑了："好呀，若你真是这么想的，我和桑尼往后就协助你喂养狼崽。"说完，丹珠将盆中牛奶倒在小木碗中，然后让桑尼抱着小狼崽，她用小木勺慢慢喂起狼崽来。出乎所有人意料，奄奄一息的狼崽，嗅着奶味尝到牛奶后，立即就来了精神，开始拼命吮吸舔吃木勺中牛奶。就这样，在扎西微笑观察学习喂奶中，丹珠和桑尼轮流将狼崽喂得肚子鼓了起来。

两个月后，狼兄妹的狼嚎声，常引起县城百姓恐慌。一直盼着剑客兄弟回来的扎西，只好花钱买了顶小帐篷，他知道，已长大的"嘟嘎"和"芭莎"（这是丹珠给狼兄妹取的名），再不离开县城，不仅要招致民众反对，而且还可能引来狼群攻击。就这样，在一夏夜，扎西告别了丹珠和桑尼，悄悄带上已能吃生肉的嘟嘎和芭莎去了草原，开始了他真正与狼共舞的生活。

从此辽阔的若拉草原，无论是梭磨河还是杂树林中，总能看见扎西耐心教嘟嘎和芭莎追猎旱獭和黄羊；无论是天葬台还是乱草丛生的山冈，都能看见扎西同嘟嘎和芭莎一道觅食；无论是雪山还是青格错湖畔，也能见到扎西同狼兄妹一道奔跑或嬉戏。转眼间，一个多月又过去了，在同狼兄妹朝夕相处的日子里，扎西了解了不少狼的习性，也渐渐开始熟悉狼语和狼的独特表达方式。

与狼兄妹亲密接触的日子里，最感失落也异常不满的却是跟随扎西多年的大黑獒。它怎么也无法理解主人怪异举动：过去一直追杀大狼的主人，如今却要同大狼生活在一起，还要照顾这两个狼兄妹。有时压抑怒火的黑獒，趁扎西不注意会偷咬嘟嘎和芭莎，这狼兄妹总要向扎西告状，而扎西知道后就要呵斥或惩罚大黑獒。每当这时，大黑獒总要躲到帐篷后默默流泪。

今天，看狼兄妹已长成真正大狼的扎西，吃过昨夜剩下的野黄羊肉后，朝魔鬼寨方向一指。随尖厉呼哨声响起，嘟嘎和芭莎立即朝魔鬼寨奔去。见狼兄妹走后，扎西摸着黑獒头说："大黑獒，请你理解我的赎罪心情，今后，你同狼兄妹一样，都是我的亲人，你这当大哥的要爱护狼兄妹才行。"说完，扎西用脸蹭蹭大黑獒的头。尔后，似乎听懂扎西之言的黑獒，跟在枣红马后，默默朝狼兄妹撵去。

快跑到骷髅谷时，魔鬼寨上趴在土坎边观察草原的索郎丹增大惊，忙招呼诺巴等人前来观看。令全体麻风病人惊诧万分的是，闻名若拉草原的猎狼人扎西，咋跟两头大狼在一块？而随着扎西手势和他们听不懂的人狼之语，两头大狼跟黑獒一样，竟被扎西指挥得无比顺从。看了好一阵后，索郎丹增仰天长叹："天哪，猎狼人扎西神经错乱，今后他再不会给我们送食物啦。"

来到骷髅谷狼冢前，扎西下马围着狼冢走一圈后，便朝狼冢跪下。在狼兄妹对扎西举动感到疑惑时，扎西回身用手一指，随之说了两句狼语，很快，听懂扎西之语的狼兄妹也朝狼冢跪下。这时，大黑獒却悄悄朝山洞钻去。稍后，扎西面对冢顶狼头石碑，双手合十说："大狼啊，我扎西来向你们赔罪了。此生，我将用我的行动证明，我要爱你们和你们后代，爱草原所有的狼群。"说完，流泪的扎西朝狼头石碑磕了三个响头，尔后又搂着狼兄妹流下泪来。嘟嘎和芭莎理解主人心情，忙用舌头舔去扎西眼泪，又用头蹭着扎西黑红脸颊。稍后，心情轻松许多的扎西，起身带着狼兄妹走进山洞。扎西发现，大黑獒趴在洞内神情十分郁闷沮丧。

雪顿节前，赶回打箭炉的刀疤脸，从丹珠嘴里得知，他的扎西兄已跟收养的两头大狼生活在草原，刀疤脸惊诧地问道："难道，我的扎西兄疯啦？"说完，急切的刀疤脸挥鞭打马，立即朝草原奔去……

第三十二章

命运大反转：神异猎狼人终成牧狼人

之前，强巴从甘丹寺出来后，又一路虔诚磕着长头，朝藏北大草原方向而去。秋天时节，在一个阳光甚好的日子里，强巴发现了一处水雾升腾的温泉。很久没沐浴的强巴，在温泉泡了澡，清洗了积满污垢的身体。当强巴又上路不久，一位好心牧人请强巴到帐篷喝了酥油茶吃了糌粑。在打听好去青海塔尔寺路线后，强巴再次信心满满磕着长头上路了。

大雁南飞而去。在强巴穿越广袤藏北草原后，寒冬已悄然来临。强巴翻越唐古拉山不久，一场突降暴风雪将强巴击倒在冰天雪地。寒风呼啸中，发烧昏迷的强巴渐渐被大雪覆盖。就这样，一个虔诚朝圣的灵魂，永远安息在苍茫荒野，结束了他苦难人世的艰难旅程。或许，他临终前对桑尼的呼唤，远在打箭麓教堂的桑尼早已感应到了……

十天前，当扎西带着狼兄妹和大黑獒去若拉草原东北面的大森林时，卡钦部族同萨嘎部族，为贡布头人的大群牛羊越界吃草一事，曲巴家丁同贡布家丁，发生了小规模冲突。双方在死伤几名家丁情况下，被及时得到禀报的刘县令和大活佛调停制止。此次摩擦虽未扩大，但双方均了解到对方军事实力。

原来，挑起事端是蓄谋已久的贡布一手策划的。从不甘心过平庸日子的贡布，这几年在购买大批枪支弹药后，决定冒险一试曲巴有无胆量跟他较量。于是，贡布派管家指使农奴越界放牧。没想到，在曲巴家丁警告无效后，卡钦部族家丁在郎嘎指挥下，用快枪射杀十多头牛羊后，双方家丁就发生了短暂枪战。摸清曲巴军事实力后，贡布决定暂撤回自己家丁队伍，另寻时机再报复敢同他对抗的曲巴头人。

扎西从草原森林返回草原时，两部族小规模冲突已结束。优哉游哉同狼兄妹和大黑獒四处游荡的扎西，在梭磨河边扎营的第二天下午，突然听见远处传来一阵熟悉马蹄声。这时，帐篷外的狼兄妹见有陌生人朝帐篷奔来，忙一同朝骑在马上的刀疤脸猛扑过去。黑獒见状，汪汪大叫慌忙拦劫嘟嘎和芭莎。

扎西笑了，他已听出这马蹄声是结拜兄弟的，于是想给刀疤脸意外惊喜的扎西，并不立即出帐迎接结拜兄弟，而让狼兄妹故意制造点险情。刀疤脸见两头大狼朝他扑来，忙掏枪准备射杀。就在刀疤脸要开枪时，冲来的黑獒却拦住了狼兄妹。刀疤脸见大黑獒并没扑咬大狼，他立马明白，这两头大狼就是被扎西收养的狼兄妹。

嘟嘎和芭莎见大黑獒凶狠阻挡，忙退到一旁对着刀疤脸龇牙咧嘴发出警告。大黑獒扑到马前，直立着亲昵地舔着马背上的刀疤脸，这时，扎西才钻出帐篷，大声喊叫着朝刀疤脸跑来："兄弟，你可回来啦。"狼兄妹见主人如此对待突然出现的陌生人，只好愣愣地盯着翻下马的刀疤脸。很快，跑过来的扎西给刀疤脸胸口一拳："兄弟，你可把我盼苦了！"说完，扎西便同刀疤脸紧紧拥抱在一块。

进帐篷坐下后，刀疤脸指着外面问："扎西兄，那两头大狼，就是你收养的两只狼崽？"

"是呀，你咋知道？"

"回县城后听丹珠说的。这不，今天又亲眼所见了嘛。我看哪，这两头大狼跟大黑獒一样，现都成你忠勇卫士啦。"

扎西笑了："嗯，兄弟说得对，嘟嘎和芭莎何止是我卫士，它俩也成我扎西家人了。"说完，扎西高兴地打了声呼哨。随即，狼兄妹很快钻进帐篷。扎西摸着嘟嘎和芭莎的头，一阵低声狼语后便指着刀疤脸说："快，给你们师叔认个亲。"随着扎西手势，嘟嘎和芭莎走到刀疤脸身边，用鼻子嗅了嗅刀疤脸，然后又摇着尾巴回到扎西身边。

扎西见刀疤脸有些拘谨，忙说："兄弟，别怕，从此这对狼兄妹就再不会扑咬你了。"刀疤脸点头后，扎西用手往外一指，然后吹了声口哨，很快，狼兄妹又朝外跑去。尔后，扎西问刀疤脸，为何去成都那么久才回若拉草原，难道一点不想他这结拜兄长？

刀疤脸知道扎西不懂政治，也不关心天下时局，只好告诉扎西，为了生意上的事，他受罗代办之托，去了北京、天津等地，不仅见了些亲王、贝勒，还见了几名做生意的老板。扎西听后，有些不满地说："兄弟，难道那些亲王、老板，比我还重要？"

为消除扎西心中抱怨，刀疤脸只好说："扎西兄，他们当然没你重要，但罗兄托我带去的信件和礼物，我不得不去拜见那些大人物啊。"刀疤脸当然不会告诉扎西，他是如何艰难寻找变法失败后的逃亡者，更不可能讲宋育仁先生暗中在支持秘密反抗组织。确实，在扎西眼里，罗金刚只是一名仗义的军需代办，是个暗中做军火与鸦片生意的捞钱高手。但扎西不知道，罗金刚和他的结拜兄弟，还是具有维新变法思想的两条汉子。

扎西又问："兄弟，罗代办要你去见那些大人物，难道也跟军火与鸦片有关？"

"有的有关，有的无关。但大都是跟罗兄有交情的人。扎西兄，我们多结交些天下朋友，该不会有错吧？"

"若兄弟结识的是行侠仗义朋友，那当然好啦。往后，你可请他们来我们草原做客，我扎西一定盛情款待他们！"

"好哇，但愿真有那一天才好哩。"说完，二人都笑了。

曲珍听说王剑客回了县城，便私下求巴登，要巴登设法请王剑客来家做客，说她需请教一些诗词上的事。巴登同情妹妹遭遇，也理解曲珍心思，便同阿爸商量借马帮头肖志雄返回雅安之前，在自家雕楼大院宴请王剑客和肖志雄，并要小秋哥、钦卡热和吴三娃作陪。

一八九八年夏天快结束了，旺堆的春风茶庄一年来，除肖志雄带领马帮跑了两趟业务外，他再没派巴登去成都买枪和鸦片。原因是，旺堆去年派巴登去成都买回的枪支和鸦片，大部分还积压在雕楼大院库房里。由于旺堆父子的商业信息跟罗金刚不对称，他父子根本不知市场行情变化。加之乌尔古善为多赚银子，仍按老价格卖给巴登。不知情的巴登运回货后，去向贡布、曲巴和其他头人土司兜售时，不便明说的头人土司在从王剑客那买了便宜好货后，自然就以各种借口不再要巴登的货。加之王剑客每次销售都是秘密进行，旺堆父子对身边这位抢了他生意的押运队长所为，竟还一直被蒙在鼓里。

酒桌上，刀疤脸讲了他去京津两地的许多见闻，并加油添醋地讲了他见到庆亲王奕劻的情况。当刀疤脸讲到他在天津海上看到外国大军舰时，惊得在座的旺堆父子不断感叹，我们手中的快枪，比起军舰上的大炮来说，那简直就是土得掉渣的破猎枪嘛。已赚了不少银子的刀疤脸心生恻隐之心，并提醒旺堆说："现在世界各国已将大清国门打开，运进来不少新式武器，就是民间百姓，现手中也开始拥有不少快枪了。"

旺堆似有所悟，忙问："押运队长，照此说来，外国快枪涌进不少，那枪价必然会降喽？"

"旺堆掌柜，这是商业竞争所致，快枪和鸦片价格早有所降。"旺堆听后，不断点头："哎呀，原来如此……"

曲珍不时为大家添酒时，仍要剑客大哥多讲讲京津两地见闻。确实，生活在康巴藏地的人们，能听刀疤脸讲述所见所闻，无疑是听当时最令人振奋的大新闻。酒桌上，喝得最开心的当属肖志雄。这几年跑马帮，他没出一分货款，却用旺堆收购他马帮股份的银子，悄悄夹带鸦片实实在在赚了好几百两银子。他不仅在雅安买了房产，而且在打箭炉还偷偷安了个家。小日子过得有滋有味的肖志雄，从不羡慕大富大贵的罗金刚和旺堆土司，他摸着石头过河的性格，决定了只要最实在的眼前利益。

喝到高兴时，肖志雄端起酒杯说："王剑客，你过去不是常说'人生得意须尽欢，莫使金樽空对月'吗，来，当师父的祝你一生走运，干了这杯再说！"说完，肖志雄同刀疤脸碰杯后，两人便一口将各自杯中酒喝干。这时，曲珍上前又将茅台烧春给刀疤脸杯中倒满，然后，她也端起酒杯说："剑客哥，将进酒，杯莫停呀，'古来圣贤皆寂寞，惟有饮者留其名'嘛，今天，我曲珍也要敬你剑客大哥一杯。"

刀疤脸愣了，他没想到，曲珍不仅学会了喝烈酒，而且还接着肖志雄引用李太白《将进酒》中起句，端杯来敬酒。异常开心的刀疤脸忙起身端着酒杯说："哦呀，谢曲珍小妹一片心意，我就用此杯好酒，'与尔同销万古愁'吧。"说完，两人碰杯后，便各自也将杯中酒喝得一干二净。

欢乐声中，令旺堆暗惊的是，他女儿曲珍为亲近王剑客，偷偷学会了喝白酒，而且还下功夫背诵不少李白的吟酒诗。在旺堆看来，曲珍这完全是单相思啊，因为，他已明显感到，王剑客对曲珍并无亲近之意。之后，刀疤脸又讲了扎西近况，并高兴地告诉大家，扎西收养的狼兄妹，现已偷偷引来七八头大狼在草原与它们生活在一起。现在的扎西，不仅学会了狼语，还熟悉了不少狼的习性，当扎西率领众狼奔跑时，他就像是草原上的牧狼人。

喝得满脸红晕的曲珍听后，拍手兴奋地对刀疤脸说："哦呀，扎西大哥从猎狼人变为牧狼人，那好呀，我哪天要跟你去看看扎西大哥是怎样牧狼的，好吗？"

刀疤脸犹豫片刻，回道："好哇，只要有机会我定带你去看看扎西大哥是怎样牧狼的。"曲珍听后，高兴地笑了。

一个多月前，狼兄妹嘟嘎和芭莎的嚎叫声，曾引来乌岗狼王。由于狼王怕老对手扎西报复追杀，见狼嚎声出自扎西身旁两头并无威胁的大狼，乌岗狼王便率狼队悄悄离去。并不知老对手已发生巨大心理变化的狼王，只感觉近一年日子过得异常安稳，却没想到扎西身旁的两头大狼，将彻底改变草原狼族的生存格局。

自狼王偷偷离去后，夜晚总有被不同狼群逐出的落单大狼，来接触亲近嘟嘎和芭莎。开初，扎西不想限制狼兄妹跟同类交往，就并没在意来主动亲近狼兄妹的独狼。后来，每到夜晚，总有七八头来自不同狼群的大狼同狼兄妹交往。通过观察，扎西发现嘟嘎在那些独狼面前，总有不可思议的指挥权。后来，扎西便试图主动去接近这些大狼，没想到，独狼们可以同嘟嘎和芭莎交往嬉戏，却害怕身背叉枪的扎西。弄明原因的扎西很快改变策略，他在月夜随狼兄妹去亲近那些独狼时，不仅不带叉枪，反而带着一些风干牛肉送给那些大狼吃。

由于扎西懂狼语，知狼性，不久，扎西便取代嘟嘎成了这帮狼群的领导者。就在这时，刀疤脸在草原寻到了扎西。刀疤脸看见月夜下围着帐篷玩耍的狼群大惊，扎西便把这狼群会聚的经过告诉了刀疤脸。惊诧的刀疤脸忙问："扎西兄，我白天咋没见着这帮大狼？"

"兄弟，这帮大狼只是晚上来这同狼兄妹和我相聚，黎明时分它们就会各自散去。"

"难道，你不能将它们白天也聚在一块？"

"咋不能？我是怕那些牧民见着害怕。兄弟，你知道吗，就这狼兄妹已够那些善良的牧人害怕了，要是组建起狼队，他们不是更怕吗？"

刀疤脸想了想，问道："扎西兄，你实话告诉我，这些大狼能像嘟嘎和芭莎一样，绝对听你指挥吗？"

扎西笑了："兄弟，这两天你也见识了，我懂狼语又知狼性，我在这群大狼面前不仅具有绝对权威，它们还认我为狼王哩。我咋可能没有绝对指挥权。"

刀疤脸一听，将腿一拍："哦呀，这他妈太好啦，我建议你白天和夜晚都将狼队掌控，而且还要不断扩大狼队才好！"

扎西愣了："兄弟，弄一支狼队跟着我干啥？它们可是要吃食物的，我哪有那么多食物喂养它们？"

刀疤脸仰头哈哈大笑："扎西兄，你可曾听说过，狼王要给手下食物吃？那些手下大狼却要供养自己狼王哩。"

扎西仍有些不解："嗯，兄弟说得有些道理，可我弄一支狼队有啥用？"

"咋没用？扎西兄你不是要向祸害你女人的土匪报仇吗？到时，这狼队或许就是最好帮手！"扎西听后，猛地将脑门一拍说："哦呀，兄弟主意不错，我扎西咋就没想到呢？"

"还有约翰牧师不是一直在为修建麻风病医院犯愁吗？到时，你的狼队也可派上用场嘛。"扎西听完，猛地握住刀疤脸手说："兄弟，你真不愧是我好参谋啊……"

经扎西同刀疤脸反复商议，终于制定出用狼队来启动洋教堂修建麻风病医院的计划。若是这样，必定将土匪引蛇出洞，到那时，还何愁收拾不了这帮土匪？商议完后，刀疤脸就赶去教堂，向约翰牧师和丹珠，讲了他和扎西建议运送修建材料的方案。约翰听后，有些失望说："唉，今年夏天就要过去了，哪还来得及修建医院。"

刀疤脸说："尊敬的牧师，我们今年只作测试，没说非要建成医院不可，您抓紧组织人马，试着运几次木材砖石就行，我和扎西就想看看那帮土匪是不是还会来破坏。"

牧师问："你们的意思，若土匪不再干扰破坏，我们明年就可正式开工建医院？"

刀疤脸点点头："对呀，我和扎西正是这意思。"

"要是土匪仍要破坏，或是敲诈钱财咋办？"

"剩下的事，就让我和扎西来解决。"刀疤脸没向牧师透露将用狼队制匪的妙计。这些年来，扎西和刀疤脸所作所为大都被牧师所知，特别是刀疤脸救回曲珍后，全教堂的人对刀疤脸更是刮目相看。加上扎西具有调遣空中燃烧红狐的本事，对王剑客和扎西充满信心的约翰，点头回道："行，过几天准备好后，我就通知你运送修建材料的时间。"刀疤脸见约翰答应下来，才跃上马去赴旺堆宴请之约。

刀疤脸离开扎西不出五天，扎西就让那些被嘟嘎和芭莎裹挟来的大狼，逐渐适应了全天候待在一起的生活。具有荒野生活经验的扎西，第一要求大狼们不得再去偷咬牧人牛羊，而是他要亲自带领狼队，去捕食野黄羊和旱獭及其他小动物。在嘟嘎和芭莎监督下，归顺扎西的大狼必须做到这一点，否则，扎西将对违反规矩家伙就地正法。扎西第二要求是，要新归顺的大狼学会听他指令行事。随后，在大狼外出觅食时，扎西单独向嘟嘎和芭莎交代，可让狼队继续勾引或裹挟新大狼入伙。

五天后，当约翰派丹珠告知刀疤脸准备妥当后，得到消息的刀疤脸立即打马去草原寻找扎西。刀疤脸同扎西会合后，扎西便把结拜兄弟介绍给狼队。当一头头大狼嗅过刀疤脸体味后，扎西立马命狼队向刀疤脸跪下，并用狼语告诉众狼，说刀疤脸也是它们大王，大家必须绝对服从指挥。在众狼发过效忠嚎叫后，扎西和刀疤脸便率狼队朝老鹰岩方向奔去。

谁也没想到，就在旺堆宴请刀疤脸的第二天，曲珍向阿爸提了个要学打枪的要求。大惊的央宗问女儿："曲珍，你一个姑娘家，又不需要放牧去草原，学打枪干啥？那是汉子们才学的生存本事。"

"阿妈，我今后要跟剑客大哥去草原看扎西牧狼，不学会打枪护身咋行？"

"曲珍，那是你剑客大哥跟你说着玩的，他不会带你去草原。"

旺堆也说："女儿，你知道吗，土匪常在草原流窜，你去草原再被抢走咋办？无论如何，我都不同意你去草原见牧狼人扎西。"

"阿爸阿妈，我带着枪，又跟着剑客大哥，难道土匪还能将我抢走不成？"

"你学打枪我可依你，但没我同意，你不得离开县城半步。曲珍，你能做到吗？"不愿说谎的曲珍听后，不知怎样回答阿爸。

旺堆见曲珍不答话，有些来气说："若你不答应我要求，那你也不用学打枪了。"在旺堆威逼下，曲珍只好答应了阿爸要求。果然下午时分，旺堆就叫钦嘎热回雕楼大院教曲珍打长枪。三天后，巴登又教妹妹学会使用短枪。就这样，曲珍在不长时间里，学会了使用长短快枪。更令旺堆失望的是，学会打枪的曲珍，居然夜里敢用纱巾蒙面，怀揣短枪骑马在洋教堂后大坝练习射击……

去年，黄大郎惩办蛮尕放走卓玛时，三寸丁为救蛮尕，给黄大郎献上绑架新美女一计，指的就是教堂美女丹珠。由于被派去县城探查情况的小匪，被扎西用冷枪干掉两个后，黄大郎一伙多次商议，派人传话给教堂，说他们良心发现，不再干涉教堂修建麻风病医院。约翰牧师哪敢相信土匪鬼话，既没声张也没敢采取任何行动。不知情的黄大郎还得意地决定，若教堂真敢动工，他就先不阻挠修建工程，来诱使教堂上钩，尔后再寻机绑架丹珠。因修建地离老鹰岩不远，黄大郎既不怕冷枪子弹，更不怕官军围剿，就因他有进可攻退可守的老鹰岩。

得到禀报的黄大郎，从单筒望远镜中看到不远之地，真有洋教堂教友们又运送修建材料时，他咧着大龅牙外的厚嘴唇笑了："乖乖，真是天无绝人之路，上天又给老子送美女来啦。"随即，黄大郎给小匪们下了命令：任何人不得开枪打草惊蛇！

几天后，就在黄大郎准备绑架送材料的丹珠时，没想到，苦苦等候的土匪们，再也没见到洋教堂运送修建材料的队伍。在黄大郎百思不解的郁闷日子里，三寸丁一再提醒黄大郎："大哥，您放心，洋教堂运送这么多建筑材料来这，他们决不会撒手不管。我相信，那洋牧师准会来这视察。"

"哼，这狗日的洋牧师，老子还真弄不懂他葫芦里卖的啥烂药，这么多木材扔在山下，该不会是送给我们冬天烤火用的吧？"就在黄大郎一伙谩骂牧师和教堂时，令躲在树林中观察的扎西和刀疤脸同样纳闷的是，建筑材料运到修建工地几天了，却没见一个土匪下山来破坏。

一周日子很快过去，心里不踏实的约翰牧师，心里总记挂着他辛辛苦苦买来的建筑材料。在等不到王剑客任何消息的情况下，实在稳不住的牧师，叫上丹珠骑马朝修建工地赶去。

山上瞭望小匪，立即将发现牧师和丹珠的消息，禀报给在大殿饮酒的黄大郎。匪首黄大郎一听这天大的好消息，将手中酒碗往地上一砸："走，弟兄们，跟我去绑真正的压寨夫人上山！"随即，手拿短枪的黄大郎率众匪吆喝着，迅速沿山道朝山下跑去。

快跑拢修建工地时，约翰突然听见老鹰岩上传来一阵吆喝呼叫声，待牧师和丹珠扭头发现土匪时，冲下山的泽木刺，率一群小匪朝牧师和丹珠撵来。来不及回逃的约翰见势不妙，立即同丹珠打马越过修建工地朝远处逃去。泽木刺一伙一面放枪威胁约翰二人，一面打马紧追约翰和丹珠。

突然，一声尖厉呼哨从扎西嘴中响起。躲在修建工地的大狼们猛然蹿出，一同朝泽木刺几人追去。黄大郎一怔：咋有狼群追咬二头领？为确保泽木刺追抢美女成功，黄大郎立马命小匪开枪射杀群狼。刀疤脸见土匪朝狼群开枪，忙骑马冲出树林挥枪朝土匪打去。土匪见王剑客出现，慌忙又朝刀疤脸开枪。为阻击土匪射杀狼群，刀疤脸迅速躲进修建工地射击，这时，扎西趁机打马朝泽木刺撵去。

很快，疯狂追撵的泽木刺将丹珠抢在自己马背。不断挣扎的丹珠认出狼兄妹，于是急忙高喊："嘟嘎、芭莎，快救我啊。"

听见曾抚养过自己的丹珠呼救，嘟嘎和芭莎更加凶猛追撵泽木刺快马。扎西见丹珠被擒，迅速举枪击毙两名掩护泽木刺的小匪。怕伤着丹珠，扎西只好放弃再向泽木刺开枪，于是抽出藏刀，举刀大叫朝泽木刺追去。

连开几枪都没打着嘟嘎和芭莎的泽木刺慌了,枪中子弹已完的他,也忙抽出藏刀,挥刀朝猛扑他的嘟嘎猛砍。聪明的嘟嘎和芭莎分别狂追在泽木刺马的两旁,不断跃起扑咬惊慌的泽木刺。这时,着急的黄大郎立即朝泽木刺高喊:"二头领,快往我这跑啊!"

由于被扎西切断归路,泽木刺惊慌回道:"大哥,快来接应我,我把压寨夫人给您抢到手啦。"扎西一听急了,举枪就朝泽木刺打去,泽木刺将头一埋,后脑勺立即飞下一撮头发。

在狼兄妹不顾死活扑咬追撵下,被牵制的泽木刺渐渐被扎西追上。为逃命泽木刺只好将丹珠扔下地,然后打马朝林中奔去。扎西见丹珠滚落下地,立即飞身下马抱起昏迷的丹珠。嘟嘎和芭莎也回头朝丹珠跑来,其余大狼有的朝扎西跑来,有的朝修建工地跑去同刀疤脸会合。

躲在大石后观察的黄大郎,大声惊叹:"狗日的猎狼人,咋——咋现在跟狼群搅到一块?这——这若拉草原不是乱套了吗?"三寸丁听后,也不断摇头对黄大狼说:"大哥,这下麻烦大了,如果扎西真变成牧狼人,那我们就更难对付了。"黄大狼再次用望远镜看了一阵扎西,回头对三寸丁说:"老三,我看这狗日的猎狼人,好像现已成狼王了。唉,老天不公啊,我到手的压寨夫人,又让这两个烂兄烂弟给老子弄飞了……"

三寸丁警觉地说道:"大哥,教堂在不给我们交地皮费的情况下敢动工,从今天情况看,我认为这帮家伙是不是有啥预谋?"

"啥预谋?"黄大郎一怔。

"整垮我老鹰岩队伍的预谋呀。"

黄大郎将龅牙一咬,不屑地说:"哼!就凭这对烂兄烂弟和一群大狼,要整垮我雪山雄鹰大队,那简直就是飞蛾扑火——自取灭亡!"

扎西用双眼凝视老鹰岩后,见土匪们躲在山上不再出来,便给刀疤脸发出会合呼哨。刀疤脸除留下两头大狼担任警戒,很快同扎西几人会合。约翰牧师检查丹珠身体后,发现丹珠除额头和手臂有些擦伤,身体并无大碍。扎西当即决定,要把丹珠和牧师送回县城教堂。刀疤脸却阻止了扎西。

"扎西兄,在天黑之前护送牧师和丹珠回去不妥,因老鹰岩土匪居高临下,很快就会发现我们行踪。一旦这样,土匪完全可能下山烧毁修建工地木材。"

"你的意思,天黑后我们再神不知鬼不觉离开?"

刀疤脸点点头:"对呀,我们走时还得留下几头大狼潜伏在修建工地和树林里,要让土匪觉得,只要他们靠近修建工地,随时可能遭到伏击或有大狼扑出才行。唯有如此,那帮恶匪才不敢轻易踏进修建工地。"

扎西点头笑了:"嗯,兄弟这办法好,若有空闲,我带着大狼可常来这潜伏,不需正面出击,我用冷枪仍可替卓玛报仇。"天黑后,扎西除带走狼兄妹护送牧师和丹珠,留下的大狼分别躲藏进杂树林和修建工地。浩渺星空下,飞舞的萤火似闪烁烛光,指引着丹珠和牧师的归途……

回到教堂后,约翰和丹珠把扎西率领群狼,打败土匪的经过告诉了众教友,教友回家后又告诉自己亲友们。很快,猎狼人已变为牧狼人的消息就传遍全县城。吃惊的大活佛有些难以相信,便派嘉央措请约翰和丹珠去了法轮寺。当丹珠把扎西如何变为牧狼人的经过讲完后,喜喇大活佛双手合十感叹道:"阿弥陀佛,'凡将心求法者为迷,不将心求法者为悟'。扎西虽不是法轮寺僧人,也非我的受戒弟子,但扎西能在广袤天地间,悟出生命大善和众生平等的深刻佛理,实属不易啊。"

约翰牧师也说:"是呀,大活佛说得在理。扎西能在大草原悟出深刻佛理,确实不易,但我认为,扎西行为还印证了《圣经》中一句话,那就是'憎恨引起争端,爱能纠正一切过错'。当扎西知道错杀许多大狼后,他能用一颗虔诚的赎罪之心去收养狼崽,去亲近草原上许多大狼,这不正说明,扎西在用一颗大爱之心来纠正从前的过错吗?"

丹珠笑了,忙恭身对大活佛和约翰说:"二位大师说得在理,没有大活佛的苦心教诲,没有扎西在教堂聆听大牧师讲解《圣经》,我相信,扎西就不会去爱他曾经的敌人。你们说,我丹珠说得对吗?"

大活佛听后,又双手合十说:"阿弥陀佛,如今,我们藏族小姑娘丹珠,已逐渐成为一名合格的基督徒,这既是藏传佛教盛行的康巴藏地出现的奇迹,对基督耶稣也是一件幸事。"

雪顿节后不久，刀疤脸配合扎西，果然在麻风病医院修建工地和杂树林，成功伏击了两次想焚烧木材的土匪。从此，下山土匪宁愿绕道，也不敢再轻易接近修建工地。刀疤脸也借此时间，去向贡布和曲巴头人探摸预订快枪和鸦片情况。令刀疤脸有些失望的是，头人们都以枪库还有存货为由，暂不愿订购快枪。最后，除贡布和曲巴答应各再要二百两鸦片外，跑了十多天的刀疤脸，第一次在军火与鸦片生意上遭到冷遇。

已确定在冬至节前赶回成都的刀疤脸，乘着大好秋天时节，又赶到草原协助扎西收编狼群。当刀疤脸在冰崖下不远的山洞找到扎西时，令他大感意外的是，扎西不仅又收编了十多头大狼，而且还在洞中建起自己大本营。扎西高兴地告诉刀疤脸，他这段时间又学会一些狼语，而且嘟嘎和芭莎，已成他得力的左膀右臂。

刀疤脸问："扎西兄，难道你组建自己狼队时，就没遭遇过老对手乌岗狼王？"

"咋没遭遇过。由于我和乌岗狼王视觉和听觉远远超过一般大狼，所以当狼王发现我后，它就主动回避我。"扎西有些得意。

"难道乌岗狼王怕你？"刀疤脸有些疑惑。

"乌岗狼王不是怕我，是怕能燃烧火焰的三尾红狐。自我在法轮寺唤来三尾红狐后，狼王见了我总是避让。"

"这大半年来，你见过三尾红狐吗？"好奇的刀疤脸又问。

"说来也怪，只要我同乌岗狼王没发生冲突，似乎就见不到三尾红狐。我也常想，这三尾红狐就是我和狼王的调解者吧？"

"扎西兄，照你这么收编下去，迟早有一天，你会同乌岗狼王发生冲突。"

扎西一怔："为啥我要同乌岗狼王发生冲突？完全没必要嘛。它统领它的狼队，我率领我的狼群，我们井水不犯河水，这不挺好吗？"

刀疤脸盯着扎西，沉默片刻后突然问道："难道，你这牧狼人在若拉草原，就没更大抱负？"

"啥抱负？"扎西并没理解刀疤脸之意。

"改编乌岗狼王的狼队，组建一支由你自己操控的狼军团！"面对结拜兄弟的建议，扎西一脸惊愕。他确实从没想过要去收编乌岗狼王的狼队，更没想过要组建什么狼军团。于是，满腹疑惑的扎西问道："兄弟，我组建狼军团有啥用？"

"你知道吗，在我们汉人历史上，有过远古时代的涿鹿大战，炎黄二帝同战神蚩尤交战时，就曾使用猛兽来攻击对方。我看那，这若拉草原只要有土匪存在，有打冤家的部族战争发生，你的狼军团就有发挥巨大作用那天，因为，有时猛兽的作用是人根本无法替代的。"

听刀疤脸说完，扎西顿时陷入沉思。对他来说，他暂不想关心什么部族战争，却愿思考怎样更好用狼队向土匪复仇。

夜已深，坐在篝火旁喝酒的扎西，突然向刀疤脸问道："兄弟，你此次回来，曲珍美女对你有啥反应呀？"刀疤脸愣了，他没想到扎西会问曲珍的事，却不问他跟丹珠和桑尼的事，但对扎西的关心，刀疤脸还不能不回答。想了片刻，刀疤脸装着无所谓地说："唉，老样，她对我有意，我对她却燃不起爱的激情。"

"为啥呀？"

"唉，我也不知为啥，他娘的，这事还真有些烦人。"

"我知道啥原因。"

刀疤脸突然笑了："呵呵，扎西兄，我都说不清楚，难道你比我还了解我自己？"

扎西喝口酒后，认真说道："因为，你心里还另装有别的女人。"刀疤脸听后，心里暗惊，难道扎西还怀疑我跟玉香有一腿？自认识罗金刚后，我不是再没同玉香有肉体关系了吗？莫非，扎西指的是丹珠或桑尼？脑子快速转过后，刀疤脸试探地问道："扎西兄，你说我心里装着别的女人，那你猜猜，我心里装的谁呀？"

扎西看着刀疤脸说："哦呀，我知道你心里装着丹珠。"没想到，扎西一句直言，却激起刀疤脸心中千层浪。快整整四年了，一对结拜兄弟，终于第一次把心中爱慕美女说出。令刀疤脸吃惊的是，扎西说得那样轻松自然。难道，现已成为狼王的扎西，他要放弃丹珠？

"扎西兄，你不是心里也一直装着丹珠吗？"犹豫片刻，刀疤脸真诚地问扎西。

扎西低声回道:"自逃出匪巢的卓玛,在冰崖同我告别人世后,我原想重新安家的心就死了。兄弟,你早到了成婚年纪,我作为兄长不能不考虑你婚配大事。通过这几年观察,我知道你看不上没文化的桑尼。这没关系,曲珍有些文化,你不是说她也喜欢唐诗宋词吗?过去,我心里确实装着丹珠小妹。但现在不一样了,我今生要与狼群为伍,我要用自己生命来向我冤杀的近两百头大狼赎罪,我不可能再结婚成家,正因如此,我才认真向你建议,你应该在丹珠和曲珍中选一个为妻。我也知道,这两姑娘都喜欢你这侠肝义胆的草原剑客。好兄弟,对我今夜发自肺腑的建议,你须得给我个回答。唯有这样,我这为兄的,今后才能跟大狼快乐生活在一块。"

面对扎西坦诚之言,刀疤脸被感动得两眼湿润。在刀疤脸所掌握的历史知识中,他清楚知道,历史上多少男人为喜欢的女人拔刀相向,有的帝王不惜耗费国力争夺女人。如今,这没文化的结拜兄长掏出心里话,想成全自己选择一个好姑娘,而且,此刻还必须坦言相告。唉,刀疤脸无法告知扎西,他同罗金刚和宋育仁的行动计划,而要去完成这些使命是有巨大风险的。直到今夜扎西说出缘由后,他才意识到,自己没喜欢上深爱他的曲珍,原是丹珠占据着他心中重要位置。

沉默一阵后刀疤脸巧妙回道:"扎西兄,我过些日子就要返回成都,春节前我还要去京津两地。生活对我来说,变数太大。我想,无论我俩生活在何处,遇到什么样的难事,只要我们活着,就该关心丹珠、桑尼和曲珍,因为,她们都是我们命中出现的好女人。"

扎西一怔,有些不满地说:"兄弟,听你这模棱两可的话,莫非你并不喜欢丹珠和曲珍?难道,你在成都老家已有中意姑娘?"

刀疤脸急了,忙举着酒碗说:"扎西兄,我对月发誓,除丹珠、曲珍和桑尼跟我走得近外,兄弟我决无别的姑娘。这样吧,我有个建议,今生我不希望你仅跟狼生活在一块,若今后生活出现任何转机,你扎西兄都得顺其自然,不得人为拒绝可能到来的幸福,更不能伤害一个姑娘爱你的心。唯有如此,我才能接受命运赐给我的好女人,行吧?"

扎西笑了:"哦呀!既然你兄弟把话说到这份上,顺其自然这话我爱听,那为兄就依了你这好建议。不过,我还真希望你早日做出决断,早点在县城安个家，以免你父母为你担心。要是丹珠和曲珍都愿嫁你，我看，你娶了她俩也行。"扎西这样说，还真不是为应付结拜兄弟。他想自己今后在草原跟大狼们生活在一块，哪还有时间跟丹珠有更多接触机会。成全兄弟婚姻，才是扎西真实用意。

红日从东方地平线冉冉升起，扎西紧紧握着将要分别的刀疤脸的手，说："兄弟，在这即将到来的寒冬，我一定再收编扩大自己的狼队。等你明年春天回到若拉草原时，我相信，你就能看到我统领的一支狼军团。到那时，你我兄弟就是这狼军团首领。"

"好，我相信你一定能建起一支所向披靡的狼军团。明年春花盛开时，我一定回到若拉草原，协助你统领这支狼军团，帮助约翰牧师修建起麻风病医院。同时，我也希望我俩，都获是康巴藏地美女的芳心。"说完，刀疤脸跃上马背，打马朝县城方向奔去。

红日下，扎西率领狼队向远去的刀疤脸送行。当刀疤脸回头向扎西再次挥手时，他清楚看见，若拉草原诞生了一位统领狼队的彪悍牧狼人……

第三十三章

维新变法,戊戌六君子鲜血惊醒草原剑客

一八九八年冬天的成都异常寒冷。

按计划,刀疤脸骑快马,终于在冬至节前赶回成都。想到不久就要进入一八九九年,十分着急的刀疤脸回成都的第二天上午,就赶去见罗金刚。没想到,用人告诉刀疤脸,说罗代办父亲病重,回老家看望他老父去了。没见到罗代办的刀疤脸,又去尊经书局宿舍找到宋育仁先生。宋先生知道刀疤脸是夏天回的打箭麓,忙说:"成汉,你知道你去草原后这几月的时局变化吗?"

刀疤脸说:"宋先生,我在打箭麓听成都来的客商讲过些情况,听说戊戌变法失败,谭嗣同、刘光第等六君子被斩于北京菜市口。"

宋育仁叹道:"唉,不光主张变法的六君子被杀,支持变法的光绪皇帝也被软禁,康有为和梁启超先生已被迫流亡海外。看来,在封闭保守的中华大地,要实行真正的维新变法,还有一条艰难之路要走,还会有更多改革志士流血牺牲哪。"说着,宋先生眼里就噙满泪花。

紧握双拳两腮抖动的刀疤脸,沉默片刻后说:"罗先生,我想过几天再到京津两地去看看,您赞同吗?"

"成汉,在维新变法人士被追杀清剿的日子里,人人感到风声鹤唳啊,这时北上不是太危险吗?"善良的宋育仁有些为刀疤脸北上担忧。但宋育仁不全知道的是,在今年元宵节后北上的刀疤脸,在三至七月整整五个月盘桓在京津两地的刀疤脸,不仅开了眼界见了世面,更重要的是,他在京反复读了几遍康有为等人起草的《公车上书》全文,也找到天津旧报《直报》,读了严复的《原强》等文章和他翻译的《天演论》。特别是《天演论》中关于"物竞天择,适者生存"的进化理论,使他明白在积贫积弱的今日中国,如再不维新变法发奋图强,民众就可能沦为侵略者的奴隶。

后来，如饥似渴的刀疤脸，又托朋友找到一八九六年的部分《时务报》，他又在报上读了梁启超的一些变法理论文章。虽只有短短几个月京津两地生活，但那些回肠荡气充满改革变法激情的文章，正迎合了血性汉子刀疤脸心中渴慕已久的向往：要做一个为民族命运有所担当的男人！

热血激荡的刀疤脸紧握双拳，镇静地回道："宋先生，正因戊戌变法失败，我所敬慕的谭嗣同大英雄等人被杀，我才更应该北上，再去京津两地看看，我相信这些变法勇士的鲜血不会白流。我想，在这白色恐怖日子里，总有跟我一样的人，他们仍会转入地下活动。"宋育仁听后一怔，莫非王成汉还有寻找反清组织念头？想到这，宋育仁便不再劝刀疤脸了。

"成汉兄弟，我听说最近山东在闹义和团运动，而且已波及河北和京津两地。若你执意北上，你去了解了解义和团也行。"

"宋先生，我虽想见他们，可我没一个熟人，也不知他们在何处，我咋见义和团的人呀？"

"你好友罗金刚不是在京津两地有许多关系吗，让他给你介绍几个又何尝不可。"

刀疤脸听后叹道："唉，罗代办虽有关系，但他关系大都是官场和商人关系，在这大肆镇压变法人士的恐怖日子里，我想，他那些关系大都不愿接待我这异乡人吧。"

宋育仁点点头："嗯，你说得也对，官场支持维新变法的人士，大多已被革职或下狱，剩下官员当然过的都是提心吊胆的日子。我看这样吧，上月我有个从北京回来的朋友告诉我，他认识北京顺源镖局的大刀王五，你到京后可先去镖局找找这人。"

刀疤脸有些茫然："宋先生，这镖局的大刀王五是何人？我去找他不会碰壁吧？"

"我可告诉你有关大刀王五的情况，第一，其人是大英雄谭嗣同生前好友；第二，此人非常赞同维新变法；第三，他是中原著名镖师，武功非常了得；第四，谭嗣同被杀后，无人敢收尸，是他和一帮朋友，不仅替谭收尸，还将谭嗣同遗体送回湖南安葬。你说，这样的汉子你想不想见？"

刀疤脸听后，猛地拉着宋育仁手说："想见想见，我此次赴京，第一个要见的人，就应该是大刀王五。"随后，刀疤脸揣着宋育仁几封私信，高兴地告别了他所尊敬的宋先生。

寒风呼啸，雪花飘飞。腊月二十五这天中午，骑快马的刀疤脸，终于赶到北京城。刀疤脸按宋育仁交给的地址，来到前门外西半壁街13号，找到顺源镖局。刚走到镖局大门外，刀疤脸就看到门右上角，高竖一面杏黄大旗，"顺源镖局"四个大字随大旗正迎风飞舞。

待守门人通报后，敦实干练的大刀王五很快来到大门外。五十多岁王五打量一番高大的刀疤脸后，忙问："小兄弟，你是谁？我咋不认识你？"

刀疤脸将双拳一抱说："英雄不问出处。晚生只为追寻'我自横刀向天笑，去留肝胆两昆仑'英魂而来。望闻名天下的王镖师，留我茶叙一个时辰，如何？"大刀王五听刀疤脸背出谭嗣同狱中诗句，又为追寻英雄英魂而来，心中暗喜的王五立即用手示意："好汉，请进。"

刚进大门，刀疤脸就看见东、西墙壁上悬挂着"德容感化"和"义重解骖"两块醒目大匾。门洞内壁上方还有两块小匾，分别是"尚武"与"济贫"。到客室坐下后，刀疤脸忙拿出宋育仁信件交给大刀王五。王五看过信后笑道："哦，原是宋先生之友丁之烈先生介绍的，之烈先生也是我好友，天下朋友是一家嘛。来来来，远道而来的成汉小兄弟，请喝茶。"

就这样，两位相差近三十岁的习武之人，由于内心认同维新变法，敬慕为变法牺牲的大英雄谭嗣同，他俩从午后一直谈到黄昏。刀疤脸向大刀王五介绍了自己身世和喜欢剑术爱好，也谈了喜酒和偏爱李白饮酒诗等特点。大刀王五也告诉刀疤脸，他原名叫王子斌，祖籍在河北沧州，由于擅使大刀，又在结拜兄弟中排行老五，故被人称为"大刀王五"。

由于刀疤脸和王五身上都具有行侠仗义禀性，所以，每当二人谈到重义轻利一些故事时，双方都不免会心一笑。后来，有些纳闷的大刀王五问道："成汉兄弟，你在康巴藏地生活，为何对天下时局了解这样清楚？"

"尊敬的王前辈，我这两年对天下时局的了解，主要得益于宋育仁先生在成都创办的《蜀学报》，和一些报刊发表的变革文章与消息。还有，我去年三至七月一直在京津两地盘桓，故对天下大事有所了解。"

"哦，成汉兄弟原是有文化的习武之人，看来，蜀道之难对于你这有为后生来说，那就算不上什么难事了。人们常说，川人一旦出了夔门，就易变成蛟龙嘛。"说完，王五微笑着向刀疤脸点了点头。

"前辈笑话晚辈了。我王成汉不是什么蛟龙，但却愿向大英雄谭嗣同学习，为中国维新变法尽一份绵薄之力。"

"好，很好，老夫就赞赏你们年轻人应该有这样的雄心壮志，不然，中国百姓就被腐朽没落的大清朝廷坑害了。"随后，大刀王五向刀疤脸讲述了他同谭嗣同的关系，并重点介绍了百日维新过程中的某些细节。最后，他向刀疤脸含泪讲了维新变法被慈禧扼杀后，谭嗣同等人被抓情况和慷慨赴死的英勇过程。

热泪盈眶的刀疤脸听后，抹泪说："真没想到，大英雄谭嗣同牺牲得如此凛然悲壮！"

"唉，成汉兄弟，我同一帮朋友原准备去劫法场救谭嗣同六人的，可没想到，众多清兵防范严密，我们无从下手。更没想到的是，那些麻木可怜又可悲的百姓，居然向谭嗣同六人扔烂菜叶和白菜帮子。他们难道不知，被当局所害的六君子，正是为改变他们命运而死吗？可悲啊，中国到了如此荒唐的地步，百姓愚昧到这种程度，你说，我们这些支持维新变法的人该咋办？"

"前辈，我认为，维新变法是不可阻挡的历史潮流，眼下大多百姓愚昧麻木，但总有被唤醒那天。我坚信，虽然变法运动在中国暂时受阻，但任何人休想改变历史进程。我们应该不怕困难不惧死亡，向谭嗣同六君子学习，将维新变法事业进行下去！"听到此，大刀王五激动地握住刀疤脸手说："好，成汉兄弟说得好，我也相信，中国仍有大批仁人志士，会将维新变法事业进行下去。走，我们喝酒去！"

喝酒时，刀疤脸对大刀王五讲了，扎西从猎狼人变为牧狼人的传奇故事。大刀王五听后异常惊诧地说："真没想到，在康巴藏地居然会出现如此传奇英雄。今生若有机会，我定去若拉草原见见你的结拜兄长，看看那些被牧狼人收编的狼队。"同时，大刀王五也给刀疤脸讲述了，可恶的清政府居然对谭嗣同行刑时使用钝刀折磨，大英雄谭嗣同如何视死如归的慨然壮举。

刀疤脸听后，含泪问道："前辈，大英雄谭嗣同现葬于何处？我想去他坟前祭拜。"王五听后,摇头叹道:"唉,可叹可悲啊,为维新变法捐躯的谭大英雄死后,竟无人敢为他收尸。小兄弟,你知道吗,后来还是我同浏阳会馆的刘凤池老板几人,冒死从刑场将谭嗣同尸体夺回。我们几人拿出自己积蓄买来棺材,才将英雄入殓。为使谭嗣同魂归故里,我亲率一干人马,不顾朝廷追查,硬是穿越三千里漫漫长路,把我好友谭嗣同遗体运回湖南,安葬在浏阳牛石乡的石山下。唉,只可惜我们银子太少,没能为英雄修建一座大墓。但不算太遗憾的是,我们费尽周折,总算让英雄魂归故里。"

"前辈,这么说来。谭嗣同大英雄的墓在湖南浏阳?"

"是的。遗憾的是路途太远,这次你无法亲自到他坟前祭拜了。"

含泪的刀疤脸独自将杯中酒一口吞下,咬牙坚决地说:"前辈,莫说大英雄之墓在湖南浏阳,就是在天涯海角,我王成汉也该亲自前去祭拜他!"激动不已的刀疤脸再次说出脏腑之言。

"好,有你这样的忘年之交,老夫倍感欣慰。"说完,大刀王五也将杯中酒一口喝干。机灵的刀疤脸为不牵连已被朝廷监视的顺源镖局,谢绝了王五一再留宿的心意,便执意去外面找客栈住宿。临别,大刀王五建议刀疤脸抽空,去看看被英法联军焚毁的圆明园,并说,看了后就更明白谭嗣同六君子,为了奋斗牺牲的伟大意义。最后,刀疤脸悄悄告诉大刀王五,他要在大年三十之夜,去菜市口祭奠六君子英魂。又惊又喜的大刀王五提醒说:"成汉小兄弟,你勇气实在可嘉,但京城不比成都,这里防范严哩,你千万要当心,别出意外为好。"

深夜,大刀王五看着牵马的刀疤脸远去背影时,不禁叹道:"这四川小子不错,身上还有老夫当年血气方刚的影子。"

第二天上午,从客栈出来的刀疤脸,跃上马背直朝北京西北角圆明园遗址奔去。

圆明园是中国人民精心打造的艺术园林典范,是世界豪华瑰丽的宫殿之一。该园最初是明代一个故园,清康熙朝时,将它赐给第四皇子胤禛(后来的雍正皇帝)。雍正继位后,将圆明园变成仅次于紫禁城的政治活动中心。后来,经历了康、雍、乾、嘉庆、道光、咸丰六朝一百五十年大规模增修扩建，终于将圆明园扩建成中国历史上最为精美壮观的皇家园林。三园共有一百多个风景点，无数楼台、殿阁、廊榭与馆轩在山环水绕之中，景色十分迷人。园内曾珍藏着古今中外许多历史文物，有孤本秘籍、名人字画、鼎彝礼器、金银珠宝、铜瓷古玩等。它不仅是同时代中国建筑精华，也是当时世界上最伟大的博物馆和艺术馆。

牵马行走在圆明园残垣断壁中的刀疤脸，不时仰天长叹："天哪，如此精美的皇家园林被焚，不正说明腐朽没落的大清朝廷无能吗？这样的国家再不实行维新变法，其结局只能被世界列强侵占瓜分。"想到圆明园被焚之前，许多宝物被英法军人抢劫的情景，再联想到当下多国军队已咄咄逼人，索要中国土地和通商口岸的现实，心情悲愤的刀疤脸，掏出短枪朝遗址上残破廊柱打去："慈禧老妇，你在坑害我中华几万万同胞啊！"

寒鸦声中，天色渐渐暗下来。心情沉重的刀疤脸，凝望暮色中飘飞雪花，依依不舍打马离开冷寂残破的圆明园。

刀疤脸同扎西分手后，扎西再次扩建了他在冰崖下的洞穴大本营，他要为未来扩大狼队早做准备。若像结拜兄弟说得那样，要组建起自己狼军团的话，这洞穴作为大狼们栖身之地还远远不够。一次偶然机会，扎西在收编一支只有十来头大狼的小狼群后，有些担心的他，便去天葬台请天葬师尼玛大叔来给他参谋，如何才能统领来自不同狼群的大狼们。

对狼群较为熟悉的尼玛给出的第一个建议，就是要对大狼采取分而治之的办法，具体做法首先要给大狼分巢穴。否则，众狼挤在一个巢穴，一旦发生矛盾，性情凶猛的大狼必将发生恶战。尼玛走后，扎西又开始指挥嘟嘎和芭莎，在冰谷另一侧刨挖狼穴。好在最先跟随嘟嘎的大狼都很卖力，十多天后，又刨出一个深深的新狼穴来。

秋天刚降临时，扎西每隔三天，总要带上嘟嘎和芭莎走进冰谷，去看望躺在冰川里的卓玛。随着大雁南飞新雪降临，冰川上又垒上厚厚积雪后，看不见卓玛的扎西，只好带领狼队出猎，去准备过冬食物。就在刀疤脸北上京津两地时，扎西率领的狼队，早已将野黄羊、岩羊和众多旱獭、鼠兔等拖进了冰谷储藏。由于刀疤脸离开打箭炉时有交代，巴登每过二十天给魔鬼寨送食物时，总要给扎西送些糌粑、酥油和牛奶。因大狼们怕火，扎西只在自己洞室中备有火炉，完全过起与狼同穴的惬意日子。

　　腊月二十八清晨，从萨嘎部族驶出一辆马车，穿越冰雪覆盖的若拉大草原，一路朝老鹰岩奔去。赶车人不是别人，正是贡布家丁头目卓仁杰。原来，当贡布部族同曲巴部族发生冲突没占到便宜后，老谋深算的贡布就后悔，这些年没能同老鹰岩土匪结成暗中同盟关系。贡布认为，仅靠他一己之力要打败卡钦部族确实困难。他让化了装的卓仁杰带上两个贴心家丁，借春节之机给老鹰岩大头领送点礼物去。贡布认为，只要黄大郎收下礼物，今后建立秘密关系就有可能。若黄大郎拒收礼物，那就证明匪首根本不买他账，那他今后只好再另想办法寻求新帮手。

　　快到老鹰岩时，卓仁杰停下马车向山上打了声呼哨。听到呼哨声的小匪忙进大殿向刚起床的黄大郎报告。大惊的黄大郎立即叫上泽木剌和三寸丁几人，来到洞外用单筒望远镜朝山下观望。随后，黄大郎又将望远镜递给泽木剌。黄大郎疑惑地对三寸丁说："这就奇怪了，谁会在大年三十前给我们送酒和宰好的大肥羊呢？"

　　泽木剌放下望远镜说："大哥，这些家伙该不会有诈吧？"

　　黄大郎指着山下说："使个屁诈，二头领你看看，这方圆十多里地，有一个人影吗？这明明是给我们送年货来的，你咋现在胆子越来越像雪鸡了？"

　　三寸丁说："大哥，要不我先问问，这送年货三人是何方神仙？我们总不能让到嘴的年货又飞了呗。"黄大郎点头后，三寸丁立即朝山下打了声呼哨。接着，三寸丁高声问道："山下朋友，你们是哪的，为何要给我老鹰岩送年货？"

　　不久，山下便传来卓仁杰声音："山上朋友们，我要同黄大头领说话。"

　　黄大郎忙挥手说："说吧，我就是黄大头领。"

　　卓仁杰高声喊道："黄大头领，大年三十快到了，我们贡布头人说，你们求生存也不容易，他让我卓仁杰给你们送点年礼来。若你们愿接受，我就把十坛好酒和十头已宰杀的大肥羊给你们留下，若你们不愿接受这年礼，我马上就把这东西拉走！"

听完卓仁杰回答，黄大郎几人全愣了，他们原以为可能是哪个没交保护费的小部族送来的年礼，出乎所有人预料，原是贡布大头人给他们送的年货。立马反应过来的黄大郎高声回道："卓仁杰好汉，你把东西留下吧，回去代我好好谢谢你们贡布大头人，就说我们老鹰岩众弟兄都记着他这份情。来日方长，往后有用得着我们时候，我雪山雄鹰大队一定鼎力相助。"黄大郎刚一说完，卓仁杰立即命令车上家丁将酒肉搬到雪地。随后，卓仁杰朝山上挥手后，就赶着马车快速离去。

望着远去马车，黄大郎哈哈大笑："哈哈哈，皇天不负有心人哪，我雪山雄鹰又要有用武之地啦！"黄大郎话音刚落，众匪盯着山下年货，都拍手呼叫欢蹦起来……

寒风呜呜刮过华北平原。在纷纷扬扬雪花中，年三十的黄昏还没降临，北京城四处就响起噼里啪啦爆竹声。很快，伴随孩童们欢笑，许多街道和胡同大门外的红灯笼就亮了起来。与大小胡同形成鲜明对比的，是此时的紫禁城上空，只见阴云翻滚寒流肆虐，见不到一丝暖意流向偌大北京城。

子时刚到，骑马的刀疤脸就来到宣武门外菜市口。

从马背跃下的刀疤脸，变戏法似的从背包中抓出三个大白萝卜放地上，然后迅速又将六支大红烛分别插在三个萝卜上。尔后，刀疤脸从包中抓出两个白色瓷盘，把卤猪头和烧饼放进盘中；随即，刀疤脸又从包中拿出一瓶茅台烧春和六个酒杯，当酒杯倒满酒后，刀疤脸迅速用火柴将六支红烛点燃。待一切准备妥当后，刀疤脸从怀中掏出大叠打过孔的黄色纸钱，然后在燃烧的红烛上点燃。

被黑暗笼罩的菜市口，很快被点燃的红烛和纸钱照亮。腰挎藏刀的刀疤脸，猛地朝红烛跪下磕了三个响头，抬头满含热泪说："维新变法大英雄谭嗣同、刘光第、杨锐、林旭、康广仁和杨深秀先生，今大年三十之夜，我王成汉从四川赶来祭奠你们。你们六君子为中国变法被朝廷斩杀，我相信，你们鲜血决不会白流。我王成汉同中华众多仁人志士一样，仍会继承你们遗志，誓将维新变法事业进行到底，直到中华大地出现新曙光！"说完，刀疤脸伏地失声痛哭起来。

这祭奠六君子的哭声,像惊雷滚过阴森的北京城上空。这哭声,饱含了开始觉醒要为中华振兴奋斗的王成汉的决心;这哭声,是一个血性青年向专制时代挑战的誓言;这哭声,是迎接新世纪即将到来的泣血呐喊……

燃烧的纸钱像黑色飞蛾,随寒风扑向黑暗夜空。突然,一阵杂乱脚步声响起,夜中猛然传来"抓反贼"的呼叫声。几声急促哨音后,一队巡逻官兵立马朝刀疤脸扑来。即刻跃起的刀疤脸抽出藏刀,砍翻两个清兵后飞蹿上马背。正当剩下清兵要追撵刀疤脸时,不知从何处飞来几把飞镖,将巡逻清兵扎得鬼哭狼嚎抱头鼠窜。暗夜又静下来后,探出胡同口的蒙面大刀王五将手一挥,带着他几名弟兄很快消失于夜中……

藏历新年刚过不久,一天黄昏,骑马蒙面的曲珍来到教堂。待丹珠刚从桑尼房间出来,就被取下面巾的曲珍堵在门口。

"丹珠,你好。"丹珠见取下面巾女扮男装的人是曲珍,诧异地问道:"曲珍,你咋女扮男装来我们教堂呀?"

"那还不简单,我怕被土匪再抢上山呗。"

丹珠点头说:"嗯,那也是,提防点总有好处。你找我有事?"

"我向你打听下剑客大哥回打箭麓的日子,可以吗?"

丹珠一愣:"王剑客是春风茶庄押运队长,难道巴登不知他多久回来?"

"我问过我哥,他说他也不清楚剑客大哥归期。我哥还说,可能你知道剑客大哥回程时间。"

丹珠想了想,忙问:"为啥说我知道王剑客归期?这有些武断吧。"

"我知道你跟牧狼人扎西大哥非常要好,剑客大哥是我救命恩人,又是扎西大哥结拜兄弟,你说,我向你打听剑客大哥归期,该不该呀?"

"打听消息没啥,只是我感觉你话里似乎还有别的意思。"

"啥意思?这不明摆着吗,我俩都是扎西和剑客大哥喜欢的女人,我不向你打听还向谁打听去?往后呀,我俩姐妹应该多来往才好哩。"丹珠没想到,原来非常腼腆的曲珍,现在居然变得如此直率,竟不知一时说啥好。她愣愣地望着曲珍,似乎对眼前曲珍感到异常陌生。

大年三十之夜，逃脱清兵追捕的刀疤脸溜回客栈，整整睡到大年初一午后才起床。好在刀疤脸不缺银子，他叫客栈老板替他买回两瓶茅台烧春、几样卤菜与一包油炸花生米，便独自在房间饮起酒来。一面喝酒一面嚼着花生米的刀疤脸，突然想起他的结拜兄长扎西来，随后，他又想起了丹珠、曲珍、桑尼和自己父母兄弟。端着酒杯的刀疤脸叹道："唉，此时我堂堂草原剑客，真是'身在异乡为异客，每逢佳节倍思亲'哪。"

同大刀王五分手时，王五曾邀请刀疤脸去他顺源镖局过春节。由于刀疤脸在菜市口祭奠谭嗣同六君子时被追捕，为不牵连已被朝廷暗中监视的顺源镖局，刀疤脸放弃了去大刀王五家过年的打算。喝酒时，刀疤脸又想好元宵节之前的计划，在这段时间里，他除探听京城新消息外，其余时间就是好好玩个痛快，谁也不见！

大年初二上午，把藏刀放客栈的刀疤脸，在棉衣里藏好短枪就直接去了白塔寺。他昨夜喝完酒后，从客栈老板那打听了，在元宵节前，北京城各寺庙将举办众多庙会。此生没在京城过过春节的刀疤脸，决定趁逛庙会之机，吃遍京城美食。

晚清时期的京城庙会，大多是结合佛、道两教的宗教节日而开。由于时局动荡社会不安宁，人们去寺庙，主要为进香祈福。原有些定期庙会，由于渐无香火，就演变成贸易性集市。久而久之，庙会就渐渐成了老百姓节日娱乐和购物市场，再后来，反而宗教活动就被淡化了。

庙会上小吃，大多是北京街头巷尾日常小贩们叫卖的吃食，很有北京地方特色。刀疤脸在十来天时间里，去了白塔寺、大钟寺、弘仁寺、隆福寺、财神庙等众多庙会，先后品尝了北京经典小吃：豆汁、扒糕、灌肠、油茶、豆面糕、老豆腐、豌豆黄、爱窝窝以及大糖葫芦、煎春卷、炸松肉、羊霜肠等。吃完众多京城名小吃，刀疤脸得出结论是：日他娘的，这吹得天花乱坠的京城名小吃，哪有我们成都担担面、夫妻肺片、龙抄手、赖汤圆好吃嘛。

元宵节前一天，还没尽兴的刀疤脸又去琉璃厂逛了逛。对众多文物古籍感兴趣的他，对一些名人字画、名瓷、玉器与青铜器进行了观赏了解。由于他决定去湖南，不便携带随行物品，自然，腰中有些银子的他，就没对喜欢的东西下手购买。

一八九九年元宵节刚过两天，已玩得没啥兴趣的刀疤脸，从包袱中翻出一串价值颇高的九眼天珠，然后又检查了匣中一尊金佛。待一切收拾妥当后，身背包袱的刀疤脸离开客栈骑马朝庆王府走去。由于去年替罗金刚送东西到过此府，不久，熟悉路道的刀疤脸就来到奕劻的庆王府。刀疤脸拴好马朝大门走去时，不料，却被两名年轻门卫挡在大门外。

刀疤脸忙解释说："二位兄弟，我去年来拜望过庆亲王，我认识你俩，咋啦，你们就不认识我了？"

一门卫说："兄弟，我们认识你，可今年进王府规矩变了，你难道不知？"

刀疤脸一惊："规矩变了？咋变的？二位可否告诉兄弟一声。"

一门卫说："兄弟，实话告诉你这个外乡人吧，从去年中秋开始，要进王府求见我们王爷的，一律得交门槛费，若是不交此费，休得跨进大门半步。"

刀疤脸笑了："兄弟，好说，不就点门槛费吗？"随即，刀疤脸从身上摸出十两银子递给一门卫。门卫接过银子在手中掂了掂，说："兄弟，这点银子也想求见庆亲王？算了，你凑够三十两再来吧。"说完，就把刀疤脸猛地朝台阶下一推。

刀疤脸顿时火了："老子是受古善标统所托，来拜见庆亲王的。这又不是你家府上，你这两狗奴才竟敢挡我王剑客之道。"说完，刀疤脸唰地拔出腰间藏刀。这时，庆亲王奕劻刚好送外国领事到门口，奕劻认出了背有包袱的刀疤脸，喝住门卫后，就把刀疤脸领了进去。

进了客厅，奕劻看了看刀疤脸背的包袱，问道："小兄弟，你就是去年从成都来过的年轻人，我认得你。今天，你有何事要见我呀？"刀疤脸见庆亲王说话温和有礼，忙把包袱打开灵机一动地说："亲王大人好，我受古善标统和罗金刚之托，来京津两地考察玉器行情，顺道把他二位送给您的礼物带来，望大人笑纳。"这九眼天珠和一尊金佛，原是刀疤脸从打箭麓买回成都的。他为报罗金刚知遇之恩，想假托乌尔古善和罗金刚之名，送给庆亲王奕劻。由于古善标统一直没能升迁，他想用贿赂方式希望奕劻提拔乌尔古善。一旦乌尔古善得以升迁，今后自然也将给罗金刚和他带来好处。

坐在金丝楠木八仙桌边的奕劻连身都没起，看了看桌上礼物说"嗯，藏地天珠是好东西，你去年送来的九眼天珠我已转送老佛爷。今后若遇这样的上品天珠，仍可送到我这来，我也转赠给老佛爷嘛。说不准哪天老佛爷高兴了，会调古善来京城做军机大臣助手哩。"说完，清瘦的奕劻还呵呵笑了两声。

庆亲王奕劻吊诡贪婪的表现，令刀疤脸大为不解。他早听说庆亲王爱收贿赂贪腐严重，今天亲眼所见后，刀疤脸难以相信的是，政治经验极为丰富的庆亲王，似乎在他面前并不想收敛掩饰贪腐形象，仍是狮子大开口以老佛爷名义索要价值不菲的九眼天珠。年轻的刀疤脸当然不会懂得，高调展示自己对财富贪婪和对醇酒美人的俗世兴致，是历史上许多韬光养晦政客的不二法则。从这点来看，爽直年轻的刀疤脸对这位京城首富王爷，远远谈不上深刻认识。

几句寒暄话一完，奕劻以公务繁忙为借口，便打发走还想多聊一会儿的刀疤脸。一出大门，失望的刀疤脸就仰天长叹："唉，可惜我上千两银子买来的天珠和金佛了，见这样贪财王爷，老子再好礼物也是肉包子打狗，有去无回咯……"

接下来十来天日子里，刀疤脸去找了几个去年见过的熟人或朋友。这些人自百日维新失败后，不是被抓就是已逃往外地或流亡海外，剩下的大都以各种理由避而不见刀疤脸。原想寻找新生意门路的刀疤脸，渐渐断了念头后，又去顺源镖局拜望大刀王五。

王五见刀疤脸又突然到来，非常高兴再次接待了这个来自四川的热血青年。刀疤脸告诉王五，说他年三十去菜市口祭奠过谭嗣同六君子，但他却没提被巡逻清兵追捕一事。后来，刀疤脸讲了逛庙会的诸多感受，并直言京城小吃不如成都小吃味美可口。王五笑道："成汉小兄弟，谁不说自己家乡美食好呀，童年熟悉的味道，不易改变嘛。"

聊天中，刀疤脸又告诉王五，他去见庆亲王的感觉，还谈到去见宋育仁先生推荐的一些熟人或朋友的遭遇。当刀疤脸讲到被庆亲王门卫敲诈银子,和被奕劻再次索要昂贵礼品时,不禁大声感慨:"若京城已变成如此龌龊之地,我王成汉'安能摧眉折腰事权贵,使我不得开心颜!'"

王五听后,一脸严肃说:"成汉兄弟,你不是北京人,当然不知京城早已变成怎样的黑暗之地。今天,我就实话告诉你,专权的老佛爷,一心想的是如何保住她手中权力,而朝廷主张维新变法官员,不是革职就是被抓下狱,剩下的早已噤若寒蝉。眼下,整个朝廷上下贪腐严重,你知道吗,京城百姓谁人不知,他庆亲王是中国的最大贪官。"

刀疤脸大惊:"为何朝廷还要重用这样的大贪官?"

"小兄弟,你太年轻,还不懂得啥样主子用啥样奴才的道理。眼下,大清朝廷上上下下的黑暗腐朽,是世人皆知的。康有为、梁启超和谭嗣同等有识之士,为啥要坚持维新变法,就是想改变这黑暗世道,将中国改造成民主富强国家。"

"把中国改造成民主富强国家,这可能吗?不是说光绪皇帝已被囚禁起来,没有皇帝,我们咋改造国家呀?"

"你放心,中国从不缺皇帝,只缺好的新政诏令和进步观念。若能做到像严复说的'鼓民力''开民智''新民德',那么,我们大中华就有希望!"

刀疤脸想了想,突然问道:"王五师父,我想问问,这京津两地,有无主张维新变法组织?若有,我想去拜会拜会。"

"自戊戌变法失败后,这几月朝廷在大肆抓捕支持维新变法者,所以,过去社会上有过维新倾向的组织已被官方摧毁,潜伏下来的我还不清楚。我想,今后一定会出现新的维新变法团体。"

"我在四川听说,北方在闹义和团运动,这到底是啥样组织?"

"眼下,这民间组织主要在山东造成了声势。他们除反对朝廷贪官污吏外,也反对外国势立,跟康有为、梁启超先生主张的维新变法有些区别。由于义和团的某些负责人极度愚昧残暴,他们率人杀害了不少中国教民和一些好心的传教士。我认为,义和团的复杂行为倾向,还有待观察后再做结论。我想,若义和团今后主张符合你要求,你再去联系也不迟。"

"若是这样,我去天津转转后就到湖南浏阳,赶在清明节前祭奠大英雄谭嗣同后,我就回四川去若拉草原同扎西兄会合,我不能失信于我的结拜兄长。"

"那好，成汉小兄弟，你把家乡地址留给我，要是出现维新变法新组织，我就来信告诉你。"随后，刀疤脸留下成都和打箭麓地址后，依依不舍地告别了大刀王五。

刀疤脸失望离开天津时，已快到三月中旬。为不耽误在清明前赶到湖南浏阳，刀疤脸一路快马挥鞭南下，经河北、河南，朝湖南方向奔去。在武汉过长江乘木船时，刀疤脸的高大白马被几名地痞盯上。刚下船不久，六名地痞拿刀拦住刀疤脸，直言要他留下白马走人。

被逼到树林边的刀疤脸，只好拱手对地痞们说："各位好汉，我是四川去湖南上坟的人，清明前若赶不到浏阳，我这几千里路就算白跑了。望大哥们手下留情，我在此奉送十两银子给你们买点酒吃，咋样？"说完，刀疤脸忙掏出一锭银子递给为首的独眼地痞。

独眼地痞一把夺过银子狞笑道："嘿嘿，真没想到，你这不识相的家伙，还是有钱的主，今天，老子不仅要你好马，看来，还得要你身上银子。"随即，他将手一招，其余几名地痞立即朝刀疤脸围来。

气极的刀疤脸立即抽出腰间藏刀，对独眼地痞说："大哥，你既已收我银子，为何还逼人太甚？"

独眼地痞用大刀对着刀疤脸说："咦，你这外乡人，居然敢在我码头耍横？弟兄们，给我打！"说完，独眼地痞挥刀率先朝刀疤脸砍来。随即，地痞们举刀舞棒，围住刀疤脸就动起手来。

刀疤脸一声大吼，随着寒光闪闪藏刀飞动起落，转眼间，两个地痞就被刀疤脸砍翻在地。就在独眼地痞叫喊着再次朝刀疤脸扑来时，刀疤脸一个飞腿就将独眼踢飞一丈多远。剩下几个地痞见势不妙，忙朝林中逃去。独眼地痞见刀疤脸猛冲过来，忙爬起朝刀疤脸磕头说："好汉饶命好汉饶命，我家还有老母需要我供养哪……"说完，独眼地痞把银子丢在刀疤脸脚边。

刀疤脸咬牙说："今天，我看在你老母份上，就不要你命了，快滚！"独眼地痞听后，忙转身朝后爬去。刀疤脸恨恨地盯了独眼地痞一眼，然后跃上马背朝前奔去。这时，只见独眼地痞掏出飞镖，唰地朝刀疤脸后腰扎来，听见风声的刀疤脸转身一把抓住飞镖，然后挥镖又朝独眼地痞甩去。只听"啊"的一声大叫，面门中镖的独眼地痞即刻栽倒在地……

　　一路奔波寻问，刀疤脸于清明前一天下午，终于来到湖南浏阳县牛石乡石山下。望着十分简单朴素的谭嗣同坟墓，刀疤脸惊了。他没想到，大英雄之墓果然如大刀王五前辈所说，虽葬在苍松翠柏间，但这墓简单得还是有些不敢让人相信。

　　南方的清明时节，早已春意盎然百花盛开。刀疤脸迅速解下身上包袱，然后从包袱中取出香烛纸钱和一瓶茅台烧春。刀疤脸清楚，南方人有清明上坟习俗，他必须在今天完成祭祀谭嗣同心愿，明天黎明就得离开此地。否则，如若被当地县衙知道，他或许就有被抓风险。想到这，刀疤脸立马将插好的红烛点燃，然后又把瓶中酒倒在几个酒杯摆在墓碑前，随后，他又慢慢把纸钱点燃。

　　随红烛和纸钱火苗闪烁，刀疤脸血性被再一次点燃。过去，他崇拜的是关羽、鲁智深和武松等小说里的英雄，如今，通过阅读报刊和维新变法文章，刀疤脸更敬佩谭嗣同等六君子这样的现实英雄了。跪在坟前的刀疤脸，吟着谭嗣同"我自横刀向天笑，去留肝胆两昆仑"的慷慨豪迈之诗，想着谭大英雄被刽子手用钝刀折磨致死的悲壮惨烈，不禁悲从心来，很快泪水就模糊他双眼……

　　春夜温馨，月亮高挂黛蓝夜空。坟前，端着酒杯的刀疤脸，举杯望月说："此春夜正如大诗人李太白所说，'两人对酌山花开，一杯一杯复一杯'。今生，嗣同大兄就是我榜样，我王成汉虽曾跑过马帮，当过盗马贼，但我也是救助过不少有难者的汉子。这一年多来，多亏《蜀学报》好文章将我启蒙。今夜，我在感谢康有为、梁启超和严复的同时，我还得致谢助我摆脱愚昧人生的宋育仁先生和罗金刚仁兄。没他们出现，我王成汉仍是个利己的个人奋斗者！"说完，刀疤脸又将杯中酒一饮而尽。

　　过了一阵，抚摸墓碑的刀疤脸热泪又从眼中流出。抱着酒坛的他凝望墓碑说："嗣同大兄啊，正是你用自己的生命和鲜血，唤醒我这颗混迹尘世的蒙昧之心。如今，苦难沉重的中国，需要千千万万像你一样的仁人志士，去维新变法，去推动社会进步。从此，我也要'长风破浪会有时，直挂云帆济沧海'。大英雄啊，你就是我今生永远崇拜的榜样，不为私利过一生，只为百姓谋幸福。待我回若拉草原协助洋教堂建起麻风病医院后，我就到京城跟随王五师父生活，一块去做对维新变法有利的事。我也要向你和文天祥学习，'人生自古谁无死，留取丹心照汗青'哪。"

夜月遨游，繁星闪烁。蟋蟀声和偶尔传来的夜鸟声，陪伴刀疤脸坐在谭嗣同坟前，度过一个永生难忘的春夜。黎明即将过去，有些醉意的刀疤脸起身再次向谭嗣同坟墓深深鞠了一躬："'醉罢欲归去，花枝宿鸟喧。何时复来此，再得洗嚣烦'。大英雄谭嗣同先生，待维新变法运动再次在中国大地兴起，我一定再来此祭拜您。"说完，刀疤脸抬头望望即将破晓东方，然后跃上马背，迎着曙色挥鞭离去……

第三十四章

草场之争,部族战争再次爆发

一九〇〇年四月下旬,骑马的刀疤脸终于回到故乡成都。

一天后,换了一身春装的刀疤脸,立即去尊经书局。没想到宋育仁房门一把铁锁,让兴致勃勃的刀疤脸很是失望。向邻居和宋先生曾经的同事打听后,大家都说不清宋先生去了哪。有些担忧的刀疤脸猛然冒出个不祥念头:难道,倾向君主立宪的宋先生,已被当局秘密抓捕?

离开书局的刀疤脸又立马去找到罗金刚。当罗金刚仔细听完刀疤脸北上经历后,慨然叹道:"成汉贤弟,你一腔爱国热情,着实让为兄感动佩服,我也相信,谭嗣同六君子鲜血不会白流。中国若不走维新变法之路,定无前途。你既已打算继承谭嗣同六君子遗志,下一步准备咋办?"

"我想等王五镖师来信后,再决定北上时间。由于我去年冬离开草原跟扎西兄有约,我想过两天就去打箭麓,协助他收编训练狼队。有了凶猛狼队后,我们想配合洋教堂,把麻风病医院建起来。罗兄,你以为如何?"

"嗯,等大刀王五来信后再定北上之事,这稳妥做法我赞成。你不失跟扎西之约这是守信之举。只是我想知道,你想何时动身去打箭麓?"

"罗兄,这两天我关照下家里事,顺便再买点小礼物,三天后动身,你看咋样?"

"行,三天后我与你同行,一道去若拉草原。"

刀疤脸惊喜说:"真的?罗兄,这太好啦。"

"成汉贤弟,你不知道,欠了不止十条人命的新舵爷陈小七,现把我盯上了,他还在为十年前的小事耿耿于怀,想找茬整我。"

刀疤脸一怔,咬牙说:"哼,这狗日的陈小七还不如他老爸大气,这种恶人也配当袍哥舵爷,真是笑话。要不,我去做掉他?"

"现暂没必要。你的命比他金贵十倍。你还要去干更重要大事,不必将此事记挂在心。若要处理这事，我请古善标统出面就能搞定。放心吧，我在成都码头还暂时翻不了船。"

"罗兄，若真有啥麻烦，请你一定实言相告。我王剑客不用刀剑，一颗子弹就让这恶舵爷去见阎王。"

"谢贤弟一番好意，这情我领了。从这次你北上京津两地，又去湖南浏阳祭奠谭嗣同看出，你的刚直性格，用到正点上了。当年我看上你的，正是对你身上侠士个性的欣赏。"

刀疤脸将双手一抱："谢罗兄夸赞赏识，若没你帮助提携，我王成汉仍是流亡藏地的莽汉剑客。大恩不言谢，今后用得着我的，我王剑客一定舍命相助，决不食言。"

"贤弟，有你珍贵情谊，足以慰我平生矣！"

立夏刚过几天，风尘仆仆的刀疤脸和罗金刚，午后不久就赶到打箭炉。出乎刀疤脸意料的是，在离县城还有几公里处，居然遇见骑在马上的曲珍。曲珍远远挥手朝他和罗金刚奔来："剑客大哥，我终于等到你啦……"

刀疤脸大惊："曲珍，你咋知道我今天要回？"

曲珍说："剑客哥，十多天了，我每天都在这等你哩。"

"曲珍，真难为你了，谢谢啦。"说完，刀疤脸朝曲珍双手一抱，以示谢意。罗金刚却笑了，用马鞭指着刀疤脸说："贤弟，'请君试问东流水，别意与之谁短长'。哈哈哈……"随后，在曲珍邀请下，三人打马去了醉一春酒馆。

罗金刚三人刚跨进酒馆，在收银台忙碌的玉香，就看见了罗金刚，于是，玉香跑过来一下扑到罗金刚怀里，用粉拳捶打罗金刚胸膛："死鬼，你——你还记得我这个黄脸婆呀……"随即，激动得抹泪的玉香就伏在罗金刚胸前抽泣起来。

善解人意的刀疤脸，立马对罗金刚说："罗兄，今天曲珍有话对我单独讲，你同玉香嫂子就回你们雕楼大院说说话，这样，我俩不就两方便吗？"玉香忙接过刀疤脸话头，破涕为笑说："嗯，剑客兄弟有女人了，不想别人听他们私房话。不过，我这知趣的老板娘，不会碍你们好事的。

走吧，我的相公。"说完，玉香就把罗金刚朝门外拉去。

曲珍见玉香和罗金刚离去，立即叫来跑堂伙计，要了几个酒菜后，拉刀疤脸靠里面桌坐下。很快，酒菜来后，曲珍亲自给刀疤脸碗中倒满酒说："剑客大哥，你一去半年，今天终于回到打箭炉，我曲珍特为你接风洗尘。来，先干了这碗茅台烧春再说！"随即，二人碰碗后，曲珍一口将碗中酒喝干。

刀疤脸大惊，他没想到，变得直爽的曲珍，酒量大增使他有些难以置信。尔后，怕曲珍喝醉的刀疤脸控制喝酒节奏，同曲珍慢慢聊了起来。刀疤脸讲了他同大刀王五见面的故事，也详细介绍了大英雄谭嗣同情况，其中，在讲到京城逛庙会的感受时，刀疤脸不屑地说，北京虽说是帝都，可那些名小吃根本无法同我们成都小吃相比。听到这，有些惊奇的曲珍说："剑客哥，今后能带我尝尝你们成都小吃吗？"刀疤脸听后笑了，打个响指说："没问题，这区区小事全包在你剑客大哥身上。"

刀疤脸不好意思讲他损失上千两银子到庆王府送礼之事，却讲了去湖南过长江遭地痞抢劫的经过。最后，当刀疤脸讲完他在浏阳谭嗣同坟前祭奠大英雄后，静听的曲珍含泪说："剑客哥，其实你也是个重情重义的汉子。维新变法英雄谭先生与你非亲非故，你却不畏几千里之遥，去他坟前祭奠，我想，你若没真诚崇敬之心，是根本不可能做到的。此刻，我曲珍有个预感，不知该不该讲？"

"曲珍小妹，但说无妨。"

"或许，今生你就想，成为谭嗣同那样的人。"刀疤脸听后惊了，他没想到曲珍的直觉，竟如此尖锐直指他灵魂深处：想成为真正的时代英雄！但想掩饰内心想法的刀疤脸却摇头说："没有的事，我的文化和思想境界，咋能跟谭大英雄相比。我赞同维新变法，只是有些崇拜他而已。"

"崇拜对象，往往就是自己渴望成为的榜样。剑客大哥，你少年时崇拜大诗人李白，不就想长大后，能像李白那样仗剑浪游天下吗？'生当作人杰，死亦为鬼雄'，宋代易安居士李清照这两句诗，不正是那些追求轰轰烈烈人生的猛士真实写照吗？"

诧异的刀疤脸端着酒碗叹道："曲珍小妹，半年不见，你又长进不小嘛。"

"剑客大哥，我知道你今生无法过上'醉里挑灯看剑，梦回吹角连营'的生活，你给我讲了那么多你北上京津两地的故事，我认为'千古兴亡多少事，不尽长江滚滚流'。我赞同你胸怀天下，去选择你应该选择的人生，去向谭嗣同那样的英雄学习，去创造你应该拥有的成功才好。"

刀疤脸愣愣地盯着曲珍，良久后充满酒意说："曲珍小妹，在这打——打箭镰，你才是我王剑客知己嘛。"尔后，曲珍告诉刀疤脸，她这半年又背了哪些唐诗宋词名篇。趁人不注意时，曲珍从怀中掏出短枪说："剑客哥，我早已学会打枪，而且枪法还准哩。哪天你去草原，也带我去见见牧狼人大哥，好吗？"

刀疤脸点头说："嗯，要去见扎西兄，当然得由我领你去，不然，要是撞上那些不认识你的大狼，你曲珍小妹就危险咯。"说完，刀疤脸看看天快黑下来的窗外，又将碗中酒倒进嘴中。当刀疤脸起身抓起桌边藏刀时，曲珍忙说："剑客哥，你有些醉了，我送你回你的小院，好吗？"

刀疤脸挥挥手说："我没醉，我现在要去洋教堂，见丹珠和桑尼，我还要同约翰牧师商议修建麻风病医院的事。你先自己回去吧，不然，你阿妈又要担心你了。"

"看你有些醉意，让我送送你这救命恩人，难道不应该？"

刀疤脸摇晃着身子指着曲珍说："你从今往后，再别提什么救命一词，再提，你让我感到羞愧。"说完，刀疤脸晃悠悠朝门外走去。

"剑客大哥，你真的没醉？"

翻上马背的刀疤脸，望望夜空新月，回头对曲珍说："今宵酒醒何处，杨柳岸，晓风残月。"说完，挥手后的刀疤脸便打马朝教堂奔去。这时，怅然的曲珍对远去的刀疤脸叹道："我'便纵有，千种风情，更与何人说？'"

两天后上午，有些后悔但又不愿失信的刀疤脸，还是叫上曲珍去草原寻找扎西。群鹰在蓝天翱翔，和煦春风吹拂着刀疤脸和曲珍脸庞。今天的曲珍，在刀疤脸眼中，似乎她那黑黑大眼睛和高挺鼻梁格外秀美，脸颊上两朵高原红也绽放不一样的青春光彩。刀疤脸为曲珍走出人生阴影感到由衷高兴。在得到阿爸阿妈允许下的曲珍，骑马挥鞭跟在她剑客大哥马后，心情格外舒畅。

　　马踏草原新绿一路狂奔。午后，刀疤脸在梭磨河一带，没寻到扎西踪影，他领着曲珍又打马朝冰崖奔去。一个时辰后，刀疤脸虽发现了冰崖下扎西狼队大本营，但除两头大狼守穴外，扎西和大狼根本没在洞中。好在两头留守大狼认识刀疤脸，蹭过刀疤脸腿后就直愣愣地盯着曲珍发出呜呜声。下马的曲珍忙躲到刀疤脸身后，问道："剑客哥，这大狼会咬我吗？"

　　"有我在，它们不敢咬你。"

　　"真的？"曲珍虽有些怀疑，但胆子开始大起来，"剑客哥，如果大狼真咬我，我可以开枪吗？"

　　"若是自卫，当然可开枪。不过，找到扎西兄后，他有法让大狼们永远不会再咬你。"刀疤脸高兴地说。

　　"为啥你不能让大狼不咬我？"

　　"我又不是狼队首领，我没让大狼不咬你的本事。"

　　"剑客哥，那你还愣着干啥，快带我去寻扎西大哥呗。"说完，刀疤脸二人便跃上马背，并肩朝青格错湖奔去。

　　刚冲上山坡，刀疤脸就发现一座新白塔屹立湖边。看着被春风吹得哗哗作响的彩色经幡，刀疤脸知道，这是法轮寺去年刚修建供转神山圣湖牧人用的。随即，望着远处碧蓝湖水和高大林木，刀疤脸打了声尖厉呼哨。很快，密林中传来扎西回应的呼哨声。不久，蹿出森林的嘟嘎和芭莎就朝刀疤脸奔来。

　　曲珍惊奇地看到，跑拢的嘟嘎和芭莎像见了亲人似的，一同跃起摇着尾巴欢扑马背上的剑客哥。一脸欢笑的刀疤脸，一面叫着狼兄妹名字一面翻身下马，然后倒在草地同狼兄妹逗乐起来。曲珍若不是亲眼所见，她怎么也难相信，这对大狼同剑客大哥有如此亲密关系。

　　不久，骑枣红马的扎西，率一群大狼朝刀疤脸和曲珍跑来。马上的扎西高声说："剑客兄弟，曲珍小妹，我扎西没能远迎二位，还望你们原谅我这荒野中的牧狼人哪……"随后，冲过来的扎西下马就同刀疤脸紧紧拥抱一块。这时，有认识刀疤脸的大狼，不断用脸蹭着刀疤脸双腿，有不认识的大狼，却警惕地盯着刀疤脸和曲珍。刀疤脸见此情况，立马对扎西说:"扎西兄,快叫你手下大狼认识曲珍,以免今后发生意外。"说完,刀疤脸就将曲珍抱下马来。

此刻,只见点头后的扎西,昂头朝天空发出一声悠长狼嚎声,随叫声消失,扎西立即将手中马鞭朝天一甩,"啪"的响声后,大狼们在嘟嘎率领下,很快排着整齐长队面向扎西。扎西见狼队排好后,将手中马鞭朝曲珍画个圆圈。很快,狼群在嘟嘎带领下,一头头绕着曲珍嗅过体味后,就围着扎西四处散开。这时,扎西才高兴对曲珍说:"曲珍小妹,祝贺你,你是除我和剑客兄弟外,这狼队认可的第三位主人。从此,这些大狼就不会再咬你了。"

"真的呀!"曲珍听后,兴奋得拍手欢蹦起来。

"如若不信,你可试试。"

"好哇,若有大狼咬我,我就让剑客大哥收拾它们。"说完,曲珍就用手去触摸那些大狼。刀疤脸看见,有的大狼站着不动,任曲珍抚摸头和脊背;有的大狼虽退了两步,但很快站定,抬头温和地望着曲珍;仅有两头刚入伙的大狼,跑到扎西身后,愣愣地盯着曲珍。扎西见这两头大狼不给面子,便用马鞭一抽,指着大狼厉声说:"快去,给我认认你们大王的朋友!"随即,两头大狼便朝曲珍走去,低头嗅着曲珍转了一圈。

扎西指着这两头大狼对刀疤脸说:"兄弟,这两头大狼是我前两天刚从乌岗狼王那收编来的,它们还有些不适应我的管理方式。"

"哦,原来是这样。咋的,你现在敢动乌岗狼王的狼队啦?"

扎西得意地回道:"我的狼队一天天扩大,乌岗狼王队伍生存空间被挤压缩小。那些吃不饱的大狼,在嘟嘎和芭莎诱骗下,自然要归顺我咯。"曲珍听后,朝扎西竖起拇指:"牧狼人大哥,你大大厉害呀。"

春夜星空下,一堆篝火在冰崖下坡地燃起。

扎西、刀疤脸和曲珍三人,围在篝火旁烤吃食物。嘟嘎和芭莎却在不远处警卫主人。黑獒趴在扎西身后,不时回头恨恨地盯着狼兄妹两眼。扎西问了刀疤脸外出经历后,就把这半年收编大狼情况告诉了刀疤脸。刀疤脸听后问道:"扎西兄,你眼下狼队共有多少头大狼?"

"到今天为止,包括狼兄妹,我总共有六十八头大狼了。"

"若这样发展下去，估计两年后，你狼队会有多少大狼？"

扎西想了想，说："若不出意外，包括新生狼崽，应不会少于两百头吧。"

刀疤脸点了点头："很好，若有两百头大狼，你那时就不是狼队首领，而是狼军团司令了。我真希望你早日成为狼军团司令哩。"

曲珍笑了："扎西大哥，真有那天的话，我就来协助你和剑客哥统领狼军团，欢迎吗？"

扎西举着酒碗说："欢迎，我当然欢迎你和剑客兄弟陪我管理狼军团。有了你俩加盟，我扎西就更快活咯。"随后，扎西又高兴告诉刀疤脸，说他如何利用狼队，巧妙同土匪周旋，这整整一个冬天，他硬是没让土匪接近修建工地。还说过几天，陪二位去工地看看那些还尚好的建筑材料。稍后，当刀疤脸讲完如何协助约翰牧师修建医院计划后，扎西惊喜地看到，夜空中燃着红色火焰的三尾红狐，在他们头顶盘旋一阵后，又朝卡巴拉大雪山飞去……

若拉草原短暂春季很快过去。在刀疤脸护送曲珍回县城不久，初夏时节很快到来。一天，从卡巴拉大雪山钻出洞穴的乌岗狼王，站在洞外久久凝视草原。一直没弄明白又十分气恼的它，早已发现自己狼队成员在逐步减少，而过去追杀它的猎狼人，现虽不再追杀它，可却组建起自己狼队成为狼王。它作为若拉草原曾经最威猛狼王，却管束不了自己部下，最近常有逃走家伙加入山下狼队。

难道，曾是老对手的家伙，要用组建狼队方式同我对抗？想到这，乌岗狼王又想起前夜在湖边同扎西偶遇的情景。高大汉子扎西不仅没朝它开枪，还主动将背着的叉枪挂在树枝上，喝令他狼队给它让路。当它衔着雪鸡去求教天葬师尼玛时，尼玛却抚摸它头说："哦呀，乌岗狼王，和平日子大大的好勒，你争取同放下屠刀的扎西做朋友吧。"

跟他做朋友？我为啥要跟杀了我狼族不少成员家伙做朋友？想不通的乌岗狼王，此刻盯着山下草原上率领狼队的扎西，恨恨地将巨大獠牙磨了磨，然后转身又朝洞穴钻去……

雪域高原天气不仅瞬息万变，而且有时还变得让人始料不及。夏天出现冰雹、狂风、暴雨、大雪，甚至带电火球都是常有之事。若拉草原下了三天三夜大雨后，致使草原中心地带梭磨河河水猛涨，整个草原仿佛变成一片泽国。危急之下，当大多数牧人撤回自己部族后，扎西也率狼队朝靠近天葬台坡地移去。

大雨停歇两天后，接到贡布命令的卓仁杰，立马率几名家丁去草原察看自己部族牛羊损失情况。骑马奔跑中，卓仁杰几人不时看见水面有小羊羔、旱獭和鼠兔等浮尸。绕过杂树林后，来到梭磨河边的卓仁杰惊奇发现，湍急的梭磨河河水，已将靠卡钦部族低洼河堤冲垮，河水越过冲垮堤岸向广袤草场漫流而去。

骑在马上望着大水流向卡钦部族草场的卓仁杰，突然对几名手下说："你们看见没，河水开始变道了。走，我们向贡布头人禀报去！"说完，卓仁杰几人调转马头，打马朝自己部族跑去。

斜躺卡垫的贡布，听完卓仁杰禀报后，立即站起命令："你立马给我叫上二十名家丁，带上铁锹和锄头，随我去梭磨河边看看。多少年了，老子决不能放过终于等来的天赐良机！"随后，换了装背上枪的贡布，就匆匆下了雕楼。很快，集合好的家丁们，背上枪带上家伙打马随贡布朝草原奔去。

一个时辰后，贡布一群人终于奔到梭磨河边。望着眼前情景，喜上眉梢的贡布不禁仰天大笑："哈哈哈，真是天助我萨嘎部族哪！"说完，见四下无人的贡布，立刻命令十多个家丁下水，游到对岸扒拉河堤，然后他又令卓仁杰几人，用铁锹铲土加固垒高自己部族一侧堤岸。不到半个时辰，已被改道的梭磨河水就直接灌入卡钦部族草场，冲出一条新河道来。

望着汹涌河水已形成的新河道，贡布和手下家丁全都高兴得呼叫起来。贡布家丁们都知道，萨嘎部族同卡钦部族的草场分界线，许多年来，均以横贯若拉草原的梭磨河自然流向为界，要是神不知鬼不觉地使梭磨河新流向形成，就是曲巴再有不满，他也无法改变这大自然造成的事实。贡布一想到他又将增加上万亩草场，心里就乐得美滋滋的。

夕阳西下时分，贡布对卓仁杰交代："你率家丁必须给我守在新河道口，三五天过后，梭磨河改道就可成既定事实。我回去派人给你们送帐篷和酒肉来，没我命令，你们谁也不许擅自撤回部族！"说完后，贡布带上几个护卫家丁，就匆匆回了自己部族。

第二天中午，得到牧人禀报的曲巴大惊，他有些难以相信，梭磨河咋可能被人故意改变河道流向？随后，心急火燎的曲巴，便率郎嘎等十多名家丁，打马赶到梭磨河边。

情况远比曲巴想象还要糟糕。看着河对岸已搭起帐篷，和守在河边的萨嘎部族荷枪实弹的家丁，再看已被人为挖掘河堤后形成的河水改道现状，气得咬牙的曲巴指着河对岸大骂："狗日的贡布手下奴才们，你们简直比土匪还恶毒，居然用如此下作手段来侵占我部族草场。我——我曲巴头人岂容你们这群混蛋胡作非为！"说完，曲巴对郎嘎一番交代后，郎嘎率两名家丁就匆匆朝部族奔去。

一个多时辰后，郎嘎率二十多名背枪家丁，赶着三辆马车到来。曲巴立马指挥家丁们用麻袋装土，然后堵住改道河口。很快，已减弱的河水又沿故道流去。卓仁杰见状，站在河岸高声吼叫："曲巴头人，你为何要破坏祖宗传下老规矩，梭磨河自然流向任何人不得改变！"

曲巴冷笑道："呵呵，好你个狗奴才，这河道分明是被你们故意破坏，你休得在我面前假装好人！"

"曲巴头人，谁可做证是我们故意破坏河道流向？这明明是洪水暴发后形成的新河道，你不得污蔑我萨嘎部族家丁。"说完，卓仁杰立即派一家丁回部族向贡布报信。

"放你妈的狗臭屁！明明是你们借无人之机，挖掘破坏了我方河道堤岸，还说我曲巴头人诬陷你这可恶小人！"随即，气得脸色铁青的曲巴，举着短枪就朝天开了一枪。没想到，并无怯意的卓仁杰，也用手中快枪朝天连开三枪示威。

剽悍高大的郎嘎，以为卓仁杰在向曲巴开枪，端着快枪就朝卓仁杰打去。手臂中弹的卓仁杰一下慌了，忙命十多个家丁朝河对岸还击。谁知，被彻底激怒的曲巴率二十多名家丁，一同开枪。一阵乒乒乓乓枪声后，丢下两具尸体的卓仁杰忙率家丁朝林中逃去。

曲巴见对方家丁被打死，他立马意识到贡布决不会善罢甘休。随后，冷静下来的曲巴命令郎嘎将马车推倒，然后用剩下麻袋装上沙土，堆码在三辆马车后，他要在梭磨河边构筑临时工事，来武装保卫祖辈传下的草场！

得到家丁禀报的贡布，立马率二十名武装家丁，匆匆赶到梭磨河。钻出树林的卓仁杰添油加醋地向贡布禀告曲巴怎样蛮横先开枪打死家丁一事。贡布见对岸原已改道的河口已高筑沙袋，自己两名家丁尸体躺在烂泥中。于是，气得两腮抖动的贡布二话不说，举起手中快枪就朝河对岸打去。顷刻间，曲巴三名家丁倒在血泊中哀号，其中一名很快咽气。曲巴见贡布开枪打死他家丁，立刻吼叫着命令家丁还击。好一阵激烈枪声后，没修筑工事的贡布在卓仁杰一伙掩护下，丢下几具新尸败逃进杂树林。

仿佛受了奇耻大辱的贡布，立即派几名家丁回部族，他不仅要调十辆马车和石条来修建工事，他还明令必须把枪库中一半枪支弹药送到梭磨河战场。他要用绝对火力优势，报复胆敢先打死他家丁的曲巴部族。卓仁杰见一切安排完后，便劝贡布回去休息。贡布一听，骂道："蠢货，你知道吗？从现在起，我的卧室就在这梭磨河战场！不彻底教训打败卡钦部族，我贡布头人就决不离开这！"

子夜刚到，当家丁们按贡布指示弄来十辆马车、枪支弹药和大石条后，贡布立即下令面对河对岸工事，修筑自己更大更坚固工事。在十多头凶猛藏獒警卫下，卓仁杰率家丁忙到旭日东升，才将沿河连成一排工事修筑完成。随即，懂些军事的贡布又排兵布阵，在沙袋和石条后设置射击和观察哨。为防下雨弹药受潮，贡布又命令两家丁回部族，运来十顶帐篷搭在每辆马车后。待一切准备就绪，贡布才恶狠狠地对家丁们说："从现在起，没我命令，谁也不得离开战场半步。谁要是临阵逃跑，老子就立马当场枪毙！"说完，忙了一整夜的贡布，才钻进自己帐篷躺下。

曲巴见贡布修筑起更具优势的工事，怕吃亏的他，忙令郎嘎回去调来二十辆马车和石条，对着河对岸修筑起三处可相互策应的工事。由此，若拉草原两大部族军事对抗升级。接下来的半月里，双方不断发生激烈枪战，在互有人员伤亡的情况下，谁也无法真正战胜对方。就这样，为草场之争的部族战争开始处于胶着状态，两大头人也着手幕后运作打败对手方案……

得知两大部族在草原军事冲突的消息，惊喜的旺堆同巴登商量后，两人立马分头去卡钦和萨嘎部族见曲巴和贡布。由于弹药消耗较大枪支也有不少损毁，在得不到王剑客售枪消息的情况下，曲巴和贡布分别买走旺堆父子积压枪库的全部枪支弹药。狠狠赚了一把的旺堆父子在醉一春酒馆请伙计们喝酒时，刀疤脸才知旺堆已将剩下枪支全部卖出。后悔对打冤家部族战争缺乏了解的刀疤脸，立马去找罗金刚，商议如何再次启动军火生意计划。

在雕楼大院看《三国演义》的罗金刚，听完刀疤脸禀告部族战争和旺堆卖枪的消息后，即刻问道："贤弟，你的意思是我俩又可启动军火与鸦片生意？"

"罗兄，等我到梭磨河边，了解完战争情况再做决定不迟。若这部族战争很快结束，我看今年就不必再做军火生意，要是部族战争暂时结束不了，那我俩就立即赶回成都，趁此机会先弄他五百杆快枪到打箭炉，你看咋样？"

"剑客兄弟，你定的快枪数量我赞成，那鸦片数量呢？你看我们进多少合适？"

"罗兄，我想在鸦片一事上，谈点我的感悟和新看法，不知行不？"

"你我二人，完全可明说嘛，你不必为虑，不妨直言。"

"罗兄，我两次北上京津两地，通过了解，现在官方和民间要求戒烟呼声甚高，你我现已不是吃不起饭的穷人，我看没必要再做百害无益的鸦片生意了。不知你以为如何？"

罗金刚一愣，想了片刻回道："嗯，贤弟两次北上没白跑，思想进步之大，出乎我罗金刚意料。你不再做鸦片生意的建议我赞同。正如你说的，你我二人现已不是穷人，做生意是该讲点良心才好。"完成原始积累的二人，终于有了良心发现与自省。

"罗兄，我们不做鸦片生意虽有些经济损失，但我想通过其他生意弥补回来，这你可完全放心。"

罗金刚一惊:"哦,除军火生意外,你还有别的生意门路?"

"这两年,我从淘金者口中得知,靠近西藏的金沙江边,有些山沟里发现了金矿,我想抽空再去了解了解,若情况属实,我俩完全可组织人马,去开金矿嘛。"

"真的?"罗金刚惊喜交加,一把拉着刀疤脸说,"走,到我醉一春酒馆喝酒去!"

自前些日子刀疤脸同扎西在草原分手后,他回到县城,又去教堂同约翰商量再次转运建筑材料一事。三天后,欢喜的约翰果然亲自上阵,一同与教友们,开始用马车向老鹰岩山下工地转运沙石和木材,还委托刀疤脸帮他寻找会修房造屋的泥瓦匠和木工。好在扎西和刀疤脸曾送给教堂的二千两银子,终于有了用武之地。十天后,花去二百多两银子的约翰问刀疤脸,他所要的工匠找得咋样了?刀疤脸告诉牧师,说再给他几天时间,他一定把所需工匠凑齐。

此次约翰重新启动麻风病医院工程,他汲取过去教训,再没向成都基督教会请示和通报,他怕万一中途再生意外,让教会管理者说他无能。谁知,工匠还未凑齐,刀疤脸同罗金刚就商定趁部族战争爆发,今年再做一把军火生意,约翰忧心忡忡地去春风茶庄找刀疤脸,他想最后确认开工时间。谁知,却被小秋哥告知,说王剑客已去草原寻找牧狼人。无奈的约翰牧师留下话后,就同丹珠回了教堂。

刀疤脸去草原有两个目的:一是深入梭磨河畔了解部族战争情况;二是若确定要做军火生意需回成都,他不得不告诉扎西,要扎西协助教堂守护医院修建工地。由于走得太急,刀疤脸还来不及告诉丹珠和牧师。没想到的是,当曲珍得知王剑客又要去草原后,她说啥也要跟剑客哥再次同行。在劝阻无效下,刀疤脸只好答应对他一往情深的曲珍要求。

在紧张对峙的梭磨河两岸工事里,当曲巴和贡布分别见着刀疤脸和曲珍这对帅哥美女时,他们都不由得竖起拇指夸赞,你俩才是若拉草原的绝配嘛。一个是赚了大钱的隐秘军火商,一个是旺堆土司的千金小姐。愿佛祖保佑你俩早结良缘。离开梭磨河时,两大头人都要求王剑客,再卖给他们质优价廉的武器。直到这时,曲珍才知道,他的剑客大哥,除是春风茶庄押运队长外,还是个不为世人所知的秘密军火商。

寻找牧狼人路上,王剑客向曲珍解释了他协助罗代办做军火生意一事。听后,曲珍告诉刀疤脸,她对生意上的事没兴趣,只要剑客哥不离不弃,永远做她识字和诗词先生就行。刀疤脸见曲珍如此大度有胸怀,非常真诚地说:"曲珍小妹,真没想到,你跟你阿爸和巴登哥太不一样,你比他们更善解人意。"曲珍见王剑客第一次当面夸她,高兴得一鞭朝马屁股抽去……

在骷髅谷狼家前找到扎西后,刀疤脸立马将要同罗金刚去成都的决定告诉了牧狼人。扎西听后问道:"你走后,洋教堂修建麻风病医院咋办?我的狼队不可能去人多的修建工地呀。"

"扎西兄,我正为此事而来。"随后,刀疤脸把他的计划告诉了扎西。刀疤脸说,在他走后这一个月时间里,他希望扎西时常率领狼队,躲在树林暗中保护修建工地就行。这么长时间也没见土匪咋样,估计黄大郎顾不上这些费力不讨好的事了。只要土匪不搞破坏,就暂不管他们,收拾土匪等建起麻风病医院后再动手不迟。

扎西听后,有些为难地说:"兄弟,我的狼队喜欢四处流动寻活食,若老是待在林中也不是办法,时间一长,我怕有些大狼忍受不了离去。你说是吧?"

同芭莎一旁玩耍的曲珍听后,忙说:"扎西大哥,这样吧,我与你轮流藏在林中守护修建工地咋样?过几天,你就教我如何指挥狼群,好吗?"刀疤脸听后,拍手笑道:"嗯,这办法好,当我从成都回到草原时,那时的曲珍小妹,就真变成牧狼人助手啦。"

待一切商量完后,刀疤脸同曲珍连夜朝县城赶去。临行前,扎西同曲珍约定,三天后黄昏,他俩在离工地不远的树林会合。

回县城第二天中午,刚起床的刀疤脸匆匆赶去教堂,跟约翰牧师和丹珠见了面,并向牧师提出了修建医院的开工时间。在告诉约翰他明天同罗代办要去成都后,惊讶的约翰担忧地问道:"剑客兄弟,你认为老鹰岩土匪，从此就不再找我们麻烦了？"

"约翰牧师您千万别急，为这事我和牧狼人扎西已做了周密安排。"之后，刀疤脸将扎西如何运用狼队，如何同曲珍轮流用狼队保护修建工地的计划，告诉了约翰和丹珠。丹珠听后大惊："剑客大哥，她曲珍从小娇生惯养，难道不会打枪的她，还能保护我们？你这聪明之人，也相信这样的玩笑话？"

刀疤脸见丹珠一脸醋意，还充满对曲珍不公的误解，于是，便对丹珠直言："丹珠小妹，曲珍近半年的变化看来你是一点不知。我告诉你吧，曲珍不仅学会了打枪，而且枪法精准。更重要的是，到目前为止，除扎西能统领狼队外，能亲近狼群被大狼接受的，只有我和曲珍二人。你说，我明天就要动身去成都，曲珍主动提出用生命来守护修建工地，我和扎西能拒绝吗？你不仅不为她舍生忘死的行为感动，反而讥笑她是娇小姐，这合适吗？"约翰见王剑客言辞尖锐，怕伤着丹珠颜面的他，忙借故朝礼拜堂走去。

丹珠惊了，愣愣地盯着第一次对她说重话的刀疤脸。确实，丹珠这半年对曲珍变化一点不知。当刀疤脸说出曲珍不仅学会打枪，还能同众多大狼亲近时，她就彻底懵了。在同曲珍置生死不顾也要率大狼守护工地来看，她已意识到自己同曲珍有了较大差距。想到这，丹珠含泪向刀疤脸怨道："剑客大哥，你回成都一去京津两地就是半年。在你走后，因教堂事务繁杂，我既无法见到与狼为伍的扎西大哥，又没法去雕楼大院找曲珍聊天。眼下，我是不知曲珍变化有这么大，难道，她变化跟你对她的帮助没关系吗？"说着，委屈的丹珠就抹起泪来。

"丹珠，你知道我救过曲珍，她为感恩一直对我心存感激之情，即使她后来主动学识汉字背诵唐诗宋词，她也一直没能取代你在我心里的地位。我也没想到，自她学会打枪缠着我去草原寻找扎西，过了段游侠般日子后，我才逐渐对她有了好感。不过，到目前为止，你仍是我王剑客喜欢的丹珠小妹。"刀疤脸从没忘扎西兄曾给他的美好建言。

听完刀疤脸真诚坦白，丹珠娇嗔地说："剑客大哥，我也要向曲珍那样学会打枪，要跟你去草原找扎西大哥亲近大狼。你同意吗？"刀疤脸开心地笑了，他做梦也没想到，丹珠小妹会提这样要求。

"那好呀，等我从成都办事回来后，一定教你学会打枪，只要你愿意，我还可教你背诵唐诗宋词，教你如何亲近大狼熟悉狼性。"刀疤脸一说完，含泪的丹珠便破涕为笑，同刀疤脸拉钩以示俩人决不食言……

出乎扎西和刀疤脸意料，就在刀疤脸同罗金刚回成都的当天中午，黄大郎亲自带队下山，几把大火又将无人守护的修建工地烧个精光。原来，在近十天的仔细观察中，黄大郎发现山下修建工地，除有几头大狼守护外，扎西和王剑客的身影就没出现过。在黄大郎看来，一定是草原爆发的部族战争将这二人牵扯进去分不了身。既是这样，凭啥洋教堂不交地皮费就敢开工？在长时间瞭望分析后，真怕麻风病传染上老鹰岩的黄大郎，才又一次下令焚烧修建工地。

三天后的黄昏，在树林同曲珍会合后的扎西发现，冒烟的修建工地又变成废墟时，痛悔的扎西不禁仰天大骂："狗日的土匪些，真他妈是干尽人间坏事的一帮恶人。若不灭了你们，我扎西就是若拉草原孬种！"随后，扎西同女扮男装的曲珍一阵密谋，便率狼队悄悄潜入茂密树林。

十天后，回到成都的刀疤脸同罗金刚，连夜赶到乌尔古善公馆，提出急要五百杆快枪的要求。当具有军事经验的乌尔古善，了解完部族战争起因和规模后，就直接对罗金刚说："你罗金刚好歹也是个军中任职的人，咋连这简单判断都没有。既然两大头人都是逞强好胜之人，这部族战争哪是一时能停下的。你们就是运一千支快枪进去，我敢保证，不出一年准能全部卖光。"

罗金刚难以相信："古善标统，何以见得一年之内能把一千杆快枪卖完？您要知道，在若拉草原我们已卖过许多杆快枪了。"

"我的军需代办，据我分析，这部族战争定会升级，还会多次发生枪战，也会死很多人。如战争升级，两大头人就会武装新卷入战争的人，枪支弹药在战争中就会不断耗损。你就是不弄一千杆快枪，至少也得弄八百杆进去。若一年后有积压，全算我的。"罗金刚见古善标统如此自信，就赞同了先弄八百杆快枪的方案。

乌尔古善说："罗代办，你后天下午来我这吧，你得同陈小七舵爷当面商谈枪价和交货时间。"罗金刚一听要同陈小七见面,便立即找借口说:"古善标统,后天我要办其他事,你这我就让成汉兄弟来同陈舵爷谈,咋样?"

乌尔古善说:"没问题,你俩谁谈都行,只是别忘了带上定金。到时,我自会给年轻的陈舵爷打招呼,谅他在价格问题上不敢乱来,若需要,我让他派人护送你们离开成都地界也行。"

刀疤脸说:"谢标统美意,让陈舵爷派人护送就免了。我想,还是您标统大人手下骑兵护送最为安全。"商量完后,罗金刚和刀疤脸就匆匆离开了公馆。

确实,正如乌尔古善的预料那样,在刀疤脸离开若拉草原不到二十天时间里,梭磨河畔又发生了两次较大军事冲突。在双方各死伤二十多人后,曲巴和贡布不仅下令重新扩大构筑工事规模,双方在挑选新家丁的情况下,还在挡子弹马车后,挖起了半人深的防卫堑壕。

扎西和曲珍在老鹰岩前山打了土匪两次伏击后,狡猾的黄大郎迫不得已,只好在后山用绳制软梯,开辟出一条秘密下山通道。而最令黄大郎不安的是,每当他半夜踩着软梯下山时,那双头紫色大蝙蝠,总要从他头上惊悚掠过……

第三十五章

复仇与阴谋，牧狼人巧用凶猛狼军团

刀疤脸离开打箭麓的第二天清晨，旺堆一家喝酥油茶时，旺堆向巴登交代，希望他今天安排完茶庄业务，明天一早带几个伙计去成都，找乌尔古善进两百杆快枪回来。旺堆还提醒巴登，说部族战争一结束，要再做火中取栗的军火生意就难了。巴登答应旺堆后，吃完糌粑起身就朝门外走去。

曲珍忙喊住巴登，说："哥，我看你别去成都买枪了，这种赚快钱生意不是我们能做的，你就老老实实做好茶庄生意得了。"巴登愣了一下，回头说："曲珍，你又不懂生意，就别瞎掺和说些外行话了。"

"哥，我这是为咱家好，才真心劝你的。"旺堆见女儿似乎话中有话，问道："曲珍，你是我女儿，也是家中一员，我感觉你好似知道啥没明说，对吧？"曲珍犹豫了，确实她不愿讲出，她所爱的王剑客在协助罗金刚做秘密军火生意。但一想到她明天要去同扎西会合，还不知多久回家时，她最大顾虑是不愿家里花几万两银子，购回的枪支全积压在库房。或许部族战争一停，她家进的枪卖不出去损失就更大。看来，今天不说出实情，阿爸真要派巴登哥去成都买枪。想到这，曲珍只好把王剑客又去成都购枪一事原原本本讲出。

旺堆听完曲珍讲述，气得把桌一拍："好哇，原来我家重用的押运队长，居然是个吃里爬外的家伙！"

巴登也说："阿爸，我说嘛，咱家除第一次买回的快枪好卖，后来买的大都积压在库房，要不是这次部族战争爆发，我家快枪还不知啥时卖完哩。"旺堆听后想了想，又对曲珍问道："女儿，你是咋知道王剑客在协助罗代办做军火生意的？"

"阿爸，前不久我跟剑客哥去梭磨河了解战况时，我亲耳听见曲巴和贡布头人，都在分别向剑客哥要质优价廉的好武器。我想，罗代办进的快枪价格，一定比我家进的低，所以，他们的枪才好卖。"

旺堆沉思片刻，严肃地说："曲珍，你感情的事，阿爸可以不过问，但只要涉及我家生意上的商业秘密，你一定得告诉阿爸和你哥，以免给家里造成无法挽回的损失。这是我对你的唯一要求，你能做到吗？"

曲珍点头应道："嗯，我知道了。"随即，旺堆叫上巴登，匆忙上楼商量对策……

七月上旬，刀疤脸同四个骑兵，押着几辆大马车终于赶回打箭麓县城。在不到二十天时间里，刀疤脸就将八百杆快枪全部卖光（其中有一百五十杆分别卖给了其他小部族。因两大部族引发战争，其他小部族为捍卫自己利益，也为防土匪过度敲诈，故买新式快枪武装自己人马）。

送走押枪骑兵后，刀疤脸匆匆去了洋教堂。当约翰讲完修建工地再次被土匪焚烧后，刀疤脸咬牙说："日他娘的，这怪我和扎西犯了轻视土匪的大错。我看，这土匪不灭，我们是修不起来麻风病医院的！"随后，刀疤脸安慰一番牧师和丹珠，准备告辞离开教堂。

丹珠忙拉着刀疤脸说："剑客哥，你没忘你我之间约定吧？"

刀疤脸笑了："丹珠小妹，我啥事都可忘，但你我之间约定却不敢忘。放心吧，我这就去找找曲珍，看她在家还是在草原。无论曲珍在与不在，我明天都带你去草原找牧狼人扎西，顺便再教你打枪，咋样？"丹珠听后，高兴得拍手跳了起来："哦呀，谢谢剑客大哥的好安排。"

赶到春风茶庄的刀疤脸，问巴登曲珍是否在家，没想到，爱答不理的巴登回了句谁知道呢，就不再搭理刀疤脸。其他伙计也各忙各的，谁也不敢主动跟刀疤脸搭讪。纳闷又无奈的刀疤脸，只好到雕楼大院找曲珍。央宗告诉刀疤脸，说不久前曲珍去草原跟牧狼人扎西见面后，就再没回过家。倍感失落的刀疤脸，只好到醉一春酒馆喝了半宿闷酒。

第二天上午，守信的刀疤脸到教堂叫上丹珠，俩人骑马朝草原奔去。由于约翰牧师特给了丹珠半个月假，心情极爽的丹珠一路说笑着，同剑客大哥朝青格错湖方向跑去。为看看被土匪烧过的修建工地，刀疤脸特选择了靠近老鹰岩的便道。当刀疤脸二人赶到一片废墟的工地时，已快中午。下马的刀疤脸认真看过已变成黑木炭的木材后，便坐在工地恨恨地盯着老鹰岩山上。

　　稍后，一阵马蹄声响起。警惕的刀疤脸怕遭土匪偷袭，忙拔出短枪躲在石后观察。这时，只见身穿藏袍的俩人从梭磨河朝老鹰岩奔来。快到老鹰岩时，一高大藏族汉子在马上打了声呼哨，不久，老鹰岩上便响起呼哨回音。听见回声的高大汉子朝四周看了看，然后从怀中掏出个铜制小盒，放在手中牦牛摇绳里。尔后，只见汉子飞速甩起摇绳，啪的一声将小盒抛出。很快被甩出的小盒就朝山上飞去。不久，一条拴有树枝的白色哈达就从山上缓缓飘落下来。

　　骑马汉子上前抓住写有文字的哈达后，山上便传来泽木刺声音："卓队长，你回去禀告贡布头人，我老鹰岩大头领今夜子时，一定准时前来梭磨河同他相见。"抓住哈达的汉子，回过泽木刺话调转马头时，刀疤脸终于看清，此人正是萨嘎部族家丁头目卓仁杰。

　　夕阳快落山时，刀疤脸和丹珠终于在青格错湖边密林里，找到正在训练狼队的扎西和曲珍。很快，四人相见的欢声笑语，竟引得狼群兴奋地在林中一阵长嚎。没想到，汹涌狼嚎声又惊得湖中几只野鸭飞起。这时，只见曲珍拔出腿上短枪，甩枪朝空中野鸭打去。几声枪响后，几只野鸭纷纷栽落湖中。随即，只见嘟嘎和芭莎跳入湖中，很快将几只中弹野鸭衔上岸。曲珍指着草地野鸭说："为欢迎剑客哥和丹珠到来，我今晚特用烤野鸭招待二位贵客。"笑声中，丹珠惊诧地盯着充满野性的女侠曲珍。

　　繁星闪烁，明月高挂黛蓝夜穹。

　　湖畔的熊熊篝火中，四人吃着烤野鸭喝着烈酒，兴高采烈地聊着跟他们有密切关系的话题。自然，聊得最多的是牧狼人与他狼群的传奇故事。夜深了，有心眼的曲珍拉起刀疤脸说："剑客哥，扎西大哥跟丹珠已有好长时间没见面了，我俩到别处转转去，让他俩聊点知心话，好吗？"刀疤脸见曲珍这样说，只好点头跟曲珍朝林中走去。

　　执着而深爱王剑客的曲珍，想用这种方式，将她与剑客哥的关系固定下来。她当着丹珠面故意这么做的目的只有一个：剑客大哥是我的，你就跟扎西大哥好吧。然而，曲珍的做法却使刀疤脸既高兴又矛盾。从前，每当他独自同丹珠在一起时，他似乎更倾慕貌美又接受过基督洗礼的丹珠，但现在只要有曲珍出现，他心中天秤已开始向具有女侠味的曲珍倾斜。

走着走着，当刀疤脸还没厘清脑中纷乱思绪，回身的曲珍一下猛扑到刀疤脸怀中，抱着刀疤脸就一阵狂吻。"剑客哥，剑客哥……"在曲珍急切而又颤抖的呼唤声中，紧紧搂着曲珍的刀疤脸，两腿一软，情不自禁地朝林中草地倒去。此刻，只见原来跟在曲珍身后的嘟嘎和芭莎欢蹦着，在林中一阵激动乱窜。夜虫鸣叫，如银月光静静撒在草原和雪山上。月影斑驳的草地上，愣愣的狼兄妹清晰看见，翻滚后的幸福声音中，刀疤脸那骑在曲珍身上的雄健剪影，已倒映在幽静湖面……

半月后，当刀疤脸和曲珍护送丹珠回县城时，刀疤脸很快听说，曲巴的卡钦部族被军力大增的贡布打败。曲巴头人已亲自到县衙和法轮寺，求刘县令和喜喇大活佛，出面调停已对他十分不利的部族战争。刀疤脸这才断定，一定是贡布同土匪联手，打败了曲巴的卡钦部族。

为来年军火生意考虑，刀疤脸叫上玉香主动去县衙，想从刘县令口中探听部族战争情况。没想到的是，刘县令闭口不谈实情，却无限感叹，这延长了几百年的打冤家之战，哪是能轻易平息的。刘县令掩饰之言背后，是他在十多天前，就暗中收受了贡布贿赂。贡布直言要刘县令别介入部族战争，还暗示说卡钦部族有被灭的可能。后来，当喜喇大活佛两次派人，请刘县令去法轮寺商议调停战争一事，刘县令均以生病为由拖着没去。

刀疤脸不知的是，黄大郎协助贡布打败卡钦部族后，贡布并没兑现要付三万两现银的承诺。黄大郎死伤了七八个弟兄，在拿到一万两银子后，一气之下人马全撤回了老鹰岩。没了黄大郎人马支持的贡布，被卷土重来拼死一搏的曲巴家丁队伍，又打回自己防御阵地。就这样，两大部族战争再次陷入僵持中。

由于同曲珍在草原过了半个月浪漫日子，再次尝到男女之欢的刀疤脸回到县城小院后，就与常来小院幽会的曲珍在屋内云雨一番。后来，知道是土匪助贡布打败曲巴，而刘县令又不愿同大活佛联手制止部族战争时，开始冷静下来的刀疤脸才意识到,这样发展下去,他和罗金刚的军火生意就走到了尽头。傻瓜都明白,只有军事对抗和战争存在,才有他永远获利的军火生意。想到这,刀疤脸就后悔前些日子在草原时,只顾同曲珍缠绵做爱去了,忘了将土匪跟贡布联手的事告诉扎西。

如何弥补这一失误,刀疤脸又开始动起脑筋来。

此次扎西和刀疤脸的草原四人聚会,最失望的是丹珠。由于卓玛的死,给扎西心灵留下巨大创伤。无论丹珠怎样主动说笑逗趣,产生不了火花的扎西,除对丹珠礼节性配合外,根本没出现爱的冲动与激情。原本对扎西抱有极大希望的丹珠,失望后就开始让扎西教她打枪。没想到,没一点射击天赋的丹珠,多次训练后,仍不能像曲珍那样做到枪出鸟落。

对自己失望的丹珠,后来又要求扎西让大狼们认可她。令几人吃惊的是,用了两次跟曲珍当初一样的欢迎方式,大狼们虽不敢咬丹珠,但却无法做到对丹珠的主动亲近。每当丹珠看到充满野性的曲珍,跟大狼们快乐地滚倒一块戏耍时,她总是羡慕不已。

当曲珍回家,把王剑客销售完八百杆快枪的消息,告诉阿爸和巴登时,旺堆听后,竟将手中银质酥油茶碗砸在地上:"可恶,这抢我生意的王剑客,比老鹰岩土匪还狠哪!"

"阿爸,你急啥,要是剑客大哥成了我家的人,到那时,我家不也就受益了吗?"

"不可能!从现在起,我宣布,我家不欢迎这个坏我生意的家伙!我也决不同意,他成为我女婿!"曲珍愣了,她恨恨地盯了阿爸两眼,黯然神伤朝楼上走去。

雪顿节后不久,秋风又开始横扫青藏高原。

一天,同曲珍在小院聊诗词的刀疤脸,收到玉香派伙计送来的京城来信。兴奋的刀疤脸见是王五镖师来信,就急忙拆开看了起来。看着看着,刀疤脸的脸色就越加凝重。

信中,大刀王五说,自今年六月开始的大沽和天津保卫战后,中国百姓和义和团虽只有大刀长矛,但仍同一些清军在抵抗多国侵略军,并还取得些可嘉战绩。万万没想到的是,被慈禧利用的义和团,后又被朝廷与洋人侵略者联手镇压剿杀，致使七月中旬天津落入侵略军之手。更可恨的是，沦陷后的天津城遭到侵略军疯狂抢劫与屠杀。

信中，王五还告诉了更大的不幸：说八月十四夜，八国联军攻破北京城后，慈禧就带着光绪皇帝及一帮王公大臣逃离京城。现留守的李鸿章和奕劻等人，却要同列强们议和，很可能又要签订什么丧权辱国条约。信的末尾，王五说近期京津两地时局太乱，百姓纷纷在动荡中逃离，他还要再次投入到反抗侵略者战斗中去。眼下镖局已无生意可做，他的行踪难定，故请成汉小兄弟再忍耐些日子，待时局稍稳后，再来信商定北上时间。

由于京津两地大动荡，信息渠道不畅通，或许是大刀王五还真不知，在中国东北同时发生的另一件大惨案，那就是从一九〇〇年七月十七日开始，沙皇俄国侵略者在黑龙江左岸，对我海兰泡居民进行了灭绝人性的大屠杀，制造了震惊中外的海兰泡大血案。

看完信后，沉思良久的刀疤脸，决定遵王五镖师所说，等下次来信后再定北上时间。于是，刀疤脸提笔，立马给大刀王五回了封信。并告诉王五，他已跟牧狼人扎西学会不少狼语，也熟悉许多狼性，他已成牧狼人第二了。最后，他还告诉王五，若需要，他可在四川搞几把短枪带到京城来。信寄走后，刀疤脸就开始盼大刀王五的回信。

更没想到的是，在接下来几个月时间里，一直苦盼王五回信的刀疤脸，在春节前回成都后，才从罗金刚口中得知，英勇的大刀王五镖师，已于十月被朝廷和侵略者杀害。大刀王五的头颅还被侵略者高挂城门示众，后来还是武林高手霍元甲取下王五头颅将其安葬。断了与他最信任的王五镖师联系，想着他对约翰和丹珠约定要修建起麻风病医院的承诺，无奈的刀疤脸决定，关于北上之事，还是等建起麻风病医院再说。想好未来安排，刀疤脸打算过完正月，就即刻返回打箭炉。

冬去春来，日升月落的季节轮回里，时光脚步迈向一九〇二年的初夏时节。过去一年多时光里，在刀疤脸看来，除他和曲珍维持正常爱情关系外，就是牧狼人的狼队已变成真正强大的狼军团。无论草原部族战争怎样僵持摩擦，最令他和国人痛心的却是，朝廷在一九〇一年九月七日，跟外国列强签订了丧权辱国的《辛丑条约》。这共12款19个附件的劳什子条约,仅赔款就达 4.5 亿两白银,39 年还清的话,连本带息将达 9.8 亿两。若再加上各省地方赔款 2000 多万两,总数超过 10 亿两的白银咋赔?刀疤脸和罗金刚明白,这《辛丑条约》签订后,中国将丧失除田赋以外的所有主要财源。面对这贫穷枷锁套在中国脖子的残酷现实,刀疤脸曾在成都皇城坝大骂,这样的卖国条约慈禧都能接受,可见这老妇为了自己权位,有着怎样的丑恶嘴脸!

怀着满腔忧愤的刀疤脸,回到若拉草原后,第一个念头就是如何灭掉土匪,尽快建起麻风医院,他才能脱身北上去京津两地,才能去完成谭嗣同和大刀王五未完成的维新变法事业。出乎刀疤脸意料的是,他在草原寻到牧狼人后,扎西告诉他的第一件事,就是黄大郎又同贡布联手,曲巴部族再次告急。

大惊的刀疤脸问扎西咋知道此事,扎西说:"前两天,郎嘎来找过我,希望我带狼军团去帮自己部族一把,并说了土匪同贡布联手一事。"

"扎西兄,那你咋回答郎嘎的?"

"我现一心向善,不想介入任何流血战争,所以,就将这想法明确告诉了郎嘎。"

刀疤脸有些不满说:"扎西兄,你傻呀,为啥你要如此回答?"

有些诧异的扎西见刀疤脸如此态度,只好把前些日子打开三尾红狐送他的精美小盒一事,对刀疤脸讲了实情。听完,刀疤脸再次问道:"扎西兄,就因盒中绿度母反复念诵六字真言,你就以一心向善为借口,不想再过问身边发生的部族战争?"

"剑客兄弟,你不是曾说,头人土司大多不是好人吗?我不想介入打冤家战争,很大原因跟你说的这话有关。"

"此一时彼一时嘛。你想,土匪是多坏的家伙,他们想趁机介入到部族战争,我先不说哪方对错,我认为,只要土匪帮谁,那这方就一定有问题。人们常说,鱼爱鱼虾爱虾,乌龟爱王八。从现在来看,黄大郎同贡布搅到一块,这背后还不知会有啥大阴谋。难道,你真愿自己部族,被贡布和土匪联手灭掉?"从未想过战事会有如此严重后果的扎西,听后很快陷入沉思……

原来，面对僵持战局的贡布，不想长期无端耗下去的他，去寻求一些小部族支持他打部族之战失败后，心有不甘的他，再次派卓仁杰说服黄大郎，在先付15000两银子的前提下，答应事成再付20000两银子给匪首黄大郎。经不住银子诱惑的黄大郎，在同泽木刺和三寸丁商议后，又偷偷从老鹰岩后山下山，率群匪加入贡布队伍。两场战斗下来，曲巴一方又陷入被动局面。

不想自己部族灭在自己手上的曲巴，用尽一切办法无果后，最后决定采用非常手段，迫使曾是他奴隶娃子的扎西，回来帮自己部族打败凶恶的贡布。密谋后，曲巴命郎嘎带一千两现银，率几个家丁朝县城奔去。

天黑不久，蒙面的郎嘎和几个家丁，悄悄摸进教堂绑架了桑尼和丹珠。在曲巴看来，只要用桑尼来要挟，扎西无论如何也得回来帮自己部族作战。为啥要绑架丹珠作陪，因两年前在买王剑客快枪时，无意间王剑客曾说过，洋教堂的丹珠是扎西女友。曲巴坚持认为，只要说服两美女去劝扎西，就有成功的可能。

果然，在几匹快马刚跑入草原不久，郎嘎忙令家丁把桑尼和丹珠从麻袋放出。当丹珠质问郎嘎，为何要秘密绑架她和桑尼时，郎嘎忙向认识他的丹珠跪下说："丹珠美女，我们这是迫不得已采用的下策啊。"随即，郎嘎就把绑架原因和梭磨河边战事讲给两美女听。谁也没想到，桑尼听完号啕大哭说："天哪，我这失去强巴的可怜女人，不能再没自己部族啊……"尔后，郎嘎拿出二百两银子，递给丹珠和桑尼说："二位美女，请收下曲巴头人小小心意，事成之后，曲巴头人再重谢二位。"

丹珠问："你的意思，就是让我俩带你们去见牧狼人扎西，对吧？"

"对，但曲巴头人还希望你俩说服扎西，带狼军团回部族打败可恶的贡布和土匪。"

丹珠大惊："啥，老鹰岩土匪已同贡布搅到一块？"

郎嘎哭丧着脸说："是呀，没土匪帮贡布，他萨嘎部族咋可能占上风。"

丹珠将牙一咬，愤然说："好，若是这样，我和桑尼就带你们去找扎西。我一定争取说服扎西，让他率狼军团助曲巴头人打败萨嘎部族和土匪！"随即，愤恨土匪的丹珠，便率郎嘎几人朝冰崖方向奔去。

出乎丹珠意料的是，当她在下半夜寻到扎西时，剑客大哥正好同扎西与曲珍在篝火旁喝酒。丹珠说明来意后，郎嘎忙捧出大堆白花花银子说："扎西兄弟，这是曲巴老爷一点小意思，望你无论如何得收下。"

扎西盯着郎嘎说："郎嘎队长，若我为这点银子回部族助曲巴头人打贡布，你就太小瞧我啦。"

郎嘎忙说："不不不，扎西兄弟，这只是曲巴老爷先表示的一点心意，当你率狼军团打败贡布后，老爷说了，再谢你五千两现银。"显然，郎嘎理解错了扎西之意。随后，桑尼突然向扎西跪下求道："扎西哥，这么些年来，我桑尼从没求过你啥，这次部族有难，加上还有土匪帮贡布打我们部族，我求你无论如何，也得带着你的大狼，去助曲巴头人一臂之力。不管咋说，好心的曲巴老爷还解除过你奴隶之身。扎西哥，我——我孤独的桑尼不能没自己部族啊……"说完，哭泣的桑尼向扎西磕了个响头。

扎西慌忙扶起桑尼，刀疤脸上前递给桑尼一碗酥油茶，说："桑尼放心，我同扎西现正商量如何帮卡钦部族哩，你不必着急。"

有些诧异的丹珠忙问扎西："扎西哥，你们三人真的在说此事？"

丹珠见扎西点头后，忙转身对郎嘎说："咋样？我们牧狼人大哥心里是装着自己部族的，对吧？"郎嘎几人听后都笑了，一再感谢并催促扎西早些动身去梭磨河边。见扎西点头后，刀疤脸便叫郎嘎快回去给曲巴报信，说今下午太阳落山前，他一定同牧狼人率狼军团赶到梭磨河战场。随后，高兴的郎嘎几人翻身上马，打马朝又传来枪声的梭磨河奔去……

第二天中午，扎西和刀疤脸、曲珍三人，送走丹珠和桑尼后，就率浩浩荡荡的狼军团朝梭磨河赶去，一路上，只要见着庞大狼军团的牧人，都吓得惊慌朝自家帐篷躲去。牧人们怎么也难相信，牧狼人扎西咋会统领如此众多大狼？

太阳还没落山，扎西便率两百多头大狼，钻进靠近战场的树林藏起来。按事前分工，刀疤脸和蒙面的曲珍，立即去见曲巴商量战事。听到呼哨声的郎嘎，立即跑出堑壕迎接刀疤脸。同曲巴在大帐篷会面后，刀疤脸忙问："曲巴头人，您部族现共有多少参战家丁？"

满面愁容的曲巴叹道："唉,家丁早已不够用了,我又调集了部族中较勇敢的牧人来参战。现家丁和新参战牧人,共有一百五十来人。"

刀疤脸又问："您知对方兵力有多少吗?"

"贡布的人加上他们收买的参战土匪,我想,应该不少于二百多人吧。"曲珍见曲巴回答太不准确,又急又气说:"唉,贡布手下到底有多少兵力,难道您一点不清楚?战场上做不到知己知彼,您大头人咋可能不吃败仗!"

曲巴听蒙面人说话是女声,忙惊诧问道："姑娘,你是谁?"由于曲珍有言在先,不让扎西和王剑客说出她身份,她更不愿影响阿爸今后跟两部族的生意。于是,刀疤脸指着曲珍对曲巴说："大头人,她是谁不重要,重要是她能协助扎西指挥狼群。"曲巴一听,就直朝刀疤脸点头。

刀疤脸接着说："曲巴头人,由于扎西率狼军团回部族参战,而能听懂狼语带狼队作战的,除扎西外,就是我和这位女侠。今晚的自卫反击战,让我来指挥好吗?"曲巴一听,立即来了精神："好哇,只要能打败贡布和土匪,我把指挥权全交给你和扎西都成。"随即,刀疤脸对曲珍一阵耳语后,手提短枪的曲珍,出帐跃上马背,直朝藏有大狼的树林奔去。

子夜前,刀疤脸同曲巴蹿进战壕,挨个检查了家丁作战准备情况。刚到子夜,刀疤脸用尖厉呼哨,向梭磨河上下游同时发出信号。收到回声约莫半根香燃过时间,刀疤脸从曲巴手中抓过快枪,举枪朝河对岸三根木柱上高挂的马灯打去。砰砰砰三声枪响后,三盏马灯同时熄灭。随即,刀疤脸下令全体参战人员开枪呐喊,顿时,密集子弹很快朝对岸射去。

牵制住贡布注意力后,率狼群过了河的扎西和曲珍,在三盏马灯被击碎的瞬间,指挥大狼们猛扑向贡布人马。由于狼群夜视力极佳,战壕中只顾还击又怕遭到进攻的贡布家丁和土匪,哪防后面狼群偷袭。冲入战壕的狼群一番撕咬后,乱作一团的阵地,很快响起一阵阵鬼哭狼嚎般惊恐的惨叫声。有些土匪和家丁,吓得跳进河中被淹死,有的直接顺河水逃走。狼群偷袭战不到半个时辰,贡布一方就彻底溃败丧失战斗力。见势不妙的黄大郎,带着剩下人马连夜逃回老鹰岩。

黎明时分,曲珍带着狼队又藏回了树林里,扎西在嘟嘎和芭莎警卫下骑马朝曲巴大帐奔来。没想到,扎西刚到帐篷外,他的狼兄妹就遭五六头凶猛藏獒扑咬开来。扎西很快喝住疯狂反咬的狼兄妹。走出帐篷的曲巴见两头大狼威风凛凛地护卫扎西,忙问:"扎——扎西,这就是你的狼勇士?"

扎西忙说:"请曲巴头人喝住您的藏獒,若这些大獒不欢迎我和我的狼勇士,那我就立即离开这!"曲巴听后,立即令郎嘎带走全部藏獒。进帐后,曲巴忙双手合十说:"阿弥陀佛,我曲巴头人十分感谢你扎西助我打败贡布。开价吧,大概你要多少银子合适?"

扎西摇摇头,鄙视地盯着曲巴说:"头人老爷,难道在您心中,曾是奴隶娃子的扎西,眼中就只有银子?莫非郎嘎队长没告诉您,若我只为银子回部族参战,您付再多银子我也不一定回来。实话告诉您吧,今天,我是为报恩率狼军团帮您和自己部族的。"

曲巴一怔:"报恩?你扎西报谁的恩?"

"我没忘,您曲巴头人,曾在我赛马夺冠时,解除了我奴隶身,也没让我赔风雪中被狼群弄走的一百多头大羊。我若不获得自由,就不可能成为狼军团首领,更不会有用狼群打败贡布和土匪的机会。所以,我扎西分文不要,就是为报您曲巴头人之恩。今后,我也希望您发善心,解除更多牧人的奴隶之身。"

曲巴眼睛湿润,仰天叹道:"扎西德勒,那年雪顿节虽只过去六年,但你扎西变了,变得比我曲巴更有胸怀,更有善念了。今后,等我们彻底打败萨嘎部族后,你就回部族生活吧,我送你一座雕楼大院,如何?"

"曲巴头人,您的雕楼大院,同我与狼随行的自由生活相比,我扎西更愿选择广阔草原的自由生活。今天,我同剑客兄弟助您打败贡布头人,我看,没半年时间,他贡布是无法恢复元气的。我的大狼太多,不便在此久留。往后,若贡布再敢挑起战争,那时,我仍可回来帮自己部族作战。"说完,扎西同刀疤脸就离开了曲巴大帐篷。

就这样,扎西率狼军团助自己部族一战中,土匪死伤十多人,贡布家丁死伤三十多人,萨嘎部族军事实力遭到前所未有的重创。确实,在后来几个月时间里,贡布再不敢主动攻击卡钦部族。为脸面,两大头人谁也不愿先撤走梭磨河兵力。在无法彻底战胜对手的情况下，若拉草原部族战争再次陷入僵局……

冷清的雪顿节后不久，在逐渐泛黄的秋草摇曳中，秋天又悄然降临若拉大草原。由牧狼人率狼军团打败贡布的消息，在草原广泛流传，气恼的贡布苦思一段时间后，终于设计出一套打败曲巴的连环方案。贡布自信认为，只要他这天衣无缝的连环方案成功实施，何愁扎西不死，何愁打败不了实力并不咋样的曲巴？！

对自己连环方案每个环节推敲审定后，在洋教堂准备过圣诞节前，早回雕楼大院的贡布，便派卓仁杰带上礼物，去县城拜见旺堆土司。到春风茶庄后，卓仁杰在小秋哥陪同下，跟着巴登第一次去了旺堆的雕楼大院。进客厅一见到旺堆，卓仁杰便让随行家丁打开一个精致木盒。当旺堆见到盒中一尺多高，用缅甸好玉制作的宗喀巴坐像时，信奉黄教的旺堆顿时乐得合不拢嘴说："扎西德勒，卓仁杰队长，你大冬天到我这，难道就为让我旺堆，欣赏这件宗喀巴大师坐像？"

卓仁杰说道："哪里哪里，不是让您欣赏，而是我们贡布大头人送给您的礼物。您知道吗，这尊玉石坐像，可是我们老爷花了八千两银子，从拉萨请回部族的神物。"

旺堆听后，眼珠一转说："古人说，君子无功不受禄。我想问问，贡布头人为何要送如此贵重礼物给我？"

"这很简单，因为，我们老爷有事要求您旺堆大掌柜。"

旺堆一愣："求我？你可知贡布有何事求我？"想收礼物，又怕接收后办不到所求之事的旺堆，极想快些弄明送礼真相。

卓仁杰想了想，故意轻松地说："据我所知，好像跟购买武器有关。"这时，前两天刚从草原回家的曲珍，穿着漂亮藏袍走下楼来。

旺堆问："卓队长，据我所知，你家老爷所买武器，不是大多由罗代办代理人王剑客提供吗？听说，王剑客所卖武器，比我的价格更为优惠，对吧？"

卓仁杰想了想，按贡布交代的忙回道："不瞒您大掌柜说，王剑客所卖武器虽说比您优惠，但他武器质量却远不如您的武器。这两年在梭磨河战场多次检验后，我也颇有同感。"

旺堆有些高兴起来："这么说来，贡布头人想要买我的快枪？"旺堆有些天真认为，卓仁杰讲的定是实情，那么，贡布求他提供有质量保证的好武器，就显得真实可信。现在看来，想打赢部族战争的贡布给他送来如此厚礼，也就符合情理了。

卓仁杰接着说："我们老爷正是这意思。不过，由于近半年我们老爷操劳过度，身体欠安，还请您择日去我们部族当面同贡布老爷商谈此事。贡布头人说了，一旦谈妥，他就先付您一大笔定金。"巴登一听要先付大笔定金，忙说："没问题，我们明天就去。好生意宜早不宜晚嘛。"想到将有近万两银子可赚的巴登，显得有些急不可耐。

"不过，在你巴登少爷面前，我还得转告一件有关钦嘎热阿妈的事。"

"啥事，你卓队长只管说。"

"我们老爷说，这两年钦嘎热忙得也没时间回部族去看望他老阿妈，最近，他阿妈病重，希望你们去我部族时，带上钦嘎热，让他见见自己生病的阿妈。若他阿妈今后有啥意外，以免他怪罪贡布老爷没事前告知他。"

旺堆一听，忙挥手说："哦呀，不就让钦嘎热回部族看看他阿妈嘛，这区区小事好说，明天我们去时，叫上钦嘎热便是。"待一切谈完后，卓仁杰几人便高兴离开了旺堆大院。

第二天上午早餐后，旺堆命吴三娃赶车，让小秋哥叫上钦嘎热朝萨嘎部族奔去。沿着上千年被马蹄和车辙碾压出的土道，坐在马车上的旺堆一直盘算着，如何才能做成这笔主动送上门的军火生意。

刚到午时，旺堆的马车就到了萨嘎部族。卓仁杰通报后，贡布在自家大院门口，亲自迎接了旺堆五人。进大院后，贡布并未将旺堆几人领进楼上客厅，而将他们带进了柴房。正待旺堆和巴登纳闷时，贡布指着睡在墙角用藏袍盖着身子的人说："钦嘎热，这就是你生重病的阿妈。"惊讶的钦嘎热听后，忙上前几步蹲下揭开破藏袍。众人看见，一位饱经风霜的老阿妈闭目痛苦躺在白色氆氇上。尔后，随着一声"阿妈"呼喊声，钦嘎热便扑在阿妈身上哭起来。

稍后，慢慢睁开眼的老阿妈，伸出颤抖的手，摸着钦嘎热的头说："嘎热,你回来啦……"流泪的钦嘎热点点头,忙紧握阿妈的手不放。这时贡布才叫上旺堆和巴登,离开柴房朝楼上客厅走去。

一碗酥油茶下肚后,贡布拿出一千两银子,开门见山对旺堆说:"老朋友,明年开春后,我想再从你那购买两百杆快枪,你看如何?"

"哦呀,贡布头人,这可是几万两银子的大买卖,你千万要定好所要数量,以免到时货积压在枪库里。"旺堆心里不踏实,他怕贡布要不了这么多枪,到时货又积压在他手上。

"唉,不瞒老友说,这几年部族战争中,我损失的快枪何止两百杆,若再不补充枪支,我怕是顶不住那曲巴老家伙进攻了。"说完,贡布摇头不断叹息,很像吃了败仗心有不甘之人。

"哦呀,贡布头人,你真铁定要两百杆快枪?"

"我今天先预付一千两银子作定金,到时,若我少要一杆快枪,这一千两定金就算我白送给老友,如何?"

"好,我历来相信贡布头人是一诺千金之人。今天,我想问问,你何时要那两百杆快枪?"

贡布犹豫片刻,装着深思熟虑地回道:"具体要货时间,我提前四十天通知你父子二人,这该没啥问题吧?"贡布如此回答,给自己实施的连环计已预留出充裕时间。

旺堆说:"行,那就按你大头人说的办。"贡布见一切谈妥,立马吩咐札曲管家让用人送来牛羊肉和糌粑。热情款待旺堆父子后,贡布提议说:"旺堆老友我建议钦嘎热留下陪他阿妈两天,若他阿妈今后有啥不幸,也不至于给嘎热留下遗憾。你以为如何?"

旺堆笑了:"哦呀,你贡布真是个有善心的好头人。好,我今天就留下钦嘎热,让他好好伺候他阿妈两天。咋样,我这决定你该满意吧?"贡布也笑了。随后,贡布下楼,亲自到门外送走旺堆四人。

旺堆一行刚离开萨嘎部族,卓仁杰立马将钦嘎热带进客厅见贡布。一走进客厅,钦嘎热见贡布盯着他不说话,有些紧张的他忙跪下趴在楼板上说:"请贡布老爷宽恕,我几年前在风雪弄丢您六十多头大羊,后来又不辞而别离开自己部族。求老爷饶恕我这奴隶娃子犯下的罪过。"盯着趴在地上的钦嘎热，想着即将实施连环计最关键的第一环，压着怒火的贡布冷静地说："那都是很久的事了，何况当年巴登少爷还为你交了点赎金。钦嘎热，你起来说话吧。"谢过贡布的钦嘎热，立马起身坐在离贡布不远的火炉边。卓仁杰却警惕地站在钦嘎热身后。

喝过两口酥油茶，心绪稍稳的钦嘎热，忙放下银质茶碗双手合十地说："阿弥陀佛，谢谢贡布老爷，对我生病阿妈的关照，菩萨定会保佑充满善念的头人老爷。"

"钦嘎热，你不用谢我，你阿妈根本没病。今上午，是我派人从冬季牧场，把你阿妈接到这的。"

"啥，我阿妈没病？她——她不是说病得厉害吗？"钦嘎热非常惊诧。

"这一切都是我要你阿妈这样做的。若不这样，旺堆父子能给你两天假吗？"说完，贡布再次静看钦嘎热反应。

愣着想了片刻的钦嘎热，猛然反应过来，立马再次朝贡布跪下说："尊敬的老爷，您用这办法留下钦嘎热，定是有啥事要给我交代，对吧？"在春风茶庄干了近七年的钦嘎热，虽说不是老江湖，但经过历练的他，早已不是过去那个老实巴交的奴隶娃子了。钦嘎热有如此反应，很令贡布满意。

贡布点头说："嗯，你不愧是我萨嘎部族男人，能如此揣摩到我心思的人不多。看来，你钦嘎热是可以为自己部族肩负重任的汉子。"说完，贡布再次观察钦嘎热的态度。事已至此，不傻的钦嘎热明白，贡布将有重要大事对他讲。但不知是啥大事，更不知要办的事对他有何好处。想到这，钦嘎热忙问："头人老爷，我想问问，不知您让嘎热去办啥大事？"

"钦嘎热，我想问你，你认为自己还是萨嘎部族的人吗？"贡布像历史上许多大人物一样，想先激发出钦嘎热家国情怀，洗脑后再说下文，使之中招。

钦嘎热忙回道："是，当然是，就是死了我也是萨嘎部族的人。"

"既然承认自己还是我萨嘎部族的人，如果为维护部族利益，让你去做一件只有你能完成的事，你愿意吗？"

"老爷，我想听听，您想让我去完成啥样的事？"狡猾的钦嘎热，之所以没直接答应贡布，是因为他想权衡利弊，他怕贸然答应自己干不了咋办？早已深思熟虑的贡布，便把自己部族在梭磨河吃败仗的实情告诉了钦嘎热。最后，贡布再次提醒说："钦嘎热，你也不希望自己部族败亡在曲巴和扎西手中，对吧？"

"那还用说吗，我当然不希望自己部族败亡。不过老爷，我仍没明白，您想让我做啥，才能帮到我们萨嘎部族？"

"你别急，在告诉你啥事前，我先说说你去执行这任务的奖赏条件。第一，事成之后，我在本部族送你一幢雕楼大院；第二，我再奖赏你三千两银子；第三，你可在本部族挑选一位姑娘，我亲自为你主办婚礼，一切费用由我开支。咋样，听清了吗？"

钦嘎热听后，惊诧问道："老爷，您给我这么优厚奖赏，到底要我做啥呀？"

"事情并不复杂，我要你设法击毙或毒死牧狼人扎西！"说完，贡布将一小包砒霜丢在钦嘎热面前。

"啊！"钦嘎热愣了，他万万没想到，贡布头人要他去除掉牧狼人扎西。

"钦嘎热，你知道吗，只有弄死扎西，让他狼军团无法帮曲巴作战，我们萨嘎部族才有打败卡钦部族的可能。若不这样，在扎西狼军团面前，我们部族只有败亡一条死路啊……"说完，贡布装着伤心的模样，掏出白绸帕擦了擦自己眼泪。

此刻，一阵紧张思索后，在钦嘎热脑中闪过的第一个念头，就是击毙扎西的同时，他还要干掉夺他心头之爱的王剑客。若能成功，他在贡布支持下就可强娶曲珍。他还知道丹珠跟扎西要好，自己主人巴登也一直钟情丹珠美女。若打死扎西，他就让巴登娶了丹珠，也算是对掌柜报了知遇之恩。还有，贡布奖赏的三千两银子和雕楼大院，足可供他在新安的家享尽荣华。想到这，热血冲顶的钦嘎热毅然向贡布问道："老爷，我相信您说的不是戏言吧？"

"嘎热，这么大的事，我贡布头人能有戏言吗？"说完，贡布命管家拿来纸笔，他把承诺条件写在纸上后，便把纸条折好递给并不识字的钦嘎热。钦嘎热在怀中仔细放好纸条后，立马说："好，既然贡布头人如此信任我，我钦嘎热舍命也要接下这为部族除害的光荣任务。"

"钦嘎热，扎西是难对付之人，我不希望你为完成任务操之过急，造成适得其反的结果。你需要神不知鬼不觉抓住机会，然后悄悄将他干掉。"说完，贡布用手势做了个干净利落的切瓜动作。

钦嘎热得意起来："放心吧老爷，钦嘎热知道如何完成这任务，我决不会让您失望。"说完，自信的钦嘎热一口将碗中酥油茶喝干。

"嘎热，你认识县衙里的多吉队长吗？"

钦嘎热点头说："认识呀，我们春风茶庄聚餐时，还请过他好几次哩。"

"多吉队长是我的人。若有紧急情况你脱不了身时，可让他给我转告重要消息。"钦嘎热点头后，贡布又大声对卓仁杰命令，"快去给我拿好酒来，今天我要好好款待我部族的未来勇士！"贡布话音刚落，钦嘎热便神气地坐上茶几边的卡垫……

第三十六章

战争还是和平？ 牧狼人创造英雄传奇

一九〇三年四月中旬，成都早已是百花盛开时节。刀疤脸在十分郁闷又无可奈何的情况下，终于同罗金刚分手，骑马离开家乡朝打箭麓奔去。

自去湖南祭奠谭嗣同回成都后，刀疤脸再也没找到《蜀学报》的主编宋育仁先生。后来，同他建立友情的大刀王五又被侵略者和朝廷杀害，使他断了在京最信任的关系。朝廷签订《辛丑条约》后，各地虽有民众反抗，但终没形成足可摧毁腐朽王朝的洪流，在委托罗金刚通过关系寻找王五好友霍元甲无结果后，刀疤脸只得先返若拉草原，想处理完修建麻风病医院一事后，再做北上决定。刀疤脸一直未将北上念头告诉曲珍，他不愿曲珍因他离开草原后担惊受怕。

无论怎样郁闷，生活还得继续。回到打箭麓的刀疤脸，没有立即告诉曲珍，他知道除曲珍阿妈外，旺堆和巴登都不欢迎他这抢了他家生意的人。在去教堂见过丹珠和约翰后，刀疤脸再次感到这青藏高原小县城是那样落后、封闭。唯一使他高兴的是，丹珠跟他讲了，前不久曲珍说，牧狼人已成功瓦解乌岗狼王的狼队，又拐走一批大狼。当询问部族战争和土匪情况时，丹珠说，这两件事曲珍比她更清楚，应该去问曲珍才好。

离开教堂前，想去醉一春喝酒的刀疤脸，被约翰牧师再次问道，今年能否有修建麻风病医院的可能？当刀疤脸回答"一定有"后，丹珠和牧师都显得异常高兴。他们知道，他们十分信任的王剑客，从没这样肯定表过态。

覆盖若拉草原的冬雪，渐渐被和煦春风吹去。这时，地表上星星点点嫩芽一天天在百灵的歌声中生长蔓延。眨眼之间，它们就被时光之线织成铺向天边的绿毯。牧鞭声中，骏马嘶鸣牦牛撒欢，白色羊群像珍珠滚动在草原。

　　这时候，也是扎西狼军团内部最繁忙的日子。有些生了狼崽的母狼要哺育小狼崽，有些担负外出觅食的大狼，比以往更加辛劳四处奔波。很多时候，扎西在同嘟嘎检查狼崽生存状况后，还要带着一些凶猛大狼，一面捕获猎物，一面防范靠近大本营刚冬眠完出洞的大黑熊。

　　过去，巴登的春风茶庄是二十天给魔鬼寨送一次食物，自部族战争爆发后，巴登为减少风险，在两年前就改为一月送一次了。但为感谢他师父扎西曾经相助，他在每次给魔鬼寨送食物时，一定会给扎西也带上些食物。久而久之，嘟嘎和芭莎就同巴登熟悉起来不再咬他。自去年扎西助曲巴打败贡布之战后，曲巴怕失去同扎西联系，每月都派郎嘎去向扎西禀报对峙情况，并也顺便给扎西送些吃的。就这样，扎西与狼共舞的日子过得还算惬意。

　　一天深夜，在篝火边喝酒的扎西看见，老黑獒在他身旁一番磨蹭后，就含泪朝冰谷方向走去。第二天清晨，没看见老黑獒的扎西四处寻找后，在冰谷发现趴在冰川上的老黑獒，守着冰川里昔日女主人卓玛停止了呼吸。为感激老黑獒曾经的相伴与护卫，扎西在冰川旁给老黑獒垒了个獒冢，以示纪念。搬动老黑獒遗体时，空中雪鹰还久久啸叫不停……

　　就在刀疤脸赶回县城前一天，贡布派卓仁杰以告知钦嘎热阿妈病情为由，到春风茶庄见了钦嘎热。巴登以为卓队长来通知他要枪时间，还在酒馆招待了卓仁杰一顿。临回部族前，卓仁杰悄悄告诉钦嘎热，老爷要他把枪杀扎西行动立即做出安排，否则，就将影响第二个作战计划。

　　钦嘎热要卓仁杰回去禀报贡布，只有再次开战，他才有机会去草原接近扎西。果然，卓仁杰回去把钦嘎热想法一说，贡布又开始冒险筹划向卡钦部族进攻的事宜。原来，贡布连环计中第一环，就是要成功收买钦嘎热；第二环是除掉牧狼人扎西；第三环是说服土匪大头领黄大郎，再次协助他打败曲巴；第四环是打败曲巴部族后，立即暗杀曲巴，然后回头再灭了黄大郎队伍，达到他独霸草原的目的。为这理想，贡布足足盘算了好些日子。他坚信，只要他坚持下去，定能到达目的!

　　休养生息大半年的贡布，这次战事他一改前几次做法，并不急于攻击曲巴有生力量,而是派出几组家丁,去伏击卡钦部族牧人,以达到震慑和制造惊恐心理的目的。果然,十多天后,整个卡钦部族就被弄得人心惶惶,连守在梭磨河防御工事里的家丁们也深受影响。无奈的曲巴,在采取相应对策后,又派郎嘎把这不幸消息告知了扎西。

就在扎西得到郎嘎信息的前一天,正好刀疤脸与曲珍同扎西在冰崖下会合。郎嘎走后,扎西三人针对延续几年的部族战争进行了讨论。一心想帮自己部族的扎西认为,为打击贡布嚣张气焰,他明天就可率狼军团去梭磨河作战。而刀疤脸认为,贡布之所以敢一再挑起部族战争,主要原因是有土匪支持,若灭了土匪,这势均力敌的战争就难再打下去。刀疤脸的看法,得到异常憎恨土匪的曲珍支持。

针对刀疤脸的看法,扎西说了个令二人无法反驳的理由。扎西说,即便要灭土匪,我们三人也得有曲巴家丁助战才行。现在不去支持曲巴打贡布,今后恐怕曲巴就难支持我们灭匪。三人达成共识后,第二天,在扎西率领下,三人领着狼军团朝梭磨河匆匆赶去。

得知部族战争又将开打,向来言语不多的钦嘎热向巴登献出一计:我们有快枪的茶庄伙计,何不趁机协助牧狼人,把在草原作恶的土匪干掉,以解巴登掌柜全家之恨!巴登把钦嘎热建议说给阿爸听后,旺堆反问巴登:"土匪躲在老鹰岩,就你们几个,咋能上山灭匪?"随即,巴登把钦嘎热告诉他的土匪在秘密帮贡布打曲巴的消息讲了。旺堆听后说:"只要扎西同意,你们联手灭匪就容易多了。"

果然,巴登很快在茶庄宣布,他要亲自带伙计们去草原,助他师父灭匪。当天夜里,钦嘎热就把这消息告诉了多吉,多吉连夜派人又把消息送到萨嘎部族。得到消息的贡布,深信扎西必死无疑。误以为扎西快死的黄大郎,又采用勒索方式收下巨额银票后,才率一帮土匪下山。

在巴登足足准备了两天(以集训伙计练枪为主),还没出发去草原时,扎西率狼军团已包围贡布的前沿阵地。刚到贡布阵地一个时辰的黄大郎,见被狼群包围,以被骗为由同贡布在大帐中争执起来。压住怒火的贡布说:"请黄大头领信我这回,牧狼人活不过今晚就得死。明天狼群就会自然散去。"

黄大郎拔出短枪再次盯着外面狼群，回头气急败坏地说："贡布头人，那今晚我们咋办？难道又等那些恶狼，来撕咬我们？"显然，黄大郎仍害怕夜中大狼。

"大头领，今晚我们避而不战，只要坚守住阵地就成。明早，等群狼溃散后，我们再联手进攻卡钦部族，咋样？"贡布天真地认为，既然钦嘎热已到草原，今夜必定除掉牧狼人。

"不行哪，我的大头人，哪有这么多参战人员挤在一堆的道理？夜里人看不清东西，可对狼群来说，我们不就变成人肉包子了吗？！"说完，握枪的黄大郎立马钻出帐篷。没想到，早有准备的扎西，朝露出脑袋的黄大郎就是一枪。枪响后，捂着被打飞一只耳朵的黄大郎，惊恐地趴在地上吼道："贡布，你——你这是要害死我吗？！"说完，泽木刺和三寸丁立马将枪口对准贡布。贡布家丁见势不妙，也立刻举枪对着黄大郎几人。

之前，藏在林中的扎西三人，发现黄大郎一伙渡河去了对岸阵地，扎西和刀疤脸判断，这伙恶匪准是又同贡布联手，要对付曲巴部族。商量后，刀疤脸提出大胆制造土匪与贡布矛盾的想法，然后对扎西和曲珍说："我们立马也率狼队过河，多疑的贡布定会怀疑，黄大郎同我们联手，要里应外合对付他。"扎西认为可冒险一试，就同意了刀疤脸提议。

扎西三人率狼群过河后，立刻用扇形方式包围了贡布阵地。扎西一再告诫刀疤脸和曲珍，大白天狼群容易被射杀，等到夜晚动手为好。由于扎西三人枪法和武器都好，他们便趴在草丛观察，只要贡布家丁和土匪露出脑袋，他们就分别开枪射击。击毙几个家丁后，贡布家丁和土匪躲在堑壕，就再也不敢随意张望。预感危险的黄大郎企图率他人马溜走，没想到，刚出帐篷就被扎西打飞耳朵。

面对用枪对着自己的土匪，沉着的贡布装着无所谓说："黄大头领，我都在这，你是我请来的朋友，我有必要害你吗？"黄大郎想了想，便叫泽木刺几人收了枪。三寸丁见贡布的人也收了枪，低声对黄大郎嘀咕几句，就蹲到帐篷口朝外观察。

"黄大头领，若我不信任你，就凭你们刚到这，他牧狼人就同狼群包围我阵地，我完全有理由怀疑你同他们联手。但我却坚信，在若拉草原能成你大头领朋友的，只有我贡布一人。因为，别的头人都不敢相信你，对吧？"奸诈的贡布虽怀疑黄大郎出卖了他，但他要用软办法拖住黄大郎，不让黄大郎人马离去。

出乎贡布意料的是，就在他同黄大郎对话时，三寸丁蹿出帐篷很快钻入堑壕同秃子几人会合，尔后传达了黄大郎指令。

夕阳快坠入地平线时，已包扎好流血耳朵的黄大郎说："贡布大头人，快让家丁们吃点东西吧，今晚，让你家丁配合我的精兵强将，我要智退群狼，彻底让牧狼人的狼军团失去作用！"说完，黄大郎便哈哈大笑。

看着自负的黄大郎，贡布诧异问道："大头领，你真有法让包围我们的狼群失去作用？"

黄大郎说："当然，到时你大头人自会领教我本事。"贡布见黄大郎如此自信，忙对卓仁杰吩咐把肉干、糌粑分发下去，然后又命令家丁在帐篷中熬起酥油茶来。

黄昏还没消失，黄大郎命手下在阵地四周，点燃数堆熊熊篝火。果然，包围阵地的狼群，见着篝火就纷纷躁动不安。扎西惊了，他万万没想到，在他还没率大狼出击前，篝火就让他狼军团感到畏惧。在扎西和刀疤脸还没商量出更好应对办法时，更令扎西惊诧的事发生了。

夜幕中，只见从贡布堑壕中，突然冲出一群挥舞火把的赤膊汉子，他们一路朝梭磨河下游狂奔，一路吼叫着只有扎西和曲珍能听懂的藏地神秘咒语。还没等惊诧的刀疤脸回过神来，不到十分钟，这群举着火把狂奔的汉子将火把投入河中，很快消失在漆黑夜里。

这群手举火把的汉子不是别人，正是黄大郎的土匪们。当黄昏篝火燃起后，黄大郎就骗贡布说，他不仅可让狼群不敢进攻阵地，他还要用奇招赶跑包围狼群。贡布见篝火果然镇住狼群，就信了黄大郎。没想到，黄大郎就这样用金蝉脱壳之计逃出了包围圈。贡布发觉上当后，竟气得用藏刀劈死一头在他面前走动的藏獒。

在扎西也发现上土匪当后，忙迅速把狼军团撤回曲巴一方树林里。一心想去京城的刀疤脸坚持说，没了土匪支持的贡布，是断然不敢再进攻曲巴部族的。与其让部族战争长期陷入僵局，不如趁机彻底解决两大部族冲突，争取给草原创造和平。在如何才能平息部族战争问题上，扎西三人在帐篷整整研究了小半夜，最后得出结论是：只有请大活佛与刘县令出面，才有可能迫使两大头人坐在谈判桌前，签订停战和平协议。至于如何灭匪，刀疤脸提出让扎西去向曲巴施压借兵，作为创造谈判的前提条件。

明确目的后，曲珍留下指挥狼群，扎西和刀疤脸就去了曲巴帐篷。

异常忧虑的曲巴见扎西二人到来，心情大为好转。在刀疤脸分析完眼下战争局势后，说出扎西和他想请大活佛与刘县令出面调停议和的想法。已被战争拖得疲惫不堪又损失巨大的曲巴听后，要面子的他装腔作势后还是同意了议和。随即，扎西提出议和条件：成功后必须借给他五十名家丁灭匪。出乎扎西和刀疤脸意料的是，曲巴立马点头说："别说议和成功，只要能灭匪，我现在就可借给你五十名家丁。"刀疤脸大为惊喜，看来今年动手修建麻风病医院将成现实，他也可北上京城寻找霍元甲了。离开曲巴后，刀疤脸立即骑马去法轮寺拜见喜喇大活佛。

此刻，巴登率领他全副武装的茶庄伙计，才骑马离开县城朝草原奔来。

离开曲巴回到树林帐篷，睡了一个多时辰醒来的扎西，倍觉无聊地走出帐篷眺望远处大雪山后，回头对曲珍说："曲珍，我认为剑客兄弟去县城，要说服大活佛和刘县令来调停部族战争，估计没几天时间是回不来的。这样吧，我好些日子没见乌岗狼王活动了，今天时辰还早，我想带上嘟嘎和二十来头大狼，上卡巴拉雪山看看，咋样？"

"扎西大哥，要是曲巴和贡布又打起来咋办？"

"放心吧，没土匪支持，贡布暂还不敢进攻。至于曲巴头人，我想他绝不是个敢主动挑事的主。放心吧，你率大狼们藏在树林就行，我最迟明天下午就可赶回。"曲珍点头后，扎西率二十头大狼，匆匆朝大雪山奔去。

直到下午时分，在草原四处寻找扎西的巴登一伙，才被曲珍发现。曲珍跑出树林跟巴登见面后，巴登忙问："曲珍，我师父呢？"曲珍说过扎西去处后，好奇的巴登就想往林中帐篷走去。曲珍忙拦住巴登说："哥，你们谁都别走进树林，否则，就有被大狼咬死危险。"

巴登大惊："啥，你不是说我师父上大雪山了吗，难道狼群没跟着去？"

曲珍自豪地说："我们狼军团兵力雄厚，扎西大哥只带走小部分，大部队还隐藏在树林里。"钦嘎热听后，忙好奇地踮脚朝树林看了几眼。随后，在曲珍建议下，巴登便命伙计把带来的两顶小帐篷，扎在了林外草地。

夕阳西下时分，警惕前行的扎西终于来到狼穴洞口。仔细听过洞内动静后，扎西便率嘟嘎一伙朝洞内钻去。

进洞刚站定，扎西就被眼前五彩斑斓的景致惊呆。由于夕阳映照大雪山后，将红光反射到洞顶冰层，冰层接收夕阳后又将绚丽晚霞带来的奇幻色彩，涂抹在洞内冰塔、冰笋、冰蘑菇和冰柱上。此刻，映入扎西眼中的，不仅是充满绚丽色彩的各式冰状之物，还有在冰塔上闪着蓝色幽光的神秘石碟。

经过扎西和大狼们仔细搜寻，不见狼影的扎西判定，由于狼军团挤压了乌岗狼王生存空间，得不到充足食物保证的乌岗狼王，已放弃狼族生存的雪山狼穴。确如扎西判断那样，十多天前，曾骄傲无比的乌岗狼王率仅剩的十多头铁杆战将，离开大雪山朝金沙江方向奔去。一直担心哪天会突然领受索命子弹的乌岗狼王，它要去陌生之地开辟生存空间，去繁衍它未来的子孙。

再次捧起石碟的扎西决定，等部族战争结束后，他就把狼军团大本营迁至大雪山洞穴，由他这新狼王亲自供奉神秘石碟……

第二天下午，回到梭磨河边的扎西，同巴登几人见面后，当晚就高兴得喝了大半夜酒。扎西得知巴登一伙是为助他和刀疤脸灭匪而来，竟竖起拇指说："巴登掌柜，你若助师父灭了土匪，你就是大功臣，今后你马帮需要押运重要货物时，我一定鼎力相助！"由于有曲珍、嘟嘎和芭莎护卫，钦嘎热一直没寻到对扎西下手的机会。

当大活佛听说战争已波及无辜牧民时，他竟一口答应刀疤脸出面调停部族战争。刘县令装病拖延议和原因，是因收受贡布巨额贿赂的他，派多吉给贡布送去议和消息后，却迟迟得不到贡布回话。贡布暂没回话的原因，是在等钦嘎热击毙或毒死扎西的消息。弄不清贡布真实想法的刘县令，自然不敢贸然答应刀疤脸建议。就这样，刘县令拖了十多天。唯一令刀疤脸高兴的是，洋教堂约翰牧师知道此事后，他表示愿代表教堂参加草原的停战谈判。

在树林等得难受的扎西，派曲珍回县城打探情况后，很多时候他悄悄带上狼群，在夜中奔驰草原觅食。无奈的巴登也撤回一半伙计回茶庄，他和钦嘎热、吴三娃等人留下陪扎西。令众人不知的是，装得老实的钦嘎热，一直在苦苦寻找下手机会……

六月转眼间过去。一天，当曲珍离开刀疤脸小院，回家陪生病的阿妈后，刀疤脸去县衙又找不着刘县令，倍觉郁闷的他便到醉一春喝酒。刚要上酒菜，窗外土道就传来一阵急促马蹄声。马蹄声刚停，风尘仆仆身穿西服没打领带的罗金刚就跨进酒馆。大惊的刀疤脸立马起身朝罗金刚迎去："罗兄，你咋来啦？"

罗金刚笑道："嘿嘿，真没想到贤弟在这哪。我这次特为你而来！"说完，罗金刚忙叫玉香添加酒菜。

刀疤脸一愣："哦，特为我而来。罗兄，此话怎讲？"

罗金刚给刀疤脸胸口一拳，说："嗨，一言难尽，我俩坐下喝酒慢慢聊。"随即，去厨房洗过脸的罗金刚，就走到刀疤脸桌前坐下。玉香本想过来陪酒，却被罗金刚以要商谈正事为由支走。

两杯茅台烧春下肚，罗金刚从随身挎包中，摸出本小册子和几张报纸说："贤弟，这是我朋友刚从上海给我带回的好东西。我认为这是迄今为止我看过的最痛快文章。为让你分享，我特从成都带了过来。"说完，罗金刚就把小册子和报纸递给刀疤脸。

惊讶的刀疤脸接过小册子就翻起来。罗金刚独自喝了口酒，说："贤弟，这本不起眼的《革命军》小册子，是重庆人邹容写的。里面观点比康有为、梁启超的改良观点更为激进，也更令人振奋。你知道吗，给《革命军》小册子作序的，可是当今中国著名思想宣传家章炳麟先生。这里，我还把章先生另篇著名文章《驳康有为论革命书》给你带来了。"随即，罗金刚从桌上挑选出《苏报》报纸递给刀疤脸。

刀疤脸"哦"了一声，又匆匆阅读《苏报》。罗金刚见刀疤脸神情严肃专注，又说："贤弟，章先生文章我已反复看过，他针对康有为散布的中国人'民智未开'，只可立宪不可革命言论，断然指出'今日之民智，不必恃他事业以开之，而但恃革命以开之'，'公理之未明，即以革命明文；旧俗之俱在，即以革命去之'。我非常赞同章先生文中所说'民主之兴，实由时势迫之'的观点。我更没想到，章先生在驳斥康有为保皇论调时，尖锐指出腐朽没落的清政府，就是人民的仇敌、帝国侵略者的帮凶，甚至斥责光绪皇帝是'未辨菽麦'的小丑。"

听后，刀疤脸非常诧异叹道："真没想到，现在中国竟有这样的文化人。"

罗金刚说："贤弟，章先生文章最后还告诉我们，只有推翻清政府，实行民主共和制度，才能实现国家的独立和自由。总之，这章先生文笔极好，思想也深刻犀利，现在，我可毫不掩饰地告诉你，我罗金刚是章先生铁杆崇拜者，我要到上海找他去。直到现在，我才真正感到自己有了人生奋斗目标！"

刀疤脸听后，忙站起说："罗兄，此处太嘈杂，不宜静心阅读此等好文章，我还是带回去认真看看。你先陪玉香嫂子说说话，我俩明天再交流，如何？"见罗金刚点头后，刀疤脸抓起《革命军》小册子和几张《苏报》，就匆匆离开酒馆快步朝小院走去。

凉爽的夏夜，刀疤脸在小院点燃酥油灯，连夜读了两遍邹容的《革命军》和章炳麟的《序》。他被文中自由、平等理念为基础的分析阐述，以及犀利酣畅的文笔所吸引，尤其被《革命军》中所论述的中国专制制度的罪恶与革命必要性所震动。似乎，比起康有为和梁启超文章观点，他更赞同邹容的建立资产阶级共和国理想。特别是邹容大声疾呼要打倒清朝专制政府，要使中国独立、民主、自由和富强的主张令他神往。其中，他对《革命军》中提出的革命建国纲领二十五条进行了分析。他认为邹容提出参照美国宪法和法律，制定出适合中国国情的宪法和法律非常可行。没想到的是，邹容书中最后"中华共和国万岁，中华共和国四万万同胞的自由万岁"口号，竟像一把烈火将刀疤脸的一腔热血点燃。

　　当激动不已彻夜未眠的刀疤脸，推开院门看见东方日出时，充满血性的草原剑客，立即朝罗金刚的雕楼大院跑去……

　　得不到扎西死讯的贡布，被战事僵局拖得越来越心神不宁。他认为钦嘎热说得有理，若没部落间战斗，就难以趁乱寻到下手机会。他想获胜独霸草原，就必须冒险孤注一掷。在再次说服土匪没成功的情况下，他组织起近两百家丁队伍，决定渡河偷袭曲巴阵地。连续观察两天没见到扎西狼队后，一天夜里子时刚过，挥枪的卓仁杰便指挥家丁悄悄渡河。

　　出乎卓仁杰意料的是，他所带人马刚下河，就被躲在林中监视的扎西发现。原来，刀疤脸去县城前，就跟扎西和曲珍商量好，为防贡布人马偷袭，扎西和曲珍每晚必须在林中，布下狼群以防不测。没想到，在十多天后，贡布果然贼心不死，又想偷袭卡钦部族制造混乱。扎西见贡布家丁走到河中央时，立即举枪将走在最前面的家丁击毙。随后，在曲巴家丁猛烈枪声中，扎西的狼群纷纷跃入河中，朝贡布家丁扑去。很快，贡布家丁队伍丢下十多具尸体后，慌忙撤回自己阵地。

　　钦嘎热见狼群护卫着扎西，夜林中又无法向扎西瞄准，打退贡布人马后，他知道扎西过会儿将回帐篷休息。摸了摸怀中砒霜的钦嘎热，趁巴登和吴三娃不注意，撒腿就朝扎西帐篷跑去。

　　配合曲珍防守的曲巴家丁撤走后，高兴的曲珍匆匆朝扎西帐篷走来，她想把今晚战况禀告扎西。快到扎西帐篷时，曲珍见一个人影闪进帐篷，而帐篷外此时并无大狼守卫。从身形看，进去之人并非扎西和王剑客。难道，是贡布的人想暗害扎西？想到这，紧握短枪的曲珍，就静静潜伏林中盯着帐篷。片刻工夫后，只见钻出帐篷的钦嘎热，把手中白纸塞进怀中就朝林外跑去。随即，满是疑虑的曲珍钻进帐篷，点亮酥油灯查看起来。

　　不久，帐篷外传来扎西和巴登几人说话声。接着，高兴的扎西拉着巴登，第一次进了他简陋的牦牛帐篷。很快，嘟嘎和芭莎进来后，吴三娃和钦嘎热也跟了进来。当巴登几人坐在地上老羊皮，扎西立马找出几个小木碗，给碗中倒上酥油茶。这时，一直沉思不语的曲珍走上前，端起一碗酥油茶递给钦嘎热："来，你先喝！"

接过碗的钦嘎热盯着逼视他的曲珍，嘴唇嚅动没出声，手却开始抖动。"喝呀！"曲珍再次厉喝一声。此时，扎西和巴登诧异地看着举动反常的曲珍。疑惑的扎西上前，端起酥油茶就想往嘴里倒："不就喝碗酥油茶嘛，这有啥难的。"

"扎西哥，放下！"曲珍忙上前夺过扎西茶碗，然后放到地上。这时，曲珍身边的芭莎以为主人在喂它食物，忙用舌舔吃碗中酥油茶。当碗中酥油茶刚被舔尽，芭莎顿时口吐鲜血倒在地上抽搐死去。曲珍立马拔出短枪指着钦嘎热说："钦嘎热，你给我老实交代，为何要在酥油茶中投毒？"

这时，回过神的钦嘎热立马辩解说："曲珍，你别冤枉好人，我从没来过扎西帐篷。"

曲珍咬牙喝问："哼，刚刚是谁进过扎西帐篷，快说呀？"

钦嘎热立马指着曲珍说："曲珍你别血口喷人，要是贡布派人来过呢？难道你也栽我头上？"巴登听后，不满地对曲珍怨道："妹妹，钦嘎热是我们自己人，他咋可能害我师父？"

"哥，你别忘了，钦嘎热虽是春风茶庄伙计，但也是萨嘎部族的人。去年冬天，他不是还跟你和阿爸，回他部族住了两天吗？"随即，曲珍就把进帐篷前发现可疑情况说了一遍。谁也没想到，刚说完的曲珍快步上前，从钦嘎热怀中抓出张纸。识字的巴登和曲珍立马认出，这是张藏文印的贡布头人专用笺。

钦嘎热见事败露，一下跪倒扎西面前说："扎西大哥，这——这都是贡布头人逼我干的啊，我若不照办，他——他贡布就要杀我阿妈哪……"说完，钦嘎热就抹起泪来。

气得咬牙的巴登一听，立即抽出藏刀朝钦嘎热肩头砍去："狗日的杂种，你还真想毒死我师父啊，我——我今天砍死你这个歹毒的白眼狼！"随着巴登话音刚落，钦嘎热左肩就被砍出一条深深血口。就在鲜血喷溅巴登瞬间，钦嘎热用右手夺过巴登手中藏刀，企图朝巴登肚子捅去。此刻，曲珍枪响，钦嘎热脑门很快涌出一股鲜血。尔后，倒在羊皮上的钦嘎热两腿一蹬，白眼一翻很快咽了气。

看着地上芭莎和钦嘎热尸体，扎西抬头对曲珍说："曲珍，今天要是你没发现钦嘎热阴谋，我们都得死在这哩。"

曲珍说："扎西大哥，你知道吗，剑客哥曾多次对我说过，保护牧狼人安全，是我曲珍之责，因为，你是我们若拉草原真正的狼军团首领。"

突然，一直趴在芭莎身边流泪的嘟嘎，满含泪水冲到帐篷外，对着夜空皓月，昂头大声悲嚎不止……

第二天中午，当刀疤脸赶回梭磨河宣告，四天后大活佛与刘县令要来进行停战议和时，他才得知贡布失败和钦嘎热被杀的原因。听后，刀疤脸对扎西说："很好，这为促成两部族议和，又增添一个好砝码。"随即，刀疤脸指挥巴登和吴三娃几人，马上卸下他带来的另两匹马背上的酒瓶和炸药。安排完装填事宜后，刀疤脸同扎西便去了不远的曲巴大帐篷。

得到刀疤脸通报后，沉默片刻的曲巴对扎西说："扎西，你是我卡钦部族的人，我就把卡钦部族未来生死交给你和剑客兄弟，我完全相信二位的侠肝义胆和公正立场。我曲巴头人一切听你们安排。"随后，扎西向曲巴提出借五十名家丁的事。曲巴听后，不敢相信地问道："扎西，那么多土匪躲在老鹰岩山上，你这点兵力真能灭了土匪？"

刀疤脸忙接过话头说："曲巴头人，我们决不会强攻老鹰岩，而是智取老鹰岩。您想想看，若不在谈判前灭了这帮土匪，他贡布头人能答应议和吗？只有我们灭了土匪，他贡布才能在谈判桌上签字。"

曲巴问："剑客兄弟，你真有这么大把握灭匪？"

扎西答："曲巴头人，您就放心吧，剑客兄弟头脑灵活极有智谋。还有您不知的是，具有飞檐走壁功夫的剑客兄弟，已从老鹰岩后山上过几次老鹰岩了。旺堆土司女儿曲珍，就是被我兄弟从匪窝救出的。"

曲巴大惊："哟，剑客兄弟功夫如此了得，那我就相信你们定能灭了这帮恶匪！"说完，曲巴便交代郎嘎挑选五十名有作战经验的家丁，让扎西带走。王剑客听后，忙说："大头人别急，你把人和武器准备好就行，明下午黄昏前，我让巴登亲自前来接人。"

曲巴一怔："啥，春风茶庄的巴登掌柜，也来打土匪？"

扎西说："头人老爷，您别忘了，巴登和曲珍都被土匪绑架过，他家还被土匪敲诈过不少银子。可以说，旺堆土司一家跟土匪有不共戴天之仇。"

曲巴听后不断点头："好好好，有这样的人打土匪最好。只要灭了这帮恶匪，我们若拉草原牧人才能过上太平日子。"随后，扎西二人满意地离开了曲巴大帐篷。

回到林中，刀疤脸检查过酒瓶炸弹后，扎西疑惑地问道："兄弟，这玩意儿咋用呀？"刀疤脸指着露在瓶口的引火绳说："只要把这引火绳点燃，扔出去这瓶很快就会爆炸。"尔后，刀疤脸很快就教会扎西、巴登和曲珍几人使用酒瓶炸弹。

晚餐后不久，天就渐渐黑了下来。这时，曲珍忙派出十多头大狼哨兵，朝四处散去。巴登见大狼如此听曲珍指挥，便开玩笑说："妹妹，我看你现在已变成牧狼人了嘛。"

"哥，我还不配当牧狼人，我只是牧狼人扎西大哥助手。"扎西听后，大笑说："哈哈哈，我看哪，曲珍小妹这女助手，有时比我这狼军团首领更熟知狼性哩。"众人听后，也跟着笑了。

临近子夜时分，几人在扎西和刀疤脸率领下，骑马朝老鹰岩奔去。为不暴露目标，快到已成废墟的修建工地时，众人下马躲在工地，刀疤脸给扎西几人讲了明晚行动安排。随后，几人又骑马绕道朝老鹰岩后山奔去。钻进密林后，扎西让几人下马命吴三娃守马，然后几人很快摸到曾来过的山下。

刀疤脸之所以要来他熟悉的后山，是因他通过多次观察，发现土匪现极少从前山下山，他一直怀疑土匪开辟了后山通道。大战在即，他作为指挥（在扎西心中，只要有剑客兄弟在，他自己绝对不当指挥），不得不谨慎行事。刀疤脸不想死。他已同罗金刚商定，十天后，他要同罗兄一块离开若拉草原。罗金刚去上海投奔章炳麟，他到北京去顺源镖局打听霍元甲行踪。二人计划闯荡十年再回成都相聚。

正想着人生长远计划的刀疤脸，突然见从山上垂落下一道用绳绑着的木棒软梯。扎西四人忙趴在林中不敢动弹。不久，从软梯爬下两个身穿汉服的汉子。汉子落地后，只听一汉子对另一汉子说："老表，我俩快逃，要是大头领发现后，你我都活不成。"很快，两汉子就消失在密林。

稍后，刀疤脸对趴在身边的扎西和曲珍说："天助我也。只要我们能用上土匪软梯，明晚灭匪战斗必定成功。"尔后，在夜鸟啼鸣声中，扎西几人悄悄离开老鹰岩后山。找到藏马地后，巴登立马派吴三娃，回去通知茶庄伙计务必在午后赶到出发地……

贡布终于得到兵丁头目多吉通报，几天后，刘县令和约翰牧师，将陪同喜喇大活佛参加两大部族停战议和谈判，望贡布头人做好参加准备。惨败给扎西狼军团的贡布，仍抱着希望问多吉："你至今也没收到钦嘎热消息？"多吉摇头后，贡布失望得不断叹气。

对玉香一直愧疚的罗金刚，终于在一天夜里，向玉香坦诚讲了他将离川去上海的事。被蒙在鼓里的玉香以为罗金刚是去玩，便大大咧咧地说："你去就去呗，玩够了回成都，有空就来这小县城看看我哈。"想了一阵，不愿再隐瞒实情的罗金刚，只好对玉香讲了真话。玉香听完大惊："你一去十年，哪个女人跟你去？哪我咋办？"

罗金刚说："眼下朝廷在抓捕维新乱党，我只身前往上海寻找革命，这是有危险的。我不想连累任何女人。我走后，你可另嫁，这酒馆全送给你。若我十年后能活着回来，我再来打箭鑪找你。"随后，罗金刚把王剑客也要离川之事告诉了玉香。玉香抹泪问道："曲珍跟王剑客走吗？"

罗金刚说："王剑客不打算把这事告诉曲珍，他怕曲珍缠着他强要跟他走。唉，剑客兄弟上北京城寻找武林高手霍元甲，他的风险比我还大。我认为，他这样做是爱护曲珍，我非常能理解。"玉香愣了片刻，突然指着罗金刚说："我算看透了你们这些男人，为了自己想干的事，竟连自己婆娘和喜欢的女人都不管。你——你们这样做有良心吗？呜呜呜……"说完，玉香就抹起泪来。

罗金刚说："玉香，你别哭，今天我得告诉你并非谁都能明白的道理，那就是芸芸众生里，有很少一部分人，他（她）们生命不完全属于自己和家人，而更多时候是属于社会和人生理想的。我和剑客兄弟就是这样的人。所以，我真心希望你能理解我们，同时，也祝你和曲珍平安幸福。"无奈的玉香再次盯着罗金刚，尔后，她"哇"的一声扑在罗金刚怀中，开始放声大哭……

攻打老鹰岩时刻终于到来。

睡了大半天醒来的扎西和刀疤脸，睁开眼就听见刚刚赶到的小秋哥几人的声音。为向土匪复仇，曲珍、巴登和春风茶庄伙计们，个个都显得异常振奋。吃过晚餐，扎西和巴登就去曲巴那带回五十名身背快枪的家丁。照事前分工，天黑不久，刀疤脸和曲珍率二十名家丁和二十头大狼，先朝老鹰岩后山赶去。扎西率巴登的茶庄伙计和剩下家丁与大狼，向开阔的老鹰岩前山悄悄会集。

临近子夜，到老鹰岩后山的刀疤脸，命令家丁们拴好马后，再悄悄跟他钻进密林。随行的曲珍指挥大狼尾随在家丁之后。不到半个时辰，刀疤脸一行就摸到后山脚下。透过淡淡月光，刀疤脸发现昨夜垂下的软梯已无踪影。他判定，发现有人逃走后，山上土匪已把软梯收了上去，而要下山的土匪，是不可能毁掉软梯的。想到这，刀疤脸给曲珍交代几句后，就从背包掏出长绳铁爪钩，然后照前几次来过的套路，很快爬上老鹰岩后山。

此时的扎西，在接近老鹰岩前山后，忙指挥家丁和大狼们四处隐藏起来。按约定，扎西必须等到山上枪声响后，才能佯装进攻老鹰岩，以分散土匪火力和误导土匪判断。

上山后的刀疤脸，很快干掉土匪哨兵，将找到的软梯放下山。令刀疤脸暗喜的是，黄大郎一伙还在大殿喝酒，猜拳行令声不时传来。曲珍见软梯垂落，知道剑客哥已成功控制住关键上山通道，忙指挥俩人一组爬软梯上山，又命上山家丁每人必须扛一头大狼同行。因事前曲巴一再告诫家丁们，灭土匪是为部族除害，也为打败萨嘎部族，所以，参战家丁都格外听话卖力。

不到半个时辰，曲珍和家丁们都会集到老鹰岩后山通道。观察好的刀疤脸交代作战方案后，便率先朝土匪打响第一枪。接着，家丁们举枪朝洞中土匪猛烈射击。在黄大郎一伙操枪还击时，猛然扑出的大狼，便朝土匪们疯狂撕咬开去。顿时，人狼大战和双方枪战在老鹰岩大殿激烈展开。

前山，听见枪响的扎西，立马指挥二十头大狼沿崎岖山道，朝老鹰岩奔窜而上。紧接着四散家丁大声喊叫，朝山上同时开枪。稍后不久，扎西和巴登、小秋哥几人，又点燃炸药酒瓶，用牦牛摆绳朝山上抛去。很快，一些酒瓶落在匪群爆炸，有些酒瓶却在空中或山石上炸响。刹那间，震天动地爆炸声和闪耀夜空的火花，在老鹰岩前山夜空绘织出恐怖图景。

正当扎西埋怨投不准的巴登时，燃烧的三尾红狐突然出现在老鹰岩上空。惊喜的扎西和巴登几人，在三尾红狐火光的指引下，忙将更多炸弹酒瓶准确投上老鹰岩。

土匪并非个个孬种，他们经过烧杀抢掠能留下的，大都是身经数战有贼胆之人。在回过神的黄大郎指挥下，他们一个个躲在大殿暗处，用枪还击。很快，冲在前扑咬的大狼有几头就中弹死去。三寸丁在不断射击时，还用飞镖放翻两名缺少作战经验的家丁。洞壁火把熊熊燃烧。躲在另一侧的泽木刺在黄大郎和三寸丁掩护下，正率几名小匪准备朝狭窄后殿通道反扑。刀疤脸认得二头领泽木刺，忙抬手给泽木刺一枪。颈上中弹的泽木刺立马跪地，仍举枪还击。曲珍上前，又朝泽木刺甩了两枪，这时，只见额头中弹的泽木刺一声大叫，仰头倒了下去，其余小匪吓得又惊慌后退。

这时，只见双头大蝙蝠不知从何处飞出，落在泽木刺额头，然后用嘴吮吸汩汩冒血的弹洞处。直到这时，刀疤脸才反应过来，他曾几次遇到过的双头大蝙蝠，就是传说中的青藏高原吸血蝙蝠。曲珍见土匪仍在拼命抵抗，她忙打声呼哨，这时，剩在殿中大狼像打了鸡血似的，又纷纷跃起扑向顽抗土匪。

激烈枪战中，眼尖的三寸丁认出曲珍，忙指着曲珍对黄大郎说："大哥，你看，那不是曲珍吗？"黄大郎看清曲珍后，举手一枪就朝曲珍打去。见黄大郎开枪，刀疤脸一把拉过曲珍甩手就是一枪，结果，右臂中弹的黄大郎又用左手开枪还击。身穿藏服的家丁们见刀疤脸和曲珍神勇，也不顾死活朝土匪们射击。

曲珍见中枪的黄大郎仍疯狂还击，气得咬牙的她新仇旧恨涌上心头，举手一枪又朝黄大郎打去。啪的一声枪响，左臂也中弹的黄大郎，立马垂着两只无法动弹的双臂，朝恨着他曲珍破口大骂："狗日的小娘们，你还是做过老子压寨夫人的女人，没想到你心肠比蛇还毒，比蝎子还狠！"

"放你娘的狗臭屁！"曲珍怒回后，又给黄大郎一枪。右腿中弹的黄大郎顿时跪在地上。三寸丁见状，立刻一镖朝曲珍飞来。见三寸丁甩镖的刀疤脸抬手一枪，将空中飞镖打得粉碎。此时，只见洞口秃子高喊："山下家伙被我们打跑喽，弟兄们，快撤到山下去……"黄大郎一听，忙命令三寸丁带人下山。

原来，刀疤脸早跟扎西商定，等他在山上跟土匪交手后，不到半个时辰扎西所率人马须得装败隐蔽，当刀疤脸一群人和大狼把土匪逼赶下山后，两方人马再在山下合围全歼剩下残匪。由于率先冲上前山的二十头大狼全部战死，加之扎西身边酒瓶炸弹也用光。在这种情况下撤走人马，就显得极为正常。没想到，受骗土匪冲出大殿后，一路吆喝真朝山下跑去。

燃烧火光中，被三寸丁一伙搀扶到洞口的黄大郎，挣脱蛮尕的手，命令三寸丁说："老三快走，老二已战死，老子快不行了，今后，这——这支队伍就交给你了。"

三寸丁说："说啥哩大哥，要走一块走，要死一起死，我绝不能丢下您。"说完，三寸丁就朝黄大郎跪下。黄大郎急了，大声吼道："老三你傻呀，难道你非要让我拖累弟兄们，老子二十年后又是一条好汉。你们给我快走！"说完，黄大郎便一头撞在岩石上晕了过去。三寸丁见状，忙抹泪起身将枪一挥："弟兄们，快跟我下山，给大头领报仇去！"说完，三寸丁带着剩下土匪朝山下蹿去。

刀疤脸见土匪逃走，忙命令家丁们搜查各房间暗处，以防残匪漏网。刚安排完，醒来的黄大郎用颤抖右手企图去抓地上短枪，此时，恰被走来的曲珍发现。曲珍一脚踢飞地上短枪，一枪朝黄大郎手掌打去。中枪的黄大郎靠在石壁，盯着曲珍骂道："好你个小娘们儿，居然你也会用枪了。来呀，朝你男人开枪呀，老子就是死了，也是做过你男人的堂堂好汉！"说完，黄大郎将口中鲜血，朝曲珍吐去。

被喷一身鲜血的曲珍，咬牙说："好你个恶贯满盈的黄大郎，死到临头竟然还敢辱骂我曲珍！"随即，曲珍朝黄大郎连开三枪。这时，冲过来的刀疤脸又朝黄大郎脑袋连补两枪。刹那间，急飞而下的双头大蝙蝠，歇在黄大郎头上又猛吸起人血来。待双头蝙蝠飞走，刀疤脸上前剥下黄大郎衣衫，随即抽出藏刀一刀砍下黄大郎人头包了起来。曲珍大惊："你包匪首头颅干啥？"

"曲珍，到时你自会明白这脑袋的作用。"随后，刀疤脸命家丁们推倒酒坛，用火把点燃满殿横流的酒浆后，大火中刀疤脸又率家丁和仅剩的五头大狼，朝山下撵去。

刀疤脸一群刚走到半山腰，山下骤然枪声大作。被密集子弹和大狼们追撵的土匪们，见冲不出包围圈，只好又朝山上退来。见全歼残匪时机已到，刀疤脸忙指挥家丁们截住土匪开火。

很快，山下更多大狼又沿山道朝土匪追来。被咬得哇哇乱叫的土匪，有的倒地当场毙命，有的吓得跳崖而亡，还有的举枪高喊饶命。好一番上下夹击激烈围歼战后，刀疤脸终于在下山出口同扎西人马会合。细心的刀疤脸担心留下后患，忙交代曲珍率人搜寻三寸丁，巴登听后，立即领着茶庄伙计，遍山寻找三寸丁尸体。

打扫完战场后，扎西告诉刀疤脸："兄弟，这次灭匪之战，我方共死七个伤九个家丁，战死三十多头大狼，你以为值吗？"

刀疤脸笑了："扎西兄，虽说我方死伤些家丁和大狼，但我们灭的是不少于八十人的土匪队伍，你说这样的战绩，该不该写进若拉草原历史？"

扎西也笑了："兄弟，这么说来，这灭匪之战，是你我值得骄傲的战绩咯？"

刀疤脸说："这灭匪之战不仅值，而且还将给若拉草原创造出和平。"正说着，曲珍和巴登来向刀疤脸禀报，说他们搜遍老鹰岩前山，找到了秃子等匪尸体，却仍没寻到三寸丁下落。刀疤脸想了想说："算了，谅他三寸丁也难翻起大浪。我们回吧，曲巴头人还等着我们灭匪消息哩。"随后，刀疤脸安排完处理家丁遗体和大狼尸体事宜后，便同扎西率家丁队伍和狼军团朝梭磨河赶去……

八月初的若拉草原，到处是绿草和百花盛开的世界。远远望去，湛蓝天空下，卡巴拉大雪山像位饱经沧桑的老人，静静俯瞰着青格错湖和若拉大草原。吆喝声和呼哨声中，骑马的牧人汉子纷纷朝梭磨河方向奔来。

由于几天前，大活佛同刘县令与约翰牧师，将要联合主持两大部族议和的消息不胫而走，得知消息又渴望和平的人们，便在谈判这天朝谈判地点纷纷奔来。几年的部族战争，不仅使卡钦部族和萨嘎部族遭受重大损失，而且受影响的全县百姓也一直生活在战争阴影中。这时，和平已成若拉草原牧人最深切的渴盼！

午时未到，喜喇大活佛与刘县令和约翰牧师，便分别骑马赶到谈判地曲巴大帐篷。由于有牧狼人扎西的支持，贡布极不情愿地同意了谈判地的最后确定。谈判时间定在未时，在还不知钦嘎热被杀土匪被灭的贡布看来，这走过场的议和谈判，不过是给大活佛面子而已。

有了谈判筹码的曲巴，心情格外的好，除贡布外，在主要参加谈判人员到齐后，便命令管家波绒要家丁们端上可口鲜美的酸奶子和丰富的牛羊肉。很快，青稞酒和酥油茶香味就溢满帐篷。嚼着羊排的刘县令漫不经心地向曲巴问道："曲巴头人，我听说前天夜里，你部族家丁同老鹰岩土匪干了一仗，有这事吧？"

还没答话的曲巴见王剑客给他使眼色，会意的曲巴忙回道："嗯，是有这事。刘县令耳朵真灵呀。"

刘县令又问："这一仗不知胜负如何，你曲巴头人没吃亏吧？"

曲巴说："还好，我方损失不大。真劳你县令大人费心咯。"由于土匪长期在草原作恶，一般情况下，牧人根本不敢接近老鹰岩。尽管扎西和刀疤脸率人和大狼进行了灭匪之战，但由于战斗发生在夜间，故草原牧人只知老鹰岩枪声不断，却根本不知战事结局，更不知匪首黄大郎已死。所以，当曲巴家丁回到阵地后，除曲巴一方人员知道战局结果，外面牧人和贡布一方的人，还不知土匪已被彻底剿灭的真相。刀疤脸示意曲巴暂不说结局，自有他深藏不露的心机。

很快，吃着食物的人们，在刀疤脸诱导下，话题便转入议和条约上来。大活佛问刀疤脸说："剑客兄弟，我看你向来头脑灵活，又有些文化，你在议和条约上有啥好建议，不妨说来让大家听听，或许午后我们同贡布议和时，也省些麻烦事，对吧？"暗喜的刀疤脸将手一拱说："大活佛建议甚好，那就请您身边的仁钦堪布代劳记记，如何？"见大活佛点头后，身穿袈裟的仁钦忙从包中拿出纸笔，迅速将刀疤脸提出的五条和平条约记下。

未时刚到，贡布一行人，便来到由铁棒喇嘛们护卫的大帐篷。

帐篷正中长桌两个首位，坐着喜喇大活佛和刘县令。大活佛右侧下方，坐着约翰牧师和丹珠，然后依次坐的是扎西、曲巴和刀疤脸。刘县令左侧下方，坐着担任书记员的仁钦堪布和张师爷。贡布明白，张师爷身边几个空座，便是他方位置。很快，札曲管家和卓仁杰就挨贡布坐下。

见人到齐，大活佛首先开了腔："今天请两大部族头人到此，我法轮寺和县衙的目的，就是想请二位大头人，早日结束打了好几年的部族战争，还若拉草原一个太平日子。为主持公道进行议和谈判，我和刘县令，还特邀约翰牧师代表教堂来参加今天谈判，我希望大家欢迎约翰牧师到来。"说完，大活佛率先鼓起掌来。

待掌声刚停，约翰起身说："各位好，《圣经》说，'上帝无处不在'。今天，我代表上帝，来这主持公道和正义，见证你们两大部族的和平谈判。谈判开始前，我还要奉送《圣经》中一句话给二位大头人，那就是你们'要善于听取别人的建议和忠告'，唯有站在对方立场换位思考，这和平谈判才能成功！"约翰还没落座，除贡布外，众人都给了约翰赞同的掌声。

蓦地，贡布站起指着曲巴对大活佛说："尊敬的大活佛，这部族战争挑起者不是别人，正是他曲巴头人。当年，没他修坝筑堤乱改河道，哪会引起打了几年的战争。若他曲巴不当众承认罪过，这和平谈判我看也是枉然之举！"待愤恨不满的贡布坐下后，大活佛平静说道："贡布头人，部族战争开始不久，我就派嘉央措去踏勘调查过，后来，在一个飞雪初冬，我在管家和几个铁棒喇嘛陪同下，又去梭磨河进行过调查。我从小在若拉草原长大，曾也多次参加过牧人们喜欢的沐浴节。我对横穿草原的梭磨河非常熟悉，若没记错的话，现在河水的自然流向，就是真正的梭磨河故道流向。我不知你说曲巴派人修筑堤坝改变河道从何谈起。人，需用诚实之心讲道理，若捏造事实诬陷他人的话，是会遭佛祖惩罚的！"

刚开始的谈判，很快陷入僵局。众人看着大活佛和刘县令，不知和谈该如何进行下去。刀疤脸见扎西给他使眼色，忙看看满不在乎的刘县令，又看看骄横藐视众人的贡布，他轻轻用指头敲敲桌面对贡布说："尊敬的大头人，大活佛有理有据的话，你听清了吧？"

"王剑客，大活佛的话我当然听清了，不过，在曲巴头人没认罪前，你这局外人来这掺和啥？这没你说话的份！"随即，贡布扭头对刘县令说，"县令大人，请你派人把这脸上有疤的人给我轰出去！否则，我贡布就退出议和谈判！"说完，贡布起身准备离去。

恼怒的刀疤脸将桌一拍，大声说道："贡布头人，我实话告诉你，今天，我是以四川清军罗代办联络官身份来参加和平谈判的，若你敢蔑视四川清军的话，不出半月，我就可让大队骑兵踏平你萨嘎部族！"贡布一惊，他没料到曾卖过枪支和鸦片给他的王剑客，居然敢当众羞辱他。想到此，贡布咬牙说："王剑客，你想威胁我是吧，你去调骑兵呀，难道我还怕你不成！"见贡布手势后，卓仁杰忙掏枪对着刀疤脸。见此情景，扎西立马举起叉枪又对着贡布。霎时，大帐内立马充满杀机。

大活佛和刘县令，忙离座上前劝贡布坐下。待卓仁杰收枪后，扎西也将手中叉枪收回。这时，刀疤脸起身对大活佛说："尊敬的大活佛，请允许我拿两样东西上来，我看，贡布头人不见这两样东西，他是不会有和谈兴趣的，好吗？"还没等大活佛回话，刀疤脸将两手一拍，一身女侠打扮的曲珍和全副武装的巴登，各提着个包袱往贡布面前一放。随即，刀疤脸一声命令："给我打开，请贡布头人认真看看，这是啥礼物。"

曲珍和巴登解开包袱，立刻露出两颗血淋淋的人头。在众人惊诧之际，贡布终于看清，这是匪首黄大郎和钦嘎热脑袋。明白一切已完的贡布，顿时将瘫软身子靠在椅上，垂下他一向骄傲的头。尔后，刀疤脸自豪讲了他和扎西带人与狼军团灭匪经过，还讲了钦嘎热被贡布收买想毒死扎西的实情。众人听完，全都憎恶地盯着贡布。谁也没想到，这时满含热泪的约翰和丹珠，快步走到扎西和刀疤脸身前说，这下可好了，我们教堂终于可以建麻风病医院了。

在刘县令愣愣盯着扎西和刀疤脸时，大活佛走了过来，紧紧握住扎西手说："牧狼人扎西，真没想到，你和英勇的王剑客，为我们若拉草原灭匪除了大害。我代表法轮寺和若拉草原信众，向你和王剑客表示深深谢意。"说完，大活佛双手合十，向扎西和刀疤脸各鞠一躬。待大活佛回坐后，眼含激动热泪的丹珠，当着众人紧紧拥抱了扎西。

当大帐再次静下后，刀疤脸起身又对大活佛说："尊敬的大活佛，我认为若拉草原和平，不是任何人能赐给的，而是我们众多渴望和平之人共同努力的结果。现在，请您再次主持公道，也请在座各位见证，由您宣读大家共同商议的和平协议，好吗？"随即，刀疤脸带头鼓起掌来。很快，帐篷内就响起热烈掌声。

大活佛点头说："好吧，王剑客建议有理，现在我就把这五条和平条约念给大家听听，若没反对意见，我希望两大部族头人就在和平协议上签字画押。"在众人掌声中，大活佛高声念道："若拉草原和平协议如下：第一，两大部族立即撤走各自参战家丁队伍；第二，两大部族立即拆除各自一方战争工事；第三，双方承认战前梭磨河自然流向为界；第四，任何一方不得借故射杀对方牧人和牲畜；第五，任何一方不得越界放牧，如有争端由法轮寺和县衙共同裁决。"大活佛刚一念完，约翰带头拍手说："OK，这协议不偏袒任何一方，很公正嘛，我举双手赞成！"

这时，刘县令终于开口对贡布说："贡布大头人，我看这和平协议正如洋牧师所言，很公平合理嘛，我建议你大头人就在上面签字吧。"待刘县令正要起身把写有条约的大纸拿给贡布时，曲巴上前立马从仁钦手中抓过毛笔，很快在纸上签上自己名字，然后又用大拇指摁下红印。众人见状，立即鼓起掌来。随后，刘县令拉着狼狈的贡布，也来到大活佛面前，在和平协议上签字画押。掌声响过后，曲巴立即拉着扎西走出帐篷。

此时，围拥在大帐篷外和梭磨河两岸的牧人们，立即朝扎西拍起掌来。曲巴挥手向众人示意后，立马高声宣布："今天，在大活佛主持下，在牧狼人扎西努力下，我曲巴同贡布头人已签订和平协议啦！"随即，整个草原响起"牧狼人，牧狼人"的狂热欢呼声。

此时，走出帐篷的刀疤脸和曲珍，发现了挤在人群中欢呼的旺堆、央宗、肖志雄、小秋哥、吴三娃等茶庄伙计。尔后，他俩又看见了桑尼、玉香和尼卡娅嬷嬷以及泽翁、尕娃和尼玛大叔等人。这时，只见扎西打了声尖厉呼哨后，枣红马立即朝他奔来。扎西刚跃上马背，丹珠便挥手高喊："扎西哥，等等我！"随即，丹珠就朝扎西跑去。刚到扎西马前，扎西一把将丹珠抱上马背，尔后，扎西便打马朝草原奔去。呼喊的众人看见，从雪山飞来的三尾红狐和从树林蹿出的狼群，立即随扎西而去……

趁众人欢送牧狼人时，刀疤脸挥鞭打马朝县城奔去。曲珍向扎西挥手告别后回头寻找刀疤脸时，却不见刀疤脸人影。急出泪的曲珍又将双手合在嘴边不断朝四周呼喊："剑客哥，你在哪儿……"随着曲珍急切喊声，玉香朝曲珍走来："曲珍姑娘，你不用寻找心上人了，我知道他去了哪。"

"玉香老板娘，请你快告诉我，剑客哥到底去了哪？"

玉香打量一番漂亮曲珍，然后将手附在曲珍耳边说："曲珍，你心上人同我家罗金刚已约定，他们马上回成都，一个去上海，一个去北京，他们要去干他们理想中的大事哩。"

"那剑客哥是去上海还是北京呀？"曲珍急切问道。

"我家先生去上海，你的心上人去北京。这是前几天我先生亲口跟我讲的。"没等玉香说完，曲珍便朝自己白马跑去。

就在牧狼人扎西率狼军团在草原奔驰时，打马狂奔的曲珍，却朝县城撵去……

2017年12月16日凌晨1时，第一稿于北京青年湖畔完成
第二稿于2018年元月25日完成
2018年3月21日，第三稿完成于北京青年湖畔

后记

为完成跟长江有关的现代史诗《迷川》三部曲，上世纪80年代中期初夏，我顶着青年诗人桂冠揣着记者证，停薪留职离开报社去长江源无人区进行探险式文化考察。一晃三十多年过去了，当年的青春热血仿佛仍在胸中激荡，使我常难忘怀那远去岁月……

作者当年考察长江源无人区的留影

1985年5月，当我和文友黄俊瑚在青海省作协帮助下，举行完向全国发出的"长江流域文化考察"记者招待会不久，我俩就穿越柴达木盆地与察尔汗盐湖，到昆仑山下的兵城格尔木（当年主要为青藏线各部队汽车团驻扎地）。在兵站总部做适应性训练和物质准备时，我偶然从孔志毅口中得知（孔当时是部队营职军人，于1986年大规模长江探险漂流中牺牲），西南交大青年教师尧茂书将进行长江探险漂流。

作者与尧茂书（右二）和黄俊瑚（右三）与尧茂江（左一）在雁石坪留影

翻越昆仑山过五道梁不久，我和俊瑚就抵达了长江上游沱沱河。在寻找准备冲刺进入长江源各拉丹冬冰川路线时，我俩在雁石坪巧遇正准备进入源头的壮士尧茂书。在他橡皮艇旁（我们均因与长江结缘倍感亲切，他是水上探险漂流，我们是陆地文化考察）。没想到，风雪中同尧茂书聊了近四十分钟留影告别，竟成我们永别（两个月后，他就牺牲在直门达江段）。更出人意料的玩笑是，又三个月后，由于当年交通困难通讯不畅，《人民日报》误以为我也死在考察途中，大地副刊发表我诗作时，竟标上遗作发出，在全国诗界顿时引起一片哗然……

作者当年翻越昆仑山进入长江源时留影

后记

在沱沱河准备其间，经多方了解地理状况和风俗民情后，我这当过兵的人为安全起见，决定拿着刊登有我俩考察消息的青海日报去找唐古拉乡政府领导，请他们帮我俩雇马匹和藏族向导，护送我俩进入仅有少数游牧人季节性放牧的江源地带（当时我俩穿的是羽绒服戴的是白色太阳帽，怕被藏族同胞误认为是空降特务遭击毙）。

后来溯江而上的无人区生活，证明了我们决定的正确性。据向导兼翻译达娃讲，有好几次我俩骑马在荒原奔驰时，都有游牧人躲在帐篷内举枪向我俩瞄准（那时基本没汉人到江源无人区去），游牧人怕我俩抢劫杀害他们。当时我有些难以相信，还质问达娃咋知这事的？达娃告诉我，是他用藏语同牧人交流时他们偷偷告诉他的。在多次被藏獒围追堵截后，我俩才逐步体会到牧人和藏獒对陌生人闯入他们领地的警惕。

由于有熟悉当地情况的向导带路，他就尽量寻找游牧点，让我俩有机会到有酥油茶喝能吃上糌粑的帐篷过夜。正是多次到游牧人帐篷过夜，我俩才从最初对藏族同胞的陌生、戒备、防范到逐渐熟悉了解，甚至后来我俩还学了些简单日常用语。正是有了同游牧人零距离接触，我才对热情好客又纯朴豪爽的藏族同胞有了好感。在多次受到他们热情帮助后，我的肤浅好感又渐渐转化为发自心底的尊重与感激！

作者当年翻越巴颜喀拉山进入通天河地带时留影

永远难忘长江源文化考察体验的日子。忘不了多日因骑马奔驰大腿内侧血肉与内裤粘连的痛苦；忘不了骑马每天要过几次长江（上游水浅）的惬意自豪；忘不了长江源的冰川砾石与冰湖中白天鹅和各种飞禽水鸟；忘不了荒原狼、雪豹、旱獭、鼠兔、雪鸡、藏羚羊、白唇鹿组成的生灵世界；忘不了如潮水般奔泻的黄羊群和天空啸叫的群鹰；忘不了因缺氧和吃不到果蔬而导致嘴唇溃烂被脓血粘连张不开嘴的难受；忘不了七月盛夏荒原上随时可能出现的大风雪与炸响的惊雷；忘不了天葬台上袅袅桑烟和张着巨大翅膀飞扑的秃鹰；忘不了火塘边喝生奶吃生肉的原始生活体验；忘不了无数夜晚帐篷里游牧人讲述的神奇传说；更忘不了我们青春生命留在长江源那西部游侠般的精彩与浪漫……

挡不住神秘藏地永恒的诱惑。为完成创作积累，自长江源考察体验后，我又几次翻越昆仑山、唐古拉山和巴颜喀拉山以及折多山、雀儿山、米拉山等高海拔大山。为完成藏地生活体验，近乎疯狂痴迷的我还先后深入藏北羌塘和若尔盖大草原；告别可可西里后，又领略过众多神山圣湖奇景和大沼泽死亡陷阱；进入过康巴藏地神秘的玛尼石城和德格印经院；穿越过险峻的怒江大峡谷；眺望过人间绝美的南迦巴瓦雪山；甚至还沉醉在天湖纳木错岸边守望日出和绚丽晚霞。当徒步穿越虎跳峡差点壮烈牺牲那一刻，我从没后悔过自己人生对写作的选择。

作者与向导达娃（右一）和长江源游牧人留影

当我伫立珠峰大本营遥望巍峨珠穆朗玛雪峰时,当我在布达拉宫、大昭寺、甘丹寺、八廓街以及日喀则扎什伦布寺、青海塔尔寺、红原麦洼寺等藏传佛教寺院同僧人们亲切交谈时,我总感觉那晨钟暮鼓的敲响,好似来自佛国梵音,在一次次召唤她的圣徒亲临。当我在广袤藏地闻着青稞酒和酥油茶芳香,听着收割金黄青稞时藏族姑娘爽朗的笑声,看到彪悍牧人纵马大草原的身影;当我吃过鲜美奶茶和手抓羊肉沉睡在帐篷,当我参加完各种藏族宗教节日和赛马比赛,躺在草原仰望雪域高原圣洁明月时……,我这西部游侠似的浪游者,无不深切感受到藏族同胞们的友善与豪爽之气!同样,我若没深入金沙江畔几乎与世隔绝的麻风村落考察,就永远没我小说中魔鬼寨麻风病人原型的存在。

感谢生活与命运。我正是有较为丰富的藏地生活体验,有着刻骨铭心对藏族同胞的深深敬意,我才于1992年创作出长诗《牧狼人》。长诗发表获奖后,我深感意犹未尽,长诗还远远未呈现出我对藏地生活的熟悉与深切体验。后又经再次长久酝酿,我在1997年诞生出将长诗改写成长篇小说的想法。从初入藏地考察体验三十多年过去,我在十年前出版八十万字长篇小说《仓颉密码》后,终于在今年春如愿将《牧狼人》这部作品完成。

借此书出版之际,我除要再次感谢曾先后帮助过我的众多相识和不相识的藏族朋友外(因无他们相助,我永远无法完成该小说);我还要真诚感谢时代出版社对传奇小说《牧狼人》的重视与厚爱。另外,我仍要永远感激当年曾与我同行的兄弟般友人黄俊瑚先生,他在我创作《仓颉密码》其间,还曾给予了我无私慷慨的经济支持。

"长风破浪会有时,直挂云帆济沧海。"在人生写作理想追求中,我深知创作之路的艰辛与坎坷,更感学无止境艺海无涯的漫长。燃烧无数心血之后,愿我书中塑造的几位传奇人物和神异动物们,能受到读者们喜爱。

2018年7月中旬于北京青年湖畔

图书在版编目（CIP）数据

牧狼人：共2册/黎正光著. -- 成都：成都时代出版社, 2019.1
ISBN 978-7-5464-2243-5

Ⅰ.①牧… Ⅱ.①黎… Ⅲ.①长篇小说—中国—当代 Ⅳ.① I247.5

中国版本图书馆 CIP 数据核字（2018）第 270035 号

牧 狼 人
MULANGREN　　　　黎正光◎著

出 品 人	李文凯
责任编辑	张　旭
责任校对	周　慧
装帧设计	成都九天众和
责任印制	唐莹莹

出版发行	成都时代出版社
电　　话	（028）86742352（编辑部）
	（028）86615250（发行部）
网　　址	www.chengdusd.com
印　　刷	成都市金雅迪彩色印刷有限公司
规　　格	170mm × 240mm
印　　张	37.75
字　　数	610 千
版　　次	2019 年 1 月第 1 版
印　　次	2019 年 1 月第 1 次印刷
书　　号	ISBN 978-7-5464-2243-5
定　　价	82.00 元（上、下册）

著作权所有·违者必究　本书若出现印装质量问题，请与工厂联系。电话：（028）84842345